W0015315

Zu diesem Buch

«Dorothy Sayers legt mit diesem Roman eine logisch aufgebaute Kriminalstory vor, deren hauptsächliche Stärke in der exzellenten Charakterisierungskunst der Autorin liegt... Ungewöhnlich ist die meisterliche Vereinigung der besten Tradition des angelsächsischen Romans mit den Bedingungen der Detektivgeschichte. Das Rätsel, mit dem sich Detektiv und Leser gleichermaßen konfrontiert sehen und das der Detektiv für den Leser stellvertretend löst, geht hervor aus den Umständen täglichen Lebens, die mit soviel Scharfsinn wie Menschenfreundlichkeit lebendig vorgestellt werden.» («Tübinger Wochenblatt»)

Dorothy Leigh Sayers, geboren am 13. Juni 1893 als Tochter eines Pfarrers und Schuldirektors aus altem englischen Landadel, war eine der ersten Frauen, die an der Universität ihres Geburtsortes Oxford Examen machten. Sie wurde Lehrerin in Hull, wechselte dann aber für zehn Jahre zu einer Werbeagentur über. 1926 heiratete sie den Kapitän Oswald Atherton Fleming. Als Schriftstellerin begann sie mit religiösen Gedichten und Geschichten. Auch ihre späteren Kriminalromane schrieb sie in der christlichen Grundanschauung von Schuld und Sühne. Schon in ihrem 1923 erschienenen Erstling «Der Tote in der Badewanne» führte sie die Figur ihres eleganten, finanziell unabhängigen und vor allem äußerst scharfsinnigen Abenteuerdetektivs Lord Peter Wimsey ein, der aus moralischen Motiven Verbrechen aufklärt. Ihre über zwanzig Detektivromane und -erzählungen, die sich durch psychologische Grundierungen, eine Fülle bestechender Charakterstudien und eine ethische Haltung auszeichnen, sind inzwischen in die Literaturgeschichte eingegangen. Dorothy L. Sayers gehört mit Agatha Christie und P. D. James zur Trias der großen englischen Kriminalautorinnen. In den letzten zwanzig Jahren ihres Lebens schrieb sie nur noch theologische Abhandlungen, religiöse Versdramen und in der Sprache unserer Zeit eine überaus erfolgreiche dramatische Szenenfolge aus dem Leben Jesu («Zum König geboren»). 1950 erhielt sie in Anerkennung ihrer literarischen Verdienste um den Kriminalroman den Ehrendoktortitel der Universität Durham. Dorothy L. Sayers starb am 17. Dezember 1957 in Whitham/Essex.

Von Dorothy Sayers erschienen als rororo-Taschenbücher außerdem: «Der Glocken Schlag» (Nr. 4547), «Fünf falsche Fährten» (Nr. 4614), «Keines natürlichen Todes» (Nr. 4703), «Diskrete Zeugen» (Nr. 4783), «Mord braucht Reklame» (Nr. 4895), «Starkes Gift» (Nr. 4962), «Ärger im Bellona Club» (Nr. 5179), «Aufruhr in Oxford» (Nr. 5271), «Die Akte Harrison» (Nr. 5418), «Ein Toter zuwenig» (Nr. 5496), «Hochzeit kommt vor dem Fall» (Nr. 5599), «Der Mann mit den Kupferfingern» (Nr. 5647), «Das Bild im Spiegel» (Nr. 5783) und «Figaros Eingebung» (Nr. 5840).

Dorothy L. Sayers

Zur fraglichen Stunde

«Have His Carcase»
Kriminalroman

Deutsch von
Otto Bayer

Rowohlt

Die Originalausgabe erschien 1932 unter dem Titel «Have His Carcase» im Verlag Victor Gollancz Ltd., London. Die erste deutsche Übersetzung erschien unter dem Titel «Mein Hobby: Mord» bei A. Scherz Verlag, Bern–München 1964, und unter dem Titel «Der Fund in den Teufelsklippen» bei Rainer Wunderlich Verlag Hermann Leins GmbH & Co., Tübingen 1974.
Umschlagentwurf Manfred Waller (Foto aus der Fernsehverfilmung der BBC mit Ian Carmichael und Gwen Taylor/
BBC Copyright photographs)

63.–69. Tausend April 1988

Veröffentlicht im Rowohlt Taschenbuch Verlag GmbH,
Reinbek bei Hamburg, Februar 1983

Satz Garamond (Digiset)
Bauer & Bökeler Filmsatz GmbH, Denkendorf
Gesamtherstellung Clausen & Bosse, Leck
Printed in Germany
980-ISBN 3 499 15077 8

Vorbemerkung

In *Fünf falsche Fährten* wurde die Handlung passend zu einer vorhandenen Landschaft erdacht; im vorliegenden Buch wurde die Landschaft nach den Bedürfnissen der Handlung gestaltet. Orte wie Personen sind frei erfunden.

Die Mottos über den Kapiteln sind alle von T. L. Beddoes.

Mein Dank gebührt Mr. John Rhode, der mir selbstlos beim Knacken der harten Nüsse geholfen hat.

Dorothy L. Sayers

I

Das Zeugnis des Leichnams

Der Pfad war schlüpfrig vom sprudelnden Blute.
Rodolph

DONNERSTAG, 18. JUNI

Die beste Arznei für ein wundes Herz ist nicht, wie so viele meinen, eine männlich breite Brust zum Anlehnen. Weit heilsamer sind ehrliche Arbeit, Bewegung oder unverhoffter Reichtum. Nach ihrem Freispruch von der Anklage des Mordes an ihrem Geliebten, eigentlich sogar infolge dieses Freispruchs, sah Harriet Vane sich überreichlich im Besitz aller drei dieser Mittel; und mochte Lord Peter Wimsey ihr auch in rührender Treue zur Tradition tagaus, tagein seine Brust zur Probe präsentieren, so zeigte sie doch keine Neigung, sich daran auszuruhen.

Arbeit hatte sie übergenug. Es ist für einen Autor von Detektivgeschichten keine schlechte Reklame, einmal wegen Mordes vor Gericht gestanden zu haben. Harriet Vane-Krimis standen hoch im Kurs. Sie hatte sowohl auf dem alten wie dem neuen Kontinent sensationelle Verträge abgeschlossen und war daher mit einem Schlag sehr viel reicher, als sie zu hoffen gewagt hätte. In einer Arbeitspause zwischen *Mord auf Raten* und *Das Geheimnis des Füllfederhalters* hatte sie eine einsame Wandertour angetreten: viel Bewegung, keine Pflichten, keine nachgeschickte Post. Es war Juni, und das Wetter hätte nicht schöner sein können; und wenn sie hin und wieder daran dachte, wie Lord Peter Wimsey jetzt emsig an ihrer leeren Wohnung klingeln würde, ließ sie sich davon weder aus der Ruhe bringen noch in ihrem stetigen Kurs entlang der englischen Südwestküste im geringsten beirren.

Am Morgen des 18. Juni brach sie von Lesston Hoe auf, um über die Steilküste nach dem sechzehn Meilen entfernten Wilvercombe zu wandern. Nicht, daß sie auf Wilvercombe mit seiner saisonbedingten Bevölkerung aus alten Damen und Invaliden und seinen bescheidenen, selbst ein wenig invalide und altdamenhaft wirkenden Vergnügungsangeboten besonders gespannt gewesen wäre. Aber die Stadt war ein bequemes Tagesziel, und zur Nacht konnte man sich ja immer noch weiter draußen auf dem Lande einquartieren. Die Straße folgte gemächlich dem oberen Rand einer niedrigen Steilküste, von wo man auf den langgezogenen gelben Strand hinunterblickte, dessen Eintönigkeit von vereinzelten Felsen unterbrochen wurde, die, im Sonnenlicht blitzend, nach und nach aus der zögernd zurückweichenden Flut auftauchten.

Droben wölbte sich der Himmel zu einer riesenhaften Kuppel von reinem Blau, nur da und dort mit einem ganz leichten Muster von sehr hohen, wie hingehauchten weißen Wölkchen überzogen. Ein sanfter Wind wehte von Westen, allerdings wäre einem Wetterkundigen die Neigung zum Auffrischen darin vielleicht nicht entgangen. Die schmale, holprige Straße war nahezu leer, denn der gesamte lebhaftere Verkehr lief über die breite Hauptstraße, die sich ein gutes Stück weiter landeinwärts von Stadt zu Stadt zog und die Küste mit ihrem gewundenen Verlauf und ihren wenigen kleinen, verstreut gelegenen Ansiedlungen links liegen ließ. Da und dort kam Harriet an einem Viehhirten mit seinem Hund vorbei, Mensch und Tier gleichermaßen teilnahmslos und mit sich selbst beschäftigt; da und dort hoben ein paar weidende Pferde die Köpfe, um ihr aus scheuen, blöden Augen nachzublicken; da und dort wurde sie von dem lauten Keuchen einer Herde Kühe begrüßt, die ihre Kinnladen auf den Steinwällen rieben. Draußen auf dem Wasser unterbrach dann und wann das weiße Segel eines Fischerboots die Leere des Horizonts.

Abgesehen von vereinzelten Lieferwagen, einem klapprigen Morris und den in Abständen sich zeigenden Dampfwolken ferner Lokomotiven war die Gegend genauso ländlich-unberührt, wie sie es schon vor zweihundert Jahren gewesen sein mochte.

Harriet schritt kräftig aus; ihr leichter Rucksack behinderte sie kaum. Sie war 28 Jahre alt, dunkelhaarig und von grazilem Körperbau; von Natur aus hellhäutig, hatte sie jetzt unter dem Einfluß von Sonne und Wind eine ansprechende Karameltönung angenommen. Menschen mit diesem glücklichen Teint werden weder von Mücken noch vom Sonnenbrand geplagt, und Harriet war zwar noch nicht so alt, daß sie auf ihr Aussehen keinen Wert mehr gelegt hätte, doch immerhin schon alt genug, um der Bequemlichkeit den Vorzug vor Äußerlichkeiten zu geben. Darum schleppte sie keine Hautcremes, Insektensalben, Seidenblusen, elektrischen Reisebügeleisen oder sonstigen Ballast mit sich, wie er in der Zeitung auf der «Seite für den Wanderer» so gern angepriesen wird. Sie trug praktische Kleidung – kurzen Rock und dünnen Pullover – und hatte in ihrem Rucksack außer Wäsche zum Wechseln und einem zweiten Paar Schuhe nicht viel mehr als eine Taschenbuchausgabe von *Tristram Shandy*, eine Taschenkamera, einen kleinen Verbandskasten und ein paar Butterbrote.

Etwa um Viertel vor eins begannen diese Butterbrote Harriets Gedanken immer stärker in Anspruch zu nehmen. Sie hatte erst ungefähr acht Meilen auf ihrer Wanderung nach Wilvercombe zurückgelegt weil sie sich Zeit gelassen und dazu noch einen Umweg gemacht hatte, um einige Überreste aus der Römerzeit zu besichtigen, die laut Reiseführer «von besonderem Interesse» waren. Jetzt wurde sie langsam müde und hungrig und begann sich nach einem geeigneten Plätzchen für die Mittagsrast umzusehen.

Die Ebbe war fast auf dem niedrigsten Stand, und der feuchte Sand schimmerte golden und silbern im trägen Mittagslicht. Unten am Strand müßte es schön sein, dachte Harriet. Vielleicht könnte man sogar baden – obwohl sie sich da ihrer Sache nicht allzu sicher war, denn sie hatte eine gesunde Furcht vor unbekannten Stränden und unberechenbaren Strömungen. Es konnte jedoch nicht schaden, sich einmal an Ort und Stelle umzusehen. Sie stieg über das Mäuerchen hinweg, das die Straße auf der Seeseite begrenzte, und machte sich auf die Suche nach einer Abstiegsmöglichkeit. Auf einer kurzen Kletterpartie zwischen den mit Büscheln von Skabiosen und Strandnelken bestandenen Felsen hindurch gelangte sie ohne große Mühe zum Strand. Sie landete in einer kleinen Bucht hinter einem Felsvorsprung, angenehm windgeschützt, wo einige Gesteinsbrocken herumlagen, die ausgezeichnete Rückenlehnen boten. Sie suchte sich das bequemste Plätzchen aus, holte die Butterbrote und den *Tristram Shandy* aus dem Rucksack und machte es sich gemütlich.

Nichts wirkt so einschläfernd wie ein warmer, sonnenbeschienener Strand nach einer Mahlzeit; und *Tristram Shandy* ist nicht gerade so tempogeladen, daß er die Lebensgeister mit Macht wachhalten würde. Das Buch entglitt Harriets Fingern. Zweimal schreckte sie auf und fing es wieder; beim drittenmal merkte sie nichts mehr davon. Den Kopf in höchst unvorteilhafter Stellung vornübergeneigt, döste sie ein.

Plötzlich erwachte sie von etwas wie einem Ruf oder Schrei, der aus unmittelbarer Nähe direkt in ihr Ohr zu dringen schien. Als sie sich blinzelnd hochrappelte, segelte kreischend eine Möwe dicht über ihren Kopf hinweg und schwebte dann über einem heruntergefallenen Butterbrotrest in der Luft. Harriet schüttelte sich, verärgert über sich selbst, und sah auf die Uhr. Es war zwei Uhr. Immerhin, vermerkte sie mit Genugtuung, allzu lange konnte sie nicht geschlafen haben. Sie stand auf und klopfte die Krümel von ihrem Rock. Auch jetzt noch verspürte sie keinen großen Tatendrang; schließlich blieb ihr reichlich Zeit, um vor Einbruch der Nacht in Wilvercombe zu sein. Sie sah zum Ufer hin, einem langgezogenen Geröllgürtel, abgelöst von einem schmaleren Sandstreifen, der sich leuchtend und unberührt bis zum Wasser erstreckte.

Ein unberührter Sandstrand hat etwas an sich, das bei Kriminalschriftstellern die schlimmsten Instinkte weckt. Man fühlt den unwiderstehlichen Drang, überall Fußspuren zu hinterlassen. Der professionell geschulte Verstand entschuldigt das vor sich selbst mit der Begründung, daß dieser Sand eine großartige Gelegenheit zum Beobachten und Experimentieren biete. Auch Harriet kam nicht dagegen an. Sie beschloß, ihren Weg über diesen verlockenden Streifen Sand fortzusetzen. Also sammelte sie ihre Siebensachen ein und überquerte das Geröll, wobei sie, wie schon öfter, die Beobachtung machte, daß in dem trockenen Untergrund oberhalb der Hochwassermarke keine erkennbaren Abdrücke zurückblieben.

Bald verriet ein schmaler Streifen von Muschelscherben und halbvertrocknetem Seetang, daß die Hochwassermarke erreicht war.

«Ob ich hier wohl das ein oder andere über den Stand der Gezeiten ablesen kann?» sagte Harriet zu sich selbst. «Mal sehen. Bei Nippflut steigt und fällt das Wasser nicht so sehr wie bei Springflut. Wenn also heute Nippflut wäre, müßten hier zwei Streifen zu sehen sein, ein trockener oben von der letzten Springflut und ein feuchter weiter unten, der die heutige Tagesleistung anzeigt.» Sie blickte sich um. «Nein, es ist nur einer zu sehen. Daraus schließe ich, daß ich gerade bei höchster Springflut hier angekommen bin, falls das der richtige Ausdruck dafür ist. Ganz einfach, mein lieber Watson. Unterhalb der Hochwassermarke beginne ich jetzt deutliche Fußspuren zu hinterlassen. Da ich keine anderen sehe, muß ich der einzige Mensch sein, der diesem Strand seit der letzten Flut die Ehre gibt, und die war vor etwa – aha! Da fängt's an schwierig zu werden. Ich weiß zwar, daß zwischen einer Flut und der nächsten etwa zwölf Stunden liegen, aber ich habe nicht die leiseste Ahnung, ob das Wasser im Augenblick fällt oder steigt. Immerhin weiß ich, daß es die längste Zeit, während ich oben an der Küste entlangwanderte, zurückgewichen ist, und jetzt scheint es ganz schön weit weg zu sein. Wenn ich also sage, daß seit mindestens fünf Stunden keiner mehr hier war, dürfte ich damit nicht ganz verkehrt liegen. Ich hinterlasse jetzt sehr schöne Fußspuren, natürlich – der Sand wird immer nasser. Mal sehen, was herauskommt, wenn ich laufe.»

Sie hüpfte ein paar Schritte und sah, daß jetzt die Fußspitzen tiefer eingedrückt waren und sie mit jedem Schritt Sandbrocken hochgeworfen hatte. Dieser Energieausbruch hatte sie um den Ausläufer der Steilküste herum in eine viel größere Bucht geführt, deren einzig auffälliges Merkmal ein großer Felsbrocken war, der hinter der Felszunge dicht beim Wasser stand. Er war ungefähr dreieckig, ragte etwa drei Meter weit aus dem Wasser und schien von einem merkwürdig geformten Klumpen Seetang gekrönt zu sein.

Ein einsamer Felsbrocken hat immer etwas Anziehendes. Jeden rechtschaffenen Menschen überkommt der brennende Wunsch, hinaufzusteigen und sich darauf zu setzen. Harriet ging einfach auf den Felsen zu, ohne sich erst einen Grund dafür auszudenken, und versuchte unterwegs noch ein paar Schlüsse zu ziehen.

«Ist der Felsen bei Hochwasser überflutet? Aber natürlich, sonst wäre ja kein Seetang drauf. Außerdem spricht das Gefälle des Strands dafür. Ich wollte, ich könnte Entfernungen und Winkel besser schätzen! Aber ich würde sagen, er gerät ziemlich tief unter Wasser. Komisch, daß der Seetang so in einem einzigen Klumpen darauf liegt. Man sollte ihn eher untenherum erwarten, aber die Seiten scheinen fast bis zum Wasser hinunter völlig frei zu sein. Es *ist* doch Seetang? Komisch sieht er schon aus. Fast als ob da ein Mensch läge. Kann Seetang überhaupt so – na ja, so auf einem dicken Haufen liegen?»

Sie betrachtete den Felsen mit wachsender Neugier und redete die ganze Zeit laut mit sich selbst, was eine etwas irritierende Angewohnheit von ihr war.

«Hol mich der Kuckuck, wenn da nicht ein Mensch liegt! Aber eine blöde Stelle hat er sich ausgesucht. Er muß sich ja vorkommen wie ein Pfannkuchen auf der Herdplatte. Bei einem Sonnenanbeter könnte ich das ja verstehen, aber er scheint seine sämtlichen Kleider anzuhaben. Einen dunklen Anzug sogar. Ganz still liegt er da. Wahrscheinlich eingeschlafen. Wenn die Flut schnell hereinkommt, schneidet sie ihm den Weg ab – wie in diesen albernen

Illustriertengeschichten. Na, jedenfalls werde ich ihn nicht retten. Er wird eben die Socken ausziehen und ein bißchen im Wasser herumpatschen müssen. Er hat ja auch noch ein Weilchen Zeit.»

Sie wußte nicht recht, ob sie weiter zu dem Felsen hinuntergehen sollte. Eigentlich mochte sie den Schläfer nicht wecken und sich in ein Gespräch verwickeln lassen. Gewiß war er zwar nur ein vollkommen harmloser Spaziergänger, aber ebenso gewiß war er auch vollkommen uninteressant. Dennoch ging sie grübelnd näher und übte sich derweil noch ein bißchen im Kombinieren.

«Er *muß* ein Tourist sein. Die Einheimischen halten ihre Siesta nicht auf einem harten Felsbrocken. Sie ziehen sich in ihre Häuser zurück und verrammeln alle Fenster. Und ein Fischer oder etwas Derartiges kann er auch nicht sein; die haben keine Zeit für Mittagsschläfchen. So was tun nur die Angehörigen der Stehkragenberufe. Sagen wir – ein Büro- oder Bankangestellter. Aber die gehen gewöhnlich mit der ganzen Familie in Urlaub, während der da ein Einzelgänger zu sein scheint. Ein Schulmeister? Kaum. Schulmeister werden erst gegen Ende Juli von der Kette gelassen. Aber vielleicht ein Student? Die Semesterferien haben *gerade* erst begonnen. Offenbar ein Herr ohne geregelte Beschäftigung. Möglicherweise ein Wanderer wie ich – aber dazu paßt das Kostüm nicht.» Sie war inzwischen nähergekommen und konnte den dunkelblauen Anzug des Schläfers erkennen. «Also, ich kann ihn nirgends unterbringen, aber Dr. Thorndyke könnte es bestimmt sofort. Ach ja, natürlich – wie dumm von mir! Er muß ein Literat sein. Die ziehen gern herum und scheren sich nicht um ihre Familie.»

Sie war jetzt nur noch ein paar Meter von dem Felsen entfernt und sah zu dem Schläfer hinauf. Er lag in unbequemer Haltung am äußersten Rand auf der dem Meer zugekehrten Seite des Felsens, die Knie angezogen, so daß man seine blaßlila Socken sah. Von dem zwischen die Schultern gezogenen Kopf war nichts zu sehen.

«Wie kann man in dieser Stellung nur schlafen!» sagte Harriet. «So schläft eine Katze, aber kein Mensch. Das ist unnatürlich. Sein Kopf muß fast über die Kante hängen. Er könnte einen Schlaganfall kriegen. Also, wenn ich Glück habe, ist es eine Leiche, und dann melde ich den Fund und komme in die Zeitung. Eine tolle Reklame. ‹Bekannte Kriminalschriftstellerin findet geheimnisvolle Leiche an einsamem Strand.› Aber so etwas passiert Schriftstellern nie. Leichen werden immer nur von friedlichen Arbeitern oder harmlosen Nachtwächtern gefunden ...»

Der Felsen hatte die Form eines schrägliegenden riesengroßen Kuchenstücks, das mit dem breiten Ende steil ins Meer hinausragte, während die Oberseite zum Strand hin sanft abfiel, bis sie mit der Spitze im Sand verschwand. Harriet stieg über die glatte, trockene Fläche hinauf, bis sie fast direkt auf den Daliegenden hinunterblicken konnte. Er rührte sich nicht. Etwas drängte sie, ihn anzusprechen.

«He!» sagte sie vorwurfsvoll.

Keine Bewegung, keine Antwort.

«Mir wär's ganz recht, wenn er *nicht* aufwachte», dachte sie. «Ich weiß eigentlich gar nicht, warum ich hier so herumschreie. *He!*»

«Vielleicht hat er einen Schlag bekommen oder ist in Ohnmacht gefallen», sagte sie zu sich. «Oder er hat einen Sonnenstich. Wäre sehr gut möglich. Heiß genug ist es.» Sie sah blinzelnd hinauf zum gleißenden Himmel, dann bückte sie sich und fühlte den Fels an. Fast hätte sie sich verbrannt. Noch einmal rief sie, dann beugte sie sich über den Mann und packte ihn bei den Schultern.

«Fehlt Ihnen etwas?»

Der Mann blieb stumm. Sie rüttelte leicht an seiner Schulter. Die Schulter rutschte ein wenig beiseite – wie eine leblose Masse. Harriet bückte sich tiefer und hob vorsichtig den Kopf des Mannes hoch.

Es war ihr Glückstag.

Es *war* eine Leiche. Und zwar eine solche, bei der auch nicht der geringste Zweifel mehr möglich war. Mr. Samuel Weare aus dem Lyons Inn, dem man «die Kehle von einem Ohr zum andern durchgeschnitten» hatte, hätte nicht toter sein können. Daß der Kopf sich unter Harriets Griff nicht ganz vom Rumpf gelöst hatte, lag nur daran, daß die Halswirbel noch heil waren; die Luftröhre und alle Adern waren glatt durchtrennt, «bis auf den Knochen», und ein grausiger Bach lief tief hellrot und glänzend über den Stein und tropfte weiter unterhalb in eine kleine Vertiefung.

Harriet legte den Kopf wieder hin, und plötzlich war ihr übel. Sie hatte solche Leichen oft in ihren Büchern beschrieben, aber so ein Ding wirklich und leibhaftig vor sich zu sehen, war doch etwas anderes. Sie hatte sich niemals klargemacht, wie schlachthausmäßig ein durchschnittener Hals aussah, und sie war auch nicht auf diesen abscheulichen Blutgeruch gefaßt gewesen, der ihr unter der sengenden Sonne in die Nase stieg. Ihre Hände waren rot und klebrig. Sie betrachtete ihre Kleidung. Gott sei Dank hatte sie nichts abbekommen. Mechanisch stieg sie wieder von dem Felsen hinunter und ging um ihn herum ans Wasser, wo sie sich mehrmals die Hände wusch, um sie danach mit alberner Gründlichkeit an ihrem Taschentuch abzutrocknen. Der Anblick des roten Rinnsals, das an dem Fels hinunter ins klare Wasser lief, war ihr unangenehm. Sie trat ein paar Schritte zurück und ließ sich ziemlich überstürzt auf einem Gesteinsbrocken nieder.

«Eine Leiche», sagte Harriet laut zur Sonne und zu den Möwen. «Eine Leiche. Wie – wie das paßt!» Dann mußte sie lachen.

«Das wichtigste ist jetzt, Ruhe zu bewahren», hörte sie sich nach kurzer Pause sagen. «Nur nicht den Kopf verlieren, mein Kind. Was würde Lord Peter Wimsey in so einem Fall tun? Und natürlich auch Robert Templeton?»

Robert Templeton war der Held, der zwischen den Deckeln ihrer Bücher Bösewichter jagte. Sie verdrängte Lord Peter Wimsey aus ihren Gedanken und konzentrierte sich ganz auf Robert Templeton. Dieser war ein in den Naturwissenschaften ungemein bewanderter Herr, der zudem über erstaunliche Muskelkräfte verfügte. Er hatte Arme wie ein Orang-Utan und eine häßliche, aber anziehende Physiognomie. Dieses Phantomwesen mit seinen grellgemusterten Knickerbockern, die sie ihm stets anzuziehen pflegte, zauberte sie nun im Geiste herbei und ging mit ihm zu Rate.

Als erstes, fand sie, würde Robert Templeton sich fragen: «Handelt es sich um Mord oder Selbstmord?» Die Möglichkeit eines Unfalls würde er wohl von vornherein ausschließen. Unfälle dieser Art gab es nicht. Robert Templeton würde die Leiche gewissenhaft untersuchen, und dann würde er verkünden –

Eben. Robert Templeton würde die Leiche untersuchen. Er war ja berühmt für die Kaltblütigkeit, mit der er auch noch die abstoßendsten Leichen untersuchte: aus dem Flugzeug gestürzte und zu einem knochenlosen Brei zermatschte Körper oder zu «unkenntlichen Klumpen» verkohlte Körper oder von schweren Lastwagen plattgewalzte Körper, die man mit der Schaufel von der Straße kratzen mußte – Robert Templeton untersuchte sie alle, ohne mit der Wimper zu zucken. Harriet fand plötzlich, daß sie die unübertreffliche Nonchalance ihres literarischen Sprößlings noch nie richtig gewürdigt hatte.

Natürlich hätte jeder normale Mensch, der nicht gerade Robert Templeton hieß, die Finger von der Leiche gelassen und wäre zur Polizei gerannt. Aber hier gab es keine Polizei. Hier war weit und breit nicht Mann noch Frau noch Kind zu sehen, nur in einiger Entfernung draußen auf dem Meer ein kleines Fischerboot. Harriet winkte wie verrückt nach ihm, aber die Insassen sahen sie entweder nicht oder nahmen wohl an, daß sie hier so eine Art Schlankheitsgymnastik trieb. Wahrscheinlich versperrte das Segel überhaupt die Sicht zur Küste, denn das Boot lavierte gegen den Wind und lag ziemlich schief. Harriet rief, aber ihre Stimme ging im Kreischen der Möwen unter.

Während sie so dastand und sinnlos rief, fühlte sie etwas Nasses am Fuß. Kein Zweifel, die Flut hatte gewendet und kam jetzt ziemlich schnell herein. Schlagartig wurde ihr das bewußt, und ebenso schlagartig vermochte sie wieder klar zu denken.

Sie schätzte, daß es bis nach Wilvercombe, der nächsten größeren Ansiedlung, noch mindestens acht Meilen waren. Auf dem Weg dorthin würde sie vielleicht an ein paar vereinzelten Häusern vorbeikommen, aber dort wohnten wahrscheinlich Fischer, und die Wahrscheinlichkeit stand zehn zu eins, daß sie nur Frauen und Kinder darin antraf, die sie in dieser Notlage nicht brauchen konnte. Bis sie die Männer zusammengetrommelt und hierher an die Küste geführt hätte, stände das Wasser höchstwahrscheinlich schon über der Leiche. Ob es nun Selbstmord oder Mord war, jedenfalls mußte die Leiche unbedingt untersucht werden, bevor alles von Wasser durchtränkt oder weggespült war. Sie gab sich einen scharfen Ruck und kehrte mutig zu dem Toten zurück.

Er war ein noch junger Mann und trug einen adretten Anzug aus dunkelblauem Köper, dazu schmale braune, etwas überelegante Schuhe, blaßlila Socken und eine Krawatte, die ebenfalls blaßlila gewesen war, bevor sie so schrecklich rot gefärbt wurde. Der Hut aus weichem grauen Filz war ihm heruntergefallen – nein, war abgenommen und auf den Felsen gelegt worden. Sie hob ihn auf und warf einen Blick ins Innere, konnte aber nichts anderes als den Namen des Herstellers darin entdecken. Es war eine bekannte – wenn auch nicht im besten Sinne bekannte – Hutmacherfirma.

Der Kopf, den dieser Hut geziert hatte, war von dichtem, lockigem dunklen Haar bedeckt, das eine Idee zu lang, aber gepflegt war und nach Pomade roch. Die Gesichtsfarbe des Toten war ihrer Ansicht nach von Natur aus blaß und ohne jede Spur von Sonnenbräune. Die offenen, häßlich starrenden Augen waren blau. Der Mund war ebenfalls offen und zeigte zwei Reihen sehr gepflegter, sehr weißer Zähne. Das Gebiß hatte keine Lücken, aber sie sah, daß einer der Backenzähne eine Krone hatte. Sie versuchte das ungefähre Alter des Mannes zu schätzen. Das war nicht leicht, denn er trug – ungewöhnlicherweise – einen kurzen dunklen, ordentlich gestutzten Vollbart. Abgesehen von dem fremdländischen Aussehen, das dieser ihm gab, machte er ihn auch älter, aber trotzdem hatte Harriet den Eindruck, es müsse sich um einen sehr jungen Mann handeln. Etwas Unreifes um Nase und Augen herum ließ ihn nicht viel älter als zwanzig wirken.

Harriet wandte sich vom Gesicht den Händen zu, und dabei blühte ihr die nächste Überraschung. Robert Templetons ungeachtet, hatte sie es als selbstverständlich angesehen, daß der elegant gekleidete junge Mann an diesen wenig zu ihm passenden, einsamen Ort gekommen war, um Selbstmord zu begehen. Dann war es aber doch recht sonderbar, daß er Handschuhe trug. Er hatte zusammengekrümmt dagelegen, die Arme unterm Körper, und die Handschuhe waren blutgetränkt. Harriet wollte ihm einen von der Hand ziehen, aber wieder wurde sie von Übelkeit überkommen. Sie sah, daß es locker sitzende, gelbbraune Lederhandschuhe von guter Qualität waren, passend zur übrigen Gewandung.

Selbstmord – mit Handschuhen an? Warum war sie überhaupt so sicher gewesen, daß es Selbstmord war? Das mußte doch einen Grund haben.

Aber ja, natürlich. Wenn es kein Selbstmord war, wo war dann der Mörder geblieben? Sie wußte, daß er nicht aus Richtung Lesston Hoe am Strand entlang gekommen sein konnte, denn sie erinnerte sich genau an den glänzenden, unberührten Sandstreifen. Von der Steilküste führte nur ihre eigene Spur hierher. Aus Richtung Wilvercombe war der Sand wieder unberührt, bis auf eine einzige Fußspur – die des Toten vermutlich.

Der Mann war demnach allein an den Strand herunter gekommen. Sofern ein Mörder nicht vom Meer her gekommen war, mußte er auch noch allein gewesen sein, als er starb. Wie lange war er schon tot? Die Flut hatte erst vor kurzem gewendet, und der Sand wies keinen Abdruck von einem Bootskiel auf. Von der Seeseite her hätte bestimmt niemand diesen Felsen erklettern können. Vor wie langer Zeit war der Wasserstand so hoch gewesen, daß man mit einem Boot nah genug an die Leiche herankam?

Harriet wünschte, sie hätte sich mit den Gezeiten besser ausgekannt. Wenn Robert Templeton im Laufe seiner glänzenden Karriere je einen Fall hätte lösen müssen, der am Meer spielte, hätte sie sich die erforderlichen Informationen beschaffen müssen. Aber sie war solchen Meeres- und Küstenproblemen immer ausgewichen, eben weil sie diese Arbeit scheute. Zweifellos wußte der vorbildliche Robert Templeton alles, was es da zu wissen gab, aber leider blieb dieses Wissen fest hinter seiner Denkerstirn verborgen. Also dann – wie lange war dieser Mann jetzt schon tot?

Auch das hätte Robert Templeton natürlich gewußt, denn er hatte unter anderem auch Medizin studiert, und außerdem ging er nie ohne Fieberthermometer und sonstige Hilfsmittel aus, mit denen man Frische oder Nichtfrische einer Leiche einwandfrei feststellen konnte. Aber Harriet hatte weder ein Thermometer bei sich noch hätte sie, wenn sie eins gehabt hätte, gewußt, wie sie es zu dem angestrebten Zweck hätte verwenden sollen. Robert Templeton pflegte leichten Sinnes zu sagen: «An Hand des Stadiums der Leichenstarre und der Körpertemperatur würde ich die Todeszeit auf soundsoviel Uhr festsetzen», ohne auf unwichtige Einzelheiten wie Gradangaben über die gemessene Temperatur näher einzugehen. Von Leichenstarre war hier nichts zu merken – natürlich nicht, denn (soviel wußte Harriet immerhin) sie setzt gewöhnlich erst vier bis zehn Stunden nach dem Tod ein. Der blaue Anzug und die braunen Schuhe waren allem Anschein nach nicht mit Meerwasser in Berührung gekommen; der Hut lag noch auf dem Felsen. Vor vier Stunden mußten dieser Felsen und der Sand, wo die Fußabdrücke zu sehen waren, unter Wasser gestanden haben. Die Tragödie hatte sich also später ereignet. Sie legte die Hand auf die Leiche. Sie kam ihr ziemlich warm vor. Aber an so einem sengend heißen Tag war alles warm. Hinten und oben fühlte der Kopf sich fast so heiß an wie der Felsen. Die nach unten gekehrte Seite war kühler, da sie im Schatten lag, jedoch nicht kühler als ihre Hände, die sie eben im Meer gewaschen hatte.

Halt – es gab noch etwas, woran sie sich halten konnte. Die Waffe. Keine Waffe, kein Selbstmord – das war ein unumstößliches Gesetz. In den Händen war nichts – keine im «Todesgriff» umklammerte Waffe, die dem Detektiv so oft die Wahrheit verriet. Der Mann war vornübergefallen – einen Arm zwischen Körper und Felsen, den andern, den rechten, über der Felskante, gleich unter seinem Gesicht. Und unter dieser Hand lief auch das Blut so abstoßend häßlich ins Wasser hinunter und färbte es rot. Wenn hier irgendwo eine Waffe war, dann lag sie da unten. Harriet zog Schuhe und Strümpfe aus, krempelte einen Ärmel bis zum Ellbogen hoch und tastete vorsichtig in dem am Fuß des Felsens etwa einen halben Meter tiefen Wasser herum. Sie setzte die Füße behutsam auf, um nicht etwa in eine Messerklinge zu treten, und das war gut so, denn bald erfühlte ihre Hand etwas Hartes, Scharfes. Es kostete sie einen kleinen Schnitt am Finger, das geöffnete, schon halb im Sand vergrabene Rasiermesser hervorzuziehen.

Da war also die Waffe; demnach schien es doch ein Selbstmord zu sein. Harriet hielt das Rasiermesser in der Hand und fragte sich, ob sie auf der nassen Oberfläche Fingerabdrücke hinterließ. Natürlich hatte der Selbstmörder keine hinterlassen, denn er trug ja Handschuhe. Aber noch einmal: wozu diese Vorsichtsmaßnahme? Daß man zu einem Mord Handschuhe trägt, ist ja verständlich, aber wozu bei einem Selbstmord? Harriet stellte dieses Problem vorläufig zurück und wickelte das Messer in ihr Taschentuch.

Die Flut stieg unaufhaltsam. Was konnte sie sonst noch tun? Sollte sie die Anzugtaschen durchsuchen? Sie hatte nicht die Kraft eines Robert Templeton, um die Leiche bis hinter die Hochwassermarke zu schleppen. Eigentlich war das Durchsuchen ja auch die Sache der Polizei, wenn sie den Leichnam holte, aber möglicherweise hatte der Mann Papiere bei sich, die vom Wasser unleserlich gemacht würden. Sie befühlte vorsichtig die Jackentaschen, aber anscheinend hatte der Tote zuviel Wert auf den Sitz seines Anzugs gelegt, um allzuviel darin herumzutragen. Sie fand nur ein seidenes Taschentuch mit Wäschereizeichen und ein dünnes, goldenes Zigarettenetui in der rechten Tasche; die andere war leer. Die äußere Brusttasche enthielt ein blaßlila seidenes Taschentuch, das wohl mehr zur Zierde als zum Gebrauch bestimmt war; die Gesäßtasche war leer. An die Hosentasche wäre sie nicht herangekommen, ohne den Toten hochzuheben, was sie aus verschiedenerlei Gründen nicht tun mochte. Natürlich war für Papiere die innere Brusttasche da, aber Harriet brachte es nicht über sich, dorthin zu fassen. Diese Stelle schien nämlich den vollen Blutstrahl aus dem Hals abbekommen zu haben. Vor sich selbst entschuldigte Harriet sich damit, daß alle in dieser Tasche etwa vorhandenen Papiere ohnehin schon unleserlich sein würden. Eine feige Ausrede, mag sein – aber so war es nun mal. Sie konnte sich nicht überwinden, hineinzufassen.

Sie verstaute das Taschentuch und das Zigarettenetui und sah sich noch einmal um. Meer und Sand waren so verlassen wie zuvor. Immer noch strahlte die Sonne, aber draußen auf See begannen sich dicke Wolken am Horizont aufzutürmen. Der Wind hatte inzwischen nach Südwesten gedreht und wurde mit jeder Sekunde stärker. Es sah so aus, als sollte das schöne Wetter nicht mehr lange dauern.

Sie mußte sich noch die Fußabdrücke des Toten ansehen, bevor die Flut sie auslöschte. Da fiel ihr plötzlich ein, daß sie ja eine Kamera bei sich hatte. Sie war zwar nur klein, hatte aber immerhin eine Entfernungseinstellung, mit der man bis zu einem Meter achtzig an das Objekt herangehen konnte. Harriet nahm die Kamera aus dem Rucksack und machte ein paar Aufnahmen vom Felsen und der Leiche aus verschiedenen Winkeln. Der Kopf des Toten lag noch so, wie er gefallen war, nachdem sie ihn losgelassen hatte – ein wenig zur Seite geneigt, so daß man gerade noch die Gesichtszüge aufs Bild bekommen konnte. Sie stellte die Kamera auf die kürzestmögliche Entfernung ein und knipste das Gesicht. Jetzt hatte sie noch vier Bilder auf dem Film. Mit einem schoß sie eine Totalaufnahme von der Küste, mit der Leiche im Vordergrund, wofür sie ein paar Schritte vom Felsen zurücktrat. Mit dem zweiten nahm sie die Fußspur auf, die von dem Felsen quer über den Sand in Richtung Wilvercombe verlief. Und als drittes machte sie eine Nahaufnahme von einem der Fußabdrükke, wofür sie die Kamera hoch über den Kopf hielt und so gerade wie möglich nach unten richtete.

Sie sah auf die Uhr. Für das alles hatte sie zwanzig Minuten gebraucht, gerechnet von dem Zeitpunkt an, als sie die Leiche zuerst erblickt hatte. Sie fand, wenn sie schon einmal dabei war, könne sie sich auch gleich noch vergewissern, ob die Fußabdrücke überhaupt zu dem Toten gehörten. Sie zog ihm also einen Schuh ab und stellte dabei fest, daß an den Sohlen zwar Spuren von Sand, am Oberleder aber keinerlei Meerwasserflecken waren. Sie stellte den Schuh in einen der Abdrücke und sah, daß beide haargenau zueinander paßten. Da sie keine Lust hatte, den Schuh wieder über den Fuß zu ziehen, nahm sie ihn mit, und als sie wieder den Geröllstreifen erreichte, blieb sie kurz stehen, um von der Landseite her noch einen Blick auf den Felsen zu werfen.

Der Himmel bewölkte sich tatsächlich, und der Wind frischte auf. Jenseits des Felsens sah sie einen Streifen kleiner Wirbel und Strudel, von denen hin und wieder eine Gischtfontäne aufspritzte, als brächen die Wellen sich dort an verborgenen Felsen. Überall trugen die Wellen Schaumkronen, und stumpfgelbe Schlieren reflektierten die weiter draußen über dem Meer sich zusammenbrauenden Wolken. Das Fischerboot war schon fast außer Sichtweite. Es fuhr in Richtung Wilvercombe.

Nicht ganz sicher, ob sie richtig gehandelt hatte, packte Harriet ihre Sachen zusammen – einschließlich Schuh, Hut, Rasiermesser, Zigarettenetui und Taschentuch – und kletterte wieder hinauf zur Straße. Es war jetzt kurz nach halb drei.

2

Das Zeugnis der Chaussee

Drinnen ist niemand,
Nur das Kind und sein vergessner Ahn,
Die zu des Lebens beiden Seiten liegen:
Nah dem Grabe oder Mutterschoß.
The Second Brother

DONNERSTAG, 18. JUNI

Als Harriet wieder die Straße erreichte, erschien ihr diese noch so leer und verlassen wie zuvor. Sie schlug die Richtung nach Wilvercombe ein und schritt kräftig aus. Am liebsten wäre sie gerannt, aber sie wußte, daß es nichts einbrachte, wenn sie ihre Kräfte verausgabte. Nach ungefähr einer Meile erblickte sie zu ihrer Freude eine Weggefährtin: ein etwa siebzehnjähriges Mädchen, das ein paar Kühe vor sich her trieb. Sie hielt das Mädchen an und erkundigte sich nach dem Weg zum nächsten Haus.

Das Mädchen sah sie groß an. Harriet wiederholte ihre Frage.

Die Antwort kam in so einem derben Devonshire-Akzent, daß Harriet wenig damit anfangen konnte, aber mit der Zeit hörte sie doch heraus, daß «Will Coffins Hof, auf Brennerton zu» die nächste menschliche Behausung sei, die man erreiche, indem man einem gewundenen Pfad nach rechts folgte.

«Wie weit ist das?» fragte Harriet.

Das Mädchen meinte, es sei ein gutes Stück, mochte sich aber auf Meter oder Meilen nicht festlegen.

«Na, dann werde ich's dort mal versuchen», sagte Harriet. «Und wenn du unterwegs jemanden triffst, sag ihm bitte, daß etwa eine Meile von hier ein Toter am Strand liegt und die Polizei verständigt werden muß.»

Das Mädchen starrte sie verständnislos an.

Harriet wiederholte ihren Auftrag und fragte: «Hast du verstanden?»

«Ja, Miss», sagte das Mädchen in einem Ton, der keinen Zweifel daran ließ, daß es kein Wort verstanden hatte.

Während Harriet den angegebenen Weg entlangeilte, sah sie, wie ihr das Mädchen immer noch nachstarrte.

Will Coffins Hof entpuppte sich als ein kleines Anwesen. Harriet hatte zwanzig Minuten gebraucht, um es zu erreichen, und nun schien das Haus auch noch verlassen zu sein. Sie klopfte ergebnislos an die Tür. Sie drückte die Tür auf und rief, noch immer ergebnislos. Endlich ging sie hinters Haus.

Nachdem sie dort noch ein paarmal gerufen hatte, erschien aus einem Nebengebäude eine Frau mit einer Schürze um und sah sie mit großen Augen an.

«Sind die Männer hier?» fragte Harriet.

Die Frau antwortete, die Männer seien alle auf der Neunmorgenwiese, um das Heu einzufahren.

Harriet erklärte, am Strand liege ein Toter und das müsse der Polizei gemeldet werden.

«Das ist ja schrecklich», meinte die Frau. «Es wird doch nicht Joe Smith sein? Der war heute früh mit dem Boot draußen, und die Klippen sind so gefährlich. ‹Die Mahlzähne› sagen wir dazu.»

«Nein», sagte Harriet, «es ist kein Fischer – sieht eher aus wie einer aus der Stadt. Und ertrunken ist er auch nicht. Seine Kehle ist durchgeschnitten.»

«Kehle durchgeschnitten?» wiederholte die Frau genüßlich. «Na so was! Das ist ja ganz entsetzlich!»

«Ich möchte die Polizei benachrichtigen», sagte Harriet, «bevor die Flut kommt und der Felsen mit der Leiche unter Wasser steht.»

«Die Polizei?» Die Frau ließ sich das durch den Kopf gehen. «O ja», meinte sie nach reiflicher Überlegung. «Das müßte man schon der Polizei sagen.»

Harriet fragte, ob man nicht einen von den Männern holen und mit einer Nachricht wegschicken könne. Die Frau schüttelte den Kopf. Die Männer seien im Heu, und das Wetter scheine umzuschlagen. Sie glaube nicht, daß sie da jemanden entbehren könnten.

«Telefon haben Sie wohl keins?»

Nein, Telefon hätten sie nicht, aber Mr. Carey auf dem Roten Hof, der habe Telefon. Und um zum Roten Hof zu kommen, fügte die Frau auf Befragen hinzu, müsse man zur Straße zurückkehren und die nächste Abzweigung nehmen, und dann sei es noch eine Meile, vielleicht auch zwei.

Ob sie hier einen Wagen hätten, den Harriet sich ausleihen könne?

Die Frau bedauerte, aber einen Wagen hätten sie nicht. Vielmehr, sie hätten zwar einen, aber damit sei die Tochter nach

Heathbury zum Markt gefahren und werde erst spät zurückkommen.

«Dann muß ich es wohl mal beim Roten Hof versuchen», sagte Harriet müde. «Aber *wenn* Sie jemanden sehen, den Sie mit einer Nachricht wegschicken können, würden Sie ihm bitte sagen, daß bei den Mahlzähnen ein Toter am Strand liegt und die Polizei verständigt werden muß?»

«O ja, das sag ich», versicherte die Frau strahlend. «Also, ist das nicht schrecklich? Das müßte man wirklich der Polizei sagen. Aber Sie sehen arg müde aus, Miss; möchten Sie nicht ein Täßchen Tee?»

Harriet lehnte dankend ab und sagte, sie müsse weiter. Als sie zum Tor hinausging, rief die Frau ihr nach. Harriet drehte sich hoffnungsvoll um.

«Haben *Sie* ihn da gefunden, Miss?»

«Ja.»

«Wie er tot dalag?»

«Ja.»

«Mit der Kehle durchgeschnitten?»

«Ja.»

«Ach je», meinte die Frau. «Das ist ja furchtbar, wirklich.»

Zur Straße zurückgekommen, zögerte Harriet. Sie hatte durch diesen Abstecher schon viel Zeit verloren. War es nun besser, noch einmal die Straße zu verlassen und den Roten Hof zu suchen oder auf der Straße zu bleiben, wo sie eher jemandem begegnen konnte? Während sie noch überlegte, kam sie an die Abzweigung. Auf einem Acker in der Nähe hackte ein alter Mann Rüben. Sie rief ihn an.

«Geht es hier zum Roten Hof?»

Der Mann beachtete sie nicht und hackte weiter.

«Er muß taub sein», sagte Harriet zu sich selbst und rief noch einmal. Der Mann hackte unbeirrt weiter. Gerade wollte sie sich nach dem Gatter umsehen, das auf den Acker führte, als der alte Mann innehielt, um den Rücken zu strecken und sich in die Hände zu spucken, und dabei bekam er sie ins Blickfeld.

Harriet winkte ihm, und er kam, auf die Hacke gestützt, langsam auf den Steinwall zu.

«Geht es hier zum Roten Hof?» Sie zeigte den Weg hinauf.

«Nein», sagte der Alte, «der ist nicht zu Hause.»

«Hat er ein Telefon?» fragte Harriet.

«Nicht vor heute abend», entgegnete der Alte. «Er ist nach Heathbury zum Markt.»

«Ein Telefon», wiederholte Harriet. «Hat er ein Telefon?»

«Ja», meinte der Alte, «die werden Sie da schon irgendwie antreffen.» Während Harriet noch überlegte, ob Telefone in dieser Gegend vielleicht weiblichen Geschlechts waren, machte er ihre Hoffnungen zunichte, indem er hinzufügte: «Sie hat wieder so 'n schlimmes Bein.»

«Wie weit ist es bis zum Hof?» schrie Harriet verzweifelt.

«Würde mich nicht wundern», sagte der Alte, stützte sich auf die Hacke und nahm den Hut ab, um den Wind an seinen Kopf zu lassen. «Ich hab ihr erst Samstag abend gesagt, sie soll das lassen.»

Harriet beugte sich über den Wall, bis ihr Mund nur noch zwei Zentimeter von seinem Ohr entfernt war.

«Wie *weit* ist es?» brüllte sie.

«Sie brauchen nicht so zu schreien», sagte der alte Mann. «Ich bin doch nicht taub. Zu Michaeli werd ich zweiundachtzig, und noch kerngesund, dem Herrn sei Dank.»

«Wie weit –» begann Harriet.

«Ich sag's Ihnen ja schon, oder? Anderthalb Meilen auf dem Weg, aber wenn Sie über die Wiese abkürzen, wo der alte Stier steht –»

Ein Auto kam die Straße entlanggebraust und verschwand in der Ferne.

«So ein Mist!» schimpfte Harriet. «Den hätte ich anhalten können, wenn ich hier nicht meine Zeit bei diesem alten Idioten...»

«Da haben Sie ganz recht, Miss», stimmte der Alte Vater Franz, der mit der Unberechenbarkeit der Tauben das letzte Wort mitbekommen hatte, ihr zu. «Idioten sind das, sag ich. Was soll das, in so einem Tempo durch die Gegend zu rasen? Der Verehrer von meiner Nichte –»

Der Anblick des Autos hatte Harriet die Entscheidung abgenommen. Sie hielt sich besser an die Straße. Wenn sie erst anfing, in der Gegend herumzuirren, nur um eventuell irgendwo ein Haus mit einem hypothetischen Telefon zu finden, konnte sie bis zum Abendessen herumlaufen. Sie schnitt dem Alten Vater Franz kurzerhand die Rede ab und machte sich wieder auf den Weg. Nach einer staubigen halben Meile war sie noch immer keiner Menschenseele begegnet.

Es ist schon komisch, dachte sie. Im Laufe des Vormittags hatte sie einige Leute und eine (vergleichsweise) beträchtliche Zahl Lieferwagen gesehen. Wo waren die alle geblieben? Robert Templeton (vielleicht sogar Lord Peter Wimsey, der auf dem Land groß geworden war) hätte dieses Rätsel gleich gelöst. Heute war Markt in Heathbury und vorgezogener Ladenschluß in Wilvercombe und Lesston Hoe – zwei Phänomene, die durchaus miteinander zusammenhingen, damit nämlich die Bewohner der beiden Küstenorte die Möglichkeit hatten, dem wichtigen Ereignis in dem Marktflecken beizuwohnen. Aus diesem Grunde waren keine Händler mehr auf Lieferfahrt entlang der Küstenstraße. Und aus demselben Grunde waren auch alle Autos aus der Gegend jetzt weit im Inland. Was an Einheimischen noch hier war, arbeitete im Heu. Auf einer Wiese traf sie sogar einen Mann mit einem Jungen und einer von zwei Pferden gezogenen Mähmaschine an, aber beide sahen sie nur entsetzt an ob der Zumutung, Arbeit und Pferde stehenzulassen und die Polizei zu suchen. Der Bauer selbst war (natürlich) auf dem Markt in Heathbury. Harriet hinterließ (ohne große Hoffnung) eine Nachricht für ihn und stapfte weiter.

Bald darauf kam dann eine Gestalt in Sicht, von der sie sich schon etwas mehr versprach: ein Mann in kurzer Hose mit einem Rucksack auf dem Rücken – ein Wanderer wie sie. Sie rief ihm gebieterisch zu.

«Hören Sie, können Sie mir sagen, wo ich hier jemanden mit einem Auto oder ein Telefon finde? Es ist furchtbar wichtig.»

Der Mann, ein spindeldürres Kerlchen mit rötlichem Haar, gewölbter Stirn und starker Brille, sah sie mit höflicher Hilflosigkeit an.

«Das kann ich Ihnen leider nicht sagen. Ich bin hier nämlich selbst fremd.»

«Gut, aber könnten Sie –?» begann Harriet, dann stockte sie. Was konnte er schließlich tun? Er saß im selben Boot wie sie. In einem törichten Rückfall in viktorianische Denkweisen hatte sie sich irgendwie eingebildet, ein Mann werde sich energischer und findiger zeigen, aber er war schließlich auch nur ein Mensch mit den üblichen zwei Beinen und einem Kopf.

«Sehen Sie», erklärte sie, «dort liegt nämlich ein Toter am Strand.» Sie zeigte auf eine unbestimmte Stelle hinter sich.

«Nein, wirklich?» rief der junge Mann. «Hören Sie mal, das ist aber doch ein starkes Stück, wie? Ist es ein – Freund von Ihnen?»

«Das nun gerade nicht», entgegnete Harriet. «Ich kenne ihn überhaupt nicht. Aber die Polizei müßte verständigt werden.»

«Die Polizei? Ach ja, natürlich, die Polizei. Na ja, in Wilvercombe finden Sie welche. Da gibt's eine Polizeistation.»

«Das weiß ich», sagte Harriet, «aber der Tote liegt weit unten bei der Niedrigwassermarke, und wenn ich nicht ganz schnell jemanden hinschicken kann, spült die Flut ihn fort. Wahrscheinlich ist er jetzt sogar schon weg. Mein Gott! Es ist ja gleich vier!»

«Die Flut? Ach ja. Doch, das kann schon sein. Falls –» ihm schien ein genialer Gedanke zu kommen – «falls jetzt Flut ist. Es könnte doch auch gerade Ebbe sein, oder?»

«Könnte schon, ist aber nicht», sagte Harriet unwirsch. «Seit zwei Uhr kommt die Flut. Haben Sie das nicht gemerkt?»

«Hmm, also nein, nicht daß ich wüßte. Ich bin nämlich kurzsichtig. Und außerdem verstehe ich nichts davon. Ich lebe in London. Und leider weiß ich auch nicht, was man da machen kann. Hier in der Nähe gibt es wohl keine Polizei, oder?»

Er schaute in die Runde, als erwartete er irgendwo in der Umgebung einen Konstabler auf dem Streifengang zu sehen.

«Sind Sie in letzter Zeit an irgendwelchen Häusern vorbeigekommen?» fragte Harriet.

«Häusern? O ja – ich glaube, ein Stückchen weiter hinten habe ich ein paar kleine Häuser gesehen. Doch, ich bin sicher. Da treffen Sie bestimmt Leute.»

«Dann versuche ich's dort. Und wenn Ihnen jemand begegnet, könnten Sie ihm bitte sagen, daß am Strand ein Mann liegt – mit durchgeschnittener Kehle.»

«Mit durchgeschnittener Kehle?»

«Ja. Nicht weit von den Klippen, die man hier Mahlzähne nennt.»

«Wer hat ihm die Kehle durchgeschnitten?»

«Woher soll ich das wissen? Ich nehme an, er war es selbst.»

«So – ach ja, natürlich. Sonst wär's ja auch Mord, nicht wahr?»

«Na ja, es *kann* natürlich auch ein Mord gewesen sein.»

Der Wanderer umklammerte nervös seinen Stock.

«Oh! Das möchte ich aber lieber nicht annehmen. Sie etwa?»

«Man kann nie wissen», sagte Harriet außer sich. «An Ihrer Stelle würde ich mich jetzt beeilen. Der Mörder könnte nämlich noch irgendwo in der Gegend sein.»

«Großer Gott!» sagte der junge Mann aus London. «Aber das wäre ja schrecklich gefährlich.»

«Ja, nicht? Ich gehe jetzt jedenfalls weiter. Und nicht vergessen: ein Mann mit durchgeschnittener Kehle in der Nähe der Mahlzähne.»

«Mahlzähne, ja. Ich werd's mir merken. Ach, wissen Sie –»

«Ja?»

«Meinen Sie nicht, ich sollte lieber mit Ihnen kommen? Um Sie zu beschützen, meine ich, und so ...»

Harriet mußte lachen. Sie war sicher, daß der junge Mann nur keine große Lust hatte, an den Mahlzähnen vorbeizugehen.

«Wie Sie wollen», meinte sie gelassen, während sie schon weiterging.

«Ich könnte Ihnen auch die Häuser zeigen», gab der junge Mann zu verstehen.

«Na gut», sagte Harriet. «Kommen Sie mit. Wir müssen uns beeilen.»

Nach einer Viertelstunde erreichten sie die Häuser – zwei niedrige, strohgedeckte Katen rechts von der Straße. Davor war eine hohe Hecke gepflanzt, die sie vor den Meeresböen schützte, zugleich aber auch jede Sicht auf die Küste versperrte. Gegenüber führte ein von niedrigen Steinwällen eingefaßter schmaler Weg zum Strand hinunter. Für Harriet waren die Häuser eine Enttäuschung. Sie waren bewohnt von einer sehr alten Frau, zwei jüngeren Frauen und ein paar kleinen Kindern, die Männer aber waren alle zum Fischen draußen. Sie würden heute lange draußen bleiben, aber mit der Abendflut würden sie wohl wiederkommen. Harriets Geschichte stieß auf schmeichelhaft großes Interesse, und die Frauen versprachen, sie ihren Männern zu erzählen, wenn sie wiederkämen. Sie boten ihr auch eine Erfrischung an, und diesmal nahm Harriet an. Sie war ziemlich sicher, daß die Leiche inzwischen von der Flut bedeckt sein würde, so daß eine halbe Stunde mehr oder weniger auch nichts mehr ausmachte. Die Aufregung hatte sie ermüdet. Dankbar trank sie den Tee.

Dann nahmen die Reisegefährten ihre Wanderschaft wieder auf, wobei der Herr aus London, dessen Name Perkins war, ständig über Blasen an den Füßen klagte. Harriet beachtete ihn nicht. Hier mußte doch jetzt bald mal irgendwer vorbeikommen.

Das einzige, was kam, war eine schnelle Limousine, die sie eine halbe Meile später überholte. Der stolze Chauffeur sah in den beiden winkenden Wanderern nur ein staubiges Anhalterpärchen und trat entschlossen aufs Gaspedal.

«Gemeiner Kerl!» schimpfte Mr. Perkins und blieb stehen, um sich die wunde Ferse zu reiben.

«Limousinen mit Chauffeuren taugen nie was», sagte Harriet. «Wir brauchen einen Lastwagen oder einen sieben Jahre alten Ford. Oh, sehen Sie mal! Was ist denn das?»

«Das» war ein Schrankenpaar quer über der Straße und ein kleines Häuschen daneben.

«Ein Bahnübergang, na so ein Glück!» Harriet faßte neuen Mut. «Da *muß* doch jemand drinnen sein.»

Es war jemand drinnen. Sogar zwei – ein alter Krüppel und ein kleines Mädchen. Harriet fragte hoffnungsvoll, wo sie hier ein Auto oder ein Telefon finden könne.

«Das finden Sie beides im Dorf, Miss», antwortete der Krüppel. «Das heißt, ein Dorf ist es ja nicht direkt, aber Mr. Hearn, der Krämer, hat ein Telefon. Das hier ist Darley Halt, eine Bedarfshaltestelle, und bis Darley sind es noch zehn Minuten zu Fuß. Da finden Sie schon jemanden, Miss, ganz bestimmt. Moment mal, Miss. Liz, die Schranke!»

Das Kind lief hinaus, um die Schranke zu öffnen und einen kleinen Jungen durchzulassen, der ein großes Pferdefuhrwerk führte.

«Kommt hier gleich ein Zug durch?» erkundigte Harriet sich beiläufig, weil die Schranke gleich wieder geschlossen wurde.

«Erst in einer halben Stunde, Miss. Wir halten aber die Schranke meist geschlossen. Viel Verkehr kommt ja hier nicht durch, und so bleibt wenigstens das Vieh von den Gleisen. Tagsüber kommen hier ziemlich viele Züge. Das ist doch die Hauptstrecke von Wilvercombe nach Heathbury. Die Schnellzüge halten hier natürlich nicht, nur die Bummelzüge, und das sind nur zwei am Tag, außer am Markttag.»

«Ach so, verstehe.» Harriet wunderte sich plötzlich selbst, wieso sie nach Zügen fragte, bis ihr klar wurde, daß es ihr berufliches Interesse an Fahrplänen war, mit dem sie unbewußt die Möglichkeit erkundete, wie der Tote zu den Mahlzähnen gekommen sein konnte. Eisenbahn, Auto, Boot – wie war er hingekommen?

«Um wieviel Uhr –?» Nein, das war jetzt nicht wichtig. Das konnte die Polizei nachprüfen. Sie bedankte sich bei dem Schrankenwärter, schob sich durch die Drehkreuze und ging weiter, gefolgt von dem humpelnden Mr. Perkins.

Die Chaussee lief immer noch am Meer entlang, aber die Steilküste wurde jetzt immer flacher und fiel fast auf Meereshöhe ab. Sie sahen eine Baumgruppe und eine Hecke und einen kleinen Pfad, der im Bogen an einer verfallenen Hütte vorbei zu einer ausgedehnten Grünfläche führte, auf der an der Grenze zum Sandstrand ein Zelt stand; daneben stieg Rauch von einem Lagerfeuer auf. Als sie an dem Weg vorbeigingen, kam dort gerade ein Mann herauf, einen Benzinkanister in der Hand. Er trug eine alte Flanellhose und ein Khakihemd mit hochgekrempelten Ärmeln. Sein weicher Hut war ziemlich tief ins Gesicht gezogen, und die Augen waren zusätzlich hinter einer dunklen Brille versteckt.

Harriet sprach den Mann an und fragte, ob es noch weit bis zum Dorf sei.

«Nur ein paar Minuten», antwortete er kurz angebunden, aber höflich.

«Ich möchte telefonieren», fuhr Harriet fort. «Ich höre, es gibt dort einen Laden mit Telefon. Stimmt das?»

«Ja. Gleich hinterm Dorfanger, auf der anderen Seite. Sie können ihn gar nicht verfehlen, weil es der einzige Laden ist.»

«Danke. Ach, übrigens – es gibt wohl keinen Polizisten im Dorf?»

Der Mann, der gerade weitergehen wollte, blieb stehen und sah sie an, die Hand wegen der grellen Sonne über die Augen gelegt. Harriet sah eine in Rot und Blau tätowierte Schlange auf seinem Unterarm und fragte sich, ob der Mann vielleicht einmal zur See gefahren war.

«Nein, einen Polizisten gibt's in Darley nicht. Wir teilen uns einen Konstabler mit dem Nachbardorf, glaube ich – er fährt gelegentlich mit dem Fahrrad durch die Gegend. Ist was passiert?»

«An der Küste ist ein Unglück passiert», sagte Harriet. «Da liegt ein Toter.»

«Du lieber Himmel! Na, dann rufen Sie am besten gleich in Wilvercombe an.»

«Ja, das werde ich tun. Danke. Kommen Sie, Mr. Perkins! Oh, er ist schon weg!»

Harriet holte ihren Weggenossen ein, ziemlich verärgert, weil er so offenkundig nichts mit ihr und ihrer Mission zu tun haben wollte.

«Sie brauchen ja nicht überall stehenzubleiben und mit jedem zu reden», beschwerte sich Mr. Perkins. «Dieser Kerl gefiel mir nicht, und wir sind doch gleich da. Ich bin nämlich heute morgen schon einmal hier durchgekommen.»

«Ich wollte nur fragen, ob es hier einen Polizisten gibt», erklärte Harriet friedfertig. Sie wollte sich nicht mit Mr. Perkins streiten. Sie hatte an anderes zu denken. Häuser tauchten jetzt auf, robuste kleine Bauten inmitten farbenfroher Gärtchen. Die Straße machte plötzlich einen Bogen landeinwärts, und Harriet sah zu ihrer Freude Telefonstangen, noch mehr Häuser und schließlich einen kleinen Dorfanger mit einer Schmiede in einer Ecke und cricketspielenden Kindern auf dem Rasen. Mitten auf dem Anger stand eine alte Eiche, um deren Stamm eine Bank herumführte, auf der ein alter Mann sich sonnte; und gegenüber erspähte sie jetzt einen Laden mit einem Schild über der Tür: Geo. Hearn, Lebensmittel.

«Gott sei Dank!» sagte Harriet.

Sie eilte fast im Laufschritt über die kleine Grünanlage und in den Dorfladen, in dem sich Schuhe und Bratpfannen bis zur Decke stapelten und von sauren Drops bis Kordhosen offenbar alles zu haben war.

Ein kahlköpfiger Mann trat hilfsbereit hinter einer Pyramide von Gemüsekonserven hervor.

«Kann ich bitte mal Ihr Telefon benutzen?»

«Selbstverständlich, Miss. Welche Nummer?»

«Die Polizei von Wilvercombe.»

«Die Polizei?» Der Krämer machte ein verwundertes, fast erschrockenes Gesicht. «Da muß ich Ihnen aber erst die Nummer heraussuchen», meinte er zögernd. «Kommen Sie mit ins Wohnzimmer, Miss – und Sir.»

«Danke», sagte Mr. Perkins. «Aber eigentlich – ich meine, das ist eigentlich Sache der Dame. Das heißt – wenn es hier irgendwo ein Hotel gibt, möchte ich lieber – ich meine – äh – guten Abend.»

Er stahl sich unauffällig aus dem Laden. Harriet, die schon vergessen hatte, daß es ihn überhaupt gab, folgte dem Händler ins Hinterzimmer und wartete geduldig, während er seine Brille aufsetzte und umständlich mit dem Telefonbuch zu hantieren begann.

3

Das Zeugnis des Hotels

Klein und greulich, knochig und dick,
Weiß und klapprig, moosig und geel,
Die Paare warten, spielt auf zur Gigue!
Tanzt und seid lustig; Vetter Tod ist fidel.

Wo ist Tod und sein Liebchen? Wir wollen beginnen.
Death's Jest-Book

DONNERSTAG, 18. JUNI

Es war Viertel nach fünf, als der Krämer meldete, daß Harriets Gespräch durch sei. Durch die Aufenthalte und den Umweg zu Coffins Hof bei Brennerton hatte sie für die gut vier Meilen Entfernung von den Mahlzähnen bis hier fast drei Stunden gebraucht! Zwar hatte sie alles in allem sechs Meilen oder mehr zurückgelegt, aber sie fand, sie habe doch erschreckend viel Zeit vertan. Nun gut, sie hatte sich alle Mühe gegeben, aber die Umstände waren gegen sie gewesen.

«Hallo!» sagte sie müde.

«Hallo!» antwortete eine amtliche Stimme.

«Ist dort die Polizei von Wilvercombe?»

«Am Apparat. Wer sind Sie?»

«Ich rufe aus Mr. Hearns Laden in Darley an. Ich möchte Ihnen melden, daß ich heute nachmittag gegen zwei Uhr am Strand in der Nähe der Mahlzähne die Leiche eines Mannes gefunden habe.»

«Oh!» sagte die Stimme. «Einen Augenblick bitte. So. Die Leiche eines Mannes bei den Mahlzähnen. Weiter?»

«Seine Kehle war durchgeschnitten», sagte Harriet.

«Kehle durchgeschnitten», antwortete die amtliche Stimme. «Weiter?»

«Ich habe auch ein Rasiermesser gefunden», sagte Harriet.

«Ein Rasiermesser?» Es hörte sich an, als ob ihr Gesprächspartner sich über diese Mitteilung freute. «Wer spricht dort, bitte?» fuhr die amtliche Stimme fort.

«Mein Name ist Vane, Miss Harriet Vane. Ich bin auf einer Wanderung, und da habe ich ihn gefunden. Können Sie jemanden schicken, der mich holt, oder soll ich –?»

«Einen Moment. Name: Vane, V-A-N-E, ja. Gefunden um zwei Uhr, sagen Sie? Das melden Sie uns aber ziemlich spät, finden Sie nicht?»

Harriet erklärte, wie schwierig es gewesen sei, die Polizei überhaupt zu erreichen.

«Aha», sagte die Stimme. «Also gut, Miss, wir schicken einen Wagen. Bleiben Sie bitte, wo Sie sind, bis wir kommen. Sie werden mit uns fahren und uns die Leiche zeigen müssen.»

«Ich fürchte nur, sie ist inzwischen nicht mehr da», sagte Harriet. «Sehen Sie, der Tote lag ziemlich nah am Wasser, auf diesem großen Felsen, und die Flut –»

«Das lassen Sie nur unsere Sorge sein, Miss», entgegnete die Stimme zuversichtlich, als ob der nautische Kalender sich selbstverständlich nach den Wünschen der Polizei zu richten habe. «Der Wagen ist in ungefähr zehn Minuten da.»

Es klickte, dann war es still in der Leitung. Harriet legte auf, dachte kurz nach und griff noch einmal zum Hörer.

«Geben Sie mir Ludgate 6000 – so schnell es geht. Dringendes Pressegespräch. Ich muß es in fünf Minuten haben.»

Die Telefonistin wollte aufbegehren.

«Hören Sie – das ist die Nummer des *Morning Star.* Ein Blitzgespräch bitte.»

«Na ja», meinte die Telefonistin zweifelnd. «Ich will mal sehen, was ich tun kann.»

Harriet wartete.

Drei Minuten vergingen – vier – fünf – sechs. Dann schrillte die Klingel. Harriet riß den Hörer von der Gabel.

«*Morning Star.*»

«Geben Sie mir die Nachrichtenredaktion – schnell.»

Summen, Klicken.

«*Morning Star,* Nachrichtenredaktion.»

Harriet sammelte sich, um ihre Geschichte so kurz und prägnant wie möglich wiederzugeben.

«Ich spreche aus Darley bei Wilvercombe. Heute nachmittag um zwei Uhr wurde an der Küste die Leiche eines Mannes – haben Sie das? – mit durchgeschnittener Kehle gefunden. Entdeckt wurde der Tote von Miss Harriet Vane, der bekannten Kriminalschriftstellerin... Ja, richtig – die Harriet Vane, die vor zwei Jahren wegen Mordes angeklagt war... Ja... Der Tote scheint etwa zwanzig Jahre alt zu sein – blaue Augen, kurzer dunkler Vollbart, dunkelblauer Gesellschaftsanzug, braune Schuhe, gelbbraune Lederhandschuhe... In der Nähe der Leiche wurde ein

Rasiermesser gefunden... Wahrscheinlich Selbstmord... O doch, es *könnte* auch Mord sein; nennen Sie es einfach mysteriöse Umstände... Ja... Miss Vane, die zur Zeit einen Wanderurlaub macht, um Material für ihren neuen Roman *Das Geheimnis des Füllfederhalters* zu sammeln, mußte erst mehrere Meilen laufen, ehe sie Hilfe herbeiholen konnte... Nein, die Polizei hat die Leiche noch nicht gesehen... Inzwischen ist sie wahrscheinlich auch schon unter Wasser, aber bei Ebbe wird man sie wohl wiederfinden... Ich rufe später noch einmal an... Ja... Wie?... Ach so, *ja*, hier spricht *Miss Vane*. Ja... Nein, ich gebe Ihnen das exklusiv... Na ja, ich nehme an, daß die Geschichte bald überall rum ist, aber *meinen* Bericht gebe ich Ihnen exklusiv... vorausgesetzt natürlich, daß Sie mich gut herausstellen... Ja, selbstverständlich... Aha! Ja, ich denke, daß ich in Wilvercombe bleiben werde... Weiß ich nicht; ich rufe Sie an, wenn ich weiß, wo ich unterkomme... Gut... Ganz recht... Wiederhören.»

Als sie auflegte, hörte sie draußen einen Wagen vorfahren und ging durch den kleinen Laden zurück, dem großen, breitschultrigen Mann im grauen Anzug entgegen, der sofort begann: «Ich bin Inspektor Umpelty. Was ist hier los?»

«Ah, Inspektor! Sehr erfreut. Allmählich dachte ich schon, ich erreiche nie mehr einen vernünftigen Menschen. Das war ein Ferngespräch, Mr. Hearn. Was es kostet, weiß ich nicht, aber hier haben Sie zehn Shilling. Für den Rest telefoniere ich ein andermal wieder. Ich habe gerade nach Hause durchgegeben, daß ich für ein paar Tage in Wilvercombe festsitzen werde, Inspektor. So ist es doch, oder?»

Das war zwar gelogen, aber Schriftsteller und Polizeiinspektoren sind, was Öffentlichkeitsarbeit betrifft, durchaus nicht immer einer Meinung.

«Stimmt, Miss. Ich muß Sie bitten, noch ein Weilchen hierzubleiben, solange wir die Sache untersuchen. Steigen Sie am besten gleich in den Wagen, dann fahren wir mal zu der Stelle, wo Sie die Leiche gesehen haben. Dieser Herr ist Dr. Fenchurch, und das ist Sergeant Saunders.»

Harriet nickte den beiden zu.

«Wieso *ich* mitkommen muß, weiß ich ja *nicht*», beschwerte sich der Polizeiarzt mit leidvoller Stimme. «Wenn der Mann um zwei Uhr knapp über der Niedrigwassermarke lag, sehen wir heute nicht mehr viel von ihm. Die Flut ist jetzt schon wieder halb zurück, und dazu weht noch ein kräftiger Wind.»

«Das ist ja das Ärgerliche», pflichtete der Inspektor ihm bei.

«Ich weiß», sagte Harriet bekümmert, «aber ich habe wirklich mein Bestes getan.» Sie schilderte ihre Odyssee in allen Einzelheiten, berichtete genau, was sie bei dem Felsen getan hatte und zeigte ihnen den Schuh, das Zigarettenetui, den Hut, das Taschentuch und das Rasiermesser.

«Na ja», meinte der Inspektor. «Sie scheinen ja ganz schön gründlich vorgegangen zu sein, Miss. Man sollte meinen, Sie hätten das gelernt. Sogar noch fotografiert. Trotzdem», fügte er streng hinzu, «wenn Sie früher aufgebrochen wären, hätten Sie uns früher Bescheid sagen können.»

«Ich habe nicht viel Zeit vertan», wandte Harriet ein, «und ich dachte, wenn die Leiche fortgespült wird oder dergleichen, ist es besser, wir haben überhaupt irgend etwas.»

«Stimmt auch wieder, Miss, und ich würde fast sagen, Sie haben richtig gehandelt. Sieht aus, als ob ein starker Wind aufkäme, da staut sich das Wasser.»

«Kommt genau aus Südwest», warf der Sergeant ein, der den Wagen lenkte. «Wenn das so weitergeht, bleibt dieser Felsen auch bei Niedrigwasser überflutet, und bei dem Seegang wird es ziemlich schwer sein, da heranzukommen.»

«Ja», sagte der Inspektor. «Die Strömung zieht sehr stark gerade um die Bucht herum, und an den Mahlzähnen kriegt man ein Boot nicht vorbei – jedenfalls nicht heil.»

Und in der Tat, als sie in der «Mörderbucht» ankamen, wie Harriet sie insgeheim getauft hatte, war von dem Felsen nichts mehr zu sehen, geschweige von dem Toten. Das Meer bedeckte schon den halben Sandstrand, und die Wellen gingen hoch. Der dünne weiße Strich, der nachmittags angezeigt hatte, wo die Wellen sich an den Mahlzähnen brachen, war verschwunden. Der Wind frischte immer mehr auf, und die Sonne blinzelte nur noch selten zwischen den immer dicker sich türmenden Wolkenmassen hervor.

«Hier war es doch, Miss?» fragte der Inspektor.

«Ja, das war die Stelle», bekräftigte Harriet.

Der Inspektor schüttelte den Kopf.

«Dieser Felsen liegt inzwischen mindestens fünf Meter unter Wasser», sagte er. «In einer Stunde haben wir Hochwasser. Da kann ich jetzt nichts mehr machen. Wir müssen auf die Ebbe warten. Das nächste Niedrigwasser wird so gegen acht Uhr früh sein. Mal sehen, ob es dann eine Möglichkeit gibt, da heranzukommen, aber wenn Sie mich fragen, kriegen wir schlechteres Wetter. Natürlich wäre es möglich, daß die Leiche von dem Felsen gespült und irgendwo an Land getrieben wird. Ich fahre Sie nach Brennerton, Saunders; versuchen Sie da ein paar Männer aufzutreiben, um die Küste zu beobachten. Ich selbst fahre nach Wilvercombe und sehe zu, daß wir ein Boot bekommen. Sie werden mit mir kommen müssen, Miss, um eine Aussage zu machen.»

«Selbstverständlich», sagte Harriet ziemlich schwach.

Der Inspektor drehte sich um und sah sie an.

«Sie sind sicher ein bißchen aus dem Gleichgewicht, Miss», meinte er, «was ja kein Wunder ist. Ziemlich unerfreulich für eine junge Dame, sich mit so etwas abgeben zu müssen. Ich kann nur staunen, wie Sie das gemacht haben. Wissen Sie, die meisten jungen Damen wären nämlich einfach weggelaufen und hätten schon gar nicht Schuhe und so was mitgenommen.»

«Nun ja», erklärte Harriet, «ich weiß eben, was da zu tun ist. Ich schreibe Detektivgeschichten», ergänzte sie und hatte, während sie das sagte, das Gefühl, daß der Inspektor dies für eine höchst unnütze und alberne Beschäftigung halten mußte.

«Na, so was», meinte der Inspektor. «Es kommt doch sicher nicht oft vor, daß Sie Ihre eigenen Geschichten sozusagen in die Tat umsetzen können, wie? Was sagten Sie noch, wie Sie heißen, Miss? Ich lese ja nicht oft solche Bücher, höchstens ab und zu mal einen Edgar Wallace, aber Ihren Namen muß ich natürlich sowieso wissen.»

Harriet nannte ihren Namen und ihre Londoner Adresse. Der Inspektor schien plötzlich hellhörig zu werden.

«Ich meine, den Namen hätte ich schon mal gehört.»

«Ja», antwortete Harriet ein wenig trotzig. «Wahrscheinlich. Ich bin –» sie lachte verlegen – «ich bin die berüchtigte Harriet Vane, die vor zwei Jahren angeklagt war, Philip Boyes ermordet zu haben.»

«Ach ja. Richtig», erwiderte der Inspektor. «Stimmt. Aber man hat ja den Kerl erwischt, der es wirklich war, oder? Giftmord mit Arsen. Ja, natürlich. Bei dem Prozeß ging es recht viel um medizinische Details, wenn ich mich recht erinnere. Gute Arbeit. Lord Peter Wimsey hatte damit zu tun, nicht?»

«Ziemlich», sagte Harriet.

«Scheint ein kluger Kopf zu sein», bemerkte der Inspektor. «Man hört immer wieder von ihm.»

«Ja», räumte Harriet ein. «Er ist – sehr aktiv.»

«Sie kennen ihn bestimmt sehr gut?» bohrte der Inspektor mit einer, wie Harriet fand, höchst unangebrachten Neugier weiter.

«O ja, natürlich, ganz gut.» Sie fand sich mit einemmal recht undankbar. Immerhin hatte Wimsey sie aus einer sehr unangenehmen Lage, wenn nicht sogar vor einem schmachvollen Tod gerettet, und so ergänzte sie hastig und ein wenig gestelzt: «Ich habe ihm sehr viel zu verdanken.»

«Versteht sich», antwortete der Inspektor. «Das soll nicht heißen, daß Scotland Yard –» er war ein loyaler Mann – «am Ende nicht auch den Richtigen erwischt hätte. Aber manchmal –» hier gewann der Lokalpatriotismus die Oberhand – «sind die vom Yard uns gegenüber doch im Nachteil. Sie können nicht alle Leute in London kennen, wie wir hier jeden kennen. Ginge ja gar nicht. Und in so einem Fall hier – ich wette zehn gegen eins, daß wir im Nu alles über diesen jungen Mann herausbekommen werden.»

«Aber vielleicht war er ein Feriengast», meinte Harriet.

«Wahrscheinlich sogar», sagte der Inspektor. «Trotzdem gibt es bestimmt jemanden, der über ihn Bescheid weiß. Hier steigen Sie aus, Saunders. Trommeln Sie alle Hilfe zusammen, die Sie kriegen können, und lassen Sie sich von Mr. Coffin nach Wilvercombe bringen, wenn Sie hier durch sind. Also, Miss, was sagten Sie noch gleich, wie dieser Bursche aussah?»

Harriet beschrieb den Leichnam noch einmal.

«Bart? Soso», fand der Inspektor. «Hört sich nach einem Ausländer an, wie? Im Moment weiß ich ihn nirgends unterzubringen, aber das werden wir ganz schnell haben. So, und hier sind wir bei der Polizeistation, Miss. Wenn Sie einen Augenblick hereinkommen könnten – der Chef möchte Sie gern sprechen.»

Harriet trat ein und erzählte die ganze Geschichte noch einmal von vorn, diesmal bis ins kleinste Detail. Polizeidirektor Glaisher hörte ihr mit schmeichelhaftem Interesse zu. Sie übergab die Gegenstände, die sie dem Toten abgenommen hatte, sowie den Film und wurde dann noch eingehend nach ihrem Tagesablauf vor und nach dem Leichenfund befragt.

«Übrigens», meinte der Polizeidirektor, «dieser junge Mann, dem Sie auf der Straße begegnet sind – wo ist er geblieben?»

Harriet sah sich um, als erwartete sie, Mr. Perkins immer noch brav bei Fuß zu finden.

«Keine Ahnung. Den habe ich ganz vergessen. Er muß weggegangen sein, während ich Sie anrief.»

«Komisch», fand Glaisher und nahm sich vor, nach Mr. Perkins suchen zu lassen.

«Aber er kann unmöglich Näheres wissen», sagte Harriet. «Er war sehr überrascht – und erschrocken. Darum ist er ja mit mir zurückgekommen.»

«Wir werden ihn trotzdem unter die Lupe nehmen müssen, das gehört nun mal dazu», sagte der Polizeidirektor. Harriet wollte schon einwenden, dies sei doch reine Zeitverschwendung, als ihr plötzlich klar wurde, daß höchstwahrscheinlich *ihre* Geschichte «unter die Lupe» genommen werden sollte. Sie schwieg, und der Polizeidirektor fuhr fort:

«Also, Miss Vane, ich muß Sie jetzt leider bitten, sich ein paar Tage zu unserer Verfügung zu halten. Was hatten Sie eigentlich geplant?»

«Oh, ich verstehe vollkommen. Ich werde mich wohl irgendwo in Wilvercombe einquartieren. Kein Angst, *ich* laufe schon nicht weg. Schließlich möchte ich selbst hier dabeisein.»

Der Beamte betrachtete sie ein wenig mißbilligend. Natürlich war jeder nur zu glücklich, wenn er in so einer grauenvollen Tragödie im Rampenlicht stehen durfte, aber eine Dame hätte doch wenigstens versuchen können, den gegenteiligen Eindruck zu erwecken. Inspektor Umpelty reagierte dagegen nur mit dem bescheidenen Hinweis, daß Cleggs' Temperenzler-Herberge allgemein als preiswert und einigermaßen wohnlich gelte.

Harriet mußte lachen, als sie plötzlich daran denken mußte, was sie als Schriftstellerin schließlich der Presse schuldig war. «Als unser Korrespondent in Cleggs' Temperenzler-Herberge mit Miss Vane sprach –» Nein, das ging einfach nicht.

«Ich habe für Temperenzler-Herbergen nichts übrig», antwortete sie in bestimmtem Ton. «Welches ist das beste Hotel am Ort?»

«Das *Resplendent* ist das größte», meinte Glaisher.

«Dann finden Sie mich im *Resplendent*», sagte Harriet, nahm ihren verstaubten Rucksack auf und wollte zur Tat schreiten.

«Inspektor Umpelty bringt Sie mit dem Wagen hin», sagte der Polizeidirektor, indem er Umpelty zunickte.

«Nett von ihm», erwiderte Harriet amüsiert.

Wenige Minuten später setzte der Wagen sie vor einem dieser monströsen Strandpaläste ab, die aussehen wie von einem deutschen Spielwarenfabrikanten entworfen. Das gläserne Portal war von Ziersträuchern halb versperrt, und die hohe, gewölbte Decke der Empfangshalle ruhte auf vergoldeten Pilastern, die aus einem Meer von blauem Plüsch emporwuchsen. Harriet, unbeeindruckt von der ganzen Pracht, verlangte ein großes Einzelzimmer mit Bad, im ersten Stock, mit Blick zum Meer.

«Bedaure», näselte der Empfangschef nach einem müden, mißbilligenden Blick auf Harriets Rucksack und Schuhe, «aber unsere Räume sind alle belegt.»

«Um diese Jahreszeit bestimmt nicht», antwortete Harriet. «Ich lasse den Geschäftsführer auf ein Wort zu mir bitten.» Worauf sie mit entschlossener Miene im nächststehenden dick gepolsterten Sessel Platz nahm, einen Kellner herbeiwinkte und einen Cocktail bestellte.

«Leisten Sie mir Gesellschaft, Inspektor?»

Der Inspektor dankte artig und erklärte, daß in seiner Stellung eine gewisse Zurückhaltung angebracht sei.

«Dann ein andermal», meinte Harriet lächelnd und legte dem Kellner eine Pfund-Note aufs Tablett, wobei sie auffällig mit ihrer wohlgefüllten Geldbörse hantierte.

Inspektor Umpelty konnte sich ein leichtes Grinsen nicht verkneifen, als er sah, wie der Empfangschef dem Kellner Zeichen machte. Er schlenderte gemächlich zur Rezeption und sagte ein paar Worte. Kurz darauf näherte sich der Gehilfe des Empfangschefs Harriet mit abbittendem Lächeln.

«Wir erfahren soeben, daß wir Ihnen doch ein Zimmer anbieten können, Madam. Ein amerikanischer Gast hat uns mitgeteilt, daß er sein Zimmer im ersten Stock heute räumt. Es liegt zur Promenade hin. Ich glaube, Sie werden zufrieden sein.»

«Hat es auch ein eigenes Bad?» fragte Harriet ohne große Begeisterung.

«Ja, Madam. Und einen Balkon.»

«Gut», meinte Harriet. «Welche Nummer? Dreiundzwanzig. Ich nehme an, es hat auch Telefon? Nun, Inspektor, dann wissen Sie ja jetzt, wo Sie mich erreichen, nicht?»

Sie grinste ihn freundlich an.

«Ja, Miss», entgegnete Inspektor Umpelty, ebenfalls grinsend. Seine Belustigung hatte einen eigenen Grund. Harriets Geldbörse hatte ihr die Aufnahme im *Resplendent* verschafft, aber für den Blick aufs Meer, das Bad und den Balkon hatte sein geflüstertes «Bekannte von Lord Peter Wimsey» gesorgt. Es war aber gut, daß Harriet davon nichts wußte. Sie hätte sich daran gestört.

Merkwürdigerweise hatte sie aber ständig Lord Peters Bild vor Augen, als sie dem *Morning Star* telefonisch ihre Adresse durchgab, und selbst dann noch, als sie mit dem ebenso teuren wie guten Abendessen kämpfte, das im *Resplendent* serviert wurde. Wären die Beziehungen zwischen den beiden anderer Art gewesen, so hätte sie ihn selbstverständlich angerufen und ihm von dem Toten mit der durchschnittenen Kehle erzählt. So aber hätte dies doch mißverstanden werden können. Außerdem handelte es sich wahrscheinlich sowieso nur um einen ganz gewöhnlichen Selbstmord, der seiner Aufmerksamkeit gar nicht wert war. Der Fall war nicht annähernd so interessant und verzwickt wie zum Beispiel die Schlüsselsituation in *Das Geheimnis des Füllfederhalters.* In dieser fesselnden Geschichte beging der Bösewicht gerade ein Verbrechen in Edinburgh, während er gleichzeitig ein geniales Alibi konstruierte, in dem eine Dampfyacht, ein Rundfunkzeitsignal, fünf Uhren und die Umstellung von Sommer- auf Winterzeit eine Rolle spielten. (Der Herr mit der durchschnittenen Kehle war offenbar aus Richtung Wilvercombe gekommen. Über die Straße? Mit dem Zug? War er von Darley Halt aus zu Fuß gegangen? Wenn nicht, wer hatte ihn hingebracht?) Sie mußte sich aber jetzt wirklich auf dieses Alibi konzentrieren. Die Rathausuhr war das eigentliche Problem. Wie konnte man sie verstellen? Und verstellt werden mußte sie, denn das ganze Alibi hing davon ab, daß man sie im richtigen Augenblick Mitternacht schlagen hörte. Konnte man den Bediensteten, der sich um die Uhr zu kümmern hatte, zum Komplicen machen? Wer war für Rathausuhren zuständig? (Warum Handschuhe? Und ob sie selbst Fingerabdrücke auf dem Rasiermesser hinterlassen hatte?) Würde sie am Ende nach Edinburgh fahren müssen? Vielleicht gab's da gar kein Rathaus und keine Uhr. Eine Kirchturmuhr täte es natürlich auch. Aber Kirchturmuhren und Leichen in Glockenstuben waren in letzter Zeit ein wenig überstrapaziert worden. (Komisch, die Sache mit diesem Mr. Perkins. Wenn es am Ende doch ein Mord war, könnte der Mörder bis zu irgendeinem Punkt durchs Wasser gegangen sein? Vielleicht hätte sie direkt am Strand und nicht die Küstenstraße entlanggehen sollen. Aber das kam jetzt ohnehin zu spät.) Und sie hatte sich noch nicht genug um die Geschwindigkeit der Motoryacht gekümmert. Solche Dinge hatte man einfach zu wissen. Lord Peter wüßte es natürlich; er war sicher schon mit allen möglichen Motoryachten gefahren. Es mußte doch schön sein, so *richtig* reich zu sein. Wer Lord Peter heiratete, wäre natürlich reich. Und unterhaltsam war er auch. Daß ein Zusammenleben mit ihm langweilig werden könnte, würde wohl niemand behaupten. Aber das dumme war, daß man nie wissen konnte, wie sich's mit jemandem lebte, solange man nicht mit ihm lebte. Es lohnte sich nicht. Auch nicht der Motoryachten wegen. Eine Schriftstellerin konnte ja nun nicht jeden heiraten, der ihr irgendwelche Spezialkenntnisse vermitteln konnte. Harriet vergnügte sich beim Kaffee damit, sich die Karriere einer amerikanischen Kriminalschriftstellerin auszumalen, die für jedes neue Buch eine neue Ehe einging. Für ein Buch über Gifte würde sie einen Chemiker heiraten; für ein Buch, das mit einem Testament zu tun hatte, einen Rechtsanwalt; für einen Mord durch Erdrosseln – nun, natürlich einen Henker. Daraus konnte man etwas machen. Natürlich wäre dieses Buch nur ein Jux. Und die Schurkin würde sich ihres jeweiligen Gatten immer nach derselben Methode entledigen, die sie in dem Buch gerade beschrieb. Zu durchsichtig? Vielleicht.

Sie verließ den Eßtisch und begab sich in eine Art großen Salon, in dessen Mitte eine Tanzfläche freigeräumt war. Auf einem Podium ganz hinten spielte eine kleine Tanzkapelle, und um die Tanzfläche herum waren kleine Tische gruppiert, an denen die Gäste ihren Kaffee oder Likör trinken konnten, während sie den Tanzenden zusahen. Während sie Platz nahm und sich etwas zu trinken bestellte, begab sich gerade ein Paar – offenbar Berufstänzer – auf die Tanzfläche, um einen Walzer vorzuführen. Der Mann war groß und blond; sein glattes Haar klebte fest am Kopf, und sein Gesicht mit dem breiten, melancholischen Mund hatte ein eigenartiges, ungesundes Aussehen. Die Frau trug ein übertrieben elegantes Kleid aus violetter Seide mit enormem Bausch und gewaltiger Schleppe; ihr Gesicht war eine Maske viktorianischer Geziertheit, während sie sich zu den Klängen der *Schönen blauen Donau* lässig in den Armen ihres Partners drehte. *Autres temps, autres mœurs,* dachte Harriet. Sie blickte sich im Salon um. Lange Kleider und Kostüme aus den siebziger Jahren des vorigen Jahrhunderts überwogen – sogar Straußenfedern und Fächer. Und selbst die Geziertheit jener Epoche hatte ihre Nachahmer. Aber sie war nur allzu offensichtlich Imitation. Die schlank aussehenden Taillen waren auf schlank gemacht, nicht durch unbarmherziges Schnüren, sondern durch teuerste Schneiderkunst. Morgen früh auf dem Tennisplatz würden dieselben Taillen in kurzen, locker fallenden Kleidchen sich als die Taillen muskulöser junger Frauen von heute präsentieren, die sich über alle Schranken hinwegsetzten. Und die Seitenblicke, die niedergeschlagenen Augen, die gespielte Züchtigkeit – alles nur Maske. Wenn das die von den Modejournalen propagierte «Rückkehr zur Fraulichkeit» war, dann handelte es sich um eine völlig andere Art von Fraulichkeit – Fraulichkeit auf der Grundlage wirtschaftlicher Unabhängigkeit. Waren die Männer wirklich dumm genug, zu glauben, daß die gute alte Zeit weiblicher Unterordnung durch Miedermoden zurückzuholen sei? «Wohl kaum», dachte Harriet, «solange sie ganz genau wissen, daß man Schleppe und Bausch nur abzulegen, einen kurzen Rock anzuziehen und wegzugehen braucht, weil man seinen Beruf und sein eigenes Geld hat. Also bitte. Es ist nur ein Spiel, und wahrscheinlich kennen alle die Regeln.»

Der Walzer klang aus, die Tänzer vollführten eine letzte, schwungvolle Drehung und blieben stehen. Die Musiker stimmten unter dem Schirm des spärlichen Beifalls ihre Instrumente und blätterten ihre Noten um. Dann forderte der Tänzer eine Dame von einem der Tische auf Harriets Seite auf, während auf der gegenüberliegenden Seite die violett gekleidete Frau einem beleibten Fabrikanten in Tweedjacke die Ehre gab. Eine zweite Frau, eine Blondine in einem blaßblauen Kleid, erhob sich von ihrem einsamen Tisch am Podium und führte einen älteren Herrn aufs Parkett. Andere Gäste mit eigenen Partnern begannen sich zu den Takten eines neuen Walzers zu drehen. Harriet winkte dem Kellner und ließ sich noch einen Kaffee bringen.

Der Mann, dachte sie, gibt sich gern der Illusion hin, daß die Frau von seiner Gunst und Gnade abhängig sei und ihr ganzes Leben sich nur um ihn drehe. Aber liebt er auch die Wirklichkeit? Nein, dachte Harriet verbittert; nicht, wenn der Schmelz der Jugend erst dahin ist. Die junge Frau, die da drüben so mit den vermögend aussehenden Herren kokettiert, wird einmal ebenso enden wie diese Raubwachtel am Tisch nebenan, sofern sie nichts findet, um ihren Geist zu beschäftigen – vorausgesetzt, sie hat welchen. Und dann sagen die Männer, sie macht ihnen angst.

Die «Raubwachtel» war eine magere, jämmerlich aufgetakelte Frau, mit deren übertrieben modischer Kleidung eine Siebzehnjährige ihre Schwierigkeiten gehabt hätte. Sie war Harriet schon vorhin durch ihren strahlenden, fast bräutlich beglückten Blick aufgefallen. Sie war allein, schien aber jemanden zu erwarten, denn ihre Augen schweiften unablässig durch den Raum, wobei sie sich hauptsächlich auf den Tisch der Eintänzer neben dem Podium konzentrierten. Jetzt schien sie nervös zu werden. Ihre beringten Hände zuckten fahrig; sie zündete sich eine Zigarette nach der anderen an, nur um sie halb geraucht wieder auszudrükken, den Spiegel aus der Handtasche zu reißen, ihr Make-up zu erneuern, wieder nervös zu zucken und das ganze Ritual mit einer neuen Zigarette von vorn zu beginnen.

«Sie wartet auf ihren Gigolo», konstatierte Harriet mitleidig und abgestoßen zugleich. «Wahrscheinlich auf den Kerl mit dem Froschmaul. Aber der scheint angenehmere Beschäftigung zu haben.»

Der Kellner brachte den Kaffee, und die Frau am Nebentisch fing ihn auf dem Rückweg ab.

«Ist Mr. Alexis heute abend nicht hier?»

«Nein, Madam.» Der Kellner blickte ein wenig unruhig. «Nein, er ist heute leider verhindert.»

«Ist er krank?»

«Ich glaube nicht, Madam. Der Direktor hat nur gesagt, daß er heute nicht kommt.»

«Hat er keine Nachricht geschickt?»

«Das weiß ich nicht, Madam.» Der Kellner trat nervös von einem Fuß auf den andern. «Mr. Antoine wäre zweifellos glücklich...»

«Ach nein, danke. Ich bin an Mr. Alexis gewöhnt. Wir harmonieren gut zusammen. Es macht nichts.»

«Sehr wohl, Madam. Vielen Dank.»

Der Kellner enteilte. Harriet sah ihn ein paar Worte und ein Achselzucken mit dem Oberkellner wechseln. Lippen und Augenbrauen sprachen Bände. Harriet ärgerte sich. Mußte es so weit mit einem kommen, wenn man nicht heiratete? Daß man sich zum Gespött der Kellner machte? Sie warf noch einen Blick zu der Frau hinüber, die sich eben erhob, um zu gehen. Sie trug einen Ehering. Anscheinend konnte einen auch die Ehe nicht retten. Ledig, verheiratet, verwitwet, geschieden – es lief alles auf das gleiche hinaus. Sie schüttelte sich, und plötzlich hatte sie genug von diesem Salon und dem Tanzparkett. Sie trank ihren Kaffee aus und zog sich in den kleinen Salon zurück, wo drei vollschlanke Frauen in ein endloses Gespräch über Krankheiten, Kinder und Dienstboten vertieft waren. «Die arme Muriel – seit der Geburt ihres letzten Kindes ein regelrechter *Krüppel* ... Ich bin sehr deutlich geworden. Ich habe ihr gesagt: ‹Daß Sie es nur ja wissen, wenn Sie gehen, bevor der Monat um ist, ziehe ich Ihnen das am Lohn ab!›... 12 Pfund die Woche, und das Arzthonorar noch einmal 100 Pfund... Hübsche Jungs, alle beide, aber Ronnie ist in Eton und Wilfred in Oxford... Das dürften die doch nicht zulassen, daß die Jungen soviel ausgeben... meine Güte, um *Pfunde* leichter, ich hab sie kaum noch wiedererkannt, aber ich hätte keine Lust... Irgend so eine Kur mit Bestrahlung, einfach wunderbar... und denken Sie nur an diese Preise und die Steuern und die schreckliche Arbeitslosigkeit... Gegen nervöse Verdauungsstörungen ist man machtlos, und die können einem ganz schön zusetzen... Läßt mich Knall und Fall sitzen, diese Dienstmädchen heutzutage sind ja *so* was von undankbar.»

«Und das», dachte Harriet, «sind dann wohl die Glücklichen. Ach, was soll's! Wie ist das nun mit dieser Rathausuhr?»

4

Das Zeugnis des Rasiermessers

Wohlan, du bist ein nützlich Werkzeug mir zuweilen,
Flink ist dein Zahn, und wo du ein Geheimnis
Aus dem Herzen nagst,
Sagst du's nicht weiter.

Death's Jest-Book

FREITAG, 19. JUNI

Trotz ihres grausigen Erlebnisses, das jeder achtbaren Frau den Schlaf von den Augenlidern verscheucht hätte, schlief Harriet in ihrem Zimmer im ersten Stock (mit Bad, Balkon und Blick auf die Promenade) sehr gut und kam am Morgen mit herzhaftem Appetit zum Frühstück herunter.

Sie besorgte sich einen *Morning Star* und studierte gerade ihr eigenes Interview (mit Archivfoto) auf der Titelseite, als eine bekannte Stimme sie ansprach:

«Guten Morgen, Sherlock. Wo ist der Morgenmantel? Wie viele Shagpfeifen haben Sie schon konsumiert? Die Spritze liegt auf dem Toilettentisch.»

«Wie um alles in der Welt kommen *Sie* hierher?»

«Mit dem Auto», antwortete Lord Peter lakonisch. «Hat man die Leiche schon geborgen?»

«Wer hat Ihnen von der Leiche erzählt?»

«Ich habe sie von weitem gerochen. Wo das Aas ist, sammeln sich die Geier. Darf ich Ihnen bei den Eiern mit Speck Gesellschaft leisten?»

«Ich bitte darum», sagte Harriet. «Wo kommen Sie her?»

«Aus London – wie der Vogel, der den Ruf seiner Gefährtin vernimmt.»

«Ich habe Sie nicht –» begann Harriet.

«Ich meine auch nicht Sie. Ich meine die Leiche. Trotzdem, wenn wir schon beim Thema sind – wollen Sie mich heiraten?»

«Natürlich nicht.»

«Ich hab's mir ja schon gedacht, aber ich fand, fragen könnte ich trotzdem mal wieder. Also wie war das noch – hat man die Leiche geborgen?»

«Meines Wissens nicht.»

«Ich glaube auch nicht, daß man sie so bald finden wird. Da draußen weht ein kräftiger Südwest. Sehr ärgerlich für alle Beteiligten. Ohne Leiche keine Voruntersuchung, das ist Gesetz. *Habeas corpus* – die Leiche muß her.»

«Jetzt mal im Ernst», begehrte Harriet auf, «woher wissen Sie von der Sache?»

«Salcombe Hardy vom *Morning Star* hat mich angerufen und gemeint, ‹meine Miss Vane› habe eine Leiche gefunden und ob ich etwas darüber wisse. Ich habe gesagt, ich wisse nichts davon, und Miss Vane sei bedauerlicherweise nicht die meine – noch nicht. Dann bin ich losgebraust, und hier bin ich. Sally Hardy habe ich gleich mitgebracht. Deswegen hat er mich vermutlich auch angerufen. Sally ist ein alter Schlauberger. Immer da, wo was los ist.»

«Dann hat er Ihnen wohl auch gesagt, wo Sie mich finden.»

«Ja – er wußte anscheinend genauestens Bescheid. Ziemlich kränkend für mich. Stellen Sie sich vor – ich mußte den *Morning Star* fragen, wo der Polarstern meines eigenen Firmaments abgeblieben ist. Hardy wußte aber offenbar genau Bescheid. Wie kommen solche Sachen nur in die Zeitung?»

«Ich habe selbst dort angerufen», antwortete Harriet. «Sie wissen doch – erstklassige Reklame und so.»

«Richtig», meinte Wimsey, indem er sich großzügig von der Butter bediente. «Sie haben also gleich angerufen und denen alle blutrünstigen Einzelheiten erzählt?»

«Natürlich; das war das erste, woran ich gedacht habe.»

«Ganz schön geschäftstüchtig. Aber – mit Verlaub – drückt sich darin nicht eine gewisse Verhärtung der Faser aus?»

«Ohne Zweifel», meinte Harriet. «Meine Fasern ähneln im Augenblick einer Kokosmatte.»

«Auf der noch nicht einmal ‹Willkommen› steht. Aber im Ernst, Angebetete meines Herzens, Sie kennen doch meine Vorliebe für Leichen. Hätten Sie mich da nicht aus reiner Menschlichkeit gleich von Anfang an mitspielen lassen können?»

«Wenn Sie es so sehen», mußte Harriet ein wenig beschämt zugeben, «das hätte ich schon tun können. Ich dachte nur –»

«Daß die Frauen doch immer das Persönliche mit ins Spiel bringen müssen», meinte Wimsey spitz. «Na ja, jetzt kann ich nur sagen, daß Sie mir eine Wiedergutmachung schuldig sind. *Sämtliche* Details bitte.»

«Ich habe die Details allmählich satt», murrte Harriet verdrießlich.

«Sie werden sie noch satter haben, wenn erst die Polizei und die Burschen von der Presse Sie in der Mangel gehabt haben. Ich habe Salcombe Hardy nur mit größter Mühe abwimmeln können. Er sitzt im Salon. *Banner* und *Clarion* sitzen im Rauchsalon. Die hatten ein schnelles Auto. Der *Courier* kommt mit der Eisenbahn (das ist noch eine respektable Zeitung vom alten Schlag), und der *Thunderer* und der *Comet* treiben sich an der Bar herum und hoffen, Ihnen etwas entlocken zu können. Die drei Herren, die sich dort mit dem Empfangschef herumstreiten, sind wahrscheinlich von hier. Das Heer der Fotografen hat sich alle Mann hoch in einem kleinen Morris zur Leichenfundstelle begeben, von der sie aber nichts sehen werden, weil Flut ist. Erzählen Sie mir alles, hier und jetzt, und ich organisiere für Sie den ganzen Öffentlichkeitsrummel.»

«Na schön», sagte Harriet. «Ich sag Euch alles, mehr kann ich nicht.»

Sie schob ihren Teller von sich und nahm ein frisches Messer.

«Das hier», sagte sie, «ist die Küstenstraße von Lesston Hoe nach Wilvercombe. Die Küste macht einen Bogen, so –» Sie nahm den Pfefferstreuer zur Hand.

«Nehmen Sie Salz», riet Wimsey. «Das reizt die Nasenschleimhäute nicht so.»

«Danke. Diese Salzlinie ist der Strand. Und dieses Stück Brot ist ein Felsbrocken bei Niedrigwasser.»

Wimsey zog seinen Stuhl näher an den Tisch heran. «Und dieses Salzlöffelchen», fuhr sie mit kindischem Vergnügen fort, «könnte die Leiche sein.»

Er gab keinen Kommentar ab, während Harriet ihm die Geschichte erzählte, unterbrach sie höchstens dann und wann mit einer Frage nach Zeiten und Entfernungen. Er saß still über das Landschaftsmodell aus Frühstücksutensilien gebeugt, die Augen unsichtbar, mit zuckender Nase wie ein Kaninchen. Als sie fertig war, saß er noch eine Weile schweigend da, dann sagte er:

«Damit das klar ist: Wann genau sind Sie an die Stelle gekommen, wo Sie Mittagspause gemacht haben?»

«Punkt eins. Ich habe auf die Uhr gesehen.»

«Als Sie oben auf der Steilküste entlanggingen, konnten Sie da die ganze Küste sehen, auch den Felsen, auf dem Sie später die Leiche fanden?»

«Ja, ich denke schon.»

«War da jemand auf dem Felsen?»

«Das weiß ich wirklich nicht. Ich kann mich nicht einmal direkt erinnern, daß ich den Felsen überhaupt bemerkt habe. Sehen Sie, ich habe an mein Essen gedacht und nur eine Stelle am Wegrand gesucht, wo ich die Steilküste hinunterklettern konnte. Mein Blick war nicht auf Entfernung eingestellt.»

«Verstehe. Eigentlich schade.»

«Ja, ich weiß. Aber eines kann ich Ihnen sagen. Ich bin völlig sicher, daß sich auf dem Strand nichts *bewegt* hat. Ich habe nämlich einmal kurz hin und her geschaut, bevor ich da hinuntergeklettert bin. Ich weiß noch genau, daß ich gedacht habe, wie herrlich leer und einsam der Strand ist – gerade richtig für ein Picknick. Ich picknicke nämlich nicht gern im Gedränge.»

«Und ein einzelner Mensch an einem einsamen Strand wäre schon ein Gedränge?»

«Für ein Picknick ja. Sie wissen doch, wie die Leute sind. Kaum sehen sie einen friedlich essen, schon kommen sie aus allen Himmelsrichtungen herbeigeströmt und setzen sich neben einen, und im Nu kommen Sie sich vor wie in einem Eckcafé um die Feierabendzeit.»

«Stimmt genau. So heißt es ja schon im Gedicht von der Kleinen Miss Muffet.»

«Ich bin ganz sicher, daß nirgendwo in Sichtweite auch nur eine Menschenseele herumgelaufen, -gestanden oder -gesessen ist. Aber ob die Leiche schon auf dem Felsen war, könnte ich weder so noch so beschwören. Der Felsen war ein gutes Stück weit draußen, und als ich ihn vom Strand aus sah, habe ich die Leiche zuerst sogar für Seetang gehalten. Und Seetang wäre mir bestimmt nicht besonders aufgefallen.»

«Gut. Dann war der Strand also um ein Uhr leer, abgesehen vielleicht von der Leiche, die möglicherweise schon dort war und Seetang spielte. Dann sind Sie die Steilküste hinuntergeklettert. War der Felsen von Ihrem Picknickplatz aus zu sehen?»

«Nein, überhaupt nicht. Es war so eine kleine Bucht – das heißt, so kann man sie kaum bezeichnen. Die Steilküste springt an der Stelle ein bißchen vor, und ich saß direkt am Fuß der Felsen, damit ich mich irgendwo anlehnen konnte. Da habe ich dann meinen Lunch gegessen – alles in allem hat das eine halbe Stunde gedauert.»

«Und Sie haben nichts gehört? Keine Schritte, kein Auto und dergleichen?»

«Nichts.»

«Und dann?»

«Dann bin ich leider ein bißchen eingeschlafen.»

«Was könnte natürlicher sein. Wie lange?»

«Etwa eine halbe Stunde. Beim Aufwachen habe ich wieder auf die Uhr gesehen.»

«Wodurch sind Sie aufgewacht?»

«Durch eine kreischende Möwe, die es auf meine Butterbrotreste abgesehen hatte.»

«Da war es also zwei Uhr?»

«Ja.»

«Moment. Als ich heute morgen hier ankam, war es noch ein wenig zu früh, um Damenbesuch zu machen, darum bin ich ein bißchen an den Strand hinunterspaziert und habe mich mit einem Fischer angefreundet. Von ihm habe ich beiläufig erfahren, daß bei den Mahlzähnen gestern um Viertel nach eins Niedrigwasser war. Als Sie ankamen, war die Flut also praktisch draußen. Als Sie aufwachten, hatte sie inzwischen gewendet und war seit etwa einer dreiviertel Stunde wieder am Steigen. Der Fuß Ihres Felsens – den die Einheimischen übrigens ‹Satans Bügeleisen› nennen – ist zwischen einer Flut und der nächsten nur für etwa eine halbe Stunde trocken, und das auch nur zwischen Springfluten, falls Sie mit diesem Begriff etwas anfangen können.»

«Das schon, aber ich verstehe nicht, was es mit der Sache zu tun hat?»

«Nun, das heißt, wenn jemand dicht am Wasser vorbei zu diesem Felsen gegangen wäre, könnte er ihn erreicht haben, ohne Fußabdrücke zu hinterlassen.»

«Aber er *hat* ja Fußabdrücke hinterlassen. Ach so, ich verstehe. Sie denken an einen eventuellen Mörder.»

«Mir wäre Mord natürlich lieber. Ihnen nicht?»

«Doch, ja. Das wäre also klar. Ein Mörder könnte, wenn er es so gemacht hat, aus beiden Richtungen gekommen sein. Wenn er von Lesston Hoe kam, muß er später gekommen sein als ich, denn ich konnte von oben den Strand einsehen, und um die Zeit ist dort niemand herumgelaufen. Aber aus Richtung Wilvercombe könnte er zu jeder Zeit gekommen sein.»

«Könnte er nicht», sagte Wimsey. «Sie sagen doch, er war um eins nicht da.»

«Er könnte auf der Seeseite des Bügeleisens gestanden haben.»

«Möglich. Tja, und nun zu dem Toten. Wann er an den Strand gekommen ist, können wir ziemlich genau sagen.»

«Wie denn das?»

«Sie sagen, er hatte keine Meerwasserflecken an den Schuhen. Demnach muß er den Felsen trockenen Fußes erreicht haben. Wir müssen uns nur noch genau erkundigen, wie lange der Sand auf der Landseite des Felsens bloßliegt.»

«Natürlich. Wie dumm von mir. Nun, das ist sicher leicht festzustellen. Wo war ich stehengeblieben?»

«Sie waren vom Kreischen einer Möwe geweckt worden.»

«Ach ja. Und dann bin ich also um den Ausläufer der Steilküste herum zu dem Felsen gegangen, und da lag er.»

«Und in diesem Augenblick war sonst niemand in Sicht?»

«Keine Menschenseele, nur ein Mann in einem Boot.»

«Ach ja – das Boot. Nehmen wir einmal an, das Boot sei bei Ebbe an die Küste gekommen und der Insasse sei zu dem Felsen gegangen oder gewatet –»

«Das wäre natürlich möglich. Das Boot war ziemlich weit draußen.»

«Es scheint alles davon abzuhängen, wann der Tote hingekommen ist. Das müssen wir herauskriegen.»

«Für Sie steht also fest, daß es Mord war.»

«Nun, Selbstmord wäre doch langweilig. Und warum hätte er so weit laufen sollen, um sich umzubringen?»

«Warum denn nicht? Das ist viel sauberer, als wenn man's in seinem Schlafzimmer tut. Aber fangen wir hier nicht am falschen Ende an? Wenn wir wüßten, wer der Mann ist, würden wir vielleicht einen Abschiedsbrief finden, in dem er uns erklärt, warum er es getan hat. Ich bin sicher, daß die Polizei inzwischen alles weiß.»

«Möglich», meinte Wimsey, nicht sehr überzeugt.

«Was gefällt Ihnen daran nicht?»

«Zweierlei. Erstens die Handschuhe. Warum sollte einer Handschuhe anziehen, um sich die Kehle durchzuschneiden?»

«Ich weiß, das hat mich auch gestört. Vielleicht hatte er irgendeine Hautkrankheit und trug gewohnheitsmäßig Handschuhe. Ich hätte mir die Hände ansehen sollen. Eigentlich wollte ich ihm auch schon die Handschuhe ausziehen, aber sie waren so – eklig.»

«Hm – tja. Ich sehe, Sie haben sich noch ein paar weibliche Schwächen bewahrt. Das zweite, was mich stört, ist die Waffe. Was tut einer, der einen Bart trägt, mit einem Rasiermesser?»

«Er hat es sich vielleicht eigens dafür gekauft.»

«Ja – warum eigentlich nicht. Meine liebe Harriet, ich glaube, Sie haben recht. Der Mann hat sich selbst die Kehle durchgeschnitten, der Fall ist klar. Ich bin bitter enttäuscht.»

«Es mag ja enttäuschend sein, aber da kann man nichts machen. Hallo! Da kommt mein Freund, der Inspektor.»

Es war in der Tat Inspektor Umpelty, der sich zwischen den Tischen hindurch den Weg zu ihnen bahnte. Er war in Zivil – eine große, gemütlich aussehende, in Tweed gekleidete Gestalt. Er begrüßte Harriet freundlich.

«Ich dachte, Sie würden wissen wollen, was aus Ihren Fotos geworden ist, Miss Vane. Und wir haben den Toten identifiziert.»

«Was? Wirklich? Gute Arbeit. Das ist Inspektor Umpelty – Lord Peter Wimsey.»

Der Inspektor schien hocherfreut.

«Sie haben sich aber beeilt, Mylord. Ich glaube allerdings nicht, daß Sie den Fall besonders rätselhaft finden werden. Ein ganz gewöhnlicher Selbstmord, würde ich meinen.»

«Wir sind soeben mit Bedauern zu demselben Schluß gekommen», gestand Wimsey.

«Ich weiß nur nicht, warum er das getan haben soll. Aber bei diesen Ausländern kennt man sich ja nie aus, oder?»

«Ja, er hatte etwas Fremdländisches an sich», sagte Harriet.

«Ja. Russe oder so was Ähnliches. Sein Name ist Paul Alexis Goldschmidt; bekannt als Paul Alexis. Übrigens kommt er hier aus diesem Hotel. Einer von diesen bezahlten Tanzpartnern hier im Salon – Sie kennen ja den Typ. Viel scheint man hier nicht über ihn zu wissen. Ist vor einem Jahr hier aufgekreuzt und hat nach Arbeit gefragt. Schien ein guter Tänzer zu sein, und sie hatten gerade einen Platz frei, da haben sie ihn genommen. Alter etwa 22 Jahre. Ledig. Wohnte möbliert. Nichts Nachteiliges über ihn bekannt.»

«Sind seine Papiere in Ordnung?»

«Naturalisierter Brite. Soll während der Revolution aus Rußland geflohen sein. Da muß er noch ein kleiner Junge von vielleicht neun Jahren gewesen sein, aber wir wissen noch nicht, wer sich die ganze Zeit um ihn gekümmert hat. Als er hierherkam, war er allein, und seine Wirtin scheint nie gewußt zu haben, ob es irgendwelche Angehörigen gab. Aber das werden wir bald heraushaben, wenn wir uns erst seine Sachen vornehmen.»

«Er hat keinen Brief oder dergleichen für den Untersuchungsrichter hinterlassen?»

«Bisher haben wir nichts in der Art gefunden. Und apropos Untersuchungsrichter, das ist noch ein bißchen unangenehm. Ich weiß nicht, wie lange es noch dauern wird, bis wir Sie brauchen werden, Miss. Wir können nämlich die Leiche nicht finden.»

«Wollen Sie etwa sagen», warf Wimsey ein, «daß der Doktor mit dem bösen Blick und der geheimnisvolle Chinese die Leiche schon in das einsame Haus im Moor geschafft haben?»

«Ich sehe, Sie nehmen es von der spaßigen Seite, Mylord. Nein – es ist ein bißchen einfacher. Sehen Sie, die Strömung zieht dort um die Bucht herum nach Norden, und bei dem augenblicklich herrschenden Südwestwind ist die Leiche vom Bügeleisen weggespült worden. Entweder kommt sie irgendwo am Sandy Point an Land, oder sie ist hinausgetrieben worden und irgendwo an den Mahlzähnen hängengeblieben. Wenn sie dort ist, müssen wir warten, bis der Wind sich legt. Bei dem jetzigen Seegang kommt man da nicht mit einem Boot heran und kann auch von den Felsen aus nicht tauchen – selbst wenn man schon wüßte, wo man tauchen muß. Das ist ärgerlich, aber es läßt sich nicht ändern.»

«Hm», machte Wimsey. «War doch ganz gut, daß Sie diese Fotos gemacht haben, Sherlock, sonst hätten wir nicht einmal einen Beweis dafür, daß da überhaupt eine Leiche war.»

«Trotzdem, der Untersuchungsrichter kann keine Leichenschau an Hand eines Fotos machen», sagte der Inspektor düster. «Aber da es sowieso nach einem gewöhnlichen Selbstmord aussieht, spielt das keine große Rolle. Ärgerlich ist es natürlich. Wir bringen solche Dinge lieber gleich in Ordnung.»

«Natürlich», sagte Wimsey. «Nun, Inspektor, wenn jemand die Geschichte in Ordnung bringen kann, dann sind Sie es. Sie machen auf mich so einen ordnungsliebenden Eindruck. Ich will mal eine Prophezeiung wagen, Sherlock. Inspektor Umpelty wird noch vor Mittag die Papiere des Toten ausgewertet, den Hoteldirektor ausgequetscht, das Geschäft, wo das Rasiermesser herstammt, gefunden und das Geheimnis der Handschuhe gelüftet haben.»

Der Inspektor lachte.

«Ich glaube nicht, daß von dem Hoteldirektor viel zu erfahren ist, Mylord, und mit dem Rasiermesser ist gleich gar nichts anzufangen.»

«Aber die Handschuhe?»

«Nun, Mylord, ich glaube, der einzige, der uns darüber etwas sagen könnte, ist der arme Kerl selbst, und der ist tot. Was aber die Papiere angeht, da haben Sie völlig recht. Da gehe ich gleich hin.» Er verstummte unsicher und sah von Harriet zu Wimsey und zurück.

«Nein», sagte Wimsey, «Sie können ganz beruhigt sein. Wir fragen nicht, ob wir mitgehen dürfen. Ich weiß, daß Amateurdetektive die Angewohnheit haben, die Polizei bei ihrer Pflichterfüllung zu behindern. Wir werden uns inzwischen die Stadt ansehen wie ein Pärchen auf Urlaub. Nur eins möchte ich mir gern einmal ansehen, wenn es Ihnen keine Umstände macht – das Rasiermesser.»

Der Inspektor war gern bereit, Lord Peter das Rasiermesser sehen zu lassen. «Und wenn Sie sich mir jetzt anschließen», fügte er freundlich hinzu, «kommen Sie an den vielen Reportern vorbei.»

«Nein, danke!» sagte Harriet. «Ich *muß* mit den Reportern sprechen und ihnen von meinem neuen Buch erzählen. Ein Rasiermesser ist ein Rasiermesser, aber eine gute Vorausreklame bedeutet Umsatz. Gehen Sie beide nur; ich komme später nach.»

Sie entfernte sich, um sich den Reportern zu stellen. Der Inspektor grinste ein wenig verlegen.

«Nichts gegen die junge Dame», meinte er. «Aber können wir uns darauf verlassen, daß sie nichts ausplaudert?»

«Keine Angst, sie wird einen guten Romanstoff nicht verschenken», meinte Wimsey leichthin. «Kommen Sie, wir trinken was.»

«Nicht so kurz nach dem Frühstück», wehrte der Inspektor ab.

«Oder wir rauchen zusammen eine Zigarette», schlug Wimsey vor.

Der Inspektor lehnte ab.

«Oder wir setzen uns einfach gemütlich in den Salon», meinte Wimsey und setzte sich.

«Sie müssen mich entschuldigen», sagte Inspektor Umpelty. «Ich muß weiter. Ich werde auf der Wache Bescheid sagen, daß Sie das Rasiermesser sehen möchten» ... ‹Der hängt ja ganz schön am Rockzipfel dieser Frau›, dachte er, während er sich breitschultrig durch die Drehtür schob. ‹Armer Teufel!›

Harriet, die sich nach einer halben Stunde von Salcombe Hardy und seinen Kollegen befreien konnte, fand Wimsey getreulich wartend im Salon.

«Ich bin den Inspektor losgeworden», erklärte er gutgelaunt. »Setzen Sie Ihren Hut auf, dann gehen wir.»

Ihr gemeinsamer Weggang aus dem Hotel wurde vom Heer der Fotografen, das soeben von der Küste zurückgekommen war, bemerkt und auf Film gebannt. Sie schritten durch eine Allee klickender Verschlüsse die Marmortreppe hinunter und stiegen in Wimseys Daimler.

«Ich komme mir vor», meinte Harriet boshaft, «als ob wir soeben in St. George am Hanover Square geheiratet hätten.»

«O nein», entgegnete Wimsey. «Dann würden Sie jetzt zittern wie ein aufgestöbertes Rebhuhn. Mich zu heiraten ist nämlich ein gewaltiges Erlebnis – das können Sie sich gar nicht vorstellen. Auf der Polizeiwache sind wir gut aufgehoben, falls der Polizeidirektor uns nicht lästig fällt.»

Der Polizeidirektor hatte glücklicherweise zu tun, und Sergeant Saunders wurde beauftragt, ihnen das Rasiermesser zu zeigen.

«Wurde es schon auf Fingerabdrücke untersucht?» fragte Wimsey.

«Ja, Mylord.»

«Ergebnis?»

«Kann ich nicht genau sagen, Mylord. Ich glaube aber, es war nichts.»

«Na, jedenfalls darf man es jetzt anfassen.» Wimsey drehte es in der Hand und inspizierte es von allen Seiten, zuerst mit bloßen Augen, dann mit einer Uhrmacherlupe. Außer einem feinen Riß im elfenbeinernen Griff wies es keine auffälligen Besonderheiten auf.

«Wenn da noch irgendwo Blut dran ist, muß es am Gelenk sein», bemerkte er. «Aber das Meer scheint gründliche Arbeit geleistet zu haben.»

«Wollen Sie andeuten», fragte Harriet, «daß die Waffe gar nicht wirklich die Waffe war?»

«Das würde ich gern», sagte Wimsey. «Die Waffe ist schließlich nie die Waffe, oder?»

«Natürlich nicht; und die Leiche ist nie die Leiche. Der Tote ist selbstredend nicht Paul Alexis –»

«Sondern der Ministerpräsident von Ruritanien –»

«Und er ist nicht an einem Schnitt durch die Kehle gestorben –»

«Sondern an einem rätselhaften Gift, das nur den Buschmännern in Zentralaustralien bekannt ist –»

«Und die Kehle wurde ihm nach dem Tode durchgeschnitten –»

«Von einem Mann in den besten Jahren, mit hitzigem Temperament, liederlichen Angewohnheiten, starkem Bart und teurem Geschmack –»

«Der erst vor kurzem aus China zurückgekehrt ist», endete Harriet im Triumph.

Der Sergeant, der diesem Wortwechsel mit offenem Mund gefolgt war, brach jetzt in ein herzhaftes Lachen aus.

«Das ist gut!» meinte er nachsichtig. «Komisch, nicht, was diese Schriftsteller so alle in ihren Büchern verzapfen? Möchten Eure Lordschaft auch die anderen Beweisstücke sehen?»

Wimsey versicherte feierlich, daß er dies nur zu gern tun würde, und so wurden der Hut, das Zigarettenetui, der Schuh und das Taschentuch geholt.

«Hm», machte Wimsey. «Hut geht einigermaßen, aber nichts Besonderes. Kopfumfang eher klein. Haarcreme: die übliche Stinkpomade. Körperliche Kondition ganz brauchbar –»

«Der Mann war Tänzer.»

«Hatten wir uns nicht geeinigt, daß er Ministerpräsident war? Haar dunkel, lockig und ziemlich lang. Hut vom letzten Jahr, neu gepreßt, Band erneuert. In der Form ein bißchen auffälliger als unbedingt nötig. Folgerung: nicht reich, aber auf sein Äußeres bedacht. Können wir daraus schließen, daß der Hut zur Leiche gehört?»

«Ich glaube ja. Die Pomade spricht dafür.»

«Das Zigarettenetui – hier liegt der Fall etwas anders. Fünfzehnkarätiges Gold, schlicht und einigermaßen neu, mit Monogramm: P. A., Inhalt sechs ‹de Reszke›. Ein durchaus solides Etui. Wahrscheinlich ein Geschenk von einer reichen Verehrerin.»

«Oder eben das Zigarettenetui eines Ministerpräsidenten.»

«Sie sagen es. Taschentuch – Seide, aber nicht aus den Burlington-Arkaden. Farbe abscheulich. Wäschereizeichen –»

«Das Wäschereizeichen ist schon klar», warf der Sergeant ein. «Aus der Dampfreinigung Wilvercombe; es gehört zu diesem Alexis.»

«Sehr verdächtig», meinte Harriet kopfschüttelnd. «Ich habe drei Taschentücher im Rucksack, die nicht nur die Wäschezeichen, sondern sogar die Monogramme von Wildfremden tragen.»

«Dann ist es also doch der Ministerpräsident», pflichtete Wimsey ihr mit betrübtem Kopfnicken bei. «Ministerpräsidenten, vor allem ruritanische, gehen bekanntlich sorglos mit ihrer Wäsche um. Jetzt der Schuh. Aha. Fast neu. Dünne Sohle. Häßliche Farbe und noch häßlichere Form. Handgenäht – die Häßlichkeit ist demnach vorsätzlich herbeigeführt. Nicht der Schuh eines Mannes, der viel zu Fuß geht. Hergestellt in Wilvercombe, wie ich sehe.»

«Das stimmt auch», warf der Sergeant ein. «Wir waren bei dem Schuhmacher. Er hat diese Schuhe tatsächlich für Mr. Alexis angefertigt. Er kennt ihn gut.»

«Und Sie haben ihn wirklich der Leiche vom Fuß gezogen? Das läßt tief blicken, Watson. Das Taschentuch eines anderen mag noch angehen, aber ein Ministerpräsident in eines anderen Mannes Schuhen –»

«Wenn Sie nur Ihren Spaß machen können, Mylord!» rief der Sergeant mit einem neuen Lachanfall.

«Ich mache nie Spaß», sagte Wimsey. Er nahm die Schuhsohle unter die Lupe. «Leichte Salzwasserspuren hier, aber keine am Oberleder. Schlußfolgerung: Er ist über den Sand gegangen, als dieser noch sehr naß war, ohne aber direkt durchs Wasser zu waten. Ein paar kleine Kratzer an der Kappe, wahrscheinlich vom Hinaufsteigen auf den Felsen. Also, Sergeant, haben Sie heißen Dank. Es steht Ihnen völlig frei, alle die wertvollen Erkenntnisse, die wir hier gezogen haben, an Inspektor Umpelty weiterzugeben. Trinken Sie einen auf uns.»

«Vielen Dank, Mylord.»

Wimsey sprach nicht mehr, bis sie wieder im Wagen saßen.

«Es tut mir leid», sagte er dann, während sie sich durch Nebenstraßen schlängelten, «aber ich muß unseren Stadtbummel absagen. Ich hätte dieses kleine Vergnügen sehr genossen. Aber wenn ich nicht sofort aufbreche, komme ich heute nicht mehr nach London und zurück.»

Harriet, die schon hatte sagen wollen, sie müsse arbeiten und habe keine Zeit, mit Lord Peter durch Wilvercombe zu rennen und Maulaffen feilzuhalten, fühlte sich aus unerfindlichen Gründen um etwas betrogen.

«Nach London?» wiederholte sie.

«Es wird Ihnen nicht entgangen sein», sagte Wimsey, indem er mit haarsträubendem Geschick zwischen einem Strandkorb und einem Metzgereiwagen hindurchkurvte, «daß die Sache mit dem Rasiermesser der Nachforschungen bedarf.»

«Natürlich – ein Besuch in der ruritanischen Botschaft ist angezeigt.»

«Hm – tja; ich weiß nicht, ob ich weiter kommen werde als bis in die Jermyn Street.»

«Auf der Suche nach dem Mann in den besten Jahren mit den liederlichen Gewohnheiten?»

«Ja, darauf läuft es hinaus.»

«Den gibt es also wirklich?»

«Nun, auf sein genaues Alter möchte ich mich nicht festlegen.»

«Und auf seine Gewohnheiten?»

«Das könnten auch die Gewohnheiten seines Dieners sein.»

«Und der starke Bart und das hitzige Temperament?»

«Ich glaube, bei dem Bart kann man sich einigermaßen sicher sein.»

«Ich geb's auf», meinte Harriet verzagt. «Erklären Sie mir's bitte.»

Wimsey hielt vor dem *Resplendent*. Er sah auf die Uhr.

«Zehn Minuten kann ich Ihnen geben», bemerkte er in hochnäsigem Ton. «Setzen wir uns in den Salon und bestellen uns etwas zur Stärkung. Es ist noch ein bißchen früh, zugegeben, aber mit einem Bier im Magen fahre ich viel besser. Gut so. Und nun zu dem Rasiermesser. Sie werden bemerkt haben, daß es von bester und teuerster Qualität ist und von einem erstklassigen Hersteller stammt, und außer dem Namen des Herstellers steht auf der anderen Seite noch das mystische Wort ‹Endicott›.»

«Und? Wer oder was ist Endicott?»

«Endicott ist, oder war, der exklusivste Friseur im Londoner Westend. So furchtbar exklusiv, daß er sich nicht einmal in dieser überheblich modernen Art ‹Friseur› nennen mochte, sondern lieber an der altmodischen Bezeichnung ‹Barbier› festhielt. Er wird sich oder würde sich kaum herablassen, jemanden zu rasieren, der nicht mindestens seit dreihundert Jahren im Debrett steht. Andere, mögen sie noch so reich und betitelt sein, haben stets das Pech, daß seine Stühle alle besetzt und seine Becken alle ausgelastet sind. In seinem Salon herrscht die verdünnte Atmosphäre der Aristokratenclubs aus mittviktorianischer Zeit. Man erzählt sich, daß eines Tages ein Peer, der im Krieg sein Geld mit Spekulationen in Schnürsenkeln oder Knöpfen gemacht hatte, von einem neuen Gesellen ohne Westenderfahrung, den man während des kriegsbedingten Barbiermangels notgedrungen eingestellt hatte, versehentlich in dieses Allerheiligste eingelassen wurde. Nach zehn Minuten in dieser furchtbaren Atmosphäre erstarrte sein Haar, seine Glieder versteinerten, und man mußte ihn in den Kristallpalast bringen und zwischen die antediluvianischen Ungeheuer stellen.»

«Und?»

«Und! Da wäre zunächst einmal die Anomalie, daß einer, der sich sein Rasiermesser bei Endicott kauft, in solch bejammernswerten Schuhen und Konfektionsartikeln herumläuft, wie sie bei dem Toten gefunden wurden. Wohlgemerkt», fuhr Wimsey fort, «das ist nicht unbedingt eine Frage des Geldes. Die Schuhe sind Handarbeit – was aber nur beweist, daß ein Tänzer auf seine Füße achtgeben muß. Aber wäre es schlechthin denkbar, daß einer, der von Endicott rasiert wird, sich Schuhe von dieser Form und Farbe eigens anfertigen läßt? Dagegen sträubt sich alle Phantasie.»

«Ich muß leider zugeben», meinte Harriet, «daß ich die komplizierten Gesetze der Männermode nie ganz durchschaut habe. Darum lasse ich Robert Templeton auch immer so schlampig herumlaufen.»

«Templetons Kleidung hat mir schon immer Schmerzen bereitet», gestand Wimsey. «Der einzige Schönheitsfehler an Ihren sonst so faszinierenden Erzählungen. Aber lassen wir dieses betrübliche Thema beiseite und wenden uns wieder dem Rasiermesser zu. Dieses Rasiermesser hat schon einiges in seinem Leben geleistet. Es ist etliche Male nachgeschliffen worden, was man an der Schneide erkennt. Nun braucht aber ein wirklich erstklassiges Rasiermesser selten einmal nachgeschliffen zu werden, sofern es schonend gebraucht und immer ordentlich abgestrichen wird. Folglich war entweder der Mann, der es benutzt hat, sehr ungeschickt und liederlich im Umgang mit dem Streichriemen, oder sein Bart war ungewöhnlich stark – wahrscheinlich beides. Ich stelle ihn mir als jemanden vor, der eine schwere Hand für Werkzeuge hat – Sie kennen diese Art Leute. Ihre Füllfederhalter klecksen immer, und dauernd sind ihre Uhren überdreht. Sie unterlassen es so lange, ihr Rasiermesser abzustreichen, bis der Streichriemen hart und trocken wird, und dann gehen sie mit doppelter Energie zu Werke und kerben die Schneide ein. Dann werden sie wütend, schimpfen auf das Rasiermesser und schicken es zum Schärfen. Die neue Schneide hält aber auch nur ein paar Wochen, und wieder geht das Rasiermesser zurück, diesmal mit einem unhöflichen Begleitschreiben.»

«Aha. Nun, das wußte ich alles nicht. Aber wie kamen Sie darauf, daß es ein Mann in den besten Jahren sein muß?»

«Das sind nur Vermutungen. Ich glaube eben, daß ein junger Mann, der solche Schwierigkeiten mit seinem Rasiermesser hat, eher auf einen Sicherheitsrasierer übergehen würde, bei dem er alle paar Tage einfach die Klinge wechselt. Aber ein Mann in reiferen Jahren legt seine Gewohnheiten so schnell nicht ab. Jedenfalls bin ich sicher, daß dieses Rasiermesser mehr als drei Jahre lang stark benutzt worden ist. Und wenn der Tote jetzt erst 22 Jahre alt ist und einen Vollbart trägt, verstehe ich nicht ganz, wie er die Klinge derart abgenutzt haben soll, daß sie schon mehrmals zum Schleifen mußte. Wir müssen unbedingt den Hoteldirektor fragen, ob er den Bart schon hatte, als er vor einem Jahr hier ankam. Aber zuerst muß ich den guten alten Endicott aufsuchen und ihn fragen, ob es sein kann, daß seine Rasiermesser später als 1925 verkauft worden sind.»

«Warum 1925?»

«Weil Endicott in diesem Jahr seinen Salon verkauft und sich mit Krampfadern und einem kleinen Vermögen aufs Altenteil zurückgezogen hat.»

«Und wer hat den Salon weitergeführt?»

«Niemand. In dem Haus befindet sich jetzt ein Feinkostgeschäft, in dem man unter anderem die erlesensten Schinken kaufen kann. Es waren keine Söhne da, die den Salon hätten weiterführen können – der einzige junge Endicott ist in Flandern gefallen. Und der alte Endicott wollte seinen Namen niemandem verkaufen. Überhaupt wäre ein Salon Endicott ohne einen Endicott kein Salon Endicott mehr gewesen, basta.»

«Aber er hat vielleicht das Inventar verkauft.»

«Das will ich ja gerade in Erfahrung bringen. Und jetzt muß ich los. Ich versuche bis heute abend wieder zurück zu sein; grämen Sie sich nicht.»

«Ich gräme mich nicht», erwiderte Harriet entrüstet. «Ich fühle mich pudelwohl.»

«Um so besser. Ach ja – wenn ich schon wieder beim Thema bin, darf ich das Aufgebot bestellen?»

«Bemühen Sie sich nicht, danke.»

«Schon gut; ich wollte ja auch nur mal nachgefragt haben. Übrigens, könnten Sie sich in meiner Abwesenheit vielleicht ein bißchen um die anderen Eintänzer kümmern? Womöglich schnappen Sie etwas über Paul Alexis auf.»

«Gute Idee. Aber dazu muß ich mir erst ein anständiges Kleid kaufen, falls es in Wilvercombe so etwas gibt.»

«Gut, nehmen Sie Weinrot. Ich wollte Sie schon immer mal gern in Weinrot sehen. Das paßt so gut zu Menschen mit honigfarbener Haut. (Was ist ‹Haut› doch für ein häßliches Wort.) ‹Blüten von dem honigsüßen, honigfarb'nen Menuphar› – Sie sehen, ich habe für alles ein Zitat auf Lager – das erspart das eigene Denken.»

«Zum Kuckuck mit ihm!» sagte Harriet, die sich unvermittelt in dem blauen Plüschsalon alleingelassen sah. Plötzlich sprang sie auf, eilte die Treppe hinunter und sprang aufs Trittbrett des Daimler.

«Portwein oder Sherry?» fragte sie.

«Wie?» fragte Wimsey entgeistert.

«Das Kleid – Portwein oder Sherry?»

«Bordeaux», sagte Wimsey. «Château Margaux 1893 oder um diese Zeit. Auf ein Jahr mehr oder weniger soll es mir nicht ankommen.»

Er lüftete den Hut und ließ die Kupplung los. Als Harriet kehrtmachte, sprach eine entfernt bekannte Stimme sie an:

«Miss – äh – Miss Vane? Könnte ich Sie einen Augenblick sprechen?»

Es war die «Raubwachtel», die sie am Abend zuvor im Tanzsalon des *Resplendent* beobachtet hatte.

5

Das Zeugnis der Verlobten

Er sagte, liebe Mutter, ich sollt' seine Gräfin sein;
Heut würd' er kommen und mich holen, doch bei Tage
Legt' meine Hoffnung ich ins Grab.
The Bride's Tragedy

FREITAG, 19. JUNI

Harriet hatte schon fast vergessen, daß es diese Frau überhaupt gab, aber nun fiel ihr die Episode wieder ein, und sie verstand nicht mehr, wie sie so dumm hatte sein können. Dieses nervöse Warten; der leere, entrückte Blick, der allmählich in grämliche Ungeduld überging; die Frage nach Mr. Alexis; das hastige, gekränkte Verlassen des Salons. Als sie der Frau nun ins Gesicht sah, war es so alt, so verhärmt von Angst und Leid, daß ein Gemisch von Peinlichkeit und Taktgefühl sie den Blick abwenden und ziemlich barsch antworten ließ:

«Ja, natürlich. Kommen Sie mit in mein Zimmer.»

«Das ist sehr nett von Ihnen», sagte die Frau. Nach kurzem Schweigen fügte sie dann, während sie zum Aufzug gingen, hinzu:

«Ich heiße Weldon – Mrs. Weldon. Ich wohne hier schon länger. Mr. Greely – das ist der Direktor – kennt mich sehr gut.»

«Schon gut», sagte Harriet. Sie verstand, daß Mrs. Weldon ihr nur klarzumachen versuchte, daß sie keine Trickbetrügerin oder Hoteldiebin oder Mädchenhändlerin war, und so versuchte sie ihrerseits Mrs. Weldon zu verstehen zu geben, daß sie ihr nichts dergleichen unterstellte. Sie war verlegen, und das ließ sie etwas unwirsch sprechen. Sie witterte eine Szene, und sie gehörte nicht zu den Frauen, die an Szenen Spaß haben. Sie führte die Besucherin stumm und verdrossen in ihr Zimmer und bat sie, Platz zu nehmen.

«Es handelt sich», begann Mrs. Weldon, indem sie sich in einen Sessel sinken ließ und ihre Hände um die teure Handtasche schlang, «es handelt sich um – Mr. Alexis. Das Zimmermädchen hat mir so eine schreckliche Geschichte erzählt – ich bin zum

Direktor gegangen – er wollte mir gar nichts sagen – dann habe ich Sie mit der Polizei zusammen gesehen – und diese Zeitungsleute haben alle geredet – und auf Sie gezeigt – *bitte,* Miss Vane, sagen Sie mir, was geschehen ist.»

Harriet räusperte sich und kramte mechanisch in ihrer Handtasche nach Zigaretten.

«Es tut mir sehr leid», begann sie. «Ich glaube, es ist etwas recht Unschönes passiert. Sehen Sie – gestern nachmittag war ich zufällig unten am Strand, und da lag dort ein Mann – tot. Und nach allem, was ich höre, muß ich leider annehmen, daß es Mr. Alexis war.»

Es hatte keinen Sinn, um den heißen Brei zu schleichen. Dieses verlassene Geschöpf mit den gefärbten Haaren und dem eingefallenen, bemalten Gesicht mußte die Wahrheit erfahren. Sie zündete ein Streichholz an und blickte in die Flamme.

«Das habe ich auch gehört. Wissen Sie, ob es ein – Herzschlag war?»

«Bedaure, nein. Es scheint, daß er –» wie drückte man es am schonendsten aus? – «daß er es selbst getan hat.» (So vermied sie wenigstens das Wort «Selbstmord».)

«O nein, das kann nicht sein! Das kann nicht sein! Wirklich, Miss Vane, das ist ein Irrtum. Es muß ein Unfall gewesen sein.»

Harriet schüttelte den Kopf.

«Aber Sie wissen nicht – Sie können ja nicht wissen –, wie unmöglich das ist. Die Menschen sollten so etwas Grausames nicht sagen. Er war so restlos glücklich – er *könnte* so etwas gar nicht getan haben! Schließlich hat er –» Mrs. Weldon unterbrach sich und erforschte Harriets Gesicht mit ihrem verhungerten Blick. «Ich habe sie etwas von einem Rasiermesser sagen hören, Miss Vane! *Wie* ist er gestorben?»

Dafür gab es keine schonende Bezeichnung – nicht einmal einen langen, wissenschaftlichen lateinischen Namen.

«Seine Kehle war durchgeschnitten, Mrs. Weldon.»

(Brutaler ging es kaum noch.)

«Oh!» Mrs. Weldon schrumpfte zu einem bloßen Gebilde aus Augen und Knochen zusammen. «Ja – das haben sie – gesagt... Ich konnte nicht richtig hören – fragen wollte ich nicht – und sie schienen sich alle so darüber zu freuen.»

«Ich weiß», sagte Harriet. «Verstehen Sie – diese Zeitungsleute – die leben davon. Sie meinen es nicht böse. Das ist ihr täglich Brot. Sie können nichts dafür. Und sie konnten auch nicht ahnen, daß es Ihnen irgend etwas bedeutet.»

«Nein, aber – es ist so. Aber Sie – *Sie* wollen es nicht noch schlimmer machen, als es schon ist. *Ihnen* kann ich vertrauen.»

«Sie können mir vertrauen», sagte Harriet langsam, «aber wirklich und ehrlich, es kann kein Unfall gewesen sein. Ich will ihnen nicht die Einzelheiten schildern, aber glauben Sie mir, ein Unfall ist völlig ausgeschlossen.»

«Dann kann es nicht Mr. Alexis sein. Wo ist er? Kann ich ihn sehen?»

Harriet erklärte ihr, daß die Leiche noch nicht geborgen worden sei.

«Es muß jemand anders sein! Woher wollen die wissen, daß es Paul ist?»

Harriet erwähnte widerstrebend das Foto, denn sie wußte, welche Bitte als nächstes kommen würde.

«Zeigen Sie mir das Foto!»

«Es ist kein schöner Anblick.»

«Zeigen Sie mir das Foto. *Ich* kann mich nicht täuschen.»

Vielleicht war es besser, alle Zweifel zu zerstreuen. Harriet holte langsam das Foto hervor. Mrs. Weldon riß es ihr aus der Hand.

«O mein Gott! O mein Gott!»

Harriet läutete, ging auf den Flur, um den Kellner abzufangen, und bestellte einen kräftigen Whisky-Soda. Als dieser kam, trug sie ihn selbst ins Zimmer und flößte ihn Mrs. Weldon ein. Dann holte sie ein frisches Taschentuch und wartete, daß der Sturm sich legte. Sie setzte sich auf die Sessellehne und tätschelte Mrs. Weldon unbeholfen den Rücken. Zum Glück steigerte sie sich nur in ein wildes Schluchzen und nicht in einen hysterischen Anfall. Harriets Achtung vor Mrs. Weldon wuchs. Als das Schluchzen sich ein wenig legte und die zitternden Hände an der Handtasche herumzufummeln begannen, drückte Harriet ihr das Taschentuch zwischen die Finger.

«Vielen, vielen Dank», sagte Mrs. Weldon schwach. Sie wischte sich die Augen und hinterließ dabei mit ihrem Make-up rote und schwarze Striche im Taschentuch. Zuletzt schneuzte sie sich die Nase und richtete sich auf.

«Entschuldigen Sie», begann sie hilflos.

«Keine Ursache», sagte Harriet. «Es war sicher ein arger Schock für Sie. Möchten Sie sich vielleicht ein wenig die Augen auswaschen? Es täte Ihnen sicher gut.»

Sie besorgte Schwamm und Handtuch. Mrs. Weldon wusch die grotesken Spuren ihres Kummers ab, und aus den Falten des

Handtuchs kam das bläßliche Gesicht einer Fünfzig- bis Sechzigjährigen zum Vorschein, unendlich würdevoller in seinen natürlichen Farben. Sie wollte instinktiv zur Handtasche greifen, doch dann ließ sie es.

«Ich sehe schrecklich aus», sagte sie mit einem kurzen, bitteren Lachen, «aber – was spielt das jetzt noch für eine Rolle?»

«Darüber würde ich mir keine Gedanken machen», sagte Harriet. «Sie sehen durchaus hübsch aus. Ganz ehrlich. Kommen Sie, setzen Sie sich wieder. Zigarette? Und nehmen Sie ein Phenacetin von mir. Sie haben wahrscheinlich böse Kopfschmerzen.»

«Danke. Sie sind so lieb. Ich mache Ihnen jetzt auch keine Scherereien mehr. Sie hatten schon genug.»

«Aber nicht doch. Ich möchte Ihnen nur gern helfen können.»

«Sie können. Wenn Sie nur wollen. Sie sind bestimmt sehr klug. Sie sehen klug aus. Ich bin nicht klug. Ich wollte, ich wär's. Ich glaube, ich wäre glücklicher gewesen, wenn ich klüger wäre. Es muß schön sein, etwas *tun* zu können. Ich habe schon oft gedacht, wenn ich wenigstens Bilder malen oder ein Motorrad fahren könnte, hätte ich mehr vom Leben.»

Harriet bestätigte ihr ernst, daß es vielleicht ganz gut sei, eine Beschäftigung zu haben.

«Aber dafür bin ich natürlich nie erzogen worden», sagte Mrs. Weldon. «Ich habe immer für meine Gefühle gelebt. Ich kann nichts dafür. Wahrscheinlich bin ich so geschaffen. Meine Ehe war natürlich ein Trauerspiel. Aber das ist ja nun vorbei. Und mein Sohn – Sie glauben vielleicht nicht, daß ich schon alt genug bin, um einen erwachsenen Sohn zu haben, meine Liebe, aber ich habe blutjung geheiratet – mein Sohn hat mich jedenfalls bitter enttäuscht. Er hat kein Herz – und das ist schon sonderbar, wo ich selbst doch eigentlich nur Herz bin. Ich *liebe* meinen Sohn, Miss Vane, aber die jungen Leute haben so gar kein Mitgefühl. Wenn er nur netter zu mir gewesen wäre, hätte ich *in* ihm und *für* ihn leben können. Alle Leute haben immer gesagt, was für eine wundervolle Mutter ich gewesen sei. Aber man ist so entsetzlich einsam, wenn einen die eigenen Kinder verlassen. Kann man es einer Frau da wirklich verdenken, wenn sie sich ein kleines bißchen Glück erhaschen möchte?»

«Das kenne ich», sagte Harriet. «Ich hab's auch versucht. Es hat aber nicht geklappt.»

«Nein?»

«Nein. Wir haben Streit bekommen, und dann – nun ja, er starb, und man dachte, ich hätte ihn ermordet. Ich hatte es natürlich nicht getan; es war jemand anders. Aber es war alles sehr, sehr häßlich.»

«Sie Ärmste. Aber dafür sind Sie wenigstens klug. Sie *tun* etwas. Das muß einem alles leichter machen. Aber was soll *ich* schon tun? Ich weiß ja nicht einmal, wie ich diese schreckliche Geschichte mit Paul jetzt aufklären soll. Aber Sie sind klug und werden mir helfen – nicht wahr?»

«Wenn Sie mir sagen, wie.»

«Ach ja, natürlich. Ich bin so dumm – ich kann das nicht einmal richtig erklären. Aber sehen Sie, Miss Vane, ich *weiß*, ich weiß *ganz genau*, daß der arme Paul nie etwas – Unbesonnenes getan hätte. Das konnte er gar nicht. Er war so restlos glücklich mit mir und hat sich so darauf gefreut und –»

«Worauf?» fragte Harriet.

«Na, auf unsere Heirat», sagte Mrs. Weldon, als sei das eine Selbstverständlichkeit.

«Ach so, ja. Entschuldigung. Ich wußte nicht, daß Sie heiraten wollten. Wann?»

«In zwei Wochen. Sowie es bei mir möglich war. Wir waren so glücklich – wie Kinder –»

Wieder sammelten sich Tränen in Mrs. Weldons Augen.

«Ich will Ihnen alles erzählen. Im Januar bin ich hierhergekommen. Ich war sehr krank gewesen, und der Arzt sagte, ich brauchte ein mildes Klima, und ich hatte die Riviera so satt. Da wollte ich es zur Abwechslung mal in Wilvercombe versuchen. Also bin ich hierhergekommen. Es ist wirklich ein sehr hübsches Hotel, und ich war schon einmal mit Lady Hartlepool hier, aber die ist voriges Jahr gestorben. Und am ersten Abend, als ich hier war, ist Paul gekommen und hat mich zum Tanz aufgefordert. Es war, als wenn wir einfach zueinander gehörten. Wir haben uns nur einmal angesehen und wußten, daß wir uns gefunden hatten. Er war auch einsam. Jeden Abend haben wir miteinander getanzt. Wir haben weite Ausflüge zusammen gemacht, und er hat mir alles über sein trauriges Leben erzählt. Wir lebten beide im Exil, jeder auf seine Art.»

«Ja richtig – er stammte aus Rußland.»

«Ja, als kleines Kind ist er herübergekommen. Der arme Junge. Er war nämlich eigentlich ein Prinz, müssen Sie wissen – darüber mochte er nur nicht sprechen. Höchstens einmal andeutungsweise. Es war ihm schon sehr arg, zu einem Eintänzer heruntergekommen zu sein. Ich habe ihm – als wir uns schon besser kannten – gesagt, daß er jetzt Prinz in meinem Herzen ist, und der Ärmste hat gesagt, das sei ihm mehr wert als eine Kaiserkrone. Er liebte mich so sehr. Manchmal hat er mir richtig angst gemacht. Die Russen sind ja so leidenschaftlich.»

«Natürlich, natürlich», sagte Harriet. «Und Sie hatten keine Meinungsverschiedenheit oder etwas Ähnliches, was ihn veranlaßt haben könnte –?»

«O *nein*! Wir harmonierten doch so wunderbar zusammen. Wir haben vorgestern abend noch miteinander getanzt, und er hat mir ins Ohr geflüstert, daß eine große, herrliche Veränderung in seinem Leben eintreten werde. Er war vor Aufregung kaum zu halten. Er konnte sich natürlich auch schon über Kleinigkeiten furchtbar erregen, aber das war jetzt eine echte, große Aufregung und Freude. Wie hat er gut getanzt an diesem Abend! Er hat gesagt, sein Herz ist so voll Freude, daß er das Gefühl hat, auf Luft zu tanzen. Und er hat gesagt: ‹Morgen muß ich vielleicht von hier fortgehen – ich kann dir aber nicht sagen, wohin oder warum.› Ich habe ihn auch nicht gefragt, denn das hätte alles verdorben, aber was er meinte, wußte ich natürlich. Er wollte das Aufgebot bestellen, damit wir in zwei Wochen heiraten konnten.»

«Wo wollten Sie heiraten?»

«In London. Natürlich in der Kirche, denn das Standesamt finde ich *so* bedrückend. Sie nicht? Dazu mußte er natürlich in der Pfarre wohnen – das hatte er mit dem Fortgehen gemeint. Wir wollten nicht, daß hier jemand unser Geheimnis im voraus kannte, denn das hätte so ein häßliches Gerede geben können. Sie sehen ja, ich bin ein bißchen älter als er, und da sagen die Leute immer so böse Dinge. Ich hatte ja selbst ein wenig Bedenken, aber Paul hat immer gesagt: ‹Auf das Herz kommt es an, Blümchen –› er hat mich immer Blümchen genannt, weil ich Flora heiße – ein schrecklicher Name, ich weiß gar nicht, was sich meine Eltern, Gott hab sie selig, dabei gedacht haben – ‹auf das Herz kommt es an, und dein Herz ist gerade erst siebzehn.› Es war lieb von ihm gemeint, aber es stimmte auch. Wenn ich mit ihm zusammen war, fühlte ich mich wie siebzehn.»

Harriets Antwort war ein unverständliches Murmeln. Diese Unterhaltung war ihr fürchterlich. Es war alles so abstoßend, so erbärmlich, so künstlich und doch erschreckend wirklich; eine Groteske und zugleich mehr als eine Tragödie. Sie wollte das Gespräch um jeden Preis beenden, aber ebenso wollte sie um jeden Preis in diesem grellbunten Knäuel des Widersinns ein paar rote Fäden finden.

«Er hat nie eine Frau geliebt, bevor er mich kennenlernte», fuhr

Mrs. Weldon fort. «Die erste Liebe eines jungen Mannes hat so etwas Frisches und Heiliges. Sie ist – nun ja, fast etwas Ehrfurchteinflößendes. Er war eifersüchtig wegen meiner früheren Ehe, aber ich habe ihm gesagt, das brauche er nicht. Ich war noch so ein Kind, als ich John Weldon heiratete, *viel* zu jung, um zu wissen, was Liebe ist. Ich war eine Schlafwandlerin, ehe ich Paul kennenlernte. Ich will nicht sagen, daß es nicht andere Männer gegeben hätte, die mich hätten heiraten wollen (ich bin sehr früh Witwe geworden), aber die bedeuteten mir nichts – gar nichts. ‹Das Herz eines Mädchens mit der Erfahrung einer Frau› – so nett hat Paul es ausgedrückt. Und das stimmte, mein Gott, ja, es stimmte.»

«Gewiß», sagte Harriet, um Überzeugung in ihrer Stimme bemüht.

«Paul – er war so schön und so elegant – wenn Sie ihn doch nur hätten sehen können, wie er war! Und er war so bescheiden und kein bißchen eingebildet, obwohl ihm doch *alle* Frauen nachliefen. Er hat sich lange nicht getraut, mit mir zu sprechen – mir zu sagen, was er für mich empfand, meine ich. Im Grunde mußte sogar ich den ersten Schritt tun, sonst hätte er nie den Mut gefunden, obwohl doch völlig klar war, wie er fühlte. Er hat sogar gemeint, wir sollten die Hochzeit bis Juni verschieben, obwohl wir uns schon im Februar verlobt haben. Er fand – es war so reizend und rücksichtsvoll von ihm – wir sollten noch warten und versuchen, den Widerstand meines Sohnes zu überwinden. Natürlich machte seine Situation ihn empfindlich. Sehen Sie, ich bin recht wohlhabend, und Paul hatte natürlich keinen Penny, der arme Junge, und er hat sich immer geweigert, irgendwelche Geschenke von mir anzunehmen, bevor wir verheiratet wären. Er hat sich schon immer allein durchschlagen müssen, weil diese schrecklichen Bolschewiken ihm nichts gelassen haben.»

«Wer hat denn anfangs für ihn gesorgt, als er nach England kam?»

«Die Frau, die ihn herübergebracht hatte. Die ‹alte Natascha› hat er sie immer genannt und gesagt, sie sei eine Bäuerin gewesen und ihm völlig ergeben. Aber sie ist sehr früh gestorben, und dann hat sich die Familie eines jüdischen Schneiders seiner angenommen. Sie haben ihn adoptiert und ihm die britische Staatsangehörigkeit verschafft und ihm ihren Namen gegeben: Goldschmidt. Danach ist dann irgendwie ihr Geschäft kaputtgegangen, und sie wurden furchtbar arm. Paul mußte Botengänge machen und Zeitungen verkaufen. Dann haben sie versucht, nach New York auszuwandern, aber da war es noch schlimmer. Dann sind sie gestorben, und Paul mußte selbst für sich sorgen. Über diese Zeit in seinem Leben hat Paul nicht gern gesprochen. Es war alles so entsetzlich für ihn – wie ein böser Traum.»

«Er wird doch irgendwo zur Schule gegangen sein?»

«O ja – auf eine gewöhnliche staatliche Schule mit all den armen Kindern aus der Oststadt. Das hat er sehr gehaßt. Sie haben ihn immer ausgelacht, weil er so zart war. Immer sind sie so grob mit ihm umgegangen, und einmal haben sie ihn auf dem Schulhof umgeworfen, daß er lange krank war. Und er war so furchtbar einsam.»

«Was hat er nach der Schule gemacht?»

«Da hat er Arbeit in einem Nachtclub gefunden und Gläser gespült. Er sagt, die Mädchen dort seien nett zu ihm gewesen, aber über die Zeit hat er natürlich nicht viel erzählt. Er war ja so empfindlich. Immer meinte er, die Leute würden auf ihn herabsehen, wenn sie wüßten, daß er schon solche Arbeiten gemacht hat.»

«Dort hat er dann wohl das Tanzen gelernt», meinte Harriet.

«O ja – und er war ein großartiger Tänzer. Wissen Sie, das lag ihm im Blut. Als er alt genug war, hat er Arbeit als professioneller Tanzpartner gefunden und hatte ein ganz gutes Auskommen, obwohl das natürlich nicht das Leben war, das er sich wünschte.»

«Er hat also ganz gut davon gelebt», meinte Harriet langsam, während sie in Gedanken bei dem übereleganten Anzug und den handgenähten Schuhen weilte.

«Ja, er hat sehr hart gearbeitet. Aber er war nie sehr kräftig, und mir hat er gesagt, daß er mit dem Tanzen nicht mehr lange weitermachen könne. Er hatte irgend etwas am Knie, Arthritis oder so, und er hatte Angst, das würde immer schlimmer werden und ihn zum Krüppel machen. Ist das nicht alles furchtbar traurig? Paul war doch so romantisch, und so schöne Gedichte hat er geschrieben. Er liebte alles, was schön war.»

«Was hat ihn nach Wilvercombe geführt?»

«Oh, er ist nach England zurückgekommen, als er siebzehn war, und hat in London gearbeitet. Aber das Lokal ist pleitegegangen oder wurde von der Polizei geschlossen oder irgend etwas Ähnliches, und da hat er von seinen Ersparnissen hier Urlaub gemacht. Und als er sah, daß sie hier einen Tänzer brauchten, hat er die Stelle vorübergehend angenommen, aber er war so gut, daß die Direktion ihn ganz behalten hat.»

«Aha.» Harriet überlegte, daß es wohl zu schwierig sein würde, Alexis' Weg von New York durch die kurzlebigen Clubs des Londoner Westends zurückzuverfolgen.

«Ja – Paul hat immer gesagt, es war das Werk der Vorsehung, das ihn und mich hier zusammengeführt hat. Es will einem schon sonderbar vorkommen, nicht? Wir kamen beide ganz zufällig hierher, als wenn es uns bestimmt gewesen wäre, uns zu begegnen. Und jetzt –»

Tränen flossen über Mrs. Weldons Wangen, und sie sah Harriet hilflos an.

«Wir waren beide so traurig und einsam; und wir wollten so glücklich miteinander sein.»

«Es ist sehr traurig», konnte Harriet nur sagen. «Ich nehme an, Mr. Alexis war leicht erregbar?»

«Wenn Sie damit meinen», sagte Mrs. Weldon, «daß er so etwas Entsetzliches selbst getan hätte – nein, nie! Ich weiß, daß er es nicht getan hat. Gewiß, er war leicht erregbar, aber mit mir war er so überglücklich. Ich werde nie im Leben glauben, daß er einfach weggegangen sein soll, ohne mir auch nur Lebwohl zu sagen. Das ist nicht möglich, Miss Vane. Und Sie müssen *beweisen*, daß es nicht möglich war. Sie sind so klug, ich weiß, daß Sie es können. Darum wollte ich mit Ihnen sprechen und Ihnen alles über Paul erzählen.»

«Eines ist Ihnen doch klar», sagte Harriet langsam. «Wenn er es nicht selbst war, muß es jemand anders getan haben.»

«Warum nicht?» rief Mrs. Weldon lebhaft. «Jemand muß uns unser Glück geneidet haben. Paul war so schön und romantisch – es muß einfach Leute gegeben haben, die auf uns eifersüchtig waren. Oder vielleicht waren es die Bolschewiken. Diese schrecklichen Leute sind zu allem fähig, und ich habe erst neulich in der Zeitung gelesen, daß es in England nur so wimmelt von ihnen. Die ganzen Paßgesetze helfen überhaupt nicht, sie draußen zu halten, stand da. Ich nenne es einfach ungehörig, daß man die alle hier hereinläßt, damit sie jedem nach dem Leben trachten können, und diese Regierung ermuntert sie auch noch dazu. Sie haben Paul ermordet, und mich wird es nicht wundern, wenn sie demnächst Bomben auf das Königspaar werfen. Da gehört ein Riegel vorgeschoben, sonst haben wir als nächstes eine Revolution. Die verteilen ja ihre widerwärtigen Flugblätter sogar schon bei der Marine.»

«Na ja», meinte Harriet, «wir müssen mal abwarten, was herauskommt. Ich fürchte, Sie werden einiges davon der Polizei erzählen müssen. Das wird leider nicht sehr angenehm für Sie sein, aber die Polizei wird so viel wie möglich wissen wollen.»

«Es soll mir gleich sein, was ich alles durchmachen muß», antwortete Mrs. Weldon, indem sie sich tapfer die Augen trocknete, «wenn ich nur dazu beitragen kann, Pauls Andenken rein zu halten. Haben Sie *vielen* Dank, Miss Vane. Jetzt habe ich Ihnen soviel Zeit genommen. Sie waren sehr freundlich.»

«Nichts zu danken», sagte Harriet. «Wir werden unser Möglichstes tun.»

Sie begleitete ihre Besucherin zur Tür, dann setzte sie sich in den Sessel und rauchte nachdenklich eine Zigarette. War die Aussicht auf eine Ehe mit Mrs. Weldon ein ausreichendes Selbstmordmotiv? Das glaubte sie eigentlich nicht. Solchen Dingen konnte man auf andere Weise aus dem Weg gehen. Aber bei labilen Menschen wußte man natürlich nie.

6
Das Zeugnis des ersten Barbiers

Wohlmeinender alter Mann.
The Second Brother

FREITAG, 19. JUNI – NACHMITTAG UND ABEND

«Können Sie mir wohl sagen», erkundigte sich Lord Peter, «was aus dem alten Mr. Endicott geworden ist?»

Der Geschäftsführer des Feinkostladens, der illustre Kunden gern persönlich bediente und sich eben anschickte, schwungvoll einen Schinken aufzuspießen, hielt mitten in der Bewegung inne.

«O ja, Mylord. Er hat ein Haus in Ealing. Hin und wieder schaut er hier herein und holt sich ein Gläschen saure Gurken von unserer Hausmarke. Ein sehr ungewöhnlicher alter Herr, dieser Mr. Endicott.»

«Das kann man wohl sagen. Ich habe ihn in letzter Zeit nicht mehr gesehen und fürchtete schon, daß ihm etwas zugestoßen sein könnte.»

«Um Himmels willen, nein, Mylord. Er hält sich prächtig gesund. Mit 76 Jahren hat er noch angefangen, Golf zu spielen, und sammelt Nippfiguren. Es geht nichts über ein Steckenpferd, um einen am Leben zu erhalten, sagt er.»

«Sehr richtig», antwortete Wimsey. «Ich muß ihn demnächst mal besuchen. Kennen Sie seine Adresse?»

Der Geschäftsführer gab ihm die gewünschte Auskunft, dann wandte er sich wieder seiner nächstliegenden Aufgabe zu, jagte den Spieß tief in den Schinken hinein, dicht am Knochen vorbei, quirlte ihn gekonnt ein paarmal hin und her, zog ihn heraus und präsentierte ihn höflich am Griff. Wimsey schnupperte hingebungsvoll daran, machte mit angemessenem Wohlbehagen «Ah!» und stimmte einen weihevollen Lobgesang über den Schinken an.

«Vielen Dank, Mylord. Er wird Ihnen bestimmt ausgezeichnet munden. Darf ich ihn schicken?»

«Ich nehme ihn gleich selbst mit.»

Der Geschäftsführer winkte einen Verkäufer herbei, der den Artikel mit beeindruckender Kunst in mehrere Schichten fettdichtes Papier, weißes Papier und braunes Papier wickelte, mit Schnur der besten Qualität zusammenschnürte, aus dem freien Ende einen raffinierten Tragegriff knüpfte und dieses Paket dann auf den Armen wiegte wie eine Kinderschwester das frisch gewickelte Prinzchen.

«Mein Wagen steht draußen», sagte Wimsey. Der Verkäufer strahlte vor Dankbarkeit. Eine feierliche kleine Prozession trat auf die Jermyn Street hinaus, bestehend aus: dem Verkäufer, der den Schinken trug; Lord Peter, der seine Autohandschuhe überstreifte; dem Geschäftsführer, der die rituellen Formeln dazu murmelte; dem zweiten Verkäufer, der die Tür aufhielt und sich dann hinten anschloß, um sich auf der Schwelle zu verneigen. Schließlich glitt der Wagen davon, begleitet vom ehrfürchtigen Getuschel einer Passantenschar, die sich versammelt hatte, um seine Stromlinienform zu bewundern und über die Zahl der Zylinder zu diskutieren.

Mr. Endicotts Haus in Ealing war leicht gefunden. Der Besitzer war zu Hause, und die Überreichung des Schinkens und im Gegenzug das Angebot eines Gläschens alten Sherrys gingen mit der ungezwungenen Würde vonstatten wie der Austausch von Geschenken zwischen zwei einander ebenbürtigen, aber freundlich gesinnten Potentaten. Lord Peter besichtigte die Nippfigurensammlung, unterhielt sich ungezwungen über Golfhandicaps und leitete dann ohne unziemliche Hast zum eigentlichen Zweck seines Besuches über.

«Ich bin neulich auf eines von Ihren Rasiermessern gestoßen, Endicott, und zwar unter recht merkwürdigen Umständen. Ob Sie mir wohl etwas darüber erzählen können?»

Mr. Endicott schenkte ihm mit einem gütigen Lächeln im rosigen Gesicht noch ein Gläschen Sherry ein und meinte, er wolle gern behilflich sein, wenn er könne.

Wimsey beschrieb Machart und Zustand des Rasiermessers und fragte, ob es möglich sei, den Käufer festzustellen.

«Ah!» machte Mr. Endicott. «Mit Elfenbeingriff, sagen Sie? Ja, da kann man von Glück sagen, daß es eines von denen ist, denn davon hatten wir nur die drei Dutzend, weil die meisten Kunden schwarze Griffe bevorzugen. Doch, darüber kann ich Ihnen schon ein wenig erzählen. Dieses Rasiermesser ist während des Krieges hereingekommen – 1916, glaube ich. Es war nicht leicht, um diese Zeit eine gute Klinge aufzutreiben, aber diese waren sehr gut. Ihr einziger Nachteil war der weiße Griff, und ich weiß noch, daß wir froh waren, als wir ein Dutzend davon an einen alten Kunden in Bombay schicken konnten. Hauptmann Francis Egerton war das. Er hatte uns gebeten, ein paar für ihn und seine Freunde zu schicken. Das muß etwa 1920 gewesen sein.»

«Bombay? Ein bißchen weit vom Schuß. Aber man kann nie wissen. Und die übrigen?»

Mr. Endicott, der ein Gedächtnis zu haben schien wie eine Enzyklopädie, schickte seine Gedanken in die Vergangenheit und sagte:

«Tja, dann war da noch Korvettenkapitän Mellon; er hatte zwei. Aber er kann's nicht sein, denn sein Schiff wurde mit Mann und Maus versenkt, und sein Rasierzeug ist mit ihm untergegangen. Das muß 1917 gewesen sein. Ein tapferer Mann, der Kapitän, und aus sehr guter Familie. Aus dem Dorset-Zweig der Mellons. Dann der Herzog von Wetherby. Der hatte eins, aber er hat mir erst neulich erzählt, daß er es immer noch hat; er kann es also auch nicht sein. Und Mr. Pritchard. Der hatte mit dem seinen ein denkwürdiges Erlebnis; sein Diener drehte durch und attackierte ihn mit seinem eigenen Rasiermesser, aber zum Glück konnte Mr. Pritchard ihn überwältigen. Der Mann wurde wegen Mordversuchs angeklagt, aber für verrückt erklärt, und das Rasiermesser wurde im Prozeß als Beweisstück vorgeführt. Ich weiß noch, daß Mr. Pritchard hinterher kam und sich ein neues kaufte, ein schwarzes, weil das andere beim Kampf gegen eine Stuhllehne geschlagen war, wobei ein Stück aus der Schneide herausbrach, und das wollte er als Andenken an die hautnächste Rasur seines Lebens behalten, meinte er. Das fand ich sehr gut. Mr. Pritchard hatte schon immer Humor. Dann Oberst Grimes. Er hatte eins, mußte aber beim Rückzug über die Marne seine ganzen Sachen zurücklassen – was daraus geworden ist, kann ich nicht sagen. Er war sehr zufrieden mit diesem Rasiermesser und hat sich dann wieder ein ähnliches gekauft, das er noch immer hat. Das wären jetzt sechs vom zweiten Dutzend. Wo sind die andern geblieben? Ach ja, ich weiß! Mit einem hat es eine richtig komische Geschichte gegeben. Der junge Mr. Ratcliffe – der Ehrenwerte Henry Ratcliffe – kam eines Tages in heller Aufregung an. ‹Endicott›, sagt er, ‹sehen Sie sich bloß mal mein Rasiermesser an!› – ‹Meine Güte, Sir›, sage ich, ‹das sieht ja aus, als wenn jemand Holz damit gesägt hätte.› – ‹Da liegen Sie gar nicht so falsch, Endicott›, sagt er. ‹Meine Schwägerin und ein paar von ihren klugen Freundinnen hatten in ihrem Studio die glänzende Idee, eine private

Theateraufführung zu inszenieren, und da haben sie die Kulissen mit meinem besten Rasiermesser ausgeschnitten.› Mein Gott, war der Mann außer sich! Natürlich war die Klinge restlos hin; er hat sich dann ein anderes Messer gekauft, ein sehr gutes französisches, das wir damals gerade versuchsweise hatten. Dann – ach ja! Dann kam der arme Lord Blackfriars. Das war eine traurige Geschichte. Hat eine Filmschauspielerin geheiratet, und die hat zuerst sein Geld durchgebracht und ist dann mit irgendeinem dunkelhäutigen Exoten durchgegangen – Sie erinnern sich bestimmt, Mylord. Der arme Mann hat sich eine Kugel durch den Kopf geschossen. Seine Rasiermesser hat er seinem Diener vermacht, der sich um keinen Preis davon trennen wollte. Major Hartley hatte zwei, und Oberst Belfridge auch. Sie sind beide aus der Stadt aufs Land gezogen. Ich könnte Ihnen die Adressen geben. Sir John Westlock – nun, da kann ich nichts Bestimmtes sagen. Da hat es irgendwelchen Ärger gegeben, so um die Zeit des Megatherium-Skandals, und er ist ins Ausland gegangen. Anfang der zwanziger Jahre, war es nicht so? Mein Gedächtnis ist nicht mehr, was es mal war. Der hatte auch ein Paar davon. Er legte Wert auf eine gute Klinge und hat sie immer sehr pfleglich behandelt. Mr. Alec Baring – das war auch so traurig. Sie sagten immer, es läge in der Familie, aber ich meine, es muß etwas mit diesem Flugunfall zu tun gehabt haben. Wo er jetzt ist, geben sie ihm bestimmt kein Rasiermesser in die Hand. Er hatte nur eins von diesem Satz, als Ersatz für eines, das er mal im Hotel vergessen hat. Wie viele haben wir jetzt? Sechzehn zusammen, nicht mitgezählt das Dutzend, das nach Bombay gegangen ist. Tja, das wär's dann schon fast, denn ein rundes halbes Dutzend habe ich meinem letzten Meister geschenkt, als wir das Geschäft zumachten. Er hat jetzt ein eigenes in Eastbourne und macht sich gut, wie ich höre. Zweiundzwanzig. So, und was ist nun mit dem letzten Paar?»

Mr. Endicott kratzte sich mit schmerzlichem Gesichtsausdruck am Kopf.

«Manchmal habe ich den Eindruck, daß ich doch schon etwas nachlasse», meinte er, «obwohl mein Handicap immer kürzer wird und ich noch nie so gut Luft bekam wie jetzt. Also, wer *hat* nun dieses Paar gekauft? Ach Gott, ja! Könnte das nicht Sir William Jones gewesen sein? Nein, das geht nicht. Oder der Marquis von ---? Nein. Halt, einen Moment. Das war das Paar, das Sir Harry Ringwood für seinen Sohn gekauft hat – den jungen Mr. Ringwood am Magdalen College. Ich wußte doch, daß ich sie nicht mehr gesehen hatte. Er hat sie 1925 bekommen, und dann ist der junge Herr für das Kolonialministerium nach Britisch-Ostafrika gegangen, nachdem er die Universität verlassen hatte. Bitte sehr! Ich wußte doch, daß sie mir mit der Zeit noch alle einfallen würden. Das wären sie alle, Mylord.»

«Endicott», sagte Lord Peter, «ich finde Sie einfach großartig. Sie sind der jüngste Mann Ihres Alters, dem ich je begegnet bin, und ich möchte gern Ihren Weinhändler kennenlernen.»

Mr. Endicott schob erfreut die Karaffe über den Tisch und nannte den Namen des Händlers.

«Viele von den Genannten können wir gleich vergessen», sagte Lord Peter. «Oberst Grimes ist so eine Sache. Weiß der Himmel, was aus dem Rasierzeug geworden ist, das er in Frankreich gelassen hat, aber ich nehme an, daß es sich drüben jemand angeeignet hat. Natürlich könnte es auch wieder nach England zurückgekommen sein. Die Möglichkeit müssen wir im Auge behalten. Major Hartley und Oberst Belfridge sollte man aufsuchen. Ich glaube nicht, daß es Sir John Westlock ist. Wenn er so ein umsichtiger Mensch war, wie Sie sagen, hat er wahrscheinlich seine Rasiermesser immer bei sich gehabt und in Ehren gehalten. Bei dem armen Baring müssen wir der Sache nachgehen. Sein Messer könnte verkauft oder verschenkt worden sein. Und wir könnten uns auch einmal nach dem jungen Ringwood erkundigen, obwohl wir ihn wahrscheinlich ausscheiden können. Dann Ihr letzter Meister. Meinen Sie, er könnte das eine oder andere davon verkauft haben?»

«Nein, eigentlich nicht, Mylord. Das glaube ich nicht. Er wollte sie, wie er mir sagte, privat und im Salon benutzen. Daß der alte Name draufstand, hat ihm gefallen. Aber für den Verkauf an seine Kunden würde er doch lieber seinen eigenen Namen draufstehen haben wollen. Sehen Sie, Mylord, so etwas ist nicht unwichtig. Nur wer ein gutes Geschäft hat und die Messer gleich Dreidutzendweise bestellen kann, bekommt seinen Namen eingraviert. Er hatte einen sehr guten Start mit drei Dutzend neuen Kropp-Klingen, das hat er mir nämlich erzählt, und unter diesen Umständen wird er seinen Kunden diese auch verkaufen.»

«Eben. Könnte es sein, daß er die andern gebraucht verkauft?»

«Das kann ich natürlich nicht sagen», antwortete Mr. Endicott. «Rasiermesser werden allerdings kaum gebraucht gehandelt, höchstens daß hin und wieder so ein Wanderfriseur mal eins bekommt.»

«Was ist ein Wanderfriseur?»

«Nun, Mylord, das sind Friseure, die keine Arbeit haben und

von Ort zu Ort ziehen, um aushilfsweise zu arbeiten, wo gerade Not am Mann ist. In *unserem* Salon haben wir solche Leute natürlich kaum zu Gesicht bekommen. Erstklassige Kräfte sind das nämlich in aller Regel nicht, und *ich* hätte für *meine* Kunden *nie* einen Barbier eingestellt, der etwas anderes als erstklassig gewesen wäre. Aber in einer Stadt wie Eastbourne, wo viel Saisonbetrieb ist, laufen sie natürlich in großer Zahl herum. Es könnte sich lohnen, einmal bei meinem ehemaligen Meister nachzufragen. Plumer heißt er und hat seinen Salon in der Belvedere Road. Wenn Sie möchten, schreibe ich ihm ein paar Zeilen.»

«Ach nein, bemühen Sie sich nicht. Ich fahre selbst hin und spreche mit ihm. Nur noch eine Frage. War einer der Kunden, die Sie mir genannt haben, ein Mann mit schwerer Hand, der sein Rasiermesser stark abgenutzt und Ihnen immer wieder zum Nachschärfen gebracht hat?»

Mr. Endicott lachte leise.

«Also, wenn Sie schon danach fragen», meinte er. «Oberst Belfridge – ach du meine Güte! Der ist mit seinen Rasiermessern vielleicht umgegangen! Auch heute noch, soviel ich weiß. Immer wieder kam er zu mir und sagte: ‹Also ich schwör's Ihnen, Endicott, ich weiß nicht, was Sie mit meinen Rasiermessern anstellen. Die bleiben nicht eine Woche scharf. Der Stahl ist auch nicht mehr, was er vor dem Krieg mal war.› Aber es lag nicht am Stahl, und auch nicht am Krieg. Es war immer dasselbe. Ich glaube, er hat seine Messer immer mit der Schneide voran über den Riemen gezogen; den Verdacht habe ich wirklich. Er hielt sich keinen Diener, müssen Sie wissen. Der Oberst stammt aus einer unserer besten Familien, aber er ist alles andere als ein reicher Mann. Ein hervorragender Soldat, soviel ich weiß.»

«Einer aus der alten Schule, wie?» meinte Wimsey. «Ein gutes Herz unter einer rauhen Schale. Ich kenne das. Was sagten Sie, wo er jetzt lebt?»

«In Stamford», antwortete Mr. Endicott wie aus der Pistole geschossen. «Er hat mir letzte Weihnachten eine Karte geschickt. Fand ich sehr nett von ihm, daß er sich noch an mich erinnert hat. Aber meine alten Kunden sind in dieser Hinsicht wirklich sehr aufmerksam. Sie wissen, daß ich mich freue, wenn man sich meiner erinnert. Nun, Mylord, es hat mich über die Maßen gefreut, Sie zu sehen», fügte er hinzu, als Wimsey sich erhob und seinen Hut nahm, «und ich hoffe sehr, daß ich Ihnen ein wenig behilflich sein konnte. Sie halten sich gesund, hoffe ich? Sie sehen gut aus.»

«Man wird älter», sagte Lord Peter. «Ich werde schon grau an den Schläfen.»

Mr. Endicott ließ ein besorgtes Schnalzen vernehmen.

«Aber das hat doch nichts zu bedeuten», beeilte er sich seinem Besucher zu versichern. «Viele Damen finden das distinguiert. Ihr Haar wird oben noch nicht dünner, will ich hoffen!»

«Nicht daß ich wüßte. Werfen Sie mal einen Blick darauf.»

Mr. Endicott teilte das strohfarbene Haardach und nahm die Wurzeln in Augenschein.

«Keine Spur», verkündete er zuversichtlich. «Eine gesündere Kopfhaut habe ich noch nie gesehen. Dennoch, Mylord, *wenn* Sie je einen Haarausfall bemerken sollten, lassen Sie es mich wissen. Ich wäre glücklich, Sie beraten zu dürfen. Ich habe immer noch das Rezept für Endicotts Spezialtonikum, und auch wenn ich es selbst sage, etwas Besseres habe ich noch nicht gefunden.»

Wimsey lachte und versprach, Mr. Endicott bei den ersten Symptomen drohenden Unheils zu Rate zu ziehen. Der alte Figaro geleitete ihn zur Tür, drückte ihm herzlich die Hand und bat ihn, doch wieder einmal reinzuschauen. Mrs. Endicott werde es sehr bedauern, seinen Besuch verpaßt zu haben.

Als Wimsey wieder hinterm Steuer saß, wog er die drei Möglichkeiten ab, die er jetzt hatte. Er konnte nach Eastbourne fahren; er konnte nach Stamford fahren; er konnte nach Wilvercombe zurückkehren. Es wäre sicher gerechtfertigt, sofort an den Ort des Verbrechens zurückzukehren – falls es ein Verbrechen war. Die Tatsache, daß sich dort auch Harriet aufhielt, war eine rein zufällige Nebenerscheinung. Andererseits war es seine offenkundige Pflicht, die Sache mit dem Rasiermesser so rasch wie möglich aufzuklären.

Nachdenklich fuhr er zu seiner Wohnung am Piccadilly, wo sein Diener Bunter gerade damit beschäftigt war, Fotos in ein großes Album einzuordnen.

Er unterbreitete Bunter sein Problem und bat um seinen Rat. Bunter erwog sorgfältig Für und Wider und äußerte nach kurzer Bedenkzeit respektvoll seine Meinung.

«An Eurer Lordschaft Stelle wäre ich wohl eher geneigt, nach Stamford zu fahren, Mylord. Und zwar aus mehreren Gründen.»

«So, meinen Sie?»

«Ja, Mylord.»

«Nun, vielleicht haben Sie recht, Bunter.»

«Ja, Mylord, danke sehr. Wünschen Eure Lordschaft meine Begleitung?»

«Nein», sagte Wimsey. «Aber Sie könnten nach Eastbourne fahren.»

«Sehr wohl, Mylord.»

«Morgen früh. Ich bleibe über Nacht in der Stadt. Sie können ein Telegramm für mich abschicken – halt, nein, ich glaube, ich schicke es lieber selbst.»

Telegramm von Lord Peter Wimsey an Miss Harriet Vane:

FOLGE RASIERMESSERSPUR NACH STAMFORD WILL KEINESFALLS KRIMIHELD ÄHNELN DER PFLICHTVERGESSEN UM HELDIN STREICHT ABER WOLLEN SIE MICH HEIRATEN – PETER.

Telegramm von Miss Harriet Vane an Lord Peter Wimsey:

WEIDMANNSHEIL NATÜRLICH NICHT HIER TUT SICH WAS – VANE.

7
Das Zeugnis der Gigolos

Ein unnützes Leben,
Ein Leben zum Lachen.
Death's Jest-Book

FREITAG, 19. JUNI – ABEND

Miss Harriet Vane schwebte in einem burgunderroten Kleid in den Armen Mr. Antoines, des blonden Gigolos, durch den Tanzsalon des Hotels *Resplendent.*

«Ich fürchte, ich bin keine besonders gute Tänzerin», meinte sie abbittend.

Mr. Antoine, der zu ihrer gelinden Überraschung weder Jude noch Exote aus Südamerika noch ein Gemisch europäischer Rassen, sondern Franzose war, nahm sie etwas fester in den geübten Arm und antwortete:

«Sie tanzen sehr korrekt, Mademoiselle. Es fehlt höchstens noch ein wenig am *entrain.* Vielleicht warten Sie nur auf den vollkommenen Partner. Wenn das Herz mit den Füßen tanzt, wird es *à merveille.»* Er sah ihr mit einem wohlberechneten Ausdruck der Ermutigung in die Augen.

«Sind das die Antworten, die Sie all diesen alten Damen geben müssen?» fragte Harriet lächelnd.

Antoine öffnete die Augen ein wenig, dann meinte er, auf ihren leisen Spott eingehend:

«Leider ja. Das ist unser Beruf, Sie verstehen.»

«Das muß ja sehr ermüdend sein.»

Antoine schaffte es, mit den wohlgeformten Schultern zu zukken, ohne die Grazie seiner Bewegung im mindesten zu beeinträchtigen.

«Que voulez-vous? Jeder Beruf hat seine mühseligen Seiten, für die man durch die angenehmeren Momente wieder entschädigt wird. Man kann zu Mademoiselle aufrichtig sagen, was in einem anderen Falle nur Höflichkeit wäre.»

«Bemühen Sie sich nicht», sagte Harriet. «Eigentlich wollte ich auch nicht über mich mit Ihnen sprechen, sondern über Mr. Alexis.»

«*Ce pauvre Alexis!* Es war Mademoiselle, die ihn gefunden hat, wie ich höre?»

«Ja. Und ich frage mich nun, was für ein Mensch er eigentlich war und warum er sich – auf diese Weise das Leben genommen haben könnte.»

«Ach ja! Das fragen wir uns alle. Es muß wohl das russische Temperament sein.»

«Ich habe gehört –» Harriet hatte das Gefühl, behutsam vorgehen zu müssen – «daß er verlobt war.»

«O ja – mit der englischen Dame. Das war bekannt.»

«War er glücklich mit ihr?»

«Mademoiselle, Alexis war arm, und die englische Dame ist sehr reich. Es war für ihn von Vorteil, sie zu heiraten. Anfangs hätte es zweifellos gewisse *désagréments* geben können, aber später – Sie verstehen, Mademoiselle, solche Dinge regeln sich von selbst.»

«Sie meinen nicht, daß er den Gedanken plötzlich nicht mehr ertragen konnte und diesen Ausweg gewählt hat?»

«Das ist schwer zu sagen, aber – nein, das glaube ich nicht. Er hätte ja nur fortzugehen brauchen. Er war ein guter Tänzer und sehr beliebt. Er hätte immer wieder eine neue Stelle gefunden, solange nur seine Gesundheit mitmachte.»

«Ich habe mich gefragt, ob nicht vielleicht eine andere Liebschaft die Dinge kompliziert haben könnte.»

«Nach allem, was er uns erzählt hat, Mademoiselle, ist mir nichts bekannt, was nicht leicht zu regeln gewesen wäre.»

«Die Frauen mochten ihn sicher gern», sagte Harriet unverblümt.

Antoines Lächeln genügte als Antwort.

«Und es gab niemals eine Enttäuschung?»

«Ich wüßte nicht. Aber natürlich erzählt man auch seinen Freunden nicht alles.»

«Natürlich nicht. Ich will auch nicht neugierig sein. Mir kam das Ganze nur recht sonderbar vor.»

Die Musik verstummte.

«Wie ist das hier geregelt?» fragte Harriet. «Tanzen wir weiter, oder haben Sie andere Verpflichtungen?»

«Es gibt keinen Grund, warum wir nicht den nächsten Tanz noch tanzen sollten. Dann erwartet man allerdings von mir, daß ich meinen anderen Klientinnen meine Aufwartung mache, sofern

Mademoiselle keine Sonderregelung mit der Geschäftsleitung trifft.»

«Nein», sagte Harriet, «ich möchte den Betrieb nicht durcheinanderbringen. Aber spricht etwas dagegen, daß Sie und die beiden jungen Damen hinterher eine Kleinigkeit mit mir essen gehen?»

«Nicht das mindeste. Sehr freundlich von Ihnen, sehr liebenswürdig. Überlassen Sie es nur mir, Mademoiselle. Ich werde alles arrangieren. Es ist nur natürlich, daß Mademoiselle ein Interesse an der Sache hat.»

«Schon, aber ich möchte nicht, daß die Direktion den Eindruck hat, ich fragte das Personal hinter ihrem Rücken aus.»

«N'ayez pas peur, je m'en charge. Ich werde Sie nach einer kleinen Weile wieder um einen Tanz bitten, und dann sage ich Ihnen, was ich verabredet habe.»

Er begleitete sie lächelnd an ihren Tisch zurück, und sie sah ihn eine große, üppige Dame in einem engsitzenden Kleid auffordern und galant aufs Parkett führen, das ewige halbsinnliche Lächeln auf den Lippen, als ob es aufgemalt wäre.

Etwa sechs Tänze später erschien das Lächeln wieder neben ihr, und Antoine informierte sie, während er ihre Schritte durch einen Walzer lenkte, daß es ein paar Straßen weiter ein kleines Restaurant gebe, und wenn sie so freundlich sein wolle, dieses nach halb zwölf, wenn der Tanzabend vorbei sei, aufzusuchen, würden er und Doris und Charis sich dort mit ihr treffen. Es sei nur ein kleines Restaurant, aber sehr gut, und der Wirt kenne sie alle sehr gut; überdies wohne er selbst, Antoine, in dem zum Restaurant gehörenden kleinen Hotel und werde sich das Vergnügen machen, Mademoiselle zu einem Glas Wein einzuladen. Sie würden dort ungestört sein und könnten ganz offen reden. Harriet erklärte sich einverstanden, vorausgesetzt, sie dürfe das Essen bezahlen, und so fand sie sich, wie vereinbart, kurz vor Mitternacht auf einem roten Plüschsofa unter einer Reihe vergoldeter Spiegel wieder, vor sich ein wohlschmeckendes kleines Abendessen nach kontinentaleuropäischer Art.

Die blonde Doris und die brünette Charis ließen sich bereitwillig über die Angelegenheiten des verstorbenen Mr. Alexis aus. Doris schien die offizielle Vertraute zu sein. Sie konnte über die Herzensdinge ihres verstorbenen Partners interne Auskünfte geben. Doch, ja, er habe eine Freundin gehabt; aber diese Beziehung sei vor ein paar Wochen auf recht mysteriöse Weise zu Ende gegangen. Mit Mrs. Weldon habe das nichts zu tun gehabt. Für *diese* Sache sei, um Mr. Micawbers Worte zu gebrauchen, gesorgt gewesen. Nein, man sei offenbar in gegenseitigem Einverständnis auseinandergegangen, und es scheine niemandem besonders nahegegangen zu sein. Bestimmt nicht Alexis, der zwar anstandshalber sein großes Bedauern ausgedrückt habe, aber offenbar recht zufrieden gewesen sei, wie wenn er ein gutes Geschäft gemacht habe. Und seit dieser Zeit habe man die fragliche junge Dame in Begleitung eines anderen Herrn gesehen, von dem man annahm, daß er ein Freund von Alexis war.

«Und wenn Sie mich fragen», sagte Doris in einem Tonfall, dessen Cockney-Färbung von dick aufgetragener Vornehmheit überlagert war, «hat Alexis sie dem andern mit voller Absicht angedreht, damit sie seinen andern Plänen nicht im Weg stand.»

«Welchen andern Plänen?»

«Das weiß ich nun wirklich nicht. Aber irgend etwas führte er die letzten Wochen im Schilde. Ganz groß hat er sich damit getan. Man kam sich fast vor, als wenn man mit Seiner Hochwohlgeboren gesprochen hätte. ‹Du wirst schon sehen›, sagt er, ‹hab nur ein bißchen Geduld.› – ‹Bitte›, sag ich, ‹ich will mich gar nicht einmischen. Du kannst deine Geheimnisse ruhig für dich behalten, die will ich gar nicht wissen.› Meiner Meinung nach hat er irgendwas im Schilde geführt. Ich weiß nicht, was es war, aber er hat sich angestellt, als wenn es Gott weiß was wäre.»

Mrs. Weldon hat dasselbe gesagt, dachte Harriet. Alexis habe ihr große Neuigkeiten in Aussicht gestellt – allerdings hatte Mrs. Weldon dieser Bemerkung ihre eigene Interpretation gegeben. Harriet sondierte von neuem.

«Aufgebot?» meinte Charis. «O nein! Das hätte er bestimmt nicht auch noch an die große Glocke gehängt. Er kann sich unmöglich darauf gefreut haben, diese entsetzliche alte Frau zu heiraten. Na ja, ihr geschieht's recht. Jetzt sitzt sie da.»

«Mir tut sie leid», sagte Antoine.

«Ach Gott, dir tun die Leute immer leid. Ich finde so etwas abstoßend. Diese dicken alten Männer sind schon so abstoßend, wenn sie einen dauernd angrapschen. Wenn Greely nicht so ein anständiger Kerl wäre, würde ich den Kram hinschmeißen, aber ich muß sagen, er sorgt dafür, daß sie sich benehmen. Aber eine alte *Frau* erst –», Charis, in der Blüte ihrer Jugend, brachte ihre Verachtung mit Worten wie mit Gesten zum Ausdruck.

«Ich denke mir», warf Harriet ein, «daß Alexis vielleicht eine gewisse finanzielle Sicherheit gesucht hat. Ich meine, ein Tänzer kann seinen Beruf nicht sein Leben lang ausüben. Besonders wenn er nicht sehr kräftig ist.»

Sie hatte zögernd gesprochen, aber zu ihrer Erleichterung gab Antoine ihr sofort und nachdrücklich recht.

«Das stimmt. Solange wir jung und fidel sind, ist alles gut. Aber bald wird der Kopf kahl, die Beine werden steif – und aus ist es! Dann sagt die Direktion: ‹Das ist ja alles schön und gut, Sie sind ein wunderbarer Tänzer, aber meine Gäste ziehen einen jüngeren Mann vor, *hein*?› Dann heißt es Abschied nehmen von den erstklassigen Etablissements. Es geht, wie Sie sagen würden, bergab mit uns. Ich sage Ihnen, es ist eine große Versuchung, wenn jemand kommt und sagt: ‹Schau her, du brauchst mich nur zu heiraten, und ich mache dich so reich, daß du für dein Leben ausgesorgt hast.› Und was ist schon dabei? Man lügt dann eben jeden Abend seiner eigenen Frau etwas vor statt zwanzig bis dreißig dummen alten Damen. Beides tut man für Geld – wo ist der Unterschied?»

«Na ja, dahin werden wir wohl alle noch kommen», meinte Charis mit einer Grimasse. «Aber wie Alexis immer geredet hat, sollte man meinen, er hätte es doch ein bißchen romantischer haben wollen. Dieser ganze Quatsch von seiner edlen Geburt und den verlorenen Reichtümern – genau wie in diesen Romanen, die er so liebte. Ein romantischer Held, wenn man ihm glaubte. Mußte auch immer im Rampenlicht stehen, unser Mr. Paul Alexis. Wenn er tanzte, hatte man das Gefühl, er erweist dem Parkett eine große Ehre. Und am Ende soll der Märchenprinz so tief sinken und eine alte Frau ihres Geldes wegen heiraten!»

«Na, so schlimm war er nun auch wieder nicht», widersprach Doris. «So solltest du nicht über ihn reden. Es ist kein leichtes Leben, das wir Tänzer führen – jeder behandelt uns doch wie Dreck. Dabei würden sie alle sofort zugreifen, wenn man ihnen nur die kleinste Chance gäbe. Warum sollte Alexis oder irgendein anderer von uns sich nicht ein bißchen schadlos halten? Und jedenfalls ist er jetzt tot, da sollte man ihn nicht auch noch runtermachen.»

«*Ah, voilà*!» sagte Antoine. «Er ist tot. Und warum ist er tot? Man schneidet sich nicht die Kehle durch *pour s'amuser.*»

«Das ist auch wieder so etwas, woraus ich nicht schlau werde», sagte Charis. «Wie ich das gehört habe, mußte ich gleich denken: ‹Das sieht Alexis überhaupt nicht ähnlich.' Für so was hätte er gar nicht die Nerven gehabt. Menschenskind, er hatte doch schon eine Heidenangst davor, sich nur mal in den Finger zu stechen. Du brauchst gar nicht so ein Gesicht zu machen – Alexis war eine regelrechte Zimperliese, und wenn er zehnmal tot ist. Ihr habt doch alle selbst über ihn gelacht. ‹Nein, ich kann diese Leiter nicht hinaufsteigen, ich habe Angst, daß ich falle.› – ‹Ich mag nicht zum Zahnarzt gehen, womöglich zieht er mir einen Zahn.› – ‹Stoß mich nicht an, wenn ich Brot schneide, nachher schneide ich mir noch in die Finger.› – ‹Aber wirklich, Paul›, habe ich manchmal zu ihm gesagt, ‹man sollte meinen, du wärst aus Glas.› »

«Ich weiß, was Mademoiselle jetzt denkt›, sagte Antoine mit melancholisch verzogenem Mund. «Sie denkt: ‹*Voilà* – da haben wir ihn, den Gigolo. Er ist kein Mann, er ist nur eine Puppe, ausgestopft mit Sägemehl.› Man kauft ihn, man verkauft ihn, und manchmal nimmt man an ihm Anstoß. Dann sagt der englische Ehemann: ‹Bitte, was hast du erwartet? Dieser Kerl ist doch nur ein lästiges Etwas. Er lebt von dummen Frauen und spielt nicht Cricket.› Es ist manchmal wirklich nicht schön, aber man muß von etwas leben. *Que voulez-vous? Ce n'est pas rigolo que d'être gigolo.*»

Harriet errötete. «Das habe ich nicht gedacht», sagte sie.

«Aber doch, Mademoiselle, und es ist nur verständlich.»

«Antoine spielt nicht Cricket», warf Doris wohlmeinend ein. «Aber er spielt Tennis und schwimmt sehr gut.»

«Es geht nicht um mich», sagte Antoine. «Und ehrlich, ich verstehe das mit der durchschnittenen Kehle auch nicht. Warum ist Alexis dafür so weit fortgegangen? Er ist nie weit gegangen; er fand Gehen zu anstrengend. Wenn er vorgehabt hätte, sich umzubringen, hätte er es zu Hause getan.»

«Und dann hätte er Schlaftabletten genommen», sagte Doris und nickte eifrig mit dem blonden Kopf. «Das weiß ich, weil er sie mir einmal gezeigt hat, als er gerade wieder einen seiner Schwermutsanfälle hatte. ‹Das ist mein Ausweg aus dieser schlechten Welt›, hat er gesagt, und dann hat er wieder furchtbar poetisch dahergeredet. Ich habe ihm gesagt, er soll nicht so albern sein – und in einer halben Stunde war es natürlich wieder vorbei. So war er nun mal. Aber sich die Kehle mit einem Rasiermesser durchschneiden – nein!»

«Das ist ja überaus interessant», sagte Harriet. «Übrigens», fuhr sie fort, denn eben fiel ihr das Gespräch mit Wimsey wieder ein, «hatte er irgend etwas mit seiner Haut? Ich meine, mußte er vielleicht immer Handschuhe tragen oder so etwas?»

«Aber nein», sagte Antoine. «Ein Gigolo darf doch nichts an seiner Haut haben. Das ginge nun wirklich nicht an. Alexis hatte sehr elegante Hände. Sie waren sein ganzer Stolz.»

«Er hat aber mal gesagt, daß er eine empfindliche Haut hat und daß er sich darum nicht rasiert», warf Doris ein.

«O ja, darüber kann ich Ihnen etwas erzählen», nahm Antoine sein Stichwort auf. «Als er vor ungefähr einem Jahr hierherkam und nach Arbeit fragte, hat Mr. Greely zu mir gesagt: ‹Sehen Sie mal, wie er tanzt.› Denn sehen Sie, Mademoiselle, der andere Tänzer hatte uns gerade verlassen, ganz plötzlich, *comme ça* – ohne vorher ein Wort zu sagen. Ich habe ihn also tanzen sehen und zu Mr. Greely gesagt: ‹Sehr gut.› Da hat der Direktor gesagt: ‹Gut, ich nehme Sie für eine Probezeit, aber Sie dürfen keinen Bart tragen, das lieben die Damen nicht. Hat man je einen Gigolo mit Bart gesehen?› Alexis hat geantwortet: ‹Aber wenn ich mich rasiere, habe ich das ganze Gesicht voller – äh – Knospen.› »

«Pickel», half Harriet nach.

«Ja, Verzeihung, Pickel. Nun, ein Gigolo mit Pickeln das geht erst recht nicht, Sie verstehen. ‹Nun gut›, sagt der Direktor, ‹Sie können eine Weile mit Bart kommen, bis wir uns eingerichtet haben, aber wenn Sie dann bleiben wollen, müssen Sie den Bart abnehmen.› Na schön, Alexis kommt also und tanzt, und die Damen sind begeistert. Der Bart ist so würdevoll, so romantisch, so ungewöhnlich. Sie kommen von sehr weit, nur um mit dem Bart zu tanzen. Und Mr. Greely sagt: ‹Also gut, ich war im Irrtum. Sie bleiben, und der Bart bleibt auch. Mein Gott, was werden diese Damen als nächstes wollen? Einen Schnurrbart vielleicht? Antoine›, sagt er zu mir, ‹lassen Sie sich einen Schnurrbart wachsen, vielleicht kommen Sie dann noch besser an.› Aber ich – nein! Gott hat mir nicht den Haarwuchs für einen Schnurrbart gegeben.»

«Besaß Alexis überhaupt ein Rasiermesser?»

«Wie soll ich das wissen? Wenn er wußte, daß er vom Rasieren Pickel bekommen würde, muß er es ja einmal versucht haben, *n'est-ce pas?* Aber ob er ein Rasiermesser hatte, das weiß ich nicht. Weißt du etwas davon, Doris?»

«Ich? Das hab ich gern. Alexis war nie mein Schwarm. Aber ich frage mal Leila Garland, die müßte es wissen.»

«Sa maîtresse», erklärte Antoine. «Ja, frag sie, Doris. Denn das ist offenbar von großer Wichtigkeit. Daran hatte ich gar nicht gedacht, *mon dieu*!»

«Sie haben mir sehr viel Interessantes erzählt», sagte Harriet. «Ich bin Ihnen sehr dankbar. Und noch dankbarer wäre ich Ihnen, wenn Sie für sich behalten könnten, daß ich Sie gefragt habe, denn Sie wissen ja, die Zeitungsreporter und so weiter –»

«Oh!» sagte Antoine. «Hören Sie, Mademoiselle, Sie dürfen nicht denken, nur weil wir Puppen sind, die man kauft und verkauft, hätten wir keine Augen und Ohren. Dieser Herr, der heute morgen angekommen ist – meinen Sie, wir wüßten nicht, wer er ist? Dieser Lord Peter, so berühmt, kommt doch nicht für nichts und wieder nichts hierher, *hein?* Er redet nicht für nichts und wieder nichts mit Ihnen und stellt Fragen. Er würde sich nicht dafür interessieren, wenn ein ausländischer Tänzer sich in einem Anfall von schlechter Laune die Kehle durchgeschnitten hat. Nein. Aber wir verstehen uns natürlich auch auf Diskretion. *Ma foi,* sonst würden wir unsere Arbeit nicht lange behalten, Sie verstehen, ja? Wir sagen Ihnen, was wir wissen, und die Dame, die *des romans-policiers* schreibt, und der Lord, der ein *connaisseur des mystères* ist, führen Ermittlungen. Aber wir sagen nichts. Es ist unser Geschäft, nichts zu sagen. Das versteht sich.»

«Richtig», meinte Charis. «Wir verraten nichts. Es gäbe auch gar nicht viel, was wir erzählen könnten. Natürlich hat die Polizei uns auch schon ausgefragt, aber die glaubt ja sowieso nie, was man ihr sagt. Die glauben bestimmt alle, es hätte etwas mit Leila zu tun. Wenn einem Mann etwas zustößt, meint die Polizei immer, daß eine Frau dahintersteckt.»

«Aber», sagte Antoine, «das ist doch ein Kompliment.»

8

Das Zeugnis des zweiten Barbiers

So schickt zurück ihn doch,
den Prahler ohne Maske in sein Elendsloch.
Letter from Göttingen

SAMSTAG, 20. JUNI / SONNTAG, 21. JUNI

Wimsey, satt von Frühstück, Sonne und Seligkeit, spazierte friedvoll über den gepflegten Rasen vor dem Hotel George in Stamford, da und dort stehenbleibend, um den Duft einer roten Rose einzuatmen oder Alter und Ausdehnung einer Wistarie zu bewundern, die ihre trägen Ranken an der grauen Steinmauer entlangschob. Er war mit sich selbst übereingekommen, Oberst Belfridge um elf Uhr aufzusuchen. Bis dahin würden sie beide ihr Frühstück verdaut haben und aufnahmefähig sein für ein geselliges kleines Häppchen. Er hatte das angenehm sichere Gefühl, auf der Spur eines hübsch schwierigen, gehaltvollen Problems zu sein, das es unter angenehmen Begleitumständen auszuknobeln galt. Er zündete sich eine gut eingerauchte Pfeife an und fand das Leben schön.

Um zehn Minuten nach elf fand er das Leben nicht mehr ganz so schön. Oberst Belfridge, der aussah wie von H. M. Bateman in einem besonders inspirierten Augenblick entworfen, war zutiefst entrüstet. Er fand es ausgesprochen ungehörig für einen Gentleman, hinzugehen und den Barbier – hrrrm! – eines anderen Gentleman nach dessen Privatangelegenheiten auszufragen, und er verwahrte sich gegen die Unterstellung, daß ein Mann wie er etwas mit dem – hrrrm! – Hinscheiden eines hergelaufenen Ausländers – hrrrm! – in einem hinterwäldlerischen Badeort namens Wilvercombe zu tun haben könne. Wimsey sollte sich schämen – hrrrm! –, sich in Sachen einzumischen – ha! –, die verdammt noch mal Sache der Polizei sind, Sir! Wenn die Polizei ihre Arbeit nicht selber machen kann, wozu zahlt man dann seine Abgaben und Steuern, können Sie mir das mal sagen, Sir?

Wimsey entschuldigte sich für die Belästigung und wandte ein, daß der Mensch ja irgendein Steckenpferd brauche.

Der Oberst ließ ihn wissen, daß Golf – hrrrm! – oder eine Spanielzucht geziemendere Beschäftigungen für einen Herrn von Stand seien.

Wimsey erwähnte, daß er während des Krieges ein bißchen geheimdienstlich gearbeitet und dabei eben Geschmack an solchen Dingen bekommen habe.

Der Oberst sprang auf diese Bemerkung sofort an. Er kehrte Wimseys Kriegserlebnisse von innen nach außen, stellte fest, daß sie eine Reihe gemeinsamer Kriegserinnerungen hatten, und ehe er sich's versah, spazierte er mit seinem Gast den von Stiefmütterchen gesäumten Weg durch seinen kleinen Garten hinunter, um ihm einen Wurf junger Hunde zu zeigen.

«Mein lieber Freund», sagte Oberst Belfridge, «ich will Ihnen mit dem allergrößten Vergnügen helfen, so gut ich kann. Sie haben es hoffentlich nicht eilig? Bleiben Sie zum Lunch, dann können wir hinterher über alles sprechen. Mabel!»

Eine reifere Frau erschien an der Hintertür und kam eilig den Gartenweg heruntergewatschelt.

«Ein Herr zum Lunch!» bellte der Oberst. «Und mach uns eine Flasche von dem Neunzehnhundertvierer auf – aber vorsichtig, Kreuzdonnerwetter! Wissen Sie», wandte er sich dann wieder an Wimsey, «mich würde interessieren, ob Sie sich noch an einen gewissen Stokes erinnern.»

Nur mit größten Schwierigkeiten konnte Wimsey den Oberst von seinen Kriegserlebnissen abbringen und wieder auf die Frage nach den Rasiermessern zurückkommen. Aber einmal beim Thema, erwies der Oberst sich als ein guter, zuverlässiger Zeuge.

Er erinnerte sich genau an diese beiden Rasiermesser. Hatte eine Menge Ärger mit den Dingern, hrrrm! Rasiermesser waren nicht mehr, was sie in seinen jungen Jahren mal gewesen waren. So gehe es doch mit allem und jedem, hrrrm! Stahl halte überhaupt nichts mehr aus. Mit all den Ausländern und dieser Massenproduktion gehe die britische Industrie noch vor die Hunde. Er könne sich noch erinnern, wie im Burenkrieg –

Nach einer Viertelstunde erinnerte Wimsey wieder an die Rasiermesser.

«Ach, ja!» sagte der Oberst, indem er sich über den großen weißen Schnurrbart strich und ihn mit schwungvoller Gebärde an beiden Enden hochzwirbelte. «Hrrrm! Ja, richtig, die Rasiermesser. Also, was wollen Sie nun darüber wissen?»

«Haben Sie sie noch, Sir?»

«Nein, mein Lieber. Ich bin sie losgeworden, Sir. Minderwertige Ware, Sir! Ich hab dem alten Endicott gesagt, daß ich mich sehr wundere, was für wertloses Zeug er da verkauft. Mußten jede zweite Woche nachgeschliffen werden. Aber das geht ja mit allem so. Eine anständige Klinge kriegen Sie heute nirgends mehr. Und das wird auch nicht mehr besser, Sir, nicht mehr besser, solange wir keine starke konservative Regierung bekommen – eine *starke* Regierung, sage ich, Sir, die den Mumm hat, die Eisen- und Stahlindustrie zu schützen. Aber wird sie's tun? Kreuzdonnerwetter, nein, Sir – weil sie alle Angst haben, Wählerstimmen zu verlieren. Weiberstimmen! Wie will man denn von Frauenzimmern erwarten, daß sie verstehen, wie wichtig Eisen und Stahl sind? Sagen Sie mir das mal, hrrrm!»

Wimsey fragte, was aus den Rasiermessern geworden sei.

«Hab sie dem Gärtner geschenkt», sagte der Oberst. «Hochanständiger Mann. Kommt zweimal die Woche her. Hat Frau und Kinder, Kriegsrentner mit einem steifen Bein. Hilft mir bei den Hunden. Recht guter Mann. Summers heißt er.»

«Wann war das, Sir?»

«Was? Ach so, Sie meinen, wann ich sie ihm gegeben habe? Mal überlegen, nur mal kurz überlegen. Das war, nachdem Diana geworfen hatte – gerade noch mal gutgegangen – beinahe hätte ich sie da verloren, das arme Ding. Vor zwei Jahren ist sie gestorben – verunglückt – von so einem verdammten Motorradfahrer überfahren. Die beste Hündin, die ich je hatte. Den hab ich dafür vor Gericht gebracht – das hat er mir bezahlt, Sir! Leichtsinniger junger Dachs! Nehmen auf nichts und niemanden Rücksicht. Und nachdem sie jetzt auch noch die Geschwindigkeitsbegrenzung aufgehoben haben –»

Wimsey erinnerte den Oberst, daß sie eigentlich bei den Rasiermessern waren.

Nach weiterem Nachdenken engte der Oberst den fraglichen Zeitraum auf das Jahr 1926 ein. Er war sich dessen sicher, weil der Spaniel damals krank geworden war, wodurch Summers eine Menge Arbeit gehabt hatte. Er hatte dem Mann ein Geldgeschenk gemacht und ihm die beiden Rasiermesser als Zugabe überlassen, weil er sich gerade ein neues Paar gekauft hatte. Wegen der Krankheit der Hündin hatten sie nur einen Welpen aus dem Wurf großbekommen, und das war Stamford Royal, aus dem dann ein sehr guter Hund geworden war. Ein Blick ins Zuchtbuch bestätigte das Datum unter Ausschluß jeden Zweifels.

Wimsey dankte dem Oberst und fragte, ob er mit Summers sprechen könne.

Aber unbedingt. Heute war zwar nicht Summers' Tag, aber er wohnte in einem kleinen Häuschen bei der Brücke. Wimsey sollte nur hingehen und einen schönen Gruß vom Oberst bestellen. Oder ob der Oberst mitkommen sollte?

Lord Peter dankte für das Angebot und bat den Oberst, sich nicht zu bemühen. (Er hatte nämlich das Gefühl, daß Summers in Abwesenheit des Obersten mitteilsamer sein würde.) Er entzog sich der Gastfreundschaft des alten Soldaten mit einiger Mühe und schnurrte durch die malerischen Straßen von Stamford zu dem Häuschen bei der Brücke.

Summers war ein dankbarer Gesprächspartner – aufgeweckt, prompt und präzise. Es sei sehr nett von Oberst Belfridge gewesen, ihm die Rasiermesser zu schenken. Er selbst könne ja nichts damit anfangen, er nehme lieber einen Sicherheitsrasierer, aber davon habe er dem Oberst natürlich nichts gesagt, um ihn nicht zu kränken. Er habe die Rasiermesser seinem Schwager gegeben, der in Seahampton einen Frisiersalon habe.

Seahampton! Keine fünfzig Meilen von Wilvercombe! Hatte Wimsey mit dem ersten Schuß ins Schwarze getroffen? Er wandte sich schon zum Gehen, als ihm einfiel, zu fragen, ob man eines der beiden Rasiermesser vielleicht an irgendeiner Besonderheit erkennen könne.

«Ja, das könne man. Das eine sei einmal versehentlich hier auf den Steinboden gefallen und habe einen ganz leichten Sprung im Elfenbeingriff. Man bemerke ihn nur, wenn man sehr genau hinsehe. Das andere Rasiermesser sei nach Summers' bestem Wissen vollkommen in Ordnung.

Wimsey dankte seinem Informanten und entlohnte ihn angemessen. Er ging zum Wagen zurück und nahm Kurs nach Süden. Er hatte Stamford schon immer für ein schönes Städtchen gehalten, und jetzt erschien es ihm mit seinen grauen Steinhäusern und den Erkerfenstern in der milden Nachmittagssonne als das schönste Juwel der englischen Krone.

Er übernachtete in Seahampton und machte sich am Sonntagmorgen auf die Suche nach Mr. Summers' Schwager, dessen Name Merryweather – Schönwetter – ein gutes Omen zu sein verhieß. Der Salon war klein und befand sich in der Nähe des Hafens. Mr. Merryweather wohnte über seinem Geschäft und war gern bereit, Auskunft über die Rasiermesser zu geben.

Er habe sie 1927 bekommen, und es seien gute Rasiermesser, obwohl sie schlechte Behandlung erfahren hätten und schon ziemlich abgenutzt gewesen seien, als sie in seine Hände kamen. Eines von ihnen habe er noch, und es leiste ihm gute Dienste. Wenn Seine Lordschaft es sich ansehen wolle – hier sei es.

Wimsey drehte es klopfenden Herzens in den Händen. Es war das genaue Ebenbild des Rasiermessers, das Harriet an der Küste gefunden hatte. Er untersuchte es genau, fand aber keinen Sprung im Elfenbein. Aber, fragte er fast ängstlich, weil er eine Enttäuschung fürchtete – was war aus dem zweiten geworden?

«Also, das kann ich Ihnen nun leider nicht zeigen, Mylord», sagte Mr. Merryweather. «Wenn ich gewußt hätte, daß es gebraucht würde, hätte ich mich nicht davon getrennt. Dieses Rasiermesser, Mylord, habe ich erst vor ein paar Wochen an so einen Wanderfriseur verkauft, der hier um Arbeit fragen kam. Ich hatte keine Arbeit für ihn, Mylord, und um die Wahrheit zu sagen, ich hätte ihm auch keine gegeben, wenn ich welche gehabt hätte. Sie würden staunen, in welchen Scharen die hier ankommen, und die Hälfte von ihnen sind keine besseren Friseure als mein Kater. Sie wollen nur schnell mitnehmen, was sie kriegen können, sonst nichts. Meist geben wir ihnen ein paar Rasiermesser zum Schleifen, nur um zu sehen, aus welchem Holz sie sind, und in neun von zehn Fällen sieht man schon an der Art, wie sie sich dabei anstellen, daß sie noch nie im Leben ein Rasiermesser geschärft haben. Na ja, und der war auch so einer, darum hab ich ihm gesagt, er soll machen, daß er weiterkommt. Da hat er mich gefragt, ob ich ihm nicht ein gebrauchtes Rasiermesser verkaufen könnte, und ich hab ihm das verkauft, nur um ihn loszuwerden. Er hat es bezahlt und ist gegangen, und seitdem habe ich nichts mehr von ihm gehört oder gesehen.»

«Was war er für einer?»

«Ach, so eine kleine Ratte. Rötliches Haar, und viel zu aalglatt in seinem Benehmen. Nicht so groß wie Eure Lordschaft, nein, und wenn ich mich recht erinnere, war er ein bißchen – nicht verwachsen, aber ein bißchen schief, könnte man sagen. Es sah aus, als ob die eine Schulter bei ihm ein wenig höher wäre als die andere. Nicht sehr auffällig, aber man hatte eben den Eindruck. Nein, lahm oder dergleichen war er nicht. Ziemlich lebhaft kam er mir sogar vor, und flink in seinen Bewegungen. Er hatte ziemlich helle Augen und rötliche Wimpern – ein häßlicher kleiner Kerl, mit Verlaub. Sehr gepflegte Hände – das entgeht einem nicht, denn wenn einer in so einem Salon nach Arbeit fragt, ist das natürlich mit das erste, worauf man achtet. Schmutzige oder abgebissene Fingernägel wären zum Beispiel etwas, was man hier nicht eine Sekunde dulden könnte. Lassen Sie mich jetzt mal überlegen. Ja – er sprach sehr gut. Er sprach wie ein Herr, gewählt und ruhig. So etwas bemerkt man eben auch. Nicht daß es in einer Gegend wie hier so wichtig wäre. Unsere Kunden sind manchmal rechte Rabauken. Aber sehen Sie, wenn man es gewohnt ist, achtet man unwillkürlich auf so etwas. Außerdem gibt es einem eine gewisse Vorstellung davon, in was für Häusern so einer schon gearbeitet hat.»

«Hat dieser Mann Ihnen gesagt, wo er vorher beschäftigt war?»

«Ich kann mich nicht erinnern. Nach meinem Eindruck war er schon ziemlich lange arbeitslos und mochte nicht unbedingt näher darauf eingehen. Er sagte, er sei selbständig gewesen. Das erzählen sie einem oft – man soll glauben, sie hätten einen eigenen Salon in der Bond Street gehabt und nur durch beispielloses Pech ihr Geld verloren. Sie kennen diese Sorte wahrscheinlich, Mylord. Aber ich habe dem Mann gar nicht so genau zugehört, weil mir schon sein Anblick nicht gefiel.»

«Er hat doch vermutlich seinen Namen genannt?»

«Ich glaube ja, wenn ich mir's recht überlege, aber hol mich der Kuckuck, wenn ich ihn noch weiß. Henry! Wie hat dieser nichtswürdige kleine Rothaarige, der neulich hier war, sich noch genannt? Der Kerl, der mir das Rasiermesser abgekauft hat?»

Henry, ein junger Mann mit einer Haartolle wie ein Kakadu, der offenbar bei seinem Arbeitgeber wohnte, legte die Sonntagszeitung fort, in der zu lesen er vorzutäuschen gesucht hatte.

«Hm, ja», meinte er, «ich weiß nicht mehr, Mr. Merryweather. Es war irgendein gewöhnlicher Name. Hieß er nicht Brown? Ich glaube es war Brown.»

«Nein, Brown war's nicht», sagte Mr. Merryweather, plötzlich erleuchtet. «Bright hieß er, das hat er zumindest gesagt. Weißt du nicht mehr, wie ich gesagt habe, daß er beim Schärfen des Rasiermessers seinem schlauen Namen keine Ehre macht?»

«Stimmt», sagte Henry. «Natürlich, Bright. Was ist los mit ihm? Hat er irgendwo Ärger bekommen?»

«Es würde mich nicht wundern», sagte Wimsey.

«Polizei?» fragte Henry mit funkelnden Augen.

«Aber Henry!» sagte Mr. Merryweather. «Sieht Seine Lordschaft vielleicht aus wie ein Polizist? Ich muß mich aber sehr über dich wundern. Du wirst es in deinem Beruf nicht weit bringen, wenn du keine besseren Augen im Kopf hast.» Henry errötete.

«Ich bin nicht die Polizei», sagte Wimsey, «aber es würde mich nicht wundern, wenn die Polizei sich demnächst für Mr. Bright interessieren würde. Sagen Sie davon aber bitte nichts weiter. Nur – wenn Sie Mr. Bright irgendwann noch einmal sehen sollten, geben Sie mir Bescheid. Ich wohne derzeit in Wilvercombe im Hotel Bellevue, aber falls ich nicht dort bin, wenden Sie sich an diese Adresse. Dort weiß man immer, wo ich bin.»

Er überreichte Mr. Merryweather eine Karte, bedankte sich bei ihm und Henry und empfahl sich mit triumphierenden Gefühlen. Er glaubte ein Stück weitergekommen zu sein. Es gab bestimmt keine zwei weißen Endicott-Rasiermesser mit den gleichen Spuren schlechter Behandlung und dem gleichen Sprung im Elfenbeingriff. Sicher hatte er das richtige aufgespürt, und wenn –

Nun, dann brauchte er nur noch Mr. Bright zu finden. Ein Wanderfriseur mit rötlichem Haar und schiefer Schulter dürfte nicht allzu schwer zu finden sein. Aber es gab immer noch die unerquickliche Möglichkeit, daß Mr. Bright nur für diese eine Gelegenheit den Friseur gespielt hatte. In welchem Falle sein Name mit Sicherheit auch nicht Bright war.

Er überlegte eine kleine Weile, dann trat er in ein Telefonhäuschen und rief die Polizei in Wilvercombe an.

Polizeidirektor Glaisher war am Apparat. Er vernahm mit Interesse, daß Wimsey die Vorgeschichte des Rasiermessers erforscht hatte. Er selbst habe den Sprung im Elfenbein gar nicht bemerkt, aber wenn Seine Lordschaft einen Augenblick am Apparat bleiben könne... Hallo! War dort noch Wimsey?... Ja, Seine Lordschaft habe völlig recht. Der Sprung sei da. Fast nicht zu erkennen, aber da sei er. Das sei sicherlich ein merkwürdiges Zusammentreffen. Es sehe wirklich so aus, als ob man der Sache nachgehen müsse.

Wimsey sprach wieder.

Ja, unbedingt. Man werde die Polizei von Seahampton bitten, Bright ausfindig zu machen. Zweifellos werde sich herausstellen, daß Alexis das Rasiermesser von Bright habe, aber es sei doch komisch, daß er sich keines in Wilvercombe habe kaufen können, wenn er eins hätte haben wollen. Vor ungefähr drei Wochen? So, sehr schön. Er wolle sehen, was zu machen sei. Er werde auch feststellen, ob Alexis in der fraglichen Zeit in Seahampton gewesen sei oder ob man andernfalls diesen Bright in Wilvercombe gesehen habe. Er sei Lord Peter sehr dankbar für die Mühe, die er sich in dieser Angelegenheit gemacht habe, und falls Seine Lordschaft daran dächte, nach Wilvercombe zurückzukommen, auch dort habe es Entwicklungen gegeben, die ihn interessieren würden. Es stehe jetzt ziemlich sicher fest, daß es Selbstmord gewesen sei. Trotzdem müsse man in solchen Dingen sehr umsichtig vorgehen. Ob die Leiche gefunden sei? Nein. Die Leiche sei noch nicht an Land gespült worden, und der Wind staue immer noch die Flut und mache eine Suchaktion bei den Mahlzähnen unmöglich.

9
Das Zeugnis des Bügeleisens

Kommt, sagt mir nun,
Wie paßt der Ring?
The Bride's Tragedy

SONNTAG, 21. JUNI

Harriet Vane und Lord Peter Wimsey saßen nebeneinander am Strand und blickten hinaus zum Satans-Bügeleisen. Der frische, salzige Wind blies kräftig vom Meer und zauste Harriets dunkles Haar. Das Wetter war schön, aber die strahlende Sonne brach nur zeitweise zwischen den Wolken hervor, die sich dick und aufgewühlt über das Himmelsgewölbe wälzten. Über den Mahlzähnen brach sich das Meer in wild schäumenden weißen Teppichen. Es war gegen drei Uhr nachmittags, und die Ebbe war auf ihrem tiefsten Stand, aber dennoch ragte das Bügeleisen kaum aus dem Wasser, und die brüllend anrollenden Atlantikwellen klatschten donnernd an den Fuß des Felsens. Zwischen dem Paar stand ein Picknickkorb. Wimsey zeichnete Skizzen in den feuchten Sand.

«Was wir feststellen wollen, ist die Todeszeit», sagte er. «Die Polizei ist sich ziemlich genau darüber im klaren, wie Alexis hierhergekommen ist, und in dieser Frage scheint es auch keine Ungereimtheiten zu geben, was schon ein Segen ist. Donnerstags hält um 10 Uhr 15 ein Zug aus Wilvercombe am Darley Halt, um Marktbesucher mit nach Heathbury zu nehmen. Alexis ist mit diesem Zug gekommen und am Darley Halt ausgestiegen. Ich glaube, daß es wirklich Alexis war. Mit dem schwarzen Bart und der eleganten Schale war er eine ziemlich auffallende Figur. Das können wir somit wohl als erwiesen ansehen. Der Zugschaffner erinnert sich an ihn, desgleichen ein paar Mitreisende. Außerdem sagt seine Wirtin, daß er das Haus rechtzeitig verlassen hat, um den Zug zu erreichen, und der Schalterbeamte am Bahnhof Wilvercombe erinnert sich auch an ihn. *Und,* meine liebe Harriet, in Wilvercombe wurde eine Rückfahrkarte erster Klasse nach Darley Halt gekauft, die nicht zurückgekommen ist.»

«Eine Rückfahrkarte?» fragte Harriet.

«Eine Rückfahrkarte. Und das scheint, wie Sie eben so richtig bemerken wollten, Sherlock, die Selbstmordtheorie über den Haufen zu werfen. Ich habe so etwas auch zum Polizeidirektor gesagt, und was hat er geantwortet? Selbstmörder, vor allem ausländische, handeln derart unberechenbar, daß man daraus gar nichts schließen kann.»

«Das mag im Leben wirklich so sein», antwortete Harriet nachdenklich. «In einem Roman würde man einen Selbstmordaspiranten keine Rückfahrkarte kaufen lassen, aber echte Menschen sind anders. Es könnte ein Versehen gewesen sein, oder einfach Gewohnheit – oder er war noch gar nicht ganz zum Selbstmord entschlossen.»

«Ich dachte immer, mein Freund Chefinspektor Parker sei der vorsichtigste Mensch auf Gottes Erdboden, aber Sie überbieten ihn noch. Die Gewohnheit können Sie von Ihrer Liste streichen. Ich kann und will nicht glauben, daß unser zimperlicher Alexis gewohnheitsmäßig nach Darley Halt hinausfuhr, um anderthalb Meilen weit zu laufen und an des Meeres traurigen Wellen zu weinen. Jedenfalls merken wir uns vor, daß die Geschichte mit der nichtbenutzten Rückfahrkarte noch einer näheren Betrachtung wert ist. Sehr schön. So, und nun ist am Darley Halt niemand außer ihm ausgestiegen, dagegen sind ziemlich viele Leute eingestiegen, so daß wir nicht wissen, was aus Alexis weiter geworden ist; aber wenn wir davon ausgehen, daß er in einem mäßigen Tempo von drei Meilen pro Stunde gegangen ist, kann er nicht später als, sagen wir, 11 Uhr 45 am Bügeleisen angekommen sein.»

«Einen Moment. Was ist mit den Gezeiten? Wann war am Donnerstag Niedrigwasser?»

«Um 13 Uhr 15. Da habe ich mich genau erkundigt. Um 11 Uhr 45 stand das Wasser am Fuß des Bügeleisens noch etwa anderthalb Meter hoch, aber der Felsen ist drei Meter hoch und steigt von der Landseite allmählich an. Um 11 Uhr 45 oder ganz kurz danach könnte unser Freund trockenen Fußes den Felsen erreicht und sich daraufgesetzt haben.»

«Gut. Wir wissen ja, daß er trockenen Fußes hingekommen ist, das paßt also gut in den Zeitplan. Weiter?»

«Tja, was weiter? Ob er sich nun selbst die Kehle durchgeschnitten oder jemand anders ihm das abgenommen hat, die Frage bleibt: *Wann* ist er gestorben? Es ist jammerschade, daß uns die Leiche abhanden gekommen ist. Selbst wenn sie jetzt noch auftaucht, kann sie uns nichts mehr verraten. Als Sie die Leiche sahen, war sie noch nicht steif, sagen Sie, und Sie konnten auch nicht feststellen, ob sie kalt war.»

«Wenn es damals zufällig einen Eisblock auf diesem Felsen gegeben hätte», meinte Harriet, «hätte man Eier damit kochen können.»

«Ärgerlich, ärgerlich. Moment. Das Blut. Wie stand es damit? Konnten Sie feststellen, ob es dicke rote Klumpen waren, oder war es eine Art Gallerte aus wäßrigem Serum, in dem die roten Bestandteile nach unten gesunken waren?»

Harriet schüttelte den Kopf.

«Weder das eine noch das andere. Es war flüssig.»

«Es war *was*?»

«Flüssig. Nachdem ich mit der Hand hineingefaßt hatte, war sie ganz naß.»

«Großer Gott! Eine Sekunde. Wo war das Blut? Überall in der Gegend verspritzt, nehme ich an?»

«Nicht direkt. Unmittelbar unter der Leiche war eine dicke Pfütze – gerade, als wenn er sich gebückt und sich über einem Waschbecken die Kehle durchgeschnitten hätte. Es hatte sich in einer Art Mulde im Stein gesammelt.»

«Aha, verstehe. Ich nehme an, die Mulde war voll Meerwasser, das von der Flut zurückgeblieben war, und was da wie Blut aussah, war ein Gemisch aus Meerwasser und Blut. Ich glaube allmählich –»

«Aber hören Sie doch! Es war überall ganz flüssig. Es lief ihm aus dem Hals. Und wie ich seinen Kopf hob und den Körper verdrehte, lief es noch stärker. Entsetzlich!»

«Aber mein liebes Kind –»

«Ja doch, hören Sie weiter zu! Als ich ihm einen Handschuh ausziehen wollte, war der nicht steif – er war weich und naß. Die Hand hatte direkt unter dem Hals gelegen.»

«Du meine Güte! Aber –»

«Das war die linke Hand. Die rechte Hand hing über der Felskante, und an die kam ich nicht heran, ohne über ihn zu steigen, wozu ich irgendwie keine Lust hatte. Sonst hätte ich mir die auch angesehen. Ich hatte mich nämlich auch schon über die Handschuhe gewundert.»

«Ja, ich weiß. Aber wir wissen ja nun, daß seinen Händen nichts fehlte. Das ist jetzt auch egal. Aber das Blut – ist Ihnen klar, daß er gerade erst ein paar Minuten tot gewesen sein kann, wenn das Blut noch flüssig war?»

«Oh!» Harriet war vor Verblüffung sprachlos. «Wie dumm von

mir! Das *hätte* ich aber wissen müssen. Und ich habe mir eingebildet, so wunderschön zu kombinieren! Könnte er nicht seit einiger Zeit langsam verblutet sein?»

«Wenn der Hals bis zu den Nackenwirbeln durchgeschnitten war? Nun machen Sie aber einen Punkt. Sehen Sie – Blut gerinnt sehr schnell. Natürlich gerinnt es schneller auf einer kalten Oberfläche. Normalerweise gerinnt es fast sofort, wenn es mit Luft in Berührung kommt. Ich würde sagen, es könnte auf einer heißen Oberfläche wie dem Felsen, den Sie so bildhaft beschrieben haben, etwas länger brauchen. Aber nicht länger als ein paar Minuten – zehn wäre die äußerste Grenze.»

«Zehn Minuten. Aber – Peter!»

«Ja?»

«Dieses Geräusch, das mich geweckt hat! Ich dachte, das war eine Möwe. Deren Schreie klingen so menschlich. Aber wenn nun –»

«Es muß wohl so gewesen sein. Wann war das?»

«Um zwei. Ich habe auf die Uhr gesehen. Und ich kann mir nicht vorstellen, daß ich länger als zehn Minuten bis zu dem Felsen gebraucht habe. Aber – Moment mal!»

«Ja?»

«Was ist mit Ihrer Mordtheorie? Die ist damit hinfällig. Wenn Alexis um zwei ermordet worden wäre und ich zehn Minuten später dort war – wo wäre dann der Mörder geblieben?»

Wimsey setzte sich so plötzlich auf, als wäre er gestochen worden.

«Verflixt noch mal!» rief er. «Harriet, liebste, süße, schöne Harriet, sagen Sie bitte, daß Sie sich geirrt haben! Mit dem Mord können wir nicht im Irrtum sein. Ich habe bei Inspektor Umpelty meinen Ruf dafür verpfändet, daß es kein Selbstmord gewesen sein kann. Ich muß außer Landes gehen. Nie wieder kann ich meinen Kopf hoch tragen. Ich werde hingehen und in fieberverseuchten Dschungeln Tiger jagen müssen, und wenn ich sterbe, wird sich meinen geschwollenen, schwarzen Lippen das Wörtchen ‹Mord› entringen. Sagen Sie, daß das Blut geronnen war. Oder sagen Sie, daß noch Spuren da waren, die Sie übersehen haben. Oder daß ein Boot in Rufweite war. Sagen Sie irgend etwas!»

«Es *war* ein Boot da, aber nicht in Rufweite. Ich *habe* nämlich danach gerufen.»

«Gott sei Dank, daß wenigstens ein Boot da war. Vielleicht kann ich meine alten Knochen doch in England lassen. Was heißt hier: ‹nicht in Rufweite, weil Sie danach gerufen haben›? Wenn der Mörder im Boot saß, wäre er natürlich nicht zurückgekommen und wenn Sirenen ihn mit süßen Klängen gelockt hätten. Erschrecken Sie mich doch nicht so. Meine Nerven sind nicht mehr, was sie mal waren.»

«Ich verstehe nicht viel von Booten, aber für mich sah es ziemlich weit weg aus. Und der Wind stand landeinwärts.»

«Das macht nichts. Solange nur überhaupt eine schöne, steife Brise wehte und er hart am Wind segeln konnte, kann er in zehn Minuten ein ganz schönes Stück zurückgelegt haben. Was war das für ein Boot?»

Hier mußte Harriet ihre Unwissenheit bekennen. Sie hatte es als Fischerboot eingeordnet – nicht weil sie mit wissenschaftlicher Genauigkeit zwischen einem Fischerboot und einer Fünfmeterjacht hätte unterscheiden können, sondern weil jeder, der als Tourist ans Meer kommt, selbstverständlich jedes Schiff als Fischerboot ansieht, solange er keines Besseren belehrt wird. Sie meinte, es habe so eine Art spitzes Segel gehabt – eines oder mehrere, das konnte sie nicht sagen. Sicher war sie nur, daß es zum Beispiel kein voll aufgetakelter Viermastschoner war, aber ansonsten sah ein Segelboot für sie wie jedes andere aus, wie für die meisten Städter, vor allem für junge Schriftstellerinnen.

«Na ja, macht nichts», sagte Wimsey. «Das werden wir schon noch finden. Gott sei Dank müssen alle Schiffe irgendwann wieder an Land kommen. Und den Küstenbewohnern sind sie alle bestens bekannt. Ich wollte auch nur wissen, wieviel Tiefgang das Boot wahrscheinlich hatte. Wenn es nämlich nicht bis unmittelbar an den Felsen heransegeln konnte und der Kerl bis hierher rudern oder gar schwimmen mußte, hat ihn das nicht nur ein schönes Stück Zeit gekostet, er mußte auch einen Komplizen im Boot haben, der es am Tatort beigedreht hielt, denn sonst hätte er sich sogar noch die Zeit nehmen müssen, die Segel zu reffen und so weiter. Ich meine, man kann ein Segelboot nicht einfach anhalten wie ein Auto, aussteigen, wieder einsteigen und starten. Damit brächte man sich in größte Schwierigkeiten. Aber das stört nicht weiter. Warum sollte der Mörder keinen Komplizen gehabt haben? Es wäre wirklich nicht das erste Mal. Am besten nehmen wir an, daß es mindestens zwei Mann in einem kleinen Schiff mit geringem Tiefgang waren. Dann konnten sie nah herankommen, und während der eine das Boot beidrehte, konnte der andere allein bis hierher waten oder in einem Beiboot herrudern, die Tat ausführen und zum Mutterboot zurückgelangen, so daß sie wieder ablegen konnten, ohne auch nur eine Sekunde zu verlieren. Da sie nämlich in den zehn Minuten zwischen dem Schrei und Ihrer Ankunft bei dem Felsen die Tat begehen, zum Boot zurückkehren und bis zu der Stelle segeln mußten, wo Sie sie gesehen haben, können wir ihnen nicht soviel Zeit zubilligen, wie sie gebraucht hätten, um das Boot zuerst an Land zu ziehen, festzumachen, wieder abzulegen, Segel zu setzen und so weiter. Darum vermute ich einen Komplizen.»

«Aber die Mahlzähne», wandte Harriet zaghaft ein. «Ich dachte, es sei ziemlich gefährlich, ein Boot an dieser Stelle nah an die Küste zu bringen.»

«Hol's der Kuckuck! Ja doch. Nun, dann waren es eben sehr erfahrene Seeleute. Oder sie sind an einer anderen Stelle an die Küste gekommen. Aber *das* würde wieder heißen, daß sie noch ein weiteres Stück hätten rudern oder waten müssen, je nachdem. Es ist zum Heulen! Ich wollte, wir könnten ihnen mehr Zeit lassen.»

«Sie meinen nicht –» begann Harriet. Ihr war soeben ein sehr unerfreulicher Gedanke gekommen. «Sie meinen nicht, daß der Mörder die ganze Zeit hiergewesen sein könnte, ganz in der Nähe, unter Wasser oder so?»

«Er hätte ab und zu Luft holen müssen.»

«Schon, aber das habe ich vielleicht nur nicht bemerkt. Ich habe zwischendurch lange genug nicht aufs Meer gesehen. Er hat mich kommen hören, sich dicht hinter den Felsen geduckt und gewartet, bis ich hinuntergestiegen bin, um nach dem Rasiermesser zu suchen. Dann ist er untergetaucht und weggeschwommen, während ich ihm den Rücken zukehrte. Ich weiß nicht, ob das möglich ist. Hoffentlich nicht, denn die Vorstellung wäre mir unangenehm, daß er die ganze Zeit da war und mich beobachtete!»

«Kein schöner Gedanke», meinte Wimsey. «Trotzdem hoffe ich, daß er doch hier war. Es müßte ein schöner Schock für ihn gewesen sein, Sie hier herumhopsen und fotografieren und alles mögliche treiben zu sehen. Womöglich hat dieses Bügeleisen sogar eine Spalte oder so etwas Ähnliches, worin er sich verstekken konnte? Zum Teufel mit dem Felsen! Kann er nicht hervorkommen und sich zeigen wie ein Mann? Wissen Sie was, ich gehe mal hin und schaue ihn mir an. Wenden Sie bitte Ihren keuschen Blick seewärts, während ich in meinen Badeanzug steige, dann werde ich mir das Ding mal aus der Nähe ansehen.»

Nicht zufrieden mit diesem Programmvorschlag, der einem Menschen ihres aktiven Temperaments nicht gerecht wurde, wandte Harriet nicht nur den Blick ab, sondern begab sich gleich selbst hinter einen geeigneten Felsbrocken und kam in Badekleidung wieder hervor, gerade rechtzeitig, um Wimsey über den Sand laufen zu sehen.

«Er hat eine bessere Figur, als ich gedacht habe», gestand sie sich ehrlich ein. «Kräftigere Schultern, als ich erwartet hatte, und dem Himmel sei Dank, er hat sogar Waden an den Beinen.» Wimsey, der auf seine Figur einigermaßen stolz war, hätte sich ob dieses gemäßigten Entzückens, wenn er es hätte hören können, kaum geschmeichelt gefühlt, aber im Augenblick hatte er glücklicherweise an anderes zu denken als an sich selbst. Er stieg behutsam neben dem Felsen ins Wasser, denn er wußte ja nicht, wie hier der Meeresboden beschaffen war, schwamm ein paar Züge, um sich Mut zu machen, und hob den Kopf zu der Bemerkung, daß das Wasser unverschämt kalt sei und es Harriet guttun werde, ihm nachzukommen.

Harriet schwamm ihm nach und schloß sich seiner Meinung an, daß das Wasser kalt und der Wind eisig sei. Nachdem sie sich in diesem Punkt also einig waren, kehrten sie zum Felsen zurück und tasteten sich vorsichtig um diesen herum. Wimsey, der auf der Seite nach Wilvercombe schon ein wenig Unterwasserforschung betrieben hatte, tauchte prustend auf und fragte Harriet, ob sie auf dieser oder auf der anderen Seite vom Bügeleisen heruntergekommen sei, um nach dem Rasiermesser zu suchen.

«Auf der anderen», sagte Harriet. «Es war so, ich stand auf dem Felsen bei der Leiche – so.» Sie stieg aus dem Wasser, kletterte auf den Felsen und stand bibbernd im Wind. «Dann habe ich mich nach beiden Seiten umgesehen – so.»

«Sie haben nicht zufällig mal in diese Richtung geschaut?» fragte Wimseys Kopf, der glänzend wie der eines Seehunds aus dem Wasser schaute.

«Nein, ich glaube nicht. Nachdem ich mir dann eine Weile an der Leiche zu schaffen gemacht hatte, bin ich auf diesem Weg heruntergekommen. Ich habe mich etwa hier hingesetzt, um Schuhe und Strümpfe auszuziehen und meine Sachen hochzukrempeln. Dann bin ich in dieser Richtung ins Wasser gegangen und habe um den Felsen herum gesucht. Damals stand das Wasser ungefähr einen halben Meter hoch. Jetzt dürften es anderthalb Meter sein.»

«Können Sie –» begann Wimsey. Eine Welle spülte ihm plötzlich über den Kopf. Harriet mußte lachen.

«Können Sie mich sehen?» vollendete er die Frage, indem er das Wasser aus den Nasenlöchern prustete.

«Nein. Ich habe Sie nur gehört. Es war sehr lustig.»

«Gut, aber zügeln Sie Ihre Heiterkeit. Sie können mich also nicht sehen.»

«Nein. Da ist ein Vorsprung am Fels. Wo sind Sie?»

«Ich stehe in einer hübschen kleinen Nische, wie ein Heiliger über dem Kirchenportal. Sie ist etwa so groß wie ein Sarg. Ungefähr einsachtzig hoch, mit einem süßen kleinen Dach und gerade so geräumig, daß man sich seitlich hineinzwängen kann, wenn man nicht, wie der Leopard sagte, gar zu unverschämt dick ist. Kommen Sie doch mal her und probieren Sie es selbst aus.»

«Ein reizendes Fleckchen», meinte Harriet, indem sie um den Felsen kraxelte und Wimseys Platz in der Nische einnahm. «Schön abgeschirmt nach allen Seiten, außer zum Meer hin. Selbst bei Niedrigwasser ist man hier nicht zu sehen, höchstens wenn einer hier herumkommt und sich genau vor den Eingang stellt. Und das habe ich mit Bestimmtheit nicht getan. Wie fürchterlich! Der Mann muß die ganze Zeit hier drin gestanden haben.»

«Ja, das halte ich für wahrscheinlicher als die Geschichte mit dem Boot.»

«Bright!» sagte Harriet.

«Freut mich, daß Sie meine Idee gescheit finden.»

«Ich habe nichts von ‹gescheit› gesagt, sondern ‹Bright›, und außerdem war die Idee von mir. Ich meine den Mr. Bright, der das Rasiermesser gekauft hat. Hat dieser Friseur nicht gesagt, er sei ein kleiner Mann gewesen, kleiner als Sie jedenfalls?»

«Stimmt. Ein Punkt für Sie. Ich wollte, wir bekämen diesen Bright mal in die Finger. Dabei frage ich mich – he, hoppla! Ich habe was gefunden!»

«So? Was denn?»

«Einen Ring. So ein Ding, woran man Boote festmachen kann. Direkt in den Felsen geschlagen. Er ist unter Wasser, und ich kann ihn nicht gut sehen, aber er ist etwa anderthalb Meter über dem Boden und fühlt sich glatt und neu an, gar nicht verrostet. Spricht das nun wieder für unsere Bootstheorie oder was?»

«Hm», machte Harriet, indem sie über das einsame Meer und die Küste blickte. «Ich wüßte eigentlich nicht, warum jemand die Angewohnheit haben sollte, hier sein Boot festzumachen.»

«Eben. In diesem Fall hätte also der Mörder, wenn es ihn gibt –»

«Davon gehen wir doch aus, oder?»

«Ja. Er könnte dieses Ding zum Privatgebrauch eingeschlagen haben. Entweder hat er hier ein Boot festgemacht, oder –»

«Oder nicht.»

«Ich wollte sagen, oder er hat den Ring für etwas anderes benutzt, aber ich habe keinen Schimmer, wofür.»

«Das hilft uns ja mächtig weiter. Wissen Sie was – mir wird kalt. Schwimmen wir noch ein bißchen, dann ziehen wir uns an und unterhalten uns weiter.»

Ob das Schwimmen oder aber der anschließende Wettlauf zum Aufwärmen über den Sand Harriets Gehirntätigkeit angeregt hatte, ist nicht mit Sicherheit zu sagen; jedenfalls flogen ihr, als beide wieder neben ihrem Picknickkorb saßen, die Ideen nur so zu.

«Passen Sie mal auf! Wenn Sie ein Mörder wären und eine Frau sähen, die sich an den Beweismitteln zu schaffen macht und dann wegläuft, um Hilfe zu holen – was täten Sie?»

«In der entgegengesetzten Richtung weglaufen.»

«Das frage ich mich eben. Würden Sie das wirklich? Oder würden Sie nicht lieber ein Auge auf sie haben wollen? Oder sie sogar aus dem Weg schaffen? Es wäre doch für Bright – nennen wir ihn fürs erste mal so – ein leichtes gewesen, mich an Ort und Stelle abzumurksen.»

«Aber wozu denn? Er täte das natürlich nicht. Schließlich wollte er den Mord als Selbstmord erscheinen lassen. Sie waren für ihn sogar eine sehr wertvolle Zeugin. Sie hatten die Leiche gesehen und konnten, falls sie anschließend verlorenging, sogar beweisen, daß sie dort gelegen hatte. Und Sie konnten beweisen, daß eine Waffe am Tatort lag und Selbstmord daher eher anzunehmen war als Mord. Und Sie konnten beschwören, daß keine weiteren Fußabdrücke da waren – wieder etwas, was für Selbstmord sprach. Aus diesen Gründen, meine Liebe, würde der Mörder Sie hüten wie seinen Augapfel.»

«Da haben Sie recht. Vorausgesetzt, er wollte, daß die Leiche gefunden wurde. Dafür gibt es natürlich eine Menge Gründe. Wenn er zum Beispiel etwas erben wollte, mußte er den Tod des Erblassers beweisen können.»

«Ich kann mir nur nicht vorstellen, daß Freund Alexis viel zu vererben hatte. Das hatte er sogar ziemlich sicher nicht. Aber es gibt andere Gründe, der Welt mitteilen zu wollen, daß einer tot ist.»

«Sie meinen also, als ich fort war, ist der Mörder einfach heim nach Lesston Hoe gegangen? Die andere Richtung kann er ja schlecht genommen haben, höchstens wenn er bewußt hinter mir geblieben ist. Könnte das sein? Daß er mir nachgegangen ist, um zu sehen, was ich tat?»

«Schon möglich. Sie können nicht gut das Gegenteil behaupten. Zumal Sie die Hauptstraße schon bald verlassen haben, um diesen Bauernhof zu suchen.»

«Angenommen, er hat mich dort aus den Augen verloren und ist schon weiter nach Wilvercombe gegangen? Könnte man dann nicht zum Beispiel herausfinden, ob er am Darley Halt den Bahnübergang benutzt hat? Oder – Moment! Wenn er nun auf der Straße zuerst ein Stück weitergegangen und dann umgekehrt ist, um so zu tun, als ob er aus Wilvercombe käme?»

«Dann müßten Sie ihm begegnet sein.»

«Angenommen, ich bin ihm begegnet?»

«Aber – mein Gott, ja! – dieser Mr. Soundso aus London! Beim Zeus!»

«Perkins. Eben. Ich frage mich nämlich, ob jemand in Wirklichkeit so dämlich sein kann, wie dieser Mr. Perkins mir erschien. Und eine kleine Ratte war er ja auch, sogar mit rötlichem Haar!»

«Sagten Sie nicht, er war kurzsichtig und trug eine Brille? Merryweather hat nichts davon gesagt, daß Bright eine Brille trug.»

«Die Brille kann Tarnung gewesen sein, vielleicht aus gewöhnlichem Fensterglas – ich habe sie nicht à la Dr. Thorndyke daraufhin geprüft, ob eine Kerzenflamme sich aufrecht oder verkehrtherum in den Gläsern spiegelte. Und ich finde es jetzt wirklich ausgesprochen merkwürdig, wie Mr. Perkins plötzlich verschwunden ist, als wir in den Dorfladen kamen. Zuerst ist er ganz versessen darauf, mit mir zu gehen, und kaum kommen wir mit der Zivilisation in Berührung, da ist er mit einemmal auf und davon. Das sieht vielleicht komisch aus! Wenn es Bright war, ist er vielleicht gerade noch lange genug geblieben, um zu hören, was ich der Polizei erzählte, und hat sich dann rasch aus dem Staub gemacht. Mein Gott! Stellen Sie sich das vor, da laufe ich nichtsahnend anderthalb Meilen weit Hand in Hand mit einem Mörder durch die Gegend!»

«Pikant, pikant», meinte Wimsey. «Wir müssen uns ein wenig genauer mit diesem Mr. Perkins beschäftigen. (Kann der Name stimmen? Er klingt fast zu echt!) Wissen Sie, wohin er gegangen ist?»

«Nein.»

«Er hat sich im Dorf einen Wagen gemietet und sich zum Bahnhof Wilvercombe fahren lassen. Man nimmt an, daß er von dort aus irgendwohin mit dem Zug gefahren ist, aber der Bahnhof war so voller Reiselustiger und Urlauber und Wandervögel, daß man bisher über seinen weiteren Verbleib nichts herausbekommen hat. Man wird es noch einmal versuchen müssen. Die Lösung sieht fast zu perfekt aus. Sehen wir sie uns einmal an. Als erstes kommt Alexis um 10.15 Uhr am Darley Halt an und begibt sich zu Fuß oder sonstwie zum Bügeleisen. Zunächst einmal, warum?»

«Vermutlich um sich mit Perkins zu treffen. Alexis war nicht der Typ, der weite Wanderungen durch die Gegend unternahm, nur um des berauschenden Erlebnisses willen, auf einem Felsen zu sitzen.»

«Wie wahr, o Königin. Auf daß Ihr ewig lebet. Er ist also hingegangen, um sich um zwei Uhr dort mit Perkins zu treffen.»

«Wahrscheinlich früher. Warum wäre er sonst schon um Viertel nach zehn gekommen?»

«Ganz einfach. Der Zehn-Uhr-fünfzehn-Zug ist der einzige, der vormittags am Darley Halt hält.»

«Warum ist er dann nicht mit einem Auto gekommen?»

«Eben, warum nicht? Ich vermute, weil er kein eigenes Auto hatte und niemandem auf die Nase binden wollte, wohin er fuhr.»

«Dann hätte er ja ein Auto mieten und selbst fahren können.»

«Vielleicht konnte er nicht fahren. Oder er hatte in Wilvercombe keinen Kredit. Oder – nein!»

«Was denn?»

«Ich wollte gerade sagen, weil er nicht die Absicht hatte, zurückzukommen. Aber das geht ja nicht, wegen der Rückfahrkarte. Sofern er die nicht aus reiner Gedankenlosigkeit gelöst hat, *wollte* er zurückkommen. Oder er war sich noch nicht sicher. Er könnte die Rückfahrkarte auf gut Glück gekauft haben – im Preis machte das sowieso kaum einen Unterschied. Aber er konnte nicht gut mit einem Mietwagen hinfahren und den dann einfach stehenlassen.»

«N-nein. Das heißt, er hätte es schon gekonnt, sofern ihm anderer Leute Eigentum egal war. Aber ich kann mir noch einen anderen Grund denken. Er hätte den Wagen an der Steilküste stehenlassen müssen, wo ihn jeder sehen konnte. Vielleicht sollte niemand merken, daß er unten am Bügeleisen war.»

«Das geht schlecht. Zwei Menschen, die auf dem Bügeleisen ein gemütliches Schwätzchen halten, sind von der Straße her weithin sichtbar, ob mit oder ohne Auto.»

«Das schon, aber wenn man nicht sehr nah herangeht, weiß man nicht, wer sie sind; bei einem Auto dagegen kann man das immer anhand des Nummernschildes feststellen.»

«Stimmt – trotzdem kommt mir diese Erklärung ein bißchen dünn vor. Lassen wir sie vorerst einmal dahingestellt. Aus irgendeinem Grunde glaubte Alexis weniger Aufmerksamkeit zu erregen, wenn er mit dem Zug fuhr. In diesem Falle dürfte er zu Fuß die Straße entlanggegangen sein – er würde ja dann nicht spätere Nachforschungen erleichtern wollen, indem er sich von jemandem mitnehmen ließe.»

«Bestimmt nicht. Aber warum in aller Welt hat er sich dann für die Verabredung so einen auffälligen Platz ausgesucht –?»

«Sie meinen, die beiden hätten ihr Schwätzchen hinter einem Felsen oder unter Bäumen, in einem verlassenen Schuppen oder einem ausgedienten Steinbruch halten sollen, ja?»

«Wäre das nicht natürlicher?»

«Nein. Vor allem nicht, wenn man nicht belauscht werden will. Wenn Sie je Geheimnisse austauschen wollen, hüten Sie sich vor der hohlen Eiche, der lauschigen Hecke und dem alten Sommerhaus in einem italienischen Garten – lauter Plätze, an die sich Leute mit großen Ohren ungesehen heranschleichen können. Treffen Sie sich mitten auf einer großen Wiese, einem See – oder auf einem Felsen wie dem Bügeleisen, wo Sie jeden, der sich Ihnen nähert, schon eine halbe Stunde vorher sehen. Da fällt mir ein, daß in einem Buch von Ihnen –»

«Meine Bücher sind jetzt unwichtig! Ich verstehe schon, was Sie meinen. Also, dann trifft Bright eben zu irgendeinem Zeitpunkt zu dieser Verabredung ein. Aber wie? Und wann?»

«Indem er von irgendeinem Punkt aus, den Sie sich aussuchen können, hart am Ufer durchs Wasser watet. Wann, weiß ich nicht. Ich kann nur vermuten, daß es in der Zeit war, als Sie, mein liebes Kind, über *Tristram Shandy* eingeschlafen waren. Und ich nehme an, daß er aus Richtung Wilvercombe gekommen ist, sonst hätte er Sie ja gesehen. Er hätte es kaum gewagt, einen Mord zu begehen in dem Bewußtsein, daß sich ganz in der Nähe ein möglicher Beobachter aufhält.»

«Ich finde es sowieso ziemlich unvorsichtig von ihm, daß er nicht einmal um den Felsvorsprung geguckt hat.»

«Richtig; aber das hat er offensichtlich nun einmal nicht. Er begeht jedenfalls den Mord, und den Zeitpunkt dafür können wir auf zwei Uhr festlegen. Also muß er das Bügeleisen zwischen halb zwei und zwei Uhr erreicht haben – vielleicht auch zwischen ein und zwei Uhr –, denn wenn Sie in Ihrem gemütlichen Eckchen gerade gegessen oder gelesen haben, konnten Sie ihn wahrscheinlich weder hören noch sehen, als er kam. Früher als ein Uhr kann es nicht gewesen sein, denn da haben Sie von der Steilküste hinuntergeschaut und keine Menschenseele gesehen.»

«Ganz recht.»

«Gut. Er begeht also den Mord. Der arme Alexis stößt einen Schrei aus, als er das Rasiermesser sieht, und Sie erwachen. Haben Sie dann gerufen oder was?»

«Nein.»

«Oder ein Lied angestimmt?»

«Auch nicht.»

«Oder sind Sie unter glockenhellem Mädchenlachen herumgehüpft?»

«Nein. Das heißt, ich bin zwar kurz darauf ein bißchen herumgerannt, aber ich habe dabei keinen Lärm gemacht.»

«Ich möchte nur wissen, warum sich der Mörder nicht sofort wieder auf den Nachhauseweg gemacht hat. Dann hätten Sie ihn nämlich gesehen. Mal überlegen. Aha, die Papiere hatte ich vergessen! Er mußte die Papiere mitnehmen.»

«Was für Papiere?»

«Nun, ich kann nicht beschwören, daß es Papiere waren. Es könnte auch der Diamant des Maharadschas oder so etwas gewesen sein. Jedenfalls wollte er irgend etwas von der Leiche. Und als er sich gerade über sein Opfer beugte, hörte er Sie im Geröll herumhopsen. Am Wasser trägt der Schall recht weit. Der verdutzte Schurke hält inne, und als er die Geräusche näherkommen hört, springt er auf der Seeseite vom Felsen hinunter und versteckt sich dort.»

«In voller Kleidung?»

«Das hatte ich vergessen. Er würde ein bißchen naß wieder herauskommen, nicht? Nein. Ohne Kleidung. Seine Kleider hat er da liegengelassen, von wo aus er durchs Wasser gelaufen ist. Wahrscheinlich hatte er einen Badeanzug an, so daß jeder, der ihn sah, ihn für einen harmlosen Sonnenanbeter halten konnte, der ein bißchen in den Wellen planschte.»

«Hatte er das Rasiermesser in der Tasche seiner Badehose?»

«Nein, das hatte er in der Hand oder um den Hals gehängt. Stellen Sie keine dummen Fragen. Er hat in seiner kleinen Nische gewartet, bis Sie fort waren, dann ist er wieder die Küste entlanggelaufen –»

«Aber nicht in Richtung Wilvercombe.»

«Verflixt! Dann hätten Sie ihn ja vermutlich gesehen. Allerdings nicht, wenn er sich dicht an die Steilküste hielt. Um Fußabdrücke brauchte er sich nicht so sehr zu sorgen, weil die Flut ja hereinkam. Das war durchaus zu machen. Dann ist er an der Stelle, wo er zuvor heruntergestiegen war, wieder die Steilküste hinaufgestiegen, ist der Straße in Richtung Wilvercombe gefolgt, hat an irgendeiner Stelle kehrtgemacht und ist Ihnen auf dem Rückweg begegnet. Wie ist das?»

«Kaum zu widerlegen.»

«Je länger ich es mir ansehe, desto besser gefällt es mir. Ich bin richtig vernarrt in die Idee, daß Bright und Perkins identisch sind. Aber einen Augenblick, was ist mit dem Buckel oder der schiefen Haltung? War Perkins so gerade gewachsen wie eine Bohnenstange oder wenigstens fast so?»

«Keineswegs. Aber verwachsen würde ich ihn auch nicht unbedingt nennen. Eher ein bißchen gebeugt und schlapp. Er hatte einen Rucksack auf dem Rücken und humpelte leicht, wegen einer Blase am Fuß, wie er sagte.»

«Damit kann man einen Haltungsfehler prächtig tarnen. Man läßt auf der lahmen Seite die Schulter etwas hängen. Bright-Perkins ist unser Mann. Darauf sollten wir die Polizei sofort ansetzen, aber ich möchte jetzt so gern etwas essen. Wieviel Uhr ist es? *Vier!* Ich fahre rasch mit dem Wagen fort und rufe Glaisher an, dann komme ich zurück. Ich sehe nicht ein, daß wir auf unser Picknick verzichten sollen, auch nicht wegen noch so vieler Mörder.»

10
Das Zeugnis des Polizeidirektors

Mein Leben setz ich, daß der Geizhals,
Der heimlich nachts zu seinen Schätzen schleicht
Und vor dem Altar seiner Liebe niederkniet,
Zum Gold, dem gelben Teufel, betet.
The Bride's Tragedy

Montag, 22. Juni

«Sie können sagen, was Sie wollen, Mylord», sagte Inspektor Umpelty, «und ich gebe auch gern zu, daß der Polizeidirektor ein wenig zu Ihrer Ansicht neigt, aber es war trotzdem Selbstmord, und wenn ich ein Spieler wäre, würde ich sogar darauf wetten. Natürlich kann es nicht schaden, diesen Bright ausfindig zu machen, denn wenn das Rasiermesser richtig identifiziert wurde, muß dieser Alexis es von ihm gekauft haben, aber für mich steht zweifelsfrei fest, daß der arme Kerl am Donnerstagmorgen mit der Absicht aus dem Haus gegangen ist, nie mehr wiederzukommen. Sie müssen sich sein Zimmer nur einmal ansehen. Alles weggeräumt, alle Rechnungen bezahlt, alle Papiere im Kamin verbrannt – man sollte meinen, er hat sich regelrecht von der Welt verabschiedet.»

«Hat er seinen Hausschlüssel mitgenommen?» fragte Wimsey.

«Ja, das hat er. Aber was heißt das schon? Ein Mann hat seinen Schlüssel gewöhnlich in der Tasche und denkt nicht daran, ihn herauszunehmen. Aber so ziemlich alles andere hat er in bester Ordnung hinterlassen. Sie würden staunen. Nicht einmal einen Briefumschlag hat er liegengelassen. Ein schönes Feuerchen muß er gemacht haben. Kein Foto, keine Zeile, die einem verraten könnte, wer er war und woher er eigentlich kam. Alles gründlich beseitigt.»

«Und aus der Asche ist nichts mehr zu retten?»

«Absolut nichts. Natürlich hat Mrs. Lefranc – die Wirtin – am Donnerstagmorgen auch noch den Kamin ausgefegt, aber sie hat mir gesagt, es sei alles nur noch feinste Asche und Staub gewesen. Und eine ziemliche Menge war das. Ich weiß das, weil sie mir den Mülleimer gezeigt hat. Da war jedenfalls nichts mehr drin, woran man selbst unter dem Mikroskop noch etwas hätte erkennen können. Wie Sie wissen, Mylord, sind solche Leute gewöhnlich nicht sehr gründlich – sie lassen das eine oder andere halbverbrannt zurück, aber dieser Bursche hat es richtig angestellt, das muß man ihm lassen. Er muß alles zuerst in kleine Stückchen gerissen, dann in einem heißen Feuer verbrannt und die Asche noch mit dem Schürhaken zerkleinert haben. Na ja, ich habe zu Mrs. Lefranc gesagt: ‹Das ist ja eine schöne Bescherung›, und die war es auch.»

«Keine Bücher mit irgendwelchen Eintragungen auf dem Vorsatzblatt?»

«Nur ein paar Romane, in denen ‹Paul Alexis› stand, und noch ein paar, in denen gar nichts stand, und dann noch ein paar Taschenbücher auf chinesisch.»

«Chinesisch?»

«So sah es jedenfalls aus. Vielleicht auch Russisch. Jedenfalls nicht in richtiger Schrift. Sie können sie sich jederzeit ansehen, wenn Sie wollen, aber ich glaube nicht, daß Sie sehr schlau daraus werden. Das eine oder andere Geschichtsbuch war auch darunter, meist über Rußland und so. Aber keine Briefe oder dergleichen.»

«Und Geld?»

«Nichts.»

«Hatte er ein Bankkonto?»

«Ja, er hatte ein kleines Konto bei Lloyds. Etwas über dreihundert Pfund. Aber vor drei Wochen hat er alles restlos abgehoben.»

«So? Wozu denn das nur? Soviel brauchte er doch nicht, um sich ein Rasiermesser zu kaufen.»

«Das nicht, aber ich würde sagen, er hat seine Schulden bezahlt.»

«In Höhe von dreihundert Pfund?»

«Das will ich nicht behaupten. Wir haben auch nur etwa zwanzig Pfund davon wiedergefunden. Aber er könnte schließlich an vielen Stellen Geld geschuldet haben. Da er seine sämtlichen Papiere verbrannt hat, ist das jetzt schwer zu sagen. Wir werden natürlich Erkundigungen einziehen. Aber mich würde es nicht wundern, wenn diese dreihundert Pfund an irgendein Mädchen gegangen wären. Da wäre diese Leila Garland – ein hartgesottenes kleines Biest, wie es im Buche steht. *Sie* könnte uns einiges erzählen, wenn sie wollte, glaube ich, aber heutzutage darf man den Leuten ja nicht einmal mehr Fragen stellen. Wenn sie sagen, sie wollen nicht antworten, dann wollen sie eben nicht, basta. Zwingen kann man sie nicht.»

«Leila Garland – ist das die junge Dame, mit der er einmal liiert war?»

«So ist es, Mylord, und soweit ich herausbekommen konnte, hat sie Mister Alexis einen kräftigen Tritt gegeben. Nach ihrer Darstellung muß es ihn furchtbar hart getroffen haben. Sie hat jetzt einen anderen Kerl – gewissermaßen ein Freund von Alexis, aber ein bißchen was Besseres als er, soweit ich feststellen kann. Irgend so ein Südamerikaner; leitet das Kurorchester im Winterpavillon und macht das anscheinend ganz gut. Sie kennen den Typ – lauter Larifari und Schlangenlederschuhe. Aber er scheint ganz brauchbar zu sein, sofern das was heißt. Er hat ganz offen darüber gesprochen, und das Mädchen auch. Alexis hat sie miteinander bekannt gemacht, und plötzlich kam die junge Dame auf die Idee, daß sie mit dem Südamerikaner besser fahren könnte als mit Alexis. Sie sagt, Alexis sei sehr knickrig mit seinem Geld geworden und habe offenbar nicht so sehr an Miss Leila gedacht, wie er gekonnt hätte. Möglicherweise hatte er die ganze Zeit schon etwas anderes im Auge, und dahin ist dann auch das Geld gegangen. Jedenfalls hat Leila sich entschlossen, ihm den Laufpaß zu geben und sich dafür diesen Südamerikaner, Luis da Soto, anzulachen. Es hat natürlich eine Szene gegeben, und Alexis hat gedroht, sich das Leben zu nehmen –»

«Hat er gesagt, er wollte sich die Kehle durchschneiden?»

«Nein, das nicht. Gift wollte er nehmen. Aber was soll's? Er hat gesagt, er nimmt sich das Leben, und das hat er getan, fertig.»

«Haben Sie zufällig in seinem Zimmer irgendwelches Gift gefunden – Sie wissen schon, Schlaftabletten und dergleichen?»

«Nichts», antwortete der Inspektor triumphierend.

«Hm.»

«Aber Inspektor», mischte Harriet sich jetzt ein, nachdem sie der Unterhaltung bis dahin mit geziemendem Schweigen zugehört hatte, «wenn Sie annehmen, daß Alexis ein anderes Mädchen im Auge hatte, warum hätte er dann Selbstmord begehen sollen, nachdem Leila Garland ihm den Laufpaß gegeben hatte?»

«Das kann ich nun wirklich nicht sagen, Miss. Vielleicht hat ihn die andere auch abblitzen lassen.»

«Verlassen hat sie ihn, ein kleines, verlorenes Geschöpf inmitten einer feindlichen Welt», sagte Wimsey.

«Na ja, und dann war ja auch noch diese Mrs. Weldon da. Das haben wir von den anderen Mädchen erfahren. Meinen Sie nicht auch, daß solche Aussichten einen jungen Mann dazu bringen können, sich die Kehle durchzuschneiden?»

«Er hätte nur wegzugehen brauchen», sagte Harriet.

«Und wenn er ihr nun Geld schuldete, und sie ist rabiat geworden und hat gedroht, ihn ins Gefängnis zu bringen? Wie wäre denn das?»

«Vielleicht die dreihundert Pfund –» begann Wimsey.

«O nein, *nein*!» rief Harriet entrüstet. «Das dürfen Sie nicht glauben. Es ist absolut lächerlich. Die arme Frau war ihm mit Haut und Haaren verfallen. Er hätte sie um den kleinen Finger wickeln können. Sie hätte ihm alles gegeben, was er nur wollte. Außerdem hat sie mir gesagt, daß er kein Geld von ihr nehmen wollte.»

«Aha. Aber angenommen, er wollte sie sitzenlassen, Miss? Das hätte sie ihm doch übelnehmen können.»

«Dann hätte *sie* sich umgebracht», sagte Harriet bestimmt. «Ihm hätte sie um nichts in der Welt ein Leid angetan, die arme Seele. Ihn ins Gefängnis bringen? Zum Lachen!»

«Nun wissen Sie aber auch ganz gut, Miss», sagte Inspektor Umpelty, «daß kein Zorn so bitter ist wie Frauenzorn. Verzeihen Sie, aber so steht es schon in der Bibel. Das weiß ich noch aus der Schulzeit, und ich finde, in unserm Beruf kann man sich daran ganz gut halten. Wenn diese Mrs. Weldon –»

«Unsinn!» sagte Harriet. «Sie hätte so etwas nie getan. Das *weiß* ich.»

«Aha!» Inspektor Umpelty zwinkerte Wimsey verständnisinnig zu. «Wenn Frauen erst mit ihrer weiblichen Intuition etwas zu wissen glauben, kommt man mit Argumenten nicht dagegen an. Aber ich möchte ja nur, daß wir im Augenblick einmal davon ausgehen.»

«Ohne mich», versetzte Harriet.

«Wir scheinen hier nicht recht weiterzukommen», bemerkte Wimsey. «Lassen wir das Thema fürs erste, Inspektor. Sie können später mit mir in die Bar kommen und dort in aller Stille ausgehen, wovon Sie wollen. Ich halte es aber selbst nicht für sehr wahrscheinlich. Nun wollen aber *wir* einmal von etwas ausgehen. Angenommen, ein Fischerboot hätte am Donnerstag kurz vor Niedrigwasser das Bügeleisen erreichen wollen – hätte es das gekonnt?»

«Leicht, Mylord. Diese Boote haben oft nur einen Tiefgang von weniger als einem halben Meter. Da kommen Sie ohne weiteres heran, wenn Sie von den Mahlzähnen Abstand halten und auf die Strömung achten.»

«Ein Fremder könnte aber in Schwierigkeiten geraten?»

«Könnte, aber nur wenn er kein guter Seemann ist und nichts

vom Kartenlesen versteht. Mit einem kleinen Boot kommt man jederzeit bis auf ein paar Meter an das Bügeleisen heran, wenn nicht gerade der Wind mit der Strömung quer zur Bucht steht. Dann könnte er nämlich auf die Klippen getrieben werden, wenn er nicht aufpaßt.»

«Aha. Das macht die Sache sehr interessant. Wir vermuten nämlich Mord, Inspektor, und haben uns zwei Möglichkeiten ausgedacht, wie es zugegangen sein könnte. Dazu möchten wir gern Ihre Meinung hören.»

Inspektor Umpelty hörte sich mit nachsichtigem Lächeln die rivalisierenden Theorien von dem Mann im Fischerboot und dem Mann in der Nische an und meinte dann:

«Also, Miss, ich kann nur sagen, daß ich gern mal eins von Ihren Büchern lesen möchte. Wunderbar, wie Sie das alles so schön unterzubringen wissen. Aber nun zu dem Boot. Das ist wirklich eigenartig. Wir haben es schon zu identifizieren versucht, denn die Insassen, gleichgültig wer sie waren, müssen irgend etwas gesehen haben. Die meisten Fischerboote waren draußen vor Shelly Point, aber von einigen weiß ich es noch nicht, und es könnten natürlich auch Sommergäste aus Wilvercombe oder Lesston Hoe gewesen sein. Wir warnen diese Amateure immer vor den Mahlzähnen, aber hören sie darauf? Nein. Man sollte meinen, das sind lauter Selbstmordkandidaten, wenn man sieht, was die so treiben. Aber ich habe eine Ahnung, wer es gewesen sein kann.»

«Was ist mit den Leuten aus diesen Häusern an der Küstenstraße, wo ich Hilfe holen wollte?» fragte Harriet. «Die müssen das Boot doch auch gesehen haben. Ich dachte immer, die Leute hier erkennen jedes Boot, das aus der Gegend ist, auf einen Blick.»

«Das ist es ja», antwortete der Inspektor. «Wir haben sie gefragt, aber sie müssen alle mit Blindheit und Taubheit geschlagen gewesen sein. Darum sage ich ja, daß wir dem Boot noch keinen Namen geben können. Aber keine Angst, wir werden uns schon noch etwas einfallen lassen, um sie zum Reden zu bringen. Diese Pollocks und Moggeridges sind ein mürrisches Volk und in meinen Augen nicht ganz sauber. Sie sind bei den andern Fischern unbeliebt, und wenn eine ganze Familie von allen andern geschnitten wird, steckt meistens was dahinter.»

«Jedenfalls», sagte Wimsey, «glaube ich, daß wir die genaue Todeszeit inzwischen ziemlich sicher wissen. Das müßte auch schon weiterhelfen.»

«Das schon», räumte der Inspektor ein. «Wenn das stimmt, was Sie und die Dame mir erzählt haben, scheint dieser Punkt geklärt zu sein. Natürlich möchte ich trotzdem noch die Meinung eines Arztes hören, nichts für ungut. Ich glaube aber, daß Sie recht haben. Großes Pech, Miss, daß Sie gerade zu diesem Zeitpunkt eingeschlafen sind.» Er sah Harriet vorwurfsvoll an.

«Aber war es nicht ein Glück, daß ich überhaupt dort war?»

Das mußte der Inspektor zugeben.

«Und wenn wir die Frage nach der Todeszeit damit als erledigt betrachten könnten», fuhr der Inspektor fort, «hätte ich hier noch ein paar Informationen, die etwas Licht in die Sache bringen können. Zumindest zeigen sie meines Erachtens, daß die Idee mit dem Mord schlankweg unmöglich ist, wie ich schon die ganze Zeit gesagt habe. Aber wenn wir das beweisen könnten, wäre es ja auch schon was wert, nicht wahr?»

Die Konferenz fand in der gemütlichen kleinen Villa des Inspektors in den Randbezirken von Wilvercombe statt. Mr. Umpelty erhob sich, ging zu einem Schrank und nahm einen Stapel amtlicher Berichte heraus.

«Sie sehen, Mylord, wir waren auch nicht untätig, obwohl nach Lage der Dinge ein Selbstmord wahrscheinlicher ist als alles andere. Wir mußten alle Möglichkeiten in Betracht ziehen und haben das Terrain sozusagen mit der Lupe abgesucht.»

Nach Durchsicht der Berichte mußte Wimsey zugeben, daß diese großspurige Behauptung berechtigt zu sein schien. Der Zufall war der Polizei kräftig zu Hilfe gekommen. Vor einiger Zeit hatte die Gemeindeverwaltung an die Bezirksverwaltung den Antrag gerichtet, die Straße zwischen Wilvercombe und Lesston Hoe auszubessern. Die Bezirksverwaltung hatte eingedenk der schlechten Zeiten und des knappen Geldes höflich geantwortet, sie halte das Verkehrsaufkommen auf der genannten Küstenstraße nicht für groß genug, um die vorgeschlagenen Ausgaben zu rechtfertigen. Infolge dieser Verhandlungen hatte die Bezirksverwaltung nun einige Personen (für ein bescheidenes Entgelt) mit einer Verkehrszählung auf besagter Straße beauftragt, und eine von diesen Personen hatte am Donnerstag, dem 18. Juni, den ganzen Tag an der Einmündung der Küstenstraße in die Überlandstraße von Lesston Hoe nach Heathbury gestanden. Am anderen Ende der etwa zwölf Meilen, für die sich die Polizei interessierte, war Darley Halt, und dort waren, wie Harriet sich schon selbst hatte überzeugen können, die Schranken ständig geschlossen, sofern sie nicht eigens für ein durchkommendes Fahrzeug geöffnet wurden. Neben beiden Schranken befand sich je ein Fußgängerdurchlaß, aber der war so gestaltet, daß man nicht einmal mit einem Fahrrad durchkam. Damit war klar, daß der hypothetische Mörder, wenn er nicht zu Fuß gekommen war, entweder am einen oder am anderen Ende der Straße hätte gesehen werden müssen, es sei denn, er kam von einem der dazwischenliegenden Bauernhöfe. In den letzten vier Tagen hatte die Polizei nun den Leumund aller Personen überprüft, die diesen Straßenabschnitt benutzt hatten. Jedes Auto, Motorrad, Fahrrad, Fuhrwerk und Pferd war mühsam ermittelt und überprüft worden. Nichts war dabei ans Tageslicht gekommen, was auch nur den mindesten Verdacht erregt hätte. Alle Benutzer dieser Straße waren vielmehr Einheimische gewesen, der Polizei wohlbekannt, und alle hatten lückenlose Rechenschaft über ihr Tun und Lassen an diesem Tag ablegen können. Das war gar nicht so erstaunlich, wie es sich anhörte, denn die meisten waren Geschäftsleute, die in einer bestimmten Zeit eine bestimmte Tour zu erledigen hatten, oder Bauern, die auf ihren Äckern oder in den umliegenden Ortschaften zu tun hatten und Zeugen für ihr jeweiliges Kommen und Gehen nennen konnten. Die einzigen, deren Zeitangaben sich nicht so gut nachprüfen ließen, waren die Viehhirten, die ihre Kühe oder Schafe über Land trieben; aber war es schon an sich extrem unwahrscheinlich, daß diese einfachen Menschen hingegangen sein und einem Herrn mit einem Endicott-Rasiermesser die Kehle durchgeschnitten haben sollten, so war Inspektor Umpelty noch zusätzlich bereit, für jeden einzelnen von ihnen persönlich die Hand ins Feuer zu legen.

«Wirklich, Mylord», sagte er, «Sie können es mir abnehmen, daß diese Leute, die wir überprüft haben, alle in Ordnung sind. Die können Sie sich alle aus dem Kopf schlagen. Als einzige Möglichkeit bliebe jetzt noch die, daß Ihr Mörder entweder vom Meer oder zu Fuß am Wasser entlang aus Richtung Wilvercombe oder Lesston Hoe gekommen ist, und wie die junge Dame sagt, ist die Richtung aus Wilvercombe die wahrscheinlichere, weil jeder, der aus Richtung Lesston Hoe gekommen wäre, sie gesehen und sein Verbrechen auf einen passenderen Zeitpunkt verschoben hätte, wie es bei Shakespeare heißt.»

«Schön», sagte Wimsey. «Das wollen wir gelten lassen. Der Mörder hat sich für den Weg dorthin keines fahrbaren Untersatzes bedient. Trotzdem bleibt noch eine Reihe von Möglichkeiten offen. Lassen wir Lesston Hoe einmal ganz außer acht und beschränken uns auf die Richtung Wilvercombe allein. Jetzt haben wir mindestens drei Theorien. Erstens: Der Mörder ist zu Fuß der Straße von Wilvercombe nach Darley gefolgt und an irgendeiner

Stelle, die vom Bügeleisen aus nicht zu sehen ist, an den Strand heruntergekommen, von wo aus er dann am Wasser entlang weitergegangen ist. Zweitens: Er ist von einem der beiden Häuser gekommen, in denen die Fischer wohnen (deren Namen Sie, glaube ich, mit Pollock und Moggeridge angeben). Sie wollen wohl für diese Männer nicht auch die Hand ins Feuer legen, Inspektor, oder?»

«Nein, das nicht – aber sie waren nicht da», versetzte der Inspektor mit Nachdruck. «Moggeridge und seine beiden Söhne waren in Wilvercombe, um irgendwas zu kaufen – dafür habe ich Zeugen. Der alte Pollock war mit seinem Boot draußen, das hat Freddy Baines nämlich gesehen, und sein ältester Junge war höchstwahrscheinlich bei ihm. Wir holen uns die beiden noch, und darum habe ich ja auch gesagt, der Mörder *könnte* vom Meer gekommen sein. Der einzige Pollock, den es sonst noch gibt, ist ein vierzehnjähriger Junge, und Sie werden nicht annehmen, daß der es war, oder womöglich eine von den Frauen oder Kindern.»

«Aha. Also gut. Drittens: Der Mörder ist den ganzen Weg von Darley oder Wilvercombe aus zu Fuß am Wasser entlang gegangen. Übrigens, sagten Sie nicht, jemand habe gleich hinter Darley Halt gezeltet?»

«Doch», sagte Harriet, «so ein vierschrötiger Mann, der sprach wie – na ja, nicht direkt wie ein Bauer – sagen wir, wie jemand vom Lande.»

«Wenn jemand dort vorbeigekommen wäre, könnte er ihn gesehen haben.»

«Könnte», antwortete der Inspektor, «aber leider haben wir diesen Herrn noch nicht, obwohl wir schon nach ihm suchen lassen. Er hat am Freitag frühmorgens seine Sachen gepackt und ist abgereist. Sein Gepäck hatte er in einem Morgan. Er hatte seit Dienstag am unteren Ende des Hinks's Lane gezeltet und seinen Namen mit Martin angegeben.»

«Ach, wirklich? Und unmittelbar nach dem Verbrechen ist er verschwunden. Ist das nicht ein bißchen verdächtig?»

«Überhaupt nicht.» Inspektor Umpeltys Triumph war unverhohlen. «Er hat um ein Uhr in den *Drei Federn* in Darley zu Mittag gegessen und ist bis halb zwei dort geblieben. Wenn Sie mir sagen können, wie einer viereinhalb Meilen zu Fuß in einer halben Stunde zurücklegen soll, lasse ich einen Haftbefehl für Mr. Martin ausstellen.»

«Der Stich geht an Sie, Inspektor. Nun – wollen wir mal sehen. Mord um zwei Uhr – viereinhalb Meilen zu laufen. Das heißt, daß der Mörder spätestens um zehn vor eins durch Darley gekommen sein muß. Dabei gehen wir davon aus, daß er vier Meilen pro Stunde schaffen konnte, und da er zumindest einen Teil des Weges im Sand zurücklegen mußte, dürfte das zu hoch geschätzt sein. Andererseits dürfte er nicht weniger als drei Meilen pro Stunde geschafft haben. Das ergäbe als frühesten Zeitpunkt halb eins – falls er nicht noch eine Zeitlang dagesessen und sich mit Alexis unterhalten hat, bevor er ihm die Kehle durchschnitt.»

«Das ist es ja, Mylord. Es ist alles so vage. Jedenfalls kann Mr. Martin uns nicht viel nützen, denn er hat den Donnerstagmorgen in Wilvercombe verbracht – so hat er es zumindest in den *Drei Federn* dem Wirt erzählt.»

«Wie schade! Er hätte ein wertvoller Zeuge sein können. Ich nehme an, Sie lassen trotzdem weiter nach ihm suchen, auch wenn er uns nicht viel nützen kann. Hat jemand die Nummer des Morgan gesehen?»

«Ja; er gehört einer Londoner Werkstatt, die Autos an Selbstfahrer vermietet. Mr. Martin ist dort Donnerstag vor einer Woche hingekommen, hat die Vorauszahlung in bar hinterlegt und den Wagen letzten Sonntagabend zurückgegeben. Wie er sagte, hatte er seine Wohnung aufgegeben und war zur Zeit ohne feste Adresse, aber er hat eine Bank in Cambridge als Referenz angegeben. Sein Führerschein war richtig auf den Namen Martin ausgestellt. Mit der Versicherung gab es keine Schwierigkeiten, denn die Verleihfirma benutzt Formulare, die alle ihre Autos versichern, egal, wer sie fährt.»

«Aber stand denn auf dem Führerschein keine Adresse?»

«Doch, aber das war die Wohnung, die er gerade aufgegeben hatte, darum haben sie sich die gar nicht erst gemerkt.»

«Verlangen Autoverleiher in der Regel den Führerschein des Kunden zu sehen?»

«Nicht daß ich wüßte. Offenbar hat dieser Mann ihnen den seinen unaufgefordert gezeigt.»

«Merkwürdig. Man sollte fast meinen, er habe sich alle Mühe gegeben, jeder Kritik von vornherein aus dem Weg zu gehen. Was ist mit der Bank?»

«Das ist in Ordnung. Mr. Haviland Martin hat dort seit fünf Jahren sein Konto. Ein anderer Kunde hat ihn eingeführt. Keine Unregelmäßigkeiten.»

«Ich nehme an, man hat Ihnen weder den Namen des Bürgen noch die Höhe des Kontos genannt.»

«Das nicht. Banken sind mit solchen Informationen nicht sehr freigebig. Sehen Sie, wir haben ja nicht das mindeste gegen diesen Mr. Martin vorliegen.»

«Stimmt. Trotzdem würde ich mich ganz gern einmal mit ihm unterhalten. Da gibt es ein paar Punkte, die mir ein wenig zweifelhaft erscheinen, wie Sherlock Holmes sagen würde. Was meinen *Sie*, mein lieber Robert Templeton?»

«Ich meine», antwortete Harriet prompt, «wenn ich mir etwas hätte ausdenken müssen, wie ein Mörder an eine verabredete Stelle kommt und sie mit Sack und Pack wieder verläßt, ohne mehr Spuren als absolut unvermeidbar zu hinterlassen, hätte ich ihn ziemlich genauso handeln lassen wie Mr. Martin. Er würde bei einer Bank unter falschem Namen ein Konto eröffnen, die Bank als Referenz angeben, einen Wagen mieten, bar dafür bezahlen und wahrscheinlich das Konto in nächster Zeit wieder auflösen.»

«Ganz Ihrer Meinung. Trotzdem bleibt die betrübliche Tatsache, daß Mr. Martin offenbar den Mord nicht begangen haben kann, stets vorausgesetzt, daß die Uhr in den *Drei Federn* richtig geht. Nähere Erkundigungen sind da wohl angezeigt. Fünf Jahre sind allerdings eine lange Zeit, um ein Verbrechen vorauszuplanen. Sie könnten die Bank einmal im Auge behalten, aber machen Sie um Gottes willen kein Theater darum, sonst verscheuchen Sie uns den Vogel am Ende noch.»

«So ist es, Mylord. Und ich muß trotz allem sagen, daß mir wohler wäre, wenn ich irgendeinen Beweis dafür hätte, daß wirklich ein Mord begangen wurde. Im Augenblick ist das alles, mit Verlaub, ein bißchen dünn.»

«Richtig, aber es sind so viele Kleinigkeiten, die in diese Richtung weisen. Für sich allein sind sie alle unbedeutend, aber zusammen betrachtet ergeben sie doch ein merkwürdiges Bild. Nehmen Sie das Rasiermesser, die Handschuhe, die Rückfahrkarte und die Hochstimmung, in der Alexis sich am Tag vor seinem Tod befand. Und nun haben wir die komische Geschichte von diesem geheimnisvollen Herrn, der gerade rechtzeitig in Darley eintrifft, um einen Logenplatz für das Verbrechen zu ergattern, und sich dann prompt in Luft auflöst, nachdem er zuvor auf so bemerkenswert umsichtige Weise seinen Namen und seine Adresse vernebelt hat.»

Bevor Inspektor Umpelty antworten konnte, klingelte das Telefon. Er lauschte kurz dem geheimnisvollen Gurgeln in der Muschel, sagte: «Ich komme sofort, Sir», und legte auf.

«Da scheint sich noch etwas Komisches ergeben zu haben», sagte er. «Entschuldigen Sie, wenn ich Sie so überstürzt verlasse; ich werde auf dem Revier gebraucht.»

11

Das Zeugnis des Fischers

Da ist ein Wesen
Mit wurzelgleich verschlung'nem Haar bis zu den Augen,
Die rot durchwoben unter borst'gen
Brauen quellen; die krummen Hauer
Teilen, wie des Wolfs Gebiß, sein fluchend Maul;
Sein Kopf ist stirnlos, und auf seine Schultern
Fällt eine Schweinemähne; die braunen Hände voller Warzen
Gleichen Wurzeln; spitz die Nägel – Das ist der Mann.

Fragment

Montag, 22. Juni

Wimsey brauchte nicht lange zu warten, bis er die neueste Entwicklung erfuhr. Er war zum Mittagessen ins Bellevue zurückgekehrt und nahm gerade an der Bar einen Apéritif zu sich, als ihm jemand forsch auf die Schulter tippte.

«Mein Gott, Inspektor! Wie haben Sie mich erschreckt! Na schön, Sie haben mich auf frischer Tat ertappt. Wofür diesmal?»

«Ich wollte nur kurz vorbeischauen, um Ihnen das Neueste zu berichten, Mylord. Ich dachte, Sie möchten es gern wissen. Uns macht es einiges Kopfzerbrechen, das muß ich zugeben.»

«So? Sie sehen auch ganz mitgenommen aus. Wahrscheinlich sind Sie aus der Übung. Wenn man es nicht gewohnt ist, kann einem das ganz schön zusetzen. Trinken Sie einen mit?»

«Danke, gern, Mylord. Nun passen Sie auf – Sie erinnern sich an das Bankkonto unseres jungen Freundes und die dreihundert Pfund?»

«Und ob.»

«Also –» der Inspektor ließ die Stimme zu einem heiseren Flüstern sinken – «wir haben herausbekommen, was er damit gemacht hat.»

Wimseys Miene drückte Erwartung aus, aber das genügte Inspektor Umpelty nicht. Er war offenbar der Meinung, daß er hier einen wahren Leckerbissen brachte, und dafür beanspruchte er Szenenapplaus.

«Ich nehm's Ihnen ab, Inspektor. Also, was *hat* er damit gemacht?»

«Raten Sie mal, Mylord. Sie dürfen dreimal raten, und ich wette um alles, was Sie wollen, daß Sie nicht darauf kommen. Und wenn Sie zwanzigmal raten.»

«Dann darf ich auf keinen Fall Ihre kostbare Zeit verschwenden. Nur zu. Haben Sie Erbarmen. Lassen Sie mich nicht vor Spannung umkommen. *Was* hat er damit gemacht?»

«Er ist hingegangen», sagte der Inspektor genüßlich, «und hat es zu Gold gemacht.»

«Zu *was*?»

«Dreihundert goldene Sovereigns – die hat er sich dafür gekauft. Dreihundert runde, gelbe, goldene Sterntaler.»

Wimsey starrte ihn verständnislos an.

«Dreihundert – hören Sie, Inspektor, ein solcher Schock ist mehr, als schwaches Fleisch und Blut ertragen kann. Soviel Gold gibt's im ganzen Land nicht. Mehr als zehn Sovereigns auf einmal habe ich nicht mehr gesehen, seit ich an meines Großvaters Seite in der Schlacht von Waterloo kämpfte. Gold! Woher hat er das? Wie ist er darangekommen? An den Bankschaltern bekommt man nämlich heutzutage kein Gold mehr. Hat er die staatliche Münze ausgeraubt?»

«Nein, er hat sie ganz ehrlich gegen Banknoten eingetauscht. Aber es ist schon eine komische Geschichte. Ich will Ihnen mal erzählen, wie es war und wie wir davon erfahren haben. Sie wissen vielleicht noch, daß vorige Woche ein Bild von Alexis in der Zeitung war.»

«Ja, aus der Gruppenaufnahme heraus vergrößert, die letzte Weihnachten beim großen Galaabend im Hotel gemacht wurde. Das habe ich gesehen.»

«Ganz recht; es war das einzige, das wir finden konnten; Alexis hatte ja nichts herumliegen lassen. Nun, gestern hatten wir also einen recht merkwürdigen Vogel zu Besuch auf dem Revier – Vatermörder, Schnauzbart, lange Krawatte, Baumwollhandschuhe, Melone, großer grüner Regenschirm – wie aus dem Bilderbuch. Gab an, daß er in Princemoor wohnt. Er zieht also eine Zeitung aus der Tasche, zeigt auf das Foto und zwitschert los: ‹Ich höre, Sie wollen etwas über diesen armen jungen Menschen erfahren.› – ‹O ja›, meint der Chef, ‹wissen Sie vielleicht etwas über ihn?› – ‹Über seinen Tod nicht›, sagt der Alte, ‹aber ich hab mit ihm vor drei Wochen ein komisches Geschäft gemacht›, sagt er, ‹und ich dachte, das wollen Sie vielleicht wissen›, sagt er. ‹Ganz recht›, meint der Chef. ‹Schießen Sie nur los.› Und dann hat er uns also die ganze Geschichte erzählt.

Danach war das so: Sie erinnern sich vielleicht, daß vor einiger Zeit – es kann aber höchstens einen Monat her sein – in der Zeitung etwas über so eine wunderliche alte Frau stand, die in

Seahampton allein in einem Haus mit hundert Katzen lebte. Eine Miss Ann Bennett – aber der Name spielt keine Rolle. Na ja, eines Tages passiert das Übliche. Die Fensterläden bleiben zu, aus dem Kamin kommt kein Rauch, die Milch bleibt vor der Tür stehen, die Katzen jammern zum Steinerweichen. Ein Konstabler steigt mit einer Leiter ein und findet die arme Alte tot im Bett. Ergebnis der Leichenschau: ‹Natürlicher Tod›, mit andern Worten: Altersschwäche, Unterernährung und obendrein eine verschleppte Lungenentzündung. Und natürlich jede Menge Geld im Haus, darunter vierhundert goldene Sovereigns in der Matratze. Das kommt immer wieder vor.»

Wimsey nickte.

«Na ja. Dann taucht der lange vermißte nächste Angehörige auf, und wer kann das anders sein als dieser alte Knabe aus Princemoor, Abel Bennett? Das Testament wird gefunden, in dem sie ihm alles vermacht und ihn bittet, für die Miezen zu sorgen. Er ist der Testamentsvollstrecker und nimmt die Sache sofort in die Hand. Schön. Am Tag nach der Leichenschau kommt nun unser junger Freund Paul Alexis daher – seinen Namen gibt er richtig an, und nach dem Foto wird er richtig identifiziert. Er erzählt dem alten Bennett eine wilde Geschichte, wonach er für irgendeinen bestimmten Zweck Goldmünzen braucht. Er will einen Diamanten von einem Maharadscha kaufen, der kein Papiergeld kennt – irgend so ein Quatsch jedenfalls.»

«Das hat er wahrscheinlich aus einem Buch», meinte Wimsey. «Ich habe das schon mal irgendwo gelesen.»

«Möglich. Der alte Bennett, der ein bißchen mehr Grips zu haben scheint als seine Schwester, glaubt ihm kein Wort, einfach weil der junge Mann, wie er sagt, nicht so aussah, als ob er von Maharadschas Diamanten kaufen könnte, aber es ist schließlich kein Verbrechen, Gold kaufen zu wollen, und außerdem geht es ihn nichts an, wofür einer es braucht. Er bringt ein paar Einwände vor, und Alexis bietet ihm für dreihundert Goldsovereigns dreihundert Pfundnoten der Bank von England plus zwanzig Pfund extra. Abel Bennett hat gegen ein Bakschisch nichts einzuwenden und ist zu dem Geschäft bereit, allerdings will er die Echtheit der Noten von einer Seahamptoner Bank bestätigt haben. Alexis ist einverstanden und blättert ihm das Geld hin. Um es kurz zu machen, sie gehen zur Seahamptoner Filiale der London & Westminster Bank, das Geld wird für gut befunden, Bennett übergibt die Goldmünzen, und Alexis trägt sie in einer ledernen Tasche fort. Das war alles. Aber wir haben bei den Banken die Daten verglichen, und daraus geht eindeutig hervor, daß Alexis sein Geld eigens zu dem Zweck abgehoben haben muß, es zu Gold zu machen, nachdem er in der Zeitung von Ann Bennetts Tod erfahren hatte. Aber warum er das Gold haben wollte oder was er damit gemacht hat, kann ich Ihnen sowenig sagen wie der Mann im Mond.»

«Tja», sagte Wimsey, «ich habe ja gleich gesagt, daß der Fall ein paar Ungereimtheiten hat, aber ich gebe freimütig zu, daß ich hier auch nichts mehr begreife. Warum in aller Welt lädt einer sich soviel Gold auf? Die Geschichte mit dem Diamanten des Maharadscha können wir wahrscheinlich vergessen. Ein Diamant im Wert von dreihundert Pfund ist nichts Besonderes, und so was kann man in der Bond Street kaufen, ohne mit Gold bezahlen oder indische Potentaten bemühen zu müssen.»

«Das ist allerdings wahr. Außerdem, wo gibt es einen Maharadscha, der keine englischen Banknoten kennt? Diese Schwarzen sind doch weiß Gott keine Wilden. Manche von denen waren sogar in Oxford.»

Wimsey vermerkte dankbar diesen Tribut an seine alte Universität.

«Die einzige Erklärung, die ich dafür geben könnte», sagte er, «ist die, daß Alexis vorhatte, sich irgendwohin aus dem Staub zu machen, wo englisches Geld nicht als Zahlungsmittel angenommen wird. Aber ich kann mir kaum vorstellen, wo das heutzutage noch der Fall sein soll. In Zentralasien?»

«Vielleicht ist es nicht einmal das, Mylord. Er hat ja, bevor er fortging, alles verbrannt, und das sieht so aus, als ob er keinen Hinweis darauf hinterlassen wollte, wohin er ging. Nun kann man mit großen Scheinen der Bank von England schlecht spurlos untertauchen. Mit einiger Geduld läßt sich deren Weg anhand der Nummern leicht zurückverfolgen. Mit kleineren Scheinen ist das was anderes, aber da besteht die Möglichkeit, daß man im Ausland Schwierigkeiten beim Umwechseln bekommt, wenn man die ausgetretenen touristischen Pfade verläßt. Meiner Meinung nach wollte Alexis fort und hat Gold gewählt, weil es das einzige Zahlungsmittel ist, das überall gilt und seine Herkunft nicht verrät. An der Grenze hätte man ihn wahrscheinlich nicht danach gefragt, und wenn, dann hätte man ihn höchstwahrscheinlich nicht durchsucht.»

«Richtig. Ich glaube, da haben Sie recht, Inspektor. Aber Ihnen ist doch klar, daß Ihre Selbstmordtheorie damit erledigt ist?»

«Es sieht allmählich so aus, Mylord», räumte Mr. Umpelty

großmütig ein. «Es sei denn, er hat das Gold an irgend jemand in diesem Land weitergegeben. Nehmen wir zum Beispiel an, Alexis wurde von jemandem erpreßt, der außer Landes wollte. Dieser Jemand könnte aus genau den Gründen Gold verlangt haben, über die wir eben gesprochen haben, und er hat es sich von Alexis besorgen lassen, damit er selbst in der Geschichte gar nicht vorkam. Alexis zahlt, bekommt das heulende Elend und schneidet sich die Kehle durch.»

«Sie sind sehr findig», sagte Wimsey. «Aber ich glaube trotzdem, daß ich recht habe, obwohl der Mord, wenn es einer war, so sauber geplant war, daß nicht der kleinste Fehler zu entdecken ist. Höchstens das Rasiermesser. Passen Sie mal auf, Inspektor, ich habe wegen dieses Rasiermessers eine Idee, wenn Sie mir erlauben, sie auszuführen. Unsere einzige Hoffnung ist, den Mörder, falls es ihn gibt, zu einem Fehler zu verleiten, indem er zu schlau sein will.» Er schob die Gläser fort und flüsterte dem Inspektor seinen Plan ins Ohr.

«Da ist was dran», sagte Inspektor Umpelty. «Ich wüßte nicht, warum wir das nicht versuchen sollten. Es kann die Geschichte ein für allemal klären, so oder so. Fragen Sie am besten noch den Chef, und wenn er nichts dagegen hat, würde ich sagen, machen Sie das ruhig. Kommen Sie doch gleich mit und sagen Sie's ihm.»

Als sie auf der Polizeiwache ankamen, fanden sie den Polizeidirektor mit einem kratzbürstigen alten Herrn beschäftigt, der, nach Pullover und Stiefeln zu schließen, ein Fischer war und unter einem schweren Unrecht zu leiden schien.

«Kann ein Mann nicht mal mit seinem Boot rausfahren, wann er will und wohin er will? Das Meer gehört allen, oder?»

«Selbstverständlich, Pollock. Aber wenn Sie nichts Böses getan haben, warum stellen Sie sich dann so an? Sie streiten doch nicht etwa ab, daß Sie um die Zeit dort waren, oder? Freddy Baines schwört nämlich, daß er Sie gesehen hat.»

«Die Baines!» grollte Pollock. «Die Baines sind eine fiese, vorwitzige und schamlose Bande. Was geht das die an, wo ich war?»

«Nun, Sie geben jedenfalls zu, daß Sie da waren. Um welche Zeit sind Sie zum Bügeleisen gekommen?»

«Das kann Freddy Baines Ihnen vielleicht auch sagen. Der geht ja so gern mit allem hausieren, was er weiß.»

«Das soll uns nicht kümmern. Was sagen *Sie*, um welche Zeit Sie da waren?»

«Das geht Sie überhaupt nichts an. Polizei hier, Polizei da – in diesem verdammten Land gibt es überhaupt keine Freiheit mehr. Hab ich das Recht, zu gehen, wohin ich will, oder hab ich das nicht, he? Sagen Sie mir das mal.»

«Hören Sie, Pollock, wir wollen doch nichts weiter von Ihnen als eine Information. Wenn Sie nichts zu verbergen haben, warum beantworten Sie dann so eine einfache Frage nicht?»

«Und was soll das für eine Frage sein? Ob ich am Donnerstag vor dem Bügeleisen war? Ja, da war ich. Und?»

«Sie kamen von zu Hause, nehme ich an?»

«Wenn Sie's schon wissen müssen, ja. Was ist daran so schlimm?»

«Nichts. Wann sind Sie aufgebrochen?»

«Ungefähr um eins. Bißchen früher, bißchen später; so ums Stauwasser herum.»

«Und gegen zwei waren Sie beim Bügeleisen?»

«Und, ist das verboten?»

«Haben Sie zu irgendeiner Zeit jemanden am Ufer gesehen?»

«Ja, hab ich.»

«So?»

«Ich hab schließlich Augen im Kopf, nicht?»

«O ja, und eine höfliche Zunge im Mund könnte Ihnen auch nicht schaden. Wo haben Sie diese Person gesehen?»

«Am Ufer, beim Bügeleisen. So um zwei rum.»

«Waren Sie nah genug an der Küste, um zu sehen, wer es war?»

«Nein, war ich nicht. Nicht so nah, daß ich vor dem Kadi jeden Pickel beschwören könnte; so, und das können Sie sich in die Pfeife stopfen, Herr Oberpolizeidirektor, und rauchen.»

«Na schön, und was *haben* Sie gesehen?»

«So ein blödes Frauenzimmer hab ich gesehen. Ist da rumgehüpft am Strand, als wenn sie 'nen Vogel hätte. Rennt ein Stückchen, bleibt stehen, glotzt den Sand an, rennt wieder ein Stückchen. So, jetzt wissen Sie, was ich gesehen hab.»

«Das muß ich Miss Vane erzählen», sagte Wimsey zum Inspektor. «Das wird sie köstlich amüsieren.»

«Aha. Sie haben also eine Frau gesehen? Haben Sie auch gesehen, was sie danach getan hat?»

«Sie ist zum Bügeleisen gerannt und hat sich da irgendwie zu schaffen gemacht.»

«War sonst noch jemand auf dem Bügeleisen?»

«Da lag so'n Kerl drauf. Sah zumindest so aus.»

«Und dann?»

«Dann hat sie zu brüllen angefangen und mit den Armen rumgefuchtelt.»

«Und?»

«Und was? Ich hab mich nicht drum gekümmert. Ich kümmere mich nie um Weibsbilder.»

«Na schön, Pollock. Haben Sie an diesem Morgen sonst noch jemanden an der Küste gesehen?»

«Keine Seele.»

«Waren Sie die ganze Zeit in Sichtweite der Küste?»

«Ja.»

«Und Sie haben außer der Frau und dem Mann, der da lag, niemanden gesehen?»

«Sag ich doch. Ich hab keinen gesehen.»

«Was war mit diesem Mann auf dem Bügeleisen? Lag er schon, als Sie ihn zum erstenmal sahen?»

«Ja.»

«Und *wann* haben Sie ihn zum erstenmal gesehen?»

«Gleich wie ich in Sichtweite kam.»

«Wann war das?»

«Soll ich das auf die Minute sagen? Vielleicht Viertel vor zwei, vielleicht zehn vor. Ich hab mir das doch nicht für die Polizei notiert! Ich hab mich um meine Arbeit gekümmert, und mir wär's recht, wenn andere Leute das auch täten.»

«Was für Arbeit war das?»

«Das Boot segeln. Das ist meine Arbeit.»

«Jedenfalls haben Sie den Mann einige Zeit vor der Frau gesehen, und da lag er auf dem Felsen. Meinen Sie, daß er schon tot war, als Sie ihn zum erstenmal sahen?»

«Wie soll ich das denn wissen, ob er tot war oder nicht? Er hat mir keine Kußhände zugeworfen. Und die hätte ich auch nicht gesehen, kapiert? Dafür war ich zu weit draußen.»

«Aber Sie sagen doch, Sie seien die ganze Zeit in Sichtweite der Küste gewesen.»

«War ich auch. Aber die Küste ist groß. Die kann man schlecht übersehen. Das heißt ja noch nicht, daß ich auch gleich jeden Idioten sehe, der da rumsteht und mir Kußhändchen zuwirft.»

«Aha. Sie waren also direkt bei den Mahlzähnen?»

«Was geht das Sie an, wo ich war? Ich hab jedenfalls nicht an Leichen gedacht, und auch nicht an Weiber und was die da mit ihren Kerlen treiben. Ich hab was anderes zu tun als rumzusitzen und Leuten beim Baden zuzugucken.»

«Was hatten Sie denn zu tun?»

«Meine Sache.»

«Also, egal was sie Sie zu tun hatten, Sie hatten es auf jeden Fall draußen im tiefen Wasser vor den Mahlzähnen zu tun.»

Mr. Pollock schwieg störrisch.

«War noch jemand bei Ihnen im Boot?»

«Nein.»

«Was hat denn Ihr Enkel um die Zeit gemacht?»

«Ach, den meinen Sie? Ja, der war bei mir. Ich dachte, Sie wollten wissen, ob noch jemand im Boot war, der nicht hingehört.»

«Was meinen Sie denn damit?»

«Nichts. Nur daß bei der Polizei lauter Trottel sind.»

«Wo ist Ihr Enkel jetzt?»

«Drüben in Cork. Letzten Samstag hingefahren.»

«Ach, nach Cork? Um Schmuggelware nach Irland zu bringen?»

Mr. Pollock spuckte kräftig aus.

«Natürlich nicht. Geschäfte. Meine Geschäfte.»

«Ihre Geschäfte kommen mir ziemlich mysteriös vor, Pollock. Nehmen Sie sich in acht. Wir wollen diesen jungen Mann sprechen, wenn er zurückkommt. Sie sagen jedenfalls, daß Sie gerade in Richtung Küste steuerten, als die junge Dame Sie zum erstenmal sah, und daß Sie dann wieder nach draußen gefahren sind.»

«Warum nicht?»

«Wozu wollten Sie an die Küste?»

«Meine Sache, oder?»

Der Polizeidirektor ließ das Thema fallen.

«Sie könnten es uns jedenfalls sagen, wenn Sie zwischen Ihrem Haus und dem Bügeleisen jemanden an der Küste hätten entlanggehen sehen?»

«Ja, könnte ich. Und ich hab keinen gesehen. Jedenfalls nicht bis Viertel vor zwei. Was dann war, kann ich so oder so nicht beschwören, weil ich mich da, wie gesagt, um meine Arbeit zu kümmern hatte.»

«Haben Sie ein anderes Boot in der Gegend gesehen?»

«Nein.»

«Schön. Wenn Ihr Gedächtnis sich in den nächsten Tagen bessern sollte, sagen Sie uns Bescheid.»

Mr. Pollock knurrte noch etwas wenig Schmeichelhaftes und zog sich zurück.

«Kein sehr liebenswürdiger alter Herr», meinte Wimsey.

«Ein alter Tunichtgut», sagte Polizeidirektor Glaisher. «Und das Schlimmste ist, daß man ihm kein Wort glauben kann. Ich möchte zu gern wissen, was er dort wirklich getrieben hat.»

«Vielleicht Paul Alexis ermordet?» mutmaßte der Inspektor.

«Oder er hat den Mörder gegen Bezahlung an den Tatort gebracht», spann Wimsey den Faden fort. «Das halte ich eigentlich für wahrscheinlicher. Welches Motiv sollte er haben, Alexis zu ermorden?»

«Da wären immerhin die dreihundert Pfund, Mylord. Die dürfen wir nicht vergessen. Ich weiß, daß ich gesagt habe, es ist Selbstmord, und das glaube ich immer noch, aber wir haben jetzt ein viel besseres Mordmotiv.»

«Immer vorausgesetzt, daß Pollock von den dreihundert Pfund wußte. Und woher soll er davon gewußt haben?»

«Passen Sie mal auf», sagte der Polizeidirektor. «Angenommen, Alexis wollte England verlassen.»

«Das sage ich ja auch», warf Umpelty ein.

«Und angenommen, er hat Pollock angeheuert, um ihn von der Küste abzuholen und zu einer Jacht oder etwas Ähnlichem zu bringen. Und angenommen, er hat, als er Pollock bezahlte, versehentlich den Rest des Geldes gezeigt. Könnte Pollock ihn nicht wieder zur Küste zurückgebracht, ihm die Kehle durchgeschnitten und sich mit dem Gold aus dem Staub gemacht haben?»

«Aber wieso?» begehrte Umpelty auf. «Warum ihn zuerst an die Küste bringen? Hätte er ihn nicht leichter gleich im Boot umbringen und die Leiche einfach ins Meer werfen können?»

«O nein», ließ Wimsey sich eifrig vernehmen. «Haben Sie schon mal beim Schweineschlachten zugesehen, Inspektor? Wissen Sie, wie das Blut da spritzt? Wenn Pollock Alexis in seinem Boot umgebracht hätte, müßte er ganz schön schrubben, um das Blut überall wegzubekommen.»

«Stimmt vollkommen», sagte der Polizeidirektor. «Aber was wäre dann mit Pollocks Kleidung? Ich fürchte, wir haben nicht genug Beweise, um einen Haussuchungsbefehl zu bekommen und nach Blutflecken zu suchen.»

«Außerdem kann man so etwas vom Ölzeug ganz leicht abwaschen», bemerkte Wimsey.

Die beiden Polizeibeamten mußten ihm da betrübt recht geben.

«Und wenn Sie hinter Ihrem Opfer stehen, während Sie ihm die Kehle durchschneiden, haben Sie sogar eine gute Chance, gar nicht soviel abzubekommen. Ich bin überzeugt, daß Alexis genau an der Stelle umgekommen ist, wo er gefunden wurde, ob Mord oder nicht. Und wenn Sie nichts dagegen haben, Herr Polizeidirektor, möchte ich Ihnen etwas vorschlagen, wie wir vielleicht ein für allemal klären können, ob es Mord oder Selbstmord war.»

Er erläuterte noch einmal seinen Vorschlag, und der Polizeidirektor nickte.

«Ich wüßte nicht, was dagegen spräche, Mylord. Dabei könnte wirklich etwas herauskommen. Eigentlich», sagte Mr. Glaisher, «ist mir so etwas Ähnliches auch schon durch den Kopf gegangen. Aber ich habe nichts dagegen, wenn es so aussieht, als ob die Idee von Eurer Lordschaft käme. Ganz und gar nichts.»

Wimsey grinste und machte sich auf die Suche nach Salcombe Hardy, dem Reporter des *Morning Star,* der sich, wie erwartet, in der Hotelbar stärkte. Die meisten Presseleute waren in der Zwischenzeit schon abgereist, aber Hardy hatte in rührendem Vertrauen zu Lord Peter die Stellung gehalten.

«Obwohl Sie mich ziemlich schlecht behandeln, alter Freund», sagte er, aus veilchenblauen Augen anklagend in Lord Peters graue Augen blickend, «ist mir klar, daß Sie noch etwas im Ärmel haben, sonst würden Sie nicht so fest am Tatort kleben. Höchstens wegen der Frau. Mein Gott, Wimsey, sagen Sie bitte, daß es *nicht* wegen der Frau ist. So gemein würden Sie doch einem armen, fleißigen Journalisten nicht mitspielen, oder? Aber Moment! *Wenn* sich hier sonst nichts tut, erzählen Sie mir eben was über die Frau, ja? Mir ist alles recht, Hauptsache, man kann es verkaufen. ‹Die Romanze des Jahres – Sohn eines Peers verlobt sich mit Kriminalautorin› – immerhin besser als gar nichts. *Irgendeine* Geschichte muß ich schließlich mit nach Hause bringen.»

«Reißen Sie sich zusammen, Sally», sagte Seine Lordschaft, «und lassen Sie Ihre Tintenpfoten von meinen Privatangelegenheiten. Kommen Sie aus dieser Höhle des Lasters, setzen Sie sich mit mir in eine gemütliche Ecke im Salon, dann bekommen Sie von mir eine hübsche kleine Geschichte, die Ihnen ganz allein gehört.»

«Das lobe ich mir», sagte Mr. Hardy gerührt, «daran erkennt man einen guten alten Freund. Einen Freund soll man nie in der Tinte sitzenlassen, auch wenn er nur ein armseliger kleiner Reporter ist. *Noblesse oblige.* Das habe ich zu den anderen Trotteln gesagt. ‹Ich halte mich an Peter›, hab ich gesagt, ‹denn Peter ist für mich Geld wert. Er würde nie mit ansehen, wie ein arbeitsamer Mensch seine Stellung verliert, weil er nichts Gescheites hat, worüber er schreiben kann.› Aber diese neuen Leute, die haben keine Energie, keinen Mumm. Fleet Street geht vor die Hunde, hol's der Teufel. Von der alten Garde ist da keiner mehr außer mir. Ich weiß, wo Neuigkeiten zu holen sind, und ich weiß auch, wie ich darankomme. Ich hab mir gesagt, halte dich an den guten Peter, hab ich gesagt, und demnächst kriegst du von ihm eine Geschichte.»

«Feiner Kerl!» sagte Wimsey. «Möge es uns nie an einem guten Freund oder an einer guten Geschichte für ihn mangeln. Sind Sie halbwegs nüchtern, Sally?»

«Nüchtern?» rief der Journalist empört. «Haben Sie schon mal einen Zeitungsmann erlebt, der nicht stocknüchtern war, wenn ihm einer was zu erzählen hatte? Ich bin vielleicht kein Abstinenzler, aber jederzeit sicher genug auf den Beinen, um einer guten Geschichte nachzulaufen, und was will man mehr?»

Wimsey bugsierte seinen Freund behutsam an einen Tisch im Salon.

«So, da wären wir», sagte er. «Und nun schreiben Sie mal schön mit und sehen Sie zu, daß das Ding in Ihrem Käseblatt gut aufgemacht wird. An Beiwerk können Sie einflicken, was Sie wollen.»

Hardy hob ruckartig den Kopf.

«Aha!» sagte er. «Hintergedanken, wie? Keine reine Freundschaft. Vaterlandsliebe genügt nicht. Ach was – wenn's nur eine gute Geschichte ist und exklusiv dazu, dann ist das Motiv irrile... irreli... blödes Wort! – nicht so wichtig.»

«So ist es», sagte Wimsey. «Also, schreiben Sie. ‹Das Rätsel um den grausigen Tod auf dem Satans-Bügeleisen wird immer verworrener, je mehr man sich um seine Auflösung bemüht. Was zunächst wie ein gewöhnlicher Fall von Selbstmord aussah, erweist sich –›»

«Schon gut», rief Hardy dazwischen. «Das kann ich allein. Wo bleibt die Geschichte?»

«Gleich. Aber reiten Sie schön auf der Rätselhaftigkeit herum. Weiter jetzt: ‹Lord Peter Wimsey, der berühmte Amateurdetektiv, sagte im Gespräch mit unserem Sonderkorrespondenten in seinem komfortablen Zimmer im Hotel Bellevue –› »

«Ist das komfortable Zimmer wichtig?»

«Die Adresse ist wichtig. Die sollen wissen, wo sie mich finden.»

«In Ordnung. Weiter.»

«‹– im Hotel *Bellevue* in Wilvercombe, daß die Polizei zwar nach wie vor fest an Selbstmord glaube, er selbst jedoch in keiner Weise überzeugt sei. Besonders störe ihn an dieser Theorie, daß das Verbrechen –› »

«Verbrechen?»

«Selbstmord ist in England auch ein Verbrechen.»

«Stimmt. Weiter»

«‹– daß das Verbrechen mit einem Rasiermesser begangen wurde, das Spuren von starkem Gebrauch aufweist, während der Verstorbene einen Vollbart trug und sich höchstwahrscheinlich noch nie in seinem Leben rasiert hat.› Reiten Sie kräftig darauf herum, Sally. ‹Der Weg dieses Rasiermessers wurde bis zu dem Punkt verfolgt –› »

«Von wem?»

«Von mir.»

«Kann ich das schreiben?»

«Meinetwegen.»

«Hört sich besser an. ‹Lord Peter Wimsey erklärte mit seinem charakteristischen bescheidenen Lächeln, daß er selbst sich die Mühe gemacht habe, die Herkunft des Rasiermessers zu ergründen. Die Suche führte ihn nach –› Wohin hat die Suche Sie geführt, Wimsey?»

«Das verraten wir lieber nicht. Schreiben Sie, die Suche habe über mehrere hundert Meilen geführt.»

«Gut. Das kann ich besonders herausstellen. Noch was?»

«Ja. Das Wichtige kommt erst noch. Das sollen sie fett drucken, verstanden?»

«Ist nicht meine Sache. Das macht der Redakteur. Aber ich werd's versuchen. Also weiter: ‹Lord Peter sagte, über den Tisch gelehnt und jedes Wort mit einer beredten Geste seiner gepflegten Hände unterstreichend –› »

«‹Die Spur› », diktierte Wimsey, «‹bricht an der entscheidenden Stelle ab. *Wie ist das Rasiermesser in Paul Alexis' Hände gelangt?* Wenn ich darauf eine befriedigende Antwort bekäme, wären meine Zweifel ein für allemal ausgeräumt. *Wenn nachgewiesen werden könnte, daß Paul Alexis das Rasiermesser gekauft hat, würde ich die Selbstmordtheorie als hieb- und stichfest bewiesen ansehen.* Solange aber dieses fehlende Glied in der Beweiskette nicht beigebracht wird, *gehe ich davon aus, daß Paul Alexis brutal und heimtükkisch ermordet wurde,* und ich werde keine Mühe scheuen, um den Mörder der Strafe zuzuführen, die er gerechterweise verdient.› Wie klingt das, Sally?»

«Nicht schlecht. Daraus kann ich was machen. Ich werde natürlich hinzufügen, daß Sie eingedenk der weiten Verbreitung des *Morning Star* auf den großen Leserkreis bauen, den diese Veröffentlichung erreichen wird und so weiter und so fort. Vielleicht kriege ich die Redaktion sogar dazu, eine Belohnung auszusetzen.»

«Warum nicht? Jedenfalls servieren Sie das den Lesern mit Pfeffer und Paprika, Sally.»

«Mach ich – zum Guten wie zum Bösen, zum Nutzen wie zum Schaden. Aber unter uns, wären Sie wirklich von Selbstmord überzeugt, wenn einer käme und die Belohnung kassieren wollte?»

«Das weiß ich noch nicht», sagte Wimsey. «Wahrscheinlich nicht. Ich bin ja nie so leicht zu überzeugen.»

12

Das Zeugnis des Sohnes der Braut

Wie sehr verachte ich
All solche bloßen Muskelmänner!
Death's Jest-Book

MONTAG, 22. JUNI

Wimsey sah auf die Uhr. Es war halb zwei, und er hatte noch nicht zu Mittag gegessen. Dem half er rasch ab, dann nahm er den Wagen und fuhr nach Darley. Am Darley Halt mußte er ein paar Augenblicke warten, bis die Schranke geöffnet wurde, und nutzte die Gelegenheit, um die Ermittlungsergebnisse der Polizei nachzuprüfen. Er stellte fest, daß der lahme Schrankenwärter den geheimnisvollen Mr. Martin vom Sehen kannte – er war ihm sogar einmal in der Bar der *Drei Federn* begegnet. Ein netter Herr, mit einer so herzlichen Art. Er hatte irgend etwas mit den Augen, das ihn zwang, eine Sonnenbrille zu tragen, aber trotzdem war er ein sehr netter Herr. Der Schrankenwärter war ganz sicher, daß Mr. Martin am Donnerstag zu keiner Zeit hier den Bahnübergang überquert hatte – das heißt, weder mit einem Auto oder Fuhrwerk noch mit einem Fahrrad. Ob er auch nicht zu Fuß vorbeigekommen sei, wolle er nicht beschwören, und das könne man ja auch nicht von ihm erwarten.

Hier aber trat plötzlich eine neue Zeugin auf: des Schrankenwärters Töchterlein Rosie, «demnächst fünf, und wunderbar fix für ihr Alter», wie ihr Vater stolz bemerkte. Sie betonte mit Nachdruck, daß «der gräßliche Mann mit der schwarzen Brille» sich am Donnerstag in der fraglichen Zeit nicht am Bahnübergang hatte sehen lassen. Rosie kannte ihn und konnte ihn nicht leiden, denn sie hatte ihn am Tag zuvor im Dorf gesehen, und seine schreckliche dunkle Brille hatte ihr angst gemacht. Sie und ihre Freundin hätten am Donnerstag am Bahnübergang «Blaubart» gespielt. Sie wisse, daß es der Donnerstag war, weil da Markttag war und der Zehn-Uhr-fünfzehn-Zug hier hielt. Sie war Schwester Anna auf dem Turm gewesen und hatte ihrer Gefährtin immer zugerufen, wenn sie jemanden die Straße entlangkommen sah. Sie hatten dort von nach dem Mittagessen (laut Schrankenwärter 12 Uhr 30) bis kurz vor dem Tee (vier Uhr) gespielt. Sie wußte ganz genau, daß der gräßliche Mann nicht durch die Fußgängerschleuse gekommen war, sonst wäre sie nämlich weggelaufen.

Damit war die letzte entfernte Möglichkeit dahin, daß der geheimnisvolle Mr. Martin die *Drei Federn* doch früher als angenommen verlassen haben könnte, um bis zum Bahnübergang zu Fuß zu gehen und sich von dort von einem Wagen mitnehmen zu lassen. Wimsey bedankte sich bei Rosie mit einem halben Shilling und fuhr weiter.

Sein nächster Anlaufhafen waren natürlich die *Drei Federn*. Mr. Lundy, der Wirt, war zu Auskünften gern bereit. Was er dem Inspektor gesagt habe, sei vollkommen richtig. Er habe Mr. Martin zum erstenmal am Dienstag gesehen – das sei am 16. gewesen. Mr. Martin sei gegen sechs Uhr abends angekommen, habe seinen Morgan auf dem Dorfanger abgestellt und sei hereingekommen, um ein Glas Bier zu trinken und sich nach dem Weg zu Mr. Goodrich zu erkundigen. Wer war Mr. Goodrich? Nun, Mr. Goodrich war der Mann, dem das Grundstück am Hinks's Lane gehörte, auf dem Mr. Martin zelten wollte. Das ganze Land da in der Gegend gehörte Mr. Goodrich.

«Eines möchte ich gern genau wissen», sagte Wimsey. «Ist Mr. Martin aus Richtung Hinks's Lane gekommen, oder woher kam er?»

«Nein, Sir, er ist auf der Straße von Heathbury gekommen und hat, wie gesagt, seinen Wagen auf dem Anger abgestellt.»

«Ist er dann sofort hier hereingekommen?»

«Geradewegs wie die Schwalbe ins Nest», antwortete Mr. Lundy bildhaft. «Wir hatten ja geöffnet, Sir.»

«Und hat er irgendwen gefragt, wo er hier zelten kann, oder hat er sich gleich nach Mr. Goodrich erkundigt?»

«Er hat sonst überhaupt nichts gefragt, Sir. Nur nach Mr. Goodrichs Haus.»

«Dann kannte er also Mr. Goodrichs Namen?»

«Scheint so, Sir.»

«Hat er gesagt, er wolle Mr. Goodrich sprechen?»

«Nein, Sir. Er hat nur nach dem Weg gefragt, hat sein Bier ausgetrunken und ist wieder weggefahren.»

«Wie ich höre, hat er letzten Donnerstag hier zu Mittag gegessen?»

«Richtig, Sir. Da ist er mit einer Dame in einem großen offenen

Auto gekommen. Sie hat ihn vor der Tür abgesetzt und ist weitergefahren, und er ist reingekommen und hat sich zum Mittagessen hingesetzt.» Der Wirt meinte, das müsse so gegen ein Uhr gewesen sein, aber das könne das Mädchen genauer sagen als er.

Das Mädchen wußte alles. Ja, wie sie schon zu Inspektor Umpelty gesagt habe, sei er etwa um zehn vor eins gekommen. Er habe ihr gegenüber erwähnt, daß er in Wilvercombe gewesen sei, und nun wolle er zur Abwechslung mal in den *Drei Federn* essen. An seinem Wagen sei etwas kaputt, und ein vorbeikommendes Auto habe ihn mit nach Wilvercombe genommen und wieder zurückgebracht. Ja, er habe mit gutem Appetit gegessen: Hammelkeule mit Kartoffeln und Kohl und anschließend Rhabarberkompott.

Wimsey schüttelte sich bei dem Gedanken an Hammelbraten mit Kohl an einem glühendheißen Junitag und fragte, wann Mr. Martin das Lokal denn wieder verlassen habe.

«Es muß um halb zwei gewesen sein, Sir, nach der richtigen Zeit. Unsere Uhren gehen nämlich alle zehn Minuten vor, genau wie die Uhr in der Bar, die jeden Tag nach dem Radio gestellt wird. Ich weiß nicht, ob Mr. Martin sich beim Hinausgehen noch in der Bar aufgehalten hat, aber halb zwei war's, als er hier sein Essen bezahlt hat. Da kann ich mich gar nicht irren, Sir, denn es war mein freier Nachmittag, und mein Freund wollte mit mir mit dem Motorrad nach Heathbury, und da hab ich sozusagen die Uhr nicht aus den Augen gelassen, um zu sehen, wann ich mit der Arbeit fertig sein würde. Nach Mr. Martin war keiner mehr gekommen, darum konnte ich dann hier verschwinden und mich umziehen gehen, was mich sehr gefreut hat.»

Das war deutlich genug. Mr. Martin hatte mit Bestimmtheit die *Drei Federn* nicht vor halb zwei verlassen. Zweifellos war er nicht Paul Alexis' Mörder. Aber da Wimsey nun einmal damit angefangen hatte, war er auch entschlossen, die Ermittlungen bis zum bitteren Ende durchzuführen. Er hielt sich vor, daß Alibis schließlich dazu da waren, geknackt zu werden. Also wollte er eben davon ausgehen, daß Mr. Martin mittels eines fliegenden Teppichs oder einer anderen Apparatur auf wundersame Weise zwischen halb zwei und zwei Uhr von Darley zum Bügeleisen transportiert worden war. Wenn ja, war er dann nachmittags wiedergekommen, und wenn ja, um welche Zeit – und wie?

Es gab nicht allzu viele Häuser in Darley, und eine Tür-zu-Tür-Umfrage schien eine, wenn auch mühsame, so doch sichere und zuverlässige Methode zu sein, um Antwort auf diese Fragen zu bekommen. Er krempelte die Ärmel hoch und machte sich ans Werk. Die Dorfbewohner zum Reden zu bringen, war nicht schwer. Paul Alexis' Tod war ein Lokalereignis von großer Bedeutung, bedeutender fast noch als das Cricketspiel vom letzten Samstag und der revolutionäre Vorschlag, das ausgediente Versammlungshaus der Quaker zu einem Kino umzubauen; das Eintreffen der Polizei aus Wilvercombe, die sich nach Mr. Martins Woher und Wohin erkundigte, hatte die Erregung bis zum Siedepunkt gesteigert. Wenn so etwas geschah, konnte Darley sich eine Chance ausrechnen, noch einmal in die Zeitung zu kommen. Darley war in diesem Jahr schon einmal in die Zeitung gekommen, als Mr. Gubbins, der Kirchendiener, in der Großen Staatslotterie einen Trostpreis gewonnen hatte. Die sportliche Hälfte von Darley hatte sich gefreut und ihn beneidet; die fromme Hälfte hatte absolut nicht verstehen können, daß der Vikar diesem Kirchendiener nicht sofort das Privileg entzogen hatte, den Teller herumzureichen und auf der Kirchenratsbank zu sitzen, und fand, daß Mr. Gubbins, indem er ein Zehntel von seinem Gewinn für die Restaurierung der Kirche stiftete, sich zur Ausschweifung auch noch die Sünde der Heuchelei aufgeladen hatte. Nun aber, da man hoffen durfte, unwissentlich einen Engel der Finsternis beherbergt zu haben, sah man sich schon fast zu Berühmtheit aufsteigen. Wimsey traf nicht wenige, denen Mr. Martins Verhalten schon merkwürdig und sein Gesicht nicht ganz geheuer vorgekommen war, was sie ihm in großer Ausführlichkeit erklärten. Aber erst nach fast zwei Stunden geduldiger Suche entdeckte er endlich jemanden, der Mr. Martin am Donnerstagnachmittag tatsächlich gesehen hatte. Natürlich war das der Mann, zu dem jeder als erstes gegangen wäre – nämlich der Besitzer jenes kleinen Wellblechbungalows, der als Reparaturwerkstatt diente, und daß Wimsey diese Information nicht schon viel früher erhielt, lag einzig daran, daß er besagten Werkstattbesitzer – einen Mr. Polwhistle – bei seinem ersten Besuch nicht zu Hause angetroffen hatte, weil dieser auf einem benachbarten Bauernhof einem Benzinmotor einen Krankenbesuch machte und nur eine junge Frau zur Bedienung der Tankstelle zurückgelassen hatte.

Als Mr. Polwhistle in Begleitung eines jugendlichen Mechanikers wiederkam, war seine Mitteilsamkeit geradezu entmutigend. Mr. Martin? – O ja. Er (Mr. Polwhistle) habe ihn tatsächlich am Donnerstagnachmittag gesehen. Mr. Martin sei um – war's nicht so gegen drei Uhr, Tom? – ja, so gegen drei Uhr sei er gekommen und habe sie gebeten, mitzukommen und sich einmal seinen Morgan anzusehen. Sie seien hingegangen und hätten festgestellt, daß der Morgan nicht anspringen wollte, nicht für gute Worte. Nach längerem Suchen und redlichem Bemühen mit der Starterkurbel seien sie zu dem Schluß gekommen, daß etwas mit der Zündung nicht in Ordnung sei. Sie hätten alles ausgebaut und angeschaut, und plötzlich sei Mr. Polwhistle der Gedanke gekommen, daß es am Zündkabel liegen könne. Nachdem sie dieses herausgenommen und durch ein neues ersetzt hätten, sei der Motor wie von selbst angesprungen. Über den Zeitpunkt gebe es keinen Zweifel, denn Tom habe auf sein Arbeitsblatt eingetragen: 15 Uhr bis 16 Uhr.

Es war jetzt fast halb fünf, und Wimsey hatte das Gefühl, um diese Zeit eine gute Chance zu haben, Mr. Goodrich zu Hause anzutreffen. Man zeigte ihm den Weg – das große Haus an der ersten Abzweigung von der Straße nach Wilvercombe –, und er fand den braven Mann im Kreise seiner Familie an einem mit Brot, Gebäck, Honig und Devonshire-Sahne wohlgedeckten Tisch.

Mr. Goodrich, ein kräftiger, gesunder Gutsherr alter Schule, war gern bereit, zu helfen, soweit es in seiner Macht stand. Mr. Martin war am Dienstagabend gegen sieben Uhr zu ihm gekommen und hatte ihn gebeten, am hinteren Ende des Hinks's Lane zelten zu dürfen. Woher übrigens der Name Hinks's Lane? Ach ja, dort habe früher mal ein Häuschen gestanden, das einem alten Mann namens Hinks gehört habe – ein Original – las regelmäßig jedes Jahr einmal die Bibel von vorn bis hinten durch, und hoffentlich hat es ihm was genützt, denn er war zeit seines Lebens ein Taugenichts gewesen. Aber das war vor Urzeiten, und das Häuschen war jetzt verfallen. Niemand ging mehr dorthin, außer zum Zelten. Mr. Martin hatte nicht nach einem Platz zum Zelten gefragt, sondern von vornherein gebeten, am Hinks's Lane zelten zu dürfen – ja, er hatte ausdrücklich den Namen genannt. Mr. Goodrich hatte Mr. Martin noch nie zuvor gesehen, und er (Mr. Goodrich) wußte immer ziemlich genau, was im Dorf vorging. Er war fast hundertprozentig sicher, daß Mr. Martin noch nie zuvor in Darley gewesen war. Zweifellos mußte ihm jemand vom Hinks's Lane erzählt haben – dorthin kamen regelmäßig Leute zum Zelten. Da unten waren sie niemandem im Wege, und dort konnten sie auch keine Flurschäden anrichten und keine Gatter offen lassen, höchstens mal über Bauer Newcombes Wiese laufen, die gleich hinter der Hecke anfing, aber dafür gab es gar keinen Grund, denn die Wiese führte nirgendshin. Der Bach, der durch die Wiese lief, mündete keine fünfzig Meter vom Zeltplatz entfernt auf den Strand, und das Wasser war trinkbar, außer natürlich bei Hochflut, dann war es brackig. Wenn Mr. Goodrich es sich jetzt recht überlegte, glaubte er sich zu erinnern, daß Mr. Newcombe sich über ein Loch in seiner Hecke beschwert hatte, aber das wußte er nur von Geary, dem Schmied, der ein notorischer Schwätzer war, und er (Mr. Goodrich), konnte sich nicht vorstellen, was dieses Loch mit Mr. Martin zu tun haben sollte. Mr. Newcombe hielt seine Hecken und Zäune nicht gerade vorbildlich in Schuß, und wenn Löcher darin waren, kam es eben vor, daß Tiere ausbrachen. Davon abgesehen wußte er (Mr. Goodrich) nichts Nachteiliges über Mr. Martin. Er schien sich ruhig verhalten zu haben, und überhaupt lag der Hinks's Lane außer Sicht- und Hörweite vom Dorf, so daß einer, der dort zeltete, überhaupt niemanden stören konnte. Manche von ihnen brachten Grammophone oder Ziehharmonikas oder Ukulelen mit, je nach Geschmack und sozialer Stellung, aber Mr. Goodrich hatte nichts dagegen, wenn sie sich amüsierten, solange sie nur niemanden störten. Er verlangte nie ein Entgelt dafür, daß jemand auf seinem Grund und Boden zeltete – *ihm* tat es schließlich nicht weh, und er sah nicht ein, warum er Geld dafür nehmen sollte, daß er den armen Teufeln, die in der Stadt leben mußten, dazu verhalf, einmal ein bißchen frische Luft zu schnuppern und einen Schluck Wasser zu trinken. Gewöhnlich bat er sie nur, den Platz so sauber wie möglich wieder zu verlassen, und normalerweise gab es da auch niemals irgendwelche Anstände.

Wimsey bedankte sich bei Mr. Goodrich und nahm seine freundliche Einladung zum Tee an. Um sechs Uhr verabschiedete er sich, wohlgesättigt von Teegebäck und Sahne, und hatte gerade noch ein bißchen Zeit, dem Zeltplatz einen Besuch abzustatten und so das Kapitel Mr. Martin abzurunden. Er fuhr den steinigen kleinen Weg hinunter und traf bald auf Spuren von Mr. Martins jüngst erfolgtem Aufenthalt. Der Weg mündete auf einer ebenen, mit Grasbüscheln bewachsenen Fläche, hinter der ein Gürtel aus Steinen und Geröll sanft zum Meer abfiel. Die Flut war zu drei Vierteln zurückgekehrt, und der Strand wurde, je näher er dem Wasser kam, immer glatter; wahrscheinlich fand man bei Ebbe einen schmalen Streifen reinen Sandes vor.

Die Radspuren des Morris waren auf dem groben Rasen noch schwach zu sehen, und ein Ölfleck zeigte an, wo er abgestellt gewesen war. Ganz in der Nähe befanden sich noch die Löcher von den Pflöcken eines kleinen Einmannzelts. In der Asche eines vollständig heruntergebrannten Holzfeuers lag ein Stück fettiges, zusammengeknülltes Zeitungspapier, mit dem offensichtlich eine Bratpfanne ausgewischt worden war. Ein wenig widerstrebend zog Wimsey das eklige Papier auseinander und warf einen Blick auf das Kopfende. Es war der *Morning Star* vom Donnerstag; nichts weiter Aufregendes daran. Eine sorgsame Suche in der Asche förderte keine blutgetränkten Kleidungsreste zutage – nicht einmal einen Knopf –, keine halbverbrannten Papiere, die einen Hinweis auf Mr. Martins wahre Identität und Adresse gegeben hätten. Das einzige, was irgendwie bemerkenswert erschien, war ein etwa acht Zentimeter langes, an beiden Enden stark versengtes Stück von einem dünnen Seil. Wimsey steckte es ein, da er nichts Besseres damit anzufangen wußte, und suchte weiter.

Mr. Martin war im großen und ganzen ein ordentlicher Zeltplatzbenutzer gewesen und hatte keine allzu deutlich sichtbaren Abfallhaufen hinterlassen. Freilich, auf der rechten Seite des Zeltplatzes stand das Überbleibsel einer verkümmerten Dornenhecke, die einmal das Häuschen des alten Mr. Hinks umgeben hatte, und halb vergraben unter dieser Hecke fand Wimsey ein ekelerregendes Versteck: leere Konservendosen und Flaschen in großer Zahl, einige neueren Datums, andere offensichtlich schon von früheren Zeltplatzbenutzern hier zurückgelassen; die Kanten einiger Brotlaibe, Knochen von einem Lammkotelett, ein altes Kochgeschirr mit einem Loch im Boden, eine halbe Krawatte, eine Rasierklinge (noch scharf genug, um sich damit in die Finger zu schneiden) und eine mausetote Möwe. Eine sorgfältige, den Rücken strapazierende Suche auf dem ganzen Zeltplatz belohnte den eifrigen Spürhund ferner mit einer unmäßigen Menge abgebrannter Streichhölzer, sechs leeren Streichholzschachteln einer ausländischen Marke, Tabakresten aus mehreren Pfeifen, drei Haferkörnern, einem zerrissenen Schnürsenkel (braun), den Stengeln von etwa einem Pfund Erdbeeren, sechs Pflaumenkernen, einem Bleistiftstumpf, einer verbogenen Reißzwecke, fünfzehn Bierflaschenverschlüssen, einem Flaschenöffner. Auf dem harten Rasen fanden sich keine identifizierbaren Fußspuren.

Müde und erhitzt sammelte Lord Peter seine Beute ein und streckte die verkrampften Glieder. Der Wind, der immer noch stark vom Meer herüberblies, tat seiner verschwitzten Stirn wohl, mochte er die Bergungsbemühungen des Inspektors noch so sehr stören. Der Himmel war bewölkt, aber solange der Wind wehte, würde es wohl so bald nicht regnen, und darüber war er froh, denn

Regen konnte er nicht brauchen. In seinem Kopf formte sich eine noch unbestimmte Idee. Morgen wollte er mit Harriet Vane einen Spaziergang machen. Im Augenblick konnte er hier nichts mehr tun. Also wollte er zurückfahren, sich umziehen, essen und wieder ein normaler Mensch sein.

Er fuhr nach Wilvercombe.

Nachdem er ein heißes Bad genommen und ein frisches Hemd und darüber einen Smoking angezogen hatte, fühlte er sich wieder wohler und rief im *Resplendent* an, um Harriet zu bitten, mit ihm zu Abend zu essen.

«Tut mir leid, ich glaube, ich kann nicht. Ich esse schon mit Mrs. Weldon und ihrem Sohn.»

«Ihrem Sohn?»

«Ja; er ist vorhin angekommen. Kommen Sie doch nach der Fütterung mal her, um ihn kennenzulernen.»

«Ich weiß nicht so recht. Was ist er für einer?»

«Äh, ja – ja, er ist hier und möchte sehr gern Ihre Bekanntschaft machen.»

«Aha, verstehe. Man hört uns zu. Dann komme ich am besten und sehe ihn mir mal an. Sieht er gut aus?»

«Doch, ziemlich! Kommen Sie so gegen Viertel vor neun.»

«Na, dann sagen Sie ihm aber lieber gleich, daß wir verlobt sind, damit es mir erspart bleibt, ihn meuchlings ermorden zu müssen.»

«Sie kommen also? Wunderbar.»

«Wollen Sie mich heiraten?»

«Natürlich nicht. Wir erwarten Sie um Viertel vor neun.»

«Na schön, und hoffentlich bleibt Ihnen der Bissen im Halse stecken.»

Wimsey verzehrte nachdenklich sein einsames Mahl. War er das also? Der Sohn, der kein Herz für seine Mutter hatte? Was tat er hier? Hatte er plötzlich doch ein Herz für sie entdeckt? Hatte sie nach ihm geschickt oder ihn gar durch finanziellen Druck oder sonstwie zum Kommen gezwungen? War er vielleicht ein neuer Faktor in der Rechnung? Er war der einzige Sohn, und sie war eine reiche Witwe. Hier gab es immerhin einen Menschen, dem Paul Alexis' Verschwinden als ein Gottesgeschenk erscheinen mußte. Den Mann mußte man sich ganz gewiß ansehen.

Er ging nach dem Essen ins *Resplendent*, wo man ihn bereits im Salon erwartete. Mrs. Weldon, die ein einfaches «kleines Schwarzes» trug und darin so alt aussah, wie sie war, begrüßte Wimsey überschwenglich.

«Mein lieber Lord Peter! Ich bin ja so froh, daß Sie kommen. Darf ich Ihnen meinen Sohn Henry vorstellen? Ich habe ihm geschrieben und ihn gebeten, herzukommen und uns über diese schreckliche Zeit hinwegzuhelfen, und es war so *lieb* von ihm, daß er seine Arbeit liegengelassen hat und gleich zu mir gekommen ist. Wirklich sehr lieb von dir, Henry. Ich habe Henry gerade erzählt, wie freundlich Miss Vane zu mir war, und *wie sehr* Sie beide sich bemühen, Pauls Andenken von jedem Makel zu befreien.»

Harriet hatte ihn nur ärgern wollen. Henry war alles andere als eine Schönheit, wenngleich er ein gesundes, kräftiges Exemplar seiner Gattung darstellte. Er war etwa einsachtzig groß, schwer gebaut, mit ziegelrotem Allwettergesicht. Der Smoking stand ihm nicht, weil die breiten Schultern und kurzen Beine ihn etwas oberlastig wirken ließen; wahrscheinlich sah er in einem Tweedanzug mit Gamaschen noch am besten aus. Sein ziemlich grobes, stumpfes Haar war mausbraun und ließ erahnen, wie die Haare seiner Mutter einmal ausgesehen haben mochten, bevor sie zum erstenmal mit Wasserstoffsuperoxyd in Berührung kamen. Eigentlich war er auf merkwürdige Weise seiner Mutter ganz ähnlich; er hatte die gleiche flache, schmale Stirn und das gleiche lange, trotzige Kinn. Allerdings erzeugte dies bei seiner Mutter eher den Eindruck eines schwachen, verträumten Eigensinns, beim Sohn dagegen den einer sturen, phantasielosen Bockigkeit. Wimsey hatte vom Äußerlichen her nicht das Gefühl, daß dieser Mann einen Paul Alexis willig als Stiefvater akzeptiert hätte; gewiß hatte er gar nichts übrig für die sterile Romanze einer Frau, die über das Gebäralter hinaus war. Wimsey, der ihn mit weltmännisch erfahrenem Blick abschätzte, stufte ihn als einen Gentleman-Landwirt ein, der nicht ganz ein Gentleman und kein besonderer Landwirt war.

Im Augenblick schienen Henry Weldon und seine Mutter sich aber trotz allem hervorragend zu verstehen.

«Henry ist so glücklich», sagte Mrs. Weldon, «daß Sie hier sind und uns helfen wollen, Lord Peter. Dieser Polizist ist ja so dumm. Er scheint kein Wort von allem zu glauben, was ich ihm sage. Natürlich ist er ein sehr wohlmeinender, ehrlicher Mann und *überaus* höflich, aber wie könnte so einer schließlich einen Menschen wie Paul verstehen? *Ich* habe Paul gekannt, und Henry hat ihn gekannt, nicht wahr, Henry?»

«O ja», sagte Henry, «natürlich. Sehr netter Kerl.»

«Henry weiß, wie *uneingeschränkt* Paul an mir hing. *Du* weißt doch, nicht wahr, Henry, daß er sich *nie* das Leben genommen hätte und so von mir gegangen wäre, ohne ein Wort zu sagen. Es tut mir weh, wenn die Leute so etwas sagen – ich glaube, ich könnte –»

«Nun, Mutter, es ist ja schon gut», murmelte Henry, dem der Gedanke an einen Gefühlsausbruch, womöglich einen Zusammenbruch in aller Öffentlichkeit offenbar peinlich war. «Du mußt versuchen, damit zu leben. Wir wissen natürlich alle, daß Alexis ein ordentlicher Kerl war. Er hat dich sehr gern gehabt, aber ja doch, natürlich. Die Polizei ist immer so dumm. Mach dir da nichts draus.»

«Nein, mein Junge, entschuldige», sagte Mrs. Weldon und tupfte sich mit einem Taschentüchlein kleinlaut die Augen ab. «Es war so ein Schock für mich. Aber ich darf jetzt nicht schwach sein und mich albern aufführen. Wir müssen alle tapfer sein und arbeiten und etwas dagegen *tun.*»

Wimsey meinte, daß ihnen allen eine kleine Stärkung guttun würde. Henry und er könnten ja mal der Bar einen männlichen Besuch abstatten und auf dem Weg dorthin dem Kellner auftragen, sich der Damen anzunehmen. Er fand, er könne Henry in einem Gespräch unter vier Augen wahrscheinlich besser sezieren.

Als die beiden Männerrücken in Richtung Bar entschwanden, richtete Mrs. Weldon ihren kummervollen Blick auf Harriet.

«Wie nett dieser Lord Peter ist», meinte sie, «und welch ein Glück für uns, daß wir beide einen Mann haben, auf den wir uns stützen können.»

Diese Bemerkung kam gar nicht gut an; Harriet wandte den Blick von Lord Peters Rücken, auf dem er aus unerklärlichen Gründen geruht hatte, und runzelte die Stirn; aber Mrs. Weldon tönte unbeirrt weiter.

«Es ist schön, wie lieb alle zu einem sind, wenn man Kummer hat. Henry und ich sind uns nicht immer so nahegestanden, wie Mutter und Sohn einander nahestehen sollten. Er schlägt in mancher Hinsicht ganz nach seinem Vater, obwohl die Leute sagen, daß er mir ähnlich sieht, und als kleiner Junge hatte er die allerliebsten blonden Locken – ganz wie meine. Aber er liebt Bewegung und frische Luft – das sieht man ihm ja an, nicht wahr? Immer ist er draußen und kümmert sich um seinen Hof, und dadurch sieht er auch etwas älter aus, als er eigentlich ist. In Wirklichkeit ist er noch ein ganz junger Mann – ich war doch noch ein Kind, als ich heiratete, wie ich Ihnen schon einmal gesagt habe. Aber obwohl wir uns, wie gesagt, nicht immer so gut verstanden haben, wie man wünschen würde, ist er jetzt in dieser traurigen Geschichte *so lieb* zu mir. Als ich ihm schrieb und ihm schilderte, wie schrecklich *weh* es mir tut, was hier alles über Paul gesagt wird, ist er *sofort* gekommen, um mir beizustehen, und dabei weiß ich doch, wie furchtbar viel er gerade jetzt zu tun haben muß. Ich glaube wirklich, daß der Tod des armen Paul uns einander nähergebracht hat.»

Harriet meinte, das müsse ein großer Trost für Mrs. Weldon sein. Was hätte sie sonst antworten sollen?

Henry trug indessen Lord Peter seine eigenen Ansichten zu dem Thema vor.

«War schon ein schwerer Schlag für das alte Mädchen», bemerkte er über einem Glas Scotch. «Sie nimmt's sehr schwer. Aber unter uns, es ist doch am besten so. Wie soll eine Frau in ihrem Alter mit so einem Kerl glücklich werden? Wie? Ich kann diese Hopphoppskis sowieso nicht ausstehen, und dabei hat sie gut und gern ihre siebenundfünfzig Jahre. Ich selbst bin ja schon sechsunddreißig. Bin noch mal gut davongekommen. Man gibt schon eine komische Figur ab, wenn einem die Mutter einen zwanzigjährigen Salonlöwen als Stiefvater vorsetzen will. Wahrscheinlich ist das hier schon überall rum. Wetten, daß sie hinter meinem Rücken alle grinsen? Sollen sie grinsen. Ist sowieso vorbei. Das Knäblein dürfte sich wohl selbst um die Ecke gebracht haben, wie?»

«Es sieht so aus», räumte Wimsey ein.

«Hat wahrscheinlich den Gedanken nicht ertragen können, was? Selber schuld. Sicher pfiff er auf dem letzten Loch, der arme Teufel! Dabei ist das alte Mädchen gar nicht so übel. Hätte den Burschen ganz schön verwöhnt, wenn er sich an die Abmachung gehalten hätte. Aber man kann ja diesen Ausländern nie trauen. Wie die Collies – lecken einem die Stiefel, im nächsten Augenblick beißen sie. Ich persönlich mag Collies nicht. Da ist mir ein anständiger Bullterrier jederzeit lieber.»

«Natürlich – so richtig britisch, nicht?»

«Hab mir gedacht, ich flitze am besten mal hin, um die Gute wieder aufzumuntern. Und damit sie mit diesem Bolschewikenquatsch mal aufhört. Das bringt doch nichts, wenn sie ihre Zeit mit so spleenigen Ideen vertut. Am Ende dreht sie uns noch durch. Wenn eine Frau sich so was erst mal in den Kopf gesetzt hat, treibt man es ihr schwer wieder aus. Das ist auch so eine Manie, wie Frauenrechte und Kartenlegen.»

Wimsey pflichtete ihm vorsichtig bei, daß eine unvernünftige Überzeugung sich im Laufe der Zeit zu einer fixen Idee entwickeln könne.

«Genau das meine ich. Sie haben das richtige Wort gesagt – fixe Idee, jawohl. Ich kann es einfach nicht haben, daß sie ihre Zeit und ihr Geld für eine fixe Idee verschwendet. Schauen Sie mal, Wimsey, Sie sind doch ein vernünftiger Mensch – gescheit und so weiter – könnten Sie ihr diese Bolschewikenidee nicht ausreden? Sie bildet sich nämlich irgendwie ein, daß Sie und diese Vane sie darin unterstützen. Aber lassen Sie sich von mir sagen, alter Freund, so was bringt nichts ein.»

Lord Peter hob leicht die Brauen.

«Na klar», fuhr Mr. Weldon fort, «ich verstehe schon Ihr Spiel. Sie sind scharf auf solche Sachen, und so was ist ja auch eine erstklassige Reklame und gibt Ihnen einen guten Vorwand, mit dem Mädchen herumzuziehen. Völlig klar. Aber es ist nicht ganz das Wahre, solche Spielchen mit meiner Mutter zu treiben, wenn Sie verstehen. Den Wink wollte ich Ihnen bloß mal geben. Sie nehmen mir's nicht übel?»

«Ich bin ganz und gar bereit», sagte Lord Peter, «alles zu nehmen, wie es kommt.»

Mr. Weldon sah ihn einen Augenblick verdutzt an, dann lachte er schallend los.

«Das ist gut», meinte er, «verdammt gut! Was hatten Sie? Martell Dreistern? He, Johnnie, noch mal dasselbe für den Herrn.»

«Nein, danke», sagte Wimsey. «Sie haben mich mißverstanden.»

«Ach, kommen Sie – noch ein Gläschen schadet nicht. Nein? Na gut, wenn Sie nicht wollen, wollen Sie nicht. Ich hatte einen Scotch mit Soda. Also, wir haben uns verstanden, ja?»

«O ja. Ich glaube, ich habe Sie genau verstanden.»

«Gut. Bin froh, daß ich die Gelegenheit hatte, Sie darüber mal aufzuklären. Das Ganze ist natürlich furchtbar lästig. Jetzt sitzen wir hier wahrscheinlich fest, bis sie die Leiche gefunden und eine Voruntersuchung abgehalten haben. Kann diese Kurorte nicht ausstehen. Zu Ihnen paßt so was wohl besser. Ich bin mehr für frische Luft, ohne Brimborium und Smokings.»

«Sehr richtig», sagte Wimsey.

«Finden Sie das auch? Ich hatte bei Ihnen mehr auf Westend getippt. Aber Sie sind wahrscheinlich auch so eine Art Sportsmann, wie? Jagen und Fischen und so, ja?»

«Ich bin früher Fuchsjagden geritten und schieße und angle heute noch ein wenig», sagte Wimsey. «Schließlich bin ich auf dem Lande aufgewachsen, nicht wahr? Unsere Familie besitzt Ländereien in den Shires, und unser Sitz ist Duke's Denver in Norfolk, an der Grenze zu den Fenmooren.»

«Ach ja, stimmt! Sie sind ja Denvers Bruder. War nie dort, aber ich wohne auch in diesem Teil der Welt – in Huntingdonshire, nicht weit von Ely.»

«Ja, die Gegend kenne ich sehr gut. Obstanbau. Ein bißchen flach, aber ungemein guter Boden.»

«Mit Landwirtschaft ist heute nichts mehr zu verdienen», grollte Mr. Weldon. «Nehmen Sie nur mal den ganzen russischen Weizen, den sie hier billig einführen. Als wenn nicht alles schon schlimm genug wäre, mit diesen Löhnen und Steuern und Abgaben und Zinsen und Versicherungsprämien. Ich habe zwanzig Hektar Weizen. Bis die eingefahren sind, haben sie mich schätzungsweise zwanzig Pfund pro Hektar gekostet. Und was kriege ich dafür? Wenn ich Glück habe, zwölf. Was diese verdammte Regierung sich vorstellt, wie da der Landwirt noch zurechtkommen soll, weiß ich auch nicht. Mir ist manchmal wahrhaftig danach, den ganzen Kram hinzuschmeißen und auszuwandern. Viel hält mich ja nicht. Gott sei Dank bin ich nicht verheiratet! Bin doch nicht verrückt. Wenn Sie einen Rat hören wollen, lassen Sie die Finger von den Frauen. Sie müssen es schlau angestellt haben, daß Sie noch von keiner erwischt worden sind. Und dabei sehen Sie so aus, als ob Sie ein ziemlich flottes Leben führen. Ein Glück für Sie, daß Ihr Bruder noch nicht so alt ist. Erbschaftssteuer und so. Daran kann ein Besitz zugrunde gehen. Aber ich fand immer, er ist ein prima Kerl für einen Herzog. Wie kommt er denn über die Runden?»

Wimsey erklärte ihm, daß die Denvers ihr Einkommen nicht vom Gut Denver bezögen, das eher Geld koste als einbringe.

«Aha, verstehe. Na, dann können Sie ja von Glück reden. Wenn einer heute von der Landwirtschaft leben will, muß er seine ganze Kraft hineinstecken.»

«Ja, ich glaube, Sie müssen ziemlich hart ran. Von morgens bis abends auf den Beinen. Nichts entgeht des Hausherrn scharfem Blick. So ähnlich, wie?»

«Äh – ja, ja.»

«Es muß ärgerlich für Sie sein, alles stehen- und liegenlassen zu müssen, um nach Wilvercombe zu kommen. Wie lange gedenken Sie hierzubleiben?»

«Äh –hm, das weiß ich noch nicht. Hängt von der Voruntersuchung ab, nicht? Ich hab natürlich jemanden, der nach dem Rechten sieht.»

«Eben. Und jetzt sollten wir wohl mal zu den Damen zurückgehen, nicht?»

«Ha!» Mr. Weldon bohrte ihm den Ellbogen in die Rippen. «Damen, so? Immer vorsichtig, mein Lieber. Sie kommen ins gefährliche Alter! Wenn Sie nicht aufpassen, hat man Sie eines schönen Tages am Wickel.»

«Oh, ich glaube, *ich* kann meinen Kopf schon aus der Schlinge halten.»

«Aus der – ach so, ja – aus der ehelichen Schlinge. Haha! Na gut. Dann gehen wir mal.»

Mr. Weldon wandte sich abrupt von der Bar ab. Wimsey, der sich die ganze Zeit vorhielt, daß die Fähigkeit, Beleidigungen zu schlucken, zum notwendigen Rüstzeug eines Detektivs gehöre, widerstand der Versuchung, seine Schuhspitze mit Mr. Weldons ausladendem Hinterteil in Kontakt zu bringen, und folgte ihm grübelnd.

Der Kellner teilte ihm mit, daß die Damen sich in den Tanzsalon begeben hätten. Henry knurrte etwas, war aber dann erleichtert, als er sah, daß seine Mutter nicht unter den Tanzenden war. Sie schaute nur zu, wie Harriet sich in ihrem weinroten Kleid in Mr. Antoines geübten Armen drehte. Wimsey bat Mrs. Weldon höflich um die Ehre, aber sie schüttelte den Kopf.

«Das könnte ich nicht. Nicht so bald. Überhaupt – nie mehr, jetzt nachdem Paul – aber ich habe zu Miss Vane gesagt, sie soll sich ruhig amüsieren und keine Rücksicht auf mich nehmen. Es ist ein Genuß zu sehen, wie glücklich sie ist.»

Wimsey nahm Platz und gab sich große Mühe, das Schauspiel von Harriets Glück zu genießen. Als der Quickstep sich dem Ende näherte, richtete Antoine es mit professionellem Takt so ein, daß sie den Tanz ganz in der Nähe des Tisches beendeten, dann verbeugte er sich elegant und zog sich diskret zurück. Harriet kam mit leicht geröteten Wangen an den Tisch und lächelte Lord Peter liebenswürdig zu.

«Ah, da sind Sie ja», sagte Seine Lordschaft.

Harriet wurde plötzlich bewußt, daß alle anwesenden Frauen heimlich oder in offener Neugier zu ihr und Wimsey blickten, und dieses Wissen machte sie übermütig.

«Ja», sagte sie, «da bin ich. Bei frivolem Tun. Sie wußten wohl gar nicht, daß ich das kann?»

«Ich habe stets vorausgesetzt, daß Sie alles können.»

«O nein. Ich kann nur, was ich gern tue.»

«Das werden wir gleich sehen.»

Das Orchester stimmte sanft eine verträumte Weise an. Wimsey trat auf Harriet zu und führte sie sicher bis mitten aufs Parkett. Während der ersten Takte hatten sie die ganze Tanzfläche für sich allein.

«Endlich», sagte Wimsey, «sind wir allein. Das ist keine originelle Feststellung, aber ich bin nicht in der Stimmung, Epigramme zu erfinden. Ich habe Qualen gelitten, und meine Seele ist wund. Und nun, da ich Sie für einen kurzen Augenblick für mich allein habe –»

«Nun?» sagte Harriet. Sie wußte gut, daß ihr weinrotes Kleid ihr stand.

«Was halten Sie von Mr. Henry Weldon?» fragte Wimsey.

«Oh!»

Das war eigentlich nicht die Frage, die Harriet erwartet hatte. Sie sammelte in aller Eile ihre Gedanken. Es war ungeheuer wichtig, daß sie die absolut leidenschaftslose Detektivin blieb.

«Seine Manieren sind widerlich», sagte sie, «und ich glaube, bei seinem Verstand lohnt es sich auch nicht länger zu verweilen.»

«Das ist es ja.»

«Was ist was?»

Wimsey beantwortete die Frage mit einer Gegenfrage.

«Warum ist er hier?»

«Sie hat ihn gerufen.»

«Schon, aber warum ist er hier? Ein plötzlicher Anfall von Sohnesliebe?»

«Sie glaubt es.»

«Glauben Sie es auch?»

«Es wäre möglich. Aber wahrscheinlicher ist, daß er es sich nicht mit ihr verderben will. Sie hat nämlich Geld.»

«Ganz recht. Komisch ist nur, daß ihm das jetzt erst eingefallen ist. Er sieht ihr sehr ähnlich, nicht?»

«O ja. So sehr, daß ich zuerst ein ganz merkwürdiges Gefühl hatte, als ob ich ihm schon einmal begegnet wäre. Meinen Sie, die beiden seien sich vielleicht zu ähnlich, um miteinander auszukommen?»

«Zur Zeit scheinen sie sich bestens zu verstehen.»

«Wahrscheinlich ist er froh, von Paul Alexis erlöst zu sein, und kann seine Freude nicht verhehlen. Besonders gewitzt ist er nicht.»

«So deutet es die weibliche Intuition?»

«Ach was, weibliche Intuition! Finden *Sie* ihn vielleicht romantisch oder undurchschaubar?»

«Nein, leider. Ich finde ihn nur beleidigend.»

«So?»

«Und ich wüßte gern, warum er das ist.»

Kurze Stille. Harriet fand, Wimsey habe jetzt sagen müssen: «Wie gut Sie tanzen.» Da er es nicht sagte, war sie mehr und mehr überzeugt, daß sie tanzte wie eine Wachspuppe mit Sägemehl in den Beinen. Wimsey hatte noch nie mit ihr getanzt, sie noch nie im Arm gehabt. Es hätte ein großer Augenblick für ihn sein müssen. Aber er schien mit den Gedanken ganz und gar bei der langweiligen Person eines ostanglischen Bauern zu sein. Sie bekam einen regelrechten Minderwertigkeitskomplex und stolperte über die Füße ihres Partners.

«Verzeihung», nahm Wimsey ritterlich die Schuld sofort auf sich.

«Meine Schuld», sagte Harriet. «Ich bin eine miserable Tänzerin. Geben Sie sich keine Mühe mit mir. Hören wir auf. Sie brauchen bei mir nicht den Höflichen zu spielen.»

Schlimmer und immer schlimmer. Jetzt war sie auch noch zänkisch und egoistisch. Wimsey sah sie verdutzt von oben an und lächelte plötzlich.

«Harriet, Liebste, und wenn Sie tanzten wie ein ältlicher Elefant, den das Zipperlein plagt, würde ich mit Ihnen Sonne und Mond vom Himmel tanzen! Ich habe zweitausend Jahre darauf gewartet, Sie in diesem Kleid tanzen zu sehen.»

«Alberner Kerl!» sagte Harriet.

Schweigend und in schönster Harmonie kreisten sie übers Parkett. Antoine, der eine umfangreiche Person in Jadegrün und Diamanten führte, näherte sich kometengleich ihrer Bahn und flüsterte Harriet über eine fette weiße Schulter hinweg ins Ohr:

«Qu'est-ce que je vous ai dit? L'élan, c'est trouvé.»

Er glitt geschickt davon, und Harriet wurde rot.

«Was hat dieser Mensch gesagt?»

«Er meint, ich tanzte mit Ihnen besser als mit ihm.»

«Unverschämtheit!» Wimsey stierte über die zwischen ihnen Tanzenden hinweg ein Loch in Antoines eleganten Rücken.«Nun erzählen Sie schon», sagte Harriet. Sie hatten den Tanz auf der anderen Seite des Parketts beendet, und es war nur natürlich, daß sie sich an den nächstbesten Tisch setzten. «Sagen Sie mir, was Sie an Henry Weldon so stört.»

«Henry Weldon?» Wimsey riß seine Gedanken aus unendlicher Ferne zurück. «Ach ja, natürlich. Warum ist er hier? Sicher nicht, um sich in die Gunst seiner Mutter einzuschmeicheln.»

«Warum nicht? Das ist seine Stunde. Alexis ist aus dem Weg,

und er sieht seine Chance. Jetzt, wo er nichts mehr dadurch zu verlieren hat, kann er kommen und sich furchtbar verständnisvoll zeigen und bei der Aufklärung der Sache helfen und so recht den liebenden Sohn spielen.»

«Warum will er mich dann von hier vertreiben?»

«Sie?»

«Mich.»

«Wie meinen Sie das?»

«Weldon hat sich heute abend an der Bar alle Mühe gegeben, so beleidigend wie nur möglich zu sein, ohne direkt aggressiv oder ungezogen zu werden. Er hat mir indirekt, aber unmißverständlich zu verstehen gegeben, daß ich hier meine Nase in eine Sache hineinstecke, in der sie nichts zu suchen hat, und daß ich seine Mutter für meine privaten Zwecke ausbeute und mich wahrscheinlich ihres Geldes wegen an sie heranmache. Er hat mich zu der unbeschreiblichen Geschmacklosigkeit gezwungen, ihn daran erinnern zu müssen, wer ich bin und warum ich anderer Leute Geld nicht brauche.»

«Warum haben Sie ihm keine runtergehauen?»

«Die Versuchung war groß. Ich hatte das Gefühl, Sie würden mich mehr lieben, wenn ich es täte, aber in ruhigeren Stunden würden Sie sicher nicht wollen, daß ich meine Liebe über meine detektivischen Prinzipien stelle.»

«Natürlich nicht. Aber worauf wollte er hinaus?»

«Oh, das war völlig eindeutig. Er hat es sehr klar ausgedrückt. Er wollte mir zu verstehen geben, daß diese Detektivspielerei aufzuhören hat und Mrs. Weldon davon abzubringen ist, ihre Zeit und ihr Geld für die Jagd nach nichtexistenten Bolschewiken zu verschwenden.»

«Das kann ich verstehen. Er möchte das Geld erben.»

«Natürlich. Aber wenn ich hinginge und Mrs. Weldon erzählte, was er zu mir gesagt hat, würde sie ihn wahrscheinlich enterben. Und was würde ihm die ganze zur Schau gestellte Sohnesliebe dann nützen?»

«Ich wußte doch gleich, daß er dumm ist.»

«Er hält es offenbar für sehr wichtig, daß mit den ganzen Nachforschungen Schluß gemacht wird. Dafür nimmt er nicht nur das Risiko in Kauf, daß ich ihn bloßstelle, sondern ist sogar bereit, sich unbegrenzt lange hier herumzutreiben, nur um zu verhindern, daß seine Mutter auf eigene Faust Ermittlungen anstellt.»

«Nun, er hat vielleicht nichts anderes zu tun.»

«Nichts anderes zu tun? Meine Liebe, der Mann ist Landwirt.»

«Und?»
«Wir haben Juni.»
«Und was heißt das?»
«Wieso ist er nicht bei der Heuernte?»
«Daran habe ich nicht gedacht.»
«Die Wochen zwischen Heu- und Getreideernte sind im ganzen Jahr so ziemlich die letzten, die ein anständiger Bauer mit anderen Dingen verplempern würde. Ich könnte es verstehen, wenn er für einen Tag hierhergekommen wäre, aber er scheint sich hier auf Dauer einnisten zu wollen. Die Sache mit diesem Alexis ist ihm so wichtig, daß er bereit ist, alles stehen und liegen zu lassen, um hierherzukommen, an einen Ort, der ihm zuwider ist, und auf unabsehbare Zeit in einem Hotel herumzulungern, um sich mit seiner Mutter abzugeben, mit der er nie viel im Sinne hatte. Ich finde das komisch.»
«Das ist wirklich komisch.»
«War er schon einmal hier?»
«Nein. Ich habe ihn das gleich bei der Begrüßung gefragt. So etwas fragt man eben. Er verneint es. Ich nehme an, er hat sich ferngehalten, solange die Sache mit Alexis im Gange war – es wäre ihm unangenehm gewesen.»
«Und er hätte sich darauf beschränkt, aus der Ferne gegen diese Heirat anzugehen?»
«Ja – obschon man eine Heirat so nicht besonders erfolgreich verhindern kann.»
«Nein? Aber die Heirat *wurde* sehr erfolgreich verhindert.»
«Das schon. Aber – wollen Sie Henry etwa in die Rolle des Mörders stecken?»
«Gern. Aber irgendwie habe ich das Gefühl, es geht nicht.»
«Nein?»
«Nein. Darum wollte ich von Ihnen wissen, ob Sie Henry für besonders gewitzt halten. Das ist nicht der Fall, und ich bin derselben Meinung. Ich traue Henry nicht den Grips zu, Paul Alexis ermordet zu haben.»

13

Zeugnis von schwerem Verdruß

Narr, soll deine Tugend mich beschämen und erdrücken,
Mich dankbar und errötend dir zum Sklaven machen?
Death's Jest-Book

DIENSTAG, 23. JUNI

Lord Peter Wimsey las bei Eiern mit Speck seinen *Morning Star* und fühlte sich so wohl wie schon seit Wochen nicht mehr. Die Zeitung hatte sich von ihrer noblen Seite gezeigt und für Informationen über das Rasiermesser, das Paul Alexis getötet hatte, eine Belohnung von einhundert Pfund ausgesetzt. Bunter, von seiner ergebnislosen Reise nach Eastbourne zurückgekehrt, war seinem Herrn nach Wilvercombe gefolgt und hatte frische Hemden, Kragen und sonstige Utensilien mitgebracht. Harriet Vane hatte in einem weinroten Kleid mit Lord Peter getanzt. Wimsey sagte sich völlig zu recht, daß eine Frau, die sich von einem Mann beim Kleiderkauf raten ließ, seinem Urteil nicht völlig gleichgültig gegenüberstehen konnte. Verschiedene Frauen hatten sich zu verschiedenen Zeiten und in verschiedenen Winkeln der Erde schon nach Wimseys Rat – und manchmal auch auf seine Kosten – eingekleidet, aber von diesen hatte er es auch erwartet. Von Harriet hatte er es jedoch nicht erwartet, und so war er unverhältnismäßig überrascht und erfreut, wie wenn er in den Straßen von Aberdeen einen Sovereign gefunden hätte. Wie alle männlichen Geschöpfe war Wimsey im Grunde eine schlichte Seele.

Nun hatte er aber nicht nur über diese höchst befriedigende Vergangenheit und Gegenwart nachzusinnen; vielmehr sah er auch einem recht interessanten Tag entgegen. Harriet hatte eingewilligt, heute nachmittag mit ihm vom Satans-Bügeleisen nach Darley zu wandern und den Strand abzusuchen. Da laut Gezeitenplan um 16 Uhr 45 Niedrigwasser war, hatten sie ihre Abfahrt so geplant, daß sie um 15 Uhr 30 am Bügeleisen ankommen würden. Nach einer kleinen Stärkung wollten sie dann zu ihrer Expedition aufbrechen und sehen, was ihnen der Strand an Hinweisen zu bieten hatte, während Bunter den Wagen auf der Küstenstraße zum Hinks's Lane brachte; danach würden sie dann alle drei in der ursprünglichen Formation zum Stützpunkt Wilvercombe zurückkehren. Soweit war alles klar, außer daß Harriet sich nicht vorstellen konnte – und das auch sagte –, was sie nach einer Woche ungewöhnlich hoher Wasserstände wohl am Strand noch zu finden hoffen konnten. Sie räumte jedoch ein, daß sie Bewegung brauchte und Wandern eine der gesündesten Bewegungsarten war.

Überdies hatte Harriet – und das war von all den schönen Dingen, auf die er sich freuen durfte, das unmittelbar bevorstehende – sich bereit gefunden, Lord Peter Wimsey nach dem Frühstück zu einer Konferenz im Hotel *Resplendent* zu empfangen. Wimsey hielt es für ausgesprochen notwendig, die bisher erzielten Fortschritte tabellarisch zu erfassen und in irgendeine Ordnung zu bringen. Die Konferenz war für zehn Uhr anberaumt, und Wimsey zog sein Frühstück liebevoll in die Länge, um nur ja keine Sekunde dieses Vormittags rastlos und unausgefüllt zuzubringen. Woran man sieht, daß Seine Lordschaft die Phase des Lebens erreicht hatte, in welcher ein Mensch sogar aus seinen Leidenschaften epikureische Freuden ziehen kann – jenen glückseligen Zeitraum zwischen dem selbstquälerischen Überschwang der Jugend und dem verdrießlichen *carpe diem* des nahenden Greisenalters.

Der Sturm hatte sich endlich gelegt. In der Nacht hatte es ein wenig geregnet, aber jetzt war der Himmel wieder heiter, und nur eine sanfte Brise kräuselte das weite Blau des Meeres, auf das man aus dem Speisesaal des Bellevue blickte. Inspektor Umpelty war mit seinen Helfern schon frühmorgens um vier draußen bei den Mahlzähnen gewesen und hatte vorhin kurz bei Wimsey hereingeschaut, um ihm zu melden, daß sie noch immer nichts gefunden hatten.

«Und wieso die Leiche nicht schon längst irgendwo an Land gekommen ist, verstehe ich nicht», maulte er. «Wir haben die ganze Küste von Fishy Ness bis nach Seahampton und beiderseits der Flußmündung beobachten lassen. Sie muß sich irgendwo verfangen haben. Wenn wir sie bis nächste Woche nicht haben, müssen wir sie abschreiben. Wir können das Geld der Steuerzahler nicht für die Suche nach ertrunkenen Ausländern zum Fenster hinauswerfen. Die Leute murren so schon genug, und die Zeugen können wir auch nicht ewig hierbehalten. Na ja, bis später; wir versuchen es bei Niedrigwasser noch einmal.»

Um zehn Uhr nahmen Wimsey und seine Mitarbeiterin vor einem hübschen Stapel Schmierpapier Platz. Harriet wollte die Sache kurz und schmerzlos hinter sich bringen.

«Nach welchem System wollen wir vorgehen? Bevorzugen Sie die Michael-Finsbury-Methode des Doppeleintrags wie in *Die falsche Kiste* oder eine von diesen Tabellen mit je einer Spalte für ‹Verdächtige›, ‹Alibi›, ‹Zeugen›, ‹Motive› und so weiter, jeweils mit Prozentangaben?»

«Nein, lieber nichts, wofür wir einen Haufen Striche ziehen und Berechnungen anstellen müssen. Folgen wir der Methode Ihres Robert Templeton und machen uns eine Aufstellung mit ZU BEACHTEN und ZU TUN. Dafür brauchen wir nur zwei Spalten.»

«Gut. Freut mich, daß die Methode Ihnen zusagt. Ich lasse Robert Templeton immer mit der Leiche beginnen.»

«Einverstanden. Fangen wir an –»

PAUL ALEXIS (GOLDSCHMIDT)

Zu beachten	*Zu tun*
1. Gebürtiger Russe; Engländer durch Adoption, Halbamerikaner durch Erziehung. Vorgeschichte unbekannt; behauptet Kriegsflüchtling adliger Abstammung zu sein.	1. Herkunft überprüfen. (Anm.: Die einzigen, die etwas über ihn wußten, sind tot, und schließlich ist das Aufgabe der Polizei. Ist es überhaupt wichtig? Wahrscheinlich nicht, höchstens wenn Mrs. Weldons Bolschewikentheorie stimmt.)
2. Angaben zur Person: Angeblich von zarter Gesundheit (Arthritis?); guter Tänzer; eitel; trug Bart wegen Anfälligkeit für Pickel; auf gute Kleidung bedacht, Geschmack jedoch zweifelhaft. Soll romantisch und gefühlsbetont gewesen sein.	2. Ist Selbstmord ihm vom Temperament her zuzutrauen? Wenn möglich, von Kollegen und/oder Mätresse in Erfahrung bringen.
3. Verlobte sich im Februar mit Mrs. Weldon, einer rei-	3. Feststellen, ob Alexis überhaupt etwas hinsichtlich

chen Witwe. Offenbar um sich gegen Berufsunfähigkeit abzusichern. Hatte es wegen Widerstand von seiten des Sohnes der Witwe mit der Hochzeit nicht eilig. (Vielleicht war es auch persönliches Widerstreben.) Hochzeit geplant für etwa zwei Wochen nach P. A.'s Ableben.	Eheschließung unternommen hat.
4. Arm, aber nicht käuflich oder ehrlos, denn er hat Mrs. Weldon nie ausgenommen. Hatte £ 320 Guthaben auf der Bank, die er vor etwa drei Wochen in Gold umgetauscht hat. (Anm.: Das konnte er nur dank eines kuriosen Zufalls. Können wir sagen, daß es *unabdingbar* für sein Vorhaben war?)	4. Die £ 300 in Gold finden. Ihr Verbleib wird Licht auf seine Absichten werfen. Anm.: Ich glaube, ich weiß, wo sie sind. (P. W.) So? Wo denn? (H. V.) Denken Sie mal selbst nach. (P. W.)
5. Etwa zum Zeitpunkt obiger Transaktion nahm sein Mädchen sich einen anderen. (Anm.: Gab sich betroffen, aber seine Kollegen nehmen an, daß es ganz in seinem Sinne war. Wenn dem so war, wollte er (a) seiner Eheschließung mit Mrs. W. den Weg bereiten; (b) ein neues Verhältnis mit noch einer anderen anfangen; (c) sein Mädchen für den Fall seines Verschwindens oder Selbstmordes versorgt wissen?)	5. Mit dieser Leila Garland und ihrem neuen Galan sprechen.
6. Kurz vor seinem Tod deutete er gegenüber Mrs. W.	6. Feststellen, ob er diese Andeutungen auch gegenüber

an, daß ihm etwas Schönes und Geheimnisvolles bevorstehe.	anderen gemacht hat. (Frage: Wie paßt der Umtausch der £ 300 dazu? Läßt er nicht eher auf ein Verlassen des Landes als auf Selbstmord schließen?)
7. Am Tag vor seinem Tode bezahlte er alle Rechnungen und verbrannte alle Papiere. Deutet das auf Selbstmord oder die Absicht zum Verlassen des Landes hin?	7. Feststellen, ob er Paß und Visa besaß. (Polizei)
8. Am Morgen vor seinem Tod löste er eine *Rückfahrkarte* nach Darley Halt und ging von dort zu Fuß (oder ließ sich *eventuell* fahren) zum sogenannten Satans-Bügeleisen. (Anm.: Er hat kein Gepäck, wohl aber seinen Hausschlüssel mitgenommen.)	8. Man kann wohl davon ausgehen, daß keine der von der Polizei befragten Personen P. A. zum Bügeleisen gebracht hat. Feststellen, ob ihm jemand auf der Straße begegnet ist. Er war vielleicht nicht allein! (Polizei)
9. Am Donnerstag, dem 18. Juni, 14.10 Uhr, wurde er mit durchschnittener Kehle tot auf dem Felsen gefunden. Um zwei Uhr war ein lauter Schrei gehört worden, und der Zustand seiner Leiche beim Auffinden zeigte, daß der Tod erst vor wenigen Minuten eingetreten sein konnte. Ein Rasiermesser (das er nie benutzt hatte) wurde bei seiner Leiche gefunden, und er trug Handschuhe.	9. Die Leiche finden!

«Wie professionell das aussieht», meinte Harriet. «Eine hübsche kleine Problemsammlung für Robert Templeton. Das einzige, wobei ich mich nützlich machen kann, ist das Interview mit dieser Leila und ihrem neuen Freund. Möglicherweise bekomme ich mehr aus ihr heraus als die Polizei.»

«Und für mich bleibt gar nichts, was die Polizei nicht besser könnte», klagte Wimsey. «Wenden wir uns lieber der nächsten Person zu.»

Mrs. Weldon

Zu beachten	*Zu tun*
1. Angaben zur Person: 57 Jahre alt; dumm; eigensinnig; ehrlich in Alexis verliebt; unheilbar romantisch.	1. Da ist nichts zu machen.
2. Reiche Witwe; ein Sohn, früher kühles Verhältnis zwischen beiden, beklagt sich über mangelndes Mitgefühl; hat ihn jetzt zu sich gerufen und scheint ihm sehr zugetan zu sein.	2. Feststellen, woher ihr Geld kommt; ob sie allein darüber verfügen kann; was sie damit zu tun gedachte: (a) vor ihrer Bekanntschaft mit Alexis, (b) nach ihrer Heirat mit Alexis; was sie jetzt damit vorhat.
3. Sie vermutet hinter Alexis' Tod ein bolschewistisches Komplott.	3. Von Scotland Yard Informationen über bolschewistische Agenten beschaffen. Keine These ist so albern, daß man sie ungeprüft zu den Akten legen sollte.

Henry Weldon

Zu beachten	*Zu tun*
1. Angaben zur Person: Ziemlich groß, breit, kräftig, ähnelt seiner Mutter im Gesicht; störrisch, schlechte Manieren, bäurisch; offenbar nicht sehr intelligent.	1. In den Hintern treten. (P. W.) Aber nicht doch, das wäre undiplomatisch. An ihn heranmachen und feststellen, ob er wirklich so dumm ist, wie er tut. (H. V.) Gut, aber dann in den Hintern treten. (P. W.)

2. Hat mitten in der größten Arbeit plötzlich seinen Hof verlassen, um sich bei seiner Mutter einzuschmeicheln und so zu tun, als ob er ihr helfen wolle, Alexis' Andenken vom Verdacht zu reinigen. Gibt sich aber in Wirklichkeit alle Mühe, P. W. von weiteren Ermittlungen abzubringen.	2. Feststellen, wie er finanziell dasteht und in welchem Zustand sich sein Hof befindet. Auch seinen Ruf bei den Nachbarn prüfen. (Frage: Warum soll Bunter nicht auch etwas zu tun bekommen?)
3. P. A.'s Tod stand am Freitag in der Zeitung; H. W. traf Montag abend in Wilvercombe ein, vermutlich auf einen Brief hin, den Mrs. W. am Freitag nach Huntingdonshire schickte.	3. Feststellen, wo Henry Weldon am Donnerstag war.

Esdras Pollock

Zu beachten	*Zu tun*
1. Angaben zur Person: Mindestens 70 Jahre alt, rüstig für sein Alter, gebeugt, grauhaarig, riecht nach Fisch; Manieren: keine; Gewohnheiten: abscheulich; beim Fischervolk unbeliebt.	1. Andere Fischer ausfragen.
2. War am Donnerstag um 14.10 Uhr mit seinem Boot vor dem Bügeleisen, zusammen mit seinem Enkel.	2. Stimmt.
3. Will nicht sagen, was er dort gemacht hat, und der Enkel ist nach Cork auf und davon.	3. Enkel suchen lassen. (Polizei)
4. Hat sich nach eigenen Angaben zwischen seinem Haus und dem Bügeleisen nah an der Küste gehalten	4. Enkel befragen, wenn gefunden. (Polizei)

und niemanden am Strand gesehen; auf Frage, was sich um zwei Uhr am Bügeleisen zugetragen hat, widerspricht er sich und behauptet, draußen im tiefen Wasser gewesen zu sein. (Anm.: Hat aber genau gesehen, was H. V. um zehn nach zwei tat.)

5. Unter Druck gesetzt, sagt er, daß er P. A. zum erstenmal gegen zwei Uhr auf dem Bügeleisen gesehen hat; P. A. sei allein gewesen und habe bereits gelegen.

5. Wie wär's mit einem kleinen Folterverhör? Noch einmal: Enkel finden und verhören. (Polizei)

6. Merkwürdigerweise antwortet er auf die Frage, ob jemand bei ihm im Boot war, zuerst: «Niemand» – aber als nach dem Enkel gefragt wird, gibt er diesen zu. Von wem war seiner Meinung nach die Rede?

6. Feststellen, ob P. A. in Pollocks Boot zum Bügeleisen gekommen sein kann. Herausfinden, was aus den £ 300 in Gold geworden ist. Boot nach Blutflecken untersuchen. (Polizei)

— Perkins
(aus London)

Zu beachten

1. Angaben zur Person: Klein, schmächtig, hängeschultrig. Trug Brille und war anscheinend kurzsichtig. Klagte über Blase am Fuß. Cockney-Akzent. Schien furchtsamer Natur zu sein.

2. Begegnete H. V. um 16.15 Uhr, etwa eine halbe Meile vor Pollocks Fischerhütte, d. h. rund anderthalb Meilen hinter dem Bügeleisen

Zu tun

1. Den Mann finden.

2. Feststellen, ob jemand ihn unterwegs gesehen hat. Merke: Es sind nur sieben Meilen von Wilvercombe bis zu der Stelle, wo H. V.

und drei Meilen vor Darley. Kam angeblich von Wilvercombe.	ihm begegnete. Wann ist er aufgebrochen? Wo hat er Dienstag nacht geschlafen? (Die Polizei muß da schon etwas unternommen haben – Umpelty fragen.)
3. Als H. V. ihm von der Leiche berichtet, kehrt er mit ihr um, angeblich um sie zu beschützen (nützt aber soviel wie ein Regenmantel gegen MG-Feuer).	3. Den Mann finden und feststellen, aus was für Holz er ist.
4. Geht bereitwillig mit in Pollocks Fischerhütte, ist aber böse auf H. V., als sie Martin anspricht.	4. Perkins finden! Martin finden!
5. Verschwindet auf geheimnisvolle Weise, als H. V. mit der Polizei telefoniert, nimmt Mietwagen zum Bahnhof Wilvercombe und ist unauffindbar.	5. Findet ihn! Findet den Kerl, ihr Flaschen! (Ich meine die Polizei.)

Wimsey legte den Kopf schief.

«Wirklich, von denen kommt mir einer verdächtiger vor als der andere. Wen haben wir noch? Wie wär's zum Beispiel mit der sitzengelassenen Leila Garland? Oder diesem Antoine? Oder Leilas neuem Schwarm?»

«Da können wir nicht viel machen, bevor wir sie gesehen haben.»

«Richtig; aber Leila oder der Mann – wie heißt er noch? – da Soto – könnten beide ein Motiv gehabt haben, Alexis loszuwerden.»

«Gut. Wir haben uns ja schon notiert, daß wir sie uns vorknöpfen müssen. Sind das alle? O nein!»

«Nein. Jetzt kommen wir zu meinem höchstpersönlichen Lieblingsverdächtigen, dem undurchsichtigen Mr. Martin.»

Zu beachten	*Zu tun*
1. Angaben zur Person: Groß, stämmig, dunkle Haare; dunkle Brille; Tätowierung am rechten Handgelenk; trug Khakihemd, kurze Hose und breitkrempigen Schlapphut.	1. An Tätowierung denken! So was kann man auch vortäuschen. (H. V.) Pah! (P. W.)
2. Ankunft in Darley am Dienstag, 16. Juni, 18 Uhr in einem gemieteten Morgan, aus Richtung Heathbury kommend.	2. Nachgeprüft. Warum ein Morgan?
3. Obwohl ihn noch niemand im Dorf gesehen hatte, wußte er genau über den Hinks's Lane und Mr. Goodrich Bescheid.	3. Feststellen, ob jemand in Heathbury oder sonstwo ihm davon erzählt hat.
4. War am Donnerstag, dem 18. Juni, 13 Uhr in den *Drei Federn* und hat dort zu Mittag gegessen.	4. Scheint zu stimmen.
5. Hat die *Drei Federn* frühestens um 13 Uhr 30 wieder verlassen.	5. Stimmt leider auch!
6. Wurde zwischen 15 und 16 Uhr von Mr. Polwhistle und Tom in der Werkstatt und am Hinks's Lane gesehen.	6. Wieder eine Tatsache, sofern die beiden nicht lügen wie gedruckt.
7. Mietete sich am vorigen Freitag in London ein Auto und gab als Referenz eine Bank in Cambridge an. Keine feste Adresse. Bank bestätigt, daß er dort seit fünf Jahren ein Konto hat.	7. Bank im Auge behalten. Dem Direktor auf irgendeine Weise Auskünfte entlocken.
8. Fest steht, daß er am Donnerstag nicht über die Straße zum Bügeleisen gekommen ist. Um es bis 14 Uhr	8. Wenn's geht, sein Alibi knacken, Sherlock!

zu Fuß über den Strand zu erreichen, hatte er nicht genug Zeit. (Flugzeuge sind nicht üblich.)

9. Eine Suche an seinem Zeltplatz förderte allerlei Krimskrams zutage (siehe Wimsey-Kollektion). Keine Beschwerden über ihn, außer daß Bauer Newcombe über Loch im Zaun klagt.

9. Heute nachmittag die Küste zwischen Bügeleisen und Darley abgehen – angenehmer Zeitvertreib für H. V. und P. W.

«Und das», sagte Wimsey, indem er unter die Tabelle einen triumphierenden Schnörkel malte, «rundet die Ermittlungen auf reizende Weise ab.»

«So ist es», sagte Harriet. Dann runzelte sie die Stirn.

«Haben Sie sich schon einmal hierüber Gedanken gemacht?» fragte sie mit nicht allzu sicherer Stimme. Dann kritzelte sie eine Weile auf einem Blatt herum.

HARRIET VANE
Zu beachten

1. Angaben zur Person: Schon einmal wegen Mordes an ihrem Geliebten vor Gericht gestanden und mit knapper Not davongekommen.
2. Könnte Paul Alexis durchaus schon in London gekannt haben.
3. Will Alexis um 14.10 Uhr tot gefunden haben, kann aber keinen Beweis dafür erbringen, daß sie ihn nicht noch lebend angetroffen hat.
4. Hat unverhältnismäßig lange gebraucht, um von Lesston Hoe zum Satans-Bügeleisen zu kommen.
5. Hat drei Stunden für einen Weg von viereinhalb Meilen gebraucht, um die Polizei zu verständigen.
6. Ist die einzige Zeugin für den Fund des Rasiermessers, die Todeszeit und den Stand der Dinge am Bügeleisen.
7. Wurde von Perkins sofort verdächtigt und wird wahrscheinlich jetzt noch von der Polizei verdächtigt, denn sie hat ihr Zimmer durchsucht.

Wimseys Gesicht lief dunkel an.

«Mein Gott, das haben die getan?»

«Ja. Machen Sie nicht so ein Gesicht. Etwas anderes hätten sie ja schlecht tun können, oder?»

«Ich werde diesem Umpelty etwas anderes erzählen!»

«Nein, das können Sie mir ersparen.»

«Aber das ist doch absurd!»

«Keineswegs. Halten Sie mich vielleicht für dumm? Meinen Sie, ich weiß nicht, warum Sie hier im fliegenden Galopp angekommen sind? Das ist natürlich sehr lieb von Ihnen, und ich müßte Ihnen dankbar sein, aber glauben Sie etwa, ich freue mich darüber?»

Wimsey war grau im Gesicht, als er aufstand und ans Fenster ging.

«Sie fanden es wahrscheinlich ziemlich schamlos von mir, als Sie sahen, daß ich mit der Geschichte auch noch Reklame machte. Aber in meiner Lage bleibt nichts anderes übrig, als schamlos zu sein. Oder hätte ich vielleicht lieber warten sollen, bis die Zeitungen sich die saftigsten Stücke aus dem Mülleimer geholt hatten? Meinen Namen kann ich nicht verstecken – von dem lebe ich. Wenn ich ihn verschwiegen hätte, wäre das nur ein weiteres Verdachtsmoment gewesen, nicht wahr? Aber glauben Sie, es macht es einem angenehmer, zu wissen, daß nur Lord Peter Wimseys schützende Hand einen Umpelty daran hindert, seine Feindseligkeit offen zu zeigen?»

«Das habe ich gefürchtet», sagte Wimsey.

«Warum sind Sie dann gekommen?»

«Damit Sie nicht nach mir schicken mußten.»

«Oh!»

Es trat eine gequälte Pause ein, in der sich Wimsey schmerzlich an den Wortlaut der Mitteilung erinnerte, die er zuerst von Salcombe Hardy vom *Morning Star* erhalten hatte. Hardy, ein wenig betrunken und der Zynismus in Person, hatte am Telefon zu ihm gesagt: «Aufgepaßt, Wimsey, Ihre kleine Vane hat sich wieder in eine dumme Geschichte hineingeritten.» Wie er dann wütend und erschrocken in die Redaktion des *Morning Star* in der Fleet Street gestürmt war und Hardy eine Szene gemacht hatte, bis dieser reumütig den Bericht des *Morning Star* in eine Form brachte, die den Maßstab für alle weiteren Pressekommentare setzte. Dann die Rückkehr in seine Wohnung, wo er sich bereits von der Polizei von Wilvercombe belagert sah, die ihn in höflichster und zurückhaltendster Weise um Informationen über Harriet Vanes Tun und Lassen in letzter Zeit ersuchte. Und schließlich die Gewißheit, daß es noch der beste Ausweg aus einer bösen Situation war, ihr schamlos – Harriets eigener Ausdruck – die Stirn zu bieten, selbst um den Preis, seine Gefühle öffentlich zur Schau stellen zu müssen und das zarte Band des Vertrauens, das er mit so unendlicher Mühe zwischen sich und dieser verbitterten, gekränkten Frau geknüpft hatte, zu zerreißen.

Er sagte nichts, aber in Harriets flammendem Blick sah er sein Lebensglück in Schutt und Asche sinken.

Indessen fühlte Harriet sich nach diesem, wie sie selbst fand, ungerechten Angriff von einer widervernünftigen Wut auf den Angegriffenen erfaßt. Schon daß zwischen ihr und diesem Mann bis vor fünf Minuten noch völliges Einvernehmen geherrscht hatte, ehe sie ihn und sich in diese unmögliche Situation brachte, glaubte sie ihm als weitere Missetat anrechnen zu müssen. Sie suchte krampfhaft nach einer Möglichkeit, ihm wirklich weh zu tun.

«Sie meinen wohl, ich bin noch nicht genug gedemütigt worden, auch ohne diese ritterliche Posse. Sie bilden sich ein, den ganzen Tag da oben sitzen zu können wie König Kophetua, und edel und großherzig sein und erwarten, daß die Leute Ihnen dafür zu Füßen fallen. Natürlich sagen alle: ‹Seht doch, was er für diese Frau getan hat – ist das nicht großartig von ihm?› Ist das nicht schön für Sie? Sie glauben, das brauchten Sie nur lange genug zu tun, dann müßten Sie mich irgendwann doch rühren und erweichen. Aber da sind Sie im Irrtum. Anscheinend bilden alle Männer sich ein, sie brauchten nur lange genug ihre Überlegenheit zu zeigen, dann müßte jede Frau ihnen in die Arme sinken. Abstoßend ist das.»

«Danke», sagte Wimsey. «Vielleicht bin ich das alles, was Sie sagen – herablassend, aufdringlich, eingebildet, unerträglich und so weiter. Aber trauen Sie mir bitte ein bißchen Intelligenz zu. Meinen Sie, ich wüßte das nicht alles? Meinen Sie, es sei für einen Mann, der für eine Frau empfindet, was ich für Sie empfinde, erfreulich, sich unter dieser gräßlichen Bürde der Dankbarkeit durchkämpfen zu müssen? Zum Teufel noch mal, meinen Sie, ich wüßte nicht ganz genau, daß ich größere Chancen hätte, wenn ich taub, blind, verkrüppelt, verhungert, trunksüchtig oder liederlich wäre, so daß *Sie* das Vergnügen hätten, großmütig zu sein? Was glauben Sie, warum ich aus meinen ernsthaftesten Gefühlen eine Operette mache, wenn nicht aus dem einzigen Grund, mir die schwere Demütigung zu ersparen, daß Sie versuchen, sich Ihren Ekel nicht anmerken zu lassen. Verstehen Sie nicht, wie diese vermaledeite Gemeinheit des Schicksals mich um das ganz normale Recht eines jeden Mannes bringt, meine eigenen Gefühle ernst zu nehmen? Ist das vielleicht eine Lage, auf die ein Mann stolz sein kann?»

«Bitte sprechen Sie nicht so.»

«Ich würde von allein nicht so sprechen, aber Sie zwingen mich dazu. Und Sie könnten wenigstens so gerecht sein, sich zu erinnern, daß Sie mich viel schwerer kränken können als ich Sie.»

«Ich weiß, daß ich entsetzlich undankbar bin –»

«Verdammt!»

Alle Geduld hat einmal ein Ende, und bei Wimsey war die Grenze erreicht.

«Dank! Mein Gott, soll ich denn nie mehr loskommen von diesem ekelhaften Wort? Ich will keinen Dank. Ich will keine Freundlichkeit. Ich will keine Sentimentalität. Ich will nicht einmal Liebe – die könnte ich von Ihnen bekommen – in gewisser Weise. Ich will nichts als ganz normale Ehrlichkeit.»

«So? Die wollte ich auch immer. Ich glaube aber, sie ist nicht zu haben.»

«Hören Sie bitte, Harriet. Ich verstehe Sie ja. Ich weiß, daß Sie weder geben noch nehmen möchten. Sie haben versucht, die Gebende zu sein, und mußten erkennen, daß der Geber immer der Dumme ist. Und Sie wollen nicht die Nehmende sein, weil das sehr schwer ist und weil Sie wissen, daß der Nehmer am Ende immer den Geber haßt. Sie wollen nie mehr Ihr Glück von jemand anderem abhängig machen.»

«Das ist allerdings wahr. Etwas Wahreres haben Sie noch nie gesagt.»

«Gut. Und das kann ich akzeptieren. Aber dann müssen Sie sich auch an die Spielregeln halten. Führen Sie keine emotionsgeladenen Situationen herbei, für die Sie mich dann verantwortlich machen.»

«Ich will überhaupt keine Situationen herbeiführen. Ich möchte nur in Frieden gelassen werden.»

«Oho, aber Sie sind gar kein friedlicher Mensch! Sie sorgen immer für Unruhe. Warum nicht gleich mit offenem Visier kämpfen und den Kampf genießen? Ich bin, wie Alan Breck, ein munterer Kämpe.»

«Und Sie glauben sich Ihres Sieges sicher.»

«Nicht mit gefesselten Händen.»

«Aber – na schön. Es klingt einfach alles so trist und anstrengend», sagte Harriet und brach zu allem Überfluß in Tränen aus.

«Du meine Güte!» rief Wimsey entsetzt. «Harriet! Liebste! Engel! Bestie! Hexe! So etwas dürfen Sie nicht sagen!» Er warf sich reuig und betroffen auf die Knie. «Nennen Sie mich alles, was Sie wollen, aber nicht trist! Vergleichen Sie mich nicht mit einem englischen Club! Hier, nehmen Sie meins, es ist viel größer und noch ganz sauber. Sagen Sie, daß Sie es nicht so gemeint haben! Allmächtiger! Habe ich Sie etwa achtzehn Monate an einem Stück gelangweilt? Davor müßte jeder redlich denkenden Frau natürlich grausen. Ich weiß noch, wie Sie einmal gesagt haben, wenn mich je eine Frau heiraten sollte, dann nur, um mich an einem Stück blödeln zu hören, aber mit der Zeit verliert das wohl doch seinen Reiz. Ich lalle wie ein Schwachsinniger – ich weiß es. Aber was in aller Welt soll ich dagegen machen?»

«Esel! Mein Gott, das ist nicht fair. Immer bringen Sie mich zum Lachen. Ich kann mich nicht streiten – ich bin so müde. Sie wissen anscheinend nicht einmal, was es heißt, müde zu sein. Nicht! Hören Sie auf! Ich lasse mich nicht zwingen. Gott sei Dank, da klingelt das Telefon.»

«Zum Teufel mit dem Telefon!»

«Wahrscheinlich ist es etwas sehr, sehr Wichtiges.»

Sie stand auf und ging an den Apparat, und Wimsey blieb auf den Knien liegen und kam sich genauso albern vor, wie er aussah.

«Für Sie. Irgend jemand aus dem *Bellevue* wünscht Sie zu sprechen.»

«Da kann er lange wünschen.»

«Jemand hat sich auf den Artikel im *Morning Star* gemeldet.»

«Meine Güte!»

Wimsey war mit einem Satz auf der anderen Seite des Zimmers und riß den Hörer an sich.

«Sind Sie das, Wimsey? Hab mir doch gedacht, wo ich Sie antreffe. Hier ist Sally Hardy. Da ist einer gekommen, um sich die Belohnung zu holen. Beeilen Sie sich! Ohne Sie will er nicht heraus mit der Sprache, und ich muß an meinen Bericht denken. Er sitzt hier in Ihrem Zimmer.»

«Wie heißt er, und wo kommt er her?»

«Aus Seahampton. Sein Name ist Bright, sagt er.»

«Bright? Beim Zeus, ja! Ich bin gleich da. Haben Sie das gehört, Harriet? Dieser Bright ist aufgetaucht! Also, bis heute nachmittag halb vier.»

Er schoß aus dem Zimmer wie eine Katze, die den Ruf «Miez! Miez!» vernommen hat.

«Mein Gott, was bin ich für ein Idiot!» sagte Harriet. «Was für ein kompletter sabbernder Idiot! Und seit Mittwoch habe ich keinen Schlag mehr gearbeitet.»

Sie nahm sich das Manuskript zu *Das Geheimnis des Füllfederhalters* vor, schraubte von ihrem die Kappe ab und versank in untätiges Träumen.

14
Das Zeugnis des dritten Barbiers

Für ihn nicht
Blüht mein dunkler Nachtschatten, baut der Schierling
Mord in seinen löchrigen Wurzeln.
Nicht ihn zu töten ist der Stahl geweiht,
Noch läßt der Mohn für ihn die Blätter fallen.
Den Helden sind nur solche Ding gewidmet. Er mag leben,
Solang' es Gicht und Wassersucht gefällt.
Er wollte Selbstmord spielen.

Death's Jest-Book

DIENSTAG, 23. JULI

Auf der Schwelle zum Hotel *Bellevue* lief Wimsey Bunter in die Arme.

«Die Person, die nach Eurer Lordschaft gefragt hat, befindet sich in Eurer Lordschaft Wohnzimmer», sagte Bunter. «Ich hatte Gelegenheit, ihn zu beobachten, als er sich an der Rezeption nach Eurer Lordschaft erkundigte, aber ich habe mich ihm nicht gezeigt.»

«Nein? So so.»

«Nein, Mylord. Ich habe mich damit begnügt, Mr. Hardy insgeheim von seinem Kommen in Kenntnis zu setzen. Mr. Hardy ist im Augenblick bei ihm, Mylord.»

«Sie haben immer gute Gründe für Ihr Tun, Bunter. Darf ich fragen, warum Sie diese Politik bescheidener Selbstverleugnung gewählt haben?»

«Falls Eure Lordschaft es für angezeigt halten sollten, die Person zu einem späteren Zeitpunkt unter Beobachtung zu stellen», meinte Bunter, «erschien es mir ratsam, ihn nicht in die Lage zu versetzen, mich wiederzuerkennen.»

«Oho!» sagte Wimsey. «Soll ich daraus schließen, daß die Person verdächtig aussieht? Oder ist es nur Ihre angeborene Vorsicht, die hier in akuter Form hervorbricht? Nun, aber Sie haben vielleicht recht. Am besten gehe ich gleich einmal rauf und höre, was der Bursche zu erzählen hat. Was ist übrigens mit der Polizei? Wir können sie da nicht gut heraushalten, wie?»

Er überlegte eine kleine Weile.

«Ich höre mir seine Geschichte lieber erst mal selbst an. Wenn ich Sie brauche, rufe ich im Büro an. Ist schon etwas zu trinken nach oben gebracht worden?»

«Ich glaube nicht, Mylord.»

«Merkwürdige Zurückhaltung von Mr. Hardys Seite. Lassen Sie eine Flasche Scotch und einen Sodasiphon und etwas Bier hinaufbringen, denn Malz verdeutlicht mehr als Milton den Menschen Gottes Wege. Im Augenblick gibt es offenbar recht vieles, was der Verdeutlichung bedarf, aber vielleicht ist mir wohler, wenn ich erst gehört habe, was Mr. Bright zu berichten hat. Also frischauf ans Werk!»

Wimsey brauchte nur einen Blick auf seinen Gast zu werfen, um im Innersten überzeugt zu sein, daß seine Hoffnungen auf dem besten Wege der Erfüllung waren. Was hier auch herauskommen mochte, in Sachen Rasiermesser war er jedenfalls auf der richtigen Fährte gewesen. Da waren die rötlichen Haare, die kleine Statur, die kaum wahrnehmbar deformierte Schulter, die der Barbier in Seahampton so plastisch geschildert hatte. Der Mann trug einen schäbigen blauen Köperanzug von der Stange und hatte einen vom langen Tragen völlig aus der Fasson geratenen Filzhut in der Hand. Wimsey fielen die weiche Haut, die gepflegten Fingernägel und der allgemeine Eindruck verarmter Noblesse auf.

«Nun, Mr. Bright», sagte Hardy, als Wimsey eintrat, «da ist der Herr, den Sie zu sprechen wünschen. Mr. Bright will seine Geschichte niemand anderem erzählen als Ihnen, Wimsey, obwohl ich ihm schon gesagt habe, daß er mich wohl oder übel auch teilhaben lassen muß, wenn er die Belohnung haben will.»

Mr. Bright sah nervös von einem zum anderen und fuhr sich mit der Zungenspitze ein paarmal über die bläßlichen Lippen.

«Das ist wohl richtig», sagte er mit gedämpfter Stimme, «und ich kann Ihnen versichern, daß mir das Geld nicht unwichtig ist. Aber ich bin in einer peinlichen Lage, obwohl ich nicht vorsätzlich etwas Schlimmes getan habe. Ich kann Ihnen sagen, wenn ich geahnt hätte, was der arme Mensch mit dem Rasiermesser anstellen würde –»

«Ich schlage vor, wir fangen mit dem Anfang an», meinte Wimsey, indem er seinen Hut auf einen Tisch und sich selbst in einen Sessel warf. «Herein! Ah, ja, etwas zu trinken. Was darf ich Ihnen anbieten, Mr. Bright?»

«Eure Lordschaft sind sehr freundlich», murmelte Mr. Bright unterwürfig, «aber leider – es ist so, als ich das in der Zeitung las, bin ich ziemlich überstürzt hierhergekommen. Das heißt, ohne Frühstück. Ich – nun ja, ich meine – ich vertrage keinen Alkohol auf leeren Magen.»

«Bringen Sie ein paar Sandwichs», sagte Wimsey zum Kellner. «Es ist sehr entgegenkommend von Ihnen, Mr. Bright, daß Sie sich im Interesse der Gerechtigkeit alle diese Umstände machen.»

«Gerechtigkeit?»

«Ich meine, um uns bei unseren Ermittlungen zu helfen. Und Sie müssen natürlich gestatten, daß wir Ihnen Ihre Unkosten ersetzen.»

«Danke, Mylord. Da sage ich nicht nein. Das heißt, ich wäre gar nicht in der Lage, nein zu sagen. Ich will nicht verhehlen, daß meine Mittel sehr begrenzt sind. Um ehrlich zu sein», fuhr Mr. Bright jetzt etwas freier fort, nachdem der Kellner gegangen war, «um ganz ehrlich zu sein, ich mußte aufs Essen verzichten, um meine Fahrkarte bezahlen zu können. Dieses Eingeständnis fällt mir nicht leicht. Es ist sehr erniedrigend für einen Mann, der einmal ein gutgehendes eigenes Geschäft hatte. Sie nehmen hoffentlich nicht an, meine Herren, daß ich dergleichen gewohnt bin.»

«Selbstverständlich nicht», sagte Wimsey. «Für jeden können einmal schlechte Zeiten anbrechen. Dabei denkt sich heutzutage niemand mehr etwas. Nun zu diesem Rasiermesser. Übrigens, Ihr vollständiger Name ist –?»

«William Bright, Mylord. Friseur von Beruf. Früher hatte ich einen eigenen Salon in Manchester. Aber dann habe ich durch eine unglückliche Spekulation mein Geld verloren –»

«Wo in Manchester?» warf Salcombe Hardy ein.

«In der Massingbird Street. Aber inzwischen wird das alles abgerissen sein. Ob sich heute noch jemand daran erinnert, könnte ich wirklich nicht sagen. Es war nämlich vor dem Krieg.»

«Haben Sie gedient?» fragte Hardy.

«Nein.» Der Friseur errötete verlegen. «Ich bin kein robuster Mann. Ich wurde für nicht tauglich befunden.»

«Nun gut», sagte Wimsey. «Aber jetzt zu diesem Rasiermesser. Was machen Sie zur Zeit?»

«Nun, Mylord, zur Zeit bin ich sozusagen ein Friseur auf Wanderschaft. Ich ziehe von Ort zu Ort, hauptsächlich in der Urlaubssaison durch die Ferienorte, und nehme Arbeit auf Zeit an.»

«Wo haben Sie zuletzt gearbeitet?»

Der Mann sah mit gehetztem Blick zu ihm auf.

«Ich hatte jetzt eigentlich längere Zeit nichts mehr. In Seahampton habe ich versucht, Arbeit zu bekommen. Das heißt, ich versuche es immer noch. Letzten Mittwoch bin ich hingekommen, nachdem ich es zuerst in Wilvercombe und Lesston Hoe versucht hatte. In Lesston Hoe war ich eine Woche beschäftigt gewesen. Ramage hieß der Salon. Aber da mußte ich wieder aufhören –»

«Warum?» fragte Hardy barsch.

«Ein Kunde hatte etwas auszusetzen –»

«Geklaut?»

«Aber nicht doch! Er war ein sehr leicht erregbarer Herr, und ich hatte das Mißgeschick, ihm einen leichten Schnitt –»

«Betrunken, wie?» meinte Hardy.

Der kleine Mann schien ganz in sich zusammenzuschrumpfen.

«Das hat man gesagt, aber auf mein Ehrenwort –»

«Unter welchem Namen sind Sie dort aufgetreten?»

«Walters.»

«Ist Bright Ihr richtiger Name?»

Unter Hardys brutalen Fragen kam die ganze Geschichte in ihrer unerquicklichen Trivialität heraus. Ein Alias nach dem andern. Da und dort mal eine Woche zur Probe, dann wieder entlassen, und immer aus demselben demütigenden Grund. Nicht seine Schuld. Ein Gläschen Alkohol wirkte auf ihn stärker als auf normale Menschen. Sein richtiger Name war Simpson, aber er hatte sich seitdem schon etlicher anderer bedient. Doch an jedem Namen hatte stets bald wieder derselbe Ruf geklebt. Es war seine tragische Schwäche, die er mit aller Kraft zu überwinden versucht hatte.

Hardy schenkte sich ein zweites Glas Whisky ein und stellte die Flasche achtlos auf die Fensterbank, außerhalb von Mr. Brights Reichweite.

«Was nun das Rasiermesser betrifft –» meinte Wimsey geduldig.

«Ach ja, Mylord. Das Rasiermesser habe ich in Seahampton bekommen, in dem Salon, wo ich um Arbeit nachgefragt hatte. Merryweather hieß der Besitzer. Ich brauchte ein neues Rasiermesser, und er hat mir dieses eine billig verkauft.»

«Es wäre gut, wenn Sie das Messer beschreiben könnten», sagte Hardy.

«Ja, Sir. Es war eine Sheffield-Klinge mit weißem Griff und stammte ursprünglich aus einem Geschäft in der Jermyn Street. Ein gutes Messer, aber schon etwas abgenutzt. Ich bin dann weiter hierher nach Wilvercombe gekommen, aber hier war nichts los, nur daß man mir im Salon Moreton unten an der Esplanade sagte, sie könnten vielleicht später mal eine Aushilfe brauchen. Dann bin ich weiter nach Lesston Hoe gezogen. Das habe ich Ihnen schon gesagt. Nachdem ich es dort in noch ein paar anderen Salons versucht hatte, bin ich wieder hierhergekommen und habe noch einmal bei Moreton nachgefragt, aber da hatte er gerade jemanden eingestellt. Er wird Ihnen das auch sagen, wenn Sie ihn fragen. Sonst war hier nirgendwo etwas zu machen. Ich war ziemlich am Ende.»

Mr. Bright machte eine kurze Pause und leckte sich wieder über die Lippen.

«Das war am Montag vor einer Woche, meine Herren. Am Dienstagabend bin ich ans Meer hinuntergegangen – da hinten, wo die Stadt zu Ende ist, und habe mich dort hingesetzt, um über alles nachzudenken. Es ging auf Mitternacht zu.» Die Worte flossen jetzt schneller; zweifellos tat das Glas Whisky seine Wirkung. «Ich habe aufs Meer hinausgesehen, und dann fühlte ich das Rasiermesser in der Tasche und habe mich gefragt, ob das alles denn überhaupt noch der Mühe wert ist. Ich war furchtbar deprimiert. Ich war mit meinen Mitteln ziemlich am Ende. Da war das Meer, und hier war das Rasiermesser. Sie denken vielleicht, es wäre für einen Friseur ziemlich natürlich, ein Rasiermesser dafür zu nehmen, aber ich kann Ihnen versichern, meine Herren, daß die Vorstellung, ein Rasiermesser zu diesem Zweck zu gebrauchen, unsereinem genauso grausig ist wie Ihnen. Aber das Meer – wie es so an die Ufermauer klatschte – es schien mich zu rufen, wenn Sie verstehen, wie ich das meine. Es klang, als ob es sagte: ‹Gib auf, Bill Simpson, gib doch auf.› Es war irgendwie faszinierend und beängstigend zugleich. Trotzdem, ich hatte schon immer furchtbare Angst vor dem Ertrinken gehabt. So hilflos nach Luft zu ringen, und das grüne Wasser in den Augen – jeder hat seinen speziellen Alptraum, und das ist der meine. Nun, da saß ich also eine Weile und versuchte mit mir ins reine zu kommen, da hörte ich auf einmal jemanden kommen, und dann setzte sich dieser junge Mann neben mich. Ich weiß noch, daß er im Abendanzug war, mit Mantel und weichem Hut. Er hatte einen schwarzen Bart – das war so ziemlich das erste, was mir auffiel, weil es hierzulande bei jungen Männern nicht so üblich ist, höchstens vielleicht bei Künstlern. Also, wir kamen miteinander ins Gespräch – ich glaube, er war es, der anfing, indem er mir eine Zigarette anbot. Es war eine von diesen russischen, mit einem Pappröhrchen dran. Er sprach sehr freundlich, und ich weiß nicht, wie es kam, aber mit einemmal erzählte ich ihm alles über mich und in welcher Klemme ich mich befand. Sie wissen, wie das ist, Mylord. Manchmal erzählt man einem Fremden Dinge, die man keinem erzählen würde, den man kennt. Ich hatte plötzlich das Gefühl, daß er auch nicht besonders glücklich war, und dann haben wir uns lange über die allgemeine Widerwärtigkeit des Lebens unterhalten. Er erzählte, daß er ein russischer Emigrant sei und was für schlimme Zeiten er als Kind durchgemacht habe und alles mögliche über ‹das heilige Rußland› und die Sowjets. Es schien ihm ziemlich zu Herzen zu gehen. Und Frauen und so – anscheinend muß er gerade schweren Kummer mit seiner Freundin gehabt haben. Und dann hat er gemeint, er wünschte, seine Probleme wären so leicht zu lösen wie meine, und ich solle mir doch einen Ruck geben und noch einmal ganz neu anfangen. ‹Geben Sie mir das Rasiermesser›, meinte er, ‹und dann gehen Sie und denken einmal darüber nach.› Ich hab darauf geantwortet, das Rasiermesser ist mein Lebensunterhalt, was ja stimmt, aber da hat er nur gelacht und gemeint: ‹In der Stimmung, in der Sie sind, ist es eher Ihr Sterbensunterhalt.› Er hatte so eine komische Art zu reden, ziemlich fix und irgendwie poetisch. Er gab mir also Geld – fünf Pfund waren es, in Banknoten – und ich gab ihm das Rasiermesser. ‹Was wollen Sie denn damit anfangen, Sir?› hab ich ihn gefragt. ‹Sie können es doch gar nicht brauchen.› – ‹Keine Sorge›, hat er gemeint, ‹ich werde schon eine Verwendung dafür finden.› Und dann hat er wieder gelacht und es eingesteckt. Dann ist er aufgestanden und hat gemeint: ‹Komisch, daß wir beide uns heute abend über den Weg laufen mußten›, und so etwas wie: ‹Zwei Seelen und ein Gedanke.› Er hat mir noch einen Klaps auf die Schulter gegeben und ‹Kopf hoch› gesagt und noch einmal freundlich genickt, und weg war er, und ich habe ihn nicht mehr wiedergesehen. Wenn ich gewußt hätte, was er mit dem Rasiermesser vorhatte, ich hätte es ihm nie gegeben, aber ich bitte Sie, wie sollte ich das denn ahnen, meine Herren?»

«Das klingt wirklich sehr nach Paul Alexis», meinte Wimsey bedächtig.

«Er hat wohl nicht direkt gesagt, wer er ist?» fragte Hardy.

«Das nicht, aber er hat gesagt, daß er als bezahlter Tanzpartner hier in einem Hotel arbeitet und ob das nicht ein elendes Leben für einen Mann ist, der eigentlich ein Prinz im eigenen Land sein sollte – häßlichen alten Frauen schöne Augen machen zu müssen, für zweieinhalb Pence pro Tanz. Es klang schon sehr verbittert.»

«Nun», sagte Wimsey, «wir sind Ihnen sehr verbunden, Mr. Bright. Damit scheint ja die Sache zur allseitigen Zufriedenheit ziemlich geklärt zu sein. Ich nehme aber an, Sie werden das noch der Polizei erzählen müssen.»

Mr. Bright machte bei dem Wort Polizei ein recht unglückliches Gesicht.

«Kommen Sie lieber gleich mit und bringen Sie's hinter sich», sagte Wimsey, indem er aufsprang. «Sie können da jetzt nicht mehr gut raus, und – hol's der Henker, Mann! – es ist doch nichts dran an der Geschichte, wofür Ihnen einer Scherereien machen könnte.»

Der Friseur mußte ihm widerstrebend recht geben und richtete dann die blassen Augen auf Salcombe Hardy.

«Klingt soweit in Ordnung», sagte dieser, «aber wir müssen die Geschichte natürlich noch nachprüfen, verstanden? Sie könnten sich das ja auch aus den Fingern gesogen haben. Aber wenn die Polizei bestätigen kann, was Sie von sich erzählt haben – das ist nämlich deren Sache –, dann wartet auf Sie ein schöner, dicker Scheck, von dem Sie wohl eine Weile leben können, wenn Sie dieser – äh – kleinen Schwäche einmal aus dem Weg gehen. Wichtig ist», fuhr Salcombe Hardy fort, indem er nach der Flasche griff, «daß man sich von seinen Schwächen nie das Geschäft verderben läßt.»

Er goß sich einen steifen Whisky-Soda ein und mixte im nachhinein auch noch einen für den Friseur.

Polizeidirektor Glaisher war von Brights Geschichte sehr angetan, desgleichen Inspektor Umpelty, der die ganze Zeit an der Selbstmordtheorie festgehalten hatte.

«Jetzt werden wir die Sache bald geklärt haben», meinte letzterer zuversichtlich. «Wir werden den Weg des schlauen Mr. Bright zurückverfolgen, aber höchstwahrscheinlich hat es damit seine Richtigkeit. Es stimmt alles mit dem überein, was dieser Mann in Seahampton gesagt hat. Und dann werden wir Bright im Auge behalten. Er muß uns eine Adresse angeben und versprechen, daß er in Wilvercombe bleibt, denn bei der Voruntersuchung wird er natürlich noch gebraucht – falls es eine gibt. Die Leiche müßte jetzt bald auftauchen. Ich verstehe gar nicht, wieso sie nicht längst gefunden wurde. Sie liegt schon fünf Tage im Wasser, und ewig kann sie da nicht bleiben. Sie wissen ja, zuerst bleiben sie oben, dann gehen sie unter, aber wenn sich erst die Gase zu bilden anfangen, kommen sie wieder hoch. Ich hab schon welche gesehen, die waren aufgebläht wie Ballons. Sie muß sich irgendwo verfangen haben, so wird es sein; aber wir werden heute nachmittag noch einmal mit einem Netz bei den Mahlzähnen suchen, und über kurz oder lang werden wir schon was finden. Werde ich froh sein, wenn wir sie endlich haben! Man kommt sich allmählich ein bißchen dämlich vor, wenn man eine Untersuchung führt und nicht einmal eine Leiche vorzuweisen hat.»

«Zufrieden?» fragte Hardy, als Wimsey von der Polizei zurückkam. Er hatte die Geschichte telefonisch nach London durchgegeben und führte sich soeben eine kleine Stärkung zu.

«Ich sollte wohl zufrieden sein», erwiderte Seine Lordschaft. «Mich stört nur eines, Sally. Wenn ich zu diesem Fall eine passende Geschichte erfinden müßte, würde ich genau diese Geschichte erfinden. Ich wüßte nur zu gern, wo Mr. Bright sich am Donnerstag nachmittag um zwei Uhr aufgehalten hat.»

«Sie sind vielleicht ein Dickschädel», sagte Mr. Hardy. «Ich will Ihnen mal was sagen, Sie sind so versessen auf Morde, daß Sie schon überall Mord riechen. Schlagen Sie sich's aus dem Kopf.»

Wimsey schwieg, aber kaum war er Sally Hardy los, zog er ein kleines Faltblatt mit der Überschrift «Gezeitentabelle» aus der Tasche und studierte es eingehend.

«Hab ich mir doch gedacht», sagte er.

Er nahm ein Blatt Papier und stellte unter dem Namen WILLIAM BRIGHT eine neue Tabelle mit den Spalten *Zu beachten* und *Zu tun* auf. Sie enthielt eine Zusammenfassung der Aussage Brights und des Gesprächs mit der Polizei; aber die linke Spalte endete mit folgender Bemerkung:

«Er behauptet in sehr überzeugender und poetischer Weise, das Meer sei an die Ufermauer geklatscht und habe ihn gleichsam gerufen. Aber am Dienstag, dem 16. Juni, konnte das Meer um Mitternacht nicht an die Ufermauer klatschen, weil gerade Niedrigwasser war.»

Und in die rechte Spalte schrieb er:

«Den Mann im Auge behalten!»

Nach kurzem weiteren Nachdenken nahm er ein neues Blatt und schrieb einen Brief an Chefinspektor Parker von Scotland Yard, den er um Informationen über bolschewistische Agenten bat. Man konnte ja nie wissen. Komische Sachen hatte es schon früher gegeben – noch viel komischere sogar als bolschewistische Verschwörungen. Zufällig erwähnte er dabei auch Mr. Haviland Martin und sein Bankkonto. Mit den Bolschewiken als Vorwand würde Parker vielleicht Mittel und Wege finden, sogar die Lippen eines Bankdirektors zu öffnen. Polizeidirektor Glaisher würde diesen Übergriff auf sein Territorium vielleicht nicht freudig begrüßen – aber Parker war mit Lord Peters Schwester verheiratet, und seit wann durfte man denn seinem eigenen Schwager keinen privaten Brief mehr schreiben?

15

Das Zeugnis der Liebsten und der Wirtin

Du bist ein Meister dieser Liebesspiele
Und hast ein Herz gleich Amors Pfeilekissen,
Verschlissen vom Gebrauch.

Death's Jest-Book

Was ist das? Sahst du nicht ein weißes Zucken
Durch seine Wange gehn und seine Lider öffnen?
Das Blatt muß Unheil künden.

Fragment

Dienstag, 23. Juni

Harriet kam indessen mit ihrem Roman nicht gut voran. Da gab es nicht nur dieses ärgerliche Problem mit der Rathausuhr – oder mußte sie das Ding nicht überhaupt Stadthallenuhr nennen, weil es in Schottland spielte? –, sie war zudem an einem Punkt angelangt, an dem nach den Wünschen des Herausgebers der Serie, der immerhin für die Originalrechte zahlte, die Heldin und der Freund des Detektivs sich ineinander verlieben sollten. Nun ist aber jemand, dessen bisherige Erfahrungen mit der Liebe enttäuschend waren, der außerdem eben erst eine aufreibende Szene mit einem neuen Bewerber hinter sich gebracht hat und der sich zur Zeit noch obendrein mit den unerquicklichen Liebesangelegenheiten Dritter befassen muß, die gewaltsam und blutig endeten, wohl nicht in der rechten Stimmung, sich hinzusetzen und die Verzückungen zweier händchenhaltend im Rosengarten wandelnder Unschuldslämmer abzuhandeln. Harriet schüttelte ungehalten den Kopf und wandte sich der wenig erfreulichen Aufgabe zu.

«Weißt du, Betty, ich glaube, du mußt mich manchmal für einen ziemlich alltäglichen Trottel halten.»

«Aber ich halte dich überhaupt nicht für einen Trottel, du Trottel.»

Harriet fürchtete, das würden nicht einmal die Leser der *Daily Message* witzig finden. Na ja, weiter im Text. Das Mädchen mußte jetzt irgend etwas Ermutigendes sagen, sonst kam dieser stammelnde junge Schwachkopf nie zur Sache.

«Ich finde es ja so wunderbar von dir, daß du das alles tust, um mir zu helfen.»

Na bitte, jetzt halste sie dem unglückseligen jungen Mädchen wieder unbarmherzig diese häßliche Bürde der Dankbarkeit auf. Aber Betty und Jack waren sowieso beide Heuchler, denn sie wußten ganz genau, daß Robert Templeton die ganze Arbeit machte. Trotzdem:

«Als ob es auf der Welt etwas gäbe, was ich für dich nicht täte – Betty!»

«Ja, Jack?»

«Betty, Liebste – könntest du nicht vielleicht –»

Harriet sah ein, daß sie selbst *nicht* konnte, auch nicht vielleicht. Sie griff zum Telefon, ließ sich mit der Telegrammannahme verbinden und diktierte eine kurze, barsche Mitteilung an ihren leidgeprüften Agenten: «Sagen Sie Bootle, ich weigere mich, Liebesgeschichte einzuflechten – Vane.»

Danach fühlte sie sich wohler, aber an dem Roman zu arbeiten war einfach nicht möglich. Konnte sie nicht etwas anderes tun? Doch. Sie griff wieder zum Telefon und ließ bei der Direktion anfragen, ob man sie irgendwie mit Monsieur Antoine verbinden könne.

Die Direktion war es offenbar durchaus gewohnt, weibliche Gäste mit Monsieur Antoine zu verbinden. Man hatte eine Telefonnummer, unter der er anzutreffen sein mußte. Er war es. Ob Monsieur Antoine Miss Vane mit Miss Garland und Mr. da Soto bekannt machen könne? Aber gewiß. Nichts leichter als das. Mr. da Soto spiele im Wintergarten, und das Morgenkonzert müsse bald vorüber sein. Miss Garland werde wahrscheinlich mit ihm essen gehen. So oder so, Monsieur Antoine werde das in die Hand nehmen, und wenn Miss Vane es wünsche, werde er sie abholen kommen und zum Wintergarten begleiten. Das sei sehr freundlich von Monsieur Antoine. Ganz im Gegenteil, es sei ihm ein Vergnügen; in einer Viertelstunde? *Parfaitement.*

«Sagen Sie, Monsieur Antoine», sagte Harriet, als ihr Taxi auf der Esplanade entlangfuhr. «Sie sind doch ein Mann von großer Erfahrung. Ist Liebe in Ihren Augen das Allerwichtigste auf der Welt?»

«Sie ist, Gott sei's geklagt, sehr, sehr wichtig, Mademoiselle, aber das Allerwichtigste – nein!»

«Was ist denn das Allerwichtigste?»

«Mademoiselle, ich will Ihnen ehrlich sagen, daß ein gesunder Geist in einem gesunden Körper das größte Geschenk ist, das *le bon Dieu* einem machen kann, und wenn ich so manche Leute sehe, die gesundes Blut und einen kräftigen Körper haben und sich mit Drogen und Alkohol und allerlei Narreteien kaputtmachen und ihr Gehirn zerstören, werde ich sehr zornig. Das sollten sie denen überlassen, die nicht anders können, weil für sie das Leben ohne Hoffnung ist.»

Harriet wußte kaum, was sie antworten sollte; er hatte das mit soviel persönlicher und tragischer Anteilnahme gesagt. Zum Glück wartete Antoine nicht erst auf eine Antwort.

«*L'amour!* Diese Damen kommen und tanzen und holen sich Appetit und wollen Liebe und halten das für Glück. Und mir erzählen sie von ihrem Kummer – mir –, und dabei haben sie gar keinen Kummer, sie sind nur dumm und selbstsüchtig und faul. Ihre Männer sind ihnen untreu und ihre Liebhaber laufen ihnen davon, und was sagen sie dann? Sagen sie, ich habe zwei Hände, zwei Füße, fünf Sinne, einen Kopf, und nun sorge ich für mich selbst? Nein. Sie sagen: Gebt mir Kokain, gebt mir Cocktails, gebt mir Aufregung, gebt mir meinen Gigolo, gebt mir *l'amo-o-ur*! Wie ein *mouton*, der auf der Wiese blökt. Wenn die wüßten!»

Harriet lachte.

«Sie haben recht, Monsieur Antoine. Ich glaube auch nicht, daß *l'amour* letzten Endes so wichtig ist.»

«Aber verstehen Sie mich recht», sagte Antoine, der wie die meisten Franzosen im Grunde sehr ernst und häuslich war, «ich sage nicht, die Liebe ist nicht wichtig. Es ist sicherlich sehr schön, zu lieben und einen liebenswerten Menschen zu heiraten, der einem schöne, gesunde Kinder schenkt. Dieser Lord Peter Wimsey, *par exemple*, der offenbar ein Herr von allergrößter Integrität ist –»

«Oh, lassen Sie bitte *ihn* aus dem Spiel!» unterbrach Harriet ihn hastig. «An den habe ich nicht gedacht. Ich dachte an Paul Alexis und diese Leute, die wir jetzt besuchen wollen.»

«Ah! *C'est différent.* Mademoiselle, ich glaube, Sie kennen sehr wohl den Unterschied zwischen Liebe, die bedeutend ist, und Liebe, die nicht bedeutend ist. Aber Sie müssen bedenken, daß jemand eine bedeutende Liebe für eine unbedeutende Person haben kann. Und Sie müssen bedenken, daß Menschen, die am

Geist oder am Körper krank sind, nicht einmal die Liebe brauchen, um Dummheiten zu machen. Wenn ich mich zum Beispiel einmal umbringe, kann es aus Langeweile sein oder aus Ekel, oder weil ich Kopfschmerzen habe oder Leibschmerzen, oder weil ich keine erstklassige Stellung mehr halten kann und nicht drittklassig sein will.»

«Ich hoffe, Sie haben nichts dergleichen vor.»

«Oh, irgendwann werde ich mich umbringen», erklärte Antoine fröhlich. «Aber bestimmt nicht aus Liebe. Nein. So *détraqué* bin ich nicht.»

Das Taxi hielt vor dem Wintergarten. Harriet hatte zuerst Hemmungen, die Fahrt zu bezahlen, aber sie merkte bald, daß so etwas für Antoine völlig normal war. Sie begleitete ihn zum Orchestereingang, und wenige Minuten später befanden sie sich in Gesellschaft Leila Garlands und Luis da Sotos – der perfekten Platinblonden und des perfekten Salonlöwen. Beide waren vollkommen von sich selbst eingenommen und unglaublich höflich; die einzige Schwierigkeit war – wie Harriet feststellte, als sie zusammen an einem Tisch saßen –, von ihnen irgendeine zuverlässige Auskunft zu bekommen. Leila schien sich auf eine Meinung festgelegt zu haben und blieb dabei. Paul Alexis sei «ein furchtbar netter Junge» gewesen, aber «einfach viel zu romantisch». Es war Leila «schrecklich nahegegangen», ihn fortzuschicken, und er habe es sich «schrecklich zu Herzen genommen» – aber schließlich habe sie für ihn nichts anderes mehr als Mitleid empfunden – er sei so «schrecklich furchtsam und allein» gewesen. Als Luis dahergekommen sei, habe sie gleich gemerkt, wo ihre wirkliche Zuneigung lag. Sie verdrehte die großen Immergrünaugen nach Mr. da Soto, der mit einem schmachtenden Niederschlagen der gefransten Lider antwortete.

«Es hat mir um so mehr leid getan», sagte Leila, «weil mein armer Paul –»

«Nicht mehr *dein* Paul, Schatz.»

«Natürlich nicht, Luis – aber der arme Kerl ist doch tot. Jedenfalls hat es mir leid getan, weil Paul wegen irgend etwas so furchtbaren Kummer zu haben schien. Aber er hat sich mir nie anvertraut, und was soll eine Frau denn machen, wenn ein Mann sich ihr nicht anvertrauen will? Ich hab mich doch manchmal regelrecht gefragt, ob er nicht von irgend jemandem erpreßt wurde.»

«Warum? War er knapp bei Kasse?»

«Ja, doch, das auch. Natürlich hätte mir das überhaupt nichts ausgemacht. So eine bin ich nicht. Aber sehen Sie, es ist trotzdem nicht nett, wenn eine Frau sich ausmalen muß, daß ein Verehrer von ihr wegen irgendwas erpreßt wird. Ich meine, da weiß man doch nie, ob man nicht in irgend etwas Unangenehmes hineingezogen wird. Ich meine, es ist einfach nicht nett, oder?»

«Ganz im Gegenteil. Wann hat das denn angefangen, daß er Kummer zu haben schien?»

«Mal überlegen. Ich glaube, das war vor ungefähr fünf Monaten. Ja, da war es. Ich meine, das war, als das mit den Briefen anfing.»

«Was für Briefen?»

«Ach so, ja, das waren so lange Briefe mit ausländischen Briefmarken drauf. Ich glaube, sie kamen aus der Tschechoslowakei oder einem von diesen komischen Ländern. Rußland war es jedenfalls nicht, denn ich hab ihn gefragt, und da hat er nein gesagt. Ich fand das sehr komisch, denn er sagte, er ist nie in einem fremden Land gewesen, außer in Rußland, als er noch klein war, und natürlich in Amerika.»

«Haben Sie irgendwem von diesen Briefen erzählt?»

«Nein. Sehen Sie, Paul hat doch immer gesagt, es würde ihm schaden, wenn man davon spricht. Er hat gesagt, die Bolschewiken bringen ihn um, wenn etwas davon herauskommt. Ich hab zu ihm gesagt: ‹Ich weiß nicht, wie du das meinst›, hab ich gesagt, ‹ich bin doch keine Bolschewikin›, hab ich gesagt, ‹und ich kenne auch keine von diesen Leuten, also was kann es dir schon schaden, wenn du mir davon erzählst?› Aber jetzt, wo er tot ist, kann es ihm ja sowieso nicht mehr schaden, oder? Außerdem, wenn Sie mich fragen, ich glaube sowieso nicht, daß es Bolschewiken waren. Ich meine, es klingt nicht sehr wahrscheinlich, oder? Ich hab zu ihm gesagt: ‹Wenn du erwartest, daß ich *das* schlucke, dann verlangst du aber eine ganze Menge›, hab ich gesagt. Aber er wollte es mir nun mal nicht erzählen, und das hat unsere Freundschaft schon ein bißchen abgekühlt. Ich meine, wenn man mit einem Mann so befreundet ist wie ich mit Paul, dann erwartet man doch eine gewisse Rücksichtnahme.»

«Natürlich», sagte Harriet verständnisvoll. «Es war ein großer Fehler von ihm, nicht völlig offen Ihnen gegenüber zu sein. Ich glaube, ich an Ihrer Stelle hätte sogar guten Gewissens herauszubekommen versucht, woher die Briefe kamen.»

Leila spielte geziert mit einem Stückchen Brot.

«Um ehrlich zu sein», gab sie zu, «einmal hab ich auch einen ganz kleinen Blick riskiert. Ich fand einfach, das war ich mir schuldig. Aber da stand nur Quatsch drin. Nicht ein einziges Wort konnte man davon verstehen.»

«War es eine Fremdsprache?»

«Na ja, ich weiß nicht. Es waren lauter Druckbuchstaben, und in manchen Wörtern waren überhaupt keine Selbstlaute drin. Man konnte sie gar nicht aussprechen.»

«Klingt nach einer Geheimschrift», meinte Antoine.

«Ja, das hab ich mir auch gedacht. Ich fand es furchtbar komisch.»

«Aber», sagte Harriet, «ein gewöhnlicher Erpresser würde doch keine Briefe in Geheimschrift schreiben?»

«Ha, warum denn nicht? Ich meine, es könnte ja eine Bande gewesen sein, verstehen Sie, wie in diesem Roman, *Die Spur der purpurnen Python*. Haben Sie den gelesen? Die purpurne Python war nämlich ein türkischer Millionär und hatte ein geheimes Haus mit lauter stahlverkleideten Zimmern und luxuriösen Diwans und Obelisken –»

«Obelisken?»

«Na ja, Sie wissen schon. Nicht ganz anständige Frauen. Und er hatte Agenten in allen Ländern Europas, die belastende Briefe aufgekauft haben, und an seine Opfer hat er in Geheimschrift geschrieben und die Briefe mit einem Schnörkel in purpurroter Tinte unterschrieben. Nur die Freundin des englischen Detektivs hat sein Geheimnis herausbekommen, indem sie sich als eine Obeliske verkleidete, und der Detektiv, der in Wirklichkeit Lord Humphrey Chillingfold war, kam mit der Polizei gerade rechtzeitig an, um sie aus der schändlichen Umarmung der purpurnen Python zu retten. Das war ein furchtbar aufregendes Buch. Paul hat viele solcher Bücher gelesen – ich glaube, da wollte er sich Ideen holen, um die Bande zu überlisten. Ins Kino ist er auch gern gegangen. Aber natürlich gewinnt in solchen Geschichten am Ende immer der Held, und der arme kleine Paul hatte nun wirklich nicht das Zeug zu einem Helden. Einmal hab ich zu ihm gesagt: ‹Das ist ja alles schön und gut›, hab ich gesagt, ‹aber ich kann mir einfach nicht vorstellen, wie du in eine Opiumhöhle voller Gangster gehst, mit einer Pistole in der Tasche, und vergast und niedergeschlagen wirst und dann deine Fesseln abwirfst und den Unterweltkönig mit einer elektrischen Lampe angreifst. Du hättest doch Angst, dir weh zu tun›, hab ich gesagt. Und das hätte er auch.»

Mr. da Soto gluckste beifällig.

«Da hast du's ihm aber schön gegeben, Schatzi. Der arme

Alexis war ja ein Freund von mir, aber Courage hatte er überhaupt keine. Ich hab zu ihm gesagt, wenn er mir nicht aus den Füßen bleibt und der kleinen Leila nicht selbst die Wahl läßt, mit wem sie gehen will, kriegt er von mir eins aufs Maul. Ich kann Ihnen sagen, der war halbtot vor Angst.»

«Stimmt», sagte Leila. «Und eine Frau kann natürlich keine Achtung vor einem Mann haben, der sich nicht mal wehren kann.»

«Erstaunlich!» rief Antoine. «Und dieser junge Mann, so ängstlich, so wehleidig, schneidet sich die Kehle durch, mit einem großen, häßlichen Schnitt, weil Sie ihn sitzengelassen haben! *C'est inoui.*»

«Sie glauben wohl an diese Bolschewikengeschichte!» sagte Leila beleidigt.

«Ich? Ich glaube gar nichts. Ich bin ein Agnostiker. Aber ich sage, daß das Bild, das Sie von Alexis zeichnen, nicht logisch ist.»

«Antoine hat es immerzu mit der Logik», sagte Leila, «aber ich sage, daß die Leute nicht immer logisch sind. Da braucht man sich doch nur einmal anzusehen, was sie für lauter komische Sachen machen. Vor allem die Männer. Ich denke immer, die Männer sind schrecklich inkonsequent.»

«Darauf kannst du Gift nehmen», sagte Mr. da Soto. «Du hast vollkommen recht, Schatzi. Das müssen wir auch sein, sonst würden wir uns mit ungezogenen kleinen Mädchen wie dir nicht abgeben.»

«Ja, aber die Briefe», versuchte Harriet verzweifelt zum Thema zurückzukommen. «Wie oft sind die gekommen?»

«Etwa einmal die Woche, manchmal auch öfter. Er hat sie in eine kleine Kassette eingeschlossen. Beantwortet hat er sie auch immer. Manchmal, wenn ich ihn besuchen wollte, hatte er seine Tür verschlossen, und die alte Mama Lefranc sagte, daß er Briefe schrieb und nicht gestört werden wollte. Das hat eine Frau natürlich gar nicht gern, wenn ihr Freund sich so benimmt. Ich meine, man erwartet doch ein bißchen Aufmerksamkeit von ihm, und nicht daß er sich mit Briefen einschließt, wenn man ihn besuchen kommt. Ich meine, man kann doch von einer Frau nicht erwarten, daß sie sich mit so etwas abfindet.»

«Natürlich nicht, Schatzi», sagte Mr. da Soto.

Antoine lächelte und murmelte ganz unerwartet:

«Mais si quelqu'un venoit de la part de Cassandre,
Ouvre-luy tost la porte, et ne le fais attendre,
Soudain entre dans ma chambre, et me vien accoustrer.»

Harriet erwiderte sein Lächeln, dann kam ihr plötzlich eine Idee, und sie fragte Leila:

«Wann ist der letzte von diesen Briefen angekommen?»

«Das weiß ich nicht. Er war ja nicht mehr mein Freund, nachdem ich mit Luis ging. Aber Mama Lefranc kann Ihnen das sicher sagen. Es passiert ja nicht viel, wovon Mama Lefranc nichts mitbekommt.»

«Haben Sie und Alexis zusammengewohnt, als Sie noch befreundet waren?» fragte Harriet geradeheraus.

«Natürlich nicht; so etwas fragt man eine Frau doch nicht.»

«Ich meine, im selben Haus.»

«Aber nein. Wir haben uns ziemlich oft besucht, aber nachdem ich mit Luis ging, habe ich natürlich zu Paul gesagt, daß es besser ist, wenn wir uns überhaupt nicht mehr sehen. Wissen Sie, Paul hing doch so an mir, und Luis hätte sich vielleicht alles mögliche eingebildet – nicht wahr, Luis?»

«Darauf kannst du Gift nehmen, Schatzi.»

«Haben Sie der Polizei nichts von diesen Briefen erzählt?»

«Nein», antwortete Miss Garland entschieden. «Das soll nicht heißen, daß ich es ihnen nicht gesagt hätte, wenn sie anständig danach gefragt hätten, aber wenn man sich diesen fetten Umpelty anhörte, sollte man glatt meinen, ich bin kein ehrbares Mädchen. Da hab ich zu ihm gesagt: ‹Ich weiß von nichts›, hab ich gesagt, ‹und Sie haben nichts gegen mich in der Hand›, hab ich gesagt, ‹und können mich nicht zwingen, auf Ihre albernen Fragen zu antworten, höchstens wenn Sie mich mit auf Ihr dämliches Polizeirevier nehmen und mir etwas vorzuwerfen haben›, hab ich gesagt.» Miss Garlands bis dahin sorgsam modulierte Stimme geriet außer Kontrolle und wurde schrill. «Und ich hab gesagt: ‹Es würde Ihnen aber auch gar nichts nützen, denn ich weiß nichts von Paul Alexis und hab ihn seit Monaten nicht mehr gesehen›, hab ich gesagt, ‹und außerdem, wenn Sie weiter so mit einem anständigen Mädchen umspringen›, hab ich gesagt, ‹kriegen Sie Ärger, Mr. Rumpelty-Bumpelty›, hab ich gesagt, ‹und jetzt wissen Sie, wie Sie dran sind.› Das hab ich zu ihm gesagt, und es ist ein Glück, daß es in diesem Land noch Gesetze gibt, die ein anständiges Mädchen wie mich schützen.»

«Ist sie nicht 'ne Wucht in Tüten?» fragte Mr. da Soto bewundernd.

Weitere Informationen schienen von Leila Garland, die nach Harriets Meinung ein regelrechter kleiner Vamp und eitel wie ein Affe war, nicht zu holen zu sein. Mr. da Soto wirkte durchaus harmlos und schien keinen dringenden Grund gehabt zu haben, Alexis um die Ecke zu bringen. Natürlich konnte man bei diesen geschniegelten Typen undurchschaubarer Herkunft nie wissen. Und gerade als sie das dachte, zückte da Soto seine Uhr.

«Meine Damen und Herren, Sie müssen mich entschuldigen, ich habe Probe. Wie immer dienstags und donnerstags.»

Er verbeugte sich und entfernte sich mit seinem wiegenden Gang, der ein Mittelding zwischen Schlendern und Stolzieren war. Hatte er den Donnerstag absichtlich erwähnt, um auf ein Alibi für Donnerstag, den 18. Juni aufmerksam zu machen? Und woher kannte er die Zeit, für die ein Alibi benötigt wurde? Diese eine Information war nämlich bewußt nicht an die Zeitungen gegeben worden und würde wohl auch vor der Voruntersuchung nicht in die Zeitungen gelangen. Und doch – konnte man dieser Bemerkung irgendwelche Bedeutung beimessen? Ein Alibi, das auf einer Orchesterprobe basierte, war ebenso leicht zu konstruieren wie zu widerlegen. Dann fiel ihr eine Erklärung ein: Die Polizei hatte da Soto sicher schon nach seinem Tun und Lassen am Donnerstag gefragt. Aber dabei hatte sie den entscheidenden Zeitpunkt bestimmt nicht derart betont. Auch sie war der Meinung gewesen, je weniger die Leute wüßten, desto besser wäre es – es würde die Ermittlungen voranbringen, wenn einer daherkäme und auffällig mit einem Alibi für zwei Uhr wedelte.

Als Harriet mit Antoine zurückfuhr, wußte sie noch immer nichts mit da Soto anzufangen. Es war erst Viertel nach zwei. Sie hatte noch Zeit, einen neuen Plan auszuführen, den sie sich ausgedacht hatte. Sie packte ein paar Sachen in einen Koffer und wollte jetzt einmal sehen, was aus Mrs. Lefranc, Paul Alexis' Wirtin, herauszubekommen war.

Die Tür zu der billig aussehenden Pension wurde ihr von einer korpulenten Person mit bronzefarbenem Haar geöffnet, die einen rosa Morgenmantel, Seidenstrümpfe mit Laufmaschen, grüne Samtpantoffeln und um den dick gepuderten Hals eine Kette aus taubeneiergroßen Kunstbernsteinperlen trug.

«Guten Tag», sagte Harriet, «ich suche ein Zimmer.»

Die Frau musterte sie aus listigen Augen und fragte: «Sind Sie Künstlerin, Kindchen?»

Ja zu sagen, war verlockend, aber riskant. Mrs. Lefranc sah so aus, als ob man das wenige, was sie über «Künstler» nicht wußte, auf einen Daumennagel schreiben könnte. Außerdem war Harriet in Wilvercombe allmählich bekannt – sie konnte kaum hoffen, ihre Identität für immer verheimlichen zu können.

«Nein», sagte sie. «Ich schreibe Bücher. Um es gleich zu sagen, Mrs. Lefranc, ich bin diejenige, die letzte Woche den armen Mr. Alexis gefunden hat. Bisher habe ich im *Resplendent* gewohnt, aber das ist so furchtbar teuer, und da dachte ich, wenn das Zimmer hier noch frei wäre, könnte ich es vielleicht bekommen.»

«Je nun», sagte Mrs. Lefranc. Sie öffnete die Tür ein Stückchen weiter, immer noch schwankend zwischen Argwohn und Neugier. «Je nun! Ich weiß gar nicht, was ich da sagen soll. Sie gehören nicht zu diesen Journalisten?»

«Du lieber Himmel, nein», antwortete Harriet.

«Denn», sagte Mrs. Lefranc, «bei denen weiß man nie, wie man dran ist. Zu Tode geplagt haben sie mich, und ihre langen Nasen in meine Privatangelegenheiten gesteckt. Aber bei *Ihnen* ist das Interesse ja nur natürlich, Kindchen, wenn Sie es doch waren, die den armen Jungen gefunden hat. Kommen Sie herein. Sie entschuldigen mein Negligé, ja. Wenn ich nicht immerzu auf den Beinen bin und dem Mädchen auf die Finger gucke, weiß ich nicht, wo wir noch mal landen. Ich hab gar keine Zeit, mich morgens groß aufzumachen. Wie lange möchten Sie das Zimmer haben?»

«Das weiß ich noch nicht. Es kommt darauf an, wann die Voruntersuchung stattfindet.»

«Ach so, ja – und zuerst müssen sie ihn finden, den armen Kerl, nicht? Wissen Sie, ich hab ja so ein weiches Herz, ich kann schon nachts nicht mehr schlafen, wenn ich mir nur vorstelle, wie er da draußen in diesem gräßlichen Wasser herumschwimmt. Geben Sie auf den Kohleeimer acht, Kindchen; wie oft hab ich dem Mädchen schon gesagt, es soll ihn nicht auf der Treppe stehenlassen! Es ist ein schönes Zimmer im ersten Stock – wirklich das schönste im ganzen Haus, und das Bett werden Sie auch sehr bequem finden. Der arme Mr. Alexis hat immer zu mir gesagt, es ist ihm ein richtiges Zuhause, und ich kann Ihnen sagen, für mich war er wie ein Sohn.»

Mrs. Lefranc ging voran; die grünen Pantoffeln klappten auf und nieder und ließen die großen Löcher in den Fersen der Strümpfe sehen.

«Hier, Kindchen!» sagte Mrs. Lefranc, indem sie die Tür aufstieß. «Was Besseres finden Sie bestimmt in ganz Wilvercombe nicht, und es ist so schön ruhig – hier können Sie wunderbar schreiben. Ich hab alles saubermachen und seine Sachen und Kleider wegräumen lassen – und wenn Ihnen seine Bücher nicht gefallen und die paar Sachen, die noch da sind, kann ich die leicht auf die eine Seite räumen. Aber die machen Ihnen ganz bestimmt nichts aus. Er ist ja schließlich nicht in diesem Zimmer gestorben, nicht wahr, die arme Seele. Und ich kann Ihnen sagen, Mr. Alexis war viel zu sehr ein Herr, um in anderer Leute Wohnungen irgend etwas Überstürztes zu tun. Von so was bekommt ein Haus einen schlechten Ruf, das ist nicht zu leugnen, und nachher wird man noch für Dinge verantwortlich gemacht, auf die man gar keinen Einfluß hat, da kann man sich noch so anstrengen, daß die Gäste sich bei einem wohlfühlen. Und die Bücher, na ja, wenn es irgendwas Ansteckendes gewesen wäre, hätten die natürlich vernichtet werden müssen, obwohl ich ja jetzt überhaupt nicht weiß, wem sie gehören, und das kann die Polizei mir sicher auch nicht sagen, und ich finde, hier stehen sie mit demselben Recht wie anderswo, nachdem ich das ganze Jahr und länger wie eine Mutter zu ihm war. Aber hier gibt's nichts Ansteckendes, denn mit so was hatte er nie was zu tun, und normalerweise war er bei bester Gesundheit, bis auf die Schmerzen in den Gelenken, mit denen er sich manchmal hinlegen mußte, und was er da für Qualen durchgemacht hat, das war grausam. Ich kann Ihnen sagen, mir hat das Herz für ihn geblutet, und wieviel Antipyrin er dagegen genommen hat, da würden Sie sich nur wundern, und nie wollte er einen Arzt haben. Aber bitte, ich kann es ihm nicht verdenken. Meine Schwester hatte auch ganz schlimmes Rheuma, und was die ausgegeben hat für Ärzte und Bestrahlung, und nichts ist dabei rausgekommen, außer daß ihre Knie aufgegangen sind wie Kürbisse. Und schließlich konnte sie ihre Beine gar nicht mehr gebrauchen, was ja nun wirklich grausam ist für einen Menschen mit ihrem Beruf. Sie war Trapezkünstlerin; ich hab noch ihr Foto bei mir im Zimmer, wenn Sie es sich bei Gelegenheit mal ansehen möchten, Kindchen. Und die Kränze, die ihre alten Freunde zu ihrer Beerdigung geschickt haben, das war schon eine Pracht. Der ganze Leichenwagen war zugedeckt, daß sie noch einen Extrawagen dafür holen mußten. Aber wie gesagt, wenn Sie die Bücher nicht wollen, hole ich sie weg. Jedenfalls lasse ich nicht zu, daß diese Weldon oder diese Leila Garland – die kleine Katze – herkommt und sie mitnimmt.»

Das Zimmer war wirklich ganz hübsch – groß und hell und viel sauberer, als Harriet auf Grund von Mrs. Lefrancs Aussehen hätte hoffen können. Das Mobiliar war natürlich häßlich, aber trotz der Schäbigkeit solide und gut in Schuß. Die Bücher waren genau von der Art, wie Inspektor Umpelty sie beschrieben hatte: vorwiegend Romane in billigen Ausgaben, dazwischen ein paar broschierte

Bücher in russischer Sprache und einige Bände mit Denkwürdigkeiten vom Zarenhof. Das einzige überraschende Andenken an den früheren Mieter war eine wunderschöne Ikone über dem Kopfende des Bettes – mit Sicherheit alt und wahrscheinlich kostbar.

Der Form halber ließ Harriet sich auf ein langes Feilschen um die Miete ein, aus dem sie triumphierend mit einem Inklusivpreis von zweieinhalb Guineen die Woche hervorging, wahlweise zwölf Shilling ohne alles.

«Und das würde ich nicht für jeden tun», sagte Mrs. Lefranc. «Nur weil ich sehe, daß Sie eine von der ruhigen Sorte sind. Wenn es etwas gibt, was ich in meinem Haus nicht leiden kann, dann sind das Scherereien. Obwohl diese schreckliche Geschichte ja nun wirklich Scherereien genug für alle bringt. Für mich war es ein grausamer Schock», sagte Mrs. Lefranc und ließ sich mit einem Stöhnen auf dem Bett nieder, wie um zu demonstrieren, daß der Schock noch nicht ganz abgeklungen war. «Ich hatte den armen Mr. Alexis so gern.»

«Das glaube ich Ihnen.»

«Ein so rücksichtsvoller Junge», fuhr Mrs. Lefranc fort, «und Manieren wie ein Prinz hatte er. Ach ja, wenn ich mich manchmal kaum noch auf den Beinen halten konnte vor lauter Mädchen und Gästen und allem, wie oft hat er da gesagt: ‹Kopf hoch, Mama Lefranc› – so nennen sie mich alle – ‹Kopf hoch. Trinken Sie ein Gläschen mit mir auf bessere Tage.› Wie ein Sohn war er zu mir, wirklich.»

Was immer Harriet über diese rührende Reminiszenz denken mochte, die so gar nicht zu alldem paßte, was sie bisher über Paul Alexis gehört hatte, sie überhörte den Hinweis nicht.

«Wie wär's denn zum Beispiel jetzt mit einem Schlückchen?» meinte sie.

«Na, wissen Sie», sagte Mrs. Lefranc, «ich wollte nicht – na ja! Es ist ja unendlich lieb von Ihnen, Kindchen, aber um diese Tageszeit würde ich noch gar nichts hinunterbekommen. Ich meine, im *Drachen* um die Ecke gibt's natürlich immer was, und das ist sehr praktisch, und sicher könnte ein Tropfen Gin nach dem Essen nicht schaden.»

Harriet bot all ihre Energie auf, um Mrs. Lefrancs Widerstand zu brechen, und bald beugte diese den Kopf übers Treppengeländer und rief dem «Mädchen» zu, es solle schnell mal in den *Drachen* laufen und ein geeignetes Quantum Gin holen.

«Die kennen mich», fügte sie augenzwinkernd hinzu. «Und von

wegen dieser ganzen Gesetze über Flaschen und halbe Flaschen – wenn die einen nicht kennten, würden sie einen einsperren, bevor man wüßte, wie einem geschieht. Man denkt, die wollen die Leute durch Parlamentsbeschluß zu Trinkern machen, nicht? Da kommt eins zum andern, und überall steckt die Polizei ihre Nase rein und stellt Fragen – als wenn mein Haus nicht immer so anständig geführt würde wie dem Erzbischof von Canterbury seins –, und das wissen die ja auch, denn ich bin schon zwanzig Jahre hier, und es hat noch nie Klagen gegeben – es ist nicht leicht für eine anständige Frau, heutzutage den Kopf über Wasser zu halten. Und eins kann ich Ihnen sagen – ich hab noch nie einem Vorschriften gemacht. Mein Haus ist für alle ein Zuhause, das werden Sie auch bald merken, Kindchen.»

Unter der Wirkung des mit Wasser verdünnten Gins taute Mrs. Lefranc immer mehr auf. Über die Komplikationen mit Leila Garland hatte sie ihre eigene Version.

«Was zwischen den beiden vielleicht war», bemerkte sie, «könnte ich Ihnen nicht sagen, Kindchen. Das geht mich nichts an, solange meine Gäste sich ruhig verhalten. Ich sage immer zu meinen Mädchen: ‹Ich habe nichts dagegen, wenn Damen Herrenbesuch empfangen und umgekehrt, solange es nur keine Scherereien gibt. Wir waren ja alle mal jung›, sag ich, ‹aber Sie denken bitte daran, daß wir hier keine Scherereien brauchen können.› So sag ich's, und bisher hat es in diesem Haus auch noch nicht die allerkleinsten Scherereien gegeben. Aber ich muß schon sagen, leid hat es mir nicht getan, als diese kleine Katze sich davongeschlichen hat. O nein, überhaupt nicht. Und diesen öligen Typen, den sie jetzt hat, den konnte ich schon gar nicht verputzen. Hoffentlich nimmt sie ihn aus wie eine Weihnachtsgans. Die konnte ja nicht genug kriegen. Sicher, sie war immer nett zu mir und hat mir auch immer ein Sträußchen Blumen oder ein Geschenk mitgebracht, wenn sie Mr. Alexis besuchen kam, aber woher das Geld kam, hab ich lieber nicht gefragt. Aber als der arme Mr. Alexis mir sagte, daß sie jetzt mit diesem da Soto ging, hab ich nur gesagt: ‹Sie können sich freuen, daß Sie die los sind›, hab ich gesagt, und wenn Sie mich fragen, das wußte er auch selber ganz genau.»

«Sie glauben also nicht, daß er sich ihretwegen umgebracht hat?»

«Ganz bestimmt nicht», sagte Mrs. Lefranc. «Und ich kann Ihnen sagen, ich hab mir schon oft genug den Kopf darüber zerbrochen, warum er es wohl getan hat. Es war nicht wegen der alten Frau, mit der er verlobt war – das weiß ich. Ich will Ihnen ganz ehrlich sagen, Kindchen, er hat sowieso nie damit gerechnet, daß daraus was wird. Natürlich muß ein junger Mann in seiner Position die Damen bei Laune halten, aber ihre Familie hätte das nie geduldet. Mr. Alexis hat mir praktisch gesagt, daß daraus nie was würde – und gar nicht mal so lange ist das her. ‹Passen Sie mal auf, Mama Lefranc›, hat er erst Sonntag vor einer Woche zu mir gesagt, ‹eines Tages finde ich noch etwas viel Besseres.› – ‹Na klar›, hab ich gesagt, ‹da heiraten Sie die Prinzessin von China, wie Aladin in der Pantomime.› Nein, ich hab wirklich hin und her überlegt, und ich sage Ihnen, was ich glaube. Ich glaube, daß seine Spekulationen schiefgegangen sind.»

«Spekulationen?»

«Ja – diese Spekulationen von ihm, irgendwo im Ausland. Die Briefe, die er immer kriegte! Mit lauter ausländischen Marken drauf und die Adresse in so einer komischen Handschrift. Ich hab ihn damit immer aufgezogen. Berichte wären das, hat er gesagt, und wenn sie gut ausfielen, wäre er demnächst einer der größten Männer der Welt. ‹Mama Lefranc›, hat er gesagt, ‹wenn mein Schiff einläuft, schenke ich Ihnen eine Tiara mit lauter Diamanten und mache Sie zur königlichen Haushälterin.› Ach Gott, was haben wir oft darüber gelacht! Nicht daß Sie meinen, es hätte nicht Zeiten gegeben, in denen ich Tiaras und Halsbänder hätte haben können, wenn ich gewollt hätte! Wenn ich Zeit habe, zeige ich Ihnen mal meine Zeitungsausschnitte. ‹Lilian, die Feenkönigin› haben sie mich immer genannt, als ich noch der Principal Boy in Rosenbaums Pantomime war, obwohl Sie sich das sicher kaum noch vorstellen können, wenn Sie mich jetzt ansehen, Kindchen, weil meine Figur ein bißchen auseinandergegangen ist, das muß ich sagen.»

Harriet drückte ihre Bewunderung und ihr Mitgefühl aus und brachte Mrs. Lefranc wieder sanft auf die Frage nach den ausländischen Briefen zurück.

«Also, Kindchen, einer von denen ist erst zwei Tage vor dieser furchtbaren Sache gekommen. Der muß sehr lang gewesen sein, denn er hat sich stundenlang damit eingeschlossen. Sehen wie die Dinge stehen, nannte er das. Also, ich *denke* mir, da muß was Schlimmes dringestanden haben, obwohl er nichts davon gesagt hat. Aber er war so komisch den ganzen Tag und den nächsten. Es kam einem so vor, als wenn er einen gar nicht hörte oder sah, wenn man mit ihm sprach. Und gelacht hat er – hysterisch würde ich es nennen, wenn er ein Mädchen gewesen wäre. Am Mittwoch abend hat er mir noch einen Kuß gegeben, wie er zu Bett ging. Witze gemacht hat er und ganz verrückt dahergeredet, aber ich hab nicht darauf achtgegeben. Das war so seine Art, wissen Sie. ‹Eines schönen Tages›, hat er gesagt, ‹werden Sie sehen, daß ich die Flügel ausbreite und wegfliege!› Und ich hab mir nichts dabei gedacht – mein Gott, der arme Junge! Jetzt weiß ich, daß er es mir auf diese Art beibringen wollte. Die ganze Nacht hab ich ihn in seinem Zimmer rumoren hören. Seine Papiere hat er verbrannt, der arme Kerl. Er hatte eine furchtbare Enttäuschung erlebt und wollte nicht, daß einer davon erfährt. Und am Morgen hat er mir mein Geld für die Woche gegeben. ‹Ich weiß, daß es noch ein bißchen früh ist›, hat er gesagt – denn es war ja erst am Samstag fällig, ‹aber wenn ich es Ihnen jetzt gebe, ist es gut aufgehoben›, hat er gemeint. ‹Wenn ich es mitnehme, gebe ich es am Ende noch aus.› Natürlich weiß ich jetzt, was er vorhatte, der arme Junge. Er wußte, daß er Schluß machen würde, und wollte nicht, daß ich darunter leiden sollte; er war immer so rücksichtsvoll. Aber wenn ich mir jetzt vorstelle, daß ein einziges Wort ihn hätte retten können –»

Mrs. Lefranc brach in Tränen aus.

«Ich hab gedacht, er muß plötzlich verreisen, um sich um seine Spekulationen zu kümmern, aber er hat gar nichts eingepackt, und da hab ich mir das wieder aus dem Kopf geschlagen. Und was er dann gemacht hat – wie hätte ich das denn ahnen können? Er schien so richtig in bester Laune. Aber bitte! Ich hätte vielleicht etwas ahnen können, wenn ich nicht so viele andere Sachen im Kopf gehabt hätte – aber nun hatte gerade an diesem Morgen das Mädchen gekündigt und dies und jenes, und da hab ich nicht weiter darauf geachtet. Aber sie sind ja oft zuletzt so gut gelaunt, bevor sie sich was antun. Der arme Billy Carnaby – der war genauso. Hat an seinem letzten Abend noch mit dem ganzen Ensemble gefeiert, mit Sekt und Austern, von seinem letzten Penny, und er war so lustig, daß wir uns alle halbtot gelacht haben – und dann ist er hingegangen und hat sich auf der Herrentoilette erschossen.»

Mrs. Lefranc weinte ein paar Minuten lang bitterlich.

«Aber so ist das», sagte sie dann, indem sie sich wieder zusammenriß und sich die Nase schneuzte. «Das Leben ist schon komisch, da weiß man nie, wie's kommt. Wir wollen glücklich sein, solange es geht. Über kurz oder lang haben wir alle einen weißen Stein über uns, da spielt es doch keine Rolle, wie oder wann. Ab wann wollten Sie das Zimmer nehmen, Kindchen?»

«Ich ziehe heute abend ein», sagte Harriet. «Ich weiß noch nicht, ob ich hier essen werde oder nicht, aber wenn ich meinen Koffer hier lasse und Ihnen die zwölf Shilling für das Zimmer im voraus bezahle, ist doch alles klar, oder?»

«Natürlich, Kindchen», sagte Mrs. Lefranc, offenbar angenehm berührt. «Kommen Sie einfach, wann Sie wollen, und Sie werden sich bei Mama Lefranc schon wohlfühlen. Sie denken jetzt sicher, ich hab schon lange genug geschwätzt, aber ich sage, ab und zu mal richtig ausweinen, tut einem gut, wenn die Welt einem böse mitspielt. Alle meine jungen Leute kommen mit ihren Sorgen zu mir. Ich wünschte nur, der arme Mr. Alexis hätte mir von seinen Sorgen erzählt, dann wäre er jetzt noch hier. Aber er war eben ein Ausländer, und da kann man sagen, was man will, sie sind doch anders als wir, nicht? Geben Sie auf die Kehrichtschaufel acht, Kindchen. Hundertmal sag ich ihnen, sie sollen die Sachen nicht einfach auf die Treppe stellen, aber das könnte ich genausogut der Katze sagen. Fünf Mäuse hat sie mir heute morgen vor die Tür gelegt, ob Sie's glauben oder nicht, aber die kommen natürlich nie hier rauf, Kindchen, da brauchen Sie keine Angst zu haben, aber im Keller laufen sie überall herum, die gemeinen kleinen Biester. Also, Kindchen, bis später dann, und hier ist übrigens Ihr Schlüssel. Zum Glück hatte ich gerade einen neuen machen lassen; der arme Mr. Alexis hat seinen doch mitgenommen, als er wegging, und wer weiß, wo der jetzt ist. Ich lasse meine Gäste immer kommen und gehen, wann und wie sie wollen. Sie werden sich hier bestimmt wohlfühlen.»

16

Das Zeugnis des Sandes

Dies ist die oft gewünschte Stunde, da wir zusammen
Wandeln dürfen an des Meers Gestade.
Death's Jest-Book

DIENSTAG, 23. JUNI

Falls Harriet Vane oder Lord Peter Wimsey die erste Wiederbegegnung nach ihrer offenen Aussprache peinlich war, ließen beide sich nichts davon anmerken. Jeder hatte dem anderen etwas zu erzählen, und so blieb es ihnen erspart, aus Mangel an Gesprächsstoff in Verlegenheit zu geraten.

«Chiffrierte Briefe? Könnte es sein, daß Mrs. Weldon recht hat und wir alle unrecht haben? Jedenfalls sieht das nun wieder mehr nach Mord aus, und das ist ein Pluspunkt für uns. Von Mrs. Lefrancs ‹Spekulationen› halte ich nicht viel, aber es steht eindeutig fest, daß Alexis irgend etwas vorhatte, und das muß schiefgegangen sein. Ich weiß nicht, ich weiß nicht ... Könnte es sich hier um zwei voneinander unabhängige Geschehnisse handeln? Ist es Zufall, daß Alexis gerade in dem Augenblick umkam, als seine Pläne reifen wollten? Er scheint von einer merkwürdig unerquicklichen Gesellschaft umgeben gewesen zu sein – Lügnern, Hohlköpfen, Dirnen und Gecken.»

«Ja, ich kann nicht behaupten, daß wir uns in besonders erlauchten Kreisen bewegen. Antoine ist noch der anständigste von ihnen – aber von Antoine halten Sie wahrscheinlich auch nichts.»

«Sollte das eine Provokation sein? Ich weiß alles über Antoine. Hab ihn gestern abend durchleuchtet.»

«Um zu sehen, ob seine Bekanntschaft mir ansteht?»

«Nicht nur. Es gehörte mit zur Sondierung des Terrains. Er scheint ein ganz ordentlicher, vernünftiger Bursche zu sein. Es ist nicht seine Schuld, daß er an mangelnder Vitalität und beginnender Melancholie leidet. Er kommt für seine Mutter auf, die in einer Heilanstalt ist, und versorgt zu Hause einen schwachsinnigen Bruder.»

«Wirklich?»

«Wie es aussieht; aber das heißt nicht, daß man sich auf seinen eigenen Verstand im Augenblick nicht ganz verlassen könnte. Mir gegenüber konnte er ja etwas freier über Alexis' Liebesleben sprechen als vor Ihnen, und es scheint, als ob Alexis eine ziemlich robuste Einstellung zu seinem Verhältnis mit Mrs. Weldon gehabt hätte, während er sich Leila mit geradezu ungewohntem Takt und Geschick vom Hals geschafft hat. Da Soto ist natürlich ein falscher Fuffziger, aber für Leila gerade gut genug, und wahrscheinlich ist er sogar so eitel, zu glauben, daß er sie Alexis *vi et armis* ausgespannt hat. Aber *warum* das alles? Na ja, lassen wir das; trinken wir unsern Tee. Hallo! Reges Treiben auf dem Meer! Zwei Boote liegen vor den Mahlzähnen.»

«Fischer?»

«Menschenfischer, nehme ich an», antwortete Wimsey grimmig. «Mr. Umpelty mit seinen fidelen Jungs. Geben Sie mir mal das Fernglas, Bunter. Ja. Sie sehen sehr beschäftigt aus. Sie haben ein Schleppnetz draußen. Sehen Sie mal hier durch.»

Er reichte das Glas Harriet, die ausrief:

«Jetzt ziehen sie etwas herauf! Es muß ziemlich schwer sein. Der Inspektor faßt selbst mit an, und einer der Männer am anderen Ende versucht verzweifelt, das Boot im Gleichgewicht zu halten. Oh! Haha! Haben Sie das gesehen? Schade! Irgend etwas hat plötzlich nachgegeben, und Inspektor Umpelty ist rückwärts längelang ins Boot geflogen. Jetzt setzt er sich auf und reibt sich die Glieder.»

«Armer Umpelty.» Wimsey nahm sich ein Sandwich.

«Jetzt ziehen sie wieder; diesmal überläßt er es den Fischern ... Sie haben es – sie ziehen – jetzt kommt es hoch!»

«Setzen Sie sich und trinken Sie Ihren Tee.»

«Ach was! Sie ziehen wie verrückt. Jetzt taucht etwas Schwarzes auf –»

«He, lassen Sie mich mal sehen!»

Harriet gab das Fernglas her. Schließlich gehörte es Wimsey, aber wenn er glaubte, es könnte ihr etwas anhaben, von fern zu sehen, was sie schon aus so unangenehmer Nähe gesehen hatte – Wimsey sah durchs Glas und begann zu lachen.

«Hier, nehmen Sie, schnell! Ein Stück altes Eisen. Sieht aus wie ein Druckkessel oder etwas in der Art. Aber Umpeltys Gesicht müssen Sie gesehen haben; es ist Gold wert.»

«Ja, es ist – so eine Art Zylinder. Wie mag der nur dahingekommen sein? Sie sehen sich das Ding von allen Seiten an. Vielleicht hoffen sie die Leiche innendrin zu finden. Pech gehabt! Sie werfen ihn wieder ins Wasser.»

«So eine Enttäuschung!»

«Armer Umpelty! Aber die Sandwichs sind köstlich. Hat Bunter sie gemacht? Er ist ja ein Genie.»

«Ja. Beeilen Sie sich. Ich will mir noch einmal diese Spalte im Fels ansehen, bevor wir aufbrechen.»

Die Spalte aber gab ihr Geheimnis nicht preis. Wimseys Aufmerksamkeit konzentrierte sich auf den eingeschlagenen Ringhaken.

«Ich möchte schwören», sagte er, «daß der nicht länger als vierzehn Tage hier ist. Er sieht völlig neu aus und ist kein bißchen abgenutzt. Wozu könnte der in drei Teufels Namen gut gewesen sein? – Na ja, machen wir uns mal auf den Weg. Ich nehme die Bergstraße und Sie die Talstraße, das heißt, ich steige bei der Hochwassermarke im losen Geröll herum, und Sie spazieren am Wasser entlang, und dazwischen gehen wir hin und her. Wer etwas findet, ruft den anderen, dann treffen wir uns und tauschen unsere Beobachtungen aus.»

«Abgemacht.»

An einem ruhigen Sommernachmittag mit seiner Herzallerliebsten an einer einsamen Küste entlangzuspazieren, mag man als angenehme Beschäftigung ansehen; sie verliert jedoch einiges von ihrem Zauber, wenn das Paar sich, getrennt durch die ganze Breite des Strandes, tief gebückt vorarbeiten soll, den Blick auf den Boden geheftet, um etwas zu suchen, was keiner von ihnen näher zu bezeichnen weiß und was mit hoher Wahrscheinlichkeit dort auch gar nicht zu finden ist. Harriet, die sich zwar wunderte, aber tapfer darauf vertraute, daß Wimsey sich bestimmt etwas dabei dachte, konzentrierte sich ganz auf ihre Arbeit. Wimsey suchte zwar ebenfalls gewissenhaft, blieb aber so manches Mal stehen, um über Meer und Küste zu blicken, wobei er offenbar Entfernungen schätzte und sich markante Punkte merkte. Die beiden Forscher hatten jeder eine Umhängetasche bei sich, um gefundene Schätze darin unterzubringen, und was zwischen ihnen an Unterhaltung zustande kam, hatte eine gewisse Ähnlichkeit mit den Dialogen in einem russischen Trauerspiel:

Harriet: He!

Peter: Hallo!

(Sie treffen sich in der Mitte.)

Harriet: Ein Schuh! Ich habe einen Schuh gefunden!

Peter: Seht an! Der Schuh hat seine Schuldigkeit getan!

Harriet: Mit genagelten Sohlen und schrecklich alt.
Peter: Nur *ein* Schuh!
Harriet: Eben; wenn es zwei wären, könnte es die Stelle sein, von wo der Mörder durchs Wasser gelaufen ist.
Peter: Mit einem Fuß im Wasser und einem an Land. Seitdem hatten wir schon zehnmal Ebbe und Flut. Es ist kein guter Schuh.
Harriet: Nein, es ist ein schlechter Schuh.
Peter: Ein miserabler Schuh.
Harriet: Soll ich ihn wegwerfen?
Peter: Nein. Immerhin *ist* es ein Schuh.
Harriet: Es ist ein unheimlich schwerer Schuh.
Peter: Ich kann's nicht ändern; es ist ein *Schuh.* Dr. Thorndyke liebt Schuhe.
Harriet: Tod, wo ist dein Stachel!
(Sie trennen sich; Harriet trägt den Schuh.)
Peter: He!
Harriet: Hallo!
(Sie treffen sich wieder.)
Peter: Hier ist eine leere Sardinenbüchse, und hier eine zerbrochene Flasche.
Harriet: Haben Sie auch die Schreibfeder von der Tante des Gärtners?
Peter: Nein; aber meine Kusine hat Tinte, Papier und (einige) Papiere (gebrauchen Sie *du, de la, des* und *de l'* mit Apostroph).
Harriet: Wie lange liegt die Flasche schon da?
Peter: Die Kanten sind vom Wasser ziemlich abgeschliffen.
Harriet: Essen Mörder Ölsardinen?
Peter: Fressen Katzen Ratten?
Harriet: Ich habe mich an einer scharfen Muschelscherbe in den Fuß geschnitten; Paul Alexis hat sich die Kehle mit einem scharfen Messer durchgeschnitten.
Peter: DieFlut läuft aus. (Sie trennen sich.)
Harriet: (trifft nach langer, unproduktiver Pause Peter mit einer durchgeweichten Zigarettenpackung in der einen und einer halben Bibel in der anderen Hand): Dr. Livingstone, nehme ich an. Lesen Mörder die Bibel?
Peter: Ein andres Buch hätt's auch getan; die Kugel hätt' ein jedes Buch gefangen – es mag wohl sein; ich kann's nicht sagen.
Harriet: (lesend): «Zuletzt nach allen starb auch das Weib» – wahrscheinlich vor Rückenschmerzen.
Peter: Mein Rücken schmerzt, und Schlaftrunkenheit befällt mein Hirn, gleich wie von Schierling –

Harriet: (plötzlich bei der Sache): Sehen Sie sich mal das Zigarettenbild an!

Peter: Es gehört zu einer neuen Serie.

Harriet: Dann könnte die Packung neueren Datums sein.

Peter (müde): Na schön, stecken Sie sie ein; tun wir so, als ob sie wichtig wäre. Was ist mit der Heiligen Schrift?

Harriet (betont): Die dürfen *Sie* nehmen; vielleicht hilft sie Ihnen.

Peter: Aber bitte. (Noch betonter:) Sollen wir mit dem Hohelied beginnen?

Harriet: Los, an Ihre Arbeit.

Peter: Bin ja schon dabei. Wie weit sind wir gekommen?

Harriet: Wie viele Meilen bis Babylon?

Peter: Wir sind anderthalb Meilen gelaufen und immer noch voll in Sichtweite des Bügeleisens.

(Sie trennen sich.)

Peter: He!

Harriet: Hallo!

Peter: Ich wollte nur anfragen, ob Sie noch einmal über die Idee, mich zu heiraten, nachgedacht haben.

Harriet (sarkastisch): Sicher haben Sie gerade gedacht, wie schön es wäre, so zusammen durchs Leben zu gehen, nicht?

Peter: Nicht unbedingt so. Ich hatte mehr an Hand in Hand gedacht.

Harriet: Was haben Sie da in der Hand?

Peter: Einen toten Seestern.

Harriet: Armes Tier!

Peter: Nichts für ungut, nein?

Harriet: Meine Güte, nein.

Sie schleppten sich mühsam weiter und kamen schließlich an die Stelle, wo der Weg von Pollocks Fischerhütte herunterkam. Hier begann der Strand unebener zu werden, und viele größere Steine ragten aus dem Sand. Wimsey betrieb jetzt die Suche ernster; er drehte in der Nähe der Hochwassermarke jeden Stein um, ging sogar ein Stückchen den Weg hinauf, aber er schien nichts von Bedeutung zu finden, und so gingen sie weiter, wobei sie feststellten, daß die Steilküste den Blick vom Strand zu den Hütten versperrte.

Ein paar hundert Meter weiter gab Harriet wieder Laut.

«He, holla!»

«Hallo!»

«Diesmal hab ich aber wirklich was gefunden!»

Peter kam über den Sand angaloppiert.

«Wenn Sie mich auf den Arm nehmen, drehe ich Ihnen den Kragen um. Lassen Sie Onkel Peter mal sehen ... Ah! ... wir sind interessiert, ausdrücklich interessiert.»

«Jedenfalls müßte es uns Glück bringen.»

«Dafür halten Sie es verkehrtherum; wenn Sie nicht aufpassen, fällt das ganze Glück heraus, und es wird ein schwarzer Tag sein für – jemanden. Geben Sie mal her.»

Er fuhr mit dem Finger sanft um das gebogene Eisen und wischte den Sand davon ab.

«Das Hufeisen ist neu – und hat hier nicht lange gelegen. Vielleicht eine Woche, vielleicht ein wenig länger. Gehört einem hübschen kleinen Pferdchen, etwa einsvierzig hoch. Schönes Tier, einigermaßen gute Zucht, verliert gern seine Hufeisen, schlägt ein bißchen mit der rechten Vorderhand.»

«Holmes, das ist wunderbar! Wie machen Sie das?»

«Ganz einfach, mein lieber Watson. Das Hufeisen ist noch nicht abgenutzt vom Hopp hopp hopp, Pferdchen lauf Galopp, darum ist es noch einigermaßen neu. Es ist vom Liegen im Wasser leicht angerostet, aber kaum von Sand und Steinen abgeschliffen, und richtigen Rostfraß hat es überhaupt nicht, woraus ich schließe, daß es noch nicht lange hier liegt. Die Größe des Hufeisens läßt auf die Größe des Pferdes schließen, und die Form auf einen hübschen kleinen, runden, rassigen Huf. Das Eisen ist neu, aber nicht brandneu und an der vorderen Innenseite ein wenig abgenutzt, was darauf schließen läßt, daß sein Träger die leichte Neigung hat, mit diesem Fuß zu schlagen; dagegen zeigt die Lage und Neigung der Nagellöcher, daß der Schmied dieses Eisen besonders sicher befestigen wollte – darum habe ich gesagt, daß unser Pferdchen offenbar gern seine Schuhe verliert. Aber wir dürfen ihm deswegen nicht böse sein. Bei den vielen Steinen, die hier liegen, genügt schon ein kleiner Fehltritt, um ein Hufeisen loszureißen.»

«Sie können nicht zufällig auch noch Geschlecht und Farbe des Pferdes nennen, wenn Sie schon einmal dabei sind?»

«Ich fürchte, selbst ich habe meine Grenzen, mein lieber Watson.»

«Glauben Sie, das Hufeisen lag noch da, wo es verloren wurde? Oder könnte das Meer es weit weggeschleift haben? Gefunden habe ich es genau hier, nah am Wasser und ziemlich tief im Sand vergraben.»

«Nun, geschwommen ist es sicher nicht, aber die Flut könnte es schon ein bißchen hin und her geschoben haben, und bei jeder Flut hat es sich tiefer in den Sand gegraben. Daß Sie es überhaupt gefunden haben, ist schon ein Glücksfall. Aber wir können nicht genau sagen, an welcher Stelle das Pferd hier vorbeigekommen ist, falls Sie das meinen. So ein Hufeisen fällt nicht einfach ab. Es fliegt zur einen oder anderen Seite erst mal ein Stück durch die Luft, je nach Geschwindigkeit und Richtung und dergleichen mehr.»

«Richtig. Also, das war jetzt wirklich eine Meisterleistung der Kombinationskunst ... *Peter!* Haben Sie etwa nach einem *Hufeisen* gesucht?»

«Nein; mit einem Pferd hatte ich gerechnet, aber das Hufeisen ist einfach unverschämtes Glück.»

«Und Aufmerksamkeit. Ich hab's schließlich gefunden.»

«Stimmt. Und ich könnte Sie dafür küssen. Sie brauchen nicht gleich so zu erschrecken, ich tu's schon nicht. Wenn ich Sie küsse, wird das ein großes Ereignis sein, das alles andere drumherum in den Schatten stellt – etwa so, wie wenn Sie zum erstenmal Litschi kosten. Es wird jedenfalls kein unbedeutendes Beiwerk zu einer detektivischen Ermittlung sein.»

«Ich glaube fast, die Erregung über meinen Fund hat Sie ein wenig berauscht», meinte Harriet kühl. «Sie sagen also, Sie wollten hier nach einem Pferd suchen?»

«Natürlich. Sie nicht?»

«Nein – auf die Idee wäre ich nie gekommen.»

«Sie arme kleine Stadtpflanze, natürlich nicht. Zu Pferden fällt Ihnen nur ein, daß sie den Verkehr aufhalten. Ihr ganzes Wissen über Pferde erschöpft sich in dem Reim: ‹Ich weiß zwei Dinge übers Pferd, von denen eins sich nicht gehört.› Sind Sie noch nie auf den Gedanken gekommen, daß Pferde zum *Laufen* da sind, zum RENNEN, um eine bestimmte Entfernung in einer bestimmten Zeit zurückzulegen? Haben Sie noch nie einen Shilling beim Derby gewettet? Armes Kind – warten Sie nur, bis wir verheiratet sind. Dann werden Sie so lange jeden Tag vom Pferd fallen, bis Sie gelernt haben, oben zu bleiben.»

Harriet schwieg. Sie sah Wimsey plötzlich in einem ganz neuen Licht. Sie wußte schon, daß er intelligent, sauber, höflich, reich, belesen, amüsant und verliebt war, aber bisher hatte er in ihr noch nicht ein solch erdrückendes Gefühl der absoluten Unterlegenheit geweckt, das zu Unterwerfung und Heldenverehrung führt. Aber jetzt erkannte sie, daß er letztendlich etwas Gottähnliches an sich hatte: Er konnte mit einem Pferd umgehen. Im Geiste sah sie ihn sehr gepflegt, sehr elegant in Zylinder, rotem Rock und blütenweißer Hose auf einem riesigen, feurigen Gaul thronen, der ungeduldig tänzelte und bockte, ohne der erhabenen Gelassenheit seines Reiters etwas anhaben zu können. In einem Kraftakt kleidete ihre Phantasie auch sie prompt in eine Reitermontur von tadellosem Schnitt und setzte sie auf ein Pferd, das noch größer und feuriger war als seines, ihm zur Seite und inmitten der respektvollen Bewunderung der versammelten Fürsten und Edelleute. Dann mußte sie über diese aufgeblasene Vorstellung lachen.

«Das Runterfallen würde ich schon schaffen. Aber sollten wir jetzt nicht weitergehen?»

«Hm, ja. Aber ich denke, wir legen den Rest des Weges mit Pferdestärken zurück. Ich kann zwar die Küstenstraße von hier aus nicht sehen, aber wir dürften den getreuen Bunter wohl nicht weit von hier antreffen. Hier unten finden wir sicher nichts mehr. Zwei Hufeisen wären ja wirklich zuviel des Guten.»

Harriet konnte diese Entscheidung nur von Herzen begrüßen.

«Wir brauchen nicht die Steilküste hinaufzuklettern», fuhr Wimsey fort. «Wir machen einfach kehrt und gehen den Weg hinauf zur Straße. Die Bibel und den Schuh lassen wir hier – ich glaube nicht, daß sie uns weiterhelfen.»

«Wohin wollen wir denn?»

«Nach Darley, das Pferd suchen. Ich habe so eine Ahnung, als ob wir feststellen würden, daß es Mr. Newcombe gehört, der neulich Anlaß hatte, sich über Löcher in seiner Hecke zu beklagen. Wir werden ja sehen.»

Die zwei bis drei Meilen bis Darley waren schnell zurückgelegt. Einen kleinen Aufenthalt gab es nur am Darley Halt, wo erst die Schranke geöffnet werden mußte. Oberhalb des Hinks's Lane stiegen sie aus und gingen zu Fuß zum Zeltplatz hinunter.

«Ich möchte Ihre Aufmerksamkeit auf die drei Haferkörner lenken, die ich hier gefunden habe», sagte Wimsey, «ebenso auf das verkohlte Stückchen Seil aus der Asche. Bunter, haben Sie die Sachen bei sich?»

«Ja, Mylord.»

Bunter wühlte in den Tiefen des Wagens und brachte eine Tüte und ein Halfter zum Vorschein. Er übergab die Gegenstände Wimsey, der sofort die Tüte öffnete und daraus eine Handvoll Haferkörner in seinen Hut schüttete.

«So», sagte er, «wir haben ein Halfter – jetzt brauchen wir nur noch das Pferd dazu. Gehen wir mal ein Stück am Strand entlang und suchen den Bach, von dem unser Freund Mr. Goodrich gesprochen hat.»

Der Bach war bald gefunden – ein kleines Süßwasserrinnsal, das etwa fünfzig Schritt vom Zeltplatz entfernt unter der Hecke hervorkam und zum Meer hinunterlief.

«Sinnlos, auf dieser Seite der Hecke nach Spuren zu suchen – ich nehme an, die Flut reicht ziemlich genau bis hierher, wo das Gras beginnt. Aber Moment mal. Jawohl, da haben wir's! Hier, direkt am Bachrand, unmittelbar an der Hecke – ein wahres Prachtstück, mitsamt den Nagellöchern. Gut, daß der Regen von letzter Nacht den Abdruck nicht ausgewaschen hat, aber das Gras hängt darüber. Allerdings ist hier kein Loch in der Hecke. Er muß – aber ja, natürlich! Ja. Also, wenn wir richtig liegen, paßt der Abdruck nicht zu dem Eisen, das wir gefunden haben – es muß der andere Huf sein. Ja, es ist der linke Vorderhuf. Hier hat unser Pferd zum Trinken gestanden, und das bedeutet, daß es bei Ebbe hier frei herumgelaufen sein muß, denn Pferde lieben ihr Wasser nicht mit Salz. Der linke Vorderhuf war hier, dann muß der rechte etwa hier gestanden haben – da *ist* er ja! Sehen Sie! Der Abdruck eines nackten Hufs, ohne Hufeisen und nur leicht in den Boden gedrückt – das Tier lahmte natürlich, nachdem es barfuß drei Meilen weit über den steinigen Strand gerannt war. Aber wo ist das Loch in der Hecke? Gehen wir weiter, lieber Watson. Hier ist, wenn ich mich nicht irre, die Stelle. Zwei neue Pfosten eingeschlagen und ein bißchen abgestorbenes Dornengestrüpp dazwischengesteckt und mit Draht festgebunden. Ich muß Mr. Goodrich recht geben – Mr. Newcombe versteht sich nicht besonders auf das Reparieren von Hecken und Zäunen. Immerhin hat er gewisse Instandsetzungsmaßnahmen getroffen, so daß wir hoffen dürfen, unser Pferdchen auf der Wiese anzutreffen. Wir klettern hier die Böschung hinauf – wir blicken über die Hecke – eins, zwei, drei Pferde, beim Zeus!»

Wimsey ließ den Blick nachdenklich über die große Wiese schweifen. Auf der gegenüberliegenden Seite befand sich ein dichtes kleines Gestrüpp, aus dem der kleine Bach heraustrat, bevor er sich gemächlich durchs grobe Gras der Wiese schlängelte.

«Sehen Sie mal, wie schön diese Bäume die Wiese vor der Straße und dem Dorf abschirmen. Ein schönes ruhiges Plätzchen, zum Pferdestehlen wie geschaffen. Wie unfreundlich von Mr. Newcombe, daß er das Loch verstopft hat. Aha! Was ist das, Watson?»

«Sagen Sie's schon, ich glaube alles.»

«Da ist noch eine Lücke, ein paar Meter weiter, aber etwas fachmännischer repariert, mit Pfählen und Latten. Etwas Besseres könnte es nicht geben. Wir gehen darauf zu – wir klettern hinüber und sind auf der Wiese. Gestatten Sie – oh, Sie sind schon drüber! Gut. So, und auf welches Tier würden Sie nun Ihr Geld wetten?»

«Nicht auf das schwarze. Es sieht zu groß und schwer aus.»

«Nein, das schwarze ist es bestimmt nicht. Der Fuchs könnte es der Größe nach sein, aber der hat seine besten Tage gesehen und dürfte für unsere Zwecke kaum die Klasse haben. Aber die hübsche kleine Braune hat es meinem Auge angetan. Hoah – meine Schöne!» rief Wimsey, indem er behutsam über die Wiese ging und die Haferkörner in seinem Hut schüttelte. «Hoah, hoah!»

Harriet hatte sich schon oft gefragt, wie die Leute es fertigbrachten, Pferde auf großen Wiesen einzufangen. Es erschien ihr so dumm von den Tieren, sich einfangen zu lassen – und sie erinnerte sich sogar noch deutlich, wie sie einmal in einem ländlichen Pfarrhaus gewohnt hatte, wo «der Bursche» regelmäßig mindestens eine Stunde brauchte, das Pony einzufangen, mit der Folge, daß der Ponywagen oft genug nicht rechtzeitig zum Zug kam. Möglicherweise hatte «der Bursche» es nicht richtig angestellt, denn wie durch das gleiche Wunder, das die Kompaßnadel in Polrichtung dreht, kamen die Pferde alle drei friedlich über die Wiese getrottet, um ihre weichen Nasen in den Hut mit dem Hafer zu stecken. Wimsey streichelte den Fuchs, tätschelte den Rappen, sonderte die Braune von den anderen ab und redete mit ihr und fuhr ihr mit der Hand liebevoll über Hals und Nacken. Dann bückte er sich und fuhr mit der Hand am rechten Vorderbein hinunter. Der Huf hob sich gefügig in seiner Hand, während das Pferd den Kopf drehte und an seinem Ohr knabberte.

«He, du!» sagte Wimsey. «Das ist meins. Sehen Sie mal her, Harriet.»

Harriet ging auf seine Seite hinüber und besah sich den Huf.

«Ein neues Eisen.» Er stellte den Huf wieder hin und hob nacheinander die drei anderen. «Lieber sich vergewissern, daß sie nicht den ganzen Gaul runderneuert haben. Nein; alte Hufeisen an den drei anderen, ein neues vorn rechts, und zwar das genaue Gegenstück zu dem, das wir am Strand gefunden haben. Sie sehen die besondere Anordnung der Nägel. Die Braune ist unser Pferdchen. Augenblick, mein Mädchen, wir wollen mal deinen Gang prüfen.»

Er streifte der Stute das Halfter über den Kopf und schwang sich hinauf.

«Reiten Sie ein Stückchen mit? Benutzen Sie meinen Fuß als Steigbügel, und auf geht's! Sollen wir hinausreiten in den Sonnenuntergang und nie mehr wiederkommen?»

«Beeilen Sie sich lieber. Stellen Sie sich vor, der Bauer kommt!»

«Wie recht Sie haben!» Er ruckte kurz am Halfter und galoppierte davon. Harriet hob mechanisch den Hut auf und drückte ihn geistesabwesend ein- und auswärts, während sie dastand und der dahinfliegenden Gestalt nachsah.

«Gestatten Sie, Miss.»

Bunter streckte die Hand nach dem Hut aus; Harriet gab ihn mit einem leichten Erschrecken her. Bunter schüttelte die restlichen Haferkörner heraus, bürstete den Hut sorgsam von innen und von außen ab und drückte ihn wieder in seine ursprüngliche Form.

«Ein gutes Pferd, zum Reiten und zum Fahren», sagte Wimsey, der eben wiederkam und vom Pferd glitt. «Könnte auf der Straße gut und gern neun Meilen in der Stunde schaffen – am Meer, durch seichtes Wasser, sagen wir acht. Ich würde gern – mein Gott, und wie gern! – einmal mit ihr zum Bügeleisen reiten. Aber lieber nicht. Wir vergreifen uns an fremdem Eigentum.»

Er nahm der Braunen das Halfter ab und entließ sie mit einem Klaps auf den Nacken.

«Es sieht alles so gut aus», klagte er, «aber die Rechnung geht nicht auf. Sie will und will nicht aufgehen. Verstehen Sie, was ich meine? Da ist Martin. Er kommt und schlägt hier sein Zelt auf; offenbar weiß er im voraus bestens über den Platz Bescheid und weiß auch, daß hier im Sommer Pferde auf der Wiese stehen. Er sorgt dafür, daß Alexis um zwei Uhr am Satans-Bügeleisen ist – ich weiß nicht wie, aber irgendwie kriegt er das schon hin. Um halb zwei verläßt er die *Drei Federn*, kommt hierher, nimmt das Pferd und reitet die Küste entlang. Wir wissen, wo er den Hafer hingeschüttet hat, mit dem er es zu sich lockte, und wir sehen das Loch in der Hecke, das er gemacht hat, um das Pferd von der Wiese zu bringen. Er reitet durchs seichte Wasser, um keine Spuren zu hinterlassen. Er bindet das Pferd an dem Ringhaken fest, den er zuvor in den Felsen geschlagen hat; er tötet Alexis und reitet wie der Teufel zurück. Beim Ritt über das Geröll unterhalb von Pollocks Fischerhütte verliert das Pferd ein Hufeisen. Das stört ihn nicht weiter, höchstens indem das Pferd jetzt ein bißchen lahmt und langsamer vorankommt. Als er zurückkommt, stellt er das Pferd nicht wieder auf die Wiese, sondern läßt es einfach laufen. Dann sieht es nämlich so aus, als ob es von selbst ausgebrochen wäre, und damit wären das Loch in der Hecke, der lahmende Fuß und das Hufeisen, falls jemand es fände, hinreichend erklärt. Außerdem würde es völlig natürlich erscheinen, wenn einer das Pferd noch keuchend und verschwitzt anträfe. Um drei ist er zurück, gerade rechtzeitig, um wegen seines Wagens zur Werkstatt zu gehen, und irgendwann später verbrennt er dann das Halfter. Es ist so überzeugend, so glatt, und so völlig verkehrt.»

«Warum?»

«Zum einen ist die Zeit zu knapp. Er hat das Gasthaus um halb zwei verlassen. Dann mußte er erst einmal hierherkommen, das Pferd locken und viereinhalb Meilen weit reiten. Unter den gegebenen Umständen können wir ihm nicht mehr als acht Meilen pro Stunde zubilligen, aber um zwei Uhr haben Sie den Schrei gehört. Sind Sie sicher, daß Ihre Uhr richtig ging?»

«Ganz sicher. Ich habe die Zeit mit der Hoteluhr verglichen, als ich nach Wilvercombe kam; sie ging genau richtig, und die Hoteluhr –»

«Wird nach dem Radio gestellt, natürlich. Wie immer.»

«Noch schlimmer; die Hoteluhren werden alle von einer Hauptuhr gesteuert, und die wird direkt von Greenwich aus kontrolliert. Das war mit das erste, wonach ich mich erkundigt habe.»

«Tüchtig, tüchtig.»

«Nehmen wir an, er hatte sich das Pferd schon zurechtgestellt, bevor er zu den *Drei Federn* ging – am Zaun angebunden oder so?»

«Schon, aber wenn das stimmt, was man mir in Darley erzählt hat, ist er nicht von hier aus zu den *Drei Federn* gegangen, sondern mit einem Auto aus Richtung Wilvercombe gekommen. Und selbst wenn wir das unterstellen könnten, hätte er immer noch mit gut neun Meilen pro Stunde zum Bügeleisen reiten müssen, um bis zwei Uhr dort zu sein. Ich glaube nicht, daß er das hätte machen können – obwohl es *vielleicht* doch möglich wäre, falls er das arme Tier halb zu Schanden geritten hätte. Darum sage ich ja, daß ich den Ritt gern einmal selbst machen würde.»

«Aber der Schrei, den ich gehört habe, war vielleicht gar nicht *der* Schrei. Zuerst habe ich ja gedacht, es war eine Möwe – und vielleicht war's wirklich eine. Ich habe etwa fünf Minuten gebraucht, um meine Siebensachen einzusammeln und bis in Sichtweite des Bügeleisens zu kommen. Sie können, glaube ich, den Todeszeitpunkt auch auf fünf nach zwei legen, wenn es unbedingt nötig ist.»

«Gut. Aber es ist und bleibt trotzdem unmöglich. Sehen Sie – *Sie* waren ja allerspätestens um zehn nach zwei am Bügeleisen. Und wo war da der Mörder?»

«In der Felsspalte. Ach so, ja – aber das Pferd nicht! Verstehe. Für ein Pferd wäre da nicht auch noch Platz gewesen. Wie ärgerlich! Wenn wir den Mord auf einen zu frühen Zeitpunkt legen, kann er nicht rechtzeitig dagewesen sein, und wenn wir ihn zu spät legen, kann er nicht weit genug fortgewesen sein. Es ist zum Verrücktwerden.»

«Eben, und früher als zwei Uhr können wir den Mord gar nicht ansetzen, wegen des Bluts. Wenn wir die Laufgeschwindigkeit des Pferdes und den Zustand des Blutes und den Schrei zusammennehmen, ist zwei Uhr der frühestmögliche und alles in allem auch der wahrscheinlichste Zeitpunkt für den Mord. Richtig. Sie erschienen um fünf nach zwei auf der Szene. Nehmen wir an (was sehr unwahrscheinlich ist), daß der Mörder in vollem Galopp angerast kam, Alexis die Kehle durchschnitt und wieder in vollem Galopp davonritt, ohne eine Sekunde zu verlieren, und nehmen wir auch an (was wiederum höchst unwahrscheinlich ist), daß er sogar mit zehn Meilen pro Stunde *durchs Wasser* geritten ist. Um fünf nach zwei könnte er dann auf dem Rückweg erst weniger als eine Meile zurückgelegt haben. Wie wir aber heute nachmittag bewiesen haben, kann man vom Bügeleisen aus die Küste in Richtung Darley unbehindert anderthalb Meilen weit überblikken. Wenn er also dagewesen wäre, hätten Sie ihn kaum übersehen können. Oder? Sie haben ja eigentlich erst ab *zehn* nach zwei Umschau gehalten, nachdem Sie die Leiche gefunden hatten, nicht?»

«Das schon. Aber ich habe ja *alle* meine fünf Sinne. Wenn der Mord um zwei Uhr begangen wurde, als mich der Schrei weckte, kann ich ein Pferd, das wie der Teufel am Strand entlanggaloppierte, unmöglich über*hört* haben. So was macht doch einen ziemlichen Lärm, oder?»

«Und ob. Trapp, trapp, so ritten sie über Land, platsch, platsch, so ritten sie durchs Meer. Es geht nicht, mein Kind, es geht nicht. Und trotzdem, wenn dieses Pferd nicht vor kurzem an diesem Strand entlanggelaufen ist, verspeise ich meinen Hut. Wie? O ja, danke, Bunter.»

Er nahm den Hut, den Bunter ihm mit ernster Miene reichte.

«Und dann der Ringhaken im Felsen. Der ist nicht zufällig da. Das Pferd wurde dorthin geritten, aber wann und warum, ist ein Rätsel. Na ja, macht nichts. Wir überprüfen jetzt mal die Fakten, die wir haben, ganz als ob die Rechnung doch aufgehen könnte.»

Sie verließen die Wiese und gingen den Hinks's Lane hinauf.

«Wir nehmen nicht den Wagen», sagte Wimsey. «Wir gehen spazieren, kauen Strohhalme und setzen unsere schönsten Freizeitgesichter auf. Da drüben ist, glaube ich, der Dorfanger, wo sich, wie sie uns einstmals belehrt haben, unter einer ausladenden Kastanie die Dorfschmiede befindet. Hoffentlich ist der Schmied bei der Arbeit. Schmiede sind, wie elektrische Bohrer, zum Bestaunen da.»

Der Schmied war bei der Arbeit. Der melodische Klang seines Hammers drang ihnen anheimelnd an die Ohren, als sie den Anger überquerten, und in dem schräg durch die offene Tür einfallenden Sonnenlicht schimmerte ihnen das mächtige Hinterteil eines gescheckten Karrengauls entgegen.

Harriet und Wimsey schlenderten heran, Wimsey mit dem Hufeisen spielend.

«Tag, Sir», sagte höflich der Knecht, der das Pferd hielt.

«Tag», antwortete Wimsey.

«Schönes Wetter, Sir.»

«Mhmm», machte Wimsey.

Der Knecht musterte Wimsey eingehend von oben bis unten und kam zu dem Urteil, daß er ein verständiger Mensch und kein dummer Schwätzer war. Er lehnte die Schulter etwas bequemer an den Türpfosten und fiel in einen Tagtraum.

Nach fünf Minuten fand Wimsey, daß jetzt wohl eine weitere Bemerkung angebracht sein könnte. Er sagte, indem er mit dem Kopf zum Amboß deutete:

«Da hat's früher auch mal mehr zu tun gegeben.»

«Mhmm!» machte der Mann.

Der Schmied, der gerade das erkaltete Hufeisen vom Amboß genommen und wieder in die Esse gelegt hatte, mußte diese Bemerkung gehört haben, denn er warf einen Blick zur Tür. Er sagte aber nichts, sondern richtete seine ganze Energie auf die Blasebälge.

Bald darauf lag das Eisen wieder auf dem Amboß, und der Mann, der das Pferd hielt, brachte seine Schulter erneut in eine andere Stellung, schob die Mütze in den Nacken, kratzte sich am Kopf, schob die Mütze wieder an ihren Platz, spuckte aus (aber in aller Höflichkeit), schob die rechte Hand tief in die Hosentasche und richtete ein kurzes Wort der Ermunterung an das Pferd.

Stille, unterbrochen nur vom Klingen des Hammers, bis Wimsey bemerkte:

«Wenn das Wetter hält, kriegen Sie Ihr Heu gut rein.»

«Mhmm», sagte der Mann zufrieden.

Der Schmied nahm mit der Zange das Eisen vom Amboß, ging wieder damit zum Feuer zurück, wischte sich mit der Lederschürze über die Stirn und beschloß, sich an der Unterhaltung zu beteiligen. Er folgte dabei der Humpty-Dumpty-Methode, indem er an die vorletzte Bemerkung anknüpfte.

«Ich weiß noch», sagte er, «wie's hier überhaupt noch keine Autos gab, nur das vom Gutsherrn Goodrich – welches Jahr war das noch, Jem?»

«Im Mafeking-Jahr war das.»

Stille. Alle drei meditierten.

Dann sagte Wimsey:

«Ich kann mich noch erinnern, daß mein Vater sich dreiundzwanzig Pferde hielt, die Arbeitspferde natürlich nicht mitgerechnet.»

«Ah!» sagte der Schmied. «Muß aber ein großes Anwesen gewesen sein, Sir.»

«Ja, groß war's schon. War immer ein Fest für uns Kinder, wenn wir mit zur Schmiede gehen und zusehen durften, wie sie beschlagen wurden.»

«Ah!»

«Was gute Arbeit ist, kann ich immer noch beurteilen. Die junge Dame und ich haben vorhin am Strand ein Hufeisen gefunden – das Glück hat man nicht mehr so oft wie früher.»

Er ließ das Eisen an einem Finger baumeln.

«Rechts vorn», ergänzte er beiläufig. «Hübsches kleines Tierchen, gute Zucht, etwa einsvierzig hoch; verliert gern die Eisen und schlägt mit diesem Fuß ein bißchen – stimmt's?»

Der Schmied streckte eine große Hand aus, nachdem er sie höflich an seiner Schürze abgewischt hatte.

«Ja», sagte er, «stimmt genau. Das ist die Braune von Bauer Newcombe – ich muß es ja wissen.»

«Ihre Arbeit?»

«Klar.»

«Hat auch noch nicht lange herumgelegen.»

«Nee.» Der Schmied leckte einen Finger an und rieb liebevoll das Eisen ab. «Was war das für'n Tag, wie Bauer Newcombe die Braune draußen vor der Wiese gefunden hat, Jem?»

Jem schien schwierige arithmetische Berechnungen anzustellen, dann antwortete er:

«Freitag. Ja, am Freitagmorgen. Da war das. Am Freitag.»

«Ah, ja! Klar. Da war's.»

Der Schmied stützte sich auf seinen Hammer und ließ sich die Sache durch den Kopf gehen. Langsam aber sicher wartete er mit dem Rest der Geschichte auf. Viel war es nicht, aber es bestätigte Wimseys Kombinationen.

Bauer Newcombe hatte seine Pferde in den Sommermonaten immer draußen auf dieser Wiese. Nein, er mähte die Wiese nie, wegen der (es folgten landwirtschaftliche und botanische Einzelheiten, deren Bedeutung Harriet nicht begriff). Nein, Mr. Newcombe sei nicht viel draußen auf dieser Weise, nein, und seine Leute auch nicht, weil sie ja ein gutes Stück von seinem übrigen Land entfernt liege (es folgten unendliche historische Details, die sich mit der Pachtverteilung in diesem Bezirk befaßten, wovon Harriet überhaupt nichts mehr verstand), und das brauchten sie ja gar nicht, auch nicht um die Pferde zu tränken, denn da sei ja der Bach (nun folgte, auch unter Jems Beteiligung, eine längere und stellenweise kontroverse Abhandlung über den früheren Verlauf des Baches zu Zeiten von Jems Großvater, bevor Mr. Grenfell den Weiher drüben in Richtung Drake's Spinney aushob), und es war auch gar nicht Mr. Newcombe gewesen, der die Stute am Freitagmorgen frei herumlaufend angetroffen hatte, sondern Bessie Turveys Jüngster, und der war gekommen und hatte es Jems Onkel George gesagt, und der und noch ein anderer von ihnen hatten sie eingefangen, und furchtbar gelahmt hatte sie, aber Mr. Newcombe, der hätte ja auch die Lücke schon lange vorher schließen können (längere Aufzählung humoristischer Anekdoten, die mit «Mein Gott, hat der alte Pfarrer da vielleicht gelacht!» endeten).

Woraufhin die Expeditionsteilnehmer standesgemäß nach Wilvercombe zurückfuhren, um dort zu erfahren, daß die Leiche noch nicht gefunden war, Inspektor Umpelty aber eine gute Idee hatte, wo sie sein könnte. Dann Abendessen. Und Tanz. Und dann zu Bett.

17

Das Zeugnis des Geldes

Ha, das ist königliche Beute, meiner Seel:
Ein Netz voll Dukaten!

Fragment

MITTWOCH, 24. JUNI

Getreu ihrer selbstauferlegten Pflicht suchte Harriet am nächsten Morgen Mrs. Weldon auf. Es war nicht ganz leicht, Henry loszuwerden, den die Sohnesliebe unlösbar an seiner Mutter Schürzenbänder zu schnüren schien. Eine glückliche Eingebung ließ Harriet vorschlagen, sie und Mrs. Weldon könnten doch einmal ausprobieren, was ihnen das Hotel *Resplendent* in Sachen «Türkisches Bad» Gutes zu bieten habe. Damit war Henry mattgesetzt. Im Fortgehen murmelte er etwas von Haare schneiden lassen.

In der gelösten und vertraulichen Stimmung, die sich im Zustand des Halbgargekochtseins gern einstellt, war es ein Kinderspiel, Mrs. Weldon auszuhorchen. Ein wenig Diplomatie war insofern angezeigt, als das eigentliche Ziel des Verhörs nicht verraten werden durfte. Aber selten hatte ein Detektiv ein argloseres Opfer vor sich gehabt. Es zeigte sich, daß die Sache sich im großen und ganzen so verhielt, wie Harriet vermutet hatte.

Mrs. Weldon war die einzige Tochter eines reichen Bierbrauers, der ihr ein stattliches Vermögen zur selbständigen Verfügung hinterlassen hatte. Ihre Eltern waren gestorben, als sie noch ein Kind war, woraufhin eine strenggläubige Tante in der Kleinstadt St. Ives in Huntingdonshire sich ihrer angenommen hatte. Ein gewisser George Weldon, ein wohlhabender Bauer mit ansehnlichen eigenen Ländereien bei Leamhurst in der Isle of Ely, hatte ihr den Hof gemacht, und mit achtzehn hatte sie ihn geheiratet, hauptsächlich um von der Tante fortzukommen. Diese gestrenge Dame hatte gegen die Heirat, die zwar nicht glänzend, aber doch einigermaßen akzeptabel war, nicht viel einzuwenden gehabt; aber sie hatte soviel Geschäftssinn bewiesen, darauf zu bestehen, daß das Geld ihrer Nichte in einer Weise angelegt wurde, die das Kapital dem Zugriff George Weldons entzog. Weldon hatte, das mußte man ihm lassen, keine Einwände erhoben. Er schien ein absolut ehrlicher, vernünftiger und fleißiger Mann gewesen zu sein, der gut und nutzbringend sein Land bestellte und, soweit Harriet feststellen konnte, außer einer gewissen Phantasielosigkeit keine besonderen Fehler hatte.

Henry war das einzige Kind aus dieser Ehe und von Kindesbeinen an darauf vorbereitet worden, einmal in die Fußstapfen des Vaters zu treten, und auch darin hatte Weldon senior sehr vernünftig gehandelt. Er wollte seinen Sohn nicht zur Faulheit erzogen oder mit Ideen angesteckt sehen, die seiner Stellung im Leben nicht zukamen. Er war ein Bauernsohn, und Bauer sollte er werden, obwohl Mrs. Weldon oft dafür plädiert hatte, daß er eine akademische Laufbahn einschlagen solle. Aber der alte Weldon war hart geblieben, und Mrs. Weldon mußte zugeben, daß er im Grunde höchstwahrscheinlich recht gehabt hatte. Henry zeigte außer für das Leben in frischer Landluft für nichts eine besondere Neigung; der Haken war nur, daß er sich auch dafür nicht so interessierte, wie er gesollt hätte; statt dessen lief er den Mädchen nach oder ging zu Rennen und überließ die Feldarbeit seinem Vater und den Knechten. Schon ehe Weldon senior starb, gab es zwischen Henry und seiner Mutter erhebliche Reibereien, die später nur noch größer wurden.

Der Bauer war gestorben, als Henry fünfundzwanzig Jahre alt war. Er hatte den Hof und alles eigene Geld seinem Sohn vermacht, da er wußte, daß seine Frau gut versorgt war. Unter Henrys Leitung war es mit dem Hof abwärts gegangen. Die Zeiten waren schwerer geworden für die Landwirtschaft. Wenn ein Hof seinen Besitzer ernähren sollte, mußte dieser mehr und mehr selbst mit Hand anlegen und sich um alles kümmern; Henry tat dies weniger und weniger. Er versuchte sich in der Pferdezucht, kam dabei aber auf keinen grünen Zweig, weil er eine unglückliche Hand beim Ankauf und im Umgang mit den Tieren hatte. Mrs. Weldon hatte inzwischen den Hof schon verlassen, auf dem sie sich nie wohlgefühlt hatte, und führte ein Nomadenleben in Kur- und Erholungsorten. Henry hatte verschiedentlich eine Anleihe von ihr erbeten und bekommen; aber Mrs. Weldon hatte sich standhaft geweigert, ihm etwas von ihrem Kapital zu übereignen, obwohl sie das mittlerweile gekonnt hätte, denn die Treuhänder waren tot und die Treuhandschaft aufgehoben. Sie hatte von ihrer nonkonformistischen Tante doch etwas gelernt. Als sie schließlich herausbekam, daß Henry sich in eine unehrenhafte Affäre mit der Frau eines Gastwirts in einem Nachbarort eingelassen hatte, war es zwischen ihr und Henry zu lauten Auseinandersetzungen und schließlich zum Bruch gekommen. Seitdem hatte sie wenig von ihm gehört. Sie wußte aber inzwischen, daß die Affäre mit der Gastwirtsfrau zu Ende war, und im Februar des laufenden Jahres hatte sie ihn von ihrer bevorstehenden Heirat mit Alexis unterrichtet. Henry war für ein Wochenende nach Wilvercombe gekommen, hatte Alexis kennengelernt und das Vorhaben ausdrücklich mißbilligt. Das hatte natürlich nicht gerade zur Besserung des Verhältnisses beigetragen; die Beziehungen zwischen Mutter und Sohn waren gespannt geblieben, bis Alexis' Tod die einsame Frau gezwungen hatte, Trost in den Banden des Bluts zu suchen. Henry war gekommen, hatte sich ob seiner früheren Widerborstigkeit zerknirscht gezeigt, hatte Vergebung erhalten und bewiesen, daß er schließlich doch ihr liebender Sohn war.

Harriet erwähnte Mrs. Lefrancs Theorie, wonach Alexis wegen des Scheiterns unbekannter, wichtiger «Spekulationen» Selbstmord begangen habe. Mrs. Weldon wies das verächtlich zurück.

«Meine Liebe, was hätte ihm das denn anhaben können? Paul wußte ganz genau, daß ich ihm nach unserer Heirat mein Geld übertragen hätte – bis auf einen kleinen Betrag für Henry natürlich. Gewiß, normalerweise hätte Henry alles bekommen, und ich fürchte, er war ein wenig aufgebracht, als er hörte, daß ich wieder heiraten wollte, aber es war eigentlich gar nicht recht von ihm, so zu denken. Sein Vater hatte ihn gut versorgt und ihm immer klargemacht, daß er nichts von mir erwarten dürfe. Schließlich war ich noch eine recht junge Frau, als mein Mann starb, und George – er war immer ein sehr anständig denkender Mensch, das muß ich ihm lassen – hat immer gesagt, daß ich das unbestrittene Recht hätte, mit dem Geld meines Vaters zu machen, was ich wollte, und auch wieder zu heiraten, wenn ich wollte. Und ich habe Henry schon ziemlich viel Geld geliehen, das er nie zurückgezahlt hat. Als ich mich mit Paul verlobte, habe ich zu Henry gesagt, daß ich ihm alles, was ich ihm bisher geliehen hatte, schenken würde, und außerdem wollte ich ihm in meinem Testament die lebenslange Nutznießung von 30000 Pfund überlassen; das Kapital sollten seine Kinder bekommen, falls er welche hätte. Wenn nicht, sollte es an Paul zurückgehen, wenn er Henry überlebte, denn Paul war natürlich der jüngere von beiden.»

«Wollten Sie denn den ganzen Rest Mr. Alexis übertragen?»

«Warum nicht, meine Liebe? Es war ja nicht so, daß ich noch

Kinder hätte bekommen können. Aber Paul wollte das nicht – er hat gemeint, was soll denn dann aus mir werden, wenn er mich sitzenläßt – so reizend und dumm von ihm! Nein, ich wollte folgendes tun: Ich wollte Paul 30000 Pfund übertragen, wenn wir heirateten. Das Geld hätte natürlich uneingeschränkt ihm gehört – ich hätte nicht gewollt, daß mein Mann jedesmal kommen und mich um Erlaubnis fragen muß, wenn er über Geld verfügen will. Bei meinem Tod hätte dann Henry die Zinsen aus den anderen 30000 Pfund erhalten und seine Schulden erlassen bekommen, und Paul hätte den ganzen Rest bekommen, was einschließlich seiner eigenen 30000 Pfund zusammen etwa 100000 Pfund ausgemacht hätte. Denn sehen Sie, Paul hätte ja wieder heiraten und eine Familie gründen können, und dann hätte er das Geld gebraucht. Ich weiß nicht, was daran ungerecht gewesen wäre. Sie vielleicht?»

Harriet hätte so einiges über eine solche Regelung zu sagen gehabt, die den eigenen Sohn mit den lebenslangen Zinsen aus 30000 Pfund abspeiste, die danach an einen jungen Stiefvater zurückgingen, und dem Stiefvater mehr als das dreifache dieser Summe zur freien Verfügung überließ; eine Regelung, die zudem die hypothetische Familie des Sohnes weitaus schlechter stellte als die ebenso hypothetischen Kinder des Stiefvaters mit einer hypothetischen neuen Frau. Aber das Geld gehörte nun einmal Mrs. Weldon, und immerhin hatte Alexis sie von der Riesendummheit abgehalten, zu seinen Gunsten auf den letzten Heller zu verzichten. Ein Wort hatte sie die Ohren spitzen lassen, und darauf kam sie jetzt zurück.

«Ich finde, Sie haben sich recht viel dabei gedacht», sagte sie – wobei sie offenließ, ob es klug oder unklug gedacht war –, «denn wenn Ihr Sohn zur Verschwendung neigt, ist es viel besser für ihn, nur den Ertrag und nicht das Kapital zur Verfügung zu haben. Dann hat er immer etwas, worauf er zurückgreifen kann. Ich nehme an, diese Regelung gilt nach Ihrem jetzigen Testament noch immer?»

«Ja», sagte Mrs. Weldon. «Das heißt, sie *wird* gelten. Ich muß gestehen, daß ich da bisher ein wenig nachlässig war. Denn eigentlich habe ich noch gar kein Testament gemacht. Ich habe mich immer so wundervoller Gesundheit erfreut – aber das muß natürlich bald geschehen. Sie wissen ja, wie man so etwas immer hinausschiebt.»

Die alte Geschichte, dachte Harriet. Wenn alle die klugen Testamentsverfügungen, die sich die Leute so ausdenken, wirklich in die Tat umgesetzt würden, käme es nicht so oft vor, daß Leute ein Vermögen erben, nur um es wegzuwerfen. Sie überlegte, daß Henry Weldon in den Besitz von rund 130000 Pfund kommen würde, wenn Mrs. Weldon morgen das Zeitliche segnete.

«Wissen Sie», sagte sie, «ich glaube, wenn ich Sie wäre, würde ich dieses Testament ganz schnell machen. Auch der Jüngste und Gesündeste kann einmal überfahren werden oder sonstwie zu Tode kommen.»

«O ja – da haben Sie recht. Aber seit der arme Paul tot ist, habe ich einfach nicht die Energie für Geschäfte. Es wäre natürlich viel wichtiger, wenn Henry verheiratet wäre und Kinder hätte, aber er sagt ja, er will nicht heiraten, und wenn das so ist, kann er das Geld auch gleich verbrauchen. Sonst ist ja niemand mehr da. Ich fürchte, ich langweile Sie sehr mit diesem ganzen Geschwätz, meine Liebe. Sie haben nach dem armen Paul gefragt, und ich erzähle Ihnen diese ganzen dummen Privatangelegenheiten. Ich wollte ja nur sagen, daß Paul sich *unmöglich* wegen irgendwelcher Spekulationen Sorgen gemacht haben kann. Er wußte doch, daß er Geld genug haben würde. Außerdem», fügte Mrs. Weldon völlig zu Recht an, «kann man ohne Kapital nicht spekulieren, oder? Geld heckt Geld, wie mir einmal ein Börsenmakler gesagt hat, den ich kannte, und Paul hatte niemals irgendwelches Anfangskapital. Ich glaube auch nicht, daß er vom Spekulieren etwas verstanden hat; er war so romantisch und weltfremd, der arme, gute Junge.»

«Mag sein, sagte Harriet zu sich selbst, «mag sein. Immerhin hat er sich an die Person heranzumachen verstanden, die welches hatte.» Sie war ein wenig überrascht. «Wohlhabend» ist ein dehnbarer Begriff – sie hatte geglaubt, Mrs. Weldon verfüge vielleicht über dreitausend Pfund im Jahr. Aber wenn ihr Geld gut angelegt war – und sie redete, als ob dies der Fall sei –, mußte sie mindestens das Doppelte zur Verfügung haben. Man hätte es einem Hungerleider wie Alexis nachsehen können, wenn er die 130000 Pfund geheiratet hätte, auch auf Kosten von Wohlbefinden und Selbstachtung. Hatte er denn die Heirat überhaupt beabsichtigt? Und wenn er sich andererseits darum drücken und außer Landes gehen wollte – welche ungeheuerliche Drohung oder Verlockung hätte ihn dazu bringen können, eine solch goldene Zukunft gegen den viel matteren Glanz von dreihundert Sovereigns einzutauschen, mochten sie noch so echtes Edelmetall sein?

Und Henry? Selbst nach Abzug der Erbschaftssteuer waren 130000 Pfund ein hübsches Sümmchen, und mancher hatte schon für weniger gemordet. Nun, Lord Peter hatte es übernommen, sich um Henry zu kümmern. Sie merkte soeben, daß Mrs. Weldon wieder redete.

«Was für ein eigenartiges Gesicht Monsieur Antoine hat», sagt sie. «Er scheint ein netter junger Mann zu sein, aber ich glaube, er ist alles andere als robust. Gestern hat er so freundlich zu mir über Paul gesprochen. Er scheint ihn sehr gern gehabt zu haben, ganz ernsthaft.»

«Oh, Antoine!» dachte Harriet leicht mißbilligend. Dann fiel ihr die verrückte Mutter und der schwachsinnige Bruder ein, und sie dachte statt dessen: «Armer Antoine!» Aber der Gedanke war und blieb unerfreulich.

«Lord Peter hat gut reden», maulte sie innerlich, «*ihm* hat es noch nie an etwas gefehlt.» Und warum Lord Peter ihr in diesem Zusammenhang einfiel, wußte sie sich selbst nicht zu erklären, aber zweifellos haben die vom Glück Begünstigten etwas an sich, was andere zum Ärger reizt.

In der Zwischenzeit versuchte dieser ungeratene Adelssproß auch nicht faul zu sein. Mit anderen Worten, er trieb sich auf dem Polizeirevier herum und ging dem Inspektor auf die Nerven. Die Berichte über Bright liefen ein und bestätigten seine Geschichte soweit. Er war, wie er gesagt hatte, von einer Pension in Seahampton aus nach Wilvercombe gekommen, und zwar richtig mit dem angegebenen Zug, und jetzt wohnte er friedlich in einem billigen Zimmer in Wilvercombe, ohne je mit Fremden zusammenzukommen oder die mindeste Neigung zum Verschwinden zu verraten. Die Polizei war gestern mit ihm nach Seahampton gefahren, wo Mr. Merryweather ihn als den Mann identifiziert hatte, dem vor einiger Zeit das Endicott-Rasiermesser verkauft worden war. In wenigen Stunden hatte man alle seine Bewegungen in den letzten Wochen erfolgreich nachgeprüft, und dabei ergab sich folgendes Bild:

28. Mai. Ankunft aus London in Ilfracombe. Vier Tage beschäftigt. Wegen Unfähigkeit und Trunkenheit entlassen.
2. Juni. Ankunft in Seahampton. Spricht bei Merryweather vor und kauft Rasiermesser. Fünf Tage Arbeitssuche in dieser Stadt (in allen Einzelheiten überprüft).
8. Juni. Wilvercombe. Meldet sich bei Moreton, dem Barbier an der Esplanade. Erhält die Auskunft, daß er später vielleicht Arbeit bekommen kann. Soll sich bei Ramage in Lesston Hoe bewerben.

Geld heckt Geld ...

Begibt sich am selben Tag nach Lesston Hoe; findet bei Ramage Arbeit.

15. Juni. Wird von Ramage entlassen – Trunkenheit und Unfähigkeit. Kehrt nach Wilvercombe zurück; erfährt von Moreton, daß die Stelle besetzt ist (was nicht stimmt, aber sein Ruf ist ihm per Telefon vorausgeeilt). Versucht es ohne Erfolg noch in ein, zwei anderen Salons. Verbringt die Nacht in Obdachlosenasyl.

16. Juni (Dienstag). Versucht wieder Arbeit zu bekommen. Kein Erfolg. Verbringt die Nacht in einem Heim für Handwerksgesellen, wo er kurz nach Mitternacht eintrifft. Ursprünglich will man ihn dort nicht einlassen, aber er zeigt zum Beweis seiner Zahlungsfähigkeit eine Pfundnote vor.

17. Juni. Fährt mit dem Zug um 9 Uhr 57 nach Seahampton. Spricht bei einem Friseur namens Lyttleton vor und fragt nach Arbeit. Erfährt, daß Mr. Lyttleton nicht da ist, soll aber am nächsten Morgen nach halb zwölf noch einmal wiederkommen. Geht zu zwei weiteren Friseuren. Mietet sich für die Nacht in einer Pension ein und verbringt den Abend in Gesellschaft anderer Gäste.

18. Juni (Alexis' Todestag). Verläßt die Pension um 10 Uhr und begibt sich direkt in die öffentliche Bibliothek, wo er eine Stunde lang im Lesesaal sitzt und in verschiedenen Zeitungen die Stellenanzeigen studiert. Die Aufsicht im Lesesaal hat ihn identifiziert und erinnert sich genau an Bright, weil dieser verschiedene Fragen nach den Erscheinungsdaten der Lokalzeitungen stellt und sich das Regal zeigen läßt, auf dem sich das örtliche Telefonverzeichnis befindet. Um 11 Uhr fragt Bright, ob die Uhr in der Bibliothek richtiggeht, da er um halb zwölf einen Termin hat. Um Viertel nach elf verläßt er die Bibliothek, angeblich um die Verabredung einzuhalten.

Es handelte sich natürlich um den Termin bei Lyttleton, der Bright ohne Schwierigkeiten wiedererkannte. Lyttleton war mit dem Zug um 11 Uhr 20 nach Seahampton zurückgekommen und hatte beim Betreten seines Ladens Bright darin vorgefunden, der auf ihn wartete. Er hatte zu Bright gesagt, er könne versuchsweise hier arbeiten und sofort anfangen, wenn er wolle. Bright hatte bis ein Uhr im Frisiersalon gearbeitet, dann war er zum Mittagessen gegangen. Kurz nach zwei Uhr war er wiedergekommen und bis zum Feierabend dageblieben. Dann hatte der Besitzer aber festgestellt, daß seine Arbeit nicht gut genug war, und ihn ausbezahlt. Es stimmte zwar, daß ihn in dem kleinen Restaurant, wo er gegessen haben wollte, niemand wiedererkannte, aber andererseits lag es auf der Hand, daß Bright höchstens mit einem fliegenden Teppich die vierzig Meilen bis zum Satans-Bügeleisen und zurück hätte bewältigen können, um dort um zwei Uhr den Mord zu begehen. Welche Rolle Bright in dieser Tragödie auch immer gespielt hatte, es war nicht die des Ersten Mörders.

Hinsichtlich Brights Vorgeschichte in der ferneren Vergangenheit waren sie nicht viel weiter gekommen, nicht zuletzt, weil Bright selbst gar nicht erst vorgab, sich an die vielen Falschnamen erinnern zu können, deren er sich in den letzten Jahren bedient hatte. Das einzige, was sie bisher – halbwegs – bestätigt gefunden hatten, war, daß es irgendwann einmal einen Friseursalon in der Massingbird Street von Manchester gegeben hatte. Der Name des Besitzers war Simpson gewesen, und das stimmte mit Brights Geschichte überein; aber die Massingbird Street war im Zuge der Stadterneuerung längst verschwunden, und wie Bright ihnen selbst schon gesagt hatte, war es schwierig, jemanden zu finden, der sich erinnern konnte, wie der Barbier Simpson ausgesehen hatte.

«Er muß zu irgendeiner Zeit einmal wirklich in Manchester gewohnt haben», lautete die Schlußfolgerung des Inspektors, «sonst wüßte er das alles über die Massingbird Street nicht; und es ist durchaus denkbar, daß er wirklich dieser Simpson ist, für den er sich ausgibt. Aber was er zwischen damals und heute alles getrieben hat, das steht auf einem anderen Blatt.»

Weitere polizeiliche Informationen bezogen sich auf den alten Pollock und sein Boot. Ein junger Konstabler, der erst vor kurzem nach Wilvercombe versetzt worden und darum dem einheimischen Fischervolk noch nicht so bekannt war, hatte sich als Urlauber verkleidet und in Begleitung seiner Freundin am Strand bei Darley herumgetrieben und den alten Pollock überredet, sie beide zu einer Fahrt in seinem Segelboot mitzunehmen. Es war eine ungemütliche Fahrt geworden, was zum einen an der extremen Verdrießlichkeit des alten Fischers gelegen hatte, zum anderen an der unglücklichen Neigung der jungen Dame zur Seekrankheit. Sie hatten ihn gebeten, sie so weit wie möglich zum seeseitigen Ende des Mahlzahn-Riffs hinauszubringen, weil «die junge Dame so scharf darauf» sei, zu sehen, «wie sie nach der Leiche fischen». Pollock hatte ziemlich gemault, sie dann aber doch gefahren. Sie waren auf der ganzen Fahrt in Sichtweite der Küste geblieben, aber die Fahrt hatte dann an einer Stelle so weit draußen geendet, daß sie von der Arbeit der Suchmannschaften, die gerade in diesem Augenblick an Land in unmittelbarer Nähe des Bügeleisens zu tun zu haben schienen, nicht mehr viel hatten sehen können. Sie hatten Pollock gebeten, sie nah an den Felsen heranzufahren, aber das hatte er entschieden abgelehnt. Während der Fahrt hatte der junge Konstabler das Boot so gut wie möglich auf Spuren von irgend etwas Ungewöhnlichem untersucht. Er war sogar so weit gegangen, eine halbe Krone zu «verlieren» und zu verlangen, daß die Bodenroste herausgenommen wurden, um nachzusehen, ob die Münze daruntergerutscht sei. Er hatte den modrigen Raum darunter mit einer Taschenlampe abgeleuchtet und keinerlei Reste von Blutflecken gefunden. Dem Schein zuliebe hatte er dann die Münze «wiedergefunden», und dem Frieden zuliebe hatte er sie Pollock als Trinkgeld vermacht. Die Fahrt war eine einzige Enttäuschung gewesen, denn außer Seekrankheit und einem nahen Blick auf zahlreiche Hummerfallen hatte sie nichts eingebracht.

Eine Frage nach Alexis' Reisepaß traf den Inspektor an seiner Ehre. Glaubte Seine Lordschaft wirklich, die Polizei habe diesen offensichtlichen Punkt übersehen? Natürlich habe Alexis einen Reisepaß gehabt, und mehr noch, er habe ihn im letzten Monat sogar mit einem Visum stempeln lassen. Für welches Land? Nun, für Frankreich natürlich. Aber vom dortigen Konsulat habe er natürlich jedes andere Visum bekommen können, das er haben wollte.

«Das stützt aber doch die These, daß unser junger Freund die Absicht hatte, sich aus dem Staub zu machen, wie?»

«Ja, Mylord. Und wenn er in irgendeine entlegene Gegend auf dem europäischen Kontinent wollte, fand er die Goldmünzen wohl praktischer als englische Banknoten. Allerdings weiß ich nicht, warum er nicht doch Banknoten hätte mitnehmen und in Paris umtauschen sollen. Aber so ist es nun mal, und *irgend etwas* muß er im Sinn gehabt haben. Ich gebe gern zu, daß ich allmählich ein wenig zu Ihrer Ansicht neige. Wir haben es mit einem Mann zu tun, der etwas vorhatte – und dieses Vorhaben kann nicht Selbstmord gewesen sein. Und er hatte 300 Pfund in Gold bei sich, und es gibt genug Leute, die einen für weniger umbringen würden. Wenigstens nehmen wir an, daß er es bei sich hatte. Genau wissen wir es erst, wenn wir die Leiche gefunden haben.»

«Wenn er des Goldes wegen ermordet wurde, wissen Sie es dann auch noch nicht», meinte Wimsey.

«Das stimmt auch wieder, Mylord. Es sei denn, wir finden den Gürtel oder sonst etwas, worin er es aufbewahrte. Aber andererseits würde der Mörder höchstwahrscheinlich auch das mitgenommen haben.» Der Inspektor machte ein unglückliches Gesicht. «Aber er könnte Papiere bei sich haben, die es uns sagen – immer vorausgesetzt, daß der Mörder die nicht auch mitgenommen oder das Salzwasser sie nicht zu Maché gemacht hat.»

«Wissen Sie was», sagte Wimsey, «ich fühle mich zu einer Prophezeiung inspiriert. Ich glaube, Sie werden entdecken, daß Alexis sehr wohl ermordet worden ist, aber nicht des Geldes wegen. Ich meine, nicht wegen der dreihundert Pfund.»

«Warum glauben Sie das, Mylord?»

«Weil», sagte Wimsey, «Sie die Leiche noch nicht gefunden haben.»

Der Inspektor kratzte sich am Kopf.

«Sie wollen doch nicht sagen, daß jemand gekommen ist und die Leiche weggeholt hat? Wozu hätte er das tun sollen?»

«Ja, wozu wohl? Wenn meine Theorie stimmt, wäre das wirklich das Letzte gewesen, was er wollte. Man wollte vielmehr, daß die Leiche gefunden wurde.»

«Warum?»

«Weil der Mord nicht wegen der dreihundert Pfund in Gold begangen wurde.»

«Aber Sie sagen doch, daß wir deshalb die Leiche noch nicht gefunden haben.»

«So ist es.»

«An Ihnen geht, mit Verlaub, ein Talent verloren», sagte Inspektor Umpelty. «Sie sollten Kreuzworträtsel komponieren, Mylord. Sagen Sie das noch einmal. Man wollte, daß die Leiche gefunden würde, weil man Alexis nicht wegen der dreihundert Pfund ermordet hat. Und *weil* man ihn nicht wegen der dreihundert Pfund ermordet hat, finden wir die Leiche nicht. Stimmt das so?»

«Ganz recht.»

Der Inspektor zog die Stirn in schwere Falten. Dann erhellte ein strahlendes Lächeln sein breites Gesicht, und er schlug sich triumphierend mit der flachen Hand auf den Schenkel.

«Natürlich Mylord! Heilige Neune, Sie haben völlig recht. Was sind wir für Schwachköpfe gewesen, daß wir es nicht gleich begriffen haben. Es ist doch so klar wie der helle Tag. Nur Ihre Art, es auszudrücken, hat mich ein bißchen verwirrt. Das muß ich mal beim Chef probieren. Wetten, daß er auch nicht auf Anhieb dahinterkommt? Sie wollten nicht, daß die Leiche gefunden wurde – nein, das ist verkehrt. Sie wollten, daß die Leiche gefunden wurde, weil sie, weil sie nicht –»

«Versuchen Sie's mal gereimt», schlug Wimsey vor.

Warum wir die Leiche finden sollten?
Weil sie das Gold nicht haben wollten.
Sie waren nicht auf das Gold erpicht,
Drum finden wir die Leiche nicht.

«Sehr gut, Mylord», sagte der Inspektor. «Sie sind ja ein richtiger Dichter.» Er zückte sein Notizbuch und notierte sich mit ernster Miene den Vierzeiler.

«Das kann man auch gut auf ‹Jetzt tanzen wir um den Maulbeerbusch› singen», meinte Wimsey, «mit dem Refrain: ‹Des Dienstags früh am Morgen.› Es müßte zwar richtigerweise ‹Nachmittag› heißen, aber das ist dichterische Freiheit. Sie haben meine Genehmigung, es beim nächsten Polizeikonzert aufzuführen. Ohne Tantieme.»

«Sie sind mir vielleicht ein Spaßmacher, Mylord», sagte der Inspektor mit nachsichtigem Lächeln, aber als Wimsey das Polizeirevier verließ, hörte er eine tiefe Stimme hinter sich fleißig singen:

Warum wir die Leiche finden sollten,
finden sollten, finden sollten,
Warum wir die Leiche finden sollten
Des Dienstags früh am Morgen ...

Wimsey kehrte ins Bellevue zurück, wo ihn eine Nachricht von Harriet erwartete, die das Wesentliche ihrer Unterhaltung mit Mrs. Weldon enthielt. Er brütete eine Weile darüber, dann rief er plötzlich Bunter zu sich.

«Bunter, mein Guter», sagte er, «ich glaube, es ist an der Zeit, daß Sie eine Reise nach Huntingdonshire unternehmen.»

«Sehr wohl, Mylord.»

«Sie werden sich in einen Ort namens Leamhurst begeben und alles über Mr. Henry Weldon in Erfahrung bringen, der dort eine Landwirtschaft betreibt.»

«Gewiß, Mylord.»

«Es ist nur ein kleines Dorf, und darum brauchen Sie einen Grund für Ihr Verweilen. Ich schlage vor, Sie kaufen oder mieten sich einen Wagen und müssen wegen irgendeines komplizierten Motorschadens in Leamhurst übernachten.»

«Ganz genau, Mylord.»

«Hier sind dreißig Pfund. Wenn Sie mehr brauchen, geben Sie mir Bescheid.»

«Sehr wohl, Mylord.»

«Sie werden natürlich im besten Gasthaus absteigen und Ihre Erkundigungen an der Theke einziehen.»

«Selbstverständlich, Mylord.»

«Sie werden alles über Mr. Weldon in Erfahrung bringen, was es zu erfahren gibt, vor allem, wie er finanziell dasteht und welchen Ruf er genießt.»

«Sehr wohl, Mylord.»

«Sie brechen sofort auf.»

«Sehr wohl, Mylord.»

«Dann ab mit Ihnen.»

«Sehr wohl, Mylord. Die Hemden Eurer Lordschaft befinden sich in der zweiten Schublade und die Seidensocken in der Ablage rechts im Kleiderschrank, die Krawatten unmittelbar darüber.»

«Sehr wohl, Bunter», sagte Wimsey mechanisch.

Zehn Minuten später war Mr. Bunter, einen Koffer in der Hand, auf dem Weg zum Bahnhof.

18

Das Zeugnis der Schlange

Da gibt es eine kleine Schlange, grünäugig und behaart;
Mit einer Stimme wie die Nachtigall des Waldes
Singt sie ohn' Unterlaß ihr traurig-süßes Lied;
Sie wohnet in des Tods Gebeinen
Und ist sein liebster Freund und Spielgefährte.
Death's Jest-Book

MITTWOCH, 24. JUNI

Nach dem türkischen Bad ging Miss Harriet Vane auf einen Einkaufsbummel. Es war seit ihrer Ankunft in Wilvercombe ihr zweites Unternehmen dieser Art, und beide Male waren ihre Einkäufe bestimmt von dem Wunsch, einem Mann zu gefallen. Diesmal suchte sie ein Kleid für den Nachmittag. Und warum? Sie war zu einem Picknick verabredet.

Sie hatte auch schon mit Lord Peter gepicknickt, und für ihn waren der alte Tweedrock und der abgetragene Pullover gut genug gewesen. Aber heute genügten diese Kleidungsstücke nicht. Das Picknick sollte mit Mrs. Weldon und Henry stattfinden.

Die wunderlichen Vorbehalte, die sie gegenüber Lord Peter kurz angebunden, barsch und zänkisch sein ließen, schienen sie im Umgang mit Henry Weldon nicht zu plagen. Für ihn legte sie einen Zug süßer Fraulichkeit an den Tag, der Wimsey überrascht hätte. Ihre Wahl fiel jetzt auf ein enganliegendes Kleid aus «weichem, schmiegsamem Stoff», wie männliche Schriftsteller dazu sagen würden, mit einer die Figur betonenden Korsage und einem Rock, der sich ungestüm um ihre Fesseln wellte. Dieses ganze Erscheinungsbild steigerte sie noch mit einem viel zu großen Hut, der auf der einen Seite ihr Gesicht verdunkelte und sie an der Schulter kitzelte, während er auf der anderen Seite eine Fülle schwarzer Ringellocken sehen ließ, vom Coiffeur des *Resplendent* kunstvoll gerollt und gelegt. Beigefarbene Schuhe mit hohen Absätzen, reinseidene Strümpfe, bestickte Handschuhe und eine Handtasche rundeten diese verführerische, für ein Picknick außerordentlich ungeeignete Toilette ab. Dazu machte sie noch ihr Gesicht so gekonnt dezent zurecht, daß es den Eindruck erweckte, als ob eine Frau mit großer Erfahrung eine für sie unerreichbare Unschuld mime, und so geschmückt nahm sie bald darauf ihren Platz neben Henry Weldon ein, der am Steuer von Mrs. Weldons großer Limousine saß. Mrs. Weldon saß auf dem Rücksitz, einen üppig gefüllten Picknickkorb zu Füßen und eine Kiste mit erfrischenden Getränken neben sich.

Henry war sehr angetan von Miss Vanes offenkundigen Bemühungen, ihm zu gefallen, sowie von ihrer unverhohlenen Bewunderung für seine Fahrweise. Diese war von der angeberischen und unbeherrschten Art und bestand vorwiegend darin, andere Straßenbenutzer «das Fürchten zu lehren». Harriet hatte schon selbst Autos gefahren und litt, wie alle Autofahrer, wenn sie gefahren werden, aber selbst wenn Henry eine Kurve mit achtzig Sachen viel zu weit nahm und einen Motorradfahrer in den Graben drängte, bemerkte sie dazu nur (und mit einem gewissen Wahrheitsgehalt), daß die Geschwindigkeit sie ein wenig nervös mache.

Mr. Weldon, der beim unerwarteten Anblick einer Kuhherde unmittelbar vor dem Kühler scharf bremsen mußte und beim Herunterschalten krachend die Gänge wechselte, lächelte nachsichtig.

«Wozu ist so ein verdammter Motor denn da, wenn man ihn nicht mal ordentlich hochjagt?» meinte er. «Ist ja nicht wie bei einem Pferd – kein Leben drin. Taugt nur, um einen von hier nach da zu bringen.»

Er wartete, bis die Kühe vorbei waren, dann ließ er die Kupplung derart springen, daß beinahe die Getränke auf dem Boden gelandet wären.

«Mich werden Sie nie zum Vergnügen Auto fahren sehen», sagte Mr. Weldon. «Ich liebe frische Luft – nicht diese Kisten, in denen man vor lauter Benzingestank erstickt. Hab selber mal Gäule gezüchtet – aber da ist nichts mehr dran zu verdienen. Eine Schande.»

Harriet pflichtete ihm bei und sagte, sie liebe Pferde. Das Leben auf einem Bauernhof müsse wunderschön sein.

«Aber nur, wenn man nicht davon leben muß», grollte Mr. Weldon.

«Ich glaube, das ist heutzutage wirklich schwer.»

«Und wie», sagte Mr. Weldon, um gleich, als habe er sich besonnen, anzufügen: «Nicht daß ich mich nach Lage der Dinge allzusehr beklagen müßte.»

«Nein? Freut mich zu hören. Ich meine, es ist schön für Sie, daß Sie Ihre Arbeit einfach liegenlassen und hierherkommen können.

Ich nehme an, auf einem gut geführten Bauernhof läuft quasi alles wie von selbst.»

Mr. Weldon warf ihr einen Blick zu, fast als argwöhne er einen versteckten Hintergedanken. Sie lächelte ihn unschuldig an, und er meinte:

«Na ja – um ehrlich zu sein, es ist schon verdammt ärgerlich. Aber was will man machen? Kann doch meine Mutter nicht so allein in der Tinte sitzen lassen.»

«*Natürlich* nicht. Ich finde es großartig von Ihnen, daß Sie hierherkommen und ihr beistehen. Und außerdem – ich meine, es macht soviel aus, wenn man einen richtig netten Menschen um sich hat, mit dem man reden kann.»

«Schön, daß Sie das sagen.»

«Ich meine, Ihrer Mutter muß das viel bedeuten.»

«Ihnen nicht, wie? Herzöge und Lords sind für Sie gerade gut genug, was?»

«Oh!» Harriet wiegte die Schultern hin und her. «Wenn Sie Lord Peter meinen – der ist natürlich ganz in Ordnung, nur ein bißchen – na, Sie wissen schon.»

«Überkandidelt!» sagte Mr. Weldon. «Wozu trägt er eigentlich dieses dämliche Ding im Auge?»

«Eben, das finde ich auch. Es wirkt so unmännlich, nicht?»

«Alles so affektiert», sagte Mr. Weldon. «Nehmen Sie dem Kerl mal seinen Diener, sein Auto und seine feinen Klamotten weg, und wie steht er dann da? Er glaubt, er kann reiten, nur weil er mal bei so einer vornehmen Jagd mitgezockelt ist, bei denen sie den Leuten die Ernte zertrampeln und immer die Gatter offen lassen. Den möchte ich mal sehen –»

Er unterbrach sich.

«Bei was?»

«Ach, nichts. Ich will ja Ihre Freunde nicht beleidigen. Sagen Sie mal, was will er hier überhaupt?»

«Na ja!» Harriet schmunzelte geziert hinter der übergroßen Krempe des lächerlichen Huts. «Er *sagt*, er interessiert sich für dieses Verbrechen, oder was es sonst ist.»

«Aber Sie wissen es besser, wie?» Er stieß Harriet vertraulich in die Rippen. «Ich kann's dem Knäblein ja nicht verdenken, daß er die Feste feiert, wie sie fallen, aber mir wär's schon lieb, wenn er meiner Mutter keine falschen Hoffnungen machte. Der Hut, den Sie da aufhaben, ist ganz schön im Weg.»

«Gefällt er Ihnen nicht?»

«Spitze – steht Ihnen einmalig! Aber er hält einen so auf

Abstand. Und ich mag nicht so schreien, weil meine Mutter uns hören kann. Sagen Sie, Miss Vane...»

«Ja?»

«Passen Sie mal auf.» Henry schob sein Gesicht so weit wie möglich hinter die Deckung des Hutes und blies seine vertrauliche Mitteilung direkt auf Harriets Wangen. «Sie könnten mir einen Gefallen tun.»

«Natürlich. Alles, was in meiner Macht steht.»

«Nett von Ihnen. Machen Sie diesem Wimsey doch mal klar, er soll die Finger davon lassen. Solange *sie* nämlich glaubt, daß an dieser Bolschewikentheorie was dran ist, läßt sie um keinen Preis locker. Außerdem macht sie sich zum Gespött. Ich will sie hier endlich rausholen und wieder an meine Arbeit gehen.»

«Aha, ja. Verstehe schon. Ich will mal sehen, was ich tun kann.»

«Prima!» Henry gab ihr einen ermutigenden Klaps auf den Schenkel. «Hab doch gewußt, daß wir beide miteinander zurechtkommen würden wie geschmiert.»

Harriet lächelte.

«Ich weiß aber nicht, ob ich ihn dazu überreden kann. Er läßt sich nicht gern etwas sagen. Sie wissen ja, wie Männer sind.»

«*Sie* wissen es jedenfalls bestimmt. Gibt sicher nicht viel, was Sie nicht wissen, wie?» Henry war sich offenbar wohl bewußt, daß er mit einer einigermaßen berüchtigten jungen Frau sprach. Er lachte leise in sich hinein.

«Verraten Sie ihm aber nicht, daß ich was gesagt habe – versuchen Sie einfach mal, was Sie tun können. Ich wette, den wickeln Sie um den kleinen Finger, oder?»

«Aber Mr. Weldon! Ich hoffe doch nicht, daß Sie mich zu den Frauen rechnen, die immer die Hosen anhaben wollen.»

«Das haben Sie gar nicht nötig. Sie wissen schon, wie Sie Ihren Willen durchsetzen. Jedenfalls weiß ich, daß Sie mit *mir* alles machen könnten.»

«So dürfen Sie nicht reden.»

«Darf ich nicht? Ich muß aber einfach. Sie haben so etwas an sich – ach, Sie wissen schon, wie?»

Harriet hätte etwas darum gegeben, wenn er nicht immerzu «wie» gesagt hätte. Und ihr mißfielen seine dröhnende Stimme, seine grobe Haut und die kleinen Haarbüschel in seinen Ohren.

«Fahren Sie doch bitte nicht so mit einer Hand – wenn da plötzlich mal was käme!»

Henry lachte und tätschelte ihr wieder das Bein.

«Ach, da machen Sie sich mal keine Gedanken. Ich passe schon gut auf Sie auf, und Sie passen gut auf mich auf, wie? Eine Hand wäscht die andere – so ganz unter uns, wie?»

«O ja, natürlich.»

«Prima. Und wenn diese ganze dämliche Geschichte erst vorbei ist, müssen Sie mal kommen und Mutter und mich besuchen. Sie haben es ihr schwer angetan. Sagen Sie ihr, Sie wollen gleich mit ihr mitkommen zu mir. Da würde es Ihnen gefallen. Wie wär's?»

«Wunderbar!» (Wenn Henry unbedingt an der Nase herumgeführt werden wollte, würde sie ihn eben an der Nase herumführen.) «Man bekommt die Männer in London mit der Zeit so über, genau wie diese spießigen, bornierten Literatenzirkel. Sie kommen wohl nie nach London, Mr. Weldon?»

«Nicht oft. Mir gefällt's da nicht.»

«Oh! Dann hat es wohl auch nicht viel Sinn, Sie zu fragen, ob Sie mich mal besuchen wollen.»

«So, meinen Sie? Zu Ihnen käme ich natürlich wie der Blitz. Das wäre schon eine Verlockung, wie? Wo wohnen Sie denn?»

«Ich habe eine kleine Wohnung in Bloomsbury.»

«Ganz für sich allein?»

«Ja.»

«Ist das nicht ein bißchen einsam?»

«Na ja, ich habe natürlich viele Bekannte. Und für tagsüber eine Zugehfrau. Aber zu einem Täßchen Tee könnte ich Sie schon einladen, wenn Sie mich ein bißchen aufheitern kommen möchten.»

«Das ist süß von Ihnen. Wir könnten zusammen irgendwas angucken gehen oder so.»

«Dazu hätte ich schon Lust.»

Nein – Henry machte es ihr wirklich zu leicht. Er konnte sich doch nicht einmal in seiner kolossalen Eitelkeit einbilden, wirklich eine Eroberung gemacht zu haben. Aber da saß er und schmunzelte derart zufrieden vor sich hin, daß man ihn fast schnurren hörte. Zweifellos hielt er Harriet Vane für leicht zu haben. Er bildete sich tatsächlich ein, daß eine Frau, die zwischen Lord Peter und ihm zu wählen hätte, womöglich ihm – na ja, warum nicht? Woher sollte er es anders wissen? Es wäre nicht das erstemal, daß eine Frau eine törichte Wahl träfe. Immerhin machte er ihr das Kompliment, sie wenigstens nicht für käuflich zu halten. Oder – schrecklicher Gedanke – hielt er sie am Ende für nymphoman?

Eben – das war es! Soeben versuchte er ihr mit einigermaßen offenen Worten klarzumachen, daß ein Mann wie er doch einmal eine nette Abwechslung für sie sei und er sich überhaupt nicht vorstellen könne, was so eine dufte Frau wie sie an einem Mann wie Wimsey fände. Im ersten Augenblick war sie sprachlos vor Wut; dann ging die Wut in Belustigung über. Wenn er *das* glaubte, konnte man ihm viel weismachen. Sie konnte also die Männer um den kleinen Finger wickeln, ja? Gut, dann würde sie *ihn* als erstes um den Finger wickeln. Sie würde ihm kräftig einheizen.

Sie bat ihn, nicht so laut zu sprechen, sonst könne Mrs. Weldon sie hören. Diese Ermahnung wirkte, und Henry «riß sich zusammen», bis ihre Ankunft an der für das Picknick ausersehenen Stelle ihn vollends nötigte, wieder zu seiner früheren Haltung neutraler Höflichkeit zurückzukehren.

Beim Picknick selbst passierte nicht viel, und Henry konnte Harriet erst beiseite ziehen, nachdem sie fertig gegessen hatten und sie zu zweit in einem nahen Bach das Geschirr abwaschen gingen. Auch dann vermochte Harriet sich seinen Annäherungsversuchen vorerst zu entziehen, indem sie ihn zum Abwaschen hinunterschickte und selbst mit einem Trockentuch oben stehenblieb. Sie kommandierte ihn ganz schön herum, und er gehorchte mit seliger Bereitwilligkeit, krempelte die Ärmel hoch und machte sich an die Arbeit. Dann aber kam der unvermeidliche Augenblick, da er mit den sauberen Tellern wiederkehrte und sie ihr gab. Sogleich ergriff er die Gelegenheit, sich ihr zu nähern und sie mit tolpatschiger Galanterie zu umfassen. Sie ließ die Teller fallen und wehrte sich, drückte seine Arme fort und senkte den Kopf so, daß der bewährte Hut sich trennend zwischen sie schob.

«Herrgott noch mal!» sagte Henry. «Sie könnten einem doch wenigstens mal –»

Und in diesem Augenblick bekam Harriet richtige Angst. Sie stieß einen Schrei aus, der nicht gespielt war, sondern ein echter, ernstgemeinter Schrei, gefolgt von einer Ohrfeige, die kein Streicheln war. Henry ließ sie verdutzt für eine Sekunde los. Sie riß sich von ihm fort – und in diesem Augenblick kam Mrs. Weldon, von dem Schrei herbeigerufen, ans Bachufer gelaufen.

«Was ist denn hier passiert?»

«Ich habe eine Schlange gesehen!» rief Harriet erregt. «Es war bestimmt eine Kreuzotter.»

Sie schrie noch einmal, und Mrs. Weldon, die eine heillose Angst vor Schlangen hatte, schrie gleich mit. Henry hob maulend die heruntergefallenen Teller auf und sagte zu seiner Mutter, sie solle sich nicht so anstellen.

«Kommt zum Auto», sagte Mrs. Weldon. «An diesem schrecklichen Ort bleibe ich keine Sekunde länger!»

Sie gingen zum Wagen zurück. Henry machte ein verdrießliches und gekränktes Gesicht; er fühlte sich schlecht behandelt, und das nicht ganz zu unrecht. Aber Harriets Gesicht war blaß genug, um zu beweisen, daß sie einen echten Schrecken bekommen hatte, und sie bestand darauf, auf der Rückfahrt hinten zu sitzen, bei Mrs. Weldon, die sie mit einem Riechfläschchen traktierte und sich in Ausrufen des Entsetzens und Mitgefühls erging.

In Wilvercombe angekommen, hatte Harriet sich inzwischen wieder soweit gefangen, daß sie Henry in aller Form danken und sich für ihr dummes Benehmen entschuldigen konnte. Aber sie war noch immer nicht wieder ganz bei sich und lehnte es ab, mit ins Hotel zu gehen; vielmehr wolle sie sofort zu Mrs. Lefranc zurück und sich auf ihr Zimmer begeben. Daß Henry sie dorthin begleitete, komme gar nicht in Frage – davon wolle sie gar nichts hören – nein, ihr fehle nichts – das Laufen werde ihr guttun. Henry, der noch immer beleidigt war, drängte sich nicht auf. Harriet ging, aber nicht zu Mrs. Lefranc. Sie rannte zum nächsten Telefonhäuschen und rief das Hotel *Bellevue* an. Ob Lord Peter Wimsey im Haus sei? Nein, er sei fortgegangen; ob man ihm etwas ausrichten könne? Natürlich. Ob er bitte sofort zu Miss Vane kommen könne, sowie er zurück sei? Es sei ungemein dringend. Gewiß würde man ihm das ausrichten. Nein, man würde es bestimmt nicht vergessen.

Harriet ging nach Hause, setzte sich auf Paul Alexis' Stuhl und betrachtete Paul Alexis' Ikone. Sie war völlig aus der Fassung.

Eine Stunde hatte sie so dagesessen, ohne auch nur den Hut abzunehmen oder die Handschuhe auszuziehen – nur grübelnd, als es plötzlich Lärm auf der Treppe gab. Schritte kamen herauf, immer zwei Stufen auf einmal nehmend, dann klopfte es, und die Tür wurde so unmittelbar darauf aufgestoßen, daß das Klopfen eigentlich überflüssig gewesen wäre.

«Hallo-hallo! Da sind wir ja alle. Was gibt's? Etwas Aufregendes? Tut mir leid, daß ich nicht da war – Halt! Nanu! Aufhören! Es ist doch alles gut – das heißt, es *ist* doch alles gut, ja?»

Er löste seinen Arm behutsam aus Harriets verzweifelter Umklammerung und schloß die Tür.

«Also, mein Kind! Was ist denn nun passiert? Sie sind ja ganz aus dem Häuschen!»

«Peter! Ich glaube, ich bin von einem Mörder geküßt worden.»

«So so. Geschieht Ihnen recht, wenn Sie sich von aller Welt küssen lassen, nur nicht von mir. Du lieber Himmel! Da wehren Sie sich mit allen möglichen Ausflüchten gegen einen vollkommen liebenswerten und halbwegs tugendhaften Menschen wie mich, und als nächstes höre ich, daß Sie sich in der widerwärtigen Umarmung eines Mörders suhlen. Nein, wirklich! Ich weiß nicht, wohin es mit der modernen jungen Frau gekommen ist.»

«Er hat mich nicht direkt geküßt – nur in den Arm genommen.»

«Sag ich ja – ‹widerwärtige Umarmung› habe ich gesagt. Und was noch schlimmer ist, anschließend schicken Sie Brandmeldungen in mein Hotel, damit Sie sich hier an meinem Elend weiden können. Abscheulich. Widerlich. Setzen Sie sich. Nehmen Sie diesen lächerlichen, ordinären Hut ab und sagen Sie mir, wer dieser niederträchtige, holzköpfige, flatterhafte, liederliche Mörder ist, der mit seinen Gedanken nicht einmal beim Morden bleiben kann, sondern im Land herumschwirrt und angemalte Frauen umarmt, die ihm nicht gehören.»

«Na gut. Bereiten Sie sich auf einen Schock vor. Es war Haviland Martin.»

«Haviland Martin?»

«Haviland Martin!»

Wimsey ging langsam an einen Tisch beim Fenster, legte seinen Hut und Stock darauf, zog einen Stuhl heran, drückte Harriet darauf, zog einen zweiten Stuhl heran und setzte sich selbst darauf. Dann sagte er:

«Sie haben gewonnen. Ich bin erstaunt. Ich bin wie vom Donner gerührt. Würden Sie sich freundlicherweise erklären? Ich denke, Sie waren heute mit den Weldons fort.»

«War ich auch.»

«Soll ich das so verstehen, daß Haviland Martin ein Freund von Henry Weldon ist?»

«Haviland Martin *ist* Henry Weldon.»

«Sie haben sich in der Umarmung Henry Weldons gesuhlt?»

«Nur im Dienste der Gerechtigkeit. Außerdem habe ich ihm eine geklebt.»

«Weiter so. Fangen Sie mal ganz von vorn an.»

Harriet fing von vorn an. Wimsey machte halbwegs gute Miene zu dem Flirt mit Henry Weldon und bemerkte nur einmal zwischendurch, er hoffe, daß der Mann ihr später nicht einmal lästig werde; ansonsten hörte er geduldig zu, bis sie auf den Zwischenfall beim Tellerwaschen kam.

«Ich habe mich gewehrt – ich wollte ja nicht, daß er mich wirklich küßte –, und dabei habe ich nach unten geschaut und seinen Arm gesehen – er hatte ihn ja um meine Taille –»

«Ja, das habe ich soweit verstanden.»

«Und da habe ich die tätowierte Schlange auf seinem Arm gesehen – genau die gleiche wie bei Martin. Da ist mir plötzlich eingefallen, wie mir sein Gesicht gleich so bekannt vorgekommen war, als ich ihn zum erstenmal sah – und daraufhin habe ich dann auch begriffen, wer er war.»

«Haben Sie es ihm gesagt?»

«Nein, ich habe nur geschrien, und dann kam Mrs. Weldon und fragte, was los sei. Darauf habe ich gesagt, ich hätte eine Schlange gesehen – es war das einzige, was mir einfiel; und es stimmte natürlich auch.»

«Was hat Henry gesagt?»

«Nichts. Er war ziemlich verstimmt. Er dachte natürlich, ich hätte nur so ein Theater gemacht, weil er mich zu küssen versucht hatte, aber das konnte er ja seiner Mutter nicht sagen.»

«Nein – aber meinen Sie, er hat zwei und zwei zusammengezählt?»

«Ich *glaube* es nicht. Hoffentlich nicht.»

«Das will *ich* nicht hoffen – sonst könnte er schon abgehauen sein.»

«Ich weiß. Ich hätte mich an ihn hängen sollen wie eine Klette. Aber ich konnte nicht. Ich konnte es einfach nicht, Peter! Ich hatte ehrlich Angst. Es war dumm von mir, aber ich sah die ganze Zeit Alexis mit durchgeschnittener Kehle vor mir, und das Blut, das überall lief – es war entsetzlich. Der Gedanke, daß – uh!»

«Augenblick. Denken wir einmal scharf nach. Sie sind sicher, daß Sie sich mit der Schlange nicht geirrt haben und Weldon *wirklich* Martin ist?»

«Ja. Ich bin ganz sicher. Jetzt sehe ich es völlig klar. Im nachhinein fällt mir auf, daß sein Profil dasselbe war, und seine Größe und Figur, und seine Stimme auch. Die Haarfarbe ist natürlich anders, aber die Haare könnte er sich leicht gefärbt haben.»

«Möglich. Im übrigen sieht sein Haar wirklich so aus, als ob es vor kurzem gefärbt und dann wieder gebleicht worden wäre. Ich fand es gleich so merkwürdig stumpf. Also, wenn Weldon Martin ist, muß irgendwo etwas faul sein. Aber schlagen Sie sich gleich aus dem Kopf, daß er der Mörder sein könnte, Harriet. Wir haben nachgewiesen, daß Martin unmöglich den Mord begangen haben kann. Er hätte nicht rechtzeitig am Tatort sein können. Haben Sie das vergessen?»

«Ja – ich glaube, das hatte ich vergessen. Es lag so auf der Hand, daß er irgendwas im Schilde geführt haben muß, wenn er um diese Zeit verkleidet in Darley war.»

«Natürlich führte er etwas im Schilde. Aber was? Er kann nicht an zwei Orten gleichzeitig gewesen sein, nicht einmal als Beelzebub verkleidet.»

«Das ist wohl nicht möglich – nein? Was bin ich doch für ein Dummkopf. Da habe ich die ganze Zeit hier herumgesessen und mir voll Entsetzen ausgemalt, wie wir es Mrs. Weldon beibringen würden.»

«Das werden wir, fürchte ich, so oder so vielleicht noch müssen», sagte Wimsey ernst. «Es sieht so aus, als ob er die Finger im Spiel gehabt hätte, auch wenn er nicht persönlich die Klinge geführt hat. Die Frage ist nur: Wenn er nicht der eigentliche Mörder war, wozu war er dann überhaupt in Darley?»

«Weiß der Himmel.»

«Mit der braunen Stute hatte es etwas zu tun, das steht fest. Aber was? Welche Rolle spielte das Pferd überhaupt? Mir ist das zu hoch, Harriet. Einfach zu hoch.»

«Mir auch.»

«Nun, dann können wir nur eines tun.»

«Was?»

«Ihn fragen.»

«Fragen?»

«Ja. Wir fragen ihn. Es wäre doch denkbar, daß es eine ganz harmlose Erklärung dafür gibt. Und wenn wir ihn fragen, muß er sich so oder so festlegen.»

«J-a-a. Das heißt aber offener Krieg.»

«Nicht unbedingt. Wir brauchen ihm ja nicht alles zu sagen, was wir denken. Ich glaube, das überlassen Sie am besten mir.»

«Das halte ich auch für besser. Ich habe das dumme Gefühl, daß ich Henry nicht so schön an der Nase herumgeführt habe, wie ich mir eingebildet hatte.»

«Ich weiß nicht. Sie haben jedenfalls eine sehr wertvolle Entdeckung gemacht. Keine Bange. Bevor wir mit Henry fertig sind, haben wir sein Innerstes nach außen gekehrt. Jetzt hüpfe ich rasch mal rüber ins *Resplendent* und sehe nach, ob er sich nicht schon aus dem Staub gemacht hat.»

Und das tat er, konnte aber nur feststellen, daß Henry weit davon entfernt war, sich aus dem Staub zu machen; er saß beim Essen und spielte danach mit anderen Gästen Bridge. Sollte Wimsey sich da mit seinen Fragen dazwischendrängen? Oder lieber warten? Vielleicht lieber warten und morgen ganz beiläufig das Gespräch darauf bringen. Er traf eine stille Abmachung mit dem Nachtportier, daß dieser ihm einen Wink geben solle, wenn

Henry Weldon im Laufe der Nacht etwa Anstalten machte, zu verduften, dann begab er sich in sein eigenes Quartier, um gründlich nachzudenken.

19
Das Zeugnis des verkleideten Autotouristen

Gestehe, oder in den Kerker – Halt!
Death's Jest-Book

DONNERSTAG, 25. JUNI

Mr. Weldon machte keine Anstalten, zu verduften. Es fiel Wimsey nicht schwer, am folgenden Morgen seiner habhaft zu werden, und eigentlich war er sogar froh, daß er gewartet hatte, denn inzwischen hatte er einen Brief von Chefinspektor Parker erhalten.

Lieber Peter,
was verlangst Du demnächst? Ich habe hier ein paar kleine, vorläufige Informationen für Dich, und wenn sich etwas Neues ergibt, halte ich Dich auf dem laufenden.

Zunächst: Dein Mr. Haviland Martin ist kein bolschewistischer Agent. Er hat seit langer Zeit ein Konto in Cambridge und ist Besitzer eines kleinen Hauses, inklusive Dame, in den Randbezirken der Stadt. Soviel ich weiß, hat er es 1925 erworben, und hin und wieder läßt er sich dort sehen, mit dunkler Brille und allem Drum und Dran. Der Bank wurde er von einem Mr. Henry Weldon aus Leamhurst in Huntingdonshire empfohlen, und mit seinem – kleinen – Konto hat es noch nie irgendwelche Schwierigkeiten gegeben. Man hält ihn für einen Handlungsreisenden. Das alles kommt mir so vor, als ob der Herr ein Doppelleben führte, aber die Bolschewikentheorie kannst Du Dir aus dem Kopf schlagen.

Ich habe heute abend mit Morris, unserem Bolschewikenexperten, gesprochen, und er weiß von keinem kommunistischen oder russischen Agenten, der sich zur Zeit bei Wilvercombe herumtreiben könnte. Er ist der Meinung, daß Du Dich da aufs Glatteis hast führen lassen.

Übrigens möchte die Polizei von Cambridge, von der ich mir

die Information über Martin telefonisch besorgen mußte, gern wissen, was los ist. Zuerst Wilvercombe, dann ich! Zum Glück kenne ich dort den Chef ganz gut und konnte ihn dazu bewegen, die Bank ein bißchen unter Druck zu setzen. Ich glaube, ich habe sie in den Glauben wiegen können, daß es etwas mit Bigamie zu tun hat!

Apropos Bigamie: Mary läßt Dich herzlich grüßen und möchte wissen, ob Du wenigstens der Monogamie schon etwas näher gekommen bist. Sie meint, ich soll Dir diesen Schritt auf Grund eigener Erfahrung sehr empfehlen – was ich hiermit (befehlsgemäß!) tue.

Mit den besten Grüßen, Dein
Charles.

So gewappnet begab Wimsey sich hinunter zu Henry Weldon, der ihn in seiner plump-vertraulichen Art begrüßte. Lord Peter ließ das über sich ergehen, solange er es für angezeigt hielt, dann sagte er wie von ungefähr: «Übrigens, Weldon – Sie haben Miss Vane ja gestern nachmittag ganz schön erschreckt.»

Henry sah ihn recht ungnädig an.

«So, hab ich das? Ich sehe aber trotzdem nicht ein, was Sie sich da einzumischen haben.»

«Von Ihren Manieren habe ich gar nicht gesprochen», sagte Wimsey, «obwohl ich sie zugegebenermaßen etwas erstaunlich finde. Aber warum haben Sie nie etwas davon gesagt, daß Sie beide sich schon einmal begegnet sind?»

«Schon einmal begegnet? Aus dem ganz einfachen Grunde, daß wir uns noch nie begegnet sind.»

«Na, na, Weldon. Wie war denn das vorigen Donnerstag nachmittag oben am Hinks's Lane?»

Weldon lief zu einer häßlichen Farbe an.

«Ich weiß nicht, wovon Sie reden.»

«Nein? Nun, es ist natürlich Ihre Sache, aber wenn Sie schon inkognito durch die Lande reisen, sollten Sie sich lieber mal dieses Gemälde vom Arm entfernen lassen. Soviel ich weiß, ist das möglich. Das Nachtätowieren mit Fleischfarbe ist, glaube ich, die einfachste Methode.»

«Oh!» Henry glotzte ihn ein paar Sekunden an; dann breitete sich langsam ein Grinsen über sein Gesicht aus.

«Aha, *das* hat das kleine Biest also gemeint, als sie sagte, sie hat eine Schlange gesehen. Raffiniert, die Kleine, Wimsey. Daß sie das gemerkt hat!»

«Ich darf doch bitten!» sagte Wimsey. «Sie werden bitte die Güte haben, von Miss Vane so zu sprechen, wie es sich gehört, um mir den Verdruß zu ersparen, Ihnen die Zähne einschlagen zu müssen.»

«Schon gut, schon gut, ganz wie Sie wollen. Aber das möchte ich doch ganz gern mal sehen.»

«Sie würden nichts davon sehen. Es würde einfach passieren. Aber ich habe keine Zeit für vergleichende Physiologie zu verschwenden. Ich möchte nur wissen, was Sie in dieser Verkleidung in Darley zu suchen hatten.»

«Was geht das Sie an?»

«Nichts. Aber die Polizei könnte sich dafür interessieren. Im Augenblick interessiert sie sich für alles, was Donnerstag voriger Woche passiert ist.»

«Aha, verstehe. Sie wollen mir etwas anhängen. Aber zufällig können Sie das nun mal nicht, und das dürfen Sie sich in die Pfeife stopfen und rauchen. Es stimmt, daß ich unter falschem Namen hierhergekommen bin. Warum nicht? Ich wollte meiner Mutter nicht auf die Nase binden, daß ich hier war.»

«Warum nicht?»

«Na hören Sie mal, mir hat doch diese Alexis-Geschichte überhaupt nicht gefallen. Das kann ich gefahrlos zugeben. Ich hab's Ihnen schon einmal gesagt und kann es ruhig noch einmal wiederholen. Ich wollte herausbekommen, was sich da tut. Und falls diese Heirat wirklich stattfinden sollte, wollte ich sie verhindern.»

«Aber konnten Sie das nicht ganz offen tun, ohne sich die Haare schwarz zu färben und sich diese dunkle Brille aufzusetzen?»

«Natürlich hätte ich das gekommt. Ich hätte das Liebespärchen hier überfallen und großen Krach schlagen und Alexis solche Angst machen können, daß er abgehauen wäre, das traue ich mir schon zu. Aber was dann? Ich hätte fürchterlichen Krach mit meiner Mutter bekommen, und sie hätte mich mit einem Almosen abgespeist. Nein. Ich hatte vor, mich hier ein bißchen umzutun und zu sehen, wie ernst die Geschichte war, und mir gegebenenfalls das Knäblein zu kaufen und mich gütlich mit ihm zu einigen.»

«Dazu hätten Sie aber ein bißchen Kleingeld gebraucht», meinte Wimsey trocken.

«Da bin ich nicht einmal sicher. Ich habe so ein paar Geschichten über ein Mädchen hier gehört, und wenn das meine Mutter erfahren hätte – nicht wahr?»

«Aha – eine gemäßigte Form von Erpressung. Ich verstehe

allmählich. Sie wollten sich in Wilvercombe Informationen über Alexis' frühere Liebschaften besorgen und ihn dann vor die Wahl stellen, daß entweder Mrs. Weldon davon erfährt und für ihn womöglich gar nichts dabei herausspringt, oder daß er Ihren Spatz in der Hand nimmt und seinen Ruf als treuer Liebhaber dafür opfert. War es so?»

«So war es.»

«Und warum Darley?»

«Weil ich der alten Dame in Wilvercombe nicht in die Arme laufen wollte. Mit einer Brille und einem Fläschchen Haarfarbe kann man vielleicht die Bauerntölpel hier täuschen, aber für das scharfe Auge einer liebenden Mutter, nicht wahr, ist das vielleicht doch nicht so undurchschaubar wie eine Ziegelmauer.»

«Ganz recht. Darf ich fragen, ob Sie bei diesen heiklen Ermittlungen irgendwelche Fortschritte erzielt haben?»

«Nicht viel. Ich bin ja erst Dienstag abend angekommen und habe fast den ganzen Mittwoch am Wagen herumfummeln müssen. Diese Trottel in der Garage haben ihn mir mit einem –»

«Ach ja! Augenblick. War es wirklich notwendig, sich zu all diesen Vorsichtsmaßnahmen auch noch einen Wagen zu mieten?»

«Doch, ja, denn meinen eigenen Wagen hätte meine Mutter erkannt. Er hat eine ziemlich ungewöhnliche Farbe.»

«Sie scheinen sich das alles sehr gut ausgedacht zu haben. Hatten Sie keine Schwierigkeiten beim Mieten? – Ach nein, wie dumm von mir! Der Garage konnten Sie natürlich Ihren richtigen Namen angeben.»

«Hätte ich schon gekonnt, aber ich hab's nicht getan. Um ehrlich zu sein – na ja! Ich kann Ihnen ja sagen, daß ich einen anderen Namen mitsamt Adresse schon fix und fertig zur Hand hatte und nur hineinzuschlüpfen brauchte. Sehen Sie, ich schleiche mich dann und wann in aller Stille nach Cambridge. Zu einer Frau. *Sie* verstehen mich. Nettes kleines Frauchen – treu ergeben und so weiter. Hat irgendwo auch einen Mann. Er will sich nicht scheiden lassen, und mich stört das nicht weiter. Soll mir ganz recht sein. Aber auch da wieder – wenn meine Mutter es erfahren hätte – es hatte da schon einmal Ärger gegeben, und damit wollte ich nicht wieder von vorn anfangen. In Cambridge ist alles in Butter – da sind wir Mr. und Mrs. Haviland Martin – alles hochwohlanständig und so weiter, und man kann so leicht mal hinflitzen, wenn man sich ein bißchen nach häuslichem Glück sehnt und so weiter. Sie verstehen?»

«Ich verstehe. Beehren Sie Cambridge auch nur verkleidet?»

«Ich setze die Brille auf, wenn ich zur Bank gehe. Einige meiner lieben Nachbarn sind dort auch Kunden.»

«Sie hatten also diese praktische kleine Verkleidung fix und fertig zum Hineinschlüpfen. Ich kann Ihnen nur zu der Zweckmäßigkeit Ihrer Arrangements gratulieren. Sie erfüllen mich mit aufrichtiger Bewunderung, und ich bin überzeugt, daß Mrs. Martin eine sehr glückliche Frau sein muß. Da wundert es mich wirklich, wieso Sie Miss Vane so tatkräftig mit Ihren Aufmerksamkeiten bedenken.»

«Ha, wenn eine Frau es so darauf anlegt – außerdem wollte ich zu gern herausfinden, worauf das Mädchen – ich meine, die Dame – eigentlich hinauswollte. Sehen Sie, wenn man eine Mutter hat, die gut betucht ist, bekommt man manchmal den Eindruck, daß die Leute es ein bißchen darauf abgesehen haben, etwas für sich herauszuschlagen.»

Wimsey lachte.

«Da haben Sie also gedacht, Sie könnten Miss Vane schöne Augen machen, um sie auszuhorchen. Wie sich die Bilder gleichen! Sie hatte nämlich dasselbe mit Ihnen vor. Sie wollte herauskriegen, warum Sie so ungeheuer scharf darauf waren, sie und mich von hier zu verscheuchen. Es wundert mich nicht, daß Sie da beide gar keine Schwierigkeiten miteinander hatten. Miss Vane sagt, sie fürchtet, daß Sie unser kleines Komplott durchschaut haben könnten und sie nur auf den Arm nehmen wollten. So so. Dann können wir uns ja jetzt alle aus der Deckung wagen und ganz offen miteinander reden. So macht es doch viel mehr Spaß, oder?»

Henry Weldon sah Wimsey argwöhnisch an. Er hatte eine dumpfe Ahnung, daß er da irgendwie in eine ziemlich paradoxe Lage gedrängt worden war. Na schön – das Frauenzimmer und dieser schwatzhafte Irre von einem Amateurdetektiv arbeiteten also Hand in Hand. Immerhin hatte er den Verdacht, daß dieses Gerede von Offenheit ein bißchen einseitig gemeint war.

«Na ja, das stimmt schon», antwortete er ausweichend, um gleich besorgt hinzuzufügen: «Aber meiner Mutter brauchen Sie davon nichts zu sagen, verstanden? Sie wäre gar nicht erbaut.»

«Mag sein», sagte Wimsey. «Aber sehen Sie – die Polizei, nicht wahr? Ich weiß nicht recht – das britische Rechtswesen – die Pflichten des Staatsbürgers und so weiter, nicht? Ich kann Miss Vane nicht daran hindern, zu Inspektor Umpelty zu gehen. Sie ist ein freier Mensch – und wenn ich es richtig sehe, ist sie im Moment nicht so recht von Ihnen begeistert.»

«Ach, die Polizei stört mich nicht.» Henrys Gesicht hellte sich auf. «Vor *der* habe ich ja nichts zu verbergen. Nicht das mindeste. Wirklich nicht. Sehen Sie mal her – wenn ich Ihnen alles erzähle, könnten Sie es dann nicht einfach an die Polizei weitergeben und dafür sorgen, daß man mich in Ruhe läßt? Sie sind doch so dicke freund mit diesem Inspektor – wenn Sie ihm sagen, daß bei mir alles stimmt, wird er's Ihnen schon glauben.»

«O ja! Feiner Kerl, dieser Inspektor. Aus dem Nähkästchen plaudern – das macht er nicht. Es besteht auch aus meiner Sicht kein Grund, es Mrs. Weldon zu erzählen. Wir Männer müssen zusammenhalten.»

«Richtig!» Unbeirrt durch frühere schlechte Erfahrungen ließ Henry Weldon sich gleich wieder auf ein neues Schutz- und Trutzbündnis ein. «Also passen Sie auf. Ich bin am Dienstag abend nach Darley gekommen und habe mir die Erlaubnis geholt, am Hinks's Lane zu kampieren.»

«Sie kannten den Platz schon sehr gut, wenn ich das richtig sehe?»

«War noch nie im Leben da. Warum?»

«Pardon – ich dachte, Sie wollten damit sagen, daß Sie über den Hinks's Lane schon Bescheid wußten, bevor Sie hinkamen.»

«Wie? Oh! Ja, jetzt verstehe ich, was Sie meinen. Ich hatte den Tip von jemandem bekommen, den ich in Heathbury in einer Wirtschaft kennengelernt hatte. Seinen Namen weiß ich nicht.»

«Ach so, ja.»

«Ich habe mir ein paar Vorräte besorgt und mich häuslich eingerichtet. Am nächsten Tag – Mittwoch – wollte ich dann anfangen, meine Erkundigungen einzuziehen. Halt, Moment! Das war erst nachmittags. Am Vormittag bin ich nur so ein bißchen durch die Gegend gelaufen – es war so ein herrlicher Tag, und ich war es leid, nur immer herumzukutschieren, besonders wo der Wagen nicht so richtig wollte. Nach dem Mittagessen habe ich dann angefangen. Zuerst hab ich elend lange gebraucht, die Karre in Gang zu bringen, aber schließlich lief sie doch, und da bin ich dann nach Wilvercombe gefahren. Als erstes bin ich zum Standesamt gegangen und habe gesehen, daß dort kein Aufgebot aushing, dann hab ich die Runde durch die Kirchen gemacht. Da war auch nichts, aber das bewies natürlich noch nicht viel, denn es konnte ja sein, daß sie mit Sondererlaubnis in London oder sonstwo heiraten wollten.

Dann habe ich mir als nächstes im *Resplendent* die Adresse von diesem Alexis besorgt. Ich habe natürlich aufgepaßt, daß ich dabei nicht der alten Dame über den Weg lief – ich habe die Direktion angerufen und denen was von einem falsch zugestellten Päckchen erzählt, und so habe ich die Adresse bekommen. Dort bin ich dann hingegangen und habe versucht, die alte Frau dort auszuquetschen, aber die wollte nicht mit der Sprache heraus. Sie hat mir aber ein Restaurant genannt, wo ich Alexis antreffen könnte. Da bin ich hingegangen; er war nicht da, aber ich bin mit einem ins Gespräch gekommen, der zufällig hereinkam – irgend so ein Südländer, dessen Namen ich nicht weiß, und der hat mich auf die Idee gebracht, daß ich vielleicht im Wintergarten erfahren könnte, was mich interessiert.»

Henry legte eine kurze Pause ein.

«Natürlich muß Ihnen das etwas anrüchig vorkommen», meinte er, «daß ich mich hier herumtreibe und mich nach Alexis erkundige, und was dann am nächsten Tag passiert ist, aber genau so war es. Na ja, dann bin ich zum Wagen zurückgegangen und hatte diesmal noch größere Schwierigkeiten, ihn in Gang zu bringen – allmählich fing ich schon an, den Kerl zu verfluchen, der ihn mir vermietet hatte, und dann hab ich gedacht, ich fahre am besten mal in eine Werkstatt damit. Aber nachdem er erst mal angesprungen und warmgelaufen war, lief er einwandfrei, und da konnten sie in der Werkstatt natürlich keinen Fehler finden. Sie haben ein bißchen herumgefummelt und zweieinhalb Shilling dafür verlangt, und das war alles. Und bis sie fertig waren, hatte ich die Nase so voll, daß ich gedacht habe, jetzt fährst du lieber heim, solange das Ding läuft. Also bin ich wieder nach Darley zurück, und immerzu hat unterwegs der Motor ausgesetzt. Danach habe ich dann noch einen Spaziergang gemacht, und damit war der Tag zu Ende, außer, daß ich später noch auf ein Bierchen in die *Drei Federn* gegangen bin.»

«Wo sind Sie spazierengegangen?»

«Ein Stückchen am Strand entlang. Warum?»

«Ich hätte nur gern gewußt, ob Sie dabei vielleicht bis zum Satans-Bügeleisen gekommen sind.»

«Viereinhalb Meilen weit? Wohl kaum. Ich hab das Ding überhaupt noch nie gesehen und bin auch nicht scharf darauf. Aber der Tag, über den Sie Bescheid wissen wollen, ist ja nun der Donnerstag. In allen Einzelheiten, wie es in Kriminalromanen immer heißt, wie? Ich habe gegen neun Uhr gefrühstückt – Eier mit Speck, wenn Sie's genau wissen wollen –, und dann habe ich gedacht, ich sollte mich wohl mal auf den Weg nach Wilvercombe machen. Also bin ich ins Dorf gegangen und habe ein vorüberkommendes Auto angehalten. Das war – Augenblick mal – kurz nach zehn Uhr.»

«Wo war das?»

«Wo die Hauptstraße nach Darley hereinkommt – aus Richtung Wilvercombe.»

«Warum haben Sie sich im Dorf keinen Wagen gemietet?»

«Haben Sie die Dinger mal gesehen, die man da mieten kann? Dann würden Sie nämlich nicht fragen.»

«Sie hätten aber doch eine Werkstatt in Wilvercombe anrufen und sich mitsamt dem Morgan abholen lassen können.»

«Hätte ich gekonnt, aber ich hab's nicht getan. Die einzige Werkstatt, die ich in Wilvercombe kannte, war die, bei der ich es schon am Abend zuvor versucht hatte, und ich wußte, daß die nichts taugte. Was ist außerdem so unrecht daran, per Anhalter zu fahren?»

«Nichts, wenn der Fahrer keine Bedenken wegen seiner Versicherung hat.»

«Ach so! Na ja, diese Frau hatte jedenfalls keine. Schien überhaupt ein netter Mensch zu sein. Fuhr einen großen offenen Bentley. Hat sich überhaupt nicht geziert.»

«Ihren Namen kennen Sie vermutlich nicht?»

«Ich bin gar nicht auf die Idee gekommen, danach zu fragen. Aber an die Nummer des Wagens kann ich mich erinnern – die war nämlich komisch: OI 0101 – so was kann ma ja nicht vergessen – oioioi! Ich hab auch zu der Frau etwas darüber gesagt, und wir haben ziemlich viel Spaß gehabt unterwegs.»

«Haha!» machte Wimsey. «Das ist wirklich gut. Oioioi!»

«Ja – wir haben auch ganz schön gelacht. Ich hab noch zu ihr gesagt, daß so eine Nummer ziemlich unangenehm sein kann, weil die Bobbies sie sich so gut merken können. Oioioi!» jodelte Mr. Weldon selig.

«Sie sind dann also nach Wilvercombe gekommen?»

«Ja.»

«Und was haben Sie da gemacht?»

«Die gute Frau hat mich am Markt abgesetzt und gefragt, ob ich vielleicht wieder mit zurück will. Ich hab gesagt, das ist furchtbar nett von ihr, und wann sie denn zurückfährt. Sie hat gesagt, sie muß kurz vor eins zurück, weil sie eine Verabredung in Heathbury hat, und weil mir das ganz recht war, haben wir ausgemacht, daß wir uns am Markt wieder treffen wollten. Ich bin dann also ein bißchen herumgelaufen und zum *Wintergarten* gegangen. Dieser Mann, mit dem ich ins Gespräch gekommen war, hatte gemeint, dieses Mädchen von Alexis hätte was mit dem *Wintergarten* zu tun – singt dort oder so.»

«Nein, das tut sie nicht. Ihr derzeitiger Verehrer spielt im Orchester.»

«Ja, das weiß ich jetzt auch. Der Mann hat das alles verdreht. Jedenfalls war ich nun mal da und habe jede Menge Zeit verschwendet, indem ich mir so ein dämliches klassisches Konzert anhören mußte – mein Gott! Bach und so ein Zeug um elf Uhr morgens! –, und die ganze Zeit hab ich gewartet, daß die eigentliche Schau losgeht.»

«Waren viele Leute da?»

«Gott, ja – vollgepfropft mit lauter alten Weibern und Invaliden! Ich hatte bald die Nase voll und bin ins *Resplendent* gegangen. Da wollte ich mir ein paar Leute greifen, aber natürlich mußte ich das Pech haben, meiner Mutter in die Arme zu laufen. Sie wollte gerade fortgehen, und ich hab mich schnell hinter einer von diesen dämlichen Palmen versteckt, die sie da herumstehen haben, so daß sie mich nicht sehen konnte, und dann hab ich mir gedacht, sie will sich vielleicht irgendwo mit Alexis treffen; da bin ich ihr also nachgeschlichen.»

«Und, hat sie sich mit Alexis getroffen?»

«Nein; sie ist in so ein albernes Modegeschäft gegangen.»

«Wie ärgerlich!»

«Das kann ich Ihnen sagen. Ich hab ein bißchen gewartet, und dann ist sie herausgekommen und in den *Wintergarten* gegangen. ‹Hallo›, hab ich mir gedacht, ‹was wird denn das? Hat sie vielleicht dasselbe vor wie ich?› Also bin ich auch wieder hin, und hol's der Kuckuck – war da noch immer dasselbe infernalische Konzert im Gange, und sie hat bis zum Ende dabeigesessen! Ich kann Ihnen sogar sagen, was sie gespielt haben. Eroica hieß das Ding. So was Symphonisches!»

«Ts, ts. Wie lästig!»

«Ja, ich war vielleicht sauer, das kann ich Ihnen sagen. Und das komische war, daß meine Mutter dasaß, als wenn sie auf jemanden wartete, denn sie hat sich immerzu umgeschaut und war ganz zappelig. Bis zum Programmende hat sie dagesessen, aber als dann die Nationalhymne kam, hat sie's aufgegeben und ist zurück ins *Resplendent*, und dabei hat sie ein Gesicht gemacht wie eine Katze, der man die Maus weggenommen hat. Na ja, ich hab auf die Uhr gesehen, und da war es schon zwanzig vor eins!»

«So eine Zeitverschwendung! Dann mußten Sie demnach auf die Rückfahrt mit der freundlichen Dame im Bentley verzichten?»

«Wer, ich? Aber nein! Das war eine verdammt dufte Frau, und so eilig war die Sache mit Alexis auch wieder nicht. Ich bin also zum Markt zurück, und da war sie schon, und wir sind zusammen nach Hause gefahren. Ich glaube, das war alles. Halt, nein. Ich hab mir noch ein paar Hemdkragen in einem Laden beim Kriegerdenkmal gekauft; ich glaube, ich hab sogar noch die Rechnung davon, falls das ein Beweis ist. Ja, hier ist sie. So was steckt man sich meist in die Tasche. Einen von den Kragen hab ich jetzt an, wenn Sie ihn sich ansehen wollen.»

«Aber nicht doch – ich glaub's Ihnen auch so.»

«Gut! Und das ist dann alles, außer daß ich noch in den *Drei Federn* zu Mittag gegessen habe. Meine Fahrerin hat mich dort abgesetzt, und dann ist sie, glaube ich, in Richtung Heathbury gefahren. Nach dem Essen, das heißt so um Viertel vor zwei, hab ich mir noch einmal den Wagen vorgenommen, aber der hat einfach keinen Muckser von sich gegeben. Da hab ich gedacht, mal sehen, ob die hiesige Werkstatt da was machen kann. Ich bin also hin, und der Mann ist mitgekommen, und nach einer Weile haben sie gemerkt, daß der Fehler am Zündkabel war, und haben ihn behoben.»

«Na ja, das scheint also ziemlich klar zu sein. Um welche Zeit sind Sie und die Dame im Bentley denn bei den *Drei Federn* angekommen?»

«Ziemlich genau um eins. Ich weiß noch, daß ich die Kirchenuhr hab schlagen hören und zu ihr gesagt habe, hoffentlich verpaßt sie ihr Tennis nicht.»

«Und um welche Zeit waren Sie bei der Werkstatt?»

«Weiß der Kuckuck. Gegen drei oder halb vier, glaube ich. Aber das können die Ihnen sicher sagen.»

«O ja, das werden sie genau feststellen können. Es ist aber ein Glück für Sie, daß Sie so viele Zeugen für Ihre Alibis haben, nicht? Sonst könnte das Ganze, wie Sie sagen, etwas anrüchig erscheinen. Nun noch etwas. Als Sie am Donnerstag am Hinks's Lane waren, haben Sie da vielleicht jemanden oder etwas an der Küste entlanglaufen sehen?»

«Keine Menschenseele. Aber wie ich Ihnen schon zu erklären versucht habe, ich war nur bis zehn Uhr und dann wieder ab Viertel vor zwei da. Es ist also nicht sehr wahrscheinlich, daß ich dort jemanden gesehen habe.»

«Zwischen Viertel vor zwei und drei ist dort also niemand vorbeigekommen?»

«Oh! Zwischen Viertel vor zwei und drei? Ich dachte, Sie

meinten früher. Doch, da war einer – so ein kleines Hutzelmännchen mit kurzer Hose und Hornbrille. Er ist den Hinks's Lane heruntergekommen, kurz nachdem ich zurück war – um fünf vor zwei, um es genau zu sagen –, und hat mich nach der Uhrzeit gefragt.»

«So? Woher kam er denn?»

«Aus dem Dorf. Jedenfalls aus dieser Richtung. Schien ein Fremder zu sein. Ich hab ihm die Uhrzeit gesagt, und er ist weiter zum Strand hinuntergegangen und hat dort zu Mittag gegessen. Später ist er dann weggegangen – das heißt, er war jedenfalls nicht mehr da, als ich von der Werkstatt zurückkam, aber ich glaube, er ist früher gegangen. Viel gesprochen habe ich mit ihm nicht. Da war er wahrscheinlich nicht scharf drauf, nachdem ich ihm einen Tritt in den Hintern gegeben hatte.»

«Du liebes Bißchen! Wofür denn das?»

«Für seine neugierige Nase. Ich quälte mich mit diesem teuflischen Auto herum, und er stand da und stellte dumme Fragen. Ich hab ihm gesagt, er soll verschwinden – stand da herum und blökte: ‹Will er nicht anspringen?› So ein Idiot!»

Wimsey lachte. «Er kann jedenfalls nicht unser Mann sein.»

«Was für ein Mann? Der Mörder? Sie wollen immer noch einen Mord daraus machen? Na, ich kann beschwören, daß diese kleine Sprotte nichts damit zu tun hat. Ein Sonntagsschullehrer war das, wie er aussah.»

«Und das war der einzige Mensch, den Sie gesehen haben? Sonst nichts? Nicht Mann noch Frau noch Kind? Nicht Vogel noch Vieh?»

«Hm – nein. Nein. Nichts.»

«So. Na, dann bin ich Ihnen sehr dankbar für Ihre Offenheit. Ich muß das natürlich Umpelty erzählen, aber ich glaube nicht, daß er Sie noch groß belästigen wird – und ich sehe nicht die allermindeste Notwendigkeit, Mrs. Weldon davon zu erzählen.»

«Ich hab Ihnen ja gesagt, daß für Sie da nichts drin ist.»

«Genau. Wann sind Sie übrigens am Freitagmorgen weggefahren?»

«Um acht.»

«Früher Aufbruch, wie?»

«Es gab ja keinen Grund mehr, hierzubleiben.»

«Wieso?»

«Nun, Alexis war doch tot, oder?»

«Woher wußten Sie das?»

Henry brach in schallendes Gelächter aus.

«Jetzt haben Sie gedacht, Sie haben mich erwischt, was? Also, ich hab's gewußt, weil man es mir erzählt hat. Ich bin am Donnerstagabend noch in die *Drei Federn* gegangen, und da hatten sie natürlich alle schon von dem Toten gehört, der gefunden worden war. Kurz darauf kam auch der Ortspolizist rein – er wohnt nicht in Darley, aber er kommt ab und zu mit dem Fahrrad durch. Er war wegen irgendwas in Wilvercombe gewesen und erzählte uns, sie hätten ein Foto von dem Toten, und das sei gerade entwickelt worden, und danach hätten sie ihn als einen Kerl namens Alexis aus dem *Resplendent* identifiziert. Sie können den Bobby fragen, er wird's Ihnen bestätigen. Da hab ich mir gedacht, jetzt mache ich lieber, daß ich nach Hause komme, denn von dort wird Mutter wahrscheinlich die Beileidswünsche erwarten. Wie ist das, he?»

«Überwältigend», sagte Wimsey.

Er verließ Henry Weldon und begab sich zum Polizeirevier.

«Wasserdicht, wasserdicht, wasserdicht», murmelte er bei sich. «Aber warum hat er wegen des Pferdes gelogen? Er muß es gesehen haben, wenn es frei herumlief. Es sei denn, es ist erst nach acht Uhr morgens von der Wiese ausgebrochen. Und warum auch nicht? Wasserdicht, wasserdicht – ungemein verdächtig wasserdicht!»

20
Das Zeugnis der Dame im Auto

Madame, wir sind uns fremd;
und dennoch kannte ich schon einmal eine Gestalt wie Eure.
The Bride's Tragedy

DONNERSTAG, 25. JUNI

Als der Polizeidirektor und der Inspektor von Mr. Haviland Martins Identifizierung hörten, war ihre Überraschung vielleicht noch größer als ihre Freude. Irgendwie hatten sie wohl das Gefühl, daß die Amateure ihnen die Schau gestohlen hatten, obwohl der Fall, wie beide hastig versicherten, dadurch so verworren blieb wie eh und je, wenn nicht sogar noch verworrener wurde. Verworrener zumindest, wenn man Mord unterstellte. Andererseits hatte nun möglicherweise die Selbstmordtheorie eine gewisse Aufwertung erfahren, sei es auch nur durch ein negatives Indiz. Statt des finsteren Mr. Martin, der jeder x-beliebige hätte sein können, hatte man jetzt Mr. Henry Weldon, den man kannte. Gewiß war inzwischen sonnenklar, daß Henry Weldon ein überaus triftiges Motiv gehabt hätte, Alexis aus dem Weg zu räumen. Aber seine Begründung für seine Anwesenheit in Darley erschien sehr einleuchtend, wenn auch dumm, und es stand nun einmal absolut fest, daß er unmöglich um zwei Uhr am Bügeleisen gewesen sein konnte. Außerdem nahm die Tatsache, daß er schon seit fünf Jahren als der bebrillte Mr. Haviland Martin mit den dunklen Gläsern bekannt war, seiner Maskerade schon halb den Charakter des Außergewöhnlichen. Die Gestalt des Mr. Martin war nicht eigens zum vorliegenden Zweck geschaffen worden, sondern es gab sie bereits vorher, und da war es nur natürlich, daß Weldon sie sich zunutze machte, um seiner Mutter nachzuspionieren.

Zudem waren die entscheidenden Punkte in Weldons Darstellung leicht nachzuprüfen. Die Hemdkragenrechnung war auf den 18. Juni datiert, und an dem Datum schien nicht manipuliert worden zu sein. Ein Anruf in dem Geschäft brachte die Bestätigung sowie die zusätzliche Information, daß die Rechnung zu den letzten sechs gehörte, die an diesem Tag ausgestellt worden waren. Und da die Geschäfte an diesem Tag um ein Uhr zugemacht hatten, mußte der Kauf kurz vor diesem Zeitpunkt getätigt worden sein.

In der Reihenfolge der Wichtigkeit kam gleich danach die Aussage des Polizisten von Darley. Er war schnell gefunden und vernommen, und er bestätigte Weldons Darstellung ohne jede Einschränkung. Er war an diesem Abend gegen neun Uhr in Wilvercombe zu Besuch bei seiner Freundin gewesen (denn da hatte er dienstfrei) und hatte vor dem *Resplendent* einen Kollegen aus Wilvercombe getroffen, Rennie mit Namen. Er hatte ihn gefragt, ob sich bei der Sache mit dem Leichenfund am Satans-Bügeleisen etwas Neues ergeben habe, und Rennie hatte ihm mitgeteilt, daß der Tote identifiziert worden war. Rennie bestätigte das, und es bestand kein Grund, daran zu zweifeln; die Fotos waren binnen einer Stunde nach ihrem Eintreffen bei der Polizei entwickelt und vervielfältigt worden; die Polizei war damit als erstes in die Hotels gegangen; kurz vor neun war der Tote identifiziert worden, und Rennie war bei Inspektor Umpelty gewesen, als sie den Direktor des *Resplendent* vernommen hatten. Der Konstabler von Darley gab ferner zu, daß er die Identifizierung in den *Drei Federn* erwähnt hatte. Er war – durchaus in Ausübung seiner Pflicht – kurz vor Schließungszeit in die Bar gegangen, um sich nach einem Mann zu erkundigen, der wegen irgendeiner Kleinigkeit gesucht wurde, und er erinnerte sich genau, daß «Mr. Martin» um diese Zeit dagewesen war. Beide Konstabler bekamen einen Rüffel für ihre Schwatzhaftigkeit; aber es blieb dabei, daß Weldon an diesem Abend von der Identifizierung erfahren hatte.

«Was haben wir also jetzt noch in der Hand?» fragte Polizeidirektor Glaisher.

Wimsey schüttelte den Kopf.

«Nicht sehr viel, aber etwas doch. Erstens: Weldon weiß etwas über das Pferd – das könnte ich beschwören. Er hat nämlich kurz gezögert, als ich ihn fragte, ob er irgend etwas gesehen hat, Mensch, Ding oder *Tier*, und ich bin ziemlich sicher, daß er da überlegt hat, ob er nein sagen oder mir irgendeinen Bären aufbinden sollte. Zweitens: Seine Geschichte ist arg dünn. Ein Kind hätte sich bei seinen ach so wichtigen Nachforschungen schlauer angestellt. Warum ist er zweimal nach Wilvercombe gefahren und zweimal so gut wie unverrichteter Dinge wieder zurückgekommen? Drittens: Seine Schilderung ist zu glatt und geradezu gespickt mit genauen Uhrzeiten. Wozu das, wenn nicht zu dem ausdrücklichen Zweck, sich ein Alibi zu verschaffen? Viertens: Genau im entscheidenden Augenblick, so hören wir, wurde er von einem Unbekannten nach der Uhrzeit gefragt. Warum in aller Welt soll jemand, der gerade durch ein Dorf voller Menschen und Uhren gekommen ist, den Hinks's Lane hinuntergehen und einen zufällig dort kampierenden Fremden nach der Uhrzeit fragen? Der Mann, der nach der Uhrzeit fragt, gehört zum festen Inventar eines jeden Alibikonstrukteurs. Das Ganze ist mir zu durchdacht und somit anrüchig – meinen Sie nicht?»

Glaisher nickte.

«Ich bin ganz Ihrer Meinung. Anrüchig ist das schon. Aber was hat es zu bedeuten?»

«Da sehen Sie mich ratlos. Ich kann nur vermuten, daß Weldon an diesem Morgen etwas anderes in Wilvercombe wollte, als er uns erzählt, und daß er vielleicht mit dem wirklichen Mörder unter einer Decke steckt. Was ist mit diesem Wagen mit der Nummer OI 0101?»

«Die Nummer bringt uns sicher nicht weit. Wir werden uns natürlich trotzdem erkundigen. Irgendwie werden wir den Wagen schon finden, aber das wird uns die Frage, was Weldon an diesem Tag später gemacht hat, auch nicht beantworten.»

«Sicher nicht, aber es kann andererseits nicht schaden, sich mit der Dame in Verbindung zu setzen. Und haben Sie sich im *Wintergarten* schon nach dem Programm vom vorigen Donnerstagmorgen erkundigt?»

«Ja. Konstabler Ormond ist gerade dort – ah, da ist er ja schon!»

Konstabler Ormond hatte sich genauestens erkundigt. Es war ein klassisches Konzert gewesen und hatte um halb elf mit der Kleinen Nachtmusik von Mozart begonnen, gefolgt von zwei Liedern ohne Worte von Mendelssohn, Bachs Air in G-Dur für Streicher, einer Suite von Händel, Pause, und dann Beethovens Eroica. Alles korrekt angegeben, Bach und Beethoven sogar ungefähr zu den richtigen Zeiten. Ein gedrucktes Programm, das jemand hätte mitnehmen oder auswendig lernen können, gab es nicht. Außerdem hatte man die Eroica im letzten Moment anstelle der Pastorale gespielt, weil es eine Panne mit verlegten Noten gegeben hatte. Jedes Musikstück hatte der Dirigent vom Podium herunter angesagt. Wenn man überhaupt noch den Verdacht hegte, daß Mr. Henry Weldon vielleicht doch nicht im Konzert war, dann höchstens aus Verwunderung darüber, daß er sich die Mühe gemacht und sich die gehörten Stücke so genau gemerkt hatte. Eine positive Bestätigung für seine Darstellung gab es nicht, obwohl Konstabler Ormond das Personal eingehend befragt hatte. Leute mit getönten Brillengläsern – ach Gott! Die waren im *Wintergarten* so normal wie Asseln im Keller.

Zusätzlich bestätigt wurde Weldons Geschichte wenige Minuten später durch den Bericht eines zweiten Konstablers. Er hatte Mrs. Lefranc vernommen und von ihr erfahren, daß ein Herr mit dunkler Brille sich tatsächlich am Mittwoch nach Paul Alexis erkundigt und dann etwas über Leila Garland zu erfahren versucht hatte. Mrs. Lefranc hatte «Unrat gewittert» und ihn mit einer gehörigen Abfuhr in das Restaurant geschickt, wo Alexis häufig aß. Hier erinnerte sich der Besitzer an ihn; ja, er glaube, es sei mit einem Herrn aus dem Orchester, der zufällig auch da war, vom *Wintergarten* gesprochen worden – nein, es war nicht Mr. da Soto, sondern ein viel kleineres Licht, einer, der am vierten Pult bei den zweiten Violinen spielte. Schließlich wurde bei einer Rundfrage in allen größeren Reparaturwerkstätten von Wilvercombe ein Mechaniker gefunden, der sich erinnerte, daß am Mittwochabend ein Herr mit einem Morgan gekommen war und über Startschwierigkeiten und schlechte Zündung geklagt hatte. Der Mechaniker hatte außer einem gewissen Verschleiß an den Zündkontakten, der auf häufige Kaltstarts zurückzuführen sein konnte, keinen Fehler entdecken können.

Das alles war im Hinblick auf das eigentliche Verbrechen, falls es dieses gab, von geringer Bedeutung; es diente jedoch dazu, Weldons Aussage im großen und ganzen zu bestätigen.

Zu den kleinen Ärgernissen im Leben des Kriminalisten gehört der Zeitverlust, der mit Rückfragen meist verbunden ist: Ferngespräche kommen nicht durch; Leute, die man dringend etwas fragen muß, sind gerade nicht zu Hause; Briefe sind zu lange unterwegs. Es war daher eine angenehme Überraschung, daß die Suche nach dem Besitzer des Wagens mit der Nummer OI 0101 wie geschmiert lief. Binnen einer Stunde kam ein Telegramm, in dem es hieß, daß der Wagen zuletzt auf eine Mrs. Morecambe eingetragen worden war, wohnhaft in Kensington, Popcorn Street 17. Zehn Minuten später hatte die Fernvermittlung ein Gespräch durch. Fünfzehn Minuten später klingelte das Telefon, und Polizeidirektor Glaisher erfuhr von Mrs. Morecambes Hausmädchen, daß die gnädige Frau sich im Pfarrhaus von Heathbury aufhalte. Ein Anruf im Pfarrhaus wurde prompt entgegengenommen. Ja, Mrs. Morecambe sei dort zu Besuch; ja sie sei zu Hause;

ja, man könne sie holen; ja, hier Mrs. Morecambe; ja, sie erinnere sich genau, vorigen Donnerstag einen Herrn mit dunkler Brille von Darley nach Wilvercombe und zurück mitgenommen zu haben; ja, sie könne sich auch an die Zeiten erinnern; ausgehend vom Zeitpunkt ihres Aufbruchs von Heathbury, müsse sie ihn gegen zehn Uhr aufgelesen haben, und sie wisse, daß sie ihn um eins wieder in Darley abgesetzt habe, da sie auf die Uhr geschaut habe, um zu sehen, ob sie noch rechtzeitig zum Essen und Tennis bei Oberst Cranton hinter Heathbury komme. Nein, sie habe den Herrn noch nie zuvor gesehen und kenne seinen Namen nicht, aber sie glaube ihn nötigenfalls wiederzuerkennen. Aber bitte, keine Ursache – sie sei ja schon froh, daß die Polizei nichts von *ihr* wolle (silberhelles Lachen); als man ihr gesagt habe, die Polizei sei am Apparat, habe sie schon gefürchtet, daß sie womöglich zu schnell gefahren sei oder falsch geparkt habe oder dergleichen. Sie bleibe noch bis nächsten Montag im Pfarrhaus und wolle der Polizei nur zu gern helfen. Hoffentlich habe sie keinem Verbrecher zur Flucht verholfen oder so etwas.

Der Polizeidirektor kratzte sich am Kopf. «Das geht fast nicht mit rechten Dingen zu», sagte er. «Da stehen wir nun und wissen über alles Bescheid – nicht einmal eine falsche Nummer dabei! Jedenfalls, wenn die Dame mit Pfarrer Trevor befreundet ist, können wir uns auf sie verlassen. Er wohnt dort seit fünfzehn Jahren und ist der netteste Mensch, den man sich wünschen kann – ganz von der alten Schule. Wir wollen nur noch feststellen, wie gut er Mrs. Morecambe kennt, aber ich nehme an, das ist so in Ordnung. Ob eine Gegenüberstellung uns etwas bringen würde, weiß ich nicht recht.»

«Man kann wahrscheinlich nicht erwarten, daß sie ihn ohne dunkle Haare und Brille wiedererkennt», sagte Wimsey. «Es ist erstaunlich, wie sehr es einen verändert, wenn man seine Augen versteckt. Sie könnten ihn natürlich die Brille aufsetzen lassen, oder Sie könnten die Dame herbringen und *sie* von *ihm* identifizieren lassen. Ich will Ihnen was sagen. Rufen Sie noch einmal an und fragen Sie, ob sie gleich herkommen kann. Ich greife mir Weldon und setze mich mit ihm auf die Veranda vor dem *Resplendent*, und Sie kommen dort zufällig vorbei. Wenn *er sie* erkennt, ist alles in Ordnung. Wenn *sie* aber *ihn* erkennt, sieht die Sache anders aus.»

«Verstehe», sagte Glaisher. «Keine schlechte Idee. Das machen wir.» Er rief noch einmal das Pfarrhaus in Heathbury an.

«Geht in Ordnung. Sie kommt.»

«Gut. Dann trolle ich mich und versuche Weldon von Mama loszueisen. Wenn sie bei dem Gespräch zugegen wäre, säße der gute Henry böse in der Tinte. Wenn ich ihn also nicht beiseite bekomme, rufe ich Sie an.»

Henry Weldon war im Hotelsalon, wo er mit seiner Mutter Tee trank, leicht zu finden; er erhob sich sofort, als Wimsey hinging und ihn um ein Wort unter vier Augen bat. Sie suchten sich einen Tisch etwa in der Mitte der Veranda aus, und Weldon bestellte etwas zu trinken, während Wimsey sich in einer weitschweifigen Wiedergabe seines vormittäglichen Gesprächs mit der Polizei erging. Er verweilte ausgiebig bei seinen Bemühungen, Glaisher zu überreden, die Geschichte nicht zu Mrs. Weldon gelangen zu lassen, und Henry bedankte sich in angemessener Form.

Bald darauf tauchte eine stämmige Gestalt auf, die ganz nach einem Polizeikonstabler in Zivil aussah und eine jung-alte supermodern gekleidete Frau bei sich hatte. Sie gingen langsam an der gut besetzten Veranda vorbei und strebten einem leeren Tisch am anderen Ende zu. Wimsey sah den Blick der Frau über die Versammlung schweifen; der Blick blieb kurz auf ihm ruhen, wanderte dann weiter zu Weldon und von dort ohne ein Zaudern oder irgendein Zeichen des Erkennens weiter zu einem jungen Mann mit blauer Sonnenbrille, der am Nebentisch ein Schokoladeneis verzehrte. Hier verweilte er einen Augenblick – und wanderte wieder weiter. Im selben Moment gab Weldon einen beklommenen Laut von sich.

«Wie bitte?» unterbrach Wimsey seinen Monolog. «Sagten Sie etwas?»

«Ich – äh – nein», sagte Weldon. «Ich dachte gerade, ich hätte da jemanden erkannt, das ist alles. Wahrscheinlich eine zufällige Ähnlichkeit.» Er folgte Mrs. Morecambe mit den Augen, als sie auf sie zukam, und hob zögernd die Hand zum Hut.

Mrs. Morecambe sah die Bewegung und blickte Weldon mit einem Ausdruck leichter Verwunderung an. Sie öffnete den Mund, als ob sie etwas sagen wollte, machte ihn aber wieder zu. Weldon vollendete den Griff zum Hut und erhob sich.

«Guten Tag», sagte er, «ich fürchte, Sie kennen mich nicht mehr –»

Mrs. Morecambe sah ihn mit höflichem Erstaunen an.

«Ich irre mich sicher nicht», sagte Weldon. «Sie waren neulich so freundlich, mich im Auto mitzunehmen.»

«So?» sagte Mrs. Morecambe. Dann sah sie näher hin und sagte:

«Ja, ich glaube, das stimmt – aber hatten Sie damals nicht eine Sonnenbrille auf?»

«Ja – das verändert einen ganz schön, nicht?»

«Ich hätte Sie wirklich nicht wiedererkannt. Aber jetzt erkenne ich Ihre Stimme. Nur hatte ich den Eindruck – aber nein! Ich bin einfach keine gute Beobachterin. Ich hatte die ganze Zeit den Eindruck, daß Sie ziemlich dunkel waren. Wahrscheinlich kam das von den dunklen Brillengläsern. So etwas Dummes! Ich hoffe, Ihr Morgan hat sich wieder erholt.»

«O ja, danke. Schön, Sie hier zu treffen. Die Welt ist doch klein, nicht?»

«O ja. Sie genießen hoffentlich einen schönen Urlaub?»

«O doch, ja, danke – nachdem mein Wagen sich jetzt wieder benimmt. Ich bin Ihnen so ungeheuer dankbar, daß Sie sich an dem Tag meiner erbarmt haben.»

«Aber bitte, es war mir ein Vergnügen.»

Mrs. Morecambe neigte höflich den Kopf und entfernte sich mit ihrem Begleiter. Wimsey grinste.

«So, das war also Ihre attraktive Dame. Na ja. Sie sind mir ein Schwerenöter, Weldon. Jung oder alt, keine kann Ihnen widerstehen, mit Brille oder ohne.»

«Hören Sie auf!» sagte Weldon, nicht unangenehm berührt. «Ein Glücksfall, daß sie hier aufkreuzte, wie?»

«Ein ganz erstaunlicher Glücksfall», sagte Wimsey.

«Nur der Tölpel, den sie da bei sich hat, gefällt mir nicht», fuhr Henry fort. «Einer von den hiesigen Bauernlümmeln, nehme ich an.»

Wimsey grinste wieder. Konnte ein Mensch wirklich so begriffsstutzig sein, wie Henry sich gab?

«Ich hätte vielleicht versuchen sollen, herauszukriegen, wer sie ist», sagte Henry, «aber das hätte vielleicht ein bißchen gezwungen ausgesehen. Na ja, man wird sie ja notfalls aufspüren können. Für mich ist das wichtig.»

«O ja, unbedingt. Sehr gutes Aussehen und offenbar recht betucht. Ich gratuliere, Weldon. Soll ich für Sie herausfinden, wer sie ist? Ich bin ein sehr geschickter Heiratsvermittler und ein erfahrener Anstandswauwau.»

«Menschenskind, Wimsey, seien Sie nicht so albern! Sie ist mein Alibi, Sie Trottel.»

«Allerdings. Na ja. Bis bald.»

Wimsey verzog sich, immer noch leise vor sich hin lachend.

«Nun, das wäre soweit klar», sagte Glaisher, als ihm das alles berichtet wurde. «Wir haben uns genau nach der Dame erkundigt. Sie ist die Tochter einer alten Schulfreundin von Mrs. Trevor und kommt jeden Sommer zu ihnen. Jetzt ist sie seit drei Wochen in Heathbury. Ihr Mann ist irgend etwas in der City; manchmal kommt er zum Wochenende nach, aber diesen Sommer war er noch nicht hier. Das mit dem Lunch und Tennis bei Oberst Cranton stimmt auch. Alles einwandfrei. Weldon ist sauber.»

«Das wird ihn aber sehr beruhigen. Er war nämlich wegen dieses Alibis ein bißchen nervös. Herumgezappelt hat er wie ein Hammel, als er plötzlich Mrs. Morecambe sah.»

«So? Wahrscheinlich vor Freude. Das darf Sie schließlich nicht wundern. Woher soll er wissen, für welche Zeit er das Alibi braucht? Das haben wir schließlich aus den Zeitungen heraushalten können, und wahrscheinlich glaubt er immer noch, wie wir zuerst auch, daß Alexis schon einige Zeit tot war, als Miss Vane ihn fand. Immerhin weiß er so gut wie wir, daß er ein sehr starkes Motiv hatte, Alexis umzubringen, und daß er sich unter arg verdächtigen Umständen hier aufgehalten hat. Jedenfalls müssen wir ihn ausscheiden, denn wenn er den Mord begangen oder dabei geholfen hätte, würde er sich nicht in der Zeit irren. Er hat eine Heidenangst, und das kann ich ihm nicht verdenken. Aber daß er die Zeit nicht weiß, läßt ihn so sicher als Mörder ausscheiden, als wenn er für zwei Uhr ein wirklich gußeisernes Alibi hätte.»

«Noch viel sicherer, mein Lieber. Immer wenn mir jemand mit einem gußeisernen Alibi begegnet, fange ich an, ihn zu verdächtigen. Obwohl Weldons Alibi für zwei Uhr auch so gut wie gußeisern ist. Aber erst wenn jemand daherkommt und Stein und Bein schwört, daß er Weldon um Punkt zwei Uhr bei völlig harmlosem Tun gesehen hat, werde ich allen Ernstes anfangen, eine Krawatte aus Hanf für ihn zu flechten. Es sei denn –»

«Nun?»

«Ich wollte sagen, es sei denn, der Mord wurde zwischen Weldon und einem Dritten verabredet, und dieser Dritte hat ihn eigentlich begangen. Das heißt – nehmen wir einmal an, daß Weldon und unser Freund Bright unter einer Decke steckten und Bright für die eigentliche Schmutzarbeit ausersehen war, und zwar für, sagen wir elf Uhr, während Weldon sich für die Zeit ein Alibi verschaffte, und nehmen wir ferner an, daß dabei etwas schiefgelaufen ist, so daß der Mord erst um zwei Uhr stattfand, und nehmen wir zudem an, Weldon wußte das nicht und hielt sich nach wie vor an den ursprünglichen Zeitplan – wie wäre das?»

«Da stecken aber viele Annahmen drin. Bright – oder wer auch immer sonst – hätte sehr viel Zeit gehabt, mit Weldon Kontakt aufzunehmen. Er wäre doch nicht so dumm, ihn nicht davon in Kenntnis zu setzen.»

«Stimmt. Ich bin mit dieser Annahme selbst nicht zufrieden. Es scheint mir nicht zu Bright zu passen.»

«Außerdem hat Bright wirklich ein gußeisernes Alibi für zwei Uhr.»

«Ich weiß. Darum ist er mir ja so verdächtig. Ich will auch nur sagen, daß Bright ein freier Mensch ist. Selbst wenn es ihm zu gefährlich erschienen wäre, sich mit Weldon zu treffen, hätte er ihm jederzeit schreiben oder ihn anrufen können, und Weldon hätte das umgekehrt auch gekonnt. Sie haben nicht zufällig einen im Knast sitzen, der da ins Bild passen könnte? Oder einen plötzlichen Todesfall? Das einzige, was ich mir noch vorstellen kann, wäre, daß der Komplize sich irgendwo befand, von wo er sich mit nichts und niemandem mehr in Verbindung setzen konnte – im Kittchen, oder in einer länglichen Kiste mit Messinggriffen.»

«Oder wie wär's mit einem Krankenhaus?»

«Sie sagen es – oder im Krankenhaus.»

«Das ist eine Idee», sagte Glaisher. «Darum werden wir uns gleich einmal kümmern, Mylord.»

«Schaden kann es nicht – aber viel Hoffnung habe ich auch nicht. Mir scheint mein Glaube abhanden gekommen zu sein, wie die Frommen sagen würden. Aber dem Himmel sei Dank, es ist fast Essenszeit, und essen kann man immer. Hallo, hallo – was ist denn das für ein Aufruhr?»

Polizeidirektor Glaisher sah aus dem Fenster. Man hörte das Trappeln näherkommender Füße.

«Sie tragen etwas in die Leichenhalle. Ob sie am Ende –» Die Tür flog auf, und hereingeplatzt kam, verschwitzt und triumphierend, Inspektor Umpelty.

«Verzeihung, Sir», sagte er. «Guten Abend, Mylord. Wir haben die Leiche!»

21

Das Zeugnis bei der Untersuchung

Auf das Wort: ‹Ich ward ermordet›,
Wälzen die Wächter der Toten den Grabstein zurück,
Zerteilen das tiefe Meer und öffnen den Berg,
Um die Begrab'nen passieren zu lassen.
Death's Jest-Book

FREITAG, 26. JUNI

Die gerichtliche Voruntersuchung zum Tode von Paul Alexis, von Inspektor Umpelty mit unverhohlener Erleichterung und Genugtuung begrüßt, fand am 26. Juni statt. Jahrelang (so kam es ihm vor) hatte er seine Ermittlungen ohne etwas Greifbares in den Händen geführt. Wenn Harriets Fotos nicht gewesen wären, hätte er in dunkleren Augenblicken wohl schon die ganze Leiche für einen Mythos gehalten. Aber nun war sie unbestreitbar da: eine echte, handfeste (oder einigermaßen handfeste) Leiche. Gewiß, sie war lange nicht so aufschlußreich, wie er gehofft hatte. Sie trug kein Schild um den Hals mit der Aufschrift: «Selbstmörder – Nicht stürzen», oder «Diesjähriges Mordmodell, Entwurf von Bright». Aber immerhin war sie da, und das war auch schon etwas. Um Lord Peter zu zitieren (der sich auf gereimte Eselsbrücken zu spezialisieren schien), hätte er jetzt sagen können:

Umpelty, der listenreiche,
Hatt' weder Corpus delicti *noch Leiche.*
Jetzt ist die Sache erst recht verzwickt.
Die Leiche ist da, doch kein Corpus delict.

Es wurde des längeren darüber diskutiert, ob man die ganze Geschichte schon jetzt bei der Voruntersuchung aufrollen oder lieber das komplizierte Gebäude von Anhaltspunkten und Verdächtigungen stillschweigend übergehen und die Verhandlung darüber bis zum Abschluß weiterer Ermittlungen vertagen solle. Am Ende wurde entschieden, die Dinge einfach laufen zu lassen, wie es sich eben ergab. Irgend etwas Nützliches würde vielleicht dabei herauskommen; man konnte nie wissen. Die potentiellen Verdächtigen wußten inzwischen sowieso ziemlich genau, was los war. Bestimmte Indizien – zum Beispiel das Hufeisen – konnte die Polizei ja auf jeden Fall in der Hinterhand behalten.

Der erste Zeuge, der auftrat, war Inspektor Umpelty. Er erklärte kurz, daß man die Leiche fest eingeklemmt in einem Spalt am äußeren Ende des Mahlzahn-Riffs gefunden habe, von wo man sie nur unter großen Schwierigkeiten mit Hilfe von Hebezeug und Tauchern habe bergen können. Sie sei vermutlich durch den schweren Seegang der letzten Woche an diese Stelle getrieben worden. Als man sie gefunden habe, sei sie durch innere Gase stark aufgebläht gewesen, aber sie sei trotzdem nicht an die Oberfläche gekommen, da sie mit Goldmünzen im Wert von dreihundert Pfund beschwert gewesen sei. (Sensation.)

Der Inspektor legte dem Gericht den Gürtel und das Gold (das die Geschworenen neugierig und ehrfürchtig betrachteten) sowie einen bei dem Toten gefundenen Reisepaß vor. Letzterer hatte vor kurzem einen Visumstempel für Frankreich erhalten. In den Taschen des Toten hatte man zwei weitere interessante Artikel gefunden. Der eine war ein ungerahmtes Foto von einem sehr schönen Mädchen russischen Typs mit einem tiaraförmigen Perlenschmuck auf dem Kopf. Das Foto war in einer feinen, fremdartig wirkenden Schrift mit dem Namen «Feodora» signiert. Über seinen Ursprung gab es keine Auskunft. Entweder war es nie gerahmt gewesen oder sehr sorgfältig aus dem Rahmen gelöst worden. Es war noch verhältnismäßig gut erhalten, denn es hatte im Innenfach einer hübschen ledernen Brieftasche gesteckt, wo es bis zu einem gewissen Grad geschützt gewesen war. Die Brieftasche enthielt außerdem nur noch ein paar Geldscheine, ein paar Briefmarken und den nicht benutzten Abschnitt der Rückfahrkarte von Wilvercombe nach Darley Halt, datiert vom 18. Juni.

Der zweite Artikel war schon rätselhafter. Es war ein beschriebenes Blatt Papier im Schreibheftformat, aber so fleckig von Blut und Meerwasser, daß es fast nicht zu entziffern war. Dieses Blatt war nicht in die Brieftasche eingelegt gewesen, sondern hatte dahinter in der Anzugtasche gesteckt. Was von der Schrift noch zu lesen war, bestand aus lauter Großbuchstaben, geschrieben mit violetter Tinte, die zwar stark zerlaufen war, aber den einwöchigen Aufenthalt im Wasser doch recht gut überstanden hatte. Ein paar Bruchstücke waren zu entziffern, aber das Ergebnis dieser Bemühungen war nicht sehr ermutigend. Da begann zum Beispiel eine Zeile mit dem aufschlußreichen Wort TQHNAIXGM, und der Satz ging weiter mit GROY HALWMNU EH EQGXS, bevor er sich in einem dicken roten Fleck verlor. Weiter unten kam dann ALQBA EI ABABGXIA, während die Schlußworte, die vielleicht die Unterschrift waren, KIHRYKR INMGX lauteten.

Der Untersuchungsrichter fragte Inspektor Umpelty, ob er imstande sei, in dieses Schriftstück Licht zu bringen. Umpelty antwortete, er glaube, daß zwei der Zeugen dazu in der Lage seien, und trat ab, um Platz für Mrs. Lefranc zu machen.

Die Wirtin Wundermild, nervös, gepudert und den Tränen nahe, wurde gefragt, ob sie den Leichnam identifiziert habe. Sie antwortete, sie habe dies nur anhand der Kleidung, der Haare, des Bartes und eines Ringes gekonnt, den der Verstorbene stets an der linken Hand getragen habe.

«Aber zu seinem armen Gesicht», schluchzte Mrs. Lefranc, «könnte ich gar nichts sagen, nicht mal wenn ich seine Mutter wäre, und dabei hab ich ihn wahrhaftig so lieb gehabt wie einen Sohn. Alles weggefressen von diesen scheußlichen Kreaturen, und wenn ich mein Lebtag noch einmal Krebs oder Hummer esse, soll der Himmel mich mit einem Blitz erschlagen. Wieviel Hummermayonnaise hab ich früher gegessen, ahnungslos, und jetzt kann ich nur sagen, es ist kein Wunder, daß man davon Alpträume bekommt, wenn man bedenkt, wo sie herkommen, diese Biester!»

Das hohe Gericht schüttelte sich, und die Direktoren des *Resplendent* und des *Bellevue*, die der Verhandlung beiwohnten, schickten fliegende Boten zu ihren Küchenchefs mit der Anordnung, Krebse und Hummer für mindestens zwei Wochen von der Speisekarte abzusetzen.

Mrs. Lefranc sagte des weiteren aus, daß Alexis öfter Briefe aus fremden Ländern bekommen und immer viel Zeit gebraucht habe, sie zu lesen und zu beantworten. Nach Erhalt des letzten Briefes am Dienstagmorgen sei er sehr aufgeregt gewesen und habe sich seltsam benommen. Am Mittwoch habe er alle seine offenen Rechnungen bezahlt und eine Menge Papier verbrannt, und abends habe er ihr einen Kuß gegeben und geheimnisvolle Andeutungen über eine eventuell bevorstehende Abreise gemacht. Am Donnerstagmorgen sei er nach einem ziemlich armseligen Frühstück fortgegangen. Er habe nichts eingepackt und seinen Hausschlüssel mitgenommen, als ob er die Absicht gehabt habe, wiederzukommen. Zu dem Foto: Das habe sie nie zuvor gesehen. Sie habe auch die darauf abgebildete Dame nie gesehen. Sie habe Alexis nie von einer Feodora sprechen hören. Sie wisse von keinen Frauen in seinem Leben, außer Leila Garland, mit der er vor einiger Zeit gebrochen habe, und Mrs. Weldon, der Dame, mit der er zur Zeit seines Todes verlobt gewesen sei.

Das bündelte natürlich die öffentliche Aufmerksamkeit auf Mrs. Weldon. Henry reichte ihr ein Riechfläschchen und sagte etwas zu ihr, und sie antwortete mit einem schwachen Lächeln.

Die nächste Zeugin war Harriet Vane, die eine detaillierte Schilderung von dem Leichenfund gab. Der Untersuchungsrichter befragte sie vor allem nach der genauen Lage der Leiche und dem Zustand des Blutes. Harriet war für so etwas eine gute Zeugin. Ihre Erfahrung als Kriminalautorin hatte sie gelehrt, Details dieser Art im Zusammenhang wiederzugeben.

«Der Tote lag mit angezogenen Knien da, als ob er im Fallen diese Lage eingenommen hätte. Seine Kleidung war in keiner Weise durcheinandergebracht. Der linke Arm war angewinkelt, als ob er die Hand direkt unter die Kehle hätte legen wollen. Der rechte Arm hing gleich neben dem Kopf der Leiche über die Felskante. Beide Hände und Arme sowie die ganze Vorderseite des Toten waren blutbesudelt. Das Blut hatte sich in einer Vertiefung im Felsen unmittelbar unter der Kehle zu einer Pfütze gesammelt und rann, als ich es sah, immer noch den Felsen hinunter. Ich kann nicht sagen, ob die Vertiefung außer Blut auch noch Meerwasser enthielt. Auf der Oberseite des Felsens war kein Blut, auch nicht an anderen Stellen des Körpers, nur vorn und an Händen und Armen. Dem Aussehen nach muß dem Verstorbenen die Kehle in dem Moment durchgeschnitten worden sein, als er sich gerade nach vorn beugte – wie etwa über einem Waschbekken. Als ich die Leiche bewegte, floß das Blut ungehemmt und in großer Menge aus den durchschnittenen Gefäßen. Ich habe nicht darauf geachtet, ob einzelne Blutspritzer schon von der Sonne getrocknet worden waren. Ich glaube es aber nicht, denn die Pfütze Blut und das Blut unter dem Toten waren durch den Körper des Toten vor der direkten Sonneneinstrahlung geschützt. Als ich die Leiche anhob, schoß das Blut heraus, wie ich vorhin schon sagte, und lief den Felsen hinunter. Es war ganz flüssig und lief vollkommen ungehemmt. Ich habe die Jackenärmel und das Revers und die Handschuhe, die der Tote trug, angefaßt. Sie waren völlig von Blut durchtränkt und fühlten sich schlaff und naß an. Sie waren kein bißchen steif. Auch nicht klebrig. Sie waren schlaff und naß. Ich habe schon blutgetränkte Verbände gesehen und weiß, wie steif und klebrig geronnenes Blut ist. Die Kleider waren nicht so. Sie schienen mit frischem Blut getränkt zu sein.

Der Körper fühlte sich warm an. Die Felsoberfläche war ebenfalls warm, da es ein heißer Tag war. Ich habe den Körper nicht von der Stelle bewegt, nur zuerst ein wenig umgedreht und den

Kopf angehoben. Ich bedaure jetzt, daß ich nicht versucht habe, die Leiche weiter zum Ufer hinaufzuziehen, aber ich hielt mich nicht für stark genug, um das richtig zu machen, und ich dachte auch, daß ich schnell Hilfe herbeiholen könnte.»

Der Untersuchungsrichter meinte, das Gericht könne Miss Vane keinen Vorwurf daraus machen, daß sie nicht versucht habe, die Leiche zu bergen, und lobte die Geistesgegenwart, mit der sie die Fotos gemacht und die Beweisstücke gesichert hatte. Die Fotos wurden dem Gericht übergeben, und nachdem Harriet noch die Schwierigkeiten, sich mit der Polizei in Verbindung zu setzen, geschildert hatte, durfte sie abtreten.

Der nächste Zeuge war Dr. Fenchurch, der Polizeiarzt. Nach genauem Studium der Fotos und der Leiche war er zu dem Schluß gekommen, daß die Kehle des Toten mit einem scharfkantigen Gegenstand in einem einzigen Schnitt durchtrennt worden war. Die Hummer und Krebse hatten die Weichteile zum größten Teil abgefressen, aber die Fotos waren von sehr großem Wert, da sie zeigten, daß die Kehle beim ersten Versuch glatt durchgeschnitten worden war, ohne vorherige oberflächliche Verletzungen. Dies wurde durch den Zustand des Muskelgewebes bestätigt, das keine Spuren eines zweiten Schnittes aufwies. Alle größeren Gefäße und Halsmuskeln, einschließlich der Halsschlagader und Drosselader und der Stimmritze, waren glatt durchgeschnitten. Die Wunde begann hoch oben unter dem linken Ohr und verlief dann schräg abwärts zur rechten Halsseite. Der Einschnitt reichte bis zu den Halswirbeln, die indessen nicht verletzt worden waren. Er schloß daraus, daß der Schnitt von links nach rechts geführt worden war; dies sei typisch für rechtshändige Selbstmörder, die sich die Kehle durchschnitten. Das gleiche Erscheinungsbild ergäbe sich natürlich auch bei Mord, wenn der Mörder bei der Tat hinter seinem Opfer stehe.

«Eine solche Wunde würde natürlich sofort eine starke Blutung hervorrufen?»

«Ja.»

«Falls ein Mörder in der von Ihnen beschriebenen Position gestanden hätte, wären seine Hände und Kleider dann auf jeden Fall stark mit Blut bespritzt worden?»

«Die rechte Hand und der rechte Arm wahrscheinlich. Seine Kleider müßten nicht unbedingt etwas abbekommen haben, da sie durch den Körper des Opfers geschützt gewesen wären.»

«Haben Sie den Toten obduziert, um sich zu vergewissern, daß nicht noch eine andere mögliche Todesursache vorlag?»

Der Arzt antwortete mit sanftem Lächeln, daß er nach der üblichen Verfahrensweise Kopf und Körper geöffnet, aber nichts Verdächtiges entdeckt habe.

«Was war Ihrer Ansicht nach die Todesursache?»

Dr. Fenchurch antwortete, immer noch sanft lächelnd, seiner Ansicht nach sei die Todesursache akutes Verbluten in Verbindung mit einer Unterbrechung der Atemwege. Mit einem Wort, der Mann sei an einer durchschnittenen Kehle gestorben.

Der Untersuchungsrichter, der als Jurist nicht gewillt zu sein schien, dem Mediziner etwas durchgehen zu lassen, blieb hartnäkkig.

«Ich versuche hier keine absurden Haarspaltereien zu betreiben», bemerkte er bissig. «Ich frage Sie, ob wir davon ausgehen müssen, daß der Tod tatsächlich durch die Halswunde verursacht wurde oder ob die Möglichkeit besteht, daß der Mann auf eine andere Art umgebracht und ihm erst dann die Kehle durchgeschnitten wurde, um den Eindruck eines Selbstmordes zu erwekken.»

«Aha. Nun, dazu kann ich nur sagen, daß die durchschnittene Kehle unzweifelhaft die unmittelbare Todesursache war. Das heißt, der Mann war zweifelsohne noch am Leben, als ihm die Kehle durchgeschnitten wurde. Die Leiche war vollkommen ausgeblutet. Ich habe überhaupt noch nie eine Leiche gesehen, die so völlig blutleer war. Um das Herz herum befand sich etwas geronnenes Blut, aber erstaunlich wenig. Allerdings ist das bei einer Wunde dieser Größe auch kaum anders zu erwarten. Wenn der Mann bereits tot gewesen wäre, als seine Kehle durchgeschnitten wurde, hätte die Leiche natürlich nur wenig oder gar nicht mehr geblutet.»

«Eben. Das wollten wir klargestellt haben. Sie sagten, die durchschnittene Kehle war die *unmittelbare* Todesursache. Was haben Sie damit, präzise ausgedrückt, gemeint?»

«Ich wollte damit jede noch so entfernte Möglichkeit ausschließen, daß der Verstorbene außerdem Gift genommen haben könnte. Es ist nicht ungewöhnlich, daß Selbstmörder auf diese Weise sicherzugehen versuchen. Aber die inneren Organe wiesen keine Anzeichen für etwas Derartiges auf. Wenn Sie es wünschen, kann ich den Inhalt der Eingeweide analysieren lassen.»

«Danke; das wäre vielleicht ganz gut. Ich nehme aber an, es wäre ebensogut möglich, daß ein Dritter dem Verstorbenen vor dem Schlag oder Schnitt, der den Tod herbeiführte, ein Betäubungsmittel verabreicht haben könnte?»

«Gewiß. Jemand könnte ihm zum Beispiel ein Schlafmittel verabreicht haben, um den Mordanschlag zu erleichtern.»

Hier erhob sich Inspektor Umpelty und bat, die Aufmerksamkeit des Untersuchungsrichters auf Harriet Vanes Aussage und die Fotos richten zu dürfen, nach denen der Verstorbene auf eigenen Füßen und allein zum Felsen gekommen sei.

«Danke, Inspektor. Darauf kommen wir noch zurück. Gestatten Sie mir, zuerst die medizinische Seite abzuschließen. Sie haben Miss Vanes Bericht über den Fund der Leiche gehört, Doktor, sowie ihre Aussage, daß um zehn Minuten nach zwei Uhr das Blut noch flüssig war. Welche Schlüsse ziehen Sie daraus hinsichtlich des Todeszeitpunkts?»

«Ich würde sagen, daß der Tod wenige Minuten vor Auffinden der Leiche eingetreten ist. Allerfrühestens um zwei Uhr.»

«Und würde ein Mensch, dem auf die geschilderte Weise die Kehle durchgeschnitten wurde, sehr schnell sterben?»

«Er würde auf der Stelle sterben. Herz und Adern könnten noch ein paar Sekunden lang infolge krampfartiger Muskelzusammenziehungen Blut pumpen, aber der Mensch wäre von dem Augenblick an tot, in dem die großen Blutgefäße durchtrennt würden.»

«Wir können also davon ausgehen, daß die Wunde bestimmt nicht früher als um zwei Uhr zugefügt wurde?»

«So ist es. Zwei Uhr ist die äußerste Grenze. Ich persönlich bin geneigt, einen späteren Zeitpunkt anzunehmen.»

«Danke. Nur noch eine Frage. Sie haben gehört, daß in unmittelbarer Nähe der Leiche ein Rasiermesser gefunden wurde. Inspektor, zeigen Sie dem Zeugen bitte das Rasiermesser. Doktor, läßt das Aussehen der Wunde die Möglichkeit zu, daß sie durch diese Waffe verursacht wurde?»

«Absolut ja. Dieses oder ein ähnliches Rasiermesser wäre ein ideales Instrument für diesen Zweck.»

«Würde es Ihrer Ansicht nach viel Kraft erfordern, mit dieser oder einer ähnlichen Waffe eine solche Wunde zu schlagen?»

«Erhebliche Kraft, ja. Ungewöhnliche Kraft, nein. Es hängt vieles von den Umständen ab.»

«Würden Sie uns erklären, was Sie damit meinen?»

«Bei ernstgemeinten Selbstmordversuchen wurden Wunden dieser Art von Personen durchschnittlicher oder sogar schlechter Konstitution herbeigeführt. Bei einem Mord würde es sehr davon abhängen, ob das Opfer in der Lage war, dem Angriff wirksamen Widerstand entgegenzusetzen.»

«Haben Sie irgendwelche anderen Spuren von Gewaltanwendung an der Leiche gefunden?»

«Keine.»

«Keine Würgemale oder Blutergüsse?»

«Nichts. An der Leiche fiel nichts auf, abgesehen von der natürlichen Einwirkung des Wassers und dem völligen Fehlen von Totenflecken. Letzteres schreibe ich der sehr geringen Menge Blut zu, die noch im Körper war, sowie dem Umstand, daß die Leiche nicht an einer Stelle liegengeblieben ist, sondern kurz nach dem Tod von dem Felsen heruntergespült und im Wasser umhergeworfen wurde.»

«Läßt der Zustand der Leiche Ihrer Ansicht nach eher auf Selbstmord oder auf Mord schließen?»

«Meiner Ansicht nach und unter Einbeziehung aller Umstände erscheint mir Selbstmord wahrscheinlicher. Das einzige, was dagegen spricht, ist das Fehlen oberflächlicher Schnittwunden. Es ist ziemlich selten, daß ein Selbstmord gleich beim ersten Versuch erfolgreich ist, allerdings ist der Fall auch keineswegs gänzlich unbekannt.»

«Danke.»

Die nächste Zeugin war Miss Leila Garland, die Mrs. Lefrancs Aussage hinsichtlich der chiffrierten Briefe bestätigte. Darauf folgte natürlich die Frage nach den Beziehungen zwischen Miss Garland und Mr. Alexis, und aus den Antworten ging hervor, daß diese von einer strengen, geradezu viktorianischen Wohlanständigkeit gewesen waren; daß Mr. Alexis es sich sehr zu Herzen genommen habe, als Miss Garland die Freundschaft beendete; daß Mr. Alexis keineswegs der Mensch gewesen sei, dem man einen Selbstmord ohne weiteres zugetraut hätte; daß es (auf der anderen Seite) Miss Garland sehr mitgenommen habe, denken zu müssen, er habe ihretwegen eine Unbesonnenheit begangen; daß Miss Garland nie von einer Person namens Feodora gehört habe, aber sie könne natürlich nicht wissen, was für Dummheiten Mr. Alexis nicht alle in seiner Verzweiflung über das Ende ihrer Freundschaft begangen haben mochte; daß Miss Garland sehr lange nichts mehr von Mr. Alexis gesehen und gehört habe und es ihr unvorstellbar sei, wie jemand annehmen könne, diese schreckliche Geschichte habe etwas mit ihr zu tun. Bezüglich der Briefe glaubte Miss Garland, Mr. Alexis sei erpreßt worden, aber dafür konnte sie keine Beweise vorbringen.

Es war inzwischen klar, daß nichts auf der Welt mehr Mrs. Weldons Zeugenauftritt verhindern konnte. Angetan mit einer

Art Witwentracht, protestierte sie entrüstet gegen die Unterstellung, Alexis könne sich Leilas wegen oder überhaupt aus irgendeinem Grunde umgebracht haben. Sie wisse besser als jeder andere, daß Alexis zu niemandem außer ihr eine tiefe Beziehung gehabt habe. Sie räumte ein, daß auch sie das Vorhandensein des mit «Feodora» signierten Fotos nicht erklären könne, aber sie versicherte mit großem Nachdruck, daß Alexis bis zum letzten Tag seines Lebens ein glückstrahlender Mensch gewesen sei. Sie habe ihn zuletzt am Mittwochabend gesehen und damit gerechnet, ihn am Donnerstagvormittag im *Wintergarten* zu treffen. Dort sei er aber nicht erschienen, und sie sei vollkommen überzeugt, daß er von jemandem, der Böses plante, in den Tod gelockt worden sei. Er habe ihr oft gesagt, daß er sich vor einem bolschewistischen Anschlag fürchte, und ihrer Ansicht nach solle die Polizei sich einmal um die Bolschewiken kümmern.

Dieser Ausbruch verfehlte seine Wirkung auf die Geschworenen nicht, von denen einer gleich aufstand, um zu fragen, ob die Polizei etwas unternehme, um verdächtig aussehende Ausländer, die in der Gegend wohnten oder sich hier herumtrieben, unter Kontrolle zu halten. Er selbst habe eine erhebliche Zahl von nicht geheuer aussehenden Landstreichern auf der Straße beobachtet. Außerdem merkte er schmerzlich an, daß in demselben Hotel, in dem Alexis gearbeitet habe, ein Franzose als professioneller Tanzpartner angestellt sei und im Orchester des *Wintergartens* auch etliche Ausländer spielten. Der Tote sei ebenfalls Ausländer gewesen. Die Einbürgerungspapiere änderten daran seines Erachtens nichts. Angesichts von zwei Millionen arbeitslosen Briten betrachte er es als einen Skandal, daß man dieses fremde Pack überhaupt ins Land lasse. Er spreche als Mitglied der Vereinigung für freien Binnenhandel im Empire und des Komitees zur Förderung der Volksgesundheit.

Dann wurde Mr. Pollock aufgerufen. Er gab zu, sich am Todestag gegen zwei Uhr mit seinem Boot in der Nähe der Mahlzähne aufgehalten zu haben, legte aber Wert auf die Feststellung, daß er weit draußen im tiefen Wasser gewesen sei und nichts gesehen habe, ehe Harriet Vane auf der Szene erschien. Er habe nicht in diese Richtung geschaut; er habe sich um seine Arbeit zu kümmern gehabt. Die Frage nach der Art dieser Arbeit beantwortete er ausweichend, aber nichts konnte ihn von der hartnäckigen Versicherung seiner Unwissenheit abbringen. Sein Enkel Jem (inzwischen aus Irland zurück) bestätigte mit knappen Worten diese Aussage, fügte jedoch hinzu, er selbst habe gegen Viertel vor zwei, wie er glaube, die Küste mit einem Fernglas abgesucht. Dabei habe er jemanden auf dem Bügeleisen gesehen, der dort entweder saß oder lag, aber ob tot oder lebend, das wisse er nicht.

Der letzte Zeuge war William Bright, der die Geschichte von dem Rasiermesser fast mit den gleichen Worten wie gegenüber Wimsey und der Polizei noch einmal erzählte. Der Untersuchungsrichter ließ ihn nach einem kurzen Blick auf den Zettel, den Inspektor Umpelty ihm hinaufreichte, zuerst einmal ausreden, dann fragte er:

«Sie sagen, das sei am Dienstag, dem 16. Juni, um Mitternacht gewesen?»

«Kurz nach Mitternacht. Bevor dieser Mann zu mir kam, hatte ich gerade eine Uhr schlagen gehört.»

«Wie war da der Gezeitenstand?»

Mr. Bright wurde zum erstenmal unsicher. Er sah sich um, als witterte er eine Falle, leckte sich nervös über die Lippen und antwortete:

«Ich verstehe nichts von Gezeiten. Ich bin nicht in diesem Landesteil aufgewachsen.»

«Aber Sie haben in Ihrer rührenden Schilderung dieses Gesprächs von den Wellen gesprochen, die an die Ufermauer klatschten. Daraus sollte man doch schließen, daß Hochwasser war, oder?»

«Ich denke, ja.»

«Würde es Sie sehr überraschen, zu hören, daß am 16. dieses Monats um Mitternacht gerade Niedrigwasser war?»

«Vielleicht habe ich länger dort gesessen, als ich dachte.»

«Sechs Stunden?»

Keine Antwort.

«Würde es Sie überraschen, zu hören, daß die See überhaupt nur auf dem höchsten Stand der Springflut bis an die Ufermauer reicht und daß dies an dem fraglichen Tag um sechs Uhr abends der Fall war?»

«Ich kann nur sagen, daß ich mich geirrt haben muß. Sie müssen mir das als Ausfluß einer lebhaften Einbildungskraft nachsehen.»

«Bleiben Sie dabei, daß dieses Gespräch um Mitternacht stattfand?»

«Ja, darin bin ich mir ganz sicher.»

Der Untersuchungsrichter entließ Mr. Bright mit der Ermahnung, es künftig mit seinen Aussagen vor Gericht genauer zu nehmen, dann rief er wieder Inspektor Umpelty auf, um ihn nach Brights Charakter und seinem Woher und Wohin zu befragen.

Anschließend faßte er die Beweisaufnahme zusammen. Er machte kein Hehl aus seiner persönlichen Auffassung, daß Alexis sich selbst das Leben genommen habe. (Zusammenhanglose Proteste von Mrs. Weldon.) Warum er es getan habe, dies zu entscheiden, sei nicht Sache des Gerichts. Es seien verschiedene mögliche Motive vorgetragen worden, und die Geschworenen sollten bedenken, daß der Verstorbene ein gebürtiger Russe und daher leicht erregbar und anfällig für Melancholie und Verzweiflung gewesen sei. Er selbst habe schon viele russische Bücher gelesen und könne den Geschworenen versichern, daß Selbstmord unter den Angehörigen dieses unglücklichen Volkes eine sehr häufige Erscheinung sei. Sie, die sie das Glück hätten, Briten zu sein, könnten das vielleicht nur schwer verstehen, aber sie dürften es ihm ruhig glauben. Sie hätten eindeutige Indizien dafür vorliegen, wie das Rasiermesser in Alexis' Hände gelangt sei, und dem Irrtum, der dem Zeugen Bright hinsichtlich der Gezeiten unterlaufen sei, brauchten sie kein allzu großes Gewicht beizumessen. Alexis habe sich nicht rasiert – wozu habe er also ein Rasiermesser gebraucht, wenn nicht zum Selbstmord? Er (der Untersuchungsrichter) wolle jedoch vollkommen unvoreingenommen sein und auch die wenigen Punkte nicht unerwähnt lassen, die Zweifel an der Selbstmordtheorie aufkommen lassen könnten. Dies sei einmal die Tatsache, daß Alexis eine Rückfahrkarte gelöst habe. Das zweite sei der Reisepaß. Das dritte sei der Gürtel voll Gold. Sie könnten daraus schließen, daß der Verstorbene sich mit dem Gedanken getragen habe, außer Landes zu gehen. Trotzdem: sei es nicht denkbar, daß er im letzten Augenblick den Mut verloren und den kürzesten Weg aus dem Land und aus dem Leben selbst genommen habe? Merkwürdig sei auch, daß der Verstorbene offenbar mit Handschuhen an den Händen Selbstmord verübt habe, aber Selbstmorde hätten nun einmal stets etwas Merkwürdiges an sich. Und schließlich liege noch Mrs. Weldons (mit der man tiefes Mitgefühl haben müsse) Aussage hinsichtlich des Gemütszustands des Verstorbenen vor; dem aber widersprächen die Aussagen Mr. Brights und Mrs. Lefrancs.

Kurz und gut, sie hätten es hier mit einem Mann russischen Geblüts und Temperaments zu tun, der in emotionale Verstrikkungen geraten, durch den Empfang geheimnisvoller Briefe aus dem Gleichgewicht gebracht worden und offenbar von labilem Charakter gewesen sei. Er habe seine weltlichen Geschäfte abgeschlossen und sich das Rasiermesser besorgt. Man habe ihn an einer einsamen Stelle gefunden, zu der er sich offenbar ohne

Begleitung begeben habe, und zwar habe man ihn tot aufgefunden, und das Rasiermesser habe nicht weit von seiner Hand gelegen. Es seien keine Spuren im Sand gewesen außer seinen eigenen, und die Person, die den Toten gefunden habe, sei so kurz nach dem Todeszeitpunkt an den Schauplatz gekommen, daß die Möglichkeit, ein eventueller Mörder habe sich entlang der Küste vom Tatort entfernt, ausgeschlossen werden könne. Der Zeuge Pollock habe geschworen, daß er sich zu dem Zeitpunkt, als der Todesfall sich ereignete, im tiefen Wasser vor der Küste aufgehalten und kein anderes Boot in der Nähe gesehen habe, eine Aussage, die von Miss Vane bestätigt worden sei. Außerdem gebe es keinerlei Hinweise darauf, daß jemand auch nur das geringste Motiv gehabt haben könnte, Alexis zu ermorden, es sei denn, die Geschworenen mäßen den Andeutungen über Erpresser und Bolschewiken irgendwelche Bedeutung bei, obwohl es dafür nicht den winzigsten Anhaltspunkt gebe.

Wimsey mußte angesichts dieser sehr bequemen Zusammenfassung mit all ihren zweckdienlichen Vermutungen und Verdrängungen zu Umpelty hinübergrinsen. Kein Wort über Spalten im Fels oder das Hufeisen oder Mrs. Weldons Pläne mit ihrem Geld. Die Geschworenen tuschelten miteinander. Harriet sah Henry Weldon an. Er hatte die Stirn in düstere Falten gelegt und beachtete seine Mutter nicht, die ihm erregt ins Ohr flüsterte.

Bald erhob sich der Obmann der Geschworenen – ein untersetzter Mensch, der aussah wie ein Bauer.

«Wir haben einstimmig entschieden», sagte er, «daß der Verstorbene wegen der durchgeschnittenen Kehle zu Tode gekommen ist, und die meisten von uns glauben, daß er es selbst war; aber es gibt auch welche (hier funkelte er den Freihandelsanhänger an), die wollen unbedingt, daß es Bolschewiken waren.»

«Ein Mehrheitsentscheid genügt», sagte der Untersuchungsrichter. «Verstehe ich recht, daß die Mehrheit für Selbstmord stimmt?»

«Ja, Sir. Ich hab's dir ja gesagt, Jim Cobbley», fügte der Obmann in durchdringendem Flüsterton hinzu.

«Dann lautet also Ihre Entscheidung, daß der Verstorbene sich selbst die Kehle durchgeschnitten hat und daran gestorben ist.»

«Ja, Sir.» (Weitere Beratungen.) «Wir möchten noch hinzufügen, Sir, daß wir finden, die Polizeivorschriften für Ausländer müßten sozusagen mal verschärft werden, und der Verstorbene war ja auch Ausländer, und Selbstmord und Mord sind gar nicht gut für einen Ort, wo im Sommer so viele Besucher hinkommen.»

«Das kann ich nicht zulassen!» begehrte der geplagte Untersuchungsrichter auf. «Der Verstorbene war eingebürgerter Engländer.»

«Das ändert gar nichts.» Der Geschworenenobmann ließ sich nicht beirren. «Wir finden, daß die Vorschriften trotzdem mal verschärft gehören, und das sagen wir alle. Schreiben Sie das ruhig auf, Sir, denn das ist unsere Meinung.»

«Na bitte», sagte Wimsey, «das ist das Holz, aus dem man Imperien schnitzt. Wenn das Empire zur Tür hereinkommt, entweicht die Logik durch das Fenster. Tja, das ist dann jetzt wohl alles. Sagen Sie, Inspektor –»

«Ja, Mylord?»

«Was wird jetzt aus diesem Papierfetzen?»

«Weiß ich auch noch nicht, Mylord. Meinen Sie, daß damit etwas anzufangen ist?»

«Ja. Schicken Sie's zu Scotland Yard und bitten Sie, man soll die spektrologischen Experten darauf ansetzen. Mit Farbfiltern kann man eine Menge machen. Lassen Sie sich mit Chefinspektor Parker verbinden – der sorgt dafür, daß es in die richtigen Hände kommt.»

Der Inspektor nickte.

«Wird gemacht. Ich bin sicher, daß in diesem Stück Papier etwas für uns drinsteckt. Wir müssen es nur herausbringen. Ich weiß nicht, ob ich schon einmal eine verbogenere Geschichte erlebt habe. Das Ganze sieht so klar nach Selbstmord aus, wie man es sich nur wünschen könnte, wenn nur diese ein, zwei Punkte nicht wären. Und dabei sind diese Punkte, wenn man sie einzeln betrachtet, völlig harmlos. Da ist dieser Bright. Ich dachte schon, wir hätten ihn bei der einen Sache erwischt. Aber bitte sehr! Mir ist schon aufgefallen, daß neun von zehn von diesen Landratten keinen Schimmer haben, ob Ebbe oder Flut ist oder wo das Wasser überhaupt steht. Ich bin genau wie Sie überzeugt, daß er gelogen hat – aber man kann von den Geschworenen nicht verlangen, daß sie einen aufhängen, nur weil er Hochwasser nicht von Niedrigwasser unterscheiden kann. Wir werden zwar versuchen, den Burschen im Auge zu behalten, aber wie wir ihn hier festhalten sollen, weiß ich nicht. Der Spruch lautet auf Selbstmord (was uns auf eine Art sehr gelegen kommt), und wenn Bright weiterziehen will, können wir ihn nicht hindern. Sonst müßten wir uns bereit erklären, seinen Aufenthalt hier auf unbegrenzte Zeit zu bezahlen, und das wiederum wäre nicht im Sinne der Steuerzahler. Eine feste Adresse hat er nicht, und bei seinem Gewerbe ist das ja auch nicht zu erwarten. Wir werden ein Rundschreiben losschicken und bitten, ein Auge auf ihn zu haben, aber mehr *können* wir gar nicht tun. Und seinen Namen kann er natürlich auch wieder ändern.»

«Muß er nicht stempeln gehen?»

«Nein.» Der Inspektor schnaubte durch die Nase. «Er sagt, er ist ein freiheitsliebender Mensch und will von keinem abhängig sein. Das ist an sich schon verdächtig, würde *ich* sagen. Außerdem – er wird ja diese Belohnung vom *Morning Star* abholen und würde eine Zeitlang gar keine Arbeitslosenunterstützung nötig haben. Aber wir können ihn trotz Belohnung nicht zwingen, auf eigene Kosten in Wilvercombe zu bleiben.»

«Nehmen Sie Mr. Hardy mal beiseite und sehen Sie zu, ob die Zeitung die Belohnung nicht noch ein Weilchen zurückhalten kann. Wenn er dann nicht kommt, um sie abzuholen, wissen wir mit Sicherheit, daß mit ihm etwas nicht stimmt. Verachtung für Geld, Inspektor, ist die Wurzel – oder jedenfalls ein sicheres Kennzeichen – allen Übels.»

Der Inspektor grinste.

«Da sind wir ganz einer Meinung, Mylord. Wenn einer nicht nimmt, was er kriegen kann, ist etwas faul mit ihm. Sie haben recht. Ich werde mit Mr. Hardy reden. Und ich will versuchen, Bright zu bewegen, daß er noch ein paar Tage hierbleibt. Wenn er Dreck am Stecken hat, wird er nicht versuchen, sich aus dem Staub zu machen, schon aus Angst, das könnte verdächtig aussehen.»

«Es wird noch viel verdächtiger aussehen, wenn er bereit ist, zu bleiben.»

«Das ja, Mylord – aber so denkt er nicht. Er wird einfach keinen Ärger machen wollen. Ich behaupte, er wird noch ein bißchen bleiben. Ich hab sogar schon daran gedacht, wenn wir ihn wegen irgendeiner anderen Kleinigkeit aus dem Verkehr ziehen könnten … ich weiß nicht, aber der Kerl sieht so verdächtig aus, daß es mich nicht wundern würde, wenn wir irgendeinen Vorwand fänden, ihn festzuhalten.» Er zwinkerte Wimsey zu.

«Sie werden ihm doch nichts anhängen wollen, Inspektor?»

«Du lieber Himmel, nein, Mylord. So etwas geht doch nicht in diesem Land. Aber es gibt so viele kleine Möglichkeiten, gegen Gesetze zu verstoßen. Illegales Wetten zum Beispiel, oder Trunkenheit und Erregung öffentlichen Ärgernisses, oder Einkäufe nach Ladenschluß und so weiter – lauter Kleinigkeiten, die einem manchmal ganz gelegen kommen.»

«Also wissen Sie», sagte Wimsey, «jetzt habe ich zum erstenmal kapiert, was ein übergesetzlicher Notstand ist. Na, ich muß sehen, daß ich weiterkomme. Hallo, Weldon! Wußte gar nicht, daß Sie hier waren.»

«Komische Geschichte, das alles.» Mr. Weldon machte eine wegwerfende Handbewegung. «Was die Leute alle für ein dummes Zeug daherreden! Man sollte doch meinen, der Fall ist klar wie Kloßbrühe, aber da sitzt meine Mutter und redet immer noch von Bolschewiken. Es braucht schon mehr als einen Richterspruch, damit *sie* endlich aufhört. Frauen! Mit denen kann man reden, bis man schwarz wird, und dann blöken sie immer noch denselben Quatsch daher. Man sollte gar nicht ernst nehmen, was sie sagen, wie?»

«Nicht alle sind gleich.»

«Sagt man so. Aber das hängt alles mit diesem Gleichberechtigungsquatsch zusammen. Nehmen Sie doch mal diese Miss Vane. Nettes Mädchen und so, sieht auch gut aus, wenn sie sich mal die Mühe macht und sich richtig anzieht –»

«Was ist mit Miss Vane?» fragte Wimsey scharf. Dann dachte er: «Verliebter Trottel! Du verlierst deine leichte Hand.» Weldon grinste nur.

«Nichts für ungut», meinte er. «Ich wollte nur sagen – sehen Sie sich mal ihre Aussage an. Woher soll eine Frau wie sie über Blut und das alles Bescheid wissen – verstehen Sie? Blut sehen diese Frauen immerzu nur überall herumfließen. Das kommt vom Bücherlesen. ‹Sie wateten im Blute' und solcher Quatsch. Hat gar keinen Zweck, ihnen das auszureden. Die sehen nur, was sie sehen zu müssen glauben. Verstehen Sie?»

«Sie scheinen weibliche Psychologie studiert zu haben», sagte Wimsey mit ernster Miene.

«Ich kenne die Frauen ganz gut», antwortete Weldon im Brustton der Überzeugung.

«Sie meinen, Frauen denken eben in Klischees.»

«Wie?»

«In auswendig gelernten Formeln. ‹Nichts geht über den mütterlichen Instinkt› – ‹Hunde und Kinder wissen es immer besser› – ‹Ein gutes Herz zählt mehr als Königskronen› – ‹Leiden veredelt den Charakter› – und solche Sachen, allen gegenteiligen Beweisen zum Trotz.»

«J-a-a», antwortete Mr. Weldon. «Sehen Sie, ich meine, die bilden sich ein, etwas muß so oder so sein, und schon sagen sie, es ist so.»

«Ja, ich habe schon begriffen, was Sie meinen.» Wimsey dachte bei sich: Wenn es einen Menschen gibt, der in Klischees denkt und sie auch noch wiederholt, ohne darum ihre Bedeutung klarer zu erkennen, dann ist es Weldon. Aber dieser gab die Zauberworte mit regelrechtem Entdeckerstolz von sich.

«Wenn ich Sie richtig verstehe», fuhr Wimsey fort, «wollen Sie sagen, daß wir auf Miss Vanes Aussage eigentlich gar nicht bauen können, nicht? Sie sagen: Sie hört einen Schrei; sie findet einen Mann mit durchschnittener Kehle und ein Rasiermesser neben ihm; es sieht aus, als ob er in diesem Moment Selbstmord begangen hätte, also sieht sie es als gegeben an, *daß* er in diesem Moment Selbstmord begangen hat. In diesem Falle müßte das Blut noch fließen. Deshalb redet sie sich ein, *daß* es noch geflossen ist. Richtig?»

«So ist es», sagte Mr. Weldon.

«Folglich entscheiden die Geschworenen auf Selbstmord. Aber Sie und ich, wir kennen die Frauen genau und wissen, daß die Sache mit dem Blut wahrscheinlich gar nicht stimmt und es infolgedessen auch Mord gewesen sein kann. Meinen Sie *das*?»

«O nein – das meine ich nicht!» protestierte Weldon. «Ich bin absolut überzeugt, daß es Selbstmord war.»

«Wozu nörgeln Sie dann? Es liegt doch alles so klar auf der Hand. Wenn der Mann nach zwei Uhr ermordet worden wäre, hätte Miss Vane den Mörder gesehen. Sie hat den Mörder aber nicht gesehen, also war es Selbstmord. Der Beweis für den Selbstmord steht und fällt in der Tat mit Miss Vanes Aussage, die beweist, daß der Mann nach zwei Uhr gestorben ist. Oder nicht?»

Mr. Weldon mußte sich mit dieser überraschenden Logik erst einmal ein paar Augenblicke auseinandersetzen, aber er bemerkte ebensowenig die *petitio elenchi* wie das unechte Mittelglied und die zweifelhafte Hauptprämisse des Syllogismus. Seine Miene hellte sich auf.

«Natürlich», sagte er. «Ja. Das verstehe ich. Es muß offenbar Selbstmord gewesen sein, und Miss Vanes Aussage beweist, daß es einer war. Dann muß sie also doch recht haben.»

Das ist ein noch schlimmeres Monstrum von Syllogismus als das vorige, dachte Wimsey. Wer so argumentiert, der kann überhaupt nicht argumentieren. Er konstruierte einen neuen Syllogismus für den eigenen Gebrauch:

Der Mann, der diesen Mord begangen hat, ist nicht dumm.
Weldon ist dumm.
Also hat Weldon diesen Mord nicht begangen.

Das erschien soweit schlüssig. Aber warum hielt sich Weldon dann so lange bei der Sache auf? Man konnte nur vermuten, daß er sich Sorgen machte, weil er für zwei Uhr kein einwandfreies Alibi hatte. Und das war etwas, was sogar Wimsey selbst störte. Ein guter Mörder hat für die Tatzeit immer ein Alibi.

Dann kam ihm plötzlich die Erleuchtung; sie erhellte blitzartig die dunklen Ecken seines Gehirns wie ein Scheinwerfer. Und – mein Gott! – wenn das die richtige Lösung war, dann war Weldon alles andere als dumm. Dann war er einer der gerissensten Kriminellen, mit denen ein Detektiv es je zu tun hatte. Wimsey betrachtete Weldons eigensinniges Profil – war es möglich? Ja, es war möglich – und der Plan hätte durchaus klappen können, wenn nur Harriet Vane nicht mit ihrer Aussage dazwischengekommen wäre.

Mal durchdenken; sehen, was dabei herauskam. Weldon hatte Alexis um zwei Uhr am Satans-Bügeleisen ermordet. Er hatte sich das Pferd schon irgendwo bereitgestellt, und nachdem er aus den *Drei Federn* gekommen war, hatte er sich unverzüglich zum Hinks's Lane begeben und aufs Pferd geschwungen. Dann mußte er geritten sein wie der Teufel. Angenommen, er hatte es irgendwie geschafft, vier Meilen in fünfundzwanzig Minuten zurückzulegen. Dann wäre er um zwei Uhr noch eine halbe Meile vom Bügeleisen entfernt gewesen. Nein, das ging nicht. Also noch etwas knapper rechnen. Er war um 13.32 Uhr vom Hinks's Lane losgeritten und hatte aus dem Pferd ein Durchschnittstempo von neun Meilen pro Stunde herausgepeitscht – das kam fast hin. Jedenfalls konnte man ihn um 13.55 bis auf fünf schnelle Fußminuten an den Felsen herangekommen sein lassen. Was dann? *Er schickt das Pferd nach Hause!* Fünf Minuten bevor Harriet erwachte, konnte er das Pferd im Galopp an der Küste entlang zurückjagen. Dann war er zu Fuß weitergegangen. Um zwei Uhr war er am Bügeleisen. Er tötete Alexis. Er hörte Harriet kommen. Er versteckte sich in der Felsspalte. Und inzwischen war das Pferd entweder nach Hause gelaufen oder hatte möglicherweise den Weg bei den Fischerhütten erreicht und war hinaufgegangen, oder –

Das Pferd war nicht so wichtig. Irgendwie hatte es jedenfalls zur Weide und Tränke zurückgefunden. Die Zeiten waren knapp; das Ganze wirkte an den Haaren herbeigezogen. Aber ganz und gar unmöglich, wie er zuerst angenommen hatte, war es nicht. Angenommen, so war es zugegangen. Wenn nun Harriet nicht erschienen wäre, was wäre geschehen? Ein paar Stunden später hätte die Flut die Leiche bedeckt. Halt ein, Marokko! Wenn Weldon der Mörder war, wollte er bestimmt nicht, daß die Leiche verlorenging. Seine Mutter sollte ja wissen, daß Alexis tot war. Ja, aber unter normalen Umständen wäre die Leiche ja viel früher zum Vorschein gekommen. Nur der starke Südwest und die dreihundert Goldstücke zusammen hatten die Leiche versteckt halten können. Und gefunden worden war sie trotzdem. Also gut. Wenn Harriet die Leiche nicht gerade in dem Moment gefunden hätte, in dem sie sie fand, hätte es keinerlei Beweis dafür gegeben, daß der Tod nicht früher eingetreten war – etwa zwischen elf Uhr und halb zwei – in der Zeit, für die er ein Alibi hatte. Überhaupt ließ die frühe Ankunft des Opfers am Darley Halt vermuten, daß die frühere Stunde die richtige war. Warum sollte einer sein Opfer schon um halb zwölf an eine einsame Stelle locken und dann zweieinhalb Stunden warten, bis er es erledigte? Doch höchstens, um den Anschein zu erwecken, als ob es früher umgebracht worden wäre. Und hinzu kam dann noch dieses bärbeißige Pärchen, Pollock und Enkel, mit der widerwillig abgegebenen Erklärung, sie hätten Alexis schon um Viertel vor zwei auf dem Satans-Bügeleisen «daliegen» sehen. Sie mußten Komplizen sein. Das war's. So mußte es sein. Der Mord sollte wie ein Vormittagsmord aussehen – daher auch dieses merkwürdige Beharren auf dem Alibi und der Fahrt nach Wilvercombe. «Mißtraue stets dem Mann mit dem gußeisernen Alibi» – war das nicht der erste Lehrsatz im Regelbuch des Detektivs? Und da war es – das gußeiserne Alibi, das wirklich gußeisern war; zum Vorzeigen gedacht; jeder Nachprüfung gewachsen – und warum auch nicht? Es war ja die Wahrheit! Es sah komisch aus – weil es komisch aussehen sollte! Es sollte zur näheren Beschäftigung mit ihm herausfordern. Es existierte überhaupt nur zu dem einzigen Zweck, die Aufmerksamkeit von der entscheidenden Minute um zwei Uhr abzulenken. Und wie gut das geklappt hätte, wenn Harriet nicht bei dem soeben Erschlagenen aufgekreuzt wäre! Aber Harriet war dagewesen, und unter der Stoßwelle ihrer Aussage stürzte die ganze Konstruktion zusammen. Das mußte wirklich ein Schock für Weldon gewesen sein. Kein Wunder, daß er alles daransetzte, diese peinliche Aussage über den Todeszeitpunkt zu diskreditieren. Er wußte besser als jeder andere, daß der Tod um zwei Uhr *kein* Beweis für Selbstmord war, mochte es den Geschworenen noch so plausibel erscheinen. Weldon war nicht dumm; er stellte sich dumm, und das machte er sehr gut.

Wimsey bekam nur halb mit, daß Weldon sich soeben mit

irgendeiner Floskel von ihm verabschiedete. Er ließ ihn nur zu gern gehen. Er mußte sich mit dieser Theorie in aller Ruhe auseinandersetzen.

Eine kurze Zeit der Konzentration in der Abgeschiedenheit seines Hotelzimmers brachte ihn bis an den Punkt, von wo aus er mit einiger Zuversicht weiterarbeiten konnte.

Der ursprüngliche Plan war durch Harriets Aussage in Scherben gegangen. Was würde Weldon nun als nächstes tun?

Vielleicht gar nichts. Das wäre am sichersten. Vielleicht verließ er sich auf den Spruch des Untersuchungsrichters und vertraute darauf, daß die Polizei und Wimsey und Harriet und alle anderen ihn akzeptierten. Aber würde er die Tollkühnheit besitzen, es darauf ankommen zu lassen? Vielleicht – es sei denn, er wußte etwas über den Inhalt dieses chiffrierten Briefes, der den Selbstmord möglicherweise als Mord auswies. Wenn ja – oder wenn er den Kopf verlor –, würde er auf die zweite Verteidigungslinie zurückweichen müssen, und die wäre? Zweifellos ein Alibi für zwei Uhr – die eigentliche Mordzeit.

Was hatte er dazu bisher überhaupt gesagt? Wimsey blätterte in seinen Notizen nach, die er in letzter Zeit um einiges ergänzt hatte. Weldon hatte bereits vage Andeutungen über einen Zeugen gemacht, einen Unbekannten, der durch Darley gekommen war und ihn nach der Uhrzeit gefragt hatte.

Natürlich, ja! Dieser Zeuge war ihm doch gleich verdächtig vorgekommen – diese unverzichtbare Figur in allen Kriminalromanen – der Mann, der nach der Uhrzeit fragte. Wimsey lachte. Jetzt war er sich völlig sicher. Alles war vorausgeplant, der Weg diskret bereitet für den Auftritt dieses nützlichen Zeugen, falls er gebraucht wurde. Nachdem das morgendliche Alibi nun doch nicht das feindliche Feuer auf sich gezogen hatte, mußte das Alibi für zwei Uhr an die Front geworfen werden. Aber dieses Alibi war nicht gußeisern. Es war gefälscht. Sehr gut gefälscht wahrscheinlich, aber zweifellos gefälscht. Und dann würden die Schatten des Kerkers sich dunkel und kalt um Mr. Henry Weldon zu schließen beginnen.

«Wär's abgetan, so wie's getan ist, dann wär's – Weldon», sagte Seine Lordschaft bei sich. «Wenn ich recht habe, wird dieser Zweiuhrzeuge jetzt bald aufkreuzen. Und wenn er aufkreuzt, weiß ich, daß ich recht habe.»

Und das war Logik à la Weldon.

22

Das Zeugnis des Mannequins

Mein guter Melchior, ein jeder ehrenhafte Mann
Wie Ihr – denn dafür halt' ich Euch, bei meinem Leben –
Wird ebenfalls Euch glauben.

Torrismond

SAMSTAG, 27. JUNI/SONNTAG, 28. JUNI

Harriet Vane fühlte sich in den vier Wänden des verstorbenen Paul Alexis durchaus wohl. Ein höflicher Brief von ihrem literarischen Agenten, der fragte, ob «das neue Buch wohl im Herbst publikationsreif» sein werde, hatte sie wieder an das Problem mit der Rathausuhr gejagt, aber sie ertappte sich dabei, daß sie ihm nicht ihre ungeteilte Aufmerksamkeit widmete. Gegen die wirklich merkwürdigen Verwicklungen des Falles Alexis erschien die eigene Handlung ihr mager und allzu durchsichtig, und der affenähnliche Robert Templeton legte mehr und mehr die ärgerliche Neigung an den Tag, wie Lord Peter Wimsey zu reden. Immer wieder schob Harriet die Arbeit beiseite – zum «Setzen» (als ob es Kaffee wäre). Wenn Schriftsteller beim Ausfeilen einer Handlung auf solche Schwierigkeiten stoßen, überlassen sie das Problem gern in dieser Weise dem klärenden Wirken des Unterbewußtseins. Aber dummerweise hatte Harriets Unterbewußtsein anderes zu klären und weigerte sich entschieden, sich mit der Rathausuhr auseinanderzusetzen. Unter solchen Gegebenheiten ist es eingestandenermaßen sinnlos, das Bewußtsein zu bitten, Weiteres zu unternehmen. Und so saß Harriet, wenn sie eigentlich schreiben sollte, bequem in einem Sessel und las in einem von Paul Alexis' Büchern, natürlich nur, um ihr Unterbewußtsein frei zu machen für die Arbeit, die ihm zugedacht war. Auf diese Weise verleibte sie ihrem Bewußtsein die verschiedensten Informationen über den russischen Zarenhof und noch mehr romantische Prosa über Liebe und Krieg in ruritanischen Staaten ein. Paul Alexis hatte offenbar einen fest begrenzten literarischen Geschmack gehabt. Er liebte Geschichten über junge Männer von geschmeidiger und berückender Schönheit, die sich, unter widrigsten Umständen aufgewachsen und zu Rittern ohne Fehl und Tadel erblüht, plötzlich als Erbschaftsanwärter auf Königsthrone entpuppten und im letzten Kapitel an der Spitze einer ergebenen Gefolgschaft die Intrigen finsterer Präsidenten zerschlugen, um sich dann in blauen Uniformen mit silbernen Tressen auf Balkonen zu zeigen und die begeisterten Huldigungen ihrer befreiten Untertanen entgegenzunehmen. Manchmal hatten sie dabei die Unterstützung einer ebenso tapferen wie schönen englischen oder amerikanischen Millionenerbin, die ihr ganzes Vermögen der Partei der Königstreuen zur Verfügung stellte; manchmal blieben sie trotz fremdländischer Versuchung der Braut aus dem eigenen Volke treu und retteten sie im allerletzten Augenblick vor einer erzwungenen Ehe mit dem zwielichtigen Präsidenten oder einem seiner noch zwielichtigeren Berater; hin und wieder halfen ihnen auch junge Engländer oder Iren oder Amerikaner mit edlen Profilen und viel überschüssiger Energie, und in allen Fällen bestanden sie die haarsträubendsten Abenteuer zu Lande, zu Wasser und in der Luft. Niemand außer dem finsteren Präsidenten kam je auf die profane Idee, Geld über die üblichen Kanäle aufzutreiben oder gar ein politisches Ränkespiel zu treiben, und nie hatten die europäischen Großmächte oder der Völkerbund bei alledem ein Wörtchen mitzureden. Aufstieg und Fall von Regierungen schienen eine reine Privatsache zu sein und spielten sich bequemerweise stets in verschiedenen kleinen Balkanländern ab, deren Lage ungenau beschrieben war und die auch außerhalb der eigenen Grenzen niemand kannte. Kein Lesestoff hätte der Entlastung des Unterbewußtseins dienlicher sein können, und dennoch weigerte sich dieses Unterbewußtsein, an die Arbeit zu gehen. Harriet stöhnte innerlich und ging zu Kreuzworträtseln über, wobei sie sich eines Lexikons bediente, das sie auf dem Regal gefunden hatte, eingezwängt zwischen einem in Papier eingeschlagenen Buch in russischen Lettern und *Griff nach der Krone.*

Lord Peter Wimsey hatte inzwischen auch etwas zu lesen, und es beschäftigte sein Bewußtsein wie auch sein Unterbewußtsein auf angenehmste Weise. Es war ein Brief aus Leamhurst in Huntingdonshire, und er lautete folgendermaßen:

«Mylord,

gemäß den mir von Eurer Lordschaft gegebenen Instruktionen habe ich mich für die Dauer der Reparatur meines Magnetzünders hier für einige Tage einquartiert. Ich habe freundschaftliche Beziehungen zu einem Individuum namens Hogben angeknüpft, der einen Mähdrescher besitzt und die größeren Landwirte in der Umgebung gut kennt.

Von ihm konnte ich in Erfahrung bringen, daß Mr. Henry Weldons Verhältnisse als ein wenig angespannt gelten und sein Hof (Vierwege) mit einer hohen Hypothek belastet ist. Es heißt, er habe in den letzten ein, zwei Jahren im Vorgriff auf seine Erbschaftserwartungen örtlich mehrere Kredite aufgenommen, aber angesichts der Tatsache, daß seine Mutter ihn in letzter Zeit nicht mehr besucht hat und Gerüchte im Umlauf sind, wonach die Beziehungen zwischen ihm und ihr gespannt sein sollen, macht sich in bezug auf den Wert jener angenommenen Sicherheit ein gewisses Unbehagen breit.

Die Wirtschaft wird zur Zeit von einem gewissen Walter Morrison geführt, dem Großknecht, einem Mann von nicht sehr großen Fähigkeiten, der im Grunde nicht mehr ist als ein besserer Landarbeiter und nur über einseitige Erfahrung verfügt. Man findet es hier merkwürdig, daß Mr. Weldon gerade um diese Zeit den Hof alleinläßt. Im Hinblick auf das Telegramm vom vergangenen Mittwoch, in dem Eure Lordschaft mich von der Identifizierung Mr. Henry Weldons als Mr. Haviland Martin in Kenntnis setzten, brauche ich Eurer Lordschaft nicht erst zu sagen, daß Mr. Henry Weldon am Sonntag, dem 14. Juni, hier weggefahren und am Sonntag, dem 21. Juni wiedergekommen ist, um gleich am nächsten Morgen früh wieder aufzubrechen. Es hat in letzter Zeit Schwierigkeiten und Verzögerungen bei der Bezahlung der Landarbeiter gegeben, was zum Teil der Grund dafür ist, daß es Morrison nicht leichtfällt, das Heu einzufahren.

Ich höre, daß es mit den Hypothekaren auch schon Ärger wegen des Erhaltungszustands der landwirtschaftlichen Gebäude, Deiche, Hecken und so weiter gegeben hat. Daraufhin habe ich einen Ausflug zum Vierwegehof unternommen, um mir das Anwesen einmal mit eigenen Augen anzusehen. Ich fand den Zustand wie geschildert. Viele Mauern und Scheunen sind stark verfallen, die Hecken, Zäune und Gräben um die Wiesen und Felder sind mangelhaft gepflegt und löchrig. Auch die Entwässerung (die, wie Eure Lordschaft wissen, in diesem Landesteil von überragender Bedeutung ist) läßt an manchen Stellen sehr zu wünschen übrig. Insbesondere, so hat man mir erzählt, stand eine große Wiese (bekannt als 24-Morgen-Wiese) den ganzen Winter unter Wasser. Im vorigen Sommer wurde zwar mit Vorbereitungen für die Entwässerung dieses Grundstücks begonnen, aber diese gelangten über den Ankauf der erforderlichen Menge von

Drainagerohren nicht hinaus, da die Lohnkosten dem Fortgang der Arbeiten im Wege standen. Infolgedessen ist dieses Stück Land (das an die Marschen grenzt) zur Zeit sauer und unbrauchbar.

Persönlich scheint Mr. Weldon in der Gegend wohlgelitten zu sein, obwohl man ihm nachsagt, daß er zu sehr hinter den Frauen her ist. Er gilt als Sportsmann und wird regelmäßig in Newmarket gesehen. Es geht auch das Gerücht, daß er in Cambridge eine Dame in einem sehr feinen Appartement aushält. Mr. Weldon gilt als erfahrener Mann im Umgang mit Tieren, während er vom Ackerbau anscheinend wenig versteht oder hält.

Sein Haushalt wird von einem älteren Ehepaar geführt, das zugleich die Funktionen eines Melkers und der Milchmagd ausübt. Es scheinen hochanständige Leute zu sein, und aus dem Gespräch, das ich mit der Frau führte, als ich sie um ein Glas Milch bat, habe ich den Eindruck gewonnen, daß beide ehrlich sind und nichts zu verbergen haben. Sie sagte mir, daß Mr. Weldon, wenn er zu Hause ist, ein ruhiges und zurückgezogenes Leben führt. Besuch erhält er kaum, außer von den hiesigen Bauern. In den sechs Jahren, seit diese Leute bei ihm arbeiten, hat seine Mutter ihn insgesamt dreimal besucht (aber alle Besuche fanden während der ersten zwei Jahre statt). Zweimal hatte er auch Besuch aus London, und zwar von einem kleinwüchsigen Herrn mit Bart, der meinen Gewährsleuten zufolge ein körperliches Gebrechen haben soll. Zuletzt war dieser Herr Ende Februar dieses Jahres bei ihm. Die Frau (Mrs. Stern) schweigt diskret zu den finanziellen Verhältnissen ihres Arbeitgebers, aber von Hogben habe ich mir sagen lassen, daß sie und ihr Mann sich unter der Hand bereits nach einer neuen Stelle umgehört haben.

Das ist alles, was ich in der kurzen Zeit, die mir zur Verfügung stand, in Erfahrung bringen konnte. (Ich sollte noch erwähnen, daß ich mit der Eisenbahn bis Cambridge gereist bin und mir dort ein Automobil gemietet habe, um der mir zugedachten Rolle gerecht zu werden, und daß ich hier am Donnerstagnachmittag angekommen bin.) Wenn Eure Lordschaft es wünschen, kann ich noch hierbleiben und weitere Erkundigungen einziehen. Eure Lordschaft werden mir den Hinweis verzeihen, daß es ratsam ist, die Manschettenknöpfe von den Hemden abzunehmen, bevor man diese in die Wäsche gibt. Es bekümmert mich sehr, mir vorzustellen, daß ich am Montag vielleicht nicht dasein werde, um die Sache selbst in die Hand zu nehmen, und ich würde es als sehr schmerzlich empfinden, wenn so ein unangenehmer Zwischenfall wie anläßlich meiner letzten Abwesenheit sich wiederholen sollte. Ich habe vergessen, Eurer Lordschaft vor meiner Abreise zu sagen, daß der Anzug mit den Nadelstreifen auf keinen Fall wieder getragen werden darf, bevor der Schlitz in der rechten Tasche genäht ist, dessen Vorhandensein ich mir höchstens damit erklären kann, daß Eure Lordschaft diese Tasche versehentlich zur Beförderung eines schweren, scharfkantigen Gegenstandes benutzt haben.

Ich hoffe, daß Eure Lordschaft sich an günstigen klimatischen Bedingungen erfreuen können und der Fortgang der Ermittlungen den Erwartungen entspricht. Übermitteln Sie bitte Miss Vane meine gehorsamsten Empfehlungen, und seien Sie selbst gegrüßt, Mylord, von Ihrem stets ergebenen

Mervyn Bunter.»

Dieses Dokument erreichte Wimsey am Samstagnachmittag, und am Abend bekam er Besuch von Inspektor Umpelty, dem er es zu lesen gab.

Der Inspektor nickte.

«Wir haben ungefähr die gleichen Informationen erhalten», sagte er. «Der Bericht Ihres Dieners geht etwas mehr ins einzelne – bis zu den Drainagerohren – aber ich glaube jedenfalls, wir können fest davon ausgehen, daß unserm Freund Weldon finanziell das Wasser bis zum Hals steht. Das war jedoch nicht der Anlaß meines Besuches bei Ihnen. Wir haben nämlich die zu dem Foto gehörende Dame gefunden.»

«Wahrhaftig? Die schöne Feodora?»

«Ja», antwortete der Inspektor mit verhaltenem Triumph, doch selbst im Triumph noch mit einem gewissen Vorbehalt. «Die schöne Feodora – aber sie sagt, sie ist es nicht.»

Wimsey zog die Augenbrauen hoch, oder genauer gesagt, die eine Augenbraue, die nicht damit beschäftigt war, das Monokel an seinem Platz zu halten.

«Wenn sie also nicht sie selbst ist, wer ist sie dann?»

«Sie sagt, sie heißt Olga Kohn. Ich habe ihren Brief hier.» Der Inspektor kramte in seiner Brusttasche. «Sie schreibt einen guten Briefstil, und in einer schönen Handschrift, das muß ich sagen.»

Wimsey nahm den blauen Briefbogen entgegen und warf einen Kennerblick darauf.

«Hm. Sehr zierlich. Wie man es bei Mr. Selfridge in der Spezialabteilung für die feinen Herrschaften bekommt. Ein schmuckvolles großes O in Königsblau und Gold. Und eine hübsche Handschrift, ganz wie Sie sagen, sehr selbstbewußt. Ausgesprochen elegantes Kuvert dazu; aufgegeben im Bezirk Piccadilly vor der letzten Leerung am Freitagabend und adressiert an den Untersuchungsrichter von Wilvercombe. So so. Dann wollen wir mal sehen, was die Dame uns zu erzählen hat.»

«159 Regent Square,
Bloomsbury.

Werter Herr,

ich habe in der heutigen Abendzeitung den Bericht über die Voruntersuchung im Falle Paul Alexis gelesen und war sehr überrascht, in diesem Zusammenhang mein Foto zu sehen. Ich kann Ihnen versichern, daß ich mit dem Fall nichts zu tun habe und mir nicht vorstellen kann, wie das Foto in den Besitz des Toten gelangt ist oder wie dieser Name, der nicht der meine ist, darauf kommt. Ich habe meines Wissens nie einen Menschen mit Namen Alexis gekannt, und der Namenszug auf dem Foto ist nicht von mir. Ich bin von Beruf Mannequin, und es gibt viele Fotos von mir, so daß ich annehmen muß, daß jemand es sich besorgt hat. Über diesen armen Mr. Alexis weiß ich nichts und kann Ihnen daher in diesem Punkt keine große Hilfe sein, aber ich hielt es für meine Pflicht, Ihnen zu schreiben, daß dieses Foto in der Zeitung meines ist.

Ich kann Ihnen leider überhaupt nicht sagen, was es mit der Sache zu tun hat, aber ich werde Ihnen natürlich gern alles sagen, was ich weiß. Das Bild wurde vor ungefähr einem Jahr im Fotostudio Frith in der Wardour Street gemacht. Ich lege Ihnen einen zweiten Abzug davon bei, damit Sie sehen können, daß es sich um dasselbe Bild handelt. Ich habe es damals machen lassen, um mich mit seiner Hilfe um eine Beschäftigung als Mannequin zu bewerben, und habe es seitdem an zahlreiche große Firmen und auch an einige Theateragenturen geschickt. Zur Zeit arbeite ich als Mannequin in der Firma Doré & Cie am Hanover Square. Ich bin dort seit sechs Monaten, und die Firma wird Ihnen gern ein Zeugnis für mich ausstellen. Ich wäre sehr froh, wenn geklärt werden könnte, wie mein Foto in Mr. Alexis' Hände gekommen ist, denn mein Verlobter ist über die Geschichte sehr aufgebracht. Entschuldigen Sie, daß ich Sie damit belästige, aber ich hielt es für richtig, Ihnen Bescheid zu geben, obwohl ich fürchte, daß ich Ihnen keine große Hilfe sein kann.

Hochachtungsvoll
Olga Kohn.»

«Und was halten Sie davon, Mylord?»

«Weiß der Himmel. Es wäre natürlich möglich, daß die junge Dame lügt, aber aus irgendeinem Grunde glaube ich das nicht. Das mit dem aufgebrachten Verlobten klingt echt. Olga Kohn – was nach einer russischen Jüdin klingt – ist nicht direkt aus der obersten Schublade, wie meine Mutter sagen würde, und hat offenbar nicht in Oxford oder Cambridge studiert, aber obwohl sie sich ziemlich häufig wiederholt, ist sie ausgesprochen sachlich, und ihr Brief enthält viele nützliche Tatsachenangaben. Außerdem ist sie nicht übel anzusehen, sofern das Bild ihr ähnlich ist. Was hielten Sie davon, mal eben nach London zu fahren und mit der Dame zu sprechen? Das Transportmittel stelle ich, und da morgen Sonntag ist, hat sie wahrscheinlich Zeit für uns. Sollen wir einmal ganz wie zwei fröhliche Junggesellen ausziehen, um Olga Feodora zu finden und zum Tee einzuladen?»

Der Inspektor schien die Idee gut zu finden.

«Wir werden sie fragen, ob sie Mr. Henry Weldon, den Schwarm aller Frauen, kennt. Haben Sie übrigens ein Foto von ihm?»

Der Inspektor besaß einen ausgezeichneten Schnappschuß, den ein Zeitungsfotograf bei der Voruntersuchung gemacht hatte. Per Telegramm kündigten sie Olga Kohn ihren Besuch an, und nachdem sie auf dem Polizeirevier die notwendigen Vorbereitungen getroffen hatten, wuchtete der Inspektor seinen massigen Leib in Wimseys Daimler und ließ sich mit beängstigender Geschwindigkeit nach London befördern. Sie kamen spätabends an, gönnten sich ein paar Stunden Schlaf in Wimseys Wohnung und begaben sich am Morgen zum Regent Square.

Der Regent Square ist alles andere als eine erstklassige Gegend, vorwiegend bevölkert von schmutzigen Kindern und Damen von zweifelhaftem Ruf, aber die Mieten dort sind für die zentrale Lage verhältnismäßig billig. Nachdem Wimsey und sein Gefährte eine ziemlich dunkle und nicht sehr saubere Treppe erklommen hatten, waren sie angenehm überrascht, plötzlich vor einer frisch gestrichenen grünen Tür zu stehen, an der mit Reißzwecken ein weißes Kärtchen mit dem Namen «Miss O. Kohn» befestigt war. Der Messingklopfer war auf Hochglanz poliert. Auf seine Betätigung hin ging die Tür sofort auf, und vor ihnen stand eine hübsche junge Frau, die Frau von dem Foto, und hieß sie mit einem Lächeln willkommen. «Inspektor Umpelty?»

«Ja, Miss. Ich nehme an, Sie sind Miss Kohn? Das ist Lord Peter Wimsey, der so freundlich war, mich in die Stadt zu fahren.»

«Sehr erfreut», sagte Miss Kohn. «Treten Sie ein.» Sie führte sie in ein ansprechend möbliertes Zimmer mit orangeroten Vorhängen an den Fenstern, Rosenpokalen da und dort auf niedrigen Tischen und einer Atmosphäre, die von einem gewissen künstlerischen Geschmack zeugte. Vor dem kalten Kamin stand ein dunkelhaariger junger Mann von semitischem Aussehen, der bei der Vorstellung ein finsteres Gesicht machte.

«Mr. Simons, mein Verlobter», erklärte Miss Kohn. «Bitte, nehmen Sie Platz, und rauchen Sie, wenn Sie wollen. Kann ich Ihnen etwas anbieten?»

Der Inspektor, der letzteres dankend verneinte und von Herzen wünschte, Mr. Simons wäre nicht dabei, kam sogleich auf die Sache mit dem Foto zu sprechen, aber schon bald war Wimsey und ihm klar, daß Miss Kohn in ihrem Brief nicht mehr und nicht weniger als die nackte Wahrheit geschrieben hatte. Ehrlichkeit stand auf ihrem Gesicht geschrieben, als sie ihnen versicherte, sie habe Paul Alexis nie gekannt und ihm nie ein Foto unter dem Namen Feodora oder anderem Namen gegeben. Sie zeigten ihr sein Foto, aber sie schüttelte den Kopf.

«Ich bin hundertprozentig sicher, daß ich diesen Mann noch nie im Leben gesehen habe.»

Wimsey wandte ein, daß er sie vielleicht bei einer Modeschau gesehen und versucht habe, ihre Bekanntschaft zu machen.

«Natürlich könnte er mich gesehen haben; mich sehen viele Leute», antwortete Miss Kohn mit ungeziertem Selbstbewußtsein. «Manche versuchen auch, mit einem anzubändeln. In meiner Position muß man sich schon ein wenig in acht nehmen. Aber ich glaube, an dieses Gesicht würde ich mich erinnern, wenn ich es je gesehen hätte. Ein junger Mann mit einem solchen Bart würde einem doch auffallen, nicht?»

Sie reichte das Bild Mr. Simons, der verächtlich die dunklen Augen darauf heftete. Dann änderte sich plötzlich seine Miene.

«Hör mal, Olga», sagte er, «ich glaube, diesen Mann habe ich schon irgendwo gesehen.»

«Du, Lewis?»

«Ja. Ich weiß nicht wo. Aber irgendwie kommt er mir bekannt vor.»

«Mit mir hast du ihn nie gesehen», warf das Mädchen rasch ein.

«Nein. Wenn ich es mir überlege, weiß ich auch nicht, ob ich ihn überhaupt je gesehen habe. Es ist ein älteres Gesicht, an das ich denke. Vielleicht war es auch nur ein Bild und kein lebendiger Mensch, was ich gesehen habe. Ich weiß es nicht.»

«Das Foto wurde in den Zeitungen veröffentlicht», sagte Umpelty.

«Ich weiß; aber das ist es nicht. Mir ist eine Ähnlichkeit mit – irgend jemandem aufgefallen, schon als ich es zum erstenmal sah. Ich weiß nicht, mit wem. Es muß irgend etwas um die Augen herum sein –»

Er verstummte nachdenklich, und der Inspektor sah ihn an, als ob er darauf wartete, daß der junge Mann jeden Moment ein goldenes Ei lege, aber es kam nichts.

«Nein, ich komme nicht darauf», sagte Simons abschließend. Er gab das Foto zurück.

«Also, mir sagt es jedenfalls nichts», sagte Olga Kohn. «Und ich hoffe, Sie glauben mir das alle.»

«Ich glaube es Ihnen», sagte Wimsey plötzlich, «und ich möchte eine Vermutung wagen. Dieser Alexis war ziemlich romantisch veranlagt. Meinen Sie, er könnte das Foto irgendwo gesehen und sich sozusagen in es verliebt haben? Ich meine, er könnte so einem imaginären Dingsda gefrönt haben – einer idealen Liebe, wie man das nennt. Hat sich eingebildet, daß er geliebt wird und so weiter, und einen Phantasienamen auf das Bild gesetzt, um die Illusion aufrechtzuerhalten, wenn Sie verstehen, wie ich das meine – wie?»

«Möglich wär's», meinte Olga, «aber mir käme es ziemlich albern vor.»

«Ich fände es ausgesprochen dämlich», ließ Umpelty sich geringschätzig vernehmen. «Außerdem, woher hat er das Bild? Das möchten wir nämlich gern wissen.»

«Das wäre gar nicht mal so schwer», sagte Olga. «Er war Tänzer in einem großen Hotel. Dort könnte er viele Theaterdirektoren kennengelernt haben, und einer von ihnen könnte ihm das Bild gegeben haben. Die bekommen so etwas von den Agenturen.»

Inspektor Umpelty bat um genauere Angaben über diese Agenturen und bekam die Namen von drei Männern, die alle ihre Büros in der Nähe der Shaftesbury Avenue hatten.

«Aber ich glaube nicht, daß die sich erinnern», sagte Olga. «Die bekommen so viele Leute zu sehen. Immerhin, versuchen können Sie es ja. Ich wäre ausgesprochen dankbar, wenn die Sache sich aufklärte. Aber Sie glauben mir doch, ja?»

«Wir glauben an Sie, Miss Kohn», sagte Wimsey feierlich, «so fest wie an das zweite Gesetz der Thermodynamik.»

«Was wollen Sie denn damit sagen?» fragte Mr. Simons mißtrauisch.

«Das zweite Gesetz der Thermodynamik», erklärte Wimsey hilfsbereit, «hält das Universum in seiner Bahn, und ohne es würde die Zeit rückwärts laufen wie ein verkehrt eingelegter Kinofilm.»

«Was, wirklich?» rief Miss Kohn belustigt.

«Altäre mögen wanken», sagte Wimsey, «Mr. Thomas mag seinen Frack ablegen und Mr. Snowden dem Freihandel abschwören, aber das zweite Gesetz der Thermodynamik wird bestehen, solang Gedächtnis haust in dem zerstörten Ball hier, womit Hamlet seinen Kopf meinte, während ich mit meinem größeren intellektuellen Horizont es auf diesen Planeten beziehe, den zu bewohnen wir das ungeheure Vergnügen haben. Inspektor Umpelty ist allem Anschein nach schockiert, aber ich versichere Ihnen, daß ich meinen felsenfesten Glauben an Ihre uneingeschränkte Integrität nicht eindrucksvoller wiederzugeben vermag.» Er grinste. «Was mir an Ihrer Aussage so gefällt, Miss Kohn, ist einfach die Tatsache, daß sie dem Rätsel, das der Inspektor und ich zu lösen angetreten sind, den letzten Schliff der völligen Undurchdringlichkeit gibt. Sie reduziert es auf die absolute Quintessenz völlig unverständlichen Unsinns. Das gibt uns nach dem zweiten Gesetz der Thermodynamik, welches besagt, daß wir uns stündlich und sekündlich auf einen Zustand immer größerer Unordnung zubewegen, die ruhige Gewißheit, daß wir auf dem richtigen Wege sind. Sie mögen es mir nicht glauben», fuhr Wimsey, jetzt richtig in Fahrt gekommen, vergnügt fort, «aber ich bin inzwischen soweit, daß der kleinste Schimmer von Logik, der diesen Fall erhellte, mich nicht nur wanken machen, sondern mitten ins Herz treffen würde. Ich habe schon unschöne Fälle gesehen, schwierige Fälle, komplizierte Fälle und sogar widersprüchliche Fälle, aber ein Fall, der auf absolutem Widersinn beruht, ist mir noch nie untergekommen. Für mich, *blasé* wie ich bin, ist das ein völlig neues Gefühl, und ich gestehe, daß ich bis ins Mark erregt bin.»

«Na ja», sagte Inspektor Umpelty, indem er sich schwerfällig erhob, «wir sind Ihnen auf jeden Fall für Ihre Informationen sehr dankbar, obwohl sie uns im Augenblick nicht viel weiterzubringen scheinen. Wenn Ihnen im Zusammenhang mit diesem Alexis noch etwas einfällt oder wenn Sie, Sir, sich doch noch erinnern sollten, wo Sie Alexis schon einmal gesehen haben, wären wir Ihnen für eine Nachricht überaus verbunden. Und nehmen Sie das, was Seine Lordschaft hier eben gesagt hat, nicht so ernst, denn er hat nun einmal eine poetische Ader und redet manchmal ein bißchen humorvoll.»

Nachdem er auf diese Weise Miss Olga Kohn den Glauben an

den gesunden Menschenverstand wiedergegeben zu haben glaubte, drängte er seinen Begleiter hinaus, aber Miss Kohn wandte sich, während Umpelty in der kleinen Diele seinen Hut suchte, an Wimsey, nicht an ihn.

«Dieser Polizist glaubt mir kein Wort», flüsterte sie ängstlich, «aber Sie glauben mir, ja?»

«Ich glaube Ihnen», sagte Wimsey. «Aber das kommt daher, daß ich auch Dinge glauben kann, die ich nicht verstehe. Alles nur eine Frage der Übung.»

23

Das Zeugnis des Theateragenten

Seid ehrlich Ihr oder ein Mann von vielen Taten
Und mit viel Gesichtern? Ihr seid ein Intrigant,
Seid ein Politiker.

Death's Jest-Book

MONTAG, 29. JUNI

Wimsey und der Inspektor blieben über Sonntag in London und begaben sich am Montag in die Shaftesbury Avenue. Bei den ersten beiden Adressen auf ihrer Liste zogen sie Nieten; der eine Agent hatte nie ein Foto von Olga Kohn ausgegeben, der zweite wußte nicht mehr, an wen und unter welchen Umständen. Der dritte, ein Mr. Isaac J. Sullivan, nannte ein kleineres und schmuddeligeres Büro sein eigen als die andern beiden. In seinem Vorzimmer herrschte das übliche Gedränge von Leuten, die geduldig darauf warteten, daß sich jemand ihrer annahm. Der Inspektor übergab seine Karte einem traurig blickenden Sekretär, der aussah, als ob er sein Leben lang zu Leuten «nein» sagen und immer die Vorwürfe dafür hätte einstecken müssen. Nichts geschah. Wimsey setzte sich in philosophischer Ruhe auf das äußerste Ende einer bereits von acht Leuten besetzten Bank und nahm sich das Kreuzworträtsel in der Morgenzeitung vor. Der Inspektor wurde unruhig. Der Sekretär, der an der Zwischentür erschien, wurde augenblicklich von einem Heer von Bittstellern belagert. Er schob sie energisch, aber durchaus nicht grob beiseite und kehrte seelenruhig an seinen Schreibtisch zurück.

«Hören Sie mal, junger Mann», sagte der Inspektor, «ich muß auf der Stelle Mr. Sullivan sprechen. Es handelt sich um eine polizeiliche Angelegenheit.»

«Mr. Sullivan ist gerade nicht frei», sagte der Sekretär.»

«Dann *machen* Sie ihn eben frei», sagte der Inspektor.

«Gleich», sagte der Sekretär und schrieb etwas in ein großes Buch.

«Ich habe keine Zeit zu verschwenden», sagte der Inspektor und ging auf die Zwischentür zu.

«Mr. Sullivan ist nicht da», sagte der Sekretär, indem er ihn mit der Behendigkeit eines Aals abfing.

«O doch, er ist da», antwortete der Inspektor. «Behindern Sie mich gefälligst nicht in der Ausübung meiner Pflicht.» Er schob den Sekretär mit der einen Hand beiseite und riß mit der andern die Tür auf, hinter der gerade eine spärlichst bekleidete Dame zwei korpulenten Herren mit dicken Zigarren ihre Reize vorführte.

«Tür zu, verdammt!» sagte einer dieser Herren, ohne sich umzusehen. «Hier zieht's wie verrückt, und Sie lassen uns das ganze Volk hier rein.»

«Wer von Ihnen ist Mr. Sullivan?» herrschte der Inspektor sie an und hielt verbissen die Stellung, während er die zweite Tür auf der gegenüberliegenden Seite des Zimmers anfunkelte.

«Sullivan ist nicht hier. Und nun machen Sie schon die Tür zu, ja?»

Der Inspektor zog sich, inmitten lauten Beifalls aus dem Vorzimmer, betreten zurück.

«Hören Sie mal», sagte Wimsey, «was glauben Sie, was dieser Kerl hiermit meint? – ‹Strahlenden Auges nach Verschlucken eines flügellosen Zweibeiners.› Klingt nach dem Tiger aus dem Limerick von der Dame in Riga.»

Der Inspektor schnaubte nur durch die Nase.

Eine Zeitlang tat sich nichts. Dann ging die Zwischentür wieder auf, und die junge Dame trat heraus, vollständig angezogen und offensichtlich bester Laune, denn sie lächelte in die Runde und bemerkte zu einer Bekannten, die neben Wimsey saß: «Alles in Butter, mein Schatz. *Aeroplane Girl*, vorderste Reihe, Singen und Tanzen. Nächste Woche geht's los.»

Die Bekannte gratulierte in angemessener Form, die beiden Herren mit den Zigarren kamen mit Hüten auf den Köpfen heraus, und die Versammelten stürzten sich auf die Zwischentür.

«Bitte, meine Damen», protestierte der Sekretär, «das hat doch überhaupt keinen Zweck. Mr. Sullivan hat zu tun.»

«Hören Sie mal», sagte der Inspektor.

In diesem Augenblick ging die Tür einen Spaltbreit auf, und eine ungeduldige Stimme brüllte: «Horrocks!»

«Ich sag's ihm», versicherte der Sekretär hastig und schlüpfte geschickt durch den Türspalt, wobei er die Bemühungen einer Blondine, die Blockade zu brechen, erfolgreich durchkreuzte.

Bald ging die Tür wieder auf, und die Brüllstimme ließ sich mit den Worten vernehmen: «Und wenn er der liebe Gott persönlich ist, muß er warten. Schicken Sie mir das Mädchen rein, und – oh, Horrocks –»

Der Sekretär drehte sich um – zu seinem Verhängnis. Die Sylphe war im Nu an ihm vorbeigeschlüpft. Es gab einen Zank auf der Schwelle. Dann ging die Tür mit einemmal ganz auf und spie auf einen Sitz die Sylphe, den Sekretär und einen ungeheuer dicken Mann aus, dessen gutmütiges Gesicht in krassem Gegensatz zu seiner Brüllstimme stand.

«Also, Grace, mein Kind, es ist völlig zwecklos. Es ist heute nichts da für dich. Du stiehlst mir nur die Zeit. Nun sei ein braves Mädchen. Ich sag dir schon Bescheid, wenn ich was habe. Hallo, Phyllis, wieder im Land? Recht so. Ich brauche dich vielleicht nächste Woche. Nein, Mutti, heute kein Bedarf für grauhaarige Muttchen. Ich – hoppla!»

Sein Blick war auf Wimsey gefallen, der mit seinem Kreuzworträtsel nicht weiterkam und auf der Suche nach Inspiration leer in die Gegend blickte.

«He, Horrocks! Warum haben Sie mir nichts davon gesagt? Was glauben Sie, wofür ich Sie bezahle? Um mir die Zeit zu stehlen? He, Sie da, wie heißen Sie? Sie waren noch nie hier, wie? Ihren Typ brauche ich. Rosencrantz!»

Ein weiterer Herr, nicht ganz so umfangreich, aber auch wohlbeleibt, erschien an der Tür.

«Ich hab dir doch gesagt, daß wir noch das Richtige für dich finden», brüllte der erste Herr aufgeregt.

«Für was?» frage Mr. Rosencrantz gelangweilt.

«Für was?» Entrüstung schwang in der Stimme. «Natürlich für *Der Wurm hat sich gewendet*, was denn sonst? Hast du schon mal so einen vollkommenen Typ gesehen? Der ist genau der richtige für dich, mein Junge. Der haut die Leute um! Die Nase allein rettet dir das Stück.»

«Kann ja sein, Sullivan», erwiderte Rosencrantz, «aber kann er auch spielen?»

«Spielen?» explodierte Mr. Sullivan. «Der braucht nicht zu spielen. Der braucht nur aufzutreten. Sieh ihn dir doch an! Der perfekte Wurm. He, Sie, Mister, können Sie uns nicht mal was vorsprechen?»

«Na hören Sie, ich muß schon sagen.» Wimsey klemmte sich das Monokel fester ins Auge. «Wirklich, mein Bester, Sie bringen mich ja ganz in Verlegenheit.»

«Da, bitte!» rief Mr. Sullivan triumphierend. «Eine Stimme wie Fallobst. Trägt seine Klamotten hervorragend! Ich würde dir doch keinen andrehen, der nichts taugt, Rosencrantz, das weißt du doch.»

«Na ja», räumte Rosencrantz zähneknirschend ein. «Können Sie mal ein paar Schritte gehen?»

Wimsey gehorchte und tänzelte mit zierlichen Schritten ins Büro, Mr. Sullivan schnurrend hinterdrein, gefolgt von Mr. Rosencrantz. Der entsetzte Horrocks erwischte Mr. Sullivan am Ärmel.

«Aufpassen», sagte er, «ich glaube, das ist ein Mißverständnis.»

«Was heißt hier Mißverständnis?» zischte sein Arbeitgeber wütend zurück. «Ich weiß nicht, wer der Kerl ist, aber er ist genau das, was ich brauche, also mischen Sie sich da nicht ein.»

«Haben Sie schon einmal eine Hauptrolle gespielt?» wollte Rosencrantz von Wimsey wissen.

Lord Peter blieb in der Zwischentür stehen und ließ den Blick arrogant über das versteinerte Publikum schweifen.

«Ich habe», verkündete er, «schon vor allen gekrönten Häuptern Europas gespielt. Herunter mit der Maske! Der Wurm hat sich gewendet! Ich bin Lord Peter Wimsey, der Spürhund vom Piccadilly, hart auf der Fährte eines Mörders.»

Er zog die beiden beleibten Herren ins Zimmer und schloß die Tür hinter sich.

«Guter Abgang», bemerkte jemand.

«Mann!» stöhnte der Inspektor. «Ich werd' verrückt!»

Er strebte auf die Tür zu, und diesmal setzte Horrocks ihm keinen Widerstand entgegen.

«So, so, so», sagte Mr. Sullivan. «So, *so*!» Er drehte Wimseys Visitenkarte hin und her und starrte sie an. «Schade, schade. So ein Pech aber auch, was, Rosencrantz? Mit dem Gesicht könnten Sie ein Vermögen verdienen.»

«Für mich ist da jedenfalls nichts zu holen», sagte Mr. Rosencrantz, «da kann ich auch gleich gehen. Der Wurm ist ein guter Wurm, Sullivan, wie schon Shakespeare sagt, aber er ist nicht zu haben. Oder hätte Lord Peter vielleicht Lust? Würde sich doch gut machen, nicht? Lord Peter Wimsey in der Titelrolle? Adel steht heute nicht so hoch im Kurs, aber Lord Peter kennt man. Er tut etwas. Heutzutage wollen alle sehen, daß einer was tut. Ein Lord ist nichts, aber ein Lord, der den Atlantik überfliegt oder einen Hutladen führt oder Morde aufklärt – da könnte man was draus machen, was meinen Sie?»

Mr. Sullivan sah Wimsey hoffnungsvoll an.

«Bedaure», sagte Seine Lordschaft, «es geht nicht.»

«Die Zeiten sind schlecht», sagte Mr. Rosencrantz, dessen Begeisterung in dem Maße wuchs, in dem der begehrte Artikel sich aus seiner Reichweite entfernte, «aber ich mache Ihnen ein gutes Angebot. Was würden Sie zu zweihundert die Woche sagen?»

Wimsey schüttelte den Kopf.

«Dreihundert?» schlug Mr. Rosencrantz vor.

«Bedaure, Verehrtester. Ich bin nicht zu haben.»

«Also gut, fünfhundert.»

«Dürfte *ich* einmal etwas sagen?» warf Mr. Umpelty ein.

«Hat keinen Zweck», sagte Mr. Sullivan. «Sehr schade, aber es hat keinen Zweck. Sie sind vermutlich reich, wie? Ein Jammer. Das bleibt aber nicht ewig so, müssen Sie wissen. Bei den Steuern! Da sollte man nehmen, was man kriegen kann. Immer noch nicht?»

«Zum letztenmal – nein», sagte Wimsey.

Mr. Rosencrantz seufzte. «Na ja – ich sollte mal lieber gehen. Bis morgen, Sully. Bis dahin hast du was für mich, ja?»

Er entfernte sich, aber nicht durchs Vorzimmer, sondern durch den Privateingang auf der anderen Seite des Zimmers. Mr. Sullivan wandte sich seinen Besuchern zu.

«Sie wollten was von mir? Sagen Sie, was Sie wollen, und machen Sie's kurz. Ich habe zu tun.»

Der Inspektor zeigte ihm Olgas Foto.

«Die kleine Kohn, wie? Ja. Was ist mit ihr? Keine Geschichten, oder? Ein gutes Mädchen. Fleißig. Hier liegt nichts gegen sie vor.»

Der Inspektor erklärte ihm, daß sie gern gewußt hätten, ob Mr. Sullivan in letzter Zeit Fotos von Olga ausgegeben habe.

«Also, da muß ich mal nachdenken. Sie war ziemlich lange nicht hier. Arbeitet als Mannequin, glaube ich. Ist auch besser für sie. Ein gutes Mädchen, und hübsch, aber spielen kann sie nicht, das arme Kind. Einen Moment. Wo ist Horrocks?»

Er ging zur Tür, öffnete sie vorsichtig und brüllte «Horrocks!» durch den Spalt. Der Sekretär schlüpfte herein.

«Horrocks! Sie kennen das Foto von der kleinen Kohn, ja? Haben wir das in letzter Zeit verschickt?»

«Hm, ja, Sir. Erinnern Sie sich nicht? Da war doch dieser Mensch, der sagte, er braucht russische Typen für die Provinz.»

«Stimmt ja, stimmt. Ich wußte doch, daß da jemand war. Erzählen Sie den Herren, wie das war. Wir kannten ihn nicht, oder?»

«Nein, Sir. Er sagte, er wolle sich mit einer eigenen Truppe selbständig machen. Der Name war – Augenblick.» Er nahm einen Ordner von einem Regal und blätterte ihn mit angefeuchtetem Finger durch. «Ja, hier ist er. Maurice Vasavour.»

«Feiner Name», knurrte Sullivan. «Natürlich nicht sein eigener. Den nehmen sie nie. Heißt wahrscheinlich Potts oder Spink. Als Potts oder Spink kann man kein Theater leiten. Klingt nach nichts. Ich erinnere mich jetzt an den Mann. Kleiner Kerl mit Bart. Suchte angeblich eine Besetzung für romantisches Drama und wollte russische Typen. Wir haben ihm die Livinsky und die kleine Petrovna gegeben und noch ein, zwei andere. Dieses Foto schien es ihm aber angetan zu haben, das weiß ich noch. Ich habe ihm gesagt, daß die Petrovna mehr Erfahrung hat, aber er hat gemeint, das soll ihm gleich sein. Der Kerl gefiel mir nicht.»

«Nein?»

«Nein. Die gefallen mir nie, wenn sie hübsche Mädchen ohne Erfahrung wollen. Der alte Onkel Sullivan mag ja ein Rauhbein sein, aber so was kann er nicht leiden. Hab ihm gesagt, die Kleine hat schon Arbeit, aber er hat gemeint, er will's mal bei ihr probieren. Sie ist aber nie deswegen zu mir gekommen, darum glaube ich, sie hat ihn abblitzen lassen. Wenn sie gekommen wäre, hätte ich ihr was geflüstert. So scharf bin ich auf die Provision auch wieder nicht, und wenn Sie eins von den Mädchen fragen, wird sie Ihnen das sagen. Was ist denn los? Hat dieser Vasavour mit ihr was angestellt?»

«Nicht direkt», sagte Wimsey. «Sie hat noch immer die Stelle als Mannequin. Aber Vasavour – zeigen Sie Mr. Sullivan doch einmal das andere Foto, Inspektor. Ist das der Mann?»

Mr. Sullivan und Horrocks steckten über dem Foto von Paul Alexis die Köpfe zusammen und schüttelten sie gleichzeitig.

«Nein», sagte Horrocks. «Das ist er nicht.»

«Keine Ähnlichkeit», sagte Mr. Sullivan.

«Ganz sicher?»

«Kein bißchen Ähnlichkeit», wiederholte Mr. Sullivan mit Nachdruck. «Wie alt ist der Kerl hier? Nun, dieser Vasavour war mindestens vierzig. Hohlwangiger Hungerleider mit einer Stimme wie Mutter Siegels Sirup. Würde einen guten Judas abgeben, wenn man so einen wollte.»

«Oder einen Richard III.», meinte Mr. Horrocks.

«Wenn Sie die Rolle schmierig sehen», sagte Mr. Sullivan. «Aber im fünften Akt kann ich ihn mir nicht vorstellen. Für die Stelle mit den Bürgern geht's ja noch. Sie wissen ja. Richard tritt auf, lesend, zwischen zwei Mönchen. Ehrlich gesagt», fuhr er fort, «ist das eine schwer zu besetzende Rolle. Widersprüchlich, finde ich. Sie trauen es mir vielleicht nicht zu, aber hin und wieder lese und denke ich ein bißchen, und was ich sagen will, ich glaube nicht, daß Shakespeare ganz bei der Sache war, als er diese Rolle schrieb. Zu schmierig am Anfang und zu hart am Schluß. Das entspricht nicht der Natur. Natürlich spielt das Stück sich immer gut. Weil Schwung drin ist, darum. Da bewegt sich was. Aber aus Richard hat er zwei Menschen in einem gemacht, und das stört mich. Der eine ist ein Wurm, ein Intrigant, und der andere ein Draufgänger, der die Leute köpft und Wutausbrüche bekommt. Irgendwie paßt das nicht zusammen, wie?»

Inspektor Umpelty begann mit den Füßen zu scharren.

«Ich meine», sagte Wimsey, «Shakespeare wollte Richard als einen dieser Menschen darstellen, die immer bewußt eine Rolle spielen – sozusagen alles dramatisieren. Ich glaube, seine Wutanfälle sind genauso unecht wie seine Liebesanwandlungen. Die Szene mit den Erdbeeren – das ist doch eindeutig aufgesetzt.»

«Vielleicht. Aber die Szene mit Buckingham und der Uhr – was? Kann schon sein, daß Sie recht haben. Ist ja eigentlich auch nicht mein Metier, über Shakespeare Bescheid zu wissen. Flotte Mädchenbeine sind mein Fach. Aber ich hab mein Leben lang auf die eine oder andere Art mit der Bühne zu tun gehabt, und die besteht eben nicht nur aus Beinen und Schlafzimmerszenen. Da müssen Sie lachen, wie? Mich so reden zu hören, was? Aber ich will Ihnen mal was sagen, manchmal hängt mein Gewerbe mir zum Hals heraus. Von den Theatermanagern will die Hälfte keine Schauspieler und Schauspielerinnen – die wollen Typen. Als mein Vater noch ein Repertoiretheater leitete, da brauchte er Schauspieler – Leute, die heute Jago und morgen Brutus sein können und dazwischen noch ein bißchen Klamotte und Gesellschaftskomödie spielen. Aber jetzt! Wenn einer bei seinem ersten Auftritt als Stotterer mit Kneifer auf der Nase Erfolg hat, muß er immerzu Stotterer mit Kneifer auf der Nase spielen, bis er neunzig ist. Armer Rosencrantz. Er war schwer enttäuscht, daß Sie nicht den *Wurm* für ihn spielen wollten. Von wegen einen erfahrenen Schauspieler für die Rolle – nichts da! Ich hätte den Mann für ihn – netter Kerl – mit allen Wassern gewaschen. Aber er hatte einen großen Erfolg als lieber alter silberhaariger Vikar in *Rosen um die Tür*, und jetzt wollen ihn alle nur noch als silberhaarigen Vikar sehen. Das ist sein Ende als Schauspieler. Aber wen kümmert's? Nur den alten Onkel Sully, der zusehen muß, auf welcher Seite er die Butter auf dem Brot hat, und auch noch gute Miene dazu machen soll.»

Inspektor Umpelty erhob sich.

«Wir sind Ihnen jedenfalls sehr zu Dank verpflichtet, Mr. Sullivan», sagte er. «Und jetzt wollen wir Sie nicht länger aufhalten.»

«Tut mir leid, daß ich nicht mehr für Sie tun konnte. Wenn ich diesen Vasavour noch einmal zu Gesicht bekomme, sage ich Ihnen Bescheid. Aber wahrscheinlich hat er schon irgendwo Schiffbruch erlitten. Hoffentlich hat er die kleine Kohn nicht mit hineingezogen.»

«Wir glauben es nicht, Mr. Sullivan.»

«Sie ist so ein gutes Mädchen», fuhr Mr. Sullivan beharrlich fort. «Das wäre mir arg, wenn ihr was zustieße. Ich weiß, daß Sie mich jetzt für einen alten Narren halten.»

«Ganz im Gegenteil», sagte Wimsey.

Sie wurden durch den Privateingang hinausgelassen und stiegen schweigend eine enge Treppe hinunter.

«Vasavour, natürlich!» grollte der Inspektor. «Möchte wissen, wer das ist und was er im Schilde führt. Meinen Sie, dieser fette Tölpel hat da die Finger mit drin?»

«Ich bin überzeugt, er weiß von nichts», sagte Wimsey. «Und wenn er sagt, daß er über Vasavour nichts weiß, dann können Sie sicher sein, daß Vasavour kein echter Produzent ist oder sonst etwas mit dem Theater zu tun hat. Diese Leute kennen sich nämlich alle untereinander.»

«Hm. Das hilft uns ja mächtig weiter.»

«Wie Sie sagen. Ich möchte nur wissen –»

«Was?»

«Ich möchte wissen, wie Horrocks auf Richard III. kommt.»

«Wahrscheinlich kam ihm der Mann wie ein falscher Fuffziger vor. War das nicht der Mann, der sich vorgenommen hatte, ein Schurke zu werden?»

«Doch. Aber irgendwie kann ich nicht glauben, daß Horrocks der Mann ist, der einem die Schurkigkeit schon aus dem Gesicht liest. Ich würde sagen, er hat sich ganz den heutigen Gepflogenheiten bei Rollenbesetzungen angepaßt. Mir schwirrt da etwas im Hinterkopf herum, Inspektor, und ich krieg's nicht nach vorn.»

Der Inspektor knurrte etwas und stolperte über eine Kiste, bevor sie auf die schmuddelige Wardour Street hinaustraten.

24
Das Zeugnis des Lehrers

Solch feiges, frommes Menschengeschlecht.
Death's Jest-Book

MONTAG, 29. JUNI, DIENSTAG, 30. JUNI

Am Montag wurde Paul Alexis mit viel Blumenschmuck und unter Anteilnahme einer Menge von Schaulustigen begraben. Lord Peter war noch mit dem Inspektor in London, wurde aber von Bunter würdig vertreten, der am Morgen aus Huntingdonshire zurückgekommen war und, tüchtig wie er war, gleich einen hübschen Kranz mit passender Inschrift mitgebracht hatte. Mrs. Weldon als die Hauptleidtragende wurde von Henry Weldon gestützt, der feierliches Schwarz angelegt hatte, und die Belegschaft des *Resplendent* schickte eine repräsentative Abordnung und ein Blumengebinde in der Form eines Saxophons. Der Orchesterleiter, ein kompromißloser Realist, hatte zwar gemeint, die Nachbildung eines Paars Tanzschuhe sei symbolkräftiger, aber die Mehrheit war gegen ihn gewesen, und es wurde sogar der Verdacht laut, daß bei ihm so etwas wie berufliche Eifersucht im Spiel sein könne. Miss Leila Garland ließ sich in sehr gedämpfter und stilisierter Trauerkleidung sehen und brüskierte Mrs. Weldon, indem sie im rührendsten Augenblick einen großen Strauß Parmaveilchen ins Grab warf und, von Gefühlen übermannt, hysterisch schluchzend fortgetragen werden mußte. Über die Trauerfeierlichkeiten wurde ausführlich und mit Foto in der *National Press* berichtet, und die Tische im *Resplendent* waren abends so überbesetzt, daß man in den Louis-Quinze-Salon ausweichen mußte.

«Jetzt werden Sie wohl Wilvercombe verlassen», sagte Harriet zu Mrs. Weldon. «Diesen Ort der traurigen Erinnerungen.»

«O nein, meine Liebe, das werde ich nicht. Ich bleibe hier, bis Pauls Andenken von diesem Schatten befreit ist. Ich weiß genau, daß er von einer sowjetischen Bande ermordet wurde, und es ist einfach eine Schande, daß die Polizei so etwas hier zuläßt.»

«Ich wollte, Sie könnten meine Mutter dazu bringen, von hier abzureisen», sagte Henry. «Es tut ihrer Gesundheit nicht gut, noch länger hierzubleiben. Ich nehme an, daß Sie selbst bald abreisen werden?»

«Wahrscheinlich.»

Es schien überhaupt niemand besonderen Grund zu haben, noch länger hierzubleiben. William Bright ersuchte bei der Polizei um die Erlaubnis, weiterziehen zu dürfen, und bekam sie auch, allerdings mit der Auflage, daß er sie über seinen Verbleib auf dem laufenden halten müsse. Er begab sich augenblicklich in sein Quartier in Seahampton, packte seine Sachen und brach auf in Richtung Norden. «Und wir können nur hoffen», sagte Polizeidirektor Glaisher, «daß die Kollegen ein Auge auf ihn haben. Wir können ihm nicht durch ganz England nachreisen. Es liegt ja nichts gegen ihn vor.»

Wimsey und der Inspektor, die am Dienstagmorgen nach Wilvercombe zurückkehrten, fanden zur Begrüßung neue Informationen vor.

«Wir haben Perkins», sagte der Polizeidirektor.

Wie es aussah, hatte Mr. Julian Perkins, nachdem er Darley verlassen und sich in einem Mietwagen nach Wilvercombe hatte fahren lassen, von dort den Zug nach Seahampton genommen und von diesem Punkt aus seine Wanderschaft fortgesetzt. Nach etwa zwanzig Meilen war er von einem Lastkraftwagen angefahren worden. Infolgedessen hatte er fast eine Woche bewußtlos im örtlichen Krankenhaus gelegen. In seinem Reisegepäck hatte man nichts gefunden, was Auskunft über seine Identität gegeben hätte, und erst als er wieder zu sich kam und von seiner Umwelt Notiz nehmen konnte, bekam man etwas über ihn heraus. Sobald er sich wieder unterhalten konnte, erfuhr er, daß seine Leidensgenossen über die Untersuchungsverhandlung von Wilvercombe sprachen, und erwähnte dabei wichtigtuerisch, daß er der jungen Dame, die den Leichnam gefunden hatte, Auge in Auge gegenübergestanden hatte. Eine der Krankenschwestern erinnerte sich daraufhin, daß im Rundfunk eine Suchmeldung nach einem Mr. Perkins in Verbindung mit ebendiesem Fall gekommen war. Man setzte sich mit der Polizei von Wilvercombe in Verbindung, und Konstabler Ormond wurde geschickt, um Mr. Perkins zu vernehmen.

Natürlich war jetzt völlig klar, warum auf die Suchmeldung keine Antwort gekommen war, weder von Mr. Perkins selbst noch von denen, mit denen er zur Zeit der Ausstrahlung zusammen war. Man hatte inzwischen auch herausbekommen, warum Mr.

Perkins' Verschwinden niemandem aufgefallen und von niemandem gemeldet worden war. Mr. Perkins war ein Londoner Volksschullehrer, den man aus gesundheitlichen Gründen vorübergehend beurlaubt hatte. Er war unverheiratet und hatte als Vollwaise keine nahen Verwandten, und er wohnte in einer Pension in der Nähe der Tottenham Court Road. Er hatte die Pension im Mai verlassen und gesagt, er wolle einen Wanderurlaub machen und werde für diese Zeit keine feste Adresse haben. Von Zeit zu Zeit wollte er der Heimleitung schreiben, wohin man ihm die Post nachschicken könne. Aber seit er zum letztenmal (am 29. Mai aus Taunton) geschrieben hatte, war keine Post mehr für ihn eingegangen. Folglich war niemand auf den Gedanken gekommen, sich nach seinem Verbleib zu erkundigen, und die Suchmeldung im Radio, in der nur der Nachname angegeben wurde, hatte es im Zweifel gelassen, ob der von der Polizei gesuchte Mr. Perkins mit dem Mr. Julian Perkins aus der Pension identisch war. Da sowieso niemand wußte, wo er sich aufhielt, hätte ja auch niemand irgendwelche Auskünfte über ihn geben können. Die Polizei setzte sich mit der Pension in Verbindung und ließ sich Mr. Perkins' Post schicken. Sie bestand aus einem Werbebrief von einem billigen Schneider, einer Aufforderung, sich im letzten Moment an der irischen Lotterie zu beteiligen, und dem Brief eines Schülers, in dem es um Pfadfinderangelegenheiten ging.

Mr. Julian Perkins schien nicht gerade der geborene Verbrecher zu sein, aber man konnte nie wissen. Und so wurde er – im roten Anstaltspyjama im Krankenbett sitzend, das besorgte, unrasierte Gesicht von Verbänden umgeben, aus denen seine große Hornbrille komisch-ernst herausschaute – zur Sache vernommen.

«Sie haben also Ihre Wanderung aufgegeben und sind mit dieser jungen Dame nach Darley zurückgegangen», sagte Konstabler Ormond. «Und warum, bitte, haben Sie das getan, Sir?»

«Ich wollte der jungen Dame nach besten Kräften helfen.»

«Ganz recht, Sir, vollkommen natürlich. Aber in Wirklichkeit konnten Sie ihr natürlich nicht viel helfen.»

«Nein.» Mr. Perkins zupfte am Bettuch. «Sie hatte etwas von Weitergehen gesagt, um die Leiche zu suchen, aber – ich hab natürlich nicht ganz eingesehen, warum gerade ich das tun sollte. Ich bin ja kein starker Mann; und außerdem kam die Flut. Ich dachte –»

Konstabler Ormond wartete geduldig.

Mr. Perkins glaubte plötzlich sein Gewissen mit einem Geständnis erleichtern zu müssen.

«Die Wahrheit ist, ich wollte nicht gern diese Straße entlanggehen. Ich hatte Angst, der Mörder könnte da noch irgendwo herumlungern.»

«Mörder, so? Wie kamen Sie darauf, daß es sich um einen Mord handeln könnte?»

Mr. Perkins schrumpfte ins Kissen zurück.

«Die junge Dame hatte gesagt, es könnte einer sein. Ich bin leider nicht sehr mutig. Sehen Sie, seit meiner Krankheit habe ich so schwache Nerven – Nerven, Sie wissen schon. Und körperlich stark bin ich auch nicht. Die Vorstellung gefiel mir gar nicht.»

«Daraus kann man Ihnen gewiß keinen Vorwurf machen, Sir.» Die gutmütige Herzlichkeit des Polizisten schien Mr. Perkins zu alarmieren, als glaubte er aus den Worten einen falschen Klang herauszuhören.

«Und als Sie dann nach Darley kamen, fanden Sie, die Dame sei jetzt in guten Händen und brauche Ihren Schutz nicht mehr. Und da sind Sie also fortgegangen, ohne sich zu verabschieden.»

«Ja. Ja, ich – ich wollte mich da nicht in etwas hineinziehen lassen, Sie verstehen? In meiner Stellung bekommt einem so etwas nicht. Ein Lehrer muß sich in acht nehmen. Und außerdem –»

«Ja, Sir?»

Mr. Perkins hatte eine neue Anwandlung von Ehrlichkeit.

«Ich hatte darüber nachgedacht. Ich fand das alles reichlich komisch. Ich hab gedacht, ob nicht vielleicht die junge Dame – man hört ja von solchen Sachen – Selbstmordpakte und so was – verstehen Sie? Ich fand einfach, daß ich mit so etwas lieber nichts zu tun haben wollte. Ich bin von Natur aus etwas ängstlich, das gebe ich zu, und wirklich nicht sehr kräftig seit meiner Kindheit, und wie die Dinge nun mal lagen –»

Konstabler Ormond, der durchaus Phantasie und einen starken, wenn auch schlichten Sinn für Humor hatte, unterdrückte hinter vorgehaltener Hand ein Grinsen. Plötzlich sah er Mr. Perkins vor sich, wie er verängstigt auf blasigen Füßen zwischen Skylla und Charybdis dahinhumpelte, verzweifelt vor der Vision eines mordlüsternen Irren am Satans-Bügeleisen floh und sich dafür nun dem Alptraum ausgesetzt sah, womöglich Seite an Seite mit einer ruchlosen und wahrscheinlich ebenso sittenlosen Mörderin durch die Gegend zu laufen.

Er leckte seinen Bleistift an und begann von neuem.

«Aha, Sir. Ich verstehe. Sehr unerfreuliche Situation. Nun aber – nur der Form halber, Sie wissen ja, Sir, daß wir die Bewegungen von jedem überprüfen müssen, der an diesem Tag an der Küste entlanggegangen ist. Kein Grund zur Sorge.» Der Stift war zufällig ein Tintenstift und hinterließ einen unangenehmen Geschmack im Mund. Er fuhr sich mit einer rosa Zunge über die violett gefleckten Lippen und bekam dadurch in Mr. Perkins' gespenstergeplager Phantasie Ähnlichkeit mit einem sehr großen Hund, der einen saftigen Knochen verspeist. «Wo haben Sie sich gegen zwei Uhr aufgehalten, Sir?»

Mr. Perkins ließ den Kiefer herunterklappen.

«Ich – ich – ich», begann er unsicher.

Eine Krankenschwester kam herbeigeschwebt und nahm sich seiner an. «Ich hoffe, Sie brauchen nicht mehr lange, Konstabler», sagte sie bissig. «Ich kann meinem Patienten diese Aufregung nicht zumuten. Hier, trinken Sie das, Nummer 22, und versuchen Sie sich nicht aufzuregen.»

«Schon gut.» Mr. Perkins trank und gewann seine Farbe zurück. «Ich kann Ihnen sogar ganz genau sagen, wo ich um zwei Uhr war. Sehr günstig, daß Sie gerade nach dieser Zeit fragen. Sehr günstig. Da war ich in Darley.»

«Ach, wirklich?» meinte Mr. Ormond. «Das ist ja sehr erfreulich.»

«Ja, und das kann ich auch beweisen. Sehen Sie, ich kam aus Wilvercombe. Da hatte ich mir in der Apotheke etwas Galmeiwasser gekauft, und ich denke, der Apotheker wird sich an mich erinnern. Ich habe nämlich eine sehr empfindliche Haut, und darüber haben wir uns noch kurz unterhalten. Ich weiß nicht mehr genau, wo diese Apotheke war, aber das können Sie sicher feststellen. Nein, ich weiß nicht mehr, um welche Zeit das genau war. Dann bin ich weitergegangen nach Darley. Das sind vier Meilen. Dafür werde ich etwas über eine Stunde gebraucht haben, und demnach muß ich gegen ein Uhr in Wilvercombe aufgebrochen sein.»

«Wo hatten Sie davor die Nacht verbracht?»

«In Wilvercombe. Im Trust-Haus. Da werden Sie meinen Namen eingetragen finden.»

«Ziemlich spät aufgebrochen, nicht wahr, Sir?»

«Ja, das schon. Aber ich hatte nicht besonders gut geschlafen. Ich hatte ein bißchen Fieber; Sonnenbrand – der wirkt nämlich bei mir so. Manche Leute haben das. Ich bekomme gleich Ausschlag – sehr schmerzhaft. Ich sagte ja schon, daß ich eine empfindliche Haut habe. Das war der starke Sonnenschein vorige Woche. Ich hatte gehofft, es würde besser werden, aber es wurde nur schlimmer, und das Rasieren war eine Qual, eine richtige Qual. Darum bin ich bis zehn Uhr im Bett geblieben und habe um elf ein spätes Frühstück zu mir genommen. Um zwei bin ich dann in Darley angekommen. Ich weiß, daß es zwei Uhr war, denn da habe ich einen Mann nach der Uhrzeit gefragt.»

«Gefragt haben Sie, Sir? Na, das ist aber ein Glück. Wir müßten ja imstande sein, das nachzuprüfen.»

«O ja. Sie finden ihn ganz leicht. Es war nicht im Dorf selbst. Es war außerhalb. Der Herr kampierte da in einem Zelt. Einen Herrn will ich ihn wenigstens nennen, obwohl ich nicht behaupten kann, daß er sich wie ein Herr benommen hat.»

Konstabler Ormond hätte fast einen Satz gemacht. Er war noch ein junger Mann, unverheiratet und leicht zu begeistern, und so hatte er für Lord Peter Wimsey eine fast ehrfürchtige Bewunderung entwickelt. Er bewunderte seine Kleidung, sein Auto und seine unheimliche Fähigkeit, Dinge vorherzusehen. Wimsey hatte gesagt, daß sie das Gold bei der Leiche finden würden, und siehe da – so war es! Er hatte gesagt, daß Henry Weldon sofort mit einem Alibi für zwei Uhr aufwarten würde, sowie bei der Leichenschau die Todeszeit herauskäme, und hier kam das Alibi so pünktlich wie der Mond und die Gezeiten. Er hatte gesagt, daß dieses neue Alibi brüchig sein werde. Und so machte Konstabler Ormond sich entschlossen daran, es zu knacken.

Er fragte in ziemlich mißtrauischem Ton, warum Mr. Perkins denn einen zufälligen Fremden nach der Uhrzeit gefragt habe und nicht jemanden im Dorf.

«Im Dorf hab ich gar nicht daran gedacht. Ich habe mich dort nirgendwo aufgehalten. Als ich dann aus dem Dorf kam, habe ich zum erstenmal ans Mittagessen gedacht. Etwa eine halbe Meile vorher hatte ich mal auf die Uhr gesehen, und da war es fünf nach halb zwei gewesen; daraufhin wollte ich dann nur noch bis zur Küste weitergehen und da Rast machen. Als ich dann wieder auf die Uhr sah, war es aber noch immer fünf nach halb zwei, und da wußte ich, daß sie stehengeblieben war und es schon später sein mußte. Ich sah dann so etwas wie einen Weg zum Meer hinunterführen, und den bin ich hinuntergegangen. Unten kam ich auf einen großen freien Platz, und da stand ein Auto und ein kleines Zelt, und ein Mann fummelte an dem Auto herum. Ich habe ihn angesprochen und gefragt, wieviel Uhr es ist. Es war ein großer Mann mit dunklem Haar und rotem Gesicht, und eine dunkle Brille hatte er auf. Er sagte mir, daß es fünf vor zwei war. Ich habe meine Uhr gestellt und mich bei ihm bedankt und wollte ihm dann noch etwas Nettes sagen, was er da für einen schönen Zeltplatz gefunden hatte und so. Er hat darauf ziemlich böse geknurrt, und ich hab gedacht, er ärgert sich, weil sein Wagen nicht will, und da habe ich ihn gefragt – ganz höflich –, ob mit seinem Wagen etwas nicht in Ordnung ist. Das war alles. Ich kann mir gar nicht vorstellen, warum er deswegen so böse wurde, aber er war richtig beleidigt. Ich habe ihm Vorhaltungen gemacht, daß ich doch nur aus Freundlichkeit gefragt hätte, um zu erfahren, ob ich ihm vielleicht helfen könnte, und da hat er ein sehr vulgäres Wort gesagt und –» Mr. Perkins zögerte und wurde rot.

«Und?» fragte Konstabler Ormond.

«Er – ich muß leider sagen, daß er sich soweit vergaß, mich tätlich anzugreifen», sagte Mr. Perkins.

«Ach! Was hat er denn getan?»

«Er hat mich – getreten», sagte Mr. Perkins, dessen Stimme dabei fast zu einem Quieken wurde. «In den – ich meine, von hinten.»

«Na *so* was!»

«Jawohl. Ich habe natürlich nicht mit gleicher Münze zurückgezahlt. Das hätte sich nicht – geziemt. Ich bin einfach fortgegangen und habe zu ihm gesagt, daß er sich hoffentlich schämen wird, wenn er wieder zu sich kommt, und leider muß ich sagen, daß er mir da auch noch nachgelaufen ist, und ich hielt es für besser, mich mit so einem Menschen nicht länger gemein zu machen. Ich bin also weggegangen und habe unten am Strand meinen Lunch verzehrt.»

«Am Strand, so?»

«Ja. Er hatte – das heißt, ich ging gerade in diese Richtung, als er mich angriff – und ich wollte an diesem unangenehmen Menschen nicht noch einmal vorbeigehen. Ich wußte von meiner Landkarte, daß man zwischen Darley und Lesston Hoe am Strand entlanggehen konnte, was ich dann tat.»

«Aha. Sie haben dann also am Strand erst einmal gegessen. Wo ungefähr? Und wie lange?»

«Nun, ich habe etwa fünfzig Schritte von diesem Weg entfernt haltgemacht. Ich wollte dem Mann zeigen, daß er mich nicht einschüchtern konnte. Ich habe mich hingesetzt, so daß er mich dasitzen und essen sehen konnte.»

Konstabler Ormond notierte sich, daß der Tritt nicht sehr schmerzhaft gewesen sein konnte, denn Mr. Perkins konnte noch sitzen.

«Ich glaube, ich habe dann ungefähr eine dreiviertel Stunde dagesessen.»

«Und wer ist in dieser Zeit an Ihnen vorbeigekommen?» fragte der Polizist scharf.

«Wer an mir vorbeigekommen ist? Hmm – niemand.»

«Kein Mann, keine Frau, kein Kind? Kein Boot? Kein Pferd? Gar nichts?»

«Überhaupt nichts. Der Strand war vollkommen verlassen. Sogar dieser unangenehme Mensch ist schließlich fortgegangen. Kurz bevor ich selbst weiterging, muß das gewesen sein. Ich habe ihn nämlich im Auge behalten, nur um sicherzugehen, daß er keine neuen Gemeinheiten ausheckt, verstehen Sie?»

Konstabler Ormond biß sich auf die Lippen.

«Und was hat er die ganze Zeit gemacht? Nur an seinem Wagen herumgefummelt?»

«Nein. Damit schien er dann ziemlich schnell fertig zu sein. Er schien dann irgend etwas über dem Feuer zu machen. Ich dachte, er kocht sich was. Dann ist er den Weg hinaufgegangen.»

Der Konstabler dachte kurz nach.

«Was haben Sie dann gemacht?»

«Ich bin ziemlich langsam am Strand entlanggegangen, bis ich an einen Weg kam, der zwischen Steinwällen nach oben führte. Er mündet oben gegenüber zwei kleinen Häusern in die Straße. So bin ich auf die Straße gekommen und dann in Richtung Lesston Hoe weitergegangen, bis ich der jungen Dame begegnete.»

«Haben Sie den Mann mit der dunklen Brille an diesem Nachmittag noch einmal gesehen?»

«Ja; als ich mit der Dame zurückkam – da kam er gerade den Weg herauf. Zu meiner Verärgerung blieb sie völlig unnötigerweise stehen und sprach ihn an. Ich bin weitergegangen, weil ich mich nicht weiteren Unhöflichkeiten aussetzen wollte.»

«Verstehe, Sir. Das war eine sehr ausführliche Schilderung. Nun möchte ich Ihnen eine ganz wichtige Frage stellen. Als Sie das nächstemal Gelegenheit fanden, Ihre Uhr zu stellen, ging sie da vor oder nach, und wieviel?»

«In der Garage in Darley habe ich noch einmal die Zeit verglichen. Da war es halb sechs, und die Uhr ging genau richtig.»

«Und Sie hatten sie in der Zwischenzeit nicht verstellt?»

«Nein – warum auch?»

Konstabler Ormond sah Mr. Perkins scharf an, klappte vernehmlich sein Notizbuch zu, schob das Kinn vor und sagte ruhig, aber mit Nachdruck:

«Nun hören Sie einmal zu, Sir. Es handelt sich hier um einen Mordfall. Wir *wissen*, daß zwischen zwei und drei Uhr jemand am

Strand entlanggekommen ist. Wäre es nicht besser, Sie sagten die Wahrheit?»

Angst flackerte in Mr. Perkins' Augen auf.

«Ich – ich weiß nicht –» begann er kleinlaut. Seine Hände krallten sich ins Laken. Dann sank er in Ohnmacht, und die Schwester kam herbeigeeilt und verbannte Konstabler Ormond vom Krankenbett.

25
Das Zeugnis des Wörterbuchs

's ist eine leere Chiffre nur.
The Bride's Tragedy

DIENSTAG, 30. JUNI

Es ist ja schön, dachte Konstabler Ormond, zu wissen, daß Perkins' Aussage falsch ist; man muß es aber auch beweisen können. Es gab zwei Möglichkeiten: Entweder war Perkins ein Lügner, oder Weldon hatte ihn bewußt getäuscht. Wenn ersteres zutraf, sah die Polizei sich vor der sattsam bekannten Schwierigkeit, ein Negativum beweisen zu müssen. Traf letzteres zu, so konnte ein Besuch bei Mr. Polwhistle in der Autowerkstatt von Darley die Sache wahrscheinlich klären.

Mr. Polwhistle und sein Mechaniker waren geradezu begierig darauf, zu helfen. Sie erinnerten sich ganz genau an Mr. Perkins – was nicht verwunderlich war, denn wenn ein Wildfremder kam, um sich einen Wagen zu mieten, war das in Darley ein Ereignis. Mr. Perkins hatte, wie sie sich erinnerten, seine Uhr gezückt und mit der Werkstattuhr verglichen, wobei er gesagt hatte, die Uhr sei ihm unterwegs stehengeblieben und er habe einen Passanten nach der Zeit fragen müssen. Dann hatte er noch gesagt: «Aha, scheint genau richtig zu gehen.» Außerdem hatte er sie noch gefragt, ob ihre Uhr zuverlässig sei und wie lange sie im günstigsten Fall für die Fahrt nach Wilvercombe brauchen würden.

«Und, *ist* Ihre Uhr zuverlässig?»

«An dem Tag ging sie auf jeden Fall richtig.»

«Was heißt das, an dem Tag?»

«Na ja, sie geht eben meist ein bißchen nach, aber am Donnerstagmorgen hatten wir sie gerade gestellt, stimmt's, Tom?»

Tom bestätigte das und fügte hinzu, es sei eine Acht-Tage-Uhr, und er sei es gewohnt, sie jeden Donnerstagmorgen aufzuziehen und zu stellen.

Diese Aussage war wohl nicht zu erschüttern. Zwar hatte weder

Mr. Polwhistle noch Tom das Zifferblatt von Mr. Perkins' Uhr gesehen, aber beide erklärten, er habe gesagt: «Scheint genau richtig zu gehen.» Demnach mußte Mr. Perkins, falls sie doch nicht richtig ging, bewußt das Zifferblatt vor ihnen versteckt haben. Vielleicht war es ein bißchen auffällig, daß Perkins so betont hatte, seine Uhr gehe richtig. Konstabler Ormond setzte sich wieder auf sein Motorrad und fuhr nach Wilvercombe zurück, überzeugter denn je, daß Perkins ein hundsgemeiner Lügner war.

Inspektor Umpelty war ganz seiner Meinung. «Für mich», sagte er, «ist das unnatürlich, wenn einer, der so aufgeregt ist wie er, nichts anderes im Sinn hat als die genaue Uhrzeit, sobald er irgendwo hinkommt. Das ärgerliche ist nur, wenn er sagt, daß er Weldon gesehen hat, und wir es nicht widerlegen können, was fangen wir dann damit an?»

«Nun ja, Sir», antwortete Ormond ehrerbietig, «ich hatte mir schon mal gedacht, wenn Weldon oder sonstwer am Strand entlang von Darley zum Satans-Bügeleisen geritten ist, müßte ihn doch jemand gesehen haben. Haben wir wirklich alle Leute gefragt, die um die betreffende Zeit oben auf der Küstenstraße vorbeigekommen sind?»

«Glauben Sie ja nicht, das wäre mir nicht auch schon eingefallen, mein Junge», erwiderte der Inspektor grimmig. «Ich habe mir jeden vorgenommen, der zwischen ein und zwei Uhr da durchgekommen ist, und keine Menschenseele hat von einem Pferd auch nur Haut oder Haar gesehen.»

«Und die Leute in diesen Häusern?»

«Die?» Der Inspektor schnaubte verächtlich. «*Die* haben nie was gesehen, darauf können Sie Gift nehmen – und schon gar nichts würden sie sehen, wenn der alte Pollock die Finger im Spiel hat, was wir ja glauben – immer vorausgesetzt, es gab überhaupt was, wo er die Finger hätte drinhaben können. Aber wenn Sie wollen, können Sie ja noch mal hingehen und Ihr Glück versuchen, junger Mann, und wenn Sie was aus ihnen herausbekommen, geb ich mich gern geschlagen. Der alte Pollock ist schon stinksauer, und weder er noch sein Schwager, dieser Billy Moggeridge, sind versessen darauf, der Polizei was zu erzählen. Aber Sie können ja mal hingehen. Sie sind ein stattlicher Junggeselle, und wer sagt denn, daß Sie nicht aus den Frauenzimmern vielleicht was rausholen können?»

Der errötende Ormond begab sich also zu den Fischerhütten, wo er zu seiner großen Erleichterung die Männer abwesend und die Frauen am Waschtrog fand. Zuerst wurde er nicht gerade herzlich empfangen, aber nachdem er seine Uniformjacke ausgezogen hatte und der jungen Mrs. Pollock an der Mangel zur Hand gegangen war und für Mrs. Moggeridge zwei Eimer Wasser vom Brunnen geholt hatte, lockerte sich die Atmosphäre ein wenig, und er konnte seine Fragen anbringen.

Das Ergebnis war jedoch enttäuschend. Die Frauen konnten einen sehr guten Grund anführen, warum sie am Donnerstag, dem 18. Juni, weder Pferd noch Reiter gesehen haben konnten. Die Familie hatte wie üblich um zwölf Uhr zu Mittag gegessen, und nach dem Essen war die Bügelarbeit fertig zu machen gewesen. Es gab ja, wie Mr. Ormond sah, für Mrs. Pollock und Mrs. Moggeridge einen Berg Wäsche zu versorgen. Einmal für Großvater Pollock und Großmutter Pollock und Jem, der es ja so genau nahm mit seinen Hemden und Kragen, und dann für den jungen Arthur und Polly und Rosie und Billy Moggeridge und Susie und Fanny und den kleinen David und das Baby und Jenny Moggeridges Baby Charles, der ein Malheur war, um das sich Jennys Mutter kümmerte, denn Jenny war in Stellung, und das Ganze machte einen Haufen Arbeit, und oft wurde die Wäsche bis Samstag nicht fertig bei all den Männerpullovern und Socken und dem und jenem, und wo man jeden Tropfen Wasser erst holen mußte. Niemand war deshalb an diesem Nachmittag aus dem Haus gegangen, oder wenn, dann höchstens nach hinten raus und nicht vor drei Uhr, als Susie mit den Kartoffeln in den Vorgarten gegangen war, um sie fürs Abendessen zu schälen. Dann hatte sie allerdings einen Mann gesehen, der in kurzen Hosen und mit einem Rucksack auf dem Rücken den Weg vom Strand heraufgekommen war, aber das war ja nicht der Mann, über den Mr. Ormond was wissen wollte, denn er war später mit einer Dame wieder vorbeigekommen und hatte ihnen von der Leiche erzählt, die sie gefunden hatten. Mr. Ormond war trotzdem hocherfreut, von diesem Herrn zu hören. Der Herr hatte eine Hornbrille aufgehabt und war irgendwann «zwischen halb vier und vier Uhr» den Weg heraufgekommen und auf der Straße geradewegs weiter in Richtung Lesston Hoe gegangen. Das mußte natürlich Perkins gewesen sein, und ein kurzes Nachrechnen ergab, daß die Zeit sich sowohl mit seiner eigenen wie mit Harriets Aussage deckte. Harriet war ihm gegen vier Uhr etwa eine halbe Meile weiter begegnet. Aber das bewies gar nichts, und die entscheidende Zeit zwischen halb zwei und drei Uhr blieb im dunkeln wie zuvor.

Ratlos und unzufrieden tuckerte Ormond langsam nach Darley zurück und stellte unterwegs fest, wie wenig man von der Straße aus wirklich von der Küste sehen konnte. Überhaupt kam die Straße nur für die Länge einer Meile beiderseits des Bügeleisens richtig nah an die Steilküste heran. Hier befand sich eine große Wiese dazwischen, und die Höhe der Steilküste versperrte den Blick auf den Strand. Es mochte also gar nicht so gefährlich sein, wie man annehmen sollte, am hellichten Tag zum Bügeleisen zu reiten, um einen Mord zu begehen, und es war kaum verwunderlich, daß keiner der Passanten auf der Straße eine braune Stute hatte vorbeilaufen sehen. Aber war sie überhaupt vorbeigekommen? Das Hufeisen bewies es, und der Eisenring im Felsen ließ es vermuten. Dieser Ring aber war es, was Konstabler Ormond eigentlich am meisten plagte, denn wenn er *nicht* da war, um das Pferd daran festzubinden, wozu dann sonst? Und nach Wimseys jüngster Theorie hatte das Pferd freigelassen und nach Hause geschickt werden müssen, noch ehe das Bügeleisen überhaupt erreicht war.

Und das war, vom Standpunkt des Mörders aus gesehen, eine recht waghalsige Theorie. Wie konnte er sicher sein, daß das Pferd zurücklaufen und nicht dableiben und die Aufmerksamkeit auf sich ziehen würde? Überhaupt war doch viel eher anzunehmen, daß es nach einem Gewaltritt über viereinhalb Meilen erst einmal verschnaufen und sich Zeit lassen würde. Wenn man den Ring einmal ignorierte – konnte es dann vielleicht sein, daß die Stute irgendwo anders angebunden worden war, um später abgeholt zu werden? Dagegen gab es gewichtige Argumente. Es gab an der ganzen Küste nirgends einen Poller oder eine Buhne, an die man ein Pferd hätte binden können, und wenn der Mörder nah an die Steilküste herangeritten wäre, müßten davon zwei Fährten zurückgeblieben sein – die des Pferdes auf dem Hinweg und die des Mörders auf dem Rückweg. Er könnte sich aber gedacht haben, daß dies nicht weiter schlimm sei, da es weit genug vom Bügeleisen weg war. Es konnte sich also lohnen, umzukehren und sich die ganze Küste noch einmal daraufhin anzusehen.

Er fuhr bis zum Bügeleisen zurück, kletterte auf demselben Wege, den schon Harriet genommen hatte, die Steilküste hinunter und machte sich an deren Fuß entlang auf den Weg in Richtung Darley. Nach etwa halbstündiger Suche fand er, wonach er suchte. In der Steilküste befand sich eine Nische, wo vor einiger Zeit ein schwerer Steinschlag heruntergekommen war. Mitten ins Geröll geklemmt steckte dort ein großer Holzpfahl, der offenbar einmal Teil eines Zaunes gewesen war – zweifellos zu dem Zweck errichtet, Menschen oder streunendes Vieh von diesem gefährlichen Teil der Steilküste fernzuhalten. Wenn die Stute hierhergebracht worden wäre, hätte sie ohne weiteres an diesen Pfosten gebunden werden können und wäre dank der überhängenden Steilküste und der Geröllhalden weder von oben noch von der Seite her zu sehen gewesen.

Das war eine durchaus erfreuliche Entdeckung, aber sie wäre erfreulicher gewesen, wenn Ormond auch noch ein positives Anzeichen dafür gefunden hätte, daß die Dinge sich wirklich so zugetragen hatten. Der Sand war so locker und trocken, daß oberhalb der Hochwassermarke keine erkennbaren Spuren zu erwarten waren, und obwohl er den Pfahl sehr sorgfältig mit einer Lupe absuchte, konnte er keinen Hinweis darauf entdecken, daß er zum Anpflocken benutzt worden war. Ein Stückchen Seilfaser oder ein Pferdehaar wäre Ormond in diesem Augenblick lieber gewesen als ein Geldschein, und ein paar Pferdeäpfel gar wären ihr Gewicht in Rubinen wert gewesen. Aber keiner dieser einfachen, anheimelnden Anblicke belohnte sein suchendes Auge. Da war nur ein Stück Holz, und da war ferner die Nische in der Steilküste, und mehr war da nicht.

Kopfschüttelnd ging er ans Wasser hinunter und kehrte im flotten Trab zum Bügeleisen zurück. Er stellte dabei fest, daß er, wenn er sich so beeilte, wie ein etwas übergewichtiger junger Konstabler in voller Montur sich an einem heißen Sommertag beeilen kann, den Felsen in genau zwölf Minuten erreichte. Das war zuviel. Fünf Fußminuten waren nach Wimseys Rechnung das äußerste, was Weldon sich hätte gestatten dürfen. Ormond kletterte wieder die Steilküste hinauf, stieg auf sein Gefährt und stellte im Kopf ein paar Berechnungen an.

Bis er wieder auf dem Revier war, hatten diese Berechnungen eine konkrete Form angenommen.

«Ich sehe das so, Sir», sagte er zu Polizeidirektor Glaisher. «Wir sind bisher immer davon ausgegangen, daß Perkins als Alibi für Weldon herhalten mußte. Nehmen wir aber einmal an, es war umgekehrt. Nehmen wir an, Weldon lieferte ein Alibi für Perkins. Was wissen wir über Perkins? Nur daß er Lehrer ist und seit Mai niemand genau weiß, wo er sich herumtreibt. Nun erzählt er uns, er hat in Wilvercombe übernachtet und ist erst gegen eins da aufgebrochen. Das ist schon einmal schwer zu schlucken. Als einzigen Beweis dafür bietet er uns an, daß er sich in einer Apotheke irgendwas gekauft haben will – in welcher Apotheke weiß er nicht mehr, und die Zeit kann er auch nicht genau angeben. Nun war Weldon an dem Morgen in Wilvercombe, und von ihm wissen wir auch nicht, was er die *ganze* Zeit gemacht hat. Angenommen, die beiden haben sich getroffen und alles verabredet. Dann kommt Perkins nach Darley und nimmt das Pferd.»

«Wir müssen feststellen, ob ihn jemand durchs Dorf hat gehen sehen.»

«Genau, Sir. Das müssen wir natürlich prüfen. Aber angenommen, er war in Wirklichkeit schon gegen Viertel nach eins hier, dann hätte er mehr als genug Zeit gehabt, mit dem Pferd loszuziehen, es an diesen Pfahl zu binden, zu Fuß zum Felsen zu laufen und den Mord zu begehen.»

«Einen Augenblick», sagte Glaisher. «Diese Stelle ist fünfzehn Minuten vom Bügeleisen entfernt, wenn man schnell geht.»

«Man muß schon eher laufen, Sir.»

«Ja, aber über nassen Sand; eigentlich sogar durchs Wasser. Sagen wir, es ist etwas über eine Meile? Gut. Dann bleiben dreieinhalb Meilen für das Pferd. Bei acht Meilen pro Stunde heißt das – acht Meilen in sechzig Minuten, eine Meile in sechzig durch acht –» Glaisher mußte solche Dreisatzaufgaben immer auf einer Ecke seiner Löschunterlage lösen; sie waren sein schwierigstes Hindernis auf dem Wege zur Beförderung gewesen – «dreißig mal sieben durch acht – o Gott! – geteilt durch zwei – mal – geteilt durch –»

Ormond, der die glückliche Gabe hatte, drei Zahlenreihen gleichzeitig im Kopf addieren zu können, wartete respektvoll.

«Ich komme auf sechsundzwanzig Minuten», sagte Glaisher.

«Ja, Sir.»

«Das heißt also –», Glaisher heftete den Blick auf die Uhr; seine Lippen bewegten sich. «Zwei Uhr minus fünfzehn Minuten – macht ein Uhr fünfundvierzig; minus sechsundzwanzig Minuten – macht ein Uhr neunzehn.»

«Ja, Sir; und dann können wir ihm noch vier Minuten fürs Anbinden des Pferdes geben. Nach meiner Rechnung hätte er um ein Uhr fünfzehn in Darley starten müssen.»

«Eben; ich wollte Ihre Rechnung ja nur nachprüfen. In diesem Falle hätte er ungefähr um zehn nach eins im Dorf sein müssen.»

«Stimmt, Sir.»

«Und wie und wann hat er das Pferd wieder abgeholt, Ormond?»

«Gar nicht, Sir – wie ich es sehe.»

«Was soll dann aus dem Pferd geworden sein?»

«Also, Sir, ich sehe das so. Unser Fehler war, daß wir gedacht haben, das Ganze ist von einem allein gemacht worden. Nehmen wir jetzt einmal an, dieser Perkins begeht den Mord um zwei Uhr und versteckt sich dann unter dem Bügeleisen, wie wir gedacht haben. Vor halb drei konnte er da nicht wieder weg, das wissen wir, weil Miss Vane die ganze Zeit da war. Nun, aber um halb drei verschwindet sie, und er verschwindet auch und macht sich auf den Rückweg.»

«Warum sollte er zurückgehen? Warum nicht einfach weiter? Ach so – er mußte ja zusehen, daß seine Zeiten mit Weldons Alibi für fünf vor zwei übereinstimmten.»

«Ja, Sir. Also, wenn er geradewegs bis zu Pollocks Fischerhütten zurückgegangen ist, was vom Bügeleisen aus zwei Meilen sind, und gleichmäßig drei Meilen die Stunde gemacht hat, dann war er dort um zehn nach drei, aber Susie Moggeridge sagt, sie hat ihn erst zwischen halb vier und vier gesehen, und ich wüßte nicht, warum sie uns was vorlügen sollte.»

«Sie steckt vielleicht auch mit drin. Wir haben ja schon unsere Zweifel am alten Pollock.»

«Schon, Sir, aber wenn sie gelogen hätte, dann doch eher andersrum. Sie hätte ihm nicht *mehr* Zeit gegeben, als er wirklich brauchte, um vom Bügeleisen bis dort zu kommen. Nein, Sir, meiner Ansicht nach hat Perkins sich unterwegs aufhalten müssen, und ich glaube, ich weiß auch, womit. Der Doktor kann ja meinetwegen sagen, daß der Mann, der diesem Jungen die Kehle durchgeschnitten hat, kein Blut abbekommen haben *muß*, aber das heißt ja nicht, daß er keins abbekommen *hat* – noch lange nicht! Ich glaube, Perkins mußte unterwegs anhalten, um sich umzuziehen. Er konnte ja ohne weiteres frische Sachen im Rucksack haben. Er könnte sogar die Sachen, die er angehabt hatte, ausgewaschen haben. Sagen wir mal, das hat er getan, und dann war er um Viertel vor vier bei den Fischerhütten. Er kommt den Weg herauf, wo Susie Moggeridge ihn sieht, geht dann noch eine halbe Meile weiter und trifft um vier Uhr Miss Vane – so war's ja.»

«Hm!» Glaisher ließ sich diese Überlegung durch den Kopf gehen. Sie war plausibel, ließ aber noch manche Frage offen.

«Aber das Pferd, Ormond?»

«Nun, Sir, es gibt nur einen, von dem wir wissen, daß er das Pferd hätte zurückbringen können, und das ist Weldon, und die einzige Zeit, in der er das tun konnte, war zwischen vier Uhr, nachdem Mr. Polwhistle und Tom weggegangen waren, und zwanzig nach fünf, als Miss Vane ihn in Darley sah. Es sind dreieinhalb Meilen vom Hinks's Lane bis zu der Stelle, wo das

Pferd zurückgelassen worden war; er konnte um vier Uhr aufbrechen, in einer Stunde oder etwas früher dort sein, schnell zurückreiten und um zwanzig nach fünf gerade rechtzeitig wieder zurück sein, um von den beiden gesehen zu werden. Es paßt alles, Sir, nicht wahr?»

«Es paßt, wie Sie sagen, Ormond, aber ich würde sagen, es paßt sehr knapp. Warum ist Perkins Ihrer Meinung nach mit Miss Vane zurückgekommen, statt weiter in Richtung Lesston Hoe zu gehen?»

«Vielleicht, um zu sehen, was sie tun würde, Sir, oder vielleicht, weil es unschuldiger aussah. Er muß wohl ziemlich überrascht gewesen sein, sie dort zu treffen – er wußte ja nichts davon, daß sie noch nach Brennerton gegangen war –, und es ist eigentlich nicht verwunderlich, daß es ihn ein bißchen durcheinander gebracht hat, als sie ihn ansprach. Vielleicht hat er gedacht, Frechheit siegt und es ist am besten, mit ihr zurückzugehen. Oder er hat es plötzlich mit der Angst bekommen und wollte sich persönlich überzeugen, ob Weldon auch mit dem Gaul richtig zurückgekommen war. Er hat demonstrativ nicht mit Weldon gesprochen, als sie sich begegneten – hat sich alle Mühe gegeben, ihm aus dem Weg zu gehen. Und daß er sich dann aus dem Staub gemacht hat, ist eigentlich ganz natürlich, wenn man davon ausgeht, daß er die ganzen blutbeschmierten Sachen im Rucksack hatte.»

«Sie haben aber auch auf alles eine Antwort, Ormond. Hier wäre noch ein Problem für Sie zu knacken. Warum in Gottes Namen hat Perkins, wenn das alles stimmt, den dämlichen Gaul nicht gleich bis zum Felsen geritten, wenn er schon einmal dabei war? Dann hätte er trotzdem hinterher zurückreiten und ihn dort anbinden können.»

«Ja, Sir, und ich würde wegen des Eisenrings meinen, daß es so auch zuerst geplant war. Aber ich habe mir die Steilküste heute mal angesehen und festgestellt, daß man den Strand nur auf etwa eine Meile beiderseits des Bügeleisens von der Straße aus einsehen kann. Als sie sich's dann näher überlegten, könnten sie sich gesagt haben, daß ein Mann, der da über den offenen Strand reitet, vielleicht doch auffallen würde. Also hat Perkins das Pferdchen da angebunden, wo die Deckung endete, und ist das letzte Stück zu Fuß gegangen, weil er dadurch weniger aufzufallen glaubte.»

«Ja, da könnte was dran sein. Aber es hängt alles davon ab, um welche Zeit Perkins durchs Dorf gekommen ist. Da müssen wir uns mal erkundigen. Wohlgemerkt, Ormond, ich sage nicht, daß Sie sich das nicht alles genau überlegt haben, und ich freue mich, daß Sie so von sich aus und selbständig vorgegangen sind; aber um Fakten kommen wir letzten Endes doch nicht herum.»

«Nein, Sir, gewiß nicht, Sir. Aber wenn es nicht Perkins war, Sir, könnte es natürlich noch immer jemand anders gewesen sein.»

«Wer könnte jemand anders gewesen sein?»

«Der Komplize, Sir.»

«Das hieße, noch einmal ganz von vorn anfangen, Ormond.»

«Ja, Sir.»

«Na, dann ziehen Sie mal los und sehen Sie zu, was Sie herauskriegen.»

«Ja, Sir.»

Glaisher rieb sich nachdenklich das Kinn, als Ormond fort war. Diese Geschichte bereitete ihm ganz schönen Kummer. Heute morgen erst hatte der Polizeipräsident ihm die Hölle heiß gemacht. Der Polizeipräsident, ein Militarist alter Schule, fand, daß Glaisher viel zuviel Theater machte. Für ihn stand absolut fest, daß dieser minderwertige ausländische Tanzlümmel sich selbst die Kehle durchgeschnitten hatte, und er fand, man solle schlafende Hunde nicht unnötig wecken. Glaisher hätte sie liebend gerne schlafen lassen, aber er war zutiefst überzeugt, daß an dem Fall doch mehr dransein mußte. Er war sich seiner Sache nicht sicher, von Anfang an nicht. Da gab es zu viele Merkwürdigkeiten: das Rasiermesser, die Handschuhe, Weldons unverständliches Benehmen, Mr. Pollocks Schweigsamkeit, das Hufeisen, den Befestigungsring, Brights Irrtum mit den Gezeiten und vor allem die chiffrierten Briefe und das Foto der geheimnisvollen Feodora – jedes dieser Dinge konnte, für sich genommen, eine ganz gewöhnliche und harmlose Erklärung haben, aber alle zusammen – nein, alle zusammen sicher nicht. Er hatte diese Punkte dem Polizeipräsidenten vorgetragen und zähneknirschend die Erlaubnis erhalten, die Ermittlungen fortzusetzen. Aber glücklich war er deswegen nicht.

Was mochte Umpelty zur Zeit tun? Glaisher hatte den Bericht über seinen Ausflug mit Wimsey nach London gehört und fand, daß die Geschichte dadurch in noch tieferes Dunkel gehüllt wurde. Dann gab es da noch diesen Ärger mit Bright. Berichten zufolge schlug Bright sich arbeitend nach London durch. Es würde ganz schön schwierig sein, ihn weiter im Auge zu behalten, zumal Glaisher in Verlegenheit gewesen wäre, wenn er einen guten Grund für seine Überwachung hätte angeben sollen. Was hatte Bright schließlich verbrochen? Zugegeben, er war ein zweifelhafter Charakter und hatte gesagt, es sei Flut gewesen, während in Wirklichkeit Ebbe gewesen war – aber in jeder anderen Beziehung hatte er offenbar die reine Wahrheit gesagt. Glaisher hatte das Gefühl, daß er sich mit sehr unzureichenden Gründen bei den zuständigen Polizeibehörden unbeliebt machte.

Er verdrängte den Fall aus seinen Gedanken und wandte sich einem Stapel von Routineangelegenheiten zu, wo es um kleine Diebstähle und Verkehrssünden ging, und darüber wurde es Abend. Nach dem Abendessen aber fühlte er sich von neuem vom Fall Alexis geplagt. Umpelty hatte ihm das Ergebnis einiger Routineanfragen wegen Perkins gemeldet, wobei als interessantestes Ergebnis herausgekommen war, daß Perkins Mitglied des Sowjet-Clubs war und angeblich mit dem Kommunismus sympathisierte. Gerade solche Sympathien muß er haben, dachte Glaisher: Immer waren es diese schwächlichen, friedfertigen, schüchtern wirkenden Leute, die nach Revolution und Blutvergießen schrien. Aber in Verbindung mit den chiffrierten Briefen gewann diese Information eine gewisse Bedeutung. Wann würden endlich die Fotos von dem Brief, den man bei Alexis gefunden hatte, vorliegen? Glaisher war gereizt, fuhr seiner Frau über den Mund, trat der Katze auf den Schwanz und beschloß, ins Bellevue zu gehen und Lord Peter Wimsey zu besuchen.

Wimsey war nicht da, und weitere Nachforschungen führten Glaisher in Mrs. Lefrancs Pension, wo er nicht nur Wimsey antraf, sondern auch Inspektor Umpelty, die beide mit Harriet in dem Wohnschlafzimmer saßen, das einmal Paul Alexis beherbergt hatte, und alle drei waren offenbar mit Kreuzworträtsellösen beschäftigt. Im ganzen Zimmer lagen Bücher herum, und Harriet, das *Chambers*-Wörterbuch in der Hand, las ihren Gefährten Wörter daraus vor.

«Hallo, Chef!» rief Wimsey. «Kommen Sie rein! Unsere Gastgeberin wird sich gewiß freuen, Sie zu sehen. Wir machen große Entdeckungen.»

«Wirklich, Mylord? Nun, wir haben auch was entdeckt – das heißt, dieser junge Bursche, dieser Ormond, hat gewissermaßen ein bißchen herumgebuddelt.»

Er stürzte sich gleich ins Erzählen. Er war froh, die Theorie an jemand anderem erproben zu können. Umpelty stöhnte. Wimsey nahm eine Landkarte und ein Blatt Papier zur Hand und begann Entfernungen und Zeiten zu berechnen. Sie sprachen darüber. Sie diskutierten über die Schnelligkeit des Pferdes. Wimsey neigte zu der Ansicht, daß er sie unterschätzt haben könnte. Er würde sich das Tier einmal ausleihen – eine Probe aufs Exempel machen –

Harriet sagte nichts.

«Und was meinen *Sie*?» fragte Wimsey sie plötzlich.

«Ich glaube kein Wort davon», sagte Harriet.

Glaisher lachte.

«Miss Vanes Intuition, wie man das nennt, ist dagegen», sagte er.

«Das hat mit Intuition nichts zu tun», versetzte Harriet. «So was gibt es gar nicht. Es ist nur gesunder Menschenverstand. Oder Künstlerverstand, wenn Sie wollen. Alle diese Theorien – sie sind verkehrt. Sie sind zu künstlich – an den Haaren herbeigezogen.»

Glaisher lachte wieder.

«Das ist mir zu hoch, muß ich sagen.»

«Männer», sagte sie. «Sie haben sich derart in diese Zahlen und Zeitpläne vertieft, daß Sie schon gar nicht mehr sehen, worum es eigentlich geht. Aber das ist doch alles so mühsam zusammengestückelt, daß es in allen Fugen knirscht. Es ist wie – wie eine schlecht konstruierte Romanhandlung, die man um eine von vornherein verkehrte Idee herumbaut. Sie haben sich daran festgebissen, daß Sie Weldon und das Pferd und Perkins irgendwie zusammen darin unterbringen müssen, und wenn Sie auf eine Ungereimtheit stoßen, sagen Sie: ‹Na ja – das kriegen wir schon noch hin. Lassen wir ihn mal dieses tun. Lassen wir ihn jenes machen.› Aber Sie können die Leute nicht einfach etwas machen lassen, wie es Ihnen paßt – im wirklichen Leben nicht. Warum müssen Sie unbedingt die vielen Leute da mit hineinbringen?»

«Sie werden nicht leugnen, daß da doch einiges der Erklärung bedarf», meinte Umpelty.

«Natürlich bedarf da einiges der Klärung, aber Ihre Erklärungen sind alle noch unglaublicher als das eigentliche Problem. Es ist einfach nicht möglich, daß einer auf solche Weise einen Mord plant. Sie halten diese Leute auf der einen Seite für viel zu raffiniert und auf der anderen Seite für viel zu dumm. Die Lösung, wie sie auch immer aussieht, muß einfacher sein – großzügiger –, nicht so beengt. Verstehen Sie nicht, was ich meine? Sie konstruieren hier nur einen Fall und sonst nichts.»

«Ich verstehe, was Sie meinen», sagte Wimsey.

«Ich gebe ja zu, daß es etwas kompliziert ist», räumte Glaisher ein, «aber wenn wir hier keine Anklage gegen Weldon und Bright und Perkins konstruieren, oder gegen zwei von ihnen, oder wenigstens gegen einen – gegen wen sollen wir denn dann ermitteln? Gegen die Bolschewiken? Bitte, aber Perkins ist sowieso ein Bolschewik und ein Kommunist, und wenn er drinhängt, muß

Weldon auch mit drinhängen, schon wegen des gegenseitigen Alibis.»

«Ja, ich weiß; aber so ist eben Ihr ganzer Fall aufgebaut. Zuerst wollen Sie Weldon schuldig sehen, weil er das Geld seiner Mutter bekommen wird, also sagen Sie, daß Perkins sein Komplize sein muß, weil er ihm ein Alibi gibt. Jetzt wollen Sie Perkins schuldig sehen, weil er Kommunist ist, also sagen Sie, daß Weldon sein Komplize sein muß, weil er Perkins ein Alibi gibt. Aber es ist einfach nicht möglich, daß beide Theorien stimmen. Und wie sollen Weldon und Perkins sich überhaupt kennengelernt haben?»

«Wir sind mit unseren Ermittlungen noch nicht fertig.»

«Nein, aber es kommt einem doch unwahrscheinlich vor, oder? Ein Volksschullehrer aus der Tottenham Court Road und ein Bauer aus Huntingdonshire. In welchem Rahmen? Durch welche Gemeinsamkeit? Und was Bright angeht, da haben Sie nichts, aber auch gar nichts, was ihn mit einem von beiden in Verbindung brächte. Und wenn seine Geschichte stimmt, gibt es nicht den klitzekleinsten Beweis dafür, daß Alexis sich nicht doch selbst umgebracht hat. Jedenfalls, wenn Sie einen Mord beweisen wollen, müssen Sie eine Verbindung zwischen Bright und dem Täter herstellen, und Sie haben ganz gewiß nicht die Spur einer Verbindung zwischen ihm und Weldon oder Perkins gefunden.»

«Hat Bright irgendwelche Briefe erhalten?» fragte Wimsey.

«Keine Zeile. Jedenfalls nicht, seit er hier aufgekreuzt ist.»

«Und Perkins», sagte Glaisher, «über den werden wir bald mehr wissen. Daß er angefahren wurde und im Krankenhaus lag, muß natürlich seine Komplizen ebenso in Verwirrung gestürzt haben wie uns. Vielleicht wartet irgendwo unter einer Deckadresse ein ganzer Stapel Post auf ihn, natürlich unter falschem Namen.»

«Sie wollen unbedingt dabei bleiben, daß es Perkins war!» protestierte Harriet. «Können Sie sich wirklich vorstellen, daß Perkins auf einem ungesattelten Pferd am Strand entlanggeritten ist und einem Mann mit einem Rasiermesser die Kehle bis zu den Halswirbeln durchgeschnitten hat?»

«Warum nicht?» meinte Umpelty.

«Sieht er vielleicht so aus?»

«‹Sehe ich denn so aus? fragte der Herzbube. Und das konnte nun wirklich keiner behaupten, denn er war ganz aus Pappe.› Ich habe den Burschen nie gesehen, aber ich muß zugeben, daß seine Beschreibung nicht sehr danach klingt.» Wimsey grinste. «Aber wie Sie ja wissen, hat Freund Henry mich auch nur für einen Salonlöwen gehalten.»

Harriet musterte kurz seinen schlanken, sehnigen Körper.

«Sie brauchen gar nicht nach Komplimenten zu angeln», sagte sie kühl. «Wir wissen alle, daß Ihre Lauheit nur Pose ist und Sie in Wirklichkeit mit Ihren Künstlerhänden Schürhaken zu Knoten verbiegen können. Perkins ist wabbelig und hat einen Hals wie ein Hühnchen und Hände wie Pudding.» Sie wandte sich an Glaisher. «Ich kann Perkins nicht in der Rolle eines Desperados sehen. Da war Ihr ursprünglicher Verdacht gegen mich schon logischer.»

Glaishers Gesicht zuckte kurz, aber er steckte den Hieb unbewegt ein. «Ja, Miss. Es sprach wirklich einiges dafür.»

«Natürlich. Warum haben Sie übrigens wieder davon Abstand genommen?»

Ein Instinkt schien Glaisher zu warnen, daß er sich hier auf dünnem Eis bewegte.

«Nun», sagte er, «es erschien mir sozusagen ein bißchen zu einfach – und außerdem konnten wir keinerlei Verbindung zwischen Ihnen und dem Toten herstellen.»

«Es war aber klug von Ihnen, sich zu erkundigen. Denn Sie hatten natürlich für alles nur mein Wort, nicht wahr? Und diese Fotos bewiesen schließlich, daß ich ziemlich kaltblütig war. Und mein Vorleben war – nennen wir es ereignisreich.»

«So ist es, Miss.» Der Blick des Polizeidirektors war völlig ausdruckslos.

«Bei wem haben Sie sich übrigens erkundigt?»

«Bei Ihrer Zugehfrau», sagte Glaisher.

«Oh! Sie meinen, die hätte gewußt, ob ich Paul Alexis kannte?»

«Nach unserer Erfahrung», antwortete der Polizeidirektor, «wissen Zugehfrauen so etwas meist.»

«Stimmt. Und Sie haben den Verdacht gegen mich wirklich fallenlassen?»

«Aber ja doch, Miss!»

«Auf das Charakterzeugnis hin, das meine Putzfrau mir ausgestellt hat?»

«Ergänzt», sagte der Polizeidirektor, «durch unsere eigenen Beobachtungen.»

«Aha.» Harriet sah Glaisher scharf an, aber der war gegen solche Verhörmethoden immun und lächelte nur höflich zurück. Wimsey, der mit einem Gesicht gleich einer Maske zugehört hatte, beschloß, dem Polizeidirektor den ersten Preis für Takt zu verleihen. Jetzt warf er einen Kommentar in die Unterhaltung ein.

«Nachdem nun Sie und Miss Vane sich gegenseitig Ihre Theorien zerfetzt haben», sagte er, «möchten Sie vielleicht einmal hören, was wir hier den ganzen Abend getrieben haben.»

«Aber unbedingt, Mylord.»

«Angefangen hat es damit», sagte Wimsey, «daß wir uns noch einmal die Habseligkeiten des Toten vorgenommen haben, natürlich in der Hoffnung, etwas zu finden, was Licht auf Feodora oder die chiffrierten Briefe werfen könnte. Inspektor Umpelty hat uns dabei in liebenswürdigster Weise unterstützt. Seine teilnehmende Hilfe war in der Tat unersetzlich. Seit zwei Stunden sitzt er hier und schaut uns beim Suchen zu, und jedesmal, wenn wir in eine Ritze oder Ecke gucken und sie leer finden, versichert er uns, daß er in diese Ritze oder Ecke auch schon geguckt und sie leer gefunden hat.»

Inspektor Umpelty lachte vor sich hin.

«Das einzige, was wir gefunden haben», fuhr Lord Peter fort, «ist das *Chambers*-Wörterbuch und das haben wir nicht heute abend gefunden, weil Miss Vane schon früher darauf gestoßen ist, als sie ihre Zeit mit Kreuzworträtseln verschwendete, statt weiter an ihrem Buch zu schreiben. Wir haben darin eine ganze Menge mit Bleistift angestrichener Wörter gefunden. Als Sie vorhin kamen, waren wir gerade dabei, sie zu sichten und zu ordnen. Vielleicht möchten Sie sich ein paar davon anhören? Bitte sehr. Ich lese wahllos einige vor: Diplomat, Kurtisane, Herzogin, Uniform, Mondlicht, Abendrot, Apostel, Cherubim, Cabriolet, Viadukt, Lauscher, Traumbild. Es sind noch viel mehr da. Sagen Ihnen diese Wörter was? Ein paar klingen richtig klerikal, andere wiederum nicht, zum Beispiel Kurtisane. In letztere Gruppe würden noch Tamburin, Boxkampf und Modenschau gehören.»

Glaisher lachte.

«Hört sich für mich an, als ob der junge Mann ebenfalls ein Freund von Kreuzworträtseln gewesen wäre. Das sind schöne lange Wörter.»

«Aber noch nicht die längsten. Es gibt viel längere, zum Beispiel Hyperurbanismus oder Komplementärwinkelfunktion, aber von den richtigen Bandwürmern hat er keinen angestrichen. Das längste, das wir gefunden haben, ist Modenschau mit zehn Buchstaben. Alle Wörter haben trotzdem zwei Besonderheiten gemeinsam, soweit wir bisher feststellen konnten – und die sind sehr aufschlußreich.»

«Welche Mylord?»

«Keines von ihnen enthält einen Buchstaben doppelt, und keines ist kürzer als sieben Buchstaben.»

Polizeidirektor Glaisher riß plötzlich den Arm hoch wie ein Kind in der Schule.

«Die chiffrierten Briefe!» rief er.

«Sie sagen es, die chiffrierten Briefe. Uns kommt es so vor, als ob das die Schlüsselwörter zum Chiffriercode wären, und aus dem Umstand, daß in keinem Wort ein Buchstabe doppelt vorkommt, kann man vermutlich Schlüsse auf die Art des Geheimcodes ziehen. Das ärgerliche ist, daß wir schon etliche hundert markierte Wörter gefunden haben und noch immer nicht durchs ganze Alphabet sind. Was mich zu einer niederschmetternden Vermutung verleitet.»

«Und die wäre?»

«Daß sie bei jedem Brief das Schlüsselwort geändert haben. Was ich mir vorstelle, ist das: Ich glaube, daß jeder Brief das Schlüsselwort für den nächsten enthielt und diese markierten Wörter einen Vorrat bilden, den Alexis sich angelegt hat, um immer eins zur Hand zu haben, wenn er mit Schreiben dran war.»

«Könnten es nicht die bereits benutzten Schlüsselwörter sein?»

«Kaum. Ich glaube nicht, daß er seit März, als die ersten Briefe hin und her gingen, schon über zweihundert chiffrierte Briefe losgeschickt hat. Selbst wenn er täglich einen geschrieben hätte, wäre er nicht auf diese Zahl gekommen.»

«Das wohl nicht, Mylord. Aber wenn der Brief, den wir bei ihm gefunden haben, einer von den chiffrierten Briefen war, muß das Schlüsselwort dazu eines von den hier markierten Wörtern sein. Das engt die Auswahl etwas ein.»

«Ich glaube nicht. Ich glaube, das hier sind die Schlüsselwörter für die Briefe, die Alexis geschrieben hat. In jedem Brief müßte er dann *sein* Schlüsselwort für *seinen* nächsten Brief angekündigt haben. Sein Briefpartner muß aber dann dasselbe getan haben, und daher gehört das Schlüsselwort für den Brief, den Alexis bei sich hatte, wahrscheinlich nicht zu den hier markierten. Es sei denn, es war einer von Alexis' eigenen Briefen, was aber nicht sehr wahrscheinlich ist.»

«Nicht einmal das können wir sagen, Mylord», stöhnte Glaisher. «Denn der Korrespondent könnte ja zufällig eins der Wörter gewählt haben, die Alexis sich schon vorgemerkt hatte. Es kann also alles sein.»

«Stimmt vollkommen. Dann ist bisher das einzige, was wir hierdurch gewinnen, die Erkenntnis, daß es sich um Wörter unserer Sprache handelt und die Briefe wahrscheinlich nicht in einer Fremdsprache geschrieben wurden. Das geht daraus allerdings nicht unbedingt hervor, denn sie könnten in jeder Sprache geschrieben sein, die unser Alphabet benutzt; aber Russisch kann es wenigstens nicht sein, denn die haben ein völlig anderes Alphabet als wir. Und das ist schon ein Glück.»

«Wenn es etwas mit Bolschewiken zu tun haben sollte», sagte Glaisher bedächtig, «wäre es aber ein bißchen verwunderlich, daß sie nicht auf russisch geschrieben haben. Damit wäre die Sache doch doppelt gesichert gewesen. Russisch ist an sich schon schlimm genug, aber Russisch auch noch chiffriert, das wäre wirklich der Gipfel.»

«Eben. Wie ich schon einmal sagte, diese Bolschewikentheorie kann ich sowieso nicht ganz schlucken. Und trotzdem – zum Kuckuck! Ich *kann* diese Briefe einfach nicht mit der Weldonschen Seite der Angelegenheit in Verbindung bringen.»

«Was ich wissen möchte», warf der Inspektor ein, «ist das: Wie haben die Mörder, egal wer sie waren, Alexis zum Satans-Bügeleisen hinausgelockt? Oder wenn es Bolschewiken waren, die ihn hingelockt haben, woher wußten Weldon & Co., daß er da sein würde? Es müssen ein und dieselben gewesen sein, die dafür gesorgt haben, daß er dort war, und die ihm die Kehle durchgeschnitten haben. Das führt uns zu dem Punkt, daß entweder Weldon & Co. die Briefe geschrieben haben oder daß der Mord von Unbekannten begangen wurde.»

«Wie wahr, o König.»

«Und wo», fragte Harriet, «kommt Olga Kohn ins Spiel?»

«Aha!» sagte Wimsey. «Da haben wir's. Das ist nämlich das tiefste Mysterium von allen. Ich möchte schwören, daß das Mädchen die Wahrheit gesagt hat, und ich möchte schwören, daß auch der sehr unirische Mr. Sullivan die Wahrheit gesagt hat. Kleine Blume in der Mauer, der zerklüfteten, ich will dich aus den Klüften pflücken, aber, wie der Dichter weiter sagt, *wenn* ich verstünde, wüßte ich, wer der Schuldige ist. Aber ich verstehe nun einmal nicht. Wer ist der geheimnisvolle Herr mit Bart, der Mr. Sullivan um das Foto eines Mädchens russischen Typs bat, und wie kam das Foto in die Brieftasche des Toten, und wer hat den Namen Feodora daraufgeschrieben? Das sind tiefe Wasser, Watson.»

«Ich komme wieder mal auf meine ursprüngliche Meinung zurück», knurrte der Inspektor. «Ich glaube, der Kerl war unzurechnungsfähig und hat sich die Kehle selbst durchgeschnitten, basta. Wahrscheinlich war es auch eine Manie von ihm, Mädchenfotos zu sammeln und sich selbst chiffrierte Briefe zu schicken.»

«Und sie in der Tschechoslowakei in den Briefkasten zu werfen.»

«Na ja, das muß jemand anders für ihn getan haben. Soweit ich sehe, haben wir nichts Handfestes gegen Weldon, nichts gegen Bright, und die Indizien gegen Perkins sind so löchrig wie ein Schwamm. Und Bolschewiken – wo sitzen die? Ihr Freund, Chefinspektor Parker, hat Erkundigungen nach Bolschewiken in diesem Landesteil eingezogen, und die Antwort lautet, daß von niemandem bekannt ist, daß er hier war; und speziell für Donnerstag, den achtzehnten, scheint keiner von ihnen in Frage zu kommen. Sie könnten noch sagen, es war ein bisher unbekannter bolschewistischer Agent, aber davon laufen gar nicht so viele herum, wie man meinen könnte. Diese Burschen in London wissen eine ganze Menge mehr, als die Leute sich vorstellen. Wenn da irgend etwas mit Alexis und seinen Leuten nicht gestimmt hätte, hätten die sich sofort darum gekümmert.»

Wimsey seufzte und erhob sich.

«Ich gehe heim und lege mich ins Bett», erklärte er. «Wir müssen warten, bis wir das Foto von diesem Brief haben. Das Leben ist Staub und Asche. Ich kann meine Theorien nicht beweisen, und Bunter hat mich schon wieder verlassen. Er ist am selben Tag wie Bright aus Wilvercombe verschwunden und hat eine Nachricht hinterlassen, in der er mir mitteilt, daß eine meiner Lieblingssocken in der Wäscherei verlorengegangen ist und er sich deswegen schon beim Geschäftsführer beschwert hat. Miss Vane, Harriet, wenn ich Sie so nennen darf, wollen Sie mich heiraten und sich um meine Socken kümmern und nebenbei die erste Schriftstellerin sein, die je in Gegenwart eines Polizeidirektors und eines Polizeiinspektors einen Heiratsantrag angenommen hat?»

«Nicht einmal der Schlagzeilen wegen.»

«Ich hab's mir schon gedacht. Selbst die Aussicht, in die Zeitungen zu kommen, tut heutzutage nicht mehr ihre Wirkung. Herr Polizeidirektor, wollen wir wetten, daß Alexis keinen Selbstmord begangen hat und auch nicht von den Bolschewiken umgebracht wurde?»

Der Polizeidirektor antwortete vorsichtig, er sei keine Spielernatur.

«Schon wieder abgeblitzt!» stöhnte Seine Lordschaft. «Trotzdem», fügte er in einem Rückfall in den alten Kampfgeist hinzu, «dieses Alibi werde ich knacken, und koste es mein Leben.»

26

Das Zeugnis der braunen Stute

Sei mir gegrüßt, Blutheiligtum!
The Bride's Tragedy

MITTWOCH, 1. JULI

Die Fotos von dem bei der Leiche gefundenen Papier trafen prompt am nächsten Tag ein, zusammen mit dem Original. Wimsey, der sie in Glaishers und Umpeltys Gegenwart miteinander verglich, mußte zugeben, daß die Experten saubere Arbeit geleistet hatten. Sogar das Originalblatt war schon viel lesbarer als zuvor. Die Chemikalien, die Blutflecken und Flecken von gefärbtem Leder beseitigen, und die Chemikalien, die verblaßter Tinte ihre Farbe wiedergeben, hatten ihre Aufgabe bestens erfüllt, und die Farbfilter, die so genial der Linse helfen, eine Farbe zu registrieren und die andere zu ignorieren, hatten aus dem so veränderten Original ein Ergebnis herausgeholt, in dem nur noch hier und da ein Buchstabe unwiederbringlich verloren war. Aber Lesen und Dechiffrieren ist zweierlei. Betrübt betrachteten sie das unentwirrbare Durcheinander von Buchstaben.

YONUHIRT
ROMKBSIG

RATIGICK ZBH IKRPBEQLN NQ QIBA WRDSOYFR, RKI YBEXHU THIQE MN AIBLCKB? AMN ORANXQ.

GCBTI XWMAIZB BAF HIBESRAY CAU. MRPU IAT MSCBAHYZBK CI SCTB ZHK UP MGGCBI BEMR SEB OBABAK, RPBE QIA OEAI, NCUY RMI GFAKR. PTE GNAAS BYYHHG BKQGABG IME IFHYEB. TI OXBA KCOS.

RKKBX GTU CBABESE IBZ ASBA, LB PURKB AQN XHKY GXH IBA SRYKM LBZ BHLT ISE KHI. YBMGITWMD LBA TIIO UERKGC KIX HCK BABEI XK YRZIS. KC BRRM IAIBO UNU HIOKP KBA YCAUMRDN

ESQ MKBIG TUK DTB, EDGBH IKI PIBFNQTII SBKLP MGY OQWKHI XYK IBRXS BBOBA YC OLTB LSI SR SMAMH IEBO IKI KIAYO AUGXPY NAAN KYIA.

TQHNAIXGM GROY HALWMNU EH EQGXS KBC AQIAYC, BLABOSA IIX EBRKKB TM SCBAB TMG. RKKBI EOX BETIRT GH BOBEK CASESE KUS.

AICOI AXG KEOP OE BSIGKCRX SLRALT, OG PKRMKB WERKU SETEK SRF, KBII AXGBY QLPT TNQ LLTITYK IX UANTTI RZNP EYRAU ITB KI KBG XI ABAYO AU IAX GCKNMP KIAAB ESB AWMOPAC. BANC SEI XUATLSE NAI, ALQBA EI ABABGXIA MEFO RMP IEOPLN TTKOS OXNMQ EBE TSTUAB, EH IQLA NAHT.

LBGIKI IXEB GCI TITPIBO BECBA OE SPI FOBEK IRS MGKIIB CNEO KUS. RSXGI FP LMGIK IMG KIHRYKR INMGX.

Nach ein, zwei Stunden angestrengten Nachdenkens konnten folgende Fakten als gesichert gelten:

1. Der Brief war auf dünnem, aber festem Papier geschrieben, das keine Ähnlichkeit mit irgendwelchem bei Paul Alexis gefundenen Papier aufwies. Damit erhöhte sich die Wahrscheinlichkeit, daß es sich um einen empfangenen, nicht um einen von ihm geschriebenen Brief handelte.
2. Er war von Hand mit violetter Tinte geschrieben, die wiederum der von Alexis benutzten nicht ähnelte. Man zog den weiteren Schluß, daß der Verfasser entweder keine Schreibmaschine besaß oder fürchtete, die Schreibmaschine könnte identifiziert werden.
3. Es handelte sich nicht um einen Kode, bei dem jeder Buchstabe des Alphabets durch einen anderen ersetzt war, oder ein anderes derartiges Substitutionsverfahren.

«Jedenfalls», sagte Wimsey gutgelaunt, «haben wir jetzt eine Menge Material zu bearbeiten. Es ist nicht eine dieser kurzen, bündigen Anweisungen wie ‹Ware auf Sonnenuhr›, bei denen es einem nichts nützt, zu wissen, ob E wirklich der häufigste Buchstabe in unserer Sprache ist. Wenn Sie mich fragen, ist das entweder einer von diesen teuflischen Kodes, die auf einem Buch basieren – in diesem Falle müßte es eines von den Büchern im Besitz des Toten sein, und wir brauchten sie nur zu lesen – oder es ist eine völlig andere Art von Geheimschrift – so eine, an die ich gestern abend schon gedacht habe, als wir die gekennzeichneten Wörter in diesem Wörterbuch fanden.»

«Was für eine Geheimschrift ist das, Mylord?»

«Eine gute», sagte Wimsey, «und ziemlich verwirrend, wenn man das Schlüsselwort nicht kennt. Sie wurde im Krieg verwendet. Ich habe sie tatsächlich selbst schon benutzt, als ich einmal für kurze Zeit unter einem deutschen Alias Aufklärungsarbeit betrieb. Aber das Kriegsministerium hat kein Monopol darauf. Vor kurzem habe ich sie sogar in einem Kriminalroman gefunden. Es ist –»

Er unterbrach sich, und die beiden Polizisten warteten gespannt.

«Ich wollte sagen, es ist die Art Kode, auf die ein Amateurverschwörer ohne weiteres kommen und womit er umgehen kann. Sie ist nicht leicht durchschaubar, aber sehr leicht erlernbar. Mit so etwas würde Alexis ganz schnell verschlüsseln und entschlüsseln lernen. Man braucht keine aufwendigen Apparate dafür, und es wird praktisch die gleiche Buchstabenzahl benutzt wie im Klartext, so daß sie sich sehr zum Verschlüsseln langer Episteln dieser Art eignet.»

«Wie funktioniert sie?» fragte Glaisher.

«Ganz einfach. Sie nehmen ein Schlüsselwort aus sechs oder mehr Buchstaben, von denen aber keiner zweimal vorkommt. Nehmen wir als Beispiel das Wort DIPLOMAT, das auch in Alexis' Sammlung enthalten war. Dann zeichnen Sie ein Diagramm mit je fünf Quadraten senkrecht und waagerecht und schreiben das Schlüsselwort auf folgende Weise hinein:

D	I	P	L	O
M	A	T		

«Dann füllen Sie die restlichen Kästchen mit den übrigen Buchstaben des Alphabets in der richtigen Reihenfolge und unter Weglassung der bereits benutzten auf.»

«Sie können doch keine sechsundzwanzig Buchstaben in fünfundzwanzig Kästchen unterbringen», begehrte Glaisher auf.

«Das nicht. Darum tun Sie so, als ob Sie ein alter Römer oder ein mittelalterlicher Mönch wären und behandeln I und J als einen Buchstaben. Dann erhalten Sie das.»

D	I	P	L	O
M	A	T	B	C
E	F	G	H	K
N	Q	R	S	U
V	W	X	Y	Z

«Jetzt formulieren wir mal eine Nachricht – welche nehmen wir? ‹Alles ist heraus, fliehe sofort› – diesen klassisch-unsterblichen Satz. Wir schreiben die Botschaft an einem Stück hin und teilen sie in Gruppen zu je zwei Buchstaben auf, von links angefangen. Da es zu nichts führt, wenn man zwei gleiche Buchstaben in einer Gruppe hat, fügen wir dort, wo das vorkommt, einen selten gebrauchten Buchstaben wie das Q dazwischen ein, weil das den Leser nicht weiter stört. Das kommt aber hier nicht vor, und darum lautet unsere Botschaft jetzt: AL LE SI ST HE RA US FL IE HE SO FO RT.»

«Wenn man nun eine ungerade Buchstabenzahl hat, so daß am Ende einer übrigbleibt?»

«Dann fügen wir einfach noch ein Q an, damit alle Gruppen voll sind. Nehmen wir jetzt die erste Gruppe – AL. Wir sehen, daß diese beiden Buchstaben die Ecken eines Rechtecks bilden, dessen andere beiden Ecken BI lauten. Also setzen wir für die ersten beiden Buchstaben des chiffrierten Briefes BI. Auf die gleiche Weise wird aus LE ein DH, und aus SI wird QL. So, und die nächste Gruppe können Sie jetzt mal selbst verschlüsseln.»

«RB?» meinte Glaisher.

«Ganz recht, RB. Weiter.»

«Ah!» rief Glaisher, aber jetzt kommt die Gruppe HE, und da sind beide Buchstaben in derselben Zeile. Was macht man dann?»

«Sie nehmen jeweils den Buchstaben rechts davon – KF. Dann geht's wieder normal weiter.»

«QT», sagte Glaisher, begeistert mit dem Finger über die

Diagonalen fahrend. «Aber jetzt kommt hier US, und rechts vom U ist nichts mehr.»

«Dann gehen Sie wieder an den Anfang der Zeile.»

Das verwirrte den Polizeidirektor zunächst ein wenig, aber schließlich wartete er doch mit NU auf, um gutgelaunt fortzufahren: «HI, FD –»

«Halt!» rief Wimsey. «Nicht FD. Wenn die erste Diagonale von oben nach unten ging, muß auch die zweite von oben nach unten gehen. IE ist also DF. FD wäre EI.»

«Natürlich, ja. Also DF. Dann kommt KF, UL, KI und – nanu, R und T stehen aber in derselben senkrechten Spalte.»

«Dann nimmt man jeweils die nächsten Buchstaben darunter.»

Glaisher gehorchte und schrieb XG hin.

«So ist es richtig. Unsere verschlüsselte Botschaft lautet jetzt also: BI IH QL RB KF QT NU HI DF KF UL KI XG. Wenn Sie wollen, daß es netter aussieht und das System nicht gleich verraten wird, können Sie das jetzt wahllos unterteilen. Zum Beispiel: BIIH QLRBK FQT NUHIDFK FU LKIXG. Sie können sogar noch Satzzeichen hineinflicken. BIIH! QLRBK FQT NUHIDFK. FU LKIXG? Es spielt überhaupt keine Rolle. Der Empfänger ignoriert das alles. Er unterteilt den fortlaufenden Text in Zweiergruppen und liest ihn mit Hilfe des Diagramms, indem er die Diagonalen wie vorher und bei gleicher Zeile jeweils den nächsten Buchstaben *links* davon und bei gleicher Spalte den Buchstaben *darüber* nimmt.»

Die beiden Polizisten studierten eingehend das Diagramm. Dann sagte Umpelty:

«Ich verstehe, Mylord. Es ist geradezu genial. Mit der Methode des häufigsten Buchstabens kommt man nicht darauf, weil man jedesmal einen anderen Buchstaben dafür hat, je nachdem, mit welchem Buchstaben er ein Paar bildet. Und einzelne Wörter kann man nicht erraten, weil man nicht weiß, wo die Wörter anfangen und enden. Kann man so etwas ohne das Schlüsselwort überhaupt herausbekommen?»

«O ja, natürlich», sagte Wimsey. «Jedes Schreiben, das verschlüsselt wurde, kann mit Geduld und Spucke auch wieder entschlüsselt werden – mit Ausnahme höchstens einiger Buchkodes. Ich kenne jemanden, der jahrelang nichts anderes gemacht hat. Das Chiffrierdiagramm war ihm so in Fleisch und Blut übergegangen, daß ihm, als er eines schönen Tages die Masern bekam, Karos statt Flecken auf der Haut erschienen.»

«Dann könnte der uns das hier vielleicht entschlüsseln?» rief Glaisher eifrig.

«Mit der linken Hand. Wir können ihm, wenn Sie wollen, eine Kopie davon schicken. Ich weiß zwar nicht, wo er sich aufhält, aber ich kenne welche, die es wissen. Soll ich es gleich losschicken? Es würde uns eine Menge Zeit sparen.»

«Ich fände das sehr gut, Mylord.»

Wimsey nahm eine Kopie des Briefes, steckte sie in einen Umschlag und legte ein kurzes Anschreiben bei.

«Lieber Clumps – Hier ist ein chiffrierter Brief. Wahrscheinlich Playfair-System, aber das weiß Bungo sicher. Kannst Du ihm das schicken und ihn bitten, es für mich zu übersetzen? Kommt angeblich irgendwo aus Osteuropa, möchte aber wetten, daß es keine Fremdsprache ist. Wie geht's so?

Dein Wimbles

PS. Hast Du noch mal was von Trotters gehört?»

Er adressierte den Umschlag an einen Beamten des Außenministeriums und nahm sich eine zweite Kopie des Briefes.

«Die nehme ich mit, wenn ich darf. Wir werden ein paar von Alexis' angestrichenen Wörtern versuchen. Wird eine hübsche Beschäftigung für Miss Vane und eine gesunde Abwechslung gegenüber Kreuzworträtseln sein. So, was gibt's weiter?»

«Noch nicht sehr viel, Mylord. Wir haben noch niemanden gefunden, der Perkins irgendwann hat durchs Dorf gehen sehen, aber wir haben den Apotheker gefunden, der ihn in Wilvercombe bedient hat. Er sagt, daß Perkins um elf Uhr bei ihm war, womit er Zeit genug gehabt hätte, um Viertel nach eins in Darley zu sein. Und Perkins hat einen schlimmen Rückfall gehabt und ist nicht vernehmungsfähig. Und wir haben Bauer Newcombe aufgesucht, der bestätigt, daß die Stute am Freitagmorgen frei am Strand herumlief. Er sagt auch, daß sie noch auf der Wiese war, wie sich's gehörte, als sein Knecht am Mittwoch dort war, und er ist ganz sicher, daß sie unmöglich von allein durch das Loch in der Hecke gekommen sein kann. Aber kein Mensch sieht natürlich je die Schuld in seinen eigenen Fehlern und Versäumnissen.»

«Natürlich nicht. Ich glaube, ich werde Bauer Newcombe mal besuchen. Inzwischen wird Miss Vane sich den Kopf über der Kodeschrift zerbrechen – alle markierten Wörter aus dem Wörterbuch daran ausprobieren – nicht wahr?»

«Wenn Sie wollen.»

«Tapfere Frau! Das wäre ein Spaß, wenn wir vor dem beamteten Dechiffrierkünstler fertig wären. Weldon macht wohl noch keine Anstalten, sich aus dem Staub zu machen?»

«Nicht die mindesten. Aber viel habe ich seit dem Begräbnis nicht mehr von den beiden gesehen. Henry scheint sich ein bißchen zurückzuhalten – hat wahrscheinlich die Geschichte mit der Schlange noch nicht ganz verdaut. Und seine Mutter –»

«Ja?»

«Ach, nichts. Aber sie scheint zu versuchen, neue Informationen aus Antoine herauszuholen.»

«So?»

«Ja. Antoine scheint sehr großes Verständnis für sie aufzubringen.»

«Dann wünsche ich ihm viel Glück. Also, adieu!»

Wimsey fuhr nach Darley, sprach mit Bauer Newcombe und fragte, ob er die Braune und ein Zaumzeug von ihm leihen könne. Mr. Newcombe gewährte ihm diese Bitte nicht nur von Herzen gern, sondern tat auch gleich seine Absicht kund, Wimsey zu begleiten und das Experiment zu beobachten. Wimsey war darüber zunächst nicht eben hocherfreut; es ist wohl etwas leichter, ein fremdes Pferd über einen Viermeilenparcours zu jagen, wenn der Besitzer nicht dabei zuschaut. Bei weiteren Überlegungen aber sah er eine Möglichkeit, wie Mr. Newcombe sich sogar nützlich machen könne. Er bat ihn, er möge so freundlich sein und zum Bügeleisen vorausreiten, um sich den genauen Zeitpunkt zu merken, an dem er selbst in Sicht käme, sowie dann die Zeit für die restliche Strecke zu stoppen. Der Bauer äußerte augenzwinkernd die Vermutung, daß wohl das Pferd und die Tragödie am Bügeleisen irgendwie miteinander in Zusammenhang stünden. Er erklärte sich gern zu allem bereit, stieg auf einen kräftigen Schimmel und ritt über den Strand davon, während Wimsey auf die Uhr sah und dann die Braune holen ging.

Sie kam erstaunlich bereitwillig, um sich einfangen zu lassen, sicher weil sie in ihrem schlichten Pferdehirn Wimsey mit Hafer gleichsetzte. Das Loch in der Hecke war – mit Erlaubnis – wieder geöffnet worden, und Wimsey zäumte das Pferd auf, ritt es durch die Lücke und trieb es zu einem leichten Galopp an.

Die Stute war zwar durchaus willig, aber wie erwartet war es mit ihrer Schnelligkeit nicht sehr weit her, und da sie außerdem durchs Wasser reiten mußten, ging es ziemlich langsam und unter großem Lärm voran. Im Reiten behielt Wimsey die Steilküste droben im Auge. Nichts und niemand war zu sehen, nur ein paar weidende Tiere. Was auf der Straße vorging, blieb seinem

Blick verborgen. Er schaffte es in einer guten Zeit bis zu den Hütten und begann dann nach Ormonds Nische in der Steilküste Ausschau zu halten. Als er sich ihr näherte, erkannte er sie an den heruntergefallenen Felsbrocken und dem Zaun darüber und sah auf die Uhr. Er war der Zeit noch ein wenig voraus. Bei einem Blick an der Küste entlang sah er deutlich das Satans-Bügeleisen mit Bauer Newcombe darauf, der auf eine Meile Entfernung nur als dunkler kleiner Klumpen erschien. Er hob sich die Erforschung der Nische im Felsen für den Rückweg auf und trieb das Pferd zu schärfstem Galopp an. Die Stute reagierte temperamentvoll, und sie legten das letzte Stück durch spritzendes Wasser in eindrucksvoller Manier zurück. Wimsey sah den Bauern jetzt deutlich; er hatte den Schimmel an den berühmten Ring gebunden und stand, die Uhr gewissenhaft in der Hand, auf dem Felsen, um die Zeit zu nehmen.

Erst als sie vor dem Felsen waren, schien die Stute zu begreifen, was hier vor sich ging. Im selben Augenblick erschrak sie, wie von einem Schuß getroffen, riß den Kopf hoch und warf sich so heftig herum, daß Wimsey fast auf ihren Hals flog und um Haaresbreite ganz abgeworfen worden wäre. Er grub die Knie hart in die Flanken des Tiers und riß scharf am Zügel, aber wie die meisten Bauerngäule hatte sie ein Maul wie aus Eisen, und die Trense machte wenig Eindruck auf sie. Sie rannte auf und davon, geradewegs zurück auf der eigenen Spur, als ob der Teufel hinter ihr her wäre. Wimsey, der sich zynisch sagte, daß er ihre Schnelligkeit wohl doch unterschätzt hatte, hielt sich eisern am Widerrist fest und konzentrierte sich darauf, den linken Zügel kürzer zu ziehen und ihren Kopf zum Meer zu lenken. Nach einiger Zeit fand sie es wohl zu anstrengend, gegen diesen entschlossenen Widerstand anzukämpfen; sie wurde etwas langsamer und änderte ein wenig die Richtung.

«Du meine Güte, Mädchen», sagte Wimsey sanft, «was ist denn nur in dich gefahren?»

Die Stute keuchte und zitterte.

«Aber so geht das doch nicht», sagte Wimsey. Er tätschelte ihr beruhigend die verschwitzte Schulter. «Dir tut doch niemand was.»

Das Pferd blieb stehen, zitterte aber weiter.

«Na, na», sagte Wimsey.

Er drehte ihren Kopf wieder in Richtung des Bügeleisens und sah Mr. Newcombe auf dem Schimmel angaloppiert kommen.

«Allmächtiger!» rief Mr. Newcombe. «Was ist denn mit dem

Gaul los? Ich hab wirklich gedacht, sie schmeißt Sie runter. Sie sind aber auch nicht zum erstenmal geritten, wie?»

«Irgend etwas muß sie erschreckt haben», sagte Wimsey. «War sie schon einmal hier?»

«Nicht daß ich wüßte», sagte der Bauer.

«Sie haben nicht mit den Armen gefuchtelt oder so was?»

«Ich bestimmt nicht! Ich hab auf die Uhr gesehen, und – da haben wir's! Der Kuckuck soll mich holen, aber jetzt habe ich glatt die Zeit vergessen, die ich ausgerechnet hatte. Ich hab mich nur noch wundern können, wovor sie plötzlich solche Angst hatte.»

«Ist sie zum Scheuen veranlagt?»

«Ich habe noch nie erlebt, daß sie so was gemacht hat.»

«Komisch», sagte Wimsey. «Ich versuch's noch einmal. Bleiben Sie hinter uns, dann werden wir ja sehen, ob Sie es waren, der sie erschreckt hat.»

Er lenkte das Pferd in sanftem Trab zum Felsen zurück. Die Stute lief unwillig und warf den Kopf hin und her. Und dann blieb sie, an derselben Stelle wie beim erstenmal, stocksteif stehen und zitterte am ganzen Körper.

Sie versuchten es noch einige Male, aber kein Schmeicheln und gutes Zureden half. Sie war nicht in die Nähe des Felsens zu bringen, auch nicht als Wimsey absaß und sie Schritt für Schritt heranzuführen versuchte. Sie rührte sich einfach nicht vom Fleck; ihre zitternden Beine standen wie angewurzelt im Sand, und sie verdrehte angstvoll die weißen Augäpfel. Sie mußten aus reiner Barmherzigkeit die Versuche aufgeben.

«Mich laust der Affe», sagte Mr. Newcombe.

«Mich auch», meinte Wimsey.

«Was kann nur über sie gekommen sein –?» überlegte Mr. Newcombe.

«Ich weiß genau, was über sie gekommen ist», sagte Wimsey, «aber – na ja, egal. Wir reiten am besten zurück.»

Sie ritten langsam heimwärts. Wimsey sah sich die Nische in der Steilküste gar nicht erst an. Er brauchte es nicht. Er wußte jetzt genau, was sich zwischen Darley und dem Satans-Bügeleisen abgespielt hatte. Im Reiten fügte er das ganze komplizierte Gebilde seiner Theorien Strich für Strich zusammen und schrieb dann, wie Euklid, darunter:

UND DAS IST UNMÖGLICH

Um dieselbe Zeit drehte sich auch bei Konstabler Ormond alles im Kopf. Er hatte sich plötzlich auf den einzigen Menschen in Darley besonnen, der Mr. Perkins möglicherweise gesehen hatte. Es war der alte Vater Gander, der Tag für Tag, bei Regen und Sonnenschein, auf der Bank unter dem kleinen Schutzdach saß, das sie um die Dorfeiche in der Mitte des Angers gebaut hatten. Er hatte tags zuvor einfach nicht an Vater Gander gedacht, nur weil dieser – ein höchst ungewöhnlicher Zufall – gerade einmal nicht auf seinem gewohnten Platz gesessen hatte, als Ormond seine Runde machte. Da war Mr. Gander nämlich, wie sich herausstellte, in Wilvercombe gewesen und hatte die Hochzeit seines jüngsten Enkels mit einem Mädchen aus dieser Stadt gefeiert, aber jetzt war er wieder da und ließ sich gern ausfragen. Der alte Herr war in bester Stimmung. Er wurde kommenden November fünfundachtzig, war kerngesund und brüstete sich damit, daß er nur ein bißchen schwerhörig sei, seine Augen aber Gott sei Dank noch so gut waren wie eh und je.

Aber ja, an den Donnerstag, den achtzehnten, erinnerte er sich gut. Das war doch der Tag, an dem sie den armen jungen Mann tot am Satans-Bügeleisen gefunden hatten. Ein schöner Tag war das gewesen, nur abends ein bißchen windig. Mr. Gander sah jeden Fremden, der durchs Dorf kam. Er erinnerte sich, daß um zehn Uhr ein großer offener Wagen vorbeigekommen war. Es war ein roter Wagen, und er wußte sogar die Nummer, weil sein Urenkel, der kleine Johnnie – ah, ja, das war ein helles Bürschchen! – gemerkt hatte, was für eine komische Nummer das war. OI 0101 – was man wie Oioioi aussprechen konnte. Mr. Gander konnte sich noch an die Zeit erinnern, als solche Dinger noch nicht herumfuhren und es den Leuten deswegen auch nicht schlechter ging, soweit er feststellen konnte. Aber Mr. Gander war nicht etwa gegen den Fortschritt. Er hatte als junger Mann immer die Radikalen gewählt, aber diese Sozialisten heutzutage gingen doch zu weit, fand er. Mit anderer Leute Geld zu freigebig, das waren sie. Es war Mr. Lloyd George, von dem er seine Altersrente bekam, und das war nur recht so, denn er hatte schließlich sein Leben lang fleißig gearbeitet, aber daß Achtzehnjährige heutzutage schon Sozialunterstützung bekamen, davon hielt er nichts. Als Mr. Gander achtzehn gewesen war, hatte er jeden Tag von vier Uhr morgens bis Sonnenuntergang und länger auf dem Feld gearbeitet, für fünf Shilling die Woche, und soviel er sah, hatte ihm das nicht geschadet. Mit neunzehn geheiratet, und zehn Kinder, von denen sieben noch lebten und kerngesund waren. Wie? O ja, der Wagen war um ein Uhr wiedergekommen. Mr. Gander war gerade aus den *Drei Federn* gekommen, wo er nach dem Mittagessen ein Bierchen getrunken hatte, und da hatte er den Wagen anhalten und den Herrn, der am Hinks's Lane zeltete, aussteigen sehen. Eine Dame hatte in dem Wagen gesessen, sehr schön herausgeputzt, aber in Mr. Ganders Augen ein als Lamm verkleideter Hammel. Zu seiner Zeit hatten die Frauen sich nicht ihres Alters geschämt. Nicht daß er was dagegen hatte, wenn eine Frau das Beste aus sich machte, denn er war sehr für Fortschritt, aber er fand, sie gingen heutzutage ein bißchen zu weit. Mr. Martin, so hieß der Herr, hatte guten Tag zu ihm gesagt und war in die *Drei Federn* gegangen, und der Wagen war auf der Straße nach Heathbury weitergefahren. O ja, er hatte Mr. Martin wieder herauskommen sehen. Um halb zwei, nach der Kirchenuhr. Der Vikar hatte sie vor zwei Jahren aus eigener Tasche richten lassen, und wenn man jetzt das Radio einschaltete, konnte man den Big Ben und die Kirchenuhr wunderschön gleichzeitig schlagen hören. In Mr. Ganders Jugend hatte es noch kein Radio gegeben, aber er fand, das war eine großartige Sache und ein schöner Fortschritt. Von seinem Enkel Willy, der mit einer Frau aus Taunton verheiratet war, hatte er einen schönen Apparat geschenkt bekommen. Der war so laut, daß er ihn prima hören konnte, obwohl er doch jetzt ein bißchen schwerhörig wurde. Er hatte erzählen hören, jetzt würden sie bald ein Radio bauen, in dem sie einem auch Bilder zeigen könnten, und er hoffte nur, der Herr möge ihn noch lange genug leben lassen, um das zu sehen. Er hatte nichts gegen das Radio, auch wenn manche Leute fanden, es gehe ein bißchen zu weit, wenn man sonntags den Gottesdienst einschalten könne wie den Gasherd. Natürlich war das schon etwas Gutes für Leute, die krank waren, aber er fand, es machte das junge Volk faul und respektlos. Er selbst war seit zwanzig Jahren noch keinen Sonntag der Kirche ferngeblieben, nicht ein einziges Mal mehr, seit er sich einmal beim Sturz von einem Heuschober das Bein gebrochen hatte, und solange er noch die Kraft hatte, wollt's Gott, würde er weiter unterm Vikar sitzen. O ja, er erinnerte sich, daß an dem Nachmittag ein fremder junger Mann durchs Dorf gekommen war. Natürlich konnte er ihn beschreiben; seinen Augen fehlte ja nichts, und seinem Gedächtnis auch nicht, Gott sei Lob und Dank! Nur sein Gehör war nicht mehr so gut, aber wie Mr. Ormond ja selbst feststellen konnte, brauchte man nur deutlich zu sprechen und nicht so zu nuscheln, wie die jungen Leute das heutzutage taten, dann verstand Mr. Gander einen ganz gut. So einer von diesen verkümmerten Städtern war das gewesen, mit dicker Brille und einem kleinen Rucksack auf dem Rücken und einem langen Stock zum Gehen, wie sie ihn jetzt alle hatten. Wandervögel nannte man sie. Die hatten alle so lange Stöcke, wie diese Pfadfinder ja auch, und dabei hätte ihnen jeder mit Erfahrung sagen können, daß nichts über einen kräftigen Eschenstock mit gebogenem Griff ging, um einen beim Gehen zu unterstützen. Denn das war doch klar, daß man daran einen besseren Halt hatte als an diesen langen Dingern. Aber das junge Volk hörte ja nie auf die Vernunft, vor allem die Frauen nicht, und er fand, daß sie ein bißchen zu weit gingen mit ihren nackten Beinen und kurzen Höschen wie die Fußballspieler. Dabei war Mr. Gander so alt auch wieder nicht, daß er nicht noch gern ein Paar hübsche Mädchenbeine sah. Zu seiner Zeit zeigten die Frauen ihre Beine nicht, aber er hatte Männer gekannt, die meilenweit gelaufen wären, um sich ein Paar hübsche Fesseln anzusehen.

Konstabler Ormond legte seine ganze Energie in die letzte Frage.

«Um welche Zeit ist dieser junge Mann hier durchgekommen?»

«Um welche Zeit? Sie brauchen nicht so zu schreien, junger Mann – ich bin zwar ein bißchen schwerhörig, aber noch nicht taub. Erst letzten Montag hab ich zum Vikar gesagt: ‹Das war aber eine gute Predigt, die Sie uns da gehalten haben›, sag ich zu ihm, und er sagt: ‹Können Sie mich denn da, wo Sie sitzen, auch noch gut hören?› Und da sag ich zu ihm: ‹Meine Ohren sind vielleicht nicht mehr so gut wie früher, als ich noch jung war›, sag ich, ‹aber ich kann Sie immer noch predigen hören, Sir, von ‚Wir sprechen heute über' bis ‚zu Gott dem Vater'.› Und da sagt er: ‹Sie sind noch prächtig beieinander für Ihr Alter, Gander›, sagt er. Und da hat er schon recht.»

«Das hat er wirklich», sagte Ormond. «Ich wollte Sie gerade fragen, wann Sie denn diesen Burschen mit der Brille und dem langen Stock durchs Dorf haben gehen sehen.»

«Kurz vor zwei war das», erwiderte der alte Herr triumphierend, «kurz vor zwei Uhr. Und wissen Sie auch warum? Ich hab mir nämlich noch gedacht: ‹Du willst dir sicher noch schnell mal die Kehle anfeuchten, mein Junge›, hab ich gedacht, ‹und die *Drei Federn* machen um zwei zu, da solltest du dich lieber was beeilen.› Aber der ging einfach vorbei; aus Wilvercombe kam er und ging gleich weiter in Richtung Hinks's Lane. Da hab ich mir gesagt: ‹Pah›, sag ich, ‹du bist mir wohl so einer von diesen Leisetretern, die nur Limonade trinken, und so siehst du auch aus, viel Wind und nichts Festes dahinter›, wenn Sie den Ausdruck entschuldigen, aber das hab ich zu mir gesagt, und dann hab ich gesagt: ‹Gander, das erinnert dich daran, daß du selbst gerade noch Zeit für ein Bierchen hast.› Also bin ich auf ein Bierchen hin, und wie ich in die Bar komme, ist es auf der Uhr über der Theke gerade zwei, denn die lassen sie immer fünf Minuten vorgehen, damit sie die Leute rechtzeitig rausbekommen.»

Konstabler Ormond steckte den Schlag schweigend ein. Wimsey hatte sich geirrt; er lag völlig verkehrt. Das Zwei-Uhr-Alibi war absolut hieb- und stichfest. Weldon war unschuldig; Bright war unschuldig; Perkins war unschuldig wie der junge Tag. Jetzt blieb nur noch zu beweisen, daß auch das Pferd unschuldig war, dann brach die ganze Weldon-Theorie zusammen wie ein Kartenhaus.

Er traf Wimsey auf dem Dorfanger und teilte ihm diese betrübliche Feststellung mit.

Wimsey sah ihn lange an.

«Haben Sie zufällig einen Eisenbahnfahrplan bei sich?» fragte er schließlich.

«Einen Fahrplan? Nein, Mylord. Aber ich könnte einen besorgen. Oder ich könnte Eurer Lordschaft sagen –»

«Bemühen Sie sich nicht», sagte Wimsey. «Ich wollte nur sehen, wann der nächste Zug nach Kuckuckshausen fährt.»

Jetzt war es am Konstabler, große Augen zu machen.

«Das Pferd ist überführt», sagte Wimsey. «Es war am Bügeleisen und hat den Mord gesehen.»

«Aber ich dachte, Sie hätten bewiesen, Mylord, daß das unmöglich ist.»

«So ist es. Und trotzdem ist es wahr.»

Wimsey fuhr zurück, um seine Erkenntnisse Polizeidirektor Glaisher mitzuteilen, den er in denkbar gereizter Laune antraf.

«Diese Londoner haben Brights Spur verloren», sagte er kurz angebunden. «Sie haben ihn bis zur Redaktion des *Morning Star* verfolgt, wo er sich seine Belohnung in Form eines Barschecks abgeholt hat. Den hat er sofort eingelöst, und dann ist er in ein großes Kaufhaus gegangen – so eines mit lauter Fahrstühlen und hundert Ausgängen. Um es kurz zu machen, dort hat er sie abgeschüttelt, und jetzt ist er weg. Ich dachte, man könnte sich auf diese Londoner verlassen, aber anscheinend war das ein Irrtum. Ich wollte, wir hätten nie mit diesem vermaledeiten Fall zu tun bekommen», fügte der Polizeidirektor bitter hinzu. «Und jetzt sagen Sie, daß der Gaul da war und daß er nicht da war und daß keiner von denen, die ihn geritten haben müßten, ihn geritten hat. Als nächstes erzählen Sie mir, das Pferd hat ihm die Kehle mit einem Hufeisen durchgeschnitten und sich anschließend in ein Seepferd verwandelt.»

Wimsey kehrte betrübt ins Bellevue zurück, wo ein Telegramm auf ihn wartete. Es war am Nachmittag auf einem Postamt im Londoner Westend aufgegeben worden und lautete:

BIN BRIGHT AUF DER SPUR. RECHNE IN KUERZE MIT ERGEBNISSEN. STEHE MIT CHEFINSPEKTOR PARKER IN VERBINDUNG. FINDE HOFFENTLICH GELEGENHEIT, LOVAT-TWEEDANZUG AUS WOHNUNG ZU SCHICKEN. – BUNTER.

27
Das Zeugnis des Fischerenkels

Ist es schon zwölf? –
In dieser halben Stunde. Hier stellt' ich
Eine kleine Uhr, daß ihr die Zeit erkennt.
Death's Jest-Book

MITTWOCH, 1. JULI

«Das eine fühlt ja ein Blinder mit dem Stock», sagte Inspektor Umpelty. «Wenn es gegen zwei Uhr am Bügeleisen irgendwelchen Hokuspokus mit dem Pferd gegeben hat, müssen Pollock und sein lieber Enkel es gesehen haben. Das können sie abstreiten, soviel sie wollen. Ich war ja schon immer der Meinung, daß diese Bande da bis über die Ohren mit drinsteckt. Einen stillen kleinen Mord im geheimen hätten sie übersehen können, aber kein wild herumrasendes Pferd, das steht mal fest.»

Wimsey nickte.

«Das sehe ich auch schon die ganze Zeit so. Aber wie wollen Sie es aus ihnen herausbekommen? Soll ich es mal versuchen, Umpelty? Dieser junge Bursche – Jem heißt er – sieht nicht ganz so bärbeißig aus wie sein Großvater – wie wär's mit ihm? Hat er irgendwelche besonderen Interessen oder Steckenpferde?»

«Nun, ich weiß nicht, Mylord – höchstens Fußball. Er gilt als guter Spieler, und ich weiß, daß er Hoffnungen hat, bei den Wiltshire-Tigern genommen zu werden.»

«Hm. Wenn's doch nur Cricket wäre – das schlägt mehr in mein Fach. Immerhin, mehr als versuchen kann man nicht. Meinen Sie, man trifft ihn abends irgendwo? Vielleicht in den *Drei Federn?*»

«Wenn er nicht gerade mit seinem Boot draußen ist, finden Sie ihn dort noch am ehesten.»

Wimsey fand ihn dort tatsächlich. Es ist immer verhältnismäßig leicht, im Wirtshaus eine Unterhaltung anzufangen, und es wird ein schwarzer Tag für Detektive sein, wenn einmal das Biertrinken verboten werden sollte. Nach einer Stunde angeregter Unterhaltung über Fußball und die Chancen der verschiedenen Mannschaften in der kommenden Saison fand Wimsey, daß Jem immer ansprechbarer wurde. Äußerst vorsichtig und behutsam machte er sich daraufhin ans Werk, das Gespräch auf den Fischfang, das Satans-Bügeleisen und Paul Alexis' Tod zu bringen. Das Ergebnis war zuerst enttäuschend. Jems Gesprächigkeit versiegte, sein Lächeln schwand, und er versank in finsteres Brüten. Aber dann, als Wimsey sich gerade entschließen wollte, das gefährliche Thema fallenzulassen, schien der junge Mann sich einen Ruck zu geben. Er rückte ein Stückchen näher an Wimsey heran, warf einen Blick über die Schulter auf die Leute an der Theke und flüsterte: «Hören Sie, Sir, darüber möchte ich gern mal ein Wörtchen mit Ihnen reden.»

«Unbedingt! Wo, draußen? Einverstanden! Wahnsinnig interessant!» fügte er lauter hinzu. «Wenn ich das nächstemal wieder hier in der Gegend bin, würde ich Sie gern mal spielen sehen. Tja, aber jetzt muß ich los. Wollen Sie auch heim? Ich kann Sie im Wagen mitnehmen, wenn Sie wollen – geht ganz schnell.»

«Danke, Sir, das wäre nett.»

«Und dann könnten Sie mir auch mal die Fotos zeigen, von denen Sie mir erzählt haben.»

Die beiden bahnten sich ihren Weg nach draußen. Es wurden Gutenachtwünsche gewechselt, aber Wimsey fiel auf, daß keiner der Einwohner von Darley besonders herzlich mit Jem sprach. In den Abschiedsworten lag etwas Gezwungenes.

Sie stiegen in den Wagen und fuhren schweigend dahin, bis sie über den Bahnübergang waren. Dann sagte Jem:

«Wegen dieser Sache, Sir. Ich hab schon zu Großvater gesagt, er soll der Polizei lieber sagen, wie das war, aber er ist ja so was von eigensinnig, und es stimmt ja auch, daß es Mord und Totschlag gibt, wenn das rauskommt. Aber trotzdem hätte er reden sollen, denn da geht es schließlich um 'nen Fall für den Henker, und ich sehe wirklich nicht, warum man sich da reinziehen lassen soll. Aber Großvater traut nun mal diesem Umpelty und seinen Leuten nicht, und er würde Mutter oder mich totprügeln, wenn wir was verlauten ließen. Wenn du einmal was der Polizei erzählst, sagt er immer, ist es gleich überall herum.»

«Nun – das kommt darauf an, was es ist», sagte Wimsey ein wenig verwirrt. «Natürlich kann die Polizei nichts – ich meine, kein Verbrechen – verschweigen, aber –»

«O nein, Sir, so etwas ist es nicht, jedenfalls würden Sie sich erst gar nicht damit abgeben. Aber wenn diese Baines was davon verlauten hören und es Gurney erzählen – aber bitte! Ich hab schon immer zu Großvater gesagt, daß es dämlich ist, auch wenn Tom Gurney ihm mal so einen dummen Streich mit diesen Netzen gespielt hat.»

«Wenn es nichts Kriminelles ist», sagte Wimsey ziemlich erleichtert, «dürfen Sie sicher sein, daß *ich* niemandem etwas weitersage.»

«Eben, Sir. Darum wollte ich ja auch mal mit Ihnen darüber reden, Sir. Sehen Sie, Großvater hat doch einen sehr schlechten Eindruck gemacht, weil er einfach nicht sagen wollte, was er da draußen vor den Mahlzähnen getrieben hat, und ich hätte wahrscheinlich schon damals was sagen sollen, aber dann hätte Großvater es an meiner Mutter ausgelassen, kaum daß ich den Rücken gedreht hätte.»

«Ich verstehe vollkommen. Aber was *haben* Sie denn nun vor den Mahlzähnen gemacht?»

«Hummer gefangen, Sir.»

«Hummer gefangen? Was ist daran verboten?»

«Nichts, Sir; aber sehen Sie, es waren Tom Gurneys Hummerkörbe.»

Nach kurzem Verhör war die Geschichte klar. Der unglückliche Tom Gurney, der in Darley lebte, pflegte seine Hummerkörbe bei den Mahlzähnen auszulegen und trieb einen schwunghaften Handel damit. Aber vor einiger Zeit hatte er sich mit dem alten Pollock im Zusammenhang mit irgendwelchen Netzen angelegt, die angeblich vorsätzlich beschädigt worden waren, und Mr. Pollock, der auf gesetzlichem Wege keine Satisfaktion hatte bekommen können, hatte zu einem sehr einfachen Mittel der Privatrache gegriffen. Er fuhr in geeigneten Augenblicken, wenn Tom Gurney gerade nicht da war, zu den Hummerkörben, holte ihren lebenden Inhalt heraus und tat die Körbe zurück. Es war, wie Jem erklärte, nicht so, daß Mr. Pollock wirklich den Wert der beschädigten Netze in Form von Hummern zurückzuerhalten hoffte; die Süße der Rache lag in dem Gedanken, «diesem Gurney eins auszuwischen» und «diesen Gurney» von Zeit zu Zeit darüber fluchen zu hören, wie die Hummer in der Bucht immer weniger würden. Jem fand das Ganze ziemlich kindisch und beteiligte sich ungern daran, denn seinen gesellschaftlichen Ambitionen hätte es besser angestanden, mit seinen Nachbarn auf gutem Fuß zu bleiben, aber angesichts gewisser Umstände (womit, wie Wimsey sich dachte, Pollocks Bösartigkeit sowie die Möglichkeit gemeint war, daß er seine nicht unbeträchtlichen Ersparnisse jemand anderem vermachte, wenn man ihn ärgerte) hatte Jem in Sachen Hummerklau der Laune seines Großvaters lieber nachgegeben.

Wimsey war wie vor den Kopf geschlagen. So einfach war das also! All diese Geheimniskrämerei, und nichts weiter dahinter als eine lächerliche nachbarliche Fehde. Er sah Jem scharf an. Es war dunkel, und das Gesicht des jungen Mannes war nichts als ein undurchschaubares Profil.

«Na schön, Jem», sagte er, «ich verstehe. Aber nun zu dieser Geschichte am Strand. Warum bleiben Sie und Ihr Großvater so verstockt dabei, daß Sie dort niemanden gesehen haben?»

«Aber es stimmt doch, Sir. Wir haben niemanden gesehen. Das war nämlich so, Sir. Wir sind mit dem Boot rausgefahren und dann bei Stauwasser reingekommen, weil wir ja wußten, daß die andern Boote bei Flut nach Hause kommen würden, nicht? Und Großvater sagt: ‹Hab mal ein Auge auf die Küste, Jem›, sagt er, ‹und paß auf, daß sich da keiner von den Gurneys rumtreibt.› Ich hab also geschaut, und da war keine Menschenseele zu sehen, nur dieser Kerl da auf dem Bügeleisen. Ich hab mir den angesehen, und weil er aussah, als wenn er schlief, und anscheinend sowieso keiner von uns war, hab ich zu Großvater gesagt, daß da nur so einer aus der Stadt herumliegt.»

«Sie sagen, er schlief?»

«Es schien so. Dann hat Großvater ihn sich mal angesehen und gesagt: ‹Der tut uns nichts, aber behalte du die Steilküste im Auge.› Das hab ich also getan, und keine Menschenseele hat sich da blicken lassen, bevor wir an die Mahlzähne kamen, und wenn das nicht die Wahrheit ist, will ich tot umfallen, Sir.»

«Nun passen Sie mal auf, Jem», sagte Wimsey. «Sie haben doch die Aussagen bei der Leichenschau gehört und wissen, daß der arme Kerl gegen zwei Uhr umgebracht worden ist.»

«Richtig, Sir. Und so wahr ich hier sitze, er muß sich selbst umgebracht haben, denn niemand ist in seine Nähe gekommen – außer der jungen Dame natürlich. Höchstens als wir die Körbe raufgeholt haben. Ich kann nicht behaupten, daß wir da nicht vielleicht etwas übersehen haben könnten. Mit der Arbeit waren wir so ungefähr um zwei Uhr fertig – ich kann das zwar nicht auf die Minute genau sagen, aber die Flut hatte vor ungefähr einer Dreiviertelstunde gewendet, und da hab ich dann noch einmal nach diesem Kerl gesehen und zu Großvater gesagt: ‹Du, Großvater›, sag ich, ‹ich hab das Gefühl, da stimmt was nicht, der Kerl da auf dem Felsen sieht mir so komisch aus.› Da sind wir mit dem Boot mal etwas näher an die Küste ran, und in dem

Moment kommt plötzlich die junge Dame um die Felsen herum und hüpft durch die Gegend, und Großvater sagt: ‹Da halten wir uns raus›, sagt er, ‹da halten wir uns raus. Das geht uns überhaupt nichts an.› Da haben wir also wieder gewendet. Denn sehen Sie, Sir, wenn wir uns da eingemischt hätten und es wäre herausgekommen, daß wir da in der Gegend waren und das Boot voll mit Tom Gurneys Krebsen hatten, da hätte Tom Gurney was dazu zu sagen gehabt.»

«Ihr Großvater sagt, Sie hätten Alexis zum erstenmal um Viertel vor zwei gesehen.»

«Das muß schon früher gewesen sein, Sir. Aber ich will nicht behaupten, daß wir die ganze Zeit hingeschaut haben, Sir.»

«Wenn nun jemand, sagen wir, zwischen Viertel vor zwei und zwei Uhr vorbeigekommen wäre, hätten Sie den gesehen?»

«Ich denke ja. Nein, Sir, dieser arme Mann hat sich selbst umgebracht, da besteht überhaupt kein Zweifel. Hat sich in aller Stille, wie er dasaß, die Kehle durchgeschnitten.»

Wimsey war verwirrt. Wenn das gelogen war, so wurde die Lüge mit einem erstaunlichen Maß an Überzeugungskraft vorgebracht. War es aber die Wahrheit, so würde die Mordtheorie noch schwerer aufrechtzuerhalten sein als zuvor schon. Sämtliche Indizien, vom größten bis zum kleinsten, schienen darauf hinzuweisen, daß Alexis allein auf diesem Felsen gestorben war, und zwar von eigener Hand.

Und dennoch – warum wollte die braune Stute um keinen Preis in die Nähe des Felsens? War es möglich – Wimsey war kein Freund von Aberglauben, aber er wußte, daß so etwas schon vorgekommen war – war es also möglich, daß Paul Alexis' ruheloser Geist sich noch beim Satans-Bügeleisen herumtrieb, dem stumpfen Vieh erkennbar, nicht aber dem selbstbewußten Menschen? Er hatte einmal ein anderes Pferd gekannt, das sich geweigert hatte, an der Stätte eines lange zurückliegenden Verbrechens vorbeizugehen.

Plötzlich fiel ihm noch ein anderer Punkt ein, den er bei der Gelegenheit vielleicht klären konnte.

«Ist bei Ihnen zu Hause jetzt noch jemand auf, Jem?»

«Ja, Sir. Mutter ist sicher noch auf und wartet auf mich.»

«Ich möchte gern mit ihr sprechen.»

Jem erhob keine Einwände, und Wimsey trat mit ihm ins Haus der Pollocks. Mrs. Pollock, die gerade für Jem eine Suppe anrührte, empfing ihn höflich, schüttelte auf seine Frage aber den Kopf.

«Nein, Sir, wir haben heute nachmittag kein Pferd am Strand gehört.»

Dann war das also erledigt. Wenn Wimsey ungehört an den Hütten vorbeireiten konnte, konnte es jeder andere auch.

«Der Wind kommt heute vom Land», ergänzte Mrs. Pollock.

«Und Sie sind immer noch ganz sicher, daß Sie letzten Donnerstag vor einer Woche auch nichts dergleichen gehört haben?»

«Je nun.» Mrs. Pollock nahm den Topf vom Herd. «Jedenfalls nicht nachmittags um die Zeit, wonach die Polizei gefragt hat. Aber Susie ist eingefallen, daß sie um die Mittagszeit herum so ein Getrappel gehört hat. Wird so gegen zwölf gewesen sein. Aber weil sie was zu tun hatte, ist sie nicht hingelaufen, um zu sehen, was es war.»

«Zwölf Uhr?»

«So ungefähr, Sir. Es ist ihr ganz plötzlich wieder eingefallen, wie wir uns darüber unterhalten haben, was der junge Ormond von uns wissen wollte.»

Wimsey verließ die Hütte und wußte überhaupt nicht mehr, was er denken sollte. Wenn jemand um zwölf Uhr an der Küste entlanggeritten war, erklärte dies das Hufeisen, aber nicht den Mord. War es vielleicht sein entscheidender Fehler gewesen, diesem Hufeisen soviel Bedeutung beizumessen? Könnte nicht irgendein mutwilliger junger Bursche, der das Pferd frei herumlaufen sah, aus reinem Übermut ein Stückchen damit am Strand entlanggeritten sein? Hätte das Pferd nicht sogar allein da herumgaloppieren können?

Aber das brachte ihn wieder auf das merkwürdige Verhalten des Tiers heute nachmittag und auf das Problem mit dem Ring. War der Ring im Felsen für irgendeinen anderen Zweck gedacht? Oder war vielleicht der Mörder schon um zwölf Uhr zum Felsen geritten und hatte sich bis zwei Uhr mit Alexis unterhalten? Aber Jem hatte gesagt, auf dem Felsen habe sich nur die eine Gestalt befunden. Hatte der Mörder sich in der Felsnische versteckt gehalten und auf den rechten Augenblick gewartet, um zuzuschlagen? Aber warum? Der einzige Grund, dorthin zu reiten, konnte doch nur gewesen sein, ein Alibi zu konstruieren, und ein Alibi ist für die Katz, wenn man erst zwei Stunden vertut, bevor man es sich zunutze macht. Und wie war das Pferd nach Hause gekommen? Es war zwischen ein und zwei Uhr jedenfalls nicht am Strand gewesen, wenn man – wiederum – Jem trauen konnte. Wimsey spielte für ganz kurze Zeit mit dem Gedanken, daß vielleicht zwei Männer auf einem Pferd geritten waren – der eine, um den Mord zu begehen, der andere, um das Tier zurückzureiten, aber das erschien ihm denn doch etwas zu weit hergeholt.

Dann kam ihm plötzlich ein völlig neuer Gedanke. In allen Diskussionen über das Verbrechen war man bisher selbstredend davon ausgegangen, daß Alexis zu Fuß entlang der Küstenstraße zum Bügeleisen gegangen war; aber war das bewiesen? Das hatte er sich nie gefragt. Warum hätte nicht Alexis der Reiter sein können?

In diesem Falle war vielleicht die Zeit, in der das Pferd vorbeigelaufen war, erklärt, aber andere Fragen sprossen sofort empor wie Unkraut in einem Rosengarten. An welcher Stelle hatte er das Pferd genommen? Man hatte ihn vom Darley Halt aus zu Fuß in Richtung Lesston Hoe weggehen sehen. War er dann später umgekehrt, hatte das Pferd von der Wiese geholt und war geritten? Wenn nicht, wer hatte es ihm gebracht und wohin? Und wieder die Frage: Wie war es zurückgekommen?

Er beschloß, Inspektor Umpelty ausfindig zu machen und ihn mit diesem Problem zu konfrontieren.

Der Inspektor wollte gerade zu Bett gehen, und sein Willkommensgruß klang nicht eben herzlich, aber als er Wimseys neueste Informationen hörte, lebte er auf.

«Diese Pollocks und Moggeridges sind die größten Lügner unter Gottes Himmel», bemerkte er, «und wenn es ein Mord war, ist das der beste Beweis, daß sie alle drinhängen. Aber zu der Frage, wie Alexis zum Felsen gekommen ist, da können Sie beruhigt sein. Wir haben sechs Zeugen gefunden, die ihn zwischen Viertel nach zehn und Viertel vor zwölf an verschiedenen Stellen die Straße entlanggehen gesehen haben, und sofern da nicht noch jemand anders mit einem schwarzen Bart herumgelaufen ist, können Sie es als erwiesen ansehen, daß er über die Küstenstraße hingekommen ist und nicht anders.»

«Kannte ihn keiner der Zeugen persönlich?»

«Das nicht», gab der Inspektor zu, «aber es ist nicht sehr wahrscheinlich, daß da noch ein anderer junger Mann mit blauem Anzug und Bart um diese Zeit da herumgelaufen ist, es sei denn, jemand hat sich bewußt als er verkleidet, und wozu sollte das wohl gut sein? Ich meine, der einzige Grund, warum sich jemand als Paul Alexis hätte verkleiden sollen, wäre doch höchstens der, den Eindruck zu erwecken, als ob er sich um diese Zeit in der Gegend aufhielt, während er in Wirklichkeit ganz woanders war, oder als ob er nach dem Zeitpunkt, zu dem er mutmaßlich getötet worden war, noch gelebt hätte. Nun wissen wir aber, daß er wirklich in der Gegend war, und damit ist Nummer eins erledigt; und wir wissen, daß er in Wirklichkeit um zwei Uhr und nicht früher umgekommen ist, und damit ist auch Nummer zwei erledigt. Es sei denn», fuhr der Inspektor langsam fort, «daß der wirkliche Alexis zwischen Viertel nach zehn und zwei Uhr irgend etwas im Schilde führte und der andere ein Alibi für ihn konstruieren sollte. Daran hatte ich noch überhaupt nicht gedacht.»

«Ich nehme doch an», sagte Wimsey, «daß es wirklich *Alexis* war, der umgebracht wurde. Sein Gesicht war ja nicht mehr zu erkennen, und ansonsten können wir nur nach den Fotos und den Kleidern gehen.»

«Sonst war es jedenfalls jemand anders mit einem echten Bart», sagte der Inspektor. «Und was meinen Sie, wen Alexis umbringen wollte?»

«Bolschewiken», sagte Wimsey leichthin. «Er könnte sich mit einem Bolschewiken verabredet haben, der ihn umbringen wollte, und hat statt dessen diesen Bolschewiken umgebracht.»

«Könnte schon sein – aber das vereinfacht die Sache auch nicht. Egal, wer wen ermordet hat, der Mörder mußte wieder vom Satans-Bügeleisen wegkommen. Und wie hätte er mit dem Toten die Kleider tauschen können? Dazu war nämlich keine Zeit.»

«Jedenfalls nicht nach dem Mord.»

«Na bitte, was habe ich gesagt? Es macht die Sache nur noch komplizierter. Wenn Sie mich fragen, ich finde Ihren Gedanken, daß irgendein übermütiger junger Bursche irgendwann mit dem Pferd herumgeritten ist, sehr gut. Außer dem Eisenring im Felsen spricht nichts dagegen, und der könnte für einen völlig anderen Zweck dort eingeschlagen worden sein. Damit wäre dann das Pferd ganz aus der Geschichte heraus, und das vereinfacht die Dinge erheblich. Dann können wir nämlich sagen, daß Alexis sich entweder selbst umgebracht hat oder von jemandem ermordet wurde, von dem wir noch gar nichts wissen, jemand, der auf eigenen Beinen die Küste entlanggekommen ist. Daß die Pollocks ihn nicht gesehen haben, hat nichts zu sagen. Er könnte sich unter dem Felsen versteckt gehalten haben, wie Sie schon sagten. Die Frage ist dann nur, wer war es? Es war nicht Weldon, es war nicht Bright, es war nicht Perkins. Aber das sind ja auch nicht die einzigen Menschen auf der Welt.»

Wimsey nickte.

«Ich bin ein bißchen deprimiert», sagte er. «Mit diesem Fall bin ich anscheinend ganz schön auf die Nase gefallen.»

«Es ist zwar ärgerlich», sagte Umpelty, «aber was soll's! Wir arbeiten erst vierzehn Tage daran, und was sind schon vierzehn Tage? Wir müssen uns in Geduld fassen, Mylord, und auf die Übersetzung dieses Briefes warten. Darin könnte alles eine Erklärung finden.»

28

Das Zeugnis der Geheimschrift

Ich weiß nicht, ob ich
Deine Botschaft recht verstehe, doch wenn, so liegt sie
In den wörterreichen Wellen deiner Stimme,
Verschwommen wie ein Abendschatten auf dem Bach.
Fragment

FREITAG, 3. JULI

Der Brief von «Clumps» aus dem Außenministerium traf erst am Freitag ein und enthielt eine bittere Enttäuschung. Er lautete:

«Lieber Wimbles,
Habe Deine Epistel erhalten. Bungo ist in China wegen der Scherereien dort, und ich habe ihm das Ding wunschgemäß nachgeschickt. Möglicherweise ist er irgendwo draußen im Lande unterwegs, aber in ein paar Wochen dürfte er es erhalten. Wie geht's? Trotters habe ich vorige Woche im Carlton getroffen. Er hat sich ein bißchen mit seinem alten Herrn angelegt, scheint es aber zu überleben. Erinnerst Du Dich noch an die Sache Newton-Carberry? Die ist also geregelt, und Flops hat sich auf den Kontinent abgesetzt. Glückauf!

Dein
Clumps»

«Trottel!» sagte Wimsey gehässig. Er warf den Brief in den Papierkorb, setzte den Hut auf und ging zu Mrs. Lefrancs Pension. Hier traf er Harriet eifrig an der Geheimschrift arbeitend an. Sie konnte aber bisher noch keinerlei Erfolg vermelden.

«Ich glaube, es bringt uns überhaupt nichts ein, mit diesen angestrichenen Wörtern weiterzumachen», sagte Wimsey. «Und Bungo läßt uns sitzen. Befassen wir also unsere eigenen Supergehirne mit der Sache. Alles herhören. Da wäre für den Anfang schon mal ein Problem. Was steht in diesem Brief, und warum wurde er nicht zusammen mit den übrigen Papieren verbrannt?»

«Jetzt, wo Sie's sagen, finde ich das auch komisch.»

«Sehr sogar. Dieser Brief kam am Dienstagmorgen. Am Mittwoch wurden alle Rechnungen bezahlt und abends alle Papiere verbrannt. Am Donnerstagmorgen begab Alexis sich zum Zug. Ist es zuviel vermutet, daß die Anweisungen zu alldem in diesem Brief standen?»

«Es hört sich plausibel an.»

«Eben. Das würde heißen, daß in dem Brief das Treffen am Satans-Bügeleisen verabredet wurde. Warum ist nun dieser Brief nicht mit allem anderen verbrannt worden?»

Harriet streifte in Gedanken durch die Gefilde der Kriminalliteratur, wo sie sich ja ganz gut auskannte.

«In meinen Büchern», sagte sie, «lasse ich den Bösewicht am Schluß meist sagen: ‹Bringen Sie diesen Brief mit.› Aus der Sicht des Schurken dient das dazu, daß er sich selbst von der Vernichtung des Schriftstücks überzeugen kann. Aus *meiner* Sicht richte ich es natürlich immer so ein, daß der Schurke immer ein Stückchen von dem Brief in der verkrampften Hand des Opfers zurückläßt, damit Robert Templeton es leichter hat.»

«Richtig. Nun unterstellen wir einmal, daß unser Schurke die Duplizität Ihrer Absichten nicht ganz begriffen hat. Nehmen wir an, er hat sich gesagt: ‹Harriet Vane und andere berühmte Kriminalschriftsteller lassen den Mörder immer dem Opfer sagen, es soll den Brief mitbringen. Folglich gehört sich das so.› Das wäre eine Erklärung für das Vorhandensein dieses Papiers.»

«Dann müßte er aber ein Amateurschurke sein.»

«Warum nicht? Wenn das nicht tatsächlich das Werk eines geschulten bolschewistischen Agenten war, *ist* er wahrscheinlich ein Amateur. Ich vermute also, daß wir irgendwo in diesem Brief, vielleicht am Ende, die Worte finden werden: ‹Bringen Sie diesen Brief mit› – und dann wissen wir, warum er da ist.»

«Aha. Aber warum finden wir ihn dann so schön versteckt in einer Brusttasche und nicht, wie nach Schema F, in der Hand des Opfers?»

«Vielleicht hat das Opfer sich nicht an Schema F gehalten.»

«Dann hätte der Mörder das Opfer durchsuchen und den Brief finden müssen.»

«Das wird er vergessen haben.»

«Wie unfähig!»

«Ich kann nichts dafür. Der Brief ist nun einmal hier. Und zweifellos steckt er voll gefährlicher und wichtiger Informationen. Wenn darin das Treffen vereinbart wurde, ist er gefährlich, weil das beinahe auf einen Beweis dafür hinausläuft, daß Alexis sich nicht selbst umgebracht hat, sondern umgebracht wurde.»

«Aber passen Sie mal auf. Angenommen, Alexis hatte den Brief nur deshalb bei sich, weil darin stand, wie er zum Bügeleisen kommt, und Alexis hatte Angst, das zu vergessen?»

«Das kann nicht sein. Erstens hätte er ihn dann griffbereit in einer Außentasche gehabt – und nicht in der Innentasche versteckt. Und außerdem –»

«Nicht unbedingt. Er könnte ihn griffbereit gehabt haben, bis er am Ziel war, und dann hat er ihn weggesteckt. Schließlich hat er ungefähr eine Stunde allein auf dem Bügeleisen gesessen, nicht?»

«Schon, aber ich wollte ja noch etwas sagen. Wenn er in dem Brief etwas hätte nachsehen wollen, hätte er nicht die Geheimschrift mitgenommen, die zu lesen für ihn immer noch etwas schwierig gewesen wäre, sondern die entschlüsselte Version.»

«Natürlich – aber – sehen Sie denn nicht? – das beantwortet die ganze Frage! Er hat den entschlüsselten Text bei sich, und der Schurke fragt: ‹Haben Sie den Brief mitgebracht?› Und Alexis reicht ihm gedankenlos die entschlüsselte Kopie, die der Schurke nimmt und vernichtet, ohne daran zu denken, daß das Original noch bei dem Toten sein könnte.»

«Sie haben recht», sagte Wimsey, «Sie haben absolut recht. Genauso muß es zugegangen sein. Das wäre also klar, aber viel weiter sind wir damit noch nicht. Immerhin haben wir eine gewisse Vorstellung, was in dem Brief gestanden haben muß, und das ist schon eine große Hilfe beim Entschlüsseln. Außerdem haben wir den Verdacht, daß der Schurke ein Amateur war, weil das aus dem Brief selbst hervorgeht.»

«Wieso?»

«Sehen Sie, hier oben sind zwei Zeilen mit je acht Buchstaben. Nur ein Amateur kann uns acht Buchstaben für sich allein präsentieren, geschweige gleich zweimal acht. Ein Profi würde alles hintereinander schreiben. Nun können diese beiden Achtergruppen eigentlich nur zweierlei sein. Erstens könnten sie der Schlüssel zum Kode sein – ein Schlüssel zum Buchstabentausch, aber das sind sie nicht, denn das habe ich schon ausprobiert, und überhaupt würde niemand so dämlich sein, Schlüsselwort und Geheimschrift zusammen auf dasselbe Blatt Papier zu schreiben. Sie könnten natürlich auch das Schlüsselwort oder die Schlüsselwörter für den *nächsten* Brief sein, aber das glaube ich nicht. Es wäre ja nur eines nötig gewesen, und ein Schlüsselwort von sechzehn Buchstaben, von denen sich keiner wiederholt, dürfte schwer zu finden sein.»

«Würde es nicht jedes Wort tun, wenn man nur die doppelten Buchstaben wegläßt?»

«Doch; aber nach Alexis' sorgfältig präpariertem Lexikon zu urteilen, scheint dieser simple Trick unsern Amateuren nicht eingefallen zu sein. Nun, wenn diese Wörter also nicht die Schlüsselwörter sind, schlage ich vor, sie stellen Adresse und Datum dar. Sie befinden sich an der richtigen Stelle dafür. Ich meine natürlich keine komplette Adresse – nur den Namen einer Stadt wie Brighton oder Damaskus – und darunter das Datum.»

«Das wäre möglich.»

«Wir können nicht mehr als versuchen. Nun wissen wir nicht viel über die Stadt, nur daß die Briefe angeblich aus der Tschechoslowakei kamen. Aber wir könnten das Datum herausbekommen.»

«Wie würde das wohl geschrieben sein?»

«Mal sehen. Die Buchstaben könnten einfach für die Zahlen von Tag, Monat und Jahr stehen. Dann müßte einer davon ein Füllbuchstabe sein, denn eine ungerade Zahl von Buchstaben geht nicht, und eine zweiziffrige Zahl für den Monat ist ausgeschlossen, denn der Brief kam hier am 17. Juni an. Ich weiß nicht, wie lange ein Brief aus Osteuropa bis hierher braucht, aber sicher nicht länger als höchstens drei, vier Tage. Das heißt, er ist wahrscheinlich nach dem 10. Juni aufgegeben worden. Wenn die Buchstaben nicht für Zahlen stehen, würde ich meinen, daß ROMKBSIG für ‹am 1?. Juni› oder ‹den ?. Juni› steht, aber im letzteren Falle müßte der Tag vor dem 10. gewesen sein, und das ist unwahrscheinlich. Nun könnte unser Geheimschreiber die Zahlen mit 1 = A, 2 = B, 3 = C und so weiter verschlüsselt oder für 1 den ersten Buchstaben des Schlüsselworts genommen haben, für 2 den zweiten und so weiter. Ersteres wäre vernünftiger, weil es den Kode nicht verrät. Nehmen wir also an, daß 1 = A ist, so daß er wahrscheinlich als erstes hingeschrieben hat: ‹AM 1?. JUNI›, wobei das Fragezeichen für die unbekannte Ziffer steht, die kleiner als 5 sein muß. Sehr schön. Würde er überhaupt ‹Am 1?. Juni› geschrieben haben, oder was für Möglichkeiten gäbe es da noch?»

«Einige, aber ich würde diese für die plausibelste halten, schon weil sie so schön die acht Buchstaben füllt.»*

* Die Hypothese, daß ROMKBSIG für eine Kombination aus Zahlen allein stehen könnte, erwies sich als unhaltbar, und der Kürze halber lassen wir die zu diesem Schluß führenden Berechnungen hier weg.

«Schön, wir probieren's mal damit und behaupten, daß ROMKBSIG heißen soll: ‹Am 1?. Juni.› Sehr gut. Mal sehen, was wir damit anfangen können. Schreiben wir die Buchstaben zuerst paarweise hin. Die Gruppe MK sparen wir noch aus und schreiben schon einmal hin: RO = AM. Nun gibt es einen Zug an diesem Kode, der beim Entschlüsseln ziemlich hilfreich ist. Angenommen, zwei Buchstaben stehen im Kode-Diagramm unmittelbar neben- oder untereinander, dann werden Sie feststellen, daß Schlüsselpaar und Klartextpaar einen Buchstaben gemeinsam haben. Verstehen Sie das nicht? Passen Sie auf. Nehmen wir unser altes Schlüsselwort DIPLOMAT und schreiben es in ein Diagramm:

D	I	P	L	O
M	A	T		

Wenn Sie jetzt die Klartextgruppe MA verschlüsseln wollen, nehmen Sie jeweils den Buchstaben rechts davon und bekommen MA = AT. Der Buchstabe A erscheint in Kode und Klartext. Dasselbe gilt für untereinanderstehende Buchstaben. Nun kommt das bei unserm ersten Paar RO = AM nicht vor, so daß wir sie vorläufig in Diagonalform hinschreiben können:

A	R
O	M

Wenn diese Buchstaben nun die vier Ecken eines Vierecks bilden, können wir uns sagen, daß A und O im Diagramm in derselben Zeile oder Spalte stehen müssen, desgleichen A und R, O und M sowie R und M.»

«Aber wenn nun zum Beispiel A und M zwar in derselben Zeile oder Spalte stehen, jedoch nicht unmittelbar hinter- oder untereinander?»

«Das macht nichts. Das würde nur heißen, daß alle *vier* Buchstaben in derselben Linie oder Spalte stehen, etwa so:

?A R M O oder R M O A?, oder irgendwie in dieser Art. Wenn wir jetzt also alle acht Buchstaben nehmen und davon ausgehen, daß sie AM 1?. JUNI heißen, ergeben sich folgende Diagramme:

A	R
O	M

A	M
K	?

J	B
S	U

N	I
G	I

Und nun sehen wir, daß in der Tat die Buchstaben N und I neben- beziehungsweise untereinander stehen müssen, denn der Buchstabe I kommt im vierten Diagramm in beiden Kombinationen vor.»

«Aber doch nur unter der Voraussetzung, daß ROMKBSIG wirklich AM 1?. JUNI heißt.»

«Selbstverständlich. Irgend etwas müssen wir zuerst einmal voraussetzen, sonst kommen wir nicht weiter, und wir hatten uns schon geeinigt, daß diese Annahme eigentlich ganz vernünftig ist, oder? Wenn sie falsch ist, haben wir Pech gehabt und müssen etwas anderes versuchen.»

«Dann hat sie einfach zu stimmen», verfügte Harriet kurz und bündig. «Übrigens müßte das G dann auch in derselben Zeile oder Spalte stehen, nicht?»

«Richtig, und zwar gleich rechts davon oder unmittelbar darunter. Wunderbar. Wir haben also schon einmal N, I und G in einer Zeile oder Spalte hinter- oder untereinander, und zwar in dieser Reihenfolge. Das gibt uns übrigens noch einen nützlichen Hinweis. Fällt Ihnen etwas auf?»

«Wenn Sie meinen, daß die drei Buchstaben in umgekehrter alphabetischer Reihenfolge stehen, ja.»

«Genau das meine ich», sagte Wimsey. «Das heißt nämlich, daß mindestens zwei davon, und zwar N und I, im Schlüsselwort vorkommen müssen, sonst könnten sie nicht *vor* dem G stehen.»

«Oder darüber.»

«Eben. Und daraus schließen wir, daß mindestens N und I in den ersten beiden Zeilen vorkommen, weil das Schlüsselwort vermutlich nicht über die ersten beiden Zeilen hinausgeht. Alexis hat in seinem Lexikon lauter Wörter mit höchstens zehn Buchstaben angestrichen. Man kann annehmen, daß sein Brieffreund das auch getan hat und daß es zwischen ihnen sogar so vereinbart war. Wir hätten also folgende drei Möglichkeiten:

	N	
	I	
	G	

oder

	N	I	G	

oder

	N	I	G	

«O nein!» rief Harriet. «Da gibt es noch eine Möglichkeit, nämlich die:

G			N	I

und dann würden zwar das G und das N zum Schlüsselwort gehören, das I aber nicht unbedingt.»

Peter überlegte kurz, dann sagte er entschieden: «Doch. In diesem Falle würden alle drei zum Schlüsselwort gehören, denn I ist der neunte Buchstabe des Alphabets. Wenn es im Diagramm an zehnter Stelle käme, ohne zum Schlüsselwort zu gehören, müßten im Schlüsselwort, das höchstens neun Buchstaben hätte, die ersten acht Buchstaben des Alphabets vorkommen. Das halte ich denn doch für etwas unwahrscheinlich.»

«Ich auch», räumte Harriet ein. «Zumal der neunte Buchstabe ja dann das N wäre. Dann müßten die ersten acht Buchstaben des Schlüsselworts mit den ersten acht Buchstaben des Alphabets identisch sein – was schon deshalb unwahrscheinlich ist, weil nur zwei Vokale darunter sind. Suchen wir in dieser Richtung erst gar nicht weiter. Aber, Peter!»

«Ja?»

«Könnten wir uns nicht auch mal die oberen acht Buchstaben vornehmen und Kreuzworträtsel damit spielen? Eine osteuropäische Stadt mit acht Buchstaben, na?»

«Ich könnte Ihnen ein paar Dutzend aufzählen, denn ‹Hauptstadt› ist ja nicht verlangt. Meinen Sie nicht, wir sollten damit lieber warten, bis wir den einen oder anderen von den acht Buchstaben haben?»

«Gern. Aber wie kommen wir daran?»

Wimsey kratzte sich am Kopf.

«Immerhin haben wir schon einmal NIG und wissen ungefähr, wo und wie sie stehen. Nehmen wir uns doch jetzt einmal die *ersten* von diesen vier Diagrammen vor. Vielleicht haben sie uns etwas zu erzählen.»

Sie hatten ein paar Sekunden auf die Diagramme geschaut, als beide wie verabredet mit dem Zeigefinger danach stachen.

«Hier!» rief Wimsey.

«Da!» rief Harriet.

Sie mußten erst einmal lachen, dann meinte Peter: «Ich sehe, an Ihnen ist ein Geheimagent verlorengegangen. Wie Sie aber ganz richtig bemerken wollten, kommen in diesen Diagrammen beide Male die Buchstaben A und M vor, und zwar in sehr verdächtigen Kombinationen. Was schließen wir daraus, mein lieber Watson?»

«Daß sie es in sich haben», antwortete Harriet folgsam.

«Faustdick hinter den Ohren. Schauen wir einmal, was damit anzufangen ist.»

A	R
O	M

A	M
K	?

«Wir sehen», fuhr Wimsey fort, «daß laut dem zweiten Diagramm die Buchstaben A und M in derselben Zeile oder Spalte stehen müssen. Im ersten Diagramm sind sie durch R und O ersetzt, woraus wir schließen, daß R und O ebenfalls in derselben Zeile oder Spalte zu finden sein müssen wie A und M.»

«Und daß weder A und M noch R und O unmittelbar hintereinander oder untereinander stehen, sonst müßte einer von ihnen in einem Diagramm zweimal vorkommen», ergänzte Harriet.

«Sehr richtig. Und noch etwas. Da AM durch RO ersetzt ist, muß R der nächste Buchstabe rechts vom A und O der nächste Buchstabe rechts vom M sein.»

«Beziehungsweise jeweils darunter.»

«Klar. Aber das tut nichts zur Sache. Wir haben also in einer Zeile oder Spalte die Kombination AR?MO oder MO?AR, wobei das Fragezeichen für den fehlenden Buchstaben auch ganz links oder rechts stehen könnte: ?ARMO oder MOAR?.»

«Oder auch: O?ARM, oder RMO?A. Und so weiter.»

«Und so weiter. Aber in allen Fällen stehen die Buchstaben in einer Reihenfolge, die nicht der alphabetischen entspricht. Daraus können wir, genau wie bei NIG, schließen, daß sie teilweise zum Schlüsselwort gehören, also in den oberen beiden Zeilen vorkommen. Richtig?»

«Richtig», bestätigte Harriet. «Wir haben also schon eine ganze Menge für die oberen Zeilen. Wie wär's, wenn wir uns die verschiedenen Kombinationsmöglichkeiten zwischen ARMO und NIG einmal vornähmen? Vielleicht kommt etwas Lesbares dabei heraus.»

«So ist es. Nehmen wir uns zweckmäßigerweise zuerst die verschiedenen möglichen Stellungen von ARMO vor und versuchen dann, NIG darin einzufügen.»

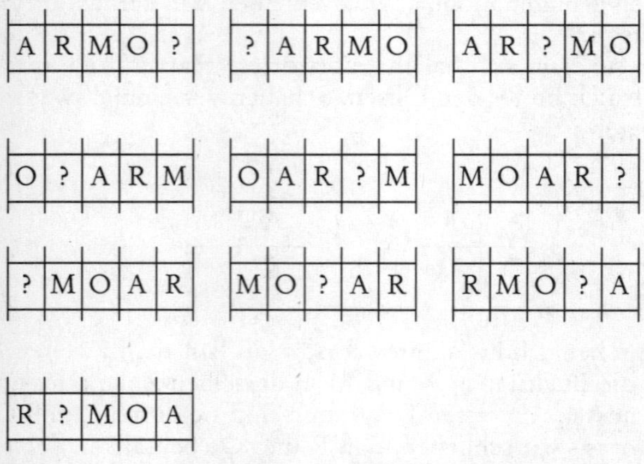

Das taten sie, und sie kamen dabei auf zehn verschiedene Schreibweisen in waagerechter Anordnung. Die senkrechten sparten sie sich, weil sie sich sagten, daß sie das Ganze notfalls um neunzig Grad kippen konnten.

«So», sagte Wimsey, «und jetzt tun wir zuerst so, als ob diese Kombinationen alle waagerecht stehen müßten und NIG senkrecht dazu. Da wir nicht wissen, ob ARMO & Co. in der ersten oder zweiten Zeile stehen, setzen wir an die erste Stelle des Fragezeichens jeweils das N oder I. Das G können wir uns sparen, denn es stünde, wenn NIG senkrecht läuft, ohnehin erst in der dritten Zeile. Also, fangen wir an.»

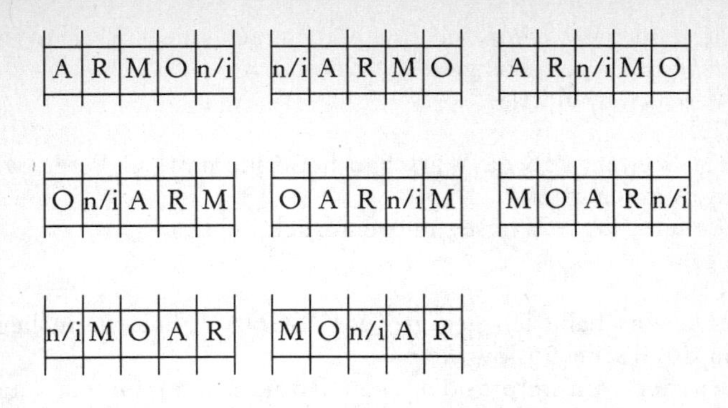

«Halt!» rief Wimsey plötzlich. «Da deutet sich das erste lesbare Wort an. MONAR - und das I steht dann unter dem N. Setzen wir noch ein C und H unter M und O, und unter das A ein E, dann haben wir als Schlüsselwort MONARCHIE. Es erfüllt alle Voraussetzungen. Neun Buchstaben, und keiner davon doppelt. Probieren wir das doch schnell einmal aus. Her mit dem fabelhaften Diagramm!»

M	O	N	A	R
C	H	I	E	B
D	F	G	K	L
P	Q	S	T	U
V	W	X	Y	Z

«Peter, ist das nicht herrlich? Gehen wir tanzen oder irgendwas. Das muß gefeiert werden!»

«Nicht so voreilig», mahnte Wimsey. Wir haben zwar hier ein Schlüsselwort, aber wir wissen noch lange nicht, ob es stimmt. Wie Sie sich erinnern, hängt es erstens davon ab, ob ROMKBSIG wirklich Am 1?. JUNI heißt, was wir nur vage vermuten können. Zweitens wären auch noch andere Kombinationen von ARMO und NIG denkbar. Aber wir probieren es an der osteuropäischen Stadt mit acht Buchstaben einfach mal aus, und wenn dabei eine herauskommt, die wir kennen, haben wir gewonnen. Wo ist die Chiffre? Ich lese die Buchstaben paarweise vor, und Sie suchen die Entsprechungen und schreiben sie hintereinander auf. Los geht's. YO.»

«WA», sagte Harriet.

«NU.»

«RS. Wetten, daß da Warschau herauskommt? O Peter, wir haben es geschafft!»

«Weiter», sagte Wimsey unbeeindruckt. «HI.»

«CH.»

«RT.»

«AU. Was habe ich gesagt? WARSCHAU. Seit wann liegt das in der Tschechoslowakei?»

«Seit der Ministerpräsident von Ruritanien es für ein Paar Schuhe von Paul Alexis eingetauscht hat. Jedenfalls –» Wimsey hatte jetzt keine Zeit mehr für Frivolitäten; seine Nase zuckte – «kann WARSCHAU kein Zufall sein. Das Schlüsselwort stimmt! Aber tanzen gehen wir trotzdem erst später. Zuerst wird der Brief von WARSCHAU bis INMGX entschlüsselt. Weiter geht's mit RATIGICK.»

Wimsey las die Buchstabenpaare, und Harriet schrieb laut den Klartext dazu.

«AN SE IN ED UR CH LA UC HT – An Seine Durchlaucht – Peter, was *soll* das?»

Lord Peter war blaß geworden.

«Mein Gott!» rief er theatralisch. «Kann das sein? Hatten wir unrecht, und die lächerliche Mrs. Weldon hatte recht? Soll ich in meinem hohen Alter noch dazu verdammt werden, eine Bolschewikenbande zu jagen? Weiter, bitte.»

29

Das Zeugnis des Briefes

In einem Worte hört, was bald schon alle werden hören:
Ein König ist ein Mensch, und Mensch will ich nicht sein,
Wenn ich nicht König bin.

Death's Jest-Book

FREITAG, 3. JULI

«An Seine Durchlaucht Großherzog Pawlo Alexeiwitsch, Thronerbe der Romanows.

Die uns von Eurer Hoheit anvertrauten Papiere wurden geprüft, und die Heirat Ihrer erlauchten Ahne mit Zar Nikolaus I. konnte zweifelsfrei nachgewiesen werden.»

Harriet hielt inne. «Was soll das heißen?»

«Weiß der Himmel. Nikolaus I. war kein Heiliger, aber ich wüßte nicht, daß er je eine andere als Charlotte-Luise von Preußen *geheiratet* hätte. Wer in drei Teufels Namen soll Paul Alexis' erlauchte Ahne sein?» Harriet schüttelte den Kopf und las weiter.

«Alles ist bereit. Ihr unter brutaler sowjetischer Unterdrückung ächzendes Volk ersehnt baldige Wiedereinsetzung der Zarenherrschaft.»

Wimsey schüttelte den Kopf.

«Wenn das stimmte, wäre es ein schwerer Schlag für meine sozialistischen Freunde. Man hat mir erst neulich erklärt, daß der russische Kommunismus blüht und gedeiht und daß der Lebensstandard in Rußland, gemessen am Schuhverbrauch, von Null auf ein Paar Schuhe in drei Jahren pro Kopf der Bevölkerung gewachsen ist. Immerhin, es könnte Russen geben, die so umnachtet sind, daß sie mit diesem Stand der Dinge nicht zufrieden sind.»

«Alexis soll doch immer behauptet haben, er sei von adeliger Herkunft, nicht?»

«Ja. Und anscheinend hat er jemanden gefunden, der's ihm geglaubt hat. Weiter.»

«Der Vertrag mit Polen ist glücklich geschlossen. Geld und Waffen stehen zu Ihrer Verfügung. Nur noch Ihre Gegenwart ist vonnöten.»

«Oho!» sagte Wimsey. «So ist das also. Daher der Paß und die dreihundert goldenen Sovereigns.»

«Spione sind am Werk. Vorsicht ist geboten. Verbrennen Sie alle Papiere und alle Hinweise auf Ihre Identität.»

«Den Befehl hat er allerdings befolgt, der Affe!» rief Wimsey dazwischen. «Jetzt wird es interessant.»

«Nehmen Sie am 18. Juni den Zug Ankunft Darley Halt 10.15, und gehen Sie zu Fuß auf Küstenstraße zum Satans-Bügeleisen. Erwarten Sie dort den Reiter vom Meer mit Instruktionen für Ihre Reise nach Warschau. Das Kennwort heißt Reichskrone.»

«Reiter vom Meer? Du meine Güte! Soll das heißen, daß Weldon – daß das Pferd – daß – ?»

«Lesen Sie weiter. Vielleicht ist Weldon noch der Held des Stücks und nicht der Schurke. Aber warum hätte er uns dann nichts davon gesagt?» Harriet las weiter.

«Bringen Sie dieses Schreiben mit. Schweigen und Geheimhaltung sind dringend geboten. Boris.»

«Hm!» sagte Wimsey. «In diesem ganzen Fall, von Anfang bis Ende, habe ich anscheinend nur eines richtig gesehen. Ich habe gesagt, in dem Brief würden die Worte stehen: ‹Bringen Sie diesen Brief mit.› Und es steht da. Aber der Rest ist mir zu hoch. ‹Pawlo Alexeiwitsch, Thronerbe der Romanows.› Hat Ihre Wirtin irgendwas Trinkbares im Haus?»

Nach einer kurzen Erfrischungspause rückte Wimsey seinen Stuhl etwas näher an den Tisch heran und starrte lange auf die entschlüsselte Botschaft.

«Also», sagte er, «wollen wir uns eins mal klarmachen. Sicher ist, daß dieser Brief Paul Alexis zum Bügeleisen geführt hat. Ein Boris, wer immer das ist, hat ihn geschickt. Ist nun Boris ein Freund oder Feind?» Er wühlte wild in seinen Haaren, bevor er langsam weitersprach.

«Als erstes neigt man wohl zu der Annahme, daß Boris ein Freund ist und die in dem Brief erwähnten bolschewistischen Spione vor ihm am Bügeleisen eingetroffen sind und Alexis ermordet haben, möglicherweise Boris gleich mit. Was ist in diesem Falle mit Weldons Stute los? Hat sie den Reiter vom Meer zum Treffpunkt gebracht? Und war Weldon der Reiter und Alexis' kaisertreuer Freund? Möglich wär's durchaus, weil – nein, es ist nicht möglich. Komisch, wenn Sie so wollen.»

«Was?»

«Ich wollte eben sagen, daß in diesem Falle Weldon um zwölf Uhr zum Bügeleisen geritten sein könnte, als Mrs. Pollock das Hufgetrappel hörte. Ist er aber nicht. Er war in Wilvercombe. Aber irgend jemand muß es gewesen sein – ein Freund, dem Weldon das Pferd geliehen hat.»

«Wie ist dann der Mörder hingekommen?»

«Er ist durchs Wasser gewatet und auf demselben Wege wieder verschwunden, nachdem er sich in der Nische versteckt gehalten hatte, bis Sie fort waren. Das Zeitproblem spielte ja nur so lange eine Rolle, wie wir annahmen, daß Weldon oder Bright oder Perkins der Mörder war. Aber wer war der Reiter vom Meer? Warum tritt er nicht vor und sagt: ‹Ich hatte eine Verabredung mit diesem Mann. Ich habe ihn um die-und-die Zeit noch lebend gesehen›?»

«Warum? Weil er Angst hat, der Mann, der Alexis ermordet hat, ermordet auch ihn. Aber das ist alles so verwirrend. Jetzt haben wir zwei Unbekannte, nach denen wir suchen müssen: den Reiter vom Meer, der das Pferd gestohlen hat und gegen Mittag am Bügeleisen war, und den Mörder, der um zwei Uhr da war.»

«Ach ja. Wie schwierig das alles ist! Jedenfalls erklärt es, warum Weldon und Perkins beide nichts von dem Pferd erwähnt haben. Sie können es gar nicht gesehen haben, weil es längst fort und wieder zurück war, bevor beide auf den Zeltplatz kamen. Aber einen Augenblick; das ist doch komisch. Woher wußte der Reiter vom Meer, daß Weldon an diesem Morgen in Wilvercombe sein würde? Scheint reiner Zufall gewesen zu sein.»

«Vielleicht hat der Reiter Weldons Wagen vorsätzlich kaputtgemacht.»

«Das schon, aber wie hätte er selbst dann sicher sein können, daß Weldon fortgehen würde? Eigentlich wäre es doch viel wahrscheinlicher gewesen, daß Weldon dablieb und an seinem Wagen herumbastelte.»

«Vielleicht wußte er, daß Weldon nach Wilvercombe wollte,

und das beschädigte Zündkabel war reines Pech für ihn. Daß Weldon dann trotzdem nach Wilvercombe gefahren ist, war ausgleichendes Glück.»

«Und woher soll er Weldons Pläne gekannt haben?»

«Vielleicht wußte er auch gar nichts von Weldon. Weldon ist erst am Dienstag in Darley angekommen, und diese ganze Geschichte war schon lange vorher geplant. Der unbekannte Reiter war entsetzt, als er Weldons Zelt entdeckte, und dann erleichtert, als er ihn am Donnerstagmorgen abhauen sah.»

Wimsey schüttelte den Kopf.

«Wenn das alles Zufall sein soll! Na ja, mag sein. Sehen wir uns jetzt mal weiter an, was passiert ist. Der Reiter verabredet sich mit Alexis, der gegen Viertel vor zwölf am Bügeleisen ist. Dort trifft er Alexis, gibt ihm seine Instruktionen – mündlich, darf man annehmen –, reitet nach Darley zurück, läßt das Pferd laufen und geht seiner Wege. Gut. Das Ganze wird bis halb oder Viertel vor eins zu Ende gewesen sein; es *muß* jedenfalls bis halb zwei zu Ende gewesen sein, sonst hätte Weldon ihn zurückkommen sehen. Was macht inzwischen Alexis? Statt aufzustehen und *seiner* Wege zu gehen, bleibt er friedlich auf dem Felsen sitzen und wartet, bis um zwei Uhr jemand kommt und ihn ermordet!»

«Vielleicht hatte man ihm gesagt, er soll noch etwas sitzen bleiben, um nicht gleichzeitig mit dem Reiter aufzubrechen. Oder halt – eine bessere Idee. Nachdem der Reiter fort ist, wartet Alexis noch ein bißchen – sagen wir fünf Minuten – jedenfalls so lange, bis sein Freund außer Sicht ist. Dann taucht aus der Nische im Felsen der Mörder auf, der da gelauscht hat, und spricht mit Alexis. Um zwei Uhr endet das Gespräch mit einem Mord. Dann erscheine ich, und der Mörder verschwindet wieder in der Versenkung. Wie ist das? Der Mörder hat sich nicht gezeigt, solange der Reiter da war, weil er sich nicht zutraute, mit zwei Mann gleichzeitig fertig zu werden.»

«Die bekannten Fakten wären damit wohl abgedeckt. Ich frage mich dann nur, warum er Sie nicht auch gleich ermordet hat.»

«Weil es dann schon viel weniger nach Selbstmord ausgesehen hätte.»

«Sehr richtig. Aber wie kommt es, daß Sie die beiden Leute, die sich da angeregt auf dem Bügeleisen unterhielten, nicht gesehen haben, als Sie um ein Uhr kamen und von der Steilküste hinunterschauten?»

«Weiß der Himmel! Wenn der Mörder – oder sogar beide, er und Alexis – auf der Seeseite des Felsens gestanden hat, konnte ich überhaupt nichts sehen. Und das könnte durchaus sein, denn um die Zeit stand das Wasser sehr niedrig, und der Sand war bestimmt trocken.»

«Ja, wahrscheinlich. Und als das Gespräch sich in die Länge zog, sahen sie die Flut kommen und sind auf den Felsen gestiegen, um trockene Füße zu behalten. Das müßte während der Zeit gewesen sein, als Sie schliefen. Es wundert mich dann aber, daß Sie die Unterhaltung nicht gehört haben, solange Sie noch Ihren Lunch verzehrten. Stimmen tragen weit am Strand.»

«Vielleicht haben sie mich die Steilküste herunterkommen hören und sich daraufhin leise verhalten.»

«Vielleicht. Und dann hat der Mörder, der genau wußte, daß Sie da waren, den Mord sozusagen bewußt unter Ihrer Nase begangen.»

«Er könnte gedacht haben, ich sei schon wieder weg. Er wußte, daß ich ihn in dem Moment nicht sehen konnte, weil er mich auch nicht sehen konnte.»

«Und Alexis gab einen Schrei von sich, Sie wachten auf, und er mußte sich verstecken.»

«So ungefähr. Scheint alles ganz gut zusammenzupassen. Und das heißt, wir müssen uns jetzt um einen völlig neuen Mörder kümmern, der Gelegenheit hatte, von dem Treffen zwischen Boris und Alexis Kenntnis zu erhalten. Und», fuhr Harriet hoffnungsvoll fort, «das braucht kein Bolschewik zu sein. Es könnte jemand gewesen sein, der ein persönliches Motiv hatte, Alexis um die Ecke zu bringen. Wie wär's mit diesem Herrn da Soto, der von ihm Leila Garland geerbt hat? Leila könnte ihm irgend etwas Häßliches über Alexis erzählt haben.»

Wimsey blieb stumm. Seine Gedanken schienen woanders zu sein. Mit einemmal sagte er:

«Ja. Nur wissen wir zufällig, daß da Soto die ganze Zeit im Wintergarten gespielt hat. Aber jetzt möchte ich die Sache gern einmal von einem ganz anderen Standpunkt aus betrachten. Was ist mit diesem Brief? Ist er echt? Er ist auf normalem Papier ohne Wasserzeichen geschrieben, das überall herkommen kann und somit gar nichts beweist, aber wenn er wirklich von einem Herrn namens Boris kommt, wieso ist er dann nicht in russischer Sprache abgefaßt? Das wäre viel sicherer gewesen und außerdem viel wahrscheinlicher, wenn Boris wirklich ein russischer Kaisertreuer wäre. Und dann wieder – dieser ganze Einleitungsquatsch von brutalen Sowjets und ächzendem Volk ist so vage und klischeehaft. Sieht so der Brief eines echten Verschwörers aus, der Nägel mit Köpfen macht? Keine Namen darin; keine Einzelheiten aus dem Vertrag mit Polen; und auf der anderen Seite eine Menge überflüssiger Worte wie ‹erlauchte Ahne› und ‹Seine Durchlaucht›. Das klingt nicht echt. Es sieht mir nicht nach etwas Ernstem aus. Es kommt mir so vor, als ob da jemand, der nur eine sehr vage Vorstellung vom Ablauf einer Revolution hat, diesem armen Tropf mit seiner Wahnvorstellung von edler Abkunft um den Bart gegangen sei.»

«Ich will Ihnen sagen, wie es mir vorkommt», sagte Harriet. «Genau so etwas würde ich in einem Kriminalroman schreiben, wenn ich über Rußland aber auch gar nichts wüßte und es mir außerdem egal wäre und ich nur den allgemeinen Eindruck erwekken wollte, daß da jemand konspiriert.»

«Eben!» sagte Wimsey. «Sie haben absolut recht. Der Brief könnte direkt aus einem dieser ruritanischen Epen stammen, die Alexis so liebte.»

«Natürlich – und jetzt wissen wir auch, *warum* er sie so liebte. Kein Wunder! Sie waren Teil seiner fixen Idee. Das hätten wir uns wahrscheinlich schon denken müssen.»

«Und noch etwas. Fällt Ihnen auf, wie schludrig die ersten beiden Absätze des Briefes geschrieben sind – als ob es dem Schreiber völlig egal gewesen wäre, ob Alexis sie richtig entzifferte oder nicht. Aber kaum kommt der gute Boris an die eigentlichen Instruktionen, da schreibt er plötzlich wie gestochen, damit es nur ja kein Verlesen und als Folge davon Fehler beim Entschlüsseln gibt. Das Satans-Bügeleisen schien Boris um einiges wichtiger zu sein als das schmachtende heilige Rußland und das verstimmte Polen.»

«Kurz, Sie finden, daß der Brief eine Finte war.»

«Ja. Aber es fällt auch dann schwer, sich völlig sicher zu sein, wer ihn geschickt hat und warum. Wenn Weldon dahintersteckt, wie wir ursprünglich annahmen, bereiten uns immer noch alle diese Alibis Kopfzerbrechen. Wenn es nicht Weldon ist, wer dann? Wenn wir es wirklich mit einer politischen Verschwörung zu tun haben, wer war dann Alexis? Warum hätte ihn jemand loswerden wollen? Es sei denn, er war wirklich eine wichtige Figur, was aber zu glauben schwerfällt. Er kann sich doch selbst nicht eingebildet haben, zum russischen Kaiserhaus zu gehören – sein Alter stimmt hinten und vorn nicht. Ich weiß, daß man immer wieder Geschichten von einem Zarewitsch hört, der die Revolution überlebt haben soll, aber der heißt Alexei Nikolaiwitsch, nicht Pawlo Alexeiwitsch. Und er hätte ein völlig anderes Alter – und außerdem hat es bei ihm nie Zweifel an seiner Abstammung von Nikolaus I. gegeben. In Alexis' Büchern finden sich wohl nirgends Notizen, aus denen hervorgehen könnte, wer er zu sein glaubte?»

«Nichts dergleichen.»

Wimsey sammelte die Papiere vom Tisch ein und erhob sich.

«Ich werde das Glaisher übergeben», sagte er. «Damit er etwas zum Nachdenken hat. Ich sehe von Zeit zu Zeit gern andere Leute ein bißchen arbeiten. Ist Ihnen eigentlich klar, daß schon fast Teezeit ist und wir noch nicht zu Mittag gegessen haben?»

«Bei angenehmem Tun verfliegt die Zeit», deklamierte Harriet sinnig.

Wimsey legte seinen Hut und die Papiere wieder auf den Tisch, öffnete den Mund, um etwas zu sagen, überlegte es sich anders, nahm seine Siebensachen wieder in die Hand und marschierte zur Tür.

«Adieu», sagte er liebenswürdig.

«Adieu», antwortete Harriet.

Er ging hinaus. Harriet saß da und starrte die geschlossene Tür an.

«Na ja», sagte sie. «Gott sei Dank hat er es aufgegeben, mir Heiratsanträge zu machen. Es ist auch viel besser, wenn er sich das aus dem Kopf schlägt.»

Es muß ihr sehr ernst damit gewesen sein, denn sie wiederholte den Satz mehrere Male.

Wimsey nahm im Hotel eine gewaltige Mahlzeit zu sich, dann ging er zur Polizei, überreichte den entschlüsselten Brief dem Polizeidirektor, der sich sehr beeindruckt zeigte, und fuhr dann mit dem Wagen nach Darley. Ihn störte immer noch der Zufall, daß Weldon ausgerechnet im entscheidenden Zeitraum nicht am Hinks's Lane gewesen war. Er begab sich zu Mr. Polwhistle.

«Nun, Mylord», sagte dieser ehrenwerte Mann, «der Fehler lag tatsächlich an den Zündkabeln. Wir haben zuerst am Magnetzünder herumprobiert, aber der war tipptopp in Ordnung, und den Zündkerzen fehlte auch nichts, und nachdem wir noch eine Weile herumgefummelt hatten, sagt auf einmal Tom: ‹Jetzt kann ich mir nur noch denken, daß es die Zündkabel sind›, sagt er. Nicht wahr, Tom?»

«Stimmt. Ich hab nämlich ein Motorrad, und da hatte ich auch schon mal Ärger mit dem Zündkabel, weil die Isolierung sich an den Kühlrippen durchgescheuert hatte, und da hab ich gemeint: ‹Wie ist es denn mit den Zündkabeln?› Worauf Mr. Martin sagt:

‹Das ist überhaupt die Idee›, und bevor ich Piep sagen kann, hat er sie schon weggerissen. ‹Lassen Sie mich mal sehen, Sir›, sag ich. ‹Wozu willst du die beschissenen Dinger› – Verzeihung, Sir – ‹auch noch angucken?› sagt er. ‹Davon werden sie bestimmt nicht wieder ganz. Mach ein Paar neue rein und gib Ruhe.› Da hab ich also ein Stück Zündkabel aus der Tasche genommen und ein Paar neue hergerichtet und angeschlossen, und kaum waren die drin, sprang die Karre an wie geschmiert. Sehen Sie, Mylord, ich meine, da muß was an der Isolierung gewesen sein – daher auch am Tag vorher immer wieder die Kurzschlüsse, wo Mr. Martin sich drüber beklagt hat, daß der Motor schlecht startet und läuft, und da kann es sein, daß die Kabel sich irgendwie kurzgeschlossen haben, und am Donnerstag war's dann ganz aus damit.»

«Höchstwahrscheinlich», sagte Wimsey. «Haben Sie sich die Zündkabel zufällig hinterher angesehen?»

Tom kratzte sich am Kopf.

«Jetzt wo Sie fragen», meinte er, «da weiß ich gar nicht recht, was aus den Kabeln geworden ist. Ich weiß noch, wie Mr. Martin dastand und sie in der Hand hatte, aber ob er sie mitgenommen oder dagelassen hat, kann ich nicht genau sagen.»

«Ah!» rief Mr. Polwhistle triumphierend. «Aber *ich* weiß das. Wie Mr. Martin den Motor gestartet hat, da hat er sich die Kabel gedankenlos in die Tasche gesteckt, und wie er sein Taschentuch herausgezogen hat, um sich das Öl von den Fingern abzuwischen, da sind sie ihm rausgefallen ins Gras. Und ich hab sie aufgehoben, weil ich sah, daß er sie anscheinend nicht haben will, und hab sie in die Tasche getan, die ich immer bei mir habe, weil ich immer für Ordnung und Sauberkeit bin, und ein bißchen hab ich auch gedacht, daß man sie irgendwann noch mal für ein Motorrad oder so brauchen kann. Und da sind sie jetzt noch, wenn sie nicht für irgendwas gebraucht worden sind.»

«Ich würde sie mir gern einmal ansehen.»

«Nichts leichter als das», sagte Mr. Polwhistle und holte eine kleine Werkzeugtasche, in deren Innerem er zwischen allem möglichen Krimskrams herumwühlte. «Nichts leichter als das, und da sind sie auch schon; daran sehen Sie, daß ich immer auf Ordnung halte.»

Wimsey nahm die beiden Zündkabel entgegen.

«Hm – ja – hier scheinen sie kurzgeschlossen zu sein, genau wo sie am Bügel zusammenkommen.» Er riß die Drähte auseinander. «Aber an der Isolierung fehlt anscheinend nichts. He, hallo »

Er fuhr mit dem Finger leicht über eines der Kabel.

«Hier haben Sie das Malheur», sagte er.

Mr. Polwhistle fuhr ebenfalls mit dem Finger über das Kabel und zuckte mit einem kleinen Aufschrei zurück.

«Ganz schön spitz», schimpfte er. «Was ist das?»

«Ich würde sagen, es ist die Spitze einer Nähnadel», sagte Wimsey. «Geben Sie mir mal ein scharfes Messer, dann werden wir's gleich sehen.»

Als die Isolierung aufgeschnitten war, lag die Ursache des Kurzschlusses mehr als klar zutage. Die Nadel war durch das Kabel gedrückt und dann abgebrochen worden, so daß sie keine Spur von ihrem Vorhandensein hinterließ. Als die beiden Kabel noch nebeneinander an ihrem Platz gewesen waren, hatte die Nadel offenbar in beiden gesteckt und so die Isolierung überbrückt und den Zündfunken kurzgeschlossen.

«Na so was!» sagte Mr. Polwhistle. «Das muß man sich mal vorstellen! Das ist aber eine Gemeinheit, einem Herrn so einen Streich zu spielen. Möchte wissen, wer das war. Wie kannst du denn übersehen haben, daß die zwei Kabel so zusammengenäht waren, Tom?»

«Das kann man unmöglich gesehen haben, als die Kabel noch am Motor waren», sagte Wimsey. «Da hat das alles unter dem Bügel gesteckt.»

«Und wo Mr. Martin die Kabel so plötzlich rausgerissen hat», sagte Tom, «ist doch klar, daß ich das nicht gesehen haben kann. Sicher, wenn ich sie hinterher in der Hand gehabt hätte –»

Er sah Mr. Polwhistle vorwurfsvoll an, aber der ignorierte das.

«Ich kann mich nur wundern», sagte Mr. Polwhistle, «wie Sie auf so was gekommen sind, Mylord.»

«Ich habe dergleichen schon gesehen», sagte Wimsey. «Das ist eine sehr praktische Methode, um zum Beispiel einen Motorradfahrer zu Beginn eines Rennens aufzuhalten.»

«Und wie Sie hergekommen sind und nach den Zündkabeln gefragt haben, Mylord, hatten Sie da schon erwartet, die Nadel zu finden?»

«Nein, Tom. Ich hatte mich schon damit abgefunden, daß ich so etwas nicht finden würde. Ich bin sogar mit der Absicht hergekommen, zu beweisen, daß es nichts dergleichen zu finden gab. Hören Sie mal, Sie beide, sagen Sie bitte hiervon zu niemandem ein Wort.»

«Nein, Mylord? Aber wir sollten doch herauszukriegen versuchen, wer der Lümmel war, der da an dem Wagen dieses Herrn herumgespielt hat.»

«Nein. Das nehme ich notfalls selbst in die Hand. Aber es ist möglich, daß dieser – dieser Streich von jemandem ausgeheckt wurde, der mit dieser Geschichte am Satans-Bügeleisen zu tun hat, und deshalb redet man besser nicht darüber. Sie verstehen? Von jemandem, der nicht wollte, daß Mr. Martin an diesem Morgen nach Wilvercombe fuhr.»

«Ich verstehe, Mylord. Also gut. Wir sagen kein Wort. Aber eine komische Sache ist das schon, trotz allem.»

«O ja», sagte Wimsey. «Sehr komisch.»

Es war um einiges komischer, als Mr. Polwhistle sich wohl vorstellte, aber ein bestimmtes Glitzern in Toms Augen verriet, daß dieser immerhin zu begreifen begann, *wie* komisch das Ganze war. Eine durch die Zündkabel eines zweizylindrigen Motors gestochene Nadel ruft keine Fehlzündung und keinen unruhigen Lauf hervor, sondern unterbricht die Zündung ganz und gar. Trotzdem war der Morgan am Mittwoch noch gelaufen (wenn auch nicht gut), und zwar bis zu dem Augenblick, an dem Mr. Martin zum Hinks's Lane zurückgekehrt war. Und für Wimsey, der wußte, daß Martin eigentlich Weldon war, schien die Sache doppelt unerklärlich zu sein. Warum hatte Weldon sich extra die Mühe gemacht, für seine Reise den kleinen, dreirädrigen Morgan zu mieten, wo ihm doch mit dem Zelt und dem vielen mitzunehmenden Gepäck ein größerer Wagen sicher bequemer gewesen wäre? War es wieder Zufall, daß er ausdrücklich um einen zweizylindrigen Wagen gebeten hatte, den man mit einer bloßen Nähnadel völlig stillegen konnte? Gewiß, der Morgan kostete weniger Steuer als ein vierrädriger Wagen, aber schließlich zahlte Weldon ja keine Steuer für ihn. Auch die Miete war wohl etwas billiger, aber warum hätte Weldon unter den gegebenen Umständen an der Wochenmiete für einen Wagen knausern sollen?

Und doch – und doch – von welcher Seite man es auch betrachtete, mußte es doch eigentlich in jedermanns Interesse liegen, daß Mr. Weldon nach Wilvercombe kam, und *nicht*, daß er am Hinks's Lane sitzen blieb. Konnte es Zufall sein, daß irgendein Spaßvogel sich gerade diesen Augenblick ausgesucht hatte, um den Morgan außer Gefecht zu setzen? Gewiß nicht. Aber wer hatte es dann getan? Jemand, der einen Zeugen in Darley brauchte? Jemand, der nicht wollte, daß Weldon in Wilvercombe seine Erkundigungen einzog? Und wieso hatte Weldon sich am Tag zuvor über einen schlecht laufenden Motor beklagt? Noch ein Zufall? Vielleicht eine vorübergehende Düsenverstopfung, die sich in der Zwischenzeit von selbst ausgepustet hatte?

Eines stand fest: daß Henry Weldon, indem er inkognito mit gefärbten Haaren und dunkler Brille hierhergekommen war, um auf eigene Faust Detektiv zu spielen, sich in ein Gewirr von Zufällen und Mutmaßungen verstrickt hatte, das schon fast nach dem Werk eines böswilligen, lästigen Dämons aussah.

Und noch etwas schien festzustehen: daß alle Theorien, die Wimsey sich bisher zu diesem Fall zurechtgelegt hatte, furchtbar weit danebenlagen.

30
Das Zeugnis des getreuen Dieners

So kreuzten sie, und machten kehrt, und kamen wieder.
The Second Brother

SAMSTAG, 4. JULI

Mr. Mervyn Bunter saß in einem billigen Hotelzimmer in Bloomsbury und behielt ein recht verstaubtes, mit schmuddeligen Vorhängen dekoriertes Fenster im Auge, das er über einen sehr schmutzigen Hof hinweg gerade noch sehen konnte. Es war Mr. Bunters viertes Quartier in ebenso vielen Tagen, und er hatte das Gefühl, nicht mehr lange unsichtbar bleiben zu können, wenn das so weiterging. Die erste Nacht hatte er auf der Straße verbracht und dabei die Tür zu einer gewöhnlichen Absteige in Whitechapel beobachtet. Von dort war er seinem Opfer zu einer tristen kleinen Pension in Brixton gefolgt. Bei dieser Gelegenheit hatte er Unterkunft über einem gegenüberliegenden Tabakwarenladen gefunden und, indem er spät zu Bett gegangen und früh aufgestanden war, am nächsten Morgen weiter auf Mr. Brights Spur bleiben können. Die Verfolgungsjagd hatte ihn dann durch sämtliche weniger schönen Gegenden Londons geführt, von einer Straßenbahn zur nächsten, von einem Bus zum andern. Das war sehr schwierig gewesen. Ein paarmal hatte er sich in das gleiche Verkehrsmittel wie Bright gewagt, aber um nicht entdeckt zu werden, hatte er ihn die meiste Zeit in Taxis verfolgen müssen, die in diesem Teil der Stadt erstens schwer zu finden und zweitens, wenn man sie gefunden hatte, sehr auffällig waren. Die Nacht hatte er dann unbequem in der Krypta von St. Martin's-in-the-Fields zugebracht. Jetzt waren sie hier, und Bunter hoffte von Herzen, die Qual möge nicht mehr lange dauern. Er hatte sich einen ebenso abscheulichen wie billigen Anzug gekauft, den zu tragen ihm Qualen bereitete, und außerdem hatte er sich noch eine absolut geschmacklose Melone von welliger Gestalt und schwerer Qualität zugelegt, dazu eine Schottenmütze, einen

Schlapphut und einen dunkelfarbigen Mantel. Jeden Tag hatte er sein Aussehen dadurch zu verändern getrachtet, daß er abwechselnd diese widerwärtigen Kleidungsstücke anzog und die andern in Papiertüten mit sich herumtrug, bis er zuletzt das Gefühl hatte, die ständige Gegenwart eines Mannes mit Papiertüten könnte dem Beschatteten verdächtig vorkommen, und so hatte er seinen Arm und sein Gemüt im gleichen Zug entlastet, indem er die häßliche Melone in einem Schnellimbiß unter den Tisch legte und sie dort ihrem Schicksal überließ. Nun saß er da, einen Schlafanzug in der einen Manteltasche, ein Rasiermesser nebst Zahnbürste und Schottenmütze in der anderen und den Schlapphut in der Hand, bereit, wie der Wind hinauszueilen, sowie Bright auch nur die mindesten Anstalten machte, zu verduften.

Während der letzten Tage hatte Bright stets nur seinen Aufenthalt gewechselt. Er hatte keinen Friseursalon betreten und sich nicht um Arbeit bemüht. Er schien nur die Zeit totzuschlagen – oder aber bewußt seine Spuren zu verwischen. Ein paarmal war er ins Kino gegangen, hatte das Britische Museum aufgesucht oder einen ganzen Nachmittag auf einer Bank im Hyde Park gesessen. Er hatte mit niemandem gesprochen, außer mit Bus- und Straßenbahnschaffnern, Kellnerinnen und anderen harmlosen und notwendigen Leuten. Zur Zeit saß er an seinem Zimmerfenster und las in einem Edgar Wallace, den Bunter ihn tags zuvor an der U-Bahn-Station Leicester Square hatte kaufen sehen.

Plötzlich klappte er unter Bunters wachsamen Blicken das Buch zu und ging vom Fenster weg. Über den Hof hinweg sah Bunter ihn sich bücken, hin und her gehen und die Arme in einer Weise bewegen, die Bunter wohlvertraut war. Bunter hatte dieselben Bewegungen schon Hunderte von Malen gemacht und wußte sie zu deuten. Bright packte seine Sachen. Bunter eilte ins Büro hinunter, gab seinen Schlüssel ab (eine Rechnung zu begleichen gab es nicht, denn da er ohne Gepäck gekommen war, hatte er im voraus zahlen müssen) und ging auf die Straße hinaus. Hier hatte er das Glück, ein Taxi anhalten zu können, dessen Fahrer intelligent aussah und gern bereit war, ein bißchen Detektiv zu spielen. Sie befanden sich in einer Sackgasse, und Bunter stieg ein und ließ sich als erstes zur Hauptstraße hinausfahren. Hier stieg er wieder aus, ging in ein Zeitungsgeschäft und überließ es dem Taxifahrer, den Straßeneingang zu beobachten. Plötzlich sah er, im Ladeneingang stehend und scheinbar in die Morgenzeitung vertieft, den Fahrer die Hand zum Zeichen heben. Ein grünes Taxi war in die Sackgasse eingebogen. So weit, so gut.

«Fahren Sie langsam bis zur Ecke», sagte Bunter, «und bleiben Sie da stehen, bis das Taxi wieder herauskommt. Wenn der Richtige drinsitzt, klopfe ich an die Scheibe. Folgen Sie ihm dann, aber nicht zu dicht. Und verlieren Sie ihn nicht im Verkehr.»

«Geht in Ordnung. Scheidungsfall, wie?»

«Mord», sagte Bunter.

«Mann!» sagte der Fahrer. «Polizei?»

Bunter nickte.

«Mannomann», sagte der Fahrer. «Sie sehen nicht danach aus. Das wollen Sie wahrscheinlich auch nicht. So, da sind wir. Das Taxi steht an der Hoteltür. Nehmen Sie den Kopf runter – ich sag Ihnen Bescheid, wenn er rauskommt.»

Mit diesen Worten stieg der Fahrer gemächlich aus und öffnete seine Motorhaube. Ein vorbeikommender Polizist warf ihm nur einen Blick zu, nickte und ging schweren Schrittes weiter.

«Jetzt kommt er raus», sagte der Fahrer, indem er den Kopf zum Fenster hereinsteckte, und dann lauter: «Alles klar, Chef – war nur 'n Wackelkontakt. Jetzt springt er gleich an.»

Er fuhr an, gerade als das grüne Taxi aus der Sackgasse geschossen kam. Mit einem kurzen Blick über die Zeitung erkannte Bunter Mr. Brights blasses Gesicht und klopfte an die Scheibe. Das grüne Taxi fuhr nah an ihnen vorbei. Bunters Taxi wendete auf der Straße und hängte sich dreißig Schritt dahinter.

Das grüne Taxi schlängelte sich durch trostlose Nebensträßchen, kam auf die Judd Street, fuhr weiter über den Brunswick Square in die Guilford Street und dann die Lamb's Conduit Street und Red Lion Street hinunter. Es bog nach rechts in die High Holborn und dann wieder nach links in den Kingsway ein, dann in die Great Queen Street, um schließlich auf der Long Acre zu landen. Das Verfolgertaxi blieb mit Leichtigkeit auf der Fährte, die nach links in eines der kleinen, von Fuhrwerken und Händlerkarren verstopften Sträßchen hinunter zum Covent Garden führte. Bei der Zufahrt zum Markt hielt das grüne Taxi an.

Bunters Taxi war eines von der neueren und besseren Sorte, ausgerüstet mit einer elektrischen Sprechanlage, die wirklich funktionierte. Bunter drückte den Knopf und wandte sich an den Fahrer.

«Wenn er hier aussteigt, fahren Sie langsam da um das große Fuhrwerk herum. Ich springe hinaus. Schauen Sie sich nicht um, bemerken Sie es gar nicht. Ich lege Ihnen eine Halbpfundnote auf den Sitz. Fahren Sie geradeaus über den Markt weiter.»

Der Kopf des Fahrers nickte zustimmend. Bunter sah aus dem

linken Fenster Bright am Straßenrand stehen und seinen Fahrer bezahlen. Bunters Taxi fuhr unbeirrt weiter, und kaum waren sie hinter dem großen Pferdefuhrwerk, sprang er rasch hinaus. Ein Obsthändler, der das Manöver beobachtet hatte, schrie dem Fahrer zu, daß ihm sein Fahrgast durchbrenne, aber in dem Moment griff der brave Mann nach hinten und schlug seelenruhig die Tür zu. Der Obsthändler stand mit offenem Mund da, während Bunter, der im Taxi den Schlapphut gegen die Schottenmütze getauscht hatte, um das Fuhrwerk herumhuschte, um nach Bright zu sehen.

Zu seiner großen Freude sah er Bright am Randstein stehen und Bunters sich entfernendem Taxi zufrieden nachsehen. Nach einem kurzen Rundblick schien er überzeugt zu sein, daß ihm niemand mehr folgte, und begab sich, einen Koffer in der Hand, raschen Schrittes zum Markt. Bunter nahm, durch Obstreste und Kohlblätter watend, die Verfolgung auf. Die Jagd führte über den Markt, auf die Tavistock Street hinaus und hinunter in Richtung Strand. Hier nahm Bright einen Bus nach Westen, und Bunter folgte erneut im Taxi. Diese Etappe führte nur bis zur Charing Cross Station, wo Bright ausstieg und über den Bahnhofsvorplatz eilte. Bunter warf seinem Fahrer hastig zwei Shilling zu und setzte ihm nach.

Bright ging geradewegs ins *Charing Cross Hotel*; Bunter mußte ihm diesmal dicht auf den Fersen folgen, um seine Beute nicht zu verlieren. Bright ging zur Rezeption und sprach mit dem Portier. Kurz darauf zeigte er ihm eine Visitenkarte und bekam ein Päckchen ausgehändigt. Nachdem er es in seinem Koffer verstaut hatte, machte er auf dem Absatz kehrt und ging zur Tür zurück, wobei er auf Armeslänge an Bunter vorbeikam. Ihre Blicke trafen sich, aber Bright verriet mit keiner Miene ein Wiedererkennen. Er trat wieder auf den Bahnhofsvorplatz hinaus.

Von nun an ging es für Bunter um alles oder nichts. Er war gesehen worden, und jetzt kam es mehr denn je darauf an, daß er außer Sicht blieb. Ein paar bange Sekunden lang wartete er, bevor er Bright folgte, dann sah er ihn gerade noch die Treppe zur U-Bahn-Station hinuntergehen.

In diesem Augenblick hätte Bunter alles für seine getreue Melone gegeben. Er tat sein Möglichstes, indem er die Mütze wieder gegen den Hut tauschte und, während er über den Vorplatz rannte, in den dunklen Mantel schlüpfte. Es ist nicht nötig, die nun folgende lange Verfolgungsjagd durch das Londoner U-Bahn-Netz zu schildern, die eine ganze Stunde ausfüllte. Nach dieser

Stunde traten Hase und Hund, nachdem sie in der Zwischenzeit die ganze Windrose umfahren hatten, in geziemender Reihenfolge auf den Piccadilly Circus hinaus. Die nächste Station war das Corner House, wo Bright den Aufzug nahm.

Nun hat das Corner House drei große Etagen, und jede von ihnen hat zwei Türen. Mit Bright in denselben Aufzug zu steigen, hätte jedoch bedeutet, die Katastrophe herauszufordern. Wie eine verdutzte Katze, die ihre Maus im Loch verschwinden sieht, stand Bunter da und sah dem nach oben fahrenden Aufzug nach. Dann ging er an die mittlere Theke und tat so, als betrachtete er die dort ausgelegten Kuchen und Süßigkeiten, während er in Wirklichkeit sämtliche Aufzugtüren und die beiden marmornen Treppen scharf im Auge behielt. Nach zehn Minuten glaubte er nun wirklich davon ausgehen zu können, daß Bright nur etwas zu sich nehmen wollte. Er ging auf die nächstgelegene Treppe zu und sauste hinauf wie der Blitz. Der Aufzug begegnete ihm auf einer Abwärtsfahrt, noch ehe er das erste Stockwerk erreicht hatte, und plötzlich befiel ihn die schreckliche Überzeugung, daß er Bright mit sich forttrug. Tat nichts, die Würfel waren gefallen. Er stieß die Schwingtür im ersten Stock auf und schlenderte langsam zwischen den vollbesetzten Tischen umher.

Der Anblick von Gästen, die verzagt nach einem Platz Ausschau halten, ist im Corner House nichts Ungewöhnliches. Niemand beachtete Bunter, bis er die Runde durch den großen Saal gemacht und sich überzeugt hatte, daß Bright nicht unter den Anwesenden war. Er ging durch die andere Tür hinaus, wo man ihn mit der Frage aufhielt, ob er bedient worden sei. Er antwortete, er suche nur einen Bekannten, und lief in den zweiten Stock hinauf.

Der obere Saal war das genaue Gegenstück des unteren, nur daß hier anstelle eines männlichen Orchesters im Abendanzug, das *Mein Papagei hat Ringe unter den Augen* spielte, eine Damenkapelle in Blau Melodien aus *Die Gondolieri* zum besten gab. Bunter schob sich durch das Gedränge, bis er – sein sonst so ruhiges Herz machte einen Hüpfer unter der geschmacklosen blauen Weste – plötzlich eines wohlvertrauten rötlichen Haarschopfs über einem leicht verwachsenen Schulterpaar ansichtig wurde. Bright war da. Er saß mit drei älteren Frauen zusammen an einem Tisch und verzehrte friedlich ein Grillkotelett.

Bunter blickte verzweifelt um sich. Zuerst schien es ganz und gar hoffnungslos zu sein, irgendwo in der Nähe einen Platz finden zu wollen, aber schließlich erspähte er ein junges Mädchen, das soeben sein Make-up erneuerte und an seiner Frisur herumdrückte, um zu gehen. Er hechtete an den Tisch und sicherte sich den freiwerdenden Stuhl. Es dauerte einige Zeit, bis er der Kellnerin habhaft wurde, um einen Kaffee bestellen zu können; aber zum Glück schien Bright es mit dem Essen nicht eilig zu haben. Bunter bat sofort um die Rechnung, als der Kaffee kam, und saß dann geduldig da, die Zeitung vor dem Gesicht auseinandergefaltet.

Nach einer Zeit, die ihm endlos vorkam, hatte Bright endlich fertig gegessen, sah auf die Uhr, rief nach der Rechnung und erhob sich. Bunter war an der Kasse der vierte hinter ihm, und als er sich durch die Tür drängte, sah er den rötlichen Kopf gerade noch die Treppe hinuntergehen. In diesem glücklichen Augenblick kam gerade der Aufzug. Bunter sprang hinein und wurde lange vor seiner Beute im Erdgeschoß in die Freiheit entlassen. Er sah Bright hinausgehen, nahm die Verfolgung auf und fand sich nach ein paar Minuten hektischer Jagd durch das Verkehrsgewühl in einem Kino am Haymarket wieder, wo er ein Billett für Sperrsitz löste.

Bright setzte sich auf einen Platz in der dritten Reihe der nächstbilligeren Plätze. Bunter flüsterte der Platzanweiserin rasch zu, daß er doch nicht so weit vorn sitzen möchte, und setzte sich ein paar Reihen hinter ihn. Jetzt durfte er wieder aufatmen. Von seinem Platz aus konnte er Brights Kopf als Silhouette vor dem relativ hellen Hintergrund des unteren Teils der Leinwand sehen. Bunter ignorierte das Drama von Liebe und Leidenschaft, das vom ersten Mißverständnis bis zum letzten langen Kuß dort oben seinen mechanischen Ablauf nahm, und konzentrierte statt dessen seinen Blick so sehr auf den Kopf, daß ihm davon Tränen über die Wangen liefen.

Der Film flimmerte zu Ende. Das Licht ging an. Bright stand plötzlich auf und drängte sich auf den Gang. Bunter wollte ihm schon folgen, aber statt dem nächsten Ausgang zuzustreben, überquerte Bright nur den Gang und verschwand hinter einem diskreten Vorhang, über dem in blauer Leuchtschrift das Wort «Herren» prangte.

Bunter sank auf seinen Platz zurück und wartete. Andere Herren gingen aus und ein, aber kein Bright kam heraus. Angst befiel Bunter. Konnte man dieses Kino durch die Toilette verlassen? Die Lichter verloschen langsam, es wurde dunkel, und ein Zeichentrickfilm begann. Bunter stand auf, stolperte über die Füße dreier kichernder Mädchen und eines verärgerten alten Mannes und begab sich gemessen den Gang hinunter.

In dem Moment wurde der Vorhang zu «Herren» zur Seite gezogen, und ein Mann kam heraus. Bunter sah ihn sich im Vorbeigehen so genau an, wie es im Dämmerlicht möglich war, aber das spitze Profil sagte ihm, daß dieser Mann einen Bart trug. Er ging mit einer gemurmelten Entschuldigung an Bunter vorbei und weiter den Gang hinauf. Bunter setzte seinen Weg nach unten fort, aber einem Instinkt gehorchend, drehte er sich vor dem Vorhang noch einmal um und sah zurück.

Er sah den Rücken des Bärtigen deutlich umrissen vor dem plötzlichen Blau des Tageslichts und erinnerte sich, wie Wimsey einmal zu ihm gesagt hatte: «Jeder Narr kann sein Gesicht verändern, aber seinen Rücken verändert nur ein Genie.» Er war diesem Rücken nicht fünf Tage lang durch London gefolgt, ohne seine Umrisse genauestens zu kennen. Im nächsten Moment eilte er bereits den Gang hinauf und war schon draußen. Ob mit Bart oder ohne – das war sein Mann.

Wieder begann das Spiel mit den zwei Taxis, das diesmal ohne Umwege direkt nach Kensington führte. Bright schien jetzt wirklich zu einem bestimmten Ziel zu wollen. Sein Taxi hielt vor einem ordentlichen Haus in einem guten Viertel; er stieg aus und schloß sich selbst die Tür auf. Bunter fuhr bis zur nächsten Ecke weiter und fragte dann seinen Fahrer:

«Haben Sie die Hausnummer gesehen, wo sie angehalten haben?»

«Ja, Sir. Nummer 17.»

«Danke.»

«Scheidung, Sir?» fragte der Fahrer grinsend.

«Mord», sagte Bunter.

«Mannomann!» Dies schien die natürliche Reaktion auf Mord zu sein. «Na ja», sagte der Taxifahrer. «Hoffentlich baumelt er dafür», und damit fuhr er weiter.

Bunter sah sich um. Er wagte nicht, an Nummer 17 vorbeizugehen. Bright konnte noch auf der Lauer liegen, und sowohl Schottenmütze wie Schlapphut betrachtete Bunter inzwischen als altgediente Veteranen, von denen hinsichtlich Verkleidungseffekt nicht mehr viel zu verlangen war. Er sah eine Apotheke und ging hinein.

«Können Sie mir sagen», begann er, «wer hier in Nummer 17 wohnt?»

«Aber ja», sagte der Apotheker. «Ein Herr namens Morecambe.»

«Morecambe?» In Bunters Kopf schien ein großes Stück eines

Puzzlespiels mit fast hörbarem Klicken an seinen Platz zu fallen. «Ein nicht sehr großer Mann, der eine Schulter ein wenig höher trägt als die andere?»

«Stimmt.»

«Rötliches Haar?»

«Ja, Sir; rötliches Haar und Bart.»

«Oh, er trägt einen Bart?»

«O ja, Sir. Geht irgendwelchen Geschäften in der City nach. Wohnt hier schon, solange ich zurückdenken kann. Ein sehr angenehmer Herr. Sie interessieren sich für ihn –?»

«Ja», sagte Bunter. «Das ist so, ich habe gehört, daß da eine Stelle für einen Diener frei sein könnte, und da wollte ich gern einmal wissen, was das für eine Familie ist, bevor ich mich bewerbe.»

«Aha. Ja. Sie werden die Familie recht nett finden. Still. Keine Kinder. Mrs. Morecambe ist eine hübsche Frau. Das heißt, sie muß in jüngeren Jahren sehr gut ausgesehen haben. War Schauspielerin, soweit ich weiß, aber das muß schon ziemlich lange her sein. Sie haben zwei Mädchen, und alles ist so, wie Sie sich's nur wünschen können.»

Bunter bedankte sich und verließ die Apotheke, um ein Telegramm an Lord Peter zu schicken.

Die Jagd war beendet.

31
Das Zeugnis des Verkäufers

> *Ha! Nun! Was jetzt?*
> *Du bist der Mundschenk allerhöchster Freuden –*
> *Doch war es ein Gerücht, war Lüge.*
> The Second Brother

MONTAG, 6. JULI

«Ich sehe das so», sagte Polizeidirektor Glaisher. «Wenn dieser Bright also Morecambe ist und Mrs. Morecambe mit Weldon unter einer Decke steckt, dann stecken Weldon und Bright – wenn wir ihn noch so nennen wollen – ebenso unter einer Decke.»

«Zweifellos», sagte Wimsey. «Aber wenn Sie jetzt glauben, daß mit dieser Identifizierung das Leben für Sie eitel Sonnenschein ist, sind Sie gewaltig im Irrtum. Vorerst wirft sie uns nur alles über den Haufen, was wir uns bis jetzt mit soviel Geistesaufwand zusammenkombiniert haben.»

«Ja, Mylord; die Sache hat gewiß noch einen dicken Haken. Trotzdem, auch kleine Schritte führen weiter, und diesmal haben wir schon einen dicken Fisch an der Angel. Ich schlage vor, wir machen eine Bestandsaufnahme. Erstens, wenn Bright Morecambe ist, ist er kein Friseur; folglich hatte er keinen plausiblen Grund, dieses Rasiermesser zu kaufen; darum ist seine Geschichte von dem Rasiermesser lauter Käse, wie wir sofort vermutet haben; und darum gibt es nach menschlichem Ermessen kaum noch einen Zweifel, daß Paul Alexis nicht Selbstmord begangen hat, sondern ermordet wurde.»

«Genau», sagte Wimsey, «und da wir schon einen Großteil unserer Zeit und Arbeit an diesem Fall unter das Motto gestellt haben, daß es Mord ist, freut es einen, zu wissen, daß dieses Motto vermutlich stimmt.»

«So ist es. Nun, wenn Weldon und Morecambe zusammen hinter der Geschichte stecken, dürfte das Motiv für den Mord genau das sein, was wir gedacht hatten – an Mrs. Weldons Geld heranzukommen – oder nicht?»

«Sehr wahrscheinlich», pflichtete Wimsey ihm bei.

«Und was soll dann diese ganze Bolschewikengeschichte damit zu tun haben?» wollte Inspektor Umpelty wissen.

«Sehr viel», sagte Wimsey. «Passen Sie auf, ich biete Ihnen noch zwei Identifizierungen an. Erstens behaupte ich, daß Morecambe der bärtige Freund war, der Ende Februar bei Weldon auf dem Vierwegehof zu Besuch war. Und zweitens behaupte ich, daß Morecambe der bärtige Herr war, der an Mr. Sullivan in der Wardour Street herangetreten ist und um ein Foto von einem Mädchen russischen Typs gebeten hat. Es ist sehr interessant, daß Mr. Horrocks' Theaterblick ihn sofort als Richard III. sah.»

Inspektor Umpelty schaute verwundert, aber der Polizeidirektor klatschte mit der Hand auf den Tisch.

«Der Buckel!» rief er.

«Ja – aber man läßt Richard heutzutage selten als richtigen Buckligen auftreten. Nur eine leichte Andeutung von einem Hökker bieten sie einem an – gerade diese kaum wahrnehmbare Schiefheit der Schulter, die Morecambe an sich hat.»

«Natürlich, das ist alles völlig klar, nachdem wir jetzt über den Bart Bescheid wissen», meinte Glaisher. «Aber wozu das Foto?»

«Versuchen wir doch die Geschichte einmal in der richtigen Reihenfolge zusammenzustellen, soweit wir sie kennen», schlug Wimsey vor. «Da haben wir als erstes Weldon, der über beide Ohren in Schulden steckt und auf Grund seiner Erbschaftserwartungen Kredite aufnimmt. Schön. Nun kommt Anfang dieses Jahres Mrs. Weldon nach Wilvercombe und beginnt sich sehr für Paul Alexis zu interessieren. Im Februar erklärt sie definitiv, daß sie Alexis zu heiraten gedenkt, und möglicherweise ist sie so dumm, dabei zu erwähnen, daß sie Alexis in diesem Falle ihr ganzes Geld vermachen wird. Fast unmittelbar darauf besucht Morecambe Weldon auf seinem Hof. Und nach ein, zwei Wochen beginnen die verschlüsselten Briefe mit den ausländischen Briefmarken bei Alexis einzutreffen.»

«Soweit ist alles klar.»

«Nun hat Alexis schon immer und überall angedeutet, daß es ein Geheimnis um seine Geburt gebe. Er bildet sich ein, von russischem Adel abzustammen. Ich nehme an, daß der erste Brief –»

«Augenblick, Mylord. Wer hat Ihrer Meinung nach diese Briefe geschrieben?»

«Ich *glaube*, daß Morecambe sie geschrieben hat und von einem Freund in Warschau hat aufgeben lassen. In meinen Augen ist Morecambe der Kopf dieses Komplotts. Er schreibt den ersten

Brief, zweifellos in Klartext, und macht Andeutungen über kaisertreue Aktivitäten in Rußland und große Aussichten für Paul Alexis, wenn er seine Herkunft nachweisen kann – aber natürlich muß die Sache vollkommen geheim bleiben.»

«Wozu das?»

«Damit alles schön romantisch ist. Alexis, der arme Tropf, schluckt das alles mit Stumpf und Stiel. Er schreibt prompt zurück und erzählt dem sogenannten Boris alles, was er über sich selbst weiß oder sich einbildet. Von da an wird natürlich die Geheimschrift benutzt, um Alexis in der richtigen Stimmung zu halten und ihm etwas Schönes zum Spielen zu geben. Dann konstruiert ‹Boris› (das heißt Morecambe) aus den Bröckchen Familiengeschichte, die Alexis ihm liefert, einen zu diesen Daten passenden Phantasiestammbaum und entwirft einen großartigen Plan, wie Alexis auf den russischen Zarenthron zu heben sei. Inzwischen liest Alexis Bücher über russische Geschichte und hilft seinem Mörder entgegenkommenderweise, die Falle zu spannen und mit Ködern zu bestücken. Schließlich teilt ‹Boris› ihm mit, daß die Konspiration jetzt jederzeit reif zur Durchführung ist; und das ist der Zeitpunkt, von dem an wir erleben, daß Alexis sich in geheimnisvollen Andeutungen und Prophezeiungen über seine bevorstehende Apotheose ergeht.»

«Einen kleinen Augenblick», sagte Glaisher. «Ich hätte gedacht, es wäre für Morecambe am leichtesten gewesen, Alexis zum Bruch mit Mrs. Weldon zu veranlassen, einfach mit der Begründung, daß er nach Rußland gehen und Zar werden müsse. Damit wäre das Ziel des Komplotts erreicht gewesen, ohne daß sie das arme Würstchen hätten abmurksen müssen.»

«So, meinen Sie?» fragte Wimsey. «Erstens könnte ich mir vorstellen, daß Mrs. Weldons romantische Reaktion auf so etwas gewesen wäre, Alexis große Summen für die kaiserliche Kriegskasse zu übereignen, was wohl kaum im Sinne der Firma Weldon und Morecambe gewesen wäre. Zweitens, wenn Alexis das Verlöbnis gelöst hätte und sie darauf vertrauten – wie wäre es weitergegangen? Sie hätten nicht gut bis an ihr Lebensende Geheimbriefe über imaginäre Konspirationen schreiben können. Früher oder später hätte auch Alexis begriffen, daß aus der Sache nie etwas werden würde. Er hätte es Mrs. Weldon erzählt, und aller Wahrscheinlichkeit nach wäre der Status quo wiederhergestellt worden. Und die Dame wäre auf die Heirat noch erpichter denn je gewesen, wenn sie geglaubt hätte, ihr Verlobter sei der verkannte Herrscher aller Reußen. Nein, es war am sichersten, Alexis einzuschärfen, daß er das Ganze absolut geheimhalten müsse, und wenn dann der Zeitpunkt gekommen war, konnten sie ihn ein für allemal beseitigen.»

«Hm – ja, das verstehe ich schon.»

«Nun kommen wir zu Leila Garland. Ich glaube, es gibt keinen Zweifel, daß Alexis sie bewußt unserem eingebildeten jungen Freund da Soto angedreht hat – obwohl natürlich weder da Soto noch sie selbst diese Möglichkeit auch nur für einen Augenblick in Betracht ziehen würden. Ich denke, Antoine hat da genau den richtigen Eindruck; er ist in solchen Dingen wahrscheinlich ein sehr erfahrener Beobachter. Leila wäre eine ausgesprochene Gefahr gewesen, wenn sie von der angeblichen Konspiration etwas gewußt hätte. Sie hätte auf jeden Fall geredet, und das konnten sie nicht brauchen. Wir dürfen nicht vergessen, daß ja alles auf einen vorgetäuschten Selbstmord hinauslaufen sollte. Junge Kaiser, die sich anschicken, erfolgreiche Revolutionen auszuführen, begehen im allgemeinen nicht Selbstmord. Leila in das Komplott einzuweihen hätte bedeutet, es gleich der ganzen Welt mitzuteilen. Darum mußte Leila aus dem Weg, denn wenn man sie weiter in engem Kontakt mit Alexis gelassen hätte, wäre es nahezu unmöglich gewesen, sie noch lange in Unwissenheit zu halten.»

«Das klingt, als ob Alexis ein kleiner Lump gewesen wäre», sagte Inspektor Umpelty. «Zuerst läßt er das Mädchen sitzen. Dann führt er Mrs. Weldon an der Nase herum, indem er ihr ein Heiratsversprechen gibt, das er nie zu halten gedenkt.»

«Nein», sagte Wimsey. «Sie müssen den staatspolitischen Aspekt berücksichtigen. Ein Prinz im Exil darf durchaus unstandesgemäße Verbindungen eingehen, aber wenn dann der Ruf an ihn ergeht, den Thron zu besteigen, muß er alle persönlichen Bande seiner öffentlichen Pflicht opfern. Eine bloße Mätresse wie Leila kann man fallenlassen oder jemand anderem andrehen. Eine Person, an die er durch ehrbare Bande geknüpft ist, muß zwar auch geopfert werden, aber bitte etwas feierlicher. Wir wissen nicht und werden nie wissen, was Alexis mit Mrs. Weldon genau im Sinn hatte. Wir haben ihr Wort, daß er versucht hat, sie auf irgendeine großartige und überraschende Entwicklung in naher Zukunft vorzubereiten, obwohl sie das natürlich falsch interpretiert hat. Ich nehme an, Alexis wollte ihr nach seiner Abreise nach Warschau einen Brief schreiben, in dem er ihr mitteilte, was ihm widerfahren war, und ihr seine Gastfreundschaft am Zarenhof anbot. Das Ganze wäre umgeben gewesen von einem Heiligenschein aus Romantik, Glanz und Selbstaufopferung, und zweifellos hätte Mrs. Weldon das gehörig ausgekostet. Da ist noch eines: Obwohl Alexis, bevor diese ganze Rußlandgeschichte losging, Mrs. Weldon vollkommen am Gängelband hatte, hat er offenbar nie größere Geldsummen von ihr angenommen – und das spricht sehr für ihn, finde ich, und zeigt, daß er irgendwo doch ein Gentleman war, wenn auch nicht gerade ein Prinz.»

«Das stimmt», sagte Glaisher. «Ich glaube, ohne diese angebliche Konspiration hätte er sie sogar geheiratet.»

«O ja, das glaube ich auch. Er hätte sie geheiratet und seine Pflicht ihr gegenüber nach eigenen Maßstäben erfüllt, die wahrscheinlich – nun, kontinentaleuropäisch waren. Er wäre ihr ein charmanter Ehegatte gewesen und hätte sich auf diskrete und anständige Weise eine Mätresse gehalten.»

Inspektor Umpelty schien geneigt zu sein, das Wort «anständig» in Frage zu stellen, aber Wimsey fuhr in seiner Argumentation fort. «Ich kann mir sogar vorstellen, daß es Alexis selbst ein wenig gegen den Strich gegangen ist, so mit Leila und Mrs. Weldon zu verfahren. Er hat Leila womöglich wirklich gern gehabt; oder es war ihm nicht ganz geheuer, Mrs. Weldon sitzenzulassen. Und darum hat man schnell Feodora erfunden.»

«Und wer *ist* Feodora?»

«Feodora sollte zweifellos eine Dame mit erlauchtem Stammbaum sein, die als Braut für den neuen Zaren Pawlo Alexeiwitsch ausersehen war. Was war leichter, als zu einem Theateragenten zu gehen, sich das Bild einer nicht allzu bekannten Dame russischer Abstammung zu besorgen und es Alexis als das Porträt der Prinzessin Feodora zu schicken, der schönen Dame, die im Exil auf ihn wartete und für ihn arbeitete, bis für sie die Stunde kam, neben ihm auf dem Zarenthron Platz zu nehmen? Diese dämlichen Romane, die Alexis so liebte, sind voll von so etwas. Vielleicht sind auch Briefe von Feodora gekommen, voll zärtlicher Vorfreude. Sie hatte sich schon nach allem, was sie von ihm gehört hatte, in Großherzog Pawlo verliebt. Das Ganze war so phantastisch, daß es ihn völlig verzauberte. Außerdem wäre es seine Pflicht gegenüber seinem Volk gewesen, Feodora zu heiraten. Wie konnte er da zögern? Ein Blick auf dieses sehr schöne Gesicht, gekrönt mit königlichem Perlenschmuck –»

«Oh!» sagte Glaisher. «Ja, natürlich. Das könnte mit ein Grund dafür gewesen sein, daß sie ausgerechnet dieses Bild genommen haben.»

«Eben. Zweifellos waren die Perlen von Woolworth, wie die ganze romantische Illusion überhaupt, aber solche Dinge erfüllen ihren Zweck, Glaisher, sie erfüllen ihren Zweck. Mein Gott, Glaisher – wenn man sich vorstellt, wie dieser arme, dumme Tropf zu dem Felsen geht, wo der Tod auf ihn wartet, während in seinem Kopf Ideen von Kaiserkronen schwirren –»

Wimsey verstummte, von ungewohnt heftigen Gefühlen erschüttert. Die beiden Polizisten scharrten mitfühlend mit den Füßen.

«Na ja, es ist schon eine Schande, Mylord, das steht fest», sagte Glaisher. «Hoffen wir, daß er wenigstens schnell gestorben ist, ohne die Wahrheit zu erfahren.»

«Ha!» rief Wimsey. «Und wie *ist* er gestorben? Das ist nämlich der große Haken. Aber gut, lassen wir das noch für den Augenblick. Wie geht's weiter? Richtig, die dreihundert Pfund in Gold. Das war ein ulkiger kleiner Zufall, der beinahe das ganze Komplott zum Scheitern gebracht hätte.

Ich kann nämlich nicht glauben, daß sie zum ursprünglichen Plan gehörten. Die Möglichkeit, dieses Gold zu kassieren, konnte Morecambe nicht vorhersehen. Ich nehme an, das war Alexis' höchsteigener Beitrag zu der Romanze. Wahrscheinlich hatte er in Büchern etwas über Gold gelesen – daß es überall als Zahlungsmittel gilt und so weiter – und fand es irgendwie besonders passend, mit einem Gürtel voll Gold aufzubrechen, um einen Thron zu erobern. Es war natürlich absurd – eine lächerlich kleine Summe, außerdem sperrig und schwer mit sich herumzuschleppen – aber es war Gold. Es glänzte. Wie einmal jemand gesagt hat: ‹Der Glanz ist das Gold.› Das klingt nach Relativitätsphysik, ist aber eine psychologische Tatsache. Wenn Sie ein romantischer junger Prinz wären, Glaisher, oder einer zu sein glaubten, würden Sie lieber Ihre Rechnungen mit schmutzigem Papier bezahlen oder hiermit?»

Er steckte die Hand in die Tasche, holte eine Handvoll goldener Sovereigns heraus und warf sie klimpernd auf den Tisch, wo Glaisher und Umpelty begierig die Hände nach den glitzernden Dukaten ausstreckten. Sie nahmen sie und wogen sie in der Hand; sie fuhren neugierig mit den Fingern über die geriffelten Ränder und das glatte, schimmernde Relief St. Georgs mit dem Drachen.

«Ja», sagte Wimsey, «das fühlt sich schön an, nicht? Zehn Stück sind es, und nicht mehr wert als gewöhnliche Pfundnoten*, und

* Der aufmerksame Leser wird festgestellt haben, daß zu der Zeit, in der diese Geschichte spielt, Großbritannien noch nicht dem Goldstandard abgeschworen hatte.

für mich sind sie genaugenommen überhaupt nichts wert, weil ich so dumm bin und es nicht über mich bringe, sie auszugeben. Aber es ist Gold. Ich hätte nichts dagegen, dreihundert Stück davon zu besitzen, obwohl sie fast fünf Pfund wiegen und mir ungeheuer lästig sein würden. Aber das ulkige daran ist, daß diese zusätzlichen fünf Pfund gerade das sehr empfindliche Gleichgewicht zwischen der Leiche und dem Wasser störten. Das spezifische Gewicht einer Leiche reicht *gerade* nicht aus, um sie zu versenken – aber *nur* so gerade. Ein schweres Paar Schuhe oder ein Gürtel voll Gold genügt, um sie hinunterzuziehen und zwischen den Mahlzähnen festzuklemmen – wie Sie zu Ihrem Leidwesen erfahren mußten, Umpelty. Es wäre ausgesprochen peinlich für die Verschwörer gewesen, wenn Alexis nie gefunden worden wäre. Mit der Zeit hätte Mrs. Weldon zwar an seinen Tod geglaubt, nehme ich an – aber sie hätte womöglich ein Vermögen für die Suche nach ihm ausgegeben.»

«Das ist vielleicht eine komische Geschichte von vorn bis hinten», sagte Glaisher, «und wer sie nicht sozusagen von Anfang an miterlebt hat, wäre kaum geneigt, sie zu glauben. Nun aber, Mylord, wenn wir davon ausgehen, daß alles so geplant war, wie Sie sagen – wie ging dann der Mord vonstatten?»

«Eben. Wie ging der Mord vonstatten? Und da muß ich ehrlich gestehen, daß wir noch nicht viel weiter sind als vorher. Die Vorarbeiten dazu sind völlig klar. Zuerst muß jemand hierhergekommen sein, um das Gelände zu erkunden. Ich weiß nicht mit Bestimmtheit, wer das war, aber ich habe meine Vermutungen. Jemand, der die Gegend schon kannte, weil er schon öfter hier gewesen war. Jemand, der einen Wagen hatte, in dem er herumfahren konnte. Jemand, der einen sehr guten Grund für sein Hiersein hatte, und geachtete Freunde dazu, deren Gäste über jeden Verdacht erhaben waren.»

«Mrs. Morecambe!»

«Genau. Mrs. Morecambe. Möglicherweise auch Mr. Morecambe. Wir können sicher leicht feststellen, ob dieses saubere Pärchen irgendwann in den letzten Monaten einmal gemeinsam ein Wochenende im Pfarrhaus von Heathbury verbracht hat.»

«Es hat», warf Umpelty ein. «Sie war Ende Februar für vierzehn Tage hier, und er ist für ein Wochenende nachgekommen. Das hat man uns gesagt, als wir uns dort erkundigten, aber damals haben wir dem keine Bedeutung beigemessen.»

«Natürlich nicht. Schön. So, und nachdem alles bereit ist, trifft der Rest der Bande ein. Morecambe gibt sich als Wanderfriseur aus und sorgt dafür, daß man ihn in der Umgebung wiedererkennt. Das muß er tun, um auf eine schwer zu rekonstruierende Weise ein Rasiermesser kaufen zu können. Sie könnten nun fragen: Wozu überhaupt ein Rasiermesser, wenn sie doch wußten, daß Alexis sich nicht rasierte? Nun, ich kann mir den Grund vorstellen. Ein Rasiermesser ist leiser als eine Pistole und eine typische Selbstmordwaffe. Und es ist sehr zuverlässig und leichter mit sich herumzutragen als zum Beispiel ein Tranchiermesser. Und sollte es irgendwelche Fragen geben, konnte Morecambe immer noch mit einer überzeugenden Geschichte aufwarten, wie er das Rasiermesser Alexis gegeben habe.»

«Ah, ja, daran habe ich gerade gedacht. Meinen Sie, er hätte sich auch gemeldet, wenn Sie nicht diesen Bericht in die Zeitung gesetzt hätten?»

«Schwer zu sagen. Aber ich glaube, er hätte zuerst mal abgewartet, wie sich die Dinge entwickelten. Wahrscheinlich wäre er als zufälliger Zuhörer bei der Leichenschau erschienen und dann, wenn der Untersuchungsrichter Miene gemacht hätte, die Selbstmordtheorie nicht zu akzeptieren, aufgestanden, um mit ein paar wohlgesetzten Worten jeden Zweifel zu beseitigen. Sehen Sie, das Schöne an seiner Verkleidung als Wanderfriseur war ja, daß sie ihm einen hervorragenden Grund gab, zu erscheinen und zu verschwinden wie die Edamer Katze, sogar seinen Namen zu ändern. Übrigens werden wir wahrscheinlich feststellen, daß er wirklich irgendwann einmal in Manchester gewohnt hat und dadurch genau wußte, wieviel er uns über verfallene Straßen und verschwundene Friseursalons in dieser Stadt zum besten geben konnte.»

«Wenn ich richtig verstehe, trägt er also normalerweise einen Bart.»

«O ja. Den hat er nur zu Beginn seiner Wanderschaft abrasiert. Als er dann wieder nach London zurückkam, brauchte er nur unter anderem Namen den falschen Bart in einem Hotel abzuholen, wohin man ihn ihm geschickt hatte, um ihn für die kurze Zeit seiner Taxifahrt nach Kensington zu tragen. Wenn der Toilettenwärter im Lichtpalast zufällig beobachtet hätte, wie einer sich im Waschraum einen falschen Bart anklebte – was er gar nicht unbedingt da gemacht haben muß –, wäre es nicht seine Sache gewesen, sich da einzumischen, und Morecambe hatte schon sein Bestes getan, irgendwelche Beschatter abzuschütteln. Wenn Bunter nicht so ungewöhnlich aufmerksam gewesen wäre und so ungewöhnlich schnell gehandelt hätte, wäre der Mann ihm schon zwanzigmal entwischt. Auch so hätte er Morecambe im Kino fast verloren. Wenn Bunter Morecambe in den Waschraum gefolgt wäre, hätte der das Bartankleben einfach verschoben, und die Jagd wäre von neuem losgegangen, aber indem er so gewitzt war, draußen zu bleiben, hat er Morecambe in dem Glauben gewiegt, die Luft sei rein. Scotland Yard beobachtet jetzt Morecambes Haus, aber man wird vermutlich nur hören, daß der Herr krank zu Bett liegt und von seiner liebenden Gattin gepflegt wird. Sobald der Bart nachgewachsen ist, wird er wieder auftauchen; und Mrs. Morecambe wird als ehemalige Schauspielerin genug von Maskenbildnerei verstehen, um dafür sorgen zu können, daß immer ein Bart zum Vorzeigen da ist, wenn das Mädchen das Zimmer machen kommt.»

«Soviel zu Mr. Morecambe», sagte Glaisher. «Aber wie steht's nun mit Weldon? Wir hatten ihn schon ziemlich aus der Sache entlassen, aber jetzt müssen wir ihn wieder hineinbringen. Zwei Tage vor dem Mord kommt er in seinem Morgan hier an und zeltet am Hinks's Lane, den freundlicherweise schon jemand anders vorher gründlich ausgekundschaftet hat. Mrs. Morecambe, nehme ich an – schön. Seine Gegenwart erklärt er uns mit einem Ammenmärchen – er habe ein Auge auf die Liebesangelegenheiten seiner Mutter werfen müssen. Gut. Aber nun möchte ich wissen, warum er überhaupt hierhergekommen ist und sich in die Geschichte eingemischt hat, was doch ein großes Risiko für ihn war. Er war nicht hier, um den Mord zu begehen, denn wir wissen, wo er um halb zwei war, wenn nicht sogar um fünf vor zwei, und mit den Zeiten kommen wir sowieso nicht zurecht, selbst wenn wir annehmen, daß Perkins ein Lügner ist, was wir nicht beweisen können. Und er war auch nicht hier, um das Pferd zum Bügeleisen zu reiten, denn wir wissen, wo er um zwölf Uhr war.»

«Wissen wir das?» fragte Harriet sanft.

Sie war mitten in der Sitzung hinzugekommen und hatte sich still in einen Sessel gesetzt und eine Zigarette geraucht, ihren Hut auf dem Schoß.

«Ja, wissen wir das?» sagte Wimsey. «Wir glaubten es zu wissen, solange wir Mrs. Morecambe für eine einwandfreie Zeugin hielten, aber wissen wir es jetzt immer noch? Ich glaube, ein Glitzern in Miss Vanes Augen zu sehen, dem zu entnehmen ist, daß sie uns gleich eines Besseren belehren wird. Sprechen Sie! Ich muß es hören. Was hat Robert Templeton entdeckt?»

«Mr. Weldon», sagte Harriet, «hat am Donnerstag, dem achtzehnten, nichts Ruchloses in Wilvercombe getan. Er hat in Wilvercombe überhaupt nichts getan. Er war gar nicht in Wilvercombe. Er hat keine Kragen gekauft. Er war nicht im *Wintergarten.* Mrs. Morecambe ist dort allein angekommen und allein wieder abgefahren, und es gibt keinen Hinweis darauf, daß Mr. Weldon an irgendeinem Punkt ihrer Reise bei ihr war.»

«O mein prophetisches Gemüt! Dahin ist mein Ruhm! Ich habe gesagt, das Zwei-Uhr-Alibi wird sich als brüchig erweisen, und es steht wie ein Fels. Ich habe gesagt, das Wilvercombe-Alibi wird standhalten, und es liegt in Scherben da wie ein Tonkrug. Mit Ihnen gehe ich nie wieder auf Verbrecherjagd, meine Holde. Fahr wohl, des Herzens Ruh! Fahr wohl, mein Friede. Othellos Tagwerk ist getan. Sind Sie sicher?»

«Ziemlich. Ich bin in das Geschäft gegangen und habe nach solchen Kragen gefragt, wie mein Mann sie am achtzehnten gekauft hat. Ob ich die Rechnung noch hätte? Nein. Was für Kragen? Nun, Kragen eben, ganz gewöhnliche Kragen. Wie mein Mann denn aussehe? Ich beschrieb Weldon mit Sonnenbrille. Niemand konnte sich an ihn erinnern. Ob sie wohl mal im Journal nachsehen könnten? Da haben sie auf dem Papierstreifen nachgesehen, der in der Registrierkasse rundläuft, und den Posten gefunden. Ach ja – der Verkäufer erinnerte sich an *diese* Kragen. An eine Dame verkauft. Eine Dame? Ach so, ja, sicher meine Schwägerin. Ich beschrieb Mrs. Morecambe. Ja, das war die Dame. Waren das an diesem Vormittag die einzigen verkauften Kragen? Ja. Dann mußten das die Kragen sein. Ich habe also sechs davon gekauft – hier sind sie – und dann gefragt, ob der Herr vielleicht draußen im Wagen gewartet habe. Männer haben ja oft *solche* Hemmungen, in ein Geschäft zu gehen. Nein, kein Herr im Wagen. Der Verkäufer hatte das Päckchen zum Wagen gebracht, und der war leer. Dann bin ich zum *Wintergarten* gegangen. Ich wußte natürlich, daß man dort schon nach Weldon gefragt hatte, aber *ich* habe nach Mrs. Morecambe gefragt und einen Bediensteten gefunden, der sich an ihr Aussehen und ihre Aufmachung erinnerte, hauptsächlich aber daran, daß sie sich das Programm notierte. Für Weldon natürlich. Dann habe ich den diensthabenden Polizisten auf dem Marktplatz gefragt. Ein richtig intelligenter junger Bobby. Er erinnerte sich an den Wagen wegen der ulkigen Nummer und hatte sich gemerkt, daß außer der Dame, die ihn fuhr, niemand darin war. Auf der Rückfahrt hatte er ihn auch wieder gesehen: noch immer nur mit der Dame darin. Das war's. Natürlich kann sie Weldon irgendwo zwischen Darley und Wilvercombe abgesetzt haben, aber *in* Wilvercombe war er nicht; jedenfalls ist er nicht mit ihr auf dem Marktplatz angekommen, wie er behauptet.»

«Nein», sagte Glaisher. «Und es ist jetzt ziemlich klar, wo er war. Er hat dieses blöde Pferd am Strand entlanggeritten – hin um elf Uhr und zurück um halb eins oder so ungefähr. Aber wozu?»

«Das ist auch klar. Er war der Reiter vom Meer. Aber umgebracht hat er Paul Alexis trotzdem nicht. Aber wer dann?»

«Nun, Mylord», sagte Umpelty, «wir werden wieder auf unsere ursprüngliche Theorie zurückkommen müssen. Weldon brachte schlechte Nachrichten vom Aufstand, und Alexis brachte sich daraufhin um.»

«Mit Morecambes Rasiermesser? Nein, das stimmt hinten und vorn nicht, Inspektor, hinten und vorn nicht.»

«Sollten wir nicht Weldon selbst fragen, was er über das alles weiß? Wenn wir ihn mit dem konfrontieren, was wir über Mrs. Morecambe und den Brief und so weiter wissen, macht er vielleicht reinen Tisch. Wenn er um Viertel nach zwölf dort war, muß er Alexis jedenfalls gesehen haben.»

Wimsey schüttelte den Kopf.

«Tiefe Wasser», sagte er, «tiefe Wasser. Passen Sie mal auf. Ich habe den Verdacht, wir zäumen das Pferd am Schwanz auf. Wenn wir nur mehr über diese Papiere wüßten, die Alexis an ‹Boris› geschickt hat, könnten sie uns vielleicht etwas sagen. Was glauben Sie, wo die sind? Sie könnten antworten, in Warschau – aber das glaube ich nicht. Ich nehme an, Warschau war nur eine Deckadresse. Alles, was dorthin ging, kam wahrscheinlich zu Morecambe zurück.»

«Dann finden wir sie vielleicht in London», meinte Glaisher hoffnungsvoll.

«Aber nur *sehr* vielleicht. Der Mann, der dieses Unternehmen geplant hat, ist kein Dummkopf. Wenn er Alexis angewiesen hat, alle Papiere zu verbrennen, hat er es sicher nicht riskiert, selbst etwas davon zu behalten. Aber versuchen können wir's. Haben wir genug in der Hand gegen ihn, um einen Durchsuchungsbefehl zu bekommen?»

«Was? Ja doch.» Glaisher überlegte. «Wenn Morecambe als Bright identifiziert ist, hat er der Polizei falsche Angaben gemacht. Wir könnten ihn auf Verdacht festnehmen und seine Wohnung in Kensington durchkämmen. Die Londoner halten ihn zur Zeit unter Beobachtung, aber wir wollten nichts überstürzen. Wir dachten, daß sich der richtige Mörder vielleicht mit ihm in

Verbindung setzen würde. Sehen Sie, es muß ja noch einen Beteiligten geben – den Kerl, der den eigentlichen Mord begangen hat, und wir haben keine Ahnung, wer das ist. Natürlich ist es andererseits so – je länger wir Morecambe in Ruhe lassen, desto mehr Zeit hat er, alle Beweise zu vernichten. Vielleicht haben Sie recht, Mylord, und wir sollten ihn kassieren. Nur müssen Sie bedenken, Mylord, daß wir ihm etwas zur Last legen müssen, wenn wir ihn festhalten wollen. Es gibt noch so etwas wie eine Habeaskorpusakte.»

«Trotzdem», sagte Wimsey, «das werden Sie wohl riskieren müssen. Ich glaube zwar nicht, daß Sie noch irgendwelche Papiere finden, aber vielleicht finden Sie etwas anderes. Das Papier und die Tinte vielleicht, mit denen er die Briefe geschrieben hat, und Nachschlagwerke über Rußland. Bücher sind nicht so leicht zu beseitigen wie Papiere. Und wir müssen die genauen Beziehungen zwischen Morecambe und Weldon feststellen.»

«Daran wird schon gearbeitet, Mylord.»

«Gut. Schließlich planen Leute einen Mord nicht zum Spaß. Weiß Mrs. Weldon irgend etwas über die Morecambes?»

«Nein», sagte Harriet. «Ich habe sie gefragt. Sie hat den Namen nie gehört.»

«Dann kann die Verbindung nicht allzuweit zurückreichen. Das muß sich zwischen London und Huntingdonshire abgespielt haben. Was ist Morecambe übrigens von Beruf?»

«Er firmiert als Provisionsagent, Mylord.»

«So? Hinter dieser Bezeichnung verbergen sich viele Sünden. Na ja, kümmern Sie sich darum, Glaisher. Ich selbst muß jetzt etwas Aufsehenerregendes tun, um meine Selbstachtung wiederherzustellen – bis in die Mündung der Kanone suchend die Seifenblase Ruhm.»

«Aha!» Harriet grinste boshaft. «Wenn Lord Peter zu zitieren anfängt, führt er meist etwas im Schilde.»

«Was Sie nicht sagen», versetzte Wimsey. «Ich gehe jetzt geradewegs hin und mache Leila Garland den Hof.»

«Dann nehmen Sie sich aber vor da Soto in acht.»

«Auf den lasse ich's ankommen», sagte Wimsey. «Bunter!»

«Mylord?»

Bunter erschien aus Wimseys Schlafzimmer, so adrett und ordentlich, als ob er nie mit einer häßlichen Melone auf dem Kopf im Londoner Süden Detektiv gespielt hätte.

«Ich möchte in meiner berühmten Verkörperung des perfekten Salonlöwen auftreten – *imitation très difficile.*»

«Sehr wohl, Mylord. Ich schlage den hellbraunen Anzug vor, den wir nicht schätzen, mit den Herbstlaubsocken und unserer übergroßen bernsteinernen Zigarettenspitze.»

«Wie Sie meinen, Bunter, wie Sie meinen. Wer siegen will, muß Opfer bringen.»

Er warf den Versammelten galant eine Kußhand zu und verschwand im Schlafzimmer.

32

Das Zeugnis des Familienstammbaums

In hundert Jahren, oder mehr vielleicht,
Komme ich wieder und hole mir mein Herzogtum zurück.
Death's Jest-Book

MONTAG, 6. JULI

Die Eroberung Leila Garlands folgte dem üblichen Schema. Wimsey machte sie in einem Café ausfindig, eiste sie elegant von zwei Freundinnen los, in deren Begleitung sie sich befand, ging mit ihr ins Kino und entführte sie auf einen Cocktail ins *Bellevue.*

Die junge Dame legte eine geradezu viktorianische Diskretion an den Tag, indem sie um jeden Preis in den öffentlichen Räumlichkeiten dieses hübschen Hotels bleiben wollte, und trieb Wimsey mit ihren vornehmen Tischmanieren fast zum Wahnsinn. Endlich gelang es ihm, sie im Salon in eine Ecke hinter einer Palme zu bugsieren, wo man sie nicht schon von weitem sah und sie weit genug vom Orchester entfernt waren, um sich verständlich unterhalten zu können. Das Orchester gehörte zu den unerfreulichen Seiten des *Bellevue.* Von vier Uhr nachmittags bis zehn Uhr abends dudelte es unentwegt Tanzmusik. Miss Garland spendete ihm gemäßigten Beifall, ließ aber durchblicken, daß es nicht ganz an das Orchester heranreichte, in dem Mr. da Soto eine führende Rolle spielte.

Wimsey leitete die Unterhaltung behutsam zu dem wenig angenehmen Aufsehen über, dem Miss Garland sich im Zusammenhang mit Alexis' Tod ausgesetzt gesehen hatte. Miss Garland pflichtete ihm bei, daß dies gar nicht schön gewesen sei. Mr. da Soto sei darüber sehr aufgebracht gewesen. Ein Herr sehe es nicht so gern, wenn seine Freundin sich solch unangenehmen Verhören unterziehen müsse.

Lord Peter beglückwünschte Miss Garland zu dem Takt, den sie die ganze Zeit an den Tag gelegt habe.

Natürlich, sagte Leila, war Mr. Alexis ein lieber Junge und jederzeit ein vollkommener Gentleman gewesen. Und er hing so sehr an ihr. Aber ein männlicher Mann war er wohl kaum. Eine Frau konnte nun einmal nicht umhin, männlichen Männern den Vorzug zu geben, solchen, die schon etwas geleistet haben. Frauen waren nun einmal so! Auch wenn ein Mann aus guter Familie war und nichts tun *mußte, konnte* er doch jedenfalls etwas tun, nicht wahr? (Schmachtender Blick auf Lord Peter.) Solche Männer liebte Miss Garland. Sie fand es viel besser, von adliger Geburt zu sein und etwas zu *tun*, als von adliger Geburt zu sein und nur von Adel zu *reden*.

«War Alexis denn von adliger Geburt?» fragte Wimsey.

«Nun, *gesagt* hat er es – aber wie soll eine Frau das wissen? Ich meine, reden kann ja jeder, nicht? Paul – das heißt Mr. Alexis – hat immer wunderschöne Geschichten über sich erzählt, aber *ich* glaube, er hat das alles nur erfunden. Er war so romantisch veranlagt und hatte es so mit Büchern. Aber ich hab zu ihm gesagt: ‹Was nützt dir das alles?› hab ich gesagt. ‹Da bist du nun und verdienst nicht halb soviel Geld wie so mancher andere, den ich nennen könnte, und was hättest du davon, selbst wenn du der Zar von Rußland wärst?›»

«Hat er gesagt, er sei der Zar von Rußland?»

«O nein – er hat nur gesagt, wenn seine Ururgroßmutter oder so jemand irgendwen geheiratet hätte, dann wäre er heute irgendwas Wichtiges, aber ich hab zu ihm gesagt: ‹Was nützt dir das ganze Wenn?› hab ich gesagt. ‹Und überhaupt, die haben die ganzen Hoheiten doch sowieso abgeschafft›, hab ich gesagt, ‹also, was würdest du denn schon dafür kriegen?› Er hat mich verrückt gemacht mit seinem Gerede von seiner Urgroßmutter, und schließlich hat er dann den Mund gehalten und gar nichts mehr davon gesagt. Ich glaube, er hatte endlich begriffen, daß eine Frau nicht so furchtbar daran interessiert ist, immer nur was von anderer Leute Urgroßmüttern zu hören.»

«Was glaubte er denn, wer seine Urgroßmutter war?»

«*Das* weiß ich nicht. Er hat nur immerzu davon geredet. Einmal hat er es mir alles sogar aufgeschrieben, aber ich habe nur gesagt: ‹Du machst mich noch wahnsinnig damit, und außerdem, wie du erzählst, haben deine Leute ja auch nicht gerade viel getaugt›, hab ich gesagt, ‹da weiß ich also gar nicht, was es damit groß anzugeben gibt. Für mich klingt das nicht sehr anständig, und wenn Prinzessinnen, die jede Menge Geld haben, nicht mal anständig bleiben können›, hab ich gesagt, ‹dann weiß ich nicht, warum man Mädchen einen Vorwurf macht, die sich ihr Geld selbst verdienen müssen.› Das hab ich zu ihm gesagt.»

«Und das ist auch sehr wahr», sagte Wimsey. «Er muß da wohl eine regelrecht fixe Idee gehabt haben.»

«Einen Vogel hatte er», sagte Miss Garland, ihre Vornehmheit für einen Augenblick vergessend. «Ich meine, ich glaube, er war ein bißchen verrückt in der Beziehung, nicht?»

«Jedenfalls scheint er sich mehr damit beschäftigt zu haben, als die Sache wert war. Sogar aufgeschrieben hat er es?»

«O ja. Und dann kam er eines Tages wieder damit an. Wollte wissen, ob ich den Zettel noch hätte. ‹Das weiß ich nun wirklich nicht›, hab ich gesagt. ‹So sehr interessiert mich das gar nicht. Meinst du, ich hebe jeden Fetzen Papier von dir auf?› hab ich gefragt. ‹Wie die Heldinnen in deinen Büchern? Denn das eine will ich dir mal sagen›, hab ich gesagt, ‹alles was *wert* ist, daß man es aufhebt, das hebe ich auf, aber doch nicht irgendwelche dummen Fetzen Papier.›»

Wimsey erinnerte sich, daß Alexis es sich gegen Ende ihrer Beziehung durch mangelnde Großzügigkeit mit Leila verdorben hatte.

«‹Wenn du willst, daß deine Sachen aufgehoben werden›, hab ich gesagt, ‹warum gibst du sie dann nicht dieser alten Schachtel, die so vernarrt in dich ist? Wenn du sie heiraten willst›, hab ich gesagt, ‹dann ist sie die richtige, der du so was geben solltest, wenn du willst, daß es aufgehoben wird.› Und er hat gemeint, er will gerade nicht, daß der Zettel aufgehoben wird, und ich hab gesagt: ‹Na also, worüber regst du dich denn dann so auf?› Da hat er gemeint, wenn ich den Zettel nicht mehr habe, ist ja alles in Ordnung, und ich hab gesagt, ich weiß wirklich nicht mehr, ob ich ihn noch habe oder nicht, und da hat er gesagt, gut, aber er will, daß der Zettel verbrannt wird, und ich soll niemandem erzählen, was er gesagt hat – wegen seiner Urgroßmutter und so –, und ich hab gesagt: ‹Wenn du meinst, ich habe meinen Freundinnen nichts Besseres zu erzählen als von dir und deiner Urgroßmutter›, hab ich gesagt, ‹dann irrst du dich aber.› Man muß sich das nur mal vorstellen! Na ja, danach waren wir dann natürlich nicht mehr so gut freund wie früher – das heißt, ich war's nicht mehr, obwohl er ja noch immer an mir hing, würde ich sagen. Aber ich hielt das einfach nicht mehr aus, wie er darauf herumritt. Verrückt, kann ich nur sagen.»

«Und, *hatten* Sie den Zettel nun verbrannt?»

«Also hören Sie, das weiß ich wirklich nicht. Sie sind ja fast so schlimm wie er, daß Sie immerzu von dem Zettel reden. Wozu ist dieses blöde Ding überhaupt gut?»

«Ach», sagte Wimsey, «Zettel interessieren mich immer. Aber wenn Sie ihn verbrannt haben, haben Sie ihn eben verbrannt. Schade. Wenn Sie den Zettel gefunden hätten, würde es sich vielleicht lohnen – »

Leilas schöne Augen richteten ihre Strahlen auf ihn wie zwei in einer nebligen Nacht um die Ecke biegende Scheinwerfer.

«Ja?» hauchte Leila.

«Ich meine, es könnte sich lohnen, einen Blick darauf zu werfen», antwortete Wimsey kühl. «Wenn Sie vielleicht noch mal ein bißchen in Ihren Sachen suchen könnten – »

Leila zuckte mit den Schultern. Das klang nach Umständen.

«Ich weiß gar nicht, was Sie mit diesem Papierfetzen wollen.»

«Ich auch nicht, solange ich ihn nicht gesehen habe. Aber wir könnten ihn ja immerhin mal suchen, oder?»

Er lächelte. Leila lächelte. Sie glaubte verstanden zu haben

«Was? Sie und ich? Aha! – aber ich weiß nun wirklich nicht, ob ich Sie so einfach mit in meine Wohnung nehmen kann, wie? Ich meine – »

«Oh, denken Sie sich nichts dabei», sagte Wimsey rasch. «Sie haben doch sicher keine Angst vor *mir*. Sehen Sie, ich will ja nur versuchen, etwas zu *tun*, und dabei brauche ich Ihre Hilfe.»

«Ich will ja gern tun, was ich kann – wenn es nur nichts ist, was Mr. da Soto übelnehmen könnte. Er ist nämlich so furchtbar eifersüchtig.»

«Das wäre ich an seiner Stelle auch. Vielleicht möchte er mitkommen und helfen, nach dem Zettel zu suchen?»

Leila lächelte und sagte, das halte sie nicht für notwendig, und so endete die Unterhaltung, wo sie von Anfang an hatte enden sollen, nämlich in Leilas beengtem, unaufgeräumtem Appartement.

Schubladen, Taschen, Kisten, überquellend von allem möglichen mehr oder weniger intimen Krimskrams, der sich auf dem Bett stapelte, von den Stühlen hing und knöcheltief den Fußboden bedeckte! Allein hätte Leila die Suche nach spätestens zehn Minuten aufgegeben, aber Wimsey hielt sie mit Drängen, Schmeicheln, gutem Zureden und goldenen Ködern unbarmherzig an der Arbeit. Mr. da Soto, der plötzlich hinzukam und Wimsey mit einem Arm voll Unterwäsche antraf, während Leila in einem Stapel zerknüllter Rechnungen und Postkarten herumwühlte, der zuunterst in einer Truhe lag, fand die Szene geeignet für einen kleinen Erpressungsversuch unter Gentlemen und wollte sich aufspielen, aber Wimsey riet ihm kurz und bündig, sich nicht zum

Narren zu machen, drückte ihm die Wäsche in die widerstrebenden Hände und begann in einem Stapel Illustrierte und Schallplatten zu suchen.

Komischerweise war es da Soto, der den Zettel fand. Leilas Interesse an der Sache schien mit seiner Ankunft etwas abzukühlen – konnte es sein, daß sie andere Pläne mit Lord Peter gehabt hatte, bei denen Luis' mürrische Gegenwart störte? – während da Soto, der plötzlich zu begreifen schien, daß dieser Zettel jemandem etwas wert sein könnte, wenn er gefunden würde, nach und nach immer mehr Interesse zeigte.

«Mich würd's nicht wundern, Schatzi», bemerkte er, «wenn du ihn in eines von diesen Büchern gesteckt hättest, die du immer liest, genau wie du's mit deinen Busfahrkarten auch immer machst.»

«Das ist eine Idee», sagte Wimsey begeistert.

Sie wandten ihre Aufmerksamkeit einem Bücherregal zu, das überquoll von Groschenromanen und anderen billigen Büchern. Zwischen den Deckeln kam so einiges zutage: Busfahrkarten, Kinokarten, Rechnungen, Schokoladenpapier, Briefumschläge, Ansichtskarten, Zigarettenbilder und allerlei andere Lesezeichen, bis da Soto schließlich *Die Frau, die alles gab* am Rückgrat packte und kurz schüttelte, worauf zwischen den mit Leidenschaft bedruckten Seiten ein zusammengefaltetes Blatt Papier hervorgeschossen kam.

«Was sagen Sie dazu?» fragte er, indem er es rasch aufhob. «Wenn das nicht die Schrift von dem Kerl ist, bin ich ein taubstummer Elefant mit vier linken Füßen.»

Leila riß ihm das Blatt aus der Hand.

«Ja, das ist es wirklich», sagte sie. «Nichts als Quatsch, wenn Sie mich fragen. Ich bin da noch nie richtig schlau draus geworden, aber wenn es Ihnen was nützt, können Sie's gern haben.»

Auf dem Papier stand dies:

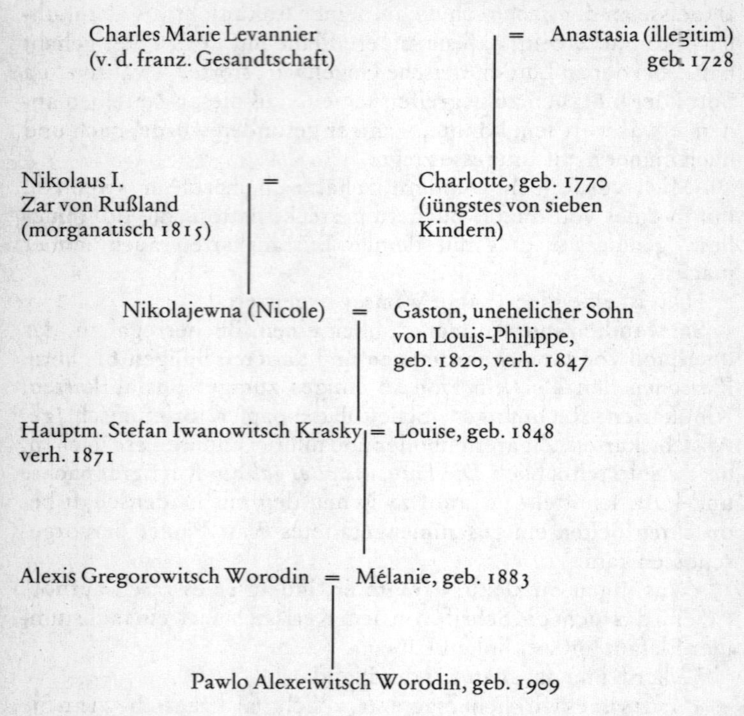

Wimsey warf einen Blick auf das spinnwebartige Geäst des Familienstammbaums, der vom unteren Rand des Blattes emporwuchs.

«Ach, *das* glaubte er gewesen zu sein. Ja – ich bin froh, daß Sie es nicht weggeworfen haben, Miss Garland. Es könnte sehr viel Licht in die Sache bringen.»

An dieser Stelle hörte man Mr. da Soto etwas von Talern sagen.

«Ach ja», sagte Wimsey. «Ein Glück, daß ich es bin und nicht Inspektor Umpelty, nicht wahr? Umpelty würde Sie am Ende wegen Unterdrückung von Beweismitteln drankriegen.» Er grinste in da Sotos verdattertes Gesicht. «Aber ich will nicht sagen, daß Miss Garland – wenn ich so sehe, wie sie mir zum Gefallen ihre ganze Wohnung auf den Kopf gestellt hat – dafür nicht ein neues

Kleid verdient hätte, wenn sie brav ist. Nun hören Sie mir mal zu, mein Kind. Was sagten Sie, wann Alexis Ihnen das gegeben hat?»

«Ach, vor Ewigkeiten. Als wir gerade erst miteinander gingen. Genau weiß ich es nicht mehr. Aber ich weiß noch, daß es vor Urzeiten war, als ich dieses doofe Buch gelesen habe.»

«Vor Urzeiten heißt, wenn ich recht verstehe, vor knapp einem Jahr – oder kannten Sie Alexis schon, bevor er nach Wilvercombe kam?»

«Stimmt auch wieder. Moment mal. Aha! Hier steckt auch noch eine alte Kinokarte mit dem Datum drauf. Ah, ja! 15. November – stimmt. Jetzt fällt es mir wieder ein. Wir waren ins Kino gegangen, und dann ist Paul mit zu mir gekommen und hat mir eine Menge über sich erzählt. Das war an dem Abend. Wahrscheinlich dachte er, ich müßte davon furchtbar beeindruckt sein.»

«November; wissen Sie das genau?»

«Ja, ganz genau.»

«Jedenfalls war es einige Zeit bevor diese komischen Briefe für ihn kamen?»

«O ja, ewig. Und nachdem das mit den Briefen anfing, hat er nie mehr was davon gesagt und wollte sogar diesen Zettel wiederhaben. Das hab ich Ihnen ja schon gesagt.»

«Ich weiß. Na schön. Nun nehmen Sie einmal kurz Platz. Ich möchte mir das gern ansehen.»

«Hm!» machte Wimsey, nachdem er den Stammbaum studiert hatte. «Möchte wissen, woher er das hat. Mir war nicht bekannt, daß Nikolaus I. je eine andere geheiratet hat als Charlotte-Luise von Preußen.»

«Das weiß ich noch», sagte Leila. «Paul hat gesagt, die Heirat kann nicht bewiesen werden. Er hat sich drangehalten damit. Er meinte, wenn sie bewiesen werden könnte, wäre er ein Fürst oder so was. Über diese Charlotte hat er sich immerzu den Kopf zerbrochen – und eine häßliche alte Schraube muß das gewesen sein. Sie war doch mindestens fünfundvierzig, und dann geht sie noch hin und kriegt ein Kind. Daß sie dabei nicht draufgegangen ist, wundert mich. Wäre jedenfalls besser gewesen.»

«Nikolaus I. muß damals fast noch ein Kind gewesen sein. Mal sehen – 1815 – das war dann wohl, als er nach der Waterloo-Geschichte in Paris war. Ah, ich verstehe – Charlottes Vater hatte irgend etwas mit der französischen Gesandtschaft zu tun; das paßt durchaus. Ich nehme an, daß man ihm diese illegitime Tochter von Franz Josias angedreht hat, als er in Sachsen-Coburg war. Sie ist mit ihm nach Paris zurückgegangen und hatte sieben Kinder, und das jüngste davon war Charlotte, die sich dann wohl irgendwie an den jungen Kaiser herangemacht und ihn verführt hat.»

«‹So eine alte Hexe›, hab ich zu Paul gesagt, als er mit Mrs. Weldon anfing. ‹Na ja›, hab ich gesagt, ‹das scheint ja bei euch in der Familie zu liegen, alte Schachteln zu heiraten –› hab ich gesagt. Aber er wollte nichts gegen Ururgroßmutter Charlotte hören. Nach seiner Schilderung muß sie irgendwas ganz Besonderes gewesen sein. So eine Art – wie heißt die noch?»

«Ninon de l'Enclos?»

«Ich denke ja – wenn das die alte Schraube war, die noch mit hundertfünfzig Jahren Liebhaber hatte. Ich finde das gar nicht schön. Kann mir nicht vorstellen, was sich die Männer dabei denken. Wenn Sie mich fragen, müssen die alle plemplem gewesen sein. Jedenfalls, was Sie da sagen, stimmt ungefähr. Sie war schon mehrfach Witwe – diese Charlotte, meine ich. Sie hat irgendeinen Grafen oder General Dingsbums geheiratet – den Namen hab ich vergessen – und hatte irgendwas mit Politik zu tun.»

«Jeder im Paris von 1815 hatte etwas mit Politik zu tun», sagte Wimsey. «Ich kann mir Charlotte ganz gut vorstellen, wie sie beim neuen Adel vorsichtig ihre Karten ausspielt. Also, diese ältliche Schönheit heiratet oder heiratet nicht Zar Nikolaus I. und bringt eine Tochter zur Welt, die sie nach ihrem durchlauchtigsten Herrn Papa Nikolajewna nennt. Da sie in Frankreich leben, rufen sie das Kind Nicole. Was dann? Die gute alte Charlotte spielt ihre Karten weiter, und nachdem sie einmal sozusagen königliches Blut gekostet hat, nimmt sie sich vor, sich in das Haus Bourbon einzuschleichen. Allzu viele legitime Prinzen gibt es nicht für ihre Tochter, also sagt sie sich, die falsche Bettseite ist immer noch besser, als draußen in der Kälte zu stehen, und verheiratet das Mädchen mit einem kleinen Malheur von Louis-Philippe.»

«Das muß ja eine feine Gesellschaft gewesen sein damals.»

«Na ja, so so. Ich möchte annehmen, Charlotte hat vielleicht wirklich geglaubt, mit Nikolaus verheiratet zu sein, und war dann furchtbar enttäuscht, als man ihr die Ansprüche streitig machte. Sie war ihnen wohl nicht ganz gewachsen – Nikolaus und seinen Diplomaten. Gerade als sie glaubte, ihren Fisch so schön an der Angel zu haben, die welkende Schönheit, die mit ihrem Witz und Charme noch schnell den größten Coup ihres Lebens landet – sich zur Kaiserin macht. Frankreich war in Aufruhr, das Kaiserreich zerschlagen, und die auf des Adlers Schwingen an die Macht gestiegen waren, stürzten mit in seinem Sturz – wer konnte wissen, was mit der intriganten Witwe eines napoleonischen Grafen oder Generals geschehen würde? Aber Rußland! Der Doppeladler hatte noch seine sämtlichen Krallen – »

«Wie Sie reden!» unterbrach Miss Garland ihn ungeduldig. «Mir kommt das kein bißchen glaubhaft vor. Wenn Sie mich fragen, ich bin überzeugt, daß Paul das alles aus diesen Büchern erfunden hat, die er so liebte.»

«Sehr wahrscheinlich», räumte Wimsey ein. «Ich meine ja auch nur, daß es eine gute Geschichte ist. Farbig, lebendig, mit viel Folklore und Rührseligkeit. Und aus historischer Sicht ist es nicht einmal so unmöglich. Sind Sie ganz sicher, daß Sie das alles schon im November gehört haben?»

«Na klar bin ich da sicher.»

«Meine Achtung vor Paul Alexis' Erfindungsgabe steigt. Er hätte Romane schreiben sollen. Aber trotzdem, gehen wir das alles mal durch. Charlotte hält an ihrer Idee von morganatischer Heirat und Kaiserthron fest und verheiratet ihre Tochter Nicole mit Gaston, diesem Bourbonenjüngling. Daran ist nichts Unwahrscheinliches. Im Alter würde er etwa zwischen dem Fürsten de Joinville und dem Herzog d'Aumale kommen, und es gibt keinen Grund, warum das nicht so sein sollte. Was wird nun aus Nicole? Sie bekommt eine Tochter – die Familie scheint mit Töchtern gesegnet zu sein – namens Louise. Mich würde interessieren, was aus Gaston und Nicole im Zweiten Kaiserreich geworden ist. Über Gastons soziale Position wird hier nichts gesagt. Wahrscheinlich hat er die Tatsachen akzeptiert und seine königlichen Verwandtschaftsbeziehungen vornehm verschwiegen. Jedenfalls hat seine Tochter Louise im Jahre 1871 einen Russen geheiratet – ein Rückschlag in den alten Stammbaum. Mal sehen – 1871. Was verbinde ich mit 1871? Ach ja, den französisch-preußischen Krieg und Rußlands unfreundliches Benehmen gegenüber Frankreich wegen des Vertrags von Paris. O je! Ich fürchte, Louise ist mit Mann, Roß, Wagen und Artillerie zum Feind übergelaufen! Möglicherweise ist dieser Stefan Iwanowitsch etwa um die Zeit des Vertrags von Berlin in irgendwelchen diplomatischen Angelegenheiten nach Paris gekommen. Wer weiß.»

Leila Garland gähnte fürchterlich.

«Louise hat jedenfalls eine Tochter», fuhr Wimsey fort, ganz versunken in seine Überlegungen. «Und sie heiratet wieder einen Russen. Wahrscheinlich leben sie jetzt wieder in Rußland. Mélanie heißt die Tochter, ihr Mann heißt Alexis Gregorowitsch, und das sind die Eltern von Paul Alexis, mit weiterem Namen Goldschmidt, der vor der russischen Revolution gerettet wird, nach

England kommt, hier eingebürgert wird, den Beruf eines Hotelgigolos ergreift und auf dem Satans-Bügeleisen ermordet wird – aber warum?»

«Wer weiß», sagte Leila und gähnte noch einmal.

Nachdem Wimsey überzeugt war, daß Leila ihm wirklich alles erzählt hatte, was sie wußte, nahm er das kostbare Blatt Papier und ging mit seinem Problem zu Harriet.

«Aber das ist doch albern», sagte diese praktisch denkende junge Dame, als sie das Blatt sah. «Selbst wenn Alexis' Ururgroßmutter fünfzigmal mit Nikolaus I. verheiratet gewesen wäre, gäbe ihm das kein Anrecht auf den Thron. Da gibt's doch Dutzende von Leuten, die der Thronfolge näher wären als er – der Großherzog Dimitri zum Beispiel und alle möglichen anderen.»

«So? Ja, natürlich. Aber man kann die Leute jederzeit dahin bringen, daß sie glauben, was sie gern glauben möchten. Die liebe Charlotte muß das als eine Art Familiengeschichte weitergegeben haben – Sie wissen ja, wie die Leute sind, wenn sie erst einmal diesen Stammbaumfimmel haben. Ich kenne einen Textilverkäufer in Leeds, der mir einmal allen Ernstes gesagt hat, daß er eigentlich der König von England sein müsse, wenn er nur die Urkunde von irgend jemandes Heirat mit Perkin Warbeck finden könne. Daß in der Zwischenzeit mehrfach die Dynastien gewechselt hatten, störte ihn überhaupt nicht. Er glaubte wirklich, er brauche seinen Fall nur im Oberhaus vorzutragen, dann werde man ihm die Krone auf einem goldenen Tablett überreichen. Und was die andern Anwärter alle angeht, da hat man Alexis sicher überzeugt, daß sie alle zu seinen Gunsten verzichten wollten. Außerdem, wenn er an diesen Stammbaum wirklich glaubte, hätte er wohl gesagt, daß sein Anspruch vorrangig vor den anderen sei und daß seine Ururgroßmutter der einzige legitime Nachkomme von Nikolaus I. sei. Ich glaube nicht, daß es in Rußland ein Salisches Gesetz gab, das einen Thronanspruch über die weibliche Linie ausschloß. Jedenfalls ist jetzt völlig klar, wie der Köder in der Falle aussah. Wenn wir doch nur an die Papiere herankommen könnten, die Alexis an ‹Boris› geschickt hat! Aber die sind vernichtet worden, so sicher wie die Erde rund ist.»

Inspektor Umpelty, begleitet von Chefinspektor Parker von Scotland Yard, klingelte in der Popcorn Street Nr. 17 in Kensington und wurde ohne Umstände eingelassen. Es war ja sehr entgegenkommend von Chefinspektor Parker, daß er sich persönlich der

Sache annahm, obschon Umpelty fand, eine nicht ganz so hochkarätige Eskorte hätte es auch getan – aber der Mann war nun einmal Lord Peters Schwager und interessierte sich darum wohl besonders für den Fall. Wenigstens schien Mr. Parker geneigt zu sein, dem Inspektor aus der Provinz freie Hand bei der Vernehmung zu lassen.

Mrs. Morecambe kam mit bezauberndem Lächeln ins Zimmer getrippelt.

«Guten Morgen. Nehmen Sie doch bitte Platz. Ist es wieder wegen dieser Wilvercombe-Geschichte?»

«Ja, Madam. Es scheint irgendwo ein kleines Mißverständnis zu geben.» Der Inspektor zückte sein Notizbuch und räusperte sich. «Es geht um diesen Herrn, Mr. Henry Weldon, den Sie am Donnerstagvormittag im Auto mitgenommen haben. Ich glaube, Sie sagten, daß Sie ihn bis zum Marktplatz mitgenommen haben.»

«Aber ja. Das ist doch der Marktplatz, oder? Unmittelbar vor der Stadt, mit einer Art Grünanlage und einem Gebäude mit Uhrturm, nicht?»

«Oh!» machte der Inspektor, leicht verwirrt. «Nein, das ist nicht der Marktplatz – das ist der Messeplatz, wo auch die Fußballspiele und Blumenausstellungen stattfinden. Haben Sie ihn dort abgesetzt?»

«Aber ja. Das tut mir leid. Ich dachte, das wäre der Marktplatz.»

«Nun, der Platz heißt Alter Markt. Aber was heutzutage Marktplatz heißt, das ist ein Platz in der Stadtmitte, wo der Verkehrspolizist steht.»

«Aha. Ich verstehe. Nun, dann habe ich Ihnen wohl leider eine falsche Information gegeben.» Mrs. Morecambe lächelte. «Ist das ein sehr schlimmes Verbrechen?»

«Es könnte natürlich sehr ernste Folgen haben», sagte der Inspektor. «Aber für ein echtes Versehen kann ja nun niemand etwas. Trotzdem bin ich froh, daß wir da jetzt Klarheit haben. Nun aber, Madam, noch eine Routinefrage: Was haben Sie selbst an diesem Morgen in Wilvercombe getan?»

Mrs. Morecambe überlegte mit schiefgelegtem Kopf.

«Ich – bin ein bißchen einkaufen gewesen, war im *Wintergarten* und habe im Café *Oriental* eine Tasse Kaffee getrunken. Nichts Besonderes.»

«Haben Sie zufällig auch Herrenkragen gekauft?»

«Kragen?» Mrs. Morecambe machte ein überraschtes Gesicht. «Wirklich, Inspektor, Sie scheinen meine Schritte sehr gründlich überprüft zu haben. Ich stehe doch wohl nicht unter irgendeinem bösen Verdacht?»

«Reine Routinesache, Madam», antwortete der Inspektor unerschüttert; er leckte seinen Bleistift an.

«Nun, also – nein, ich habe keine Kragen *gekauft*! Ich habe mir welche angesehen.»

«So? Sie haben sich welche angesehen?»

«Ja, aber sie hatten nicht die Sorte, die mein Mann trägt.»

«Aha. Erinnern Sie sich an den Namen des Geschäfts?»

«Ja – Rogers & noch was – Rogers & Peabody, glaube ich.»

«Nun, Madam.» Der Inspektor blickte von seinem Notizbuch auf und sah sie streng an. «Würde es Sie überraschen, zu hören, daß der Verkäufer von Rogers & Peabody sagt, eine Dame, die gekleidet war wie Sie und auf die Ihre Beschreibung paßt, habe an diesem Morgen Kragen gekauft und sich das Päckchen zum Wagen bringen lassen?»

«Es würde mich gar nicht überraschen. Das war nämlich ein sehr dummer junger Mann. Er hat ein Päckchen zum Wagen gebracht, aber darin waren keine Kragen, sondern Krawatten. Ich bin zweimal in dem Geschäft gewesen – einmal wegen der Krawatten, und dann sind mir die Kragen eingefallen, und ich bin noch einmal hineingegangen; aber da sie nicht hatten, was ich wollte, bin ich wieder herausgekommen. Das muß gegen halb eins gewesen sein, glaube ich, falls die Zeit wichtig ist.»

Der Inspektor zögerte. Es konnte – *konnte* eventuell wahr sein. Der ehrlichste Zeuge kann sich einmal irren. Er beschloß, das zunächst einmal beiseite zu lassen.

«Und dann haben Sie Mr. Weldon am Alten Markt wieder aufgelesen?»

«Ja. Aber wenn Sie sagen, daß es dieser Mr. Weldon war, Inspektor, dann legen Sie mir etwas in den Mund. Ich habe jemanden mitgenommen – einen Mann mit Sonnenbrille –, aber seinen Namen kannte ich nicht, bevor er ihn mir nannte, und hinterher habe ich ihn gar nicht wiedererkannt, als ich ihn ohne die Brille sah. Da habe ich sogar noch gemeint – und ich meine es heute noch –, daß der Mann, den ich mitgenommen hatte, dunkle Haare hatte. Die Stimme des anderen klang ziemlich ähnlich – aber darauf kann man ja nun nicht so furchtbar viel geben. Ich dachte nur, daß er es sein müßte, weil er alles noch so genau wußte und sich sogar an die Wagennummer erinnerte, aber wenn ich natürlich seine Identität beschwören müßte – bitte sehr!» Sie zuckte mit den Schultern.

«Ganz recht, Madam.» Dem Inspektor war völlig klar, was hier geschah. Nachdem die Entdeckung der tatsächlichen Mordzeit das Vormittagsalibi eher gefährlich als nützlich erscheinen ließ, wurde es rücksichtslos über Bord geworfen. Noch mehr Arbeit, dachte er verstimmt, noch mehr Zeiten und Orte nachzuprüfen. Er dankte der Dame höflich für ihre hilfreichen Erklärungen und fragte dann, ob er kurz mit Mr. Morecambe sprechen könne.

«Mit meinem Mann?» Mrs. Morecambe zeigte Überraschung. «Ich glaube nicht, daß er Ihnen überhaupt etwas sagen kann. Er war nämlich zu der Zeit nicht mit mir in Heathbury.»

Der Inspektor räumte ein, daß er sich dessen bewußt war, und fügte unbestimmt hinzu, es sei eine reine Formsache. «Es gehört bei uns einfach mit dazu», erklärte er, und es habe irgendwie damit zu tun, daß Mr. Morecambe als Halter des Bentley eingetragen sei.

Mrs. Morecambe lächelte nachsichtig. Nun ja, Mr. Morecambe sei zufällig gerade zu Hause. Er habe sich in letzter Zeit nicht sehr wohl gefühlt, aber er werde zweifellos bereit sein, dem Inspektor zu helfen, wenn es wirklich sein müsse. Sie wolle ihn bitten, herunterzukommen.

Inspektor Umpelty ließ durchblicken, daß dies nun wirklich nicht nötig sei. Er werde gern mit Mrs. Morecambe zu ihm hinaufgehen. Eine Vorsichtsmaßnahme, über die Chefinspektor Parker heimlich lächeln mußte. Alle notwendigen Absprachen zwischen den Morecambes waren zweifellos längst getroffen.

Mrs. Morecambe ging zur Tür, gefolgt von Mr. Umpelty. Sie schaute sich um, als erwartete sie, daß Parker folgen würde, aber der blieb sitzen. Nach kurzem Zögern ging Mrs. Morecambe hinaus und überließ ihren zweiten Gast sich selbst. Sie ging die Treppe hinauf, gefolgt von Inspektor Umpelty, der Entschuldigungen murmelte und versuchte, mit seinen Stiefeln nicht zuviel Krach zu machen.

Das Zimmer, das sie im ersten Stock betraten, war als Arbeitszimmer eingerichtet, auf dessen anderer Seite eine zweite Tür in ein Schlafzimmer führte. An einem Tisch im Arbeitszimmer saß ein kleiner, rotbärtiger Mann, der sich bei ihrem Eintreten ruckartig umdrehte.

«Das ist Inspektor Umpelty von Wilvercombe», sagte Mrs. Morecambe zu ihm. «Er möchte etwas über dein Auto wissen.»

«So, Inspektor, was gibt's denn?» Mr. Morecambe sprach in herzlichem Ton, aber seine Herzlichkeit war gar nichts gegen die Herzlichkeit des Inspektors.

«Hallo, Bright, alter Junge!» sagte er. «Seit unserer letzten Begegnung haben Sie's ja in der Welt zu was gebracht, wie?»

Mr. Morecambe zog die Augenbrauen hoch, warf einen Blick zu seiner Frau und lachte schallend los.

«Gut gemacht, Inspektor!» rief er. «Was habe ich dir gesagt, Liebes? Unserer britischen Polizei kann man nichts vormachen. Mit seinem geübten Scharfblick hat der Mann mich gleich erkannt! Bitte, setzen Sie sich, Inspektor, und trinken Sie was, dann erzähle ich Ihnen, wie alles war.»

Umpelty ließ seinen umfangreichen Körper vorsichtig in einen Sessel sinken und nahm einen Whisky-Soda an.

«Zunächst einmal, herzlichen Glückwunsch zu Ihren Spürhunden», sagte Mr. Morecambe fröhlich. «Ich dachte, ich hätte den einen Kerl bei Selfridges abgehängt, aber der andere, der mit den Schnellwechselhüten, ist mir wohl trotz meiner kunstvollen Verwandlung im Kino auf der Spur geblieben. Also, ich nehme an, Sie wollen nun wissen, warum Alfred Morecambe, Provisionsagent aus London, sich als der heruntergekommene Haarkünstler William Bright verkleidet in Wilvercombe herumgetrieben hat. Das kann ich Ihnen nicht verdenken. Ich gebe zu, daß es merkwürdig aussieht. Nun, um es gleich zu sagen – hier ist die Erklärung.»

Damit hob er einen Stapel Papier vom Schreibtisch hoch und reichte ihn Umpelty hinüber.

«Ich schreibe ein Stück für meine Frau», sagte er. «Sie haben sicher schon herausbekommen, daß sie vor unserer Heirat die berühmte Tillie Tulliver war. Ich habe schon das eine oder andere Stück geschrieben – unter dem Namen Cedric St. Denis, Freizeitbeschäftigung, Sie verstehen – und dieses neue Stück handelt nun von den Abenteuern eines Wanderfriseurs. Das Lokalkolorit nimmt man am besten durch eigenes Erleben in sich auf.»

«Verstehe, Sir.»

«Ich hätte Ihnen das alles schon damals sagen sollen», sagte Mr. Morecambe mit ehrlich entschuldigendem Blick, «aber es erschien mir eigentlich nicht notwendig. Ehrlich gesagt, ich hatte die Befürchtung, daß mich das in der City in ein etwas albernes Licht rücken würde. Sehen Sie, ich hatte angeblich aus gesundheitlichen Gründen Urlaub genommen, und wenn mein Partner gewußt hätte, was ich in Wirklichkeit trieb, hätte es ihn sicher gewurmt. Meine Aussage haben Sie ja jedenfalls bekommen, und das war das eigentlich Wichtige – und ich muß gestehen, daß es mir sogar ziemlichen Spaß gemacht hat, Ihnen allen den Taugenichts vorzuspielen. Ich habe das doch recht gut gemacht, nicht? Natürlich nur dank der Anleitung durch meine Frau.»

«Verstehe, Sir.» Inspektor Umpelty ging gleich auf den springenden Punkt dieser Aussage ein. «Ihre Schilderung der Begegnung mit Paul Alexis war demnach richtig, ja?»

«In allen Einzelheiten die reine Wahrheit. Natürlich abgesehen davon, daß ich nie die leiseste Absicht hatte, mich umzubringen. Es war einfach so, mich lockte die Aussicht nicht so besonders, meiner Rolle entsprechend die Nacht in einem der Übernachtungsheime zu verbringen, und da wollte ich die bittere Stunde so lange wie möglich hinausschieben. Es stimmt schon, daß ich Alexis ein Märchen über mein herbes Schicksal aufgetischt habe – aber in Wahrheit habe ich von dem armen Teufel natürlich kein Geld genommen. Da war für mich die Grenze. Die Pfundnote, mit der ich dann für die Übernachtung bezahlt habe, war meine eigene. Aber bei der Geschichte mit den Gezeiten hätten Sie mich beinahe erwischt. Mit all diesen malerischen Einzelheiten hatte ich mich wohl ein wenig übernommen.» Er mußte wieder lachen.

«Na ja, Sir», sagte der Inspektor. «Da haben Sie uns ja schön an der Nase herumgeführt.» Er besah sich die Manuskriptblätter in seiner Hand, die, soweit er feststellen konnte, Mr. Morecambes Darstellung zu bestätigen schienen. «Es ist aber schade, daß Sie uns nicht ins Vertrauen gezogen haben, Sir. Wir hätten es wahrscheinlich so einrichten können, daß nichts davon in die Zeitungen gekommen wäre. Aber – wenn ich jetzt eine neue Aussage von Ihnen aufnehme, ist das aus der Welt.»

Er legte für eine Sekunde den Kopf schief, als ob er lauschte, dann fuhr er schnell fort:

«Ich nehme an, daß Ihre jetzige Aussage lediglich Ihre Aussage bei der gerichtlichen Voruntersuchung bestätigen wird. Sie haben nichts hinzuzufügen?»

«Absolut nichts.»

«Sie sind zum Beispiel noch nie und nirgendwo diesem Mr. Henry Weldon begegnet?»

«Weldon?»

«Der Mann, den ich im Auto mitgenommen hatte», half Mrs. Morecambe nach, «dessen Mutter mit dem Toten verlobt war.»

«Ach, den meinen Sie? Nein, den habe ich noch nie im Leben gesehen. Ich glaube auch nicht, daß ich ihn wiedererkennen würde, wenn ich ihn jetzt sähe. Er ist doch auch gar nicht als Zeuge aufgetreten, oder?»

«Nein, Sir. Sehr schön. Also, wenn Sie wollen, nehme ich jetzt

Ihre Aussage auf. Ich rufe nur rasch meinen Kollegen, wenn Sie nichts dagegen haben – als Zeugen.»

Der Inspektor machte die Tür auf. Chefinspektor Parker mußte auf dem Treppenabsatz gewartet haben, denn er trat unverzüglich ein, gefolgt von einer ehrbar aussehenden Arbeiterfrau und einem großen, dicken Mann, der eine Zigarre rauchte. Der Inspektor wandte keinen Blick von den Morecambes. Die Frau wirkte nur erstaunt, aber der Mann wechselte die Gesichtsfarbe.

«Nun, Mrs. Sterne», sagte Parker, «haben Sie diesen Herrn schon einmal gesehen?»

«Aber ja, Sir. Das ist Mr. Field, der im Februar bei Mr. Weldon auf dem Vierwegehof war. Den würde ich immer wiedererkennen.»

«So heißt er also?» sagte der Dicke. «Ich dachte, er heißt Potts oder Spink. Nun, Mr. Maurice Vasavour, haben Sie der kleinen Kohn eine Rolle gegeben?»

Mr. Morecambe öffnete den Mund, aber kein Ton kam heraus. Inspektor Umpelty blickte den Mann von Scotland Yard kurz fragend an, räusperte sich, nahm seinen ganzen Mut in beide Hände und näherte sich seinem Opfer:

«Alfred Morecambe», sagte er, «alias William Bright, alias William Simpson, alias Field, alias Cedric St. Denis, alias Maurice Vasavour, ich verhafte Sie wegen Beteiligung an der Ermordung des Paul Alexis Goldschmidt, auch Pawlo Alexeiwitsch genannt, und belehre Sie, daß alles, was Sie von jetzt an sagen, festgehalten und vor Gericht gegen Sie verwendet werden kann.»

Er wischte sich die Stirn ab.

Alibi hin, Alibi her – er hatte seine Schiffe hinter sich verbrannt.

33

Wie es hätte sein müssen

Siehst du, wie dieses unser Drachenei
Anschwillt vom reifenden Komplott?
Death's Jest-Book

MITTWOCH, 8. JULI

«Ich kriege noch graue Haare davon», sagte Inspektor Umpelty. «Kein Buch, kein Fetzen Papier, nicht einmal ein Strich auf einem Löschblatt...»

«Nein, und nicht einmal ein Fläschchen violette Tinte...»

«Ein ganz geriebener Bursche, wenn Sie so wollen. Hat immer seine Post selbst fortgetragen, sagt das Mädchen...»

«Ja, ich weiß, aber es ist leicht, zu sagen, daß er was im Schilde geführt haben muß – man muß es auch beweisen können. Sie wissen ja, wie die Geschworenen sind...»

«Weldon ist der Dummkopf von den beiden, aber er macht den Mund nicht auf. Und bei ihm finden wir bestimmt nichts – Morecambe hat *ihm* wohl nie etwas anvertraut...»

«Nein; und seinen Freund in Warschau haben wir nicht aufgespürt – noch nicht...»

«Ja, ich weiß; aber inzwischen müssen wir ihnen etwas halbwegs Stichhaltiges zur Last legen können. Und zwar schnell. Es gibt schließlich so etwas wie die Habeaskorpusakte...»

«Es steht absolut fest, daß keiner von beiden am Satans-Bügeleisen gewesen sein und Kehlen durchgeschnitten haben kann, und die Dame auch nicht. Und es ist ein bißchen ungeschickt, drei Leute wegen Beteiligung an einem Mord zu verhaften, wenn man nicht einmal beweisen kann, daß es überhaupt Mord *ist*... Vielen Dank, Mylord, ich sag nicht nein.»

«Ich gebe gern zu», sagte Wimsey, «daß dies der eigenartigste Fall ist, mit dem ich je zu tun hatte. Wir haben alle Beweise – das heißt, nicht alle, aber überwältigende Beweise für irgendein ausgeklügeltes Komplott. Und wir haben eine Leiche, die aussieht wie das Opfer eines Mordkomplotts. Aber wenn es darangeht, die beiden Sachverhalte miteinander in Verbindung zu bringen, passen sie nicht zusammen. Alles ist sonnenklar – bis auf die betrübliche Tatsache, daß keiner der an dem Komplott Beteiligten den Mord begangen haben kann. Harriet! Es ist Ihr Beruf, Problemstellungen dieser Art zu lösen – wie würden Sie hier verfahren?»

«Ich weiß es nicht», sagte Harriet. «Ich kann nur ein paar Methoden vorschlagen und auf Präzedenzfälle verweisen. Da wäre zum Beispiel die Roger-Sheringham-Methode. Sie weisen umständlich und in allen Einzelheiten nach, daß A den Mord begangen hat; dann schütteln Sie den Fall noch einmal gehörig durch, gehen ihn von einer anderen Seite an und stellen fest, daß der wirkliche Mörder B ist – die Person, die Sie zunächst verdächtigt, dann aber aus den Augen verloren hatten.»

«Das taugt nichts; die Fälle haben nichts miteinander gemeinsam. Wir können ja nicht einmal A etwas glaubhaft nachweisen, geschweige B.»

«Stimmt; nun, dann gibt es die Philo-Vance-Methode. Sie schütteln den Kopf und sagen: ‹Es kommt noch schlimmer›, und dann bringt der Mörder noch fünf Leute um, wodurch der Kreis der Verdächtigen eingeengt wird, und Sie kriegen heraus, wer es ist.»

«Kostspielig, kostspielig», sagte Wimsey. «Und außerdem zu langwierig.»

«Richtig. Dann die Inspektor-French-Methode – man widerlegt das unwiderlegliche Alibi.»

Wimsey stöhnte.

«Wenn mir noch einmal einer was von Alibi sagt, dann – dann – »

«Schon gut. Es gibt noch viele andere Methoden. Zum Beispiel die Thorndyke-Lösung, die man, wie Thorndyke selbst sagt, mit wenigen Worten zusammenfassen kann. ‹Sie haben den falschen Mann, Sie haben die falsche Kiste, und Sie haben die falsche Leiche.› Nehmen wir zum Beispiel einmal an, Paul Alexis war in Wirklichkeit – »

«Der Kaiser von Japan! Danke.»

«Nun, das muß gar nicht so verkehrt sein. Für einen Kaiser hielt er sich ja schon, oder wenigstens fast. Aber selbst wenn er fünfzig Sorten kaiserlichen Bluts in seinen Adern gehabt hätte statt nur zwei oder drei, würde uns das noch lange nicht erklären, wie er es fertiggebracht hat, ermordet zu werden, ohne daß jemand in seiner Nähe war. Die eigentliche Schwierigkeit – »

«Moment!» rief Wimsey. «Sagen Sie das noch einmal.»

Harriet sagte es noch einmal. «Die eigentliche Schwierigkeit», fuhr sie fort, «ist die, daß man nicht erklären kann, wie überhaupt jemand – von Morecambe oder Henry Weldon einmal zu schweigen – den Mord begangen haben kann. Selbst wenn Pollock – »

«Die eigentliche Schwierigkeit», unterbrach Wimsey sie mit plötzlich vor Erregung zitternder Stimme, «ist die Todeszeit, nicht wahr?»

«Hm – ich denke, ja.»

«Natürlich ist es so. Sonst könnten wir nämlich alles genau erklären.» Er lachte. «Wissen Sie, ich hab's ja schon immer sehr eigenartig gefunden, daß Henry Weldon, wenn er den Mord begangen hat, nicht zu wissen scheint, um welche Zeit er ihn begangen hat. Passen Sie auf. Wir tun einfach mal so, als ob wir selbst diesen Mord planten, und zwar für zwölf Uhr, ja?»

«Wozu soll das gut sein? Wir wissen doch, daß er in Wirklichkeit erst um zwei Uhr begangen wurde. Da kommen wir nicht herum, Mylord.»

«Schon, aber ich möchte mir den Mord gern einmal ansehen, wie er ursprünglich geplant war. Es stimmt, daß die Mörder sich später mit einer unerwarteten Änderung im Zeitplan konfrontiert sahen, aber im Augenblick wollen wir den Zeitplan einmal so durchgehen, wie er eigentlich gedacht war. Haben Sie etwas dagegen? Ich möchte es gern probieren.»

Der Inspektor knurrte etwas, und Wimsey saß ein paar Minuten schweigend da, als ob er scharf nachdächte. Dann sprach er, und von seiner vorherigen Erregung war nichts mehr zu hören.

«Es ist Februar», sagte er. «Sie sind Henry Weldon. Sie haben soeben erfahren, daß Ihre ältliche und dümmliche Mutter einen fünfunddreißig Jahre jüngeren Gigolo heiraten und Sie enterben will. Sie brauchen dringend Geld und möchten das also um jeden Preis verhindern. Sie stänkern, aber das nützt leider nichts; Sie sehen, daß Sie sich damit womöglich noch um den allerletzten Rest des Geldes bringen. Sie selbst sind kein sehr findiger Kopf, aber Sie können sich von jemandem Rat holen – aber warum würden Sie sich an Weldons Stelle ausgerechnet an Morecambe wenden, Inspektor?»

«Nun, Mylord, wie es aussieht, könnte Weldon, als er seine Mutter hier besuchte, irgend etwas mit Mrs. Morecambe angefangen haben. Er ist ein großer Schürzenjäger vor dem Herrn, und sie hat vielleicht gedacht, daß Geld aus ihm herauszuholen sei, weil sie sah, daß seine Mutter eine reiche Frau war. Da wird er sie bald eines Besseren belehrt haben, und sie hatte daraufhin die Idee, ihren Mann einzuschalten. Das sind alles Spekulationen, können Sie sagen, aber wir haben immerhin nachgeprüft, daß Mrs. Morecambe sich um die Zeit, als Weldon in Wilvercombe war, in Heathbury aufgehalten hat. Eines haben wir jedenfalls mit Gewißheit festgestellt, nämlich daß Morecambes ‹Provisionsagentur› eine ziemlich undurchschaubare Geschichte ist und auf ungemein wackligen Füßen steht. Unsere Vorstellung war, daß die Dame die beiden Männer miteinander bekannt gemacht und daß Morecambe Weldon versprochen hat, auf Halbe-Halbe-Basis für ihn aktiv zu werden.»

«Halbe-Halbe von was?» fragte Harriet.

«Vom Geld seiner Mutter – wenn er es einstrich.»

«Aber das wäre doch erst nach ihrem Tod gewesen.»

«Ganz recht, Miss, nach ihrem Tod.»

«Oh – Sie meinen – ?»

«Ich meine, daß die beiden herausholen wollten, was herauszuholen war», sagte der Inspektor ungerührt.

«Ich schließe mich dieser Meinung an», sagte Wimsey. «Jedenfalls begibt Mr. Morecambe sich als nächstes nach Leamhurst und bleibt ein paar Tage bei Weldon. Während der ganzen Geschichte war Morecambe viel zu schlau, irgend etwas Schriftliches aus der Hand zu geben, bis auf den ganzen chiffrierten Quatsch natürlich, und darum glaube ich, daß der Plan da schon mehr oder weniger komplett ausgearbeitet wurde. Weldon erzählt Morecambe von Alexis' romantischen Vorstellungen von kaiserlicher Abstammung, und das bringt sie auf die Idee, ihr Opfer zum Satans-Bügeleisen zu locken. Unmittelbar danach beginnen diese geheimnisvollen Briefe hinauszugehen. Ich frage mich übrigens, welchen Grund sie dafür vorgeschoben haben, daß der erste Brief nicht in russischer Sprache abgefaßt wurde. Denn der muß ja in Klartext und nicht in Geheimschrift geschrieben gewesen sein.»

«Dazu hätte ich eine Idee», sagte Harriet. «Haben Sie nicht neulich gesagt, Sie kennen einen englischen Roman, in dem die Playfair-Chiffre erklärt wird?»

«Ja – von John Rhode. Warum?»

«Ich nehme an, daß in dem ersten Brief nur der Titel dieses Buches mit den betreffenden Kapiteln sowie das Kodewort für die nächste Mitteilung enthalten waren. Da es ein englisches Buch ist, war es nur natürlich, das Ganze gleich auf englisch zu schreiben.»

«Raffiniert», sagte Wimsey. «Ich meine Sie. Aber es ist eine durchaus mögliche Erklärung. Das alles brauchen wir jetzt jedoch nicht noch einmal durchzukauen. Offenbar war Mrs. Morecambe die Informationsquelle, was die Topographie und Fauna von Wilvercombe und Darley betrifft. Weldon wurde die Aufgabe des Reiters und Mörders zugedacht, denn dazu brauchte man nur Muskeln, während Morecambe herumraste und Briefe und Fotos in die Gegend schickte und Alexis in allerhöchste Erregung versetzte. Und dann, nachdem alles so gut wie bereit war, machte Morecambe sich als Wanderfriseur auf die Reise.»

«Aber wozu denn dieses unglaubliche Theater?» wollte Harriet wissen. «Warum haben sie nicht irgendwo ein gewöhnliches Rasiermesser gekauft? Dessen Herkunft wäre doch schwieriger festzustellen gewesen.»

«Sollte man meinen. Ich würde es auch so sehen. Aber es ist erstaunlich, was man alles herausbekommen kann. Denken Sie nur an Patrick Mahon und das Hackebeil. Die Absicht war jedenfalls, den Plan doppelt und dreifach abzusichern. Zuerst sollte es wie Selbstmord aussehen; wenn dann der Selbstmord angezweifelt und die Herkunft des Rasiermessers ermittelt wurde, sollte es dafür eine überzeugende Erklärung geben; und wenn drittens Morecambes Verkleidung zufällig durchschaut werden sollte, mußte es auch dafür eine Erklärung geben.»

«Ich verstehe. Na ja, machen Sie weiter. Morecambe hatte jedenfalls den Mut der eigenen Überzeugung – er hat sehr gründlich gearbeitet.»

«Ein kluger Kopf – ich muß zugeben, daß er mich vollkommen eingewickelt hat. Nun zu Weldon. Er hatte die Identität als Haviland Martin fertig zum Hineinschlüpfen. Anweisungsgemäß mietete er sich einen Morgan, stopfte ihn mit einem kleinen Zelt und seinen persönlichen Habseligkeiten ungemütlich voll und fuhr los, um am Hinks's Lane, gleich neben Bauer Newcombes Wiese, zu kampieren. Am selben Tag kam Morecambe nach Wilvercombe. Ob und wann die beiden sich getroffen haben, weiß ich nicht. Nach meinem Eindruck war das Ganze so weit wie möglich im voraus geplant, so daß sie sich, nachdem die Durchführung des Plans in Angriff genommen war, so gut wie gar nicht mehr miteinander in Verbindung zu setzen brauchten.»

«Sehr wahrscheinlich», sagte Umpelty. «Das würde erklären, wieso der Zeitplan durcheinandergeriet.»

«Möglich. So, und am Donnerstag begibt sich nun Alexis, seinen Instruktionen gemäß, zum Satans-Bügeleisen. Übrigens war es wichtig, daß die Leiche gefunden und identifiziert wurde – meiner Ansicht nach war das der Grund, warum Alexis offen über die Küstenstraße zu dem Felsen gehen sollte. Falls die Leiche dann verlorengegangen wäre, hätte es Zeugen gegeben, die ihn in diese Richtung hätten gehen sehen, und man hätte einen Anhaltspunkt gehabt, wo man suchen mußte. Es hätte nicht viel genützt, wenn er einfach verschwunden wäre wie Schnee auf der Wüste staubigem Antlitz.

Alexis zieht also aus, eine Krone zu erobern. In der Zwischenzeit hat Henry Weldon eine Nähnadel durch die Zündkabel seines Morgan gedrückt und sich damit einen guten Grund geschaffen, per Anhalter nach Wilvercombe zu fahren. Und nun sehen Sie, warum es ein Morgan sein mußte. Wenn man die ganze Zündung mit einer einzigen Nadel lahmlegen wollte, mußte es ein Motor mit nur zwei Zylindern sein, also ein Morgan, ein Belsize-Bradshaw oder ein Motorrad. Von dem Motorrad hat er wohl abgesehen, um von der Witterung unabhängig zu sein, und das nächstgrößere und nächsthäufigste Gefährt war eben ein Morgan.»

Inspektor Umpelty klatschte sich aufs Bein, aber dann fiel ihm ein, daß damit das eigentliche Problem dieses Falles noch immer nicht gelöst war, und er schneuzte sich traurig die Nase.

«Kurz nach zehn Uhr kommt dann Mrs. Morecambe in ihrem Bentley mit der auffälligen Nummer vorbei. Dieses Nummernschild war übrigens ein reiner Glücksfall für sie – das können sie sich nicht gut zu diesem Zweck besorgt haben, aber es kam ihnen als Hilfsmittel zur Identifizierung des Wagens sehr gelegen. Was war natürlicher, als daß Weldon sich auf Befragen an diese zum Schreien komische Nummer erinnerte? Oioioi! Überaus witzig, nicht wahr, Inspektor?»

«Und wo hat sie ihn dann abgesetzt?» fragte der Inspektor mit düsterem Gesicht.

«Irgendwo außer Sichtweite des Dorfes und des vorbeikommenden Verkehrs. An einer Stelle, wo er über die Wiesen zur Küste zurücklaufen konnte. Die Straße biegt zwischen Wilvercombe und Darley ziemlich scharf von der Küste weg – zweifellos der Grund, warum sie ihm soviel Zeit für den Rückweg gegeben haben. Jedenfalls ist er um – sagen wir 11.15 Uhr – wieder am Hinks's Lane und späht über den Zaun nach Bauer Newcombes brauner Stute. Er zieht den Pfahl aus dem Zaun und tritt auf die Wiese, in der einen Hand Hafer, in der andern ein aus Stricken selbstgemachtes Zaumzeug.»

«Wozu brauchte er eigentlich den Hafer? Das Pferd wäre doch sicher auch zu ihm gekommen, wenn er nur ‹Hoah!› oder so etwas gerufen und den Hut geschwenkt hätte. Mir kommt es dumm von ihm vor, daß er überall den Hafer umhergestreut hat.»

«Ja, meine Liebe», sagte Wimsey. «Aber das hatte einen Grund. Ich glaube, die Haferkörner, die ich gefunden habe, waren vom Tag zuvor, als er anfing, sich mit dem Tier anzufreunden. Man locke ein Tier einmal mit Futter zu sich, und beim zweitenmal kommt es doppelt so schnell; aber wenn man es nur einmal enttäuscht, kommt es überhaupt nicht mehr.»

«Natürlich. Da haben Sie völlig recht.»

«Und nun», sagte Wimsey, «glaube ich – ich kann es nicht beweisen, aber ich *glaube* es –, daß unser Held fast sämtliche Kleidungsstücke zurückließ. Ich bin mir da nicht sicher, aber eine solche Vorsichtsmaßnahme scheint mir doch nahezuliegen. Jedenfalls zäumte er das Pferd auf, saß auf und ritt davon. Nun müssen Sie bedenken, daß der Strand zwischen Darley und den Fischerhütten von der Straße aus nicht zu sehen ist. Es hätte ihm also höchstens passieren können, daß ihn jemand sah, der sich oben am Rand der Steilküste herumtrieb, und der hätte sich wahrscheinlich nichts dabei gedacht, wenn da unten jemand seinem Pferd Bewegung verschaffte. Wirklich unangenehm konnte es für ihn erst werden, wenn er an den Fischerhütten vorbeiritt, aber dafür hatte er vorsichtigerweise genau den Zeitpunkt gewählt, an dem arbeitende Menschen für gewöhnlich am Mittagstisch sitzen. Ich nehme an, er ist kurz vor zwölf dort vorbeigeritten.»

«Um die Zeit haben sie ja Hufegetrappel gehört.»

«Eben. Und wenig später hörte Paul Alexis es auch, denn er saß auf dem Felsen und träumte vom kaiserlichen Purpur. Er blickte auf und sah den Reiter vom Meer.»

«Ganz recht», warf Umpelty ungerührt ein. «Und was dann?»

«Ah – Sie wollen sich bitte erinnern, daß wir hier lediglich ein ideales Verbrechen rekonstruieren, bei dem alles so klappt, wie es geplant ist.»

«Ja – natürlich.»

«Dann – beim idealen Verbrechen – reitet Weldon durchs Wasser an den Felsen heran – und bedenken Sie bitte, daß es noch eine volle Stunde vor Niedrigwasser war und das Meer am Fuß des Bügeleisens noch einen halben Meter hoch stand. Er bindet das Pferd an dem Ring, den er am Tag zuvor eingeschlagen hat, ganz kurz an und steigt auf den Felsen. Alexis erkennt ihn oder auch nicht. Wenn ja ...»

Wimsey verstummte, und sein Blick wurde zornig.

«Ob er ihn nun erkannte oder nicht, er hatte jedenfalls nicht mehr viel Zeit, enttäuscht zu sein. Weldon wird ihn gebeten haben, sich hinzusetzen; Kaiser sitzen, während respektvolle Gemeine hinter ihnen stehen. Weldon bat um den Brief, und Alexis gab ihm die entschlüsselte Übersetzung. Dann beugte er sich mit dem Rasiermesser von hinten über ihn …

Weldon war natürlich ein Idiot. Alles, was falsch zu machen war, hat er falsch gemacht. Er hätte ihm die Handschuhe ausziehen und darauf achten sollen, daß er den Originalbrief bekam. Vielleicht hätte er die Leiche durchsuchen sollen. Aber ich glaube, das wäre noch schlimmer gewesen. Es hätte den selbstmörderischen Anschein zerstört. Bewegen Sie einmal eine Leiche vom Fleck, und ihr erstes Jubelsingen würd zweimal nicht gelingen. Außerdem tobte das Pferd und drohte sich loszureißen. Das wäre tödlich gewesen …

Wissen Sie, in dem Punkt muß ich vor Weldon wirklich den Hut ziehen. Haben Sie schon einmal ein Pferd erlebt, das plötzlich von oben bis unten mit frischem Blut vollgespritzt wird? Das ist nicht schön. Ganz und gar nicht. Kavalleriepferde muß man natürlich daran gewöhnen – aber die braune Stute kann noch nie im Leben Blut gerochen haben. Wenn ich mir vorstelle, daß Weldon vom Felsen hinunter auf ein schreiendes, bockendes, vor Angst halbtotes, ungesatteltes Pferd springen und es wegreiten mußte, ohne es einmal in den Sand treten zu lassen – da kann ich nur sagen, Hut ab!»

«Sie wollen sagen, Sie *müßten* den Hut vor ihm ziehen, wenn es so zugegangen wäre.»

«Genau. Ein Mann, der die Durchführung eines solchen Planes ernsthaft in Betracht ziehen konnte, *mußte* etwas von Pferden verstehen. Vielleicht verstand er auch zuviel davon. Ich meine … es gibt Mittel und Wege, tobender Tiere Herr zu werden, und eins ist grausamer als das andere …

Na ja, aber wir nehmen an, er hat es geschafft. Irgendwie hat er das Pferd vom Felsen losgebunden und ins Meer hinausgezwungen. Das wäre das beste gewesen. Dort konnte es sich müde toben, und zugleich wurde das Blut abgewaschen. Nachdem er das Tier dann wieder unter Kontrolle hatte, ritt er damit auf demselben Wege zurück, auf dem er gekommen war. Aber bei seinem wilden Keilen hatte das Pferd sich ein Hufeisen losgerissen, und unterwegs ging es ganz ab. Wahrscheinlich hat er das gar nicht gemerkt. Er reitet an seinem Lager vorbei zu der Stelle, wo er seine Kleider zurückgelassen hat, läßt das Pferd frei, zieht sich an und läuft zur Straße, um den zurückkehrenden Bentley anzuhalten. Ich glaube nicht, daß er viel früher als fünf vor eins dort war. Er wird mitgenommen und um ein Uhr vor den *Drei Federn* abgesetzt. Und hiermit verlassen wir die Fiktion und kehren zu den Tatsachen zurück. Nach dem Essen geht er dann zu seinem Zeltplatz zurück, verbrennt das Zaumzeug, das voll Blut ist, und gibt unserm Freund Perkins einen Tritt in den Hintern, weil der sich sonst vielleicht zu sehr für das Zaumzeug interessieren könnte.»

«Das hatte er wohl in den *Drei Federn* nicht bei sich?»

«Nein, ich denke, er hat es auf dem Rückritt vom Bügeleisen an einer geeigneten Stelle abgeworfen – irgendwo in der Nähe des Bachs, könnte ich mir vorstellen. Nun, und danach braucht er nur noch dafür zu sorgen, daß Polwhistle kommt und sich um seinen Morgan kümmert. Da hat er natürlich wieder einen Fehler gemacht. Als er die Kabel in die Tasche steckte, hätte er dafür sorgen müssen, daß sie drinblieben.

Aber Sie sehen, daß auch für ihn die Sache dreifach gesichert war. Zuerst sollte der Tod natürlich wie Selbstmord aussehen; zweitens war der am Hinks's Lane kampierende Naturfreund ein Mr. Martin aus Cambridge, der mit niemandem irgend etwas zu tun hatte; und drittens, wenn Mr. Martin als Henry Weldon identifiziert werden sollte, konnte er mit dem Alibi in Wilvercombe aufwarten, mit Bach und Hemdkragen und allem Drum und Dran sowie einer vollkommen unabhängigen Zeugin in einem Bentley, die seine Darstellung bestätigen konnte.»

«Ja, aber – », sagte Umpelty.

«Ich weiß, ich weiß – nur Geduld. Ich weiß, daß der Plan schiefgegangen ist, aber ich möchte, daß Sie sehen, wie alles gedacht war. Angenommen, es hätte geklappt, wie es sollte – was wäre geschehen? Um zwölf Uhr hätte die Leiche auf dem Felsen gelegen, das Rasiermesser darunter. Um halb eins war der Mörder über alle Berge, wahrscheinlich schon fast in Darley. Um eins saß er in den *Drei Federn* und aß und trank, und eine Zeugin konnte beschwören, daß er den ganzen Vormittag in Wilvercombe verbracht hatte. Wenn die Leiche gefunden wurde, bevor die Flut wendete, waren keine Fußspuren da, nur die des Toten selbst, und wahrscheinlich hätte man ohne weiteres an einen Selbstmord geglaubt – vor allem nachdem das Rasiermesser aufgetaucht war. Wenn die Leiche erst später gefunden wurde, waren die Spuren nicht mehr so wichtig, aber ein ärztliches Gutachten hätte wahrscheinlich die Todeszeit festgestellt, und dann wäre wieder das Alibi zum Tragen gekommen.

Das klingt nach einem riskanten Plan, aber er klingt riskanter, als er war. Seine größte Stärke war die Frechheit. Auf eine Meile beiderseits des Bügeleisens kann man vom Strand aus die Küstenstraße sehen. Er konnte ein Auge darauf haben und den richtigen Moment abpassen. Wenn es gefährlich aussah, konnte er das Verbrechen auf einen gelegeneren Zeitpunkt verschieben. Sein einziges wirkliches Risiko bestand darin, daß ihn jemand bei der eigentlichen Tat beobachtete und mit einem Auto entlang der Küstenstraße verfolgte. Ansonsten – selbst wenn sich später herausgestellt hätte, daß gegen Mittag ein Reiter am Strand gesehen worden war – wer konnte beweisen, wer der Reiter war? Mr. Haviland Martin konnte es gewiß nicht gewesen sein, denn der kannte hier keinen Menschen und hatte den Vormittag musikalisch in Wilvercombe verbracht. Und überhaupt, wie viele Leute sind denn auf dieser Straße entlanggekommen? Wie groß war die Chance, daß die Leiche nicht erst nach Ablauf von Stunden gefunden wurde? Oder daß man den Tod für etwas anderes als Selbstmord halten würde?»

«Wie stehen denn jetzt die Chancen, daß es kein Selbstmord war?» fragte Inspektor Umpelty. «Nach Ihrer eigenen Schilderung *kann* es überhaupt nichts anderes gewesen sein. Aber ich verstehe schon, was Sie meinen, Mylord. Sie meinen, daß dieser ganze Plan gefaßt wurde, aber als Weldon dann zum Satans-Bügeleisen kam, hat er es sich aus irgendeinem Grunde anders überlegt. Wie ist das? Als Alexis den Reiter vom Meer sieht, erkennt er Weldon und verlangt eine Erklärung. Weldon sagt ihm, wie sie ihn zum Narren gehalten haben, und nimmt Alexis irgendwie das Versprechen ab, von Mrs. Weldon abzulassen. Vielleicht bedroht er ihn auch mit dem Rasiermesser. Dann reitet Weldon wieder fort, und Alexis ist so tief enttäuscht, daß er sich nach einigem Nachdenken selbst die Kehle durchschneidet.»

«Nachdem Weldon ihm vorsorglich das Rasiermesser dafür dagelassen hat?»

«Nun – ja – das nehme ich an.»

«Und was hat die Stute gesehen?» fragte Harriet.

«Gespenster», versetzte Inspektor Umpelty mit ungläubigem Schnauben. «Und so oder so können Sie ein Pferd nicht in den Zeugenstand rufen.»

«Weldon hat hinterher einen Fehler gemacht, indem er nach Wilvercombe kam», fuhr Wimsey fort. «Mit diesem Erkennungsmerkmal am Arm hätte er sich fernhalten sollen, trotz Mutter. Aber er *mußte* seine Nase hineinstecken und sehen, wie es lief. Und Morecambe – nun ja, sein eventuelles Auftreten als Zeuge war wohl vorgesehen. Ich frage mich trotzdem, ob es wirklich klug von ihm war, sich auf unsere Annonce hin zu melden. Wahrscheinlich war es noch das beste, was er tun konnte – aber er hätte die Falle wittern müssen, finde ich. Mein ganz privater Eindruck ist aber der, daß er ein Auge auf Weldon haben wollte, der hier herumtrampelte wie ein Elefant.»

«Entschuldigen Sie, Mylord», sagte Inspektor Umpelty, «aber wir haben jetzt eine gute Stunde damit vertan, zu spekulieren, was diese Leute getan haben könnten oder vielleicht vorhatten. Für Sie ist das zweifellos sehr interessant, aber wir wissen damit noch lange nicht, was sie wirklich gemacht haben, und jetzt haben wir drei Leute für etwas in Untersuchungshaft sitzen, was sie nicht getan haben können. Wenn Alexis sich selbst die Kehle durchgeschnitten hat, müssen wir sie entweder mit einer Entschuldigung laufenlassen oder ihnen beweisen, daß sie ihn durch Drohungen gemeinschaftlich zum Selbstmord getrieben haben. Wenn ein Komplize von ihnen Alexis getötet hat, müssen wir den Komplizen finden. In beiden Fällen darf ich jetzt keine Zeit mehr darauf verschwenden. Ich wollte nur, ich hätte gleich die Finger von dem blöden Fall gelassen.»

«Aber Sie sind so voreilig, Inspektor», beklagte sich Wimsey. «Ich habe nur gesagt, daß der Plan *schiefgegangen* ist; ich habe nie gesagt, daß sie ihn nicht ausgeführt haben.»

Inspektor Umpelty sah Wimsey traurig an, und seine Lippen wollten das Wort «meschugge» formen. Laut sagte er aber nur:

«Nun, Mylord, egal, was sie getan haben, sie haben jedenfalls Alexis nicht um zwei Uhr ermordet, weil da keiner von ihnen am Tatort war; und sie haben ihn auch nicht um zwölf Uhr umgebracht, weil er erst um zwei Uhr gestorben ist. Das sind doch die Tatsachen, oder?»

«Nein.»

«Nein?»

«Nein.»

«Sie meinen, einer von ihnen war doch um zwei Uhr am Tatort?»

«Nein.»

«Wollen Sie sagen, sie haben Alexis um zwölf Uhr umgebracht?»

«Ja.»

«Indem sie ihm die Kehle durchgeschnitten haben?»

«Ja.»

«Ganz durch?»

«Ganz durch.»

«Und wieso ist er dann erst um zwei Uhr gestorben?»

«Wir haben», sagte Wimsey, «keinerlei Anhaltspunkte für die Zeit, wann Alexis gestorben ist.»

34
Wie es wirklich war

> *Nimm du diese Blume, und streu sie auf* sein *Grab,*
> *Ein Maiglöckchen ist's, das Schellen trägt,*
> *Denn selbst die Pflanzen, scheint es, brauchen ihren Narren,*
> *So allumfassend ist der Geist der Narretei;*
> *Und flüstre dann den Plagegeistern* seines *Grabes zu:*
> *‹Fürst Tod hat Eselsohren.›*
>
> Death's Jest-Book

Mittwoch, 8. Juli

«Wollen Sie damit plötzlich sagen», fragte Inspektor Umpelty mit langsamer Entrüstung, «daß die junge Dame sich die ganze Zeit geirrt hat?»

Harriet schüttelte den Kopf, und Wimsey sagte: «Nein.»

«Nun, Mylord, ich glaube nicht, daß Sie gegen die Ärzte ankommen. Ich habe noch andere Ärzte danach gefragt, und sie sagen alle, daß es da keinen Zweifel gibt.»

«Weil Sie ihnen nicht alle Fakten genannt haben», sagte Wimsey. «Das ist kein Vorwurf gegen Sie», fügte er freundlich hinzu, «denn die restlichen Fakten sind mir selbst vorhin erst klargeworden. Etwas, was Sie von Blut gesagt haben, Harriet, hat mich auf die Idee gebracht. Ich schlage vor, wir schreiben einmal ein paar Dinge auf, die wir über diesen vermeintlichen Sproß der Romanows wissen.»

1. Hat als Kind lange sehr krank gelegen, nachdem er auf dem Schulhof umgestoßen worden war.
2. Als Einundzwanzigjähriger trug er einen Bart und hatte noch nie ein Rasiermesser benutzt.
3. Er hatte ungewöhnlich große Angst vor scharfen Gegenständen und vor dem Zahnarzt.
4. Mindestens ein Backenzahn hatte eine Krone, damit er nur ja nicht gezogen werden mußte.
5. Obendrein trug er am Donnerstag, dem 18., Handschuhe, als er über Felsen klettern mußte.
6. Periodische Schmerzen in den Kniegelenken machten ihm sehr zu schaffen.
7. Hilfe dagegen erwartete er von Antipyrin.

8. Ist um keinen Preis zum Arzt gegangen, obwohl er wußte, daß die Gelenkschmerzen ihn schließlich zum Krüppel machen würden.
9. Leichenschau ergab völliges Fehlen von Totenflecken.
10. In der Untersuchungsverhandlung wurde protokolliert, daß der Körper fast vollkommen blutleer war.
11. Endlich und schließlich kann man über die weibliche Linie mehr erben als Kaiserkronen.

Harriet und der Inspektor starrten kurz auf das Blatt. Dann lachte Harriet.

«Natürlich!» rief sie. «Ich fand Ihren Stil ja stellenweise ein bißchen gequält. Aber für einen ersten Versuch kann er sich durchaus sehen lassen.»

«Ich weiß nicht, was Sie da alles herauslesen», sagte Umpelty, um sehr mißtrauisch fortzufahren: «Soll das ein Scherz sein? Ist das wieder eine von diesen Geheimschriften?» Er riß das Blatt an sich und fuhr mit einem großen Daumen die Zeilen hinunter. «Na los!» sagte er. «Worauf wollen Sie hinaus? Ist es ein Rätsel?»

«Nein, es ist die Lösung», sagte Harriet. «Sie haben recht, Peter, Sie haben recht – so muß es sein. Es würde so vieles erklären. Nur das mit dem Antipyrin, das wußte ich nicht.»

«Ich bin fast sicher, daß es stimmt; ich glaube, es irgendwo gelesen zu haben.»

«Hat er das von den Romanows?»

«Möglich. Es beweist allerdings noch lange nicht, daß er wirklich ein Romanow war, falls Sie das meinen. Obwohl es sein könnte, denn dem jungen Simon ist in seinem Gesicht irgendwie eine Ähnlichkeit aufgefallen – vielleicht eine Familienähnlichkeit. Aber es kann genausogut auch umgekehrt gewesen sein: Die Tatsache, daß er es hatte, mag ihn in seiner Einbildung bestärkt haben. So etwas tritt manchmal auch spontan auf.»

«Was *soll* das alles?» fragte der Inspektor.

«Spannen Sie ihn nicht so auf die Folter, Peter. Lesen sie mal die Anfangsbuchstaben, Mr. Umpelty.»

«Äh – oh! Sie *müssen* aber auch immer Ihren Spaß haben, Mylord! H, A, E – Haemophilie. Was in drei Teufels Namen ist das, bitte?»

«Die sogenannte Bluterkrankheit», sagte Wimsey, «hervorgerufen durch einen Mangel an irgend etwas im Blut, Kalzium oder was weiß ich. Sie wird, wie Farbenblindheit, durch die Mutter vererbt, tritt aber fast nur bei Männern auf, und auch da nur in jeder zweiten Generation. Das heißt, sie kann in Generationen über Generationen von Töchtern versteckt liegen und dann durch einen bösartigen Zufall beim Sohn eines vollkommen gesunden Vaters und einer scheinbar gesunden Mutter plötzlich zutage treten. Und soviel man bisher weiß, ist sie unheilbar.»

«Und was ist das genau? Und warum glauben Sie, daß Alexis es hatte? Und was bedeutet es, *wenn* er es hatte?»

«Es ist eine Krankheit, bei der das Blut nicht richtig gerinnt; man kann am kleinsten Kratzer verbluten. An einem gezogenen Zahn oder einem Schnitt am Kinn vom Rasieren kann man sterben, wenn man nicht weiß, was man zu tun hat, und bluten tut man auf jeden Fall stundenlang wie ein gestochenes Schwein. Und wenn man hinfällt oder einen Schlag bekommt, kann es innere Blutungen geben, die sich in dicken Schwellungen äußern und entsetzlich schmerzhaft sind. Und wenn Sie noch so gut aufpassen, kann es ohne jeden Anlaß zu inneren Blutungen an den Gelenken kommen. Das passiert von Zeit zu Zeit und ist grauenvoll schmerzhaft und verursacht hohes Fieber. Darum, wenn ich mich recht erinnere, das Antipyrin. Und darüber hinaus endet es meist damit, daß die Gelenke versteifen und man für den Rest seines Lebens ein Krüppel ist.»

«Der Zarewitsch hatte das natürlich», sagte Harriet. «Das habe ich in einem von Alexis' Büchern gelesen, aber dumm wie ich bin, habe ich es nicht mit diesem Mord in Verbindung gebracht.»

«Ich sehe da auch jetzt noch keinen Zusammenhang», sagte der Inspektor, «außer daß es erklärt, warum Alexis so eine Zimperliese war und so weiter. Oder meinen Sie, es beweist, daß Alexis wirklich irgendeine königliche Hoheit war und die Bolschewiken – ?»

«Das mag es beweisen oder nicht», sagte Wimsey. «Aber verstehen Sie denn nicht, altes Haus, daß damit das medizinische Gutachten erledigt und mausetot ist? Wir haben den Tod auf zwei Uhr festgelegt, weil sein Blut nicht geronnen war – aber wenn Alexis haemophil war, hätten wir bis zum Jüngsten Tag warten können, und sein Blut wäre nicht geronnen. Er kann daher schon am Mittag oder meinetwegen sogar im Morgengrauen gestorben sein. In Wirklichkeit würde zwar das Blut nach ein paar Stunden leicht zu gerinnen anfangen, je nachdem, wie stark er die Krankheit hatte, aber als Indiz für den Todeszeitpunkt ist das Blut ein glatter Ausfall.»

«Mein Gott!» sagte Umpelty.

Er saß mit offenem Mund da.

«Ja», sagte er, nachdem er sich wieder ein wenig erholt hatte, «aber da ist ein Haken. Wenn er zu einer beliebigen Zeit gestorben sein kann, wie sollen wir dann beweisen, daß er um zwölf gestorben ist?»

«Ganz leicht. Erstens wissen wir, daß dies die fragliche Stunde gewesen sein muß, weil dafür alle ein Alibi haben. Wie Sherlock Holmes einmal irgendwo gesagt hat: ‹Nur der Mann mit kriminellen Absichten bemüht sich um ein Alibi.› Ich muß sagen, dieser Fall ist auf seine Weise wirklich einzigartig. Ich erlebe zum erstenmal, daß der Mörder nicht weiß, um welche Zeit er den Mord begangen haben soll. Kein Wunder, daß die Beweisaufnahme bei der Leichenschau ein solcher Schock für Henry Weldon war!»

«Ja – aber –» Der Inspektor machte ein unglückliches Gesicht. «Das mag *uns* ja überzeugen, aber ich meine, es beweist noch immer nicht, daß es Mord war – ich will sagen, man muß doch erst mal beweisen, daß es Mord war, bevor man etwas anderes beweist. Ich meine –»

«Ganz recht», sagte Wimsey. «Im Gegensatz zu Mr. Weldon haben Sie die *petitio elenchi* erkannt. Aber sehen Sie, wenn Alexis zwischen halb elf und halb zwölf noch lebend auf der Straße gesehen wurde und um zwei Uhr tot war, muß er in der Zeit gestorben sein, die durch die Alibis abgedeckt ist, das steht fest. Und ich glaube, wir können die Zeit noch weiter einengen. Jem Pollock und sein Großvater haben uns mit der Behauptung in Erstaunen versetzt, daß sie den Mann schon einige Zeit vor zwei Uhr auf dem Felsen liegen sahen. Wahrscheinlich war er dann auch schon tot. Wir wissen jetzt, daß sie mit ziemlicher Sicherheit die Wahrheit gesagt haben, und brauchen sie nicht mehr als Komplizen des Verbrechens anzusehen. Man kann den Zeitraum, in dem der Tod eingetreten sein muß, auf etwa zwei Stunden einengen – sagen wir zwischen halb zwölf, als Alexis beim Felsen angekommen sein könnte, und halb zwei, als die Pollocks die Leiche zum erstenmal sahen. Das müßte genau genug für Sie sein, zumal Sie einwandfrei nachweisen können, daß die Tatwaffe sich eine Zeitlang im Besitz eines der Komplizen befand. Sie könnten nicht zufällig herausfinden, ob das Rasiermesser mit der Post irgendwohin geschickt worden ist, wo Weldon es abholen konnte?»

«Das haben wir schon versucht, aber nichts gefunden.»

«Nein. Mich würde es nicht wundern, wenn Weldon am Mittwoch einzig und allein nach Wilvercombe gefahren wäre, um das Rasiermesser abzuholen. Es kann so leicht irgendwo für ihn hinterlegt worden sein. Natürlich hat Morecambe, der schlaue Fuchs, sich wohlweislich gehütet, an diesem Tag selbst in Wilvercombe zu sein – aber nichts wäre einfacher gewesen, als das Päckchen in einem Tabakladen oder sonstwo für seinen Freund Mr. Jones zu hinterlegen. Ich würde Ihnen raten, da einmal nachzuforschen, Inspektor.»

«Das werde ich tun, Mylord. Da ist nur noch eins: Ich verstehe nicht, wieso Weldon und Morecambe vom Ergebnis der Leichenschau so überrascht werden konnten. Soll Alexis ihnen denn von seinem Gebrechen nichts erzählt haben? Wenn er doch darin einen Beweis für seine Abstammung von den Romanows sah, sollte man meinen, er hat es ihnen als erstes gesagt.»

«Im Gegenteil! Es liegt klar auf der Hand, daß Alexis dieses kleine Geheimnis eifersüchtig gehütet hat. Es ist keine Empfehlung für einen Mann, der eine erfolgreiche Revolution anführen will, wenn er jeden Augenblick von einer schmerzhaften und unheilbaren Krankheit aufs Lager geworfen werden kann. Und für ‹Feodora› wäre es auch nicht gerade ein Anreiz gewesen, ihn zu heiraten, wenn sie gewußt hätte, daß er ein Bluter war. Nein, der arme Teufel muß die ganze Zeit in Todesängsten gelebt haben, daß sie es herausbekommen könnten.»

«Aha. So gesehen ist das auch wieder zu verstehen.»

«Wenn Sie die Leiche exhumieren», sagte Wimsey, «werden Sie höchstwahrscheinlich die typischen Gelenkverdickungen finden, die mit Haemophilie einhergehen. Und ich würde sagen, den endgültigen Beweis können Sie bekommen, wenn Sie sich einmal bei den Leuten erkundigen, die ihn in London und Amerika gekannt haben. Ich bin ziemlich sicher, daß er die Krankheit hatte.»

«Es ist schon komisch», sagte Harriet, «wie das alles für Weldon & Co. gelaufen ist. In der einen Beziehung hatten sie so unwahrscheinliches Glück und in der anderen so unwahrscheinliches Pech. Ich meine, zuerst haben sie einen recht guten Plan gefaßt, gestützt auf ein Alibi und eine Verkleidung. Dann komme ich ganz unerwartet dazwischen und lasse die Verkleidung platzen. Das ist Pech. Auf der anderen Seite liefere ich ihnen mit viel unnötiger Schläue und Umsicht ein wesentlich besseres Alibi für eine völlig andere Zeit, was wieder Glück für sie ist. Dann bleibt wegen der dreihundert Pfund in Gold die Leiche verschwunden, was furchtbar unangenehm für sie werden kann. Aber wieder komme ich ihnen mit meiner Aussage und meinen Fotos zu Hilfe, durch die der Tod bekannt und die Leiche wiedergefunden wird.

Und als sich dann zu ihrem Entsetzen ihr ursprüngliches Alibi als nutzlos und gefährlich entpuppt, kommt unser armer kleiner Mr. Perkins daher – der übrigens so unschuldig ist wie ein neugeborenes Lamm – und gibt ihnen ein gußeisernes Alibi für die falsche Zeit. Wir finden das Hufeisen, und damit wäre ihr Schicksal endgültig besiegelt, wenn sie nicht wieder das Glück mit dem ungeronnenen Blut hätten. Und so weiter. Ein unglaubliches Durcheinander. Und im Grunde ist das alles meine Schuld. Wenn ich nicht so neunmalklug hätte sein wollen, hätte niemand je etwas über den Zustand des Bluts erfahren, und wir wären alle davon ausgegangen, daß Alexis lange vor meinem Eintreffen am Tatort starb. Es ist alles so kompliziert, daß ich wirklich nicht weiß, ob mein Hiersein nun nützlich oder hinderlich war.»

«Es ist alles so kompliziert», stöhnte der Inspektor, «daß wir es den Geschworenen im Leben nicht klarmachen werden. Dazu kommt dann noch der Polizeipräsident. Ich wette mit Ihnen um was Sie wollen, daß er uns auslachen wird. Er wird sagen, wir haben noch immer nicht *bewiesen,* daß es kein Selbstmord war, und darum sollen wir besser die Finger davon lassen. Er ist sowieso schon stinkwütend auf uns, weil wir die Leute verhaftet haben, und wenn ich jetzt noch hingehe und ihm etwas von Haemo-was-weiß-ich erzähle, trifft ihn gleich fünfzigtausendmal der Schlag. Was meinen Sie, Mylord – wenn wir Anklage erheben, haben wir da auch nur die allerkleinste Chance?»

«Ich will Ihnen mal was erzählen», sagte Harriet. «Gestern abend hat Mrs. Weldon sich herabgelassen, mit Monsieur Antoine zu tanzen, und Henry hat das gar nicht gefallen. Wenn Sie Henry Weldon und Morecambe wieder laufenlassen, wie hoch würden Sie dann das Leben dieser beiden versichern – Antoines und Mrs. Weldons?»

Es herrschte Stille, nachdem der Inspektor fort war.

«Tja!» sagte Harriet schließlich.

«Tja», sagte Wimsey, «ist das Ganze nicht eine schreckliche, traurige, idiotische Farce? Die alte Närrin, die einen Liebhaber wollte, und der junge Narr, der eine Krone suchte. Eine Kehle durchgeschnitten und drei Leute dafür aufgehängt, und 130000 Pfund warten auf den nächsten, der bereit ist, Leib und Seele dafür zu verkaufen. Mein Gott! Was für ein Spaß! Fürst Tod hat Eselsohren, und was für welche!»

Er stand auf.

«Hauen wir hier ab», sagte er. «Packen Sie Ihre Sachen, geben

Sie der Polizei Ihre Adresse, und kommen Sie mit mir nach London. Mir steht's bis hier oben.»

«Ja, gehen wir. Mir graut davor, noch einmal Mrs. Weldon zu begegnen. Antoine möchte ich auch nicht mehr sehen. Es ist so grauenhaft und abstoßend, das Ganze. Fahren wir nach Hause.»

«Abgemacht! Fahren wir nach Hause. Wir gehen in Piccadilly essen. Hol's der Kuckuck», sagte Wimsey wütend, «ich habe diese Seebäder noch nie leiden können!»

Inhalt

Dorothy L. Sayers

Der Mann mit den Kupferfingern
«Lord Peter Views the Body» (5647)

Der Glocken Schlag
«The Nine Tailors» (4547)

Fünf falsche Fährten
«The Five Red Herrings» (4614)

Keines natürlichen Todes
«Unnatural Death» (4703)

Diskrete Zeugen
«Clouds of Witness» (4783)

Mord braucht Reklame
«Murder must Advertise» (4895)

Starkes Gift
«Strong Poison» (4962)

Zur fraglichen Stunde
«Have His Carcase» (5077)

Ärger im Bellona-Club
«The Unpleasantness at the Bellona Club» (5179)

Aufruhr in Oxford
«Goudy Night» (5271)

Die Akte Harrison
«The Documents in the Case» (5418)

Ein Toter zu wenig
«Whose Body?» (5496)

Hochzeit kommt vor dem Fall
«Busman's Honeymoon» (5599)

Das Bild im Spiegel
und andere überraschende Geschichten (5783)

Figaros Eingebung (5840)

ro ro ro

C 1070/7